顾念的奇缘

梦溪石
作品

上

CNS PUBLISHING & MEDIA 湖南文艺出版社 博集天卷 CS-BOOKY

即使相爱，未必情深
若得真心，方至不渝

目 录

CONTENTS

Chapter 1　交换人生　_001

雍凛同样站在洗手间的镜台前，看着旁边柜子上放着的瓶瓶罐罐，从洁面乳到粉底液，面皮控制不住微微抽搐，内心几乎是崩溃的。

镜中的女人叫顾念，是他的前女友。

Chapter 2　生理期　_018

十五分钟过去，满头大汗的雍凛直接把那一整包卫生棉条都丢进垃圾桶。

Chapter 3　回家　_035

自己跑到别人的身体里，回家去见爹妈，却被爹妈嫌弃，这是一种什么样的感受？

估计世上百分之九十九点九的人一辈子也碰不上这种奇遇。

Chapter 4 立场 _052

"其实还是不太一样，对你妈妈而言，演戏其实已经成为她的一个心愿，她年轻时未完成的一个梦，但对我来说，现在这份工作不是梦，而是能够被掌握在手中的未来。"

Chapter 5 现实 _072

谈恋爱是两个人的事，结婚却关系到两个家庭，乃至两个人的朋友圈。豪门是如此，寒门也是如此，自古从不例外。

Chapter 6 是非 _089

他像是借顾念的眼睛看见了一个全新的世界，但这个世界并不让人愉悦。

Chapter 7 顾宁 _104

"我说过，你成年了，拥有自己的隐私权，在你同意前，我不会告诉任何人。"

除了你姐。

Chapter 8　无解　_122

雍凛喜欢的是现在的顾念，而不是不断妥协退让，最后无所适从的顾念，所以这本来就是一个互相矛盾的命题。

Chapter 9　杨女士　_139

用一个小时的时间，让一个本来心情很不好、对人生绝望、可能轻生的人重新得到活下去的希望，值得吗？顾念觉得值得。

Chapter 10　姚殊也　_157

有些人相交一辈子，都未必有交心的机会，白发如新，倾盖如故，说到底都是眼缘。

Chapter 11　礼物　_175

“谁这么有才，送你姨妈巾和红糖姜片？”

Chapter 12 新的挑战 _193

无能的人会把过错推到别人身上，能干的人知道时时反省自己。

Chapter 13 意外交换 _211

“要是我回不去了，你就代我好好活下去吧。”

Chapter 14 顾恩 _228

“打个赌，一个月，不，半个月内，她一定会主动向你提出分手。”

Chapter 15 陷害 _243

如果没有卫玛后面的弥补，那么赵和不来，顶多就是顾念请不动他，但有了卫玛那一番话，顾念就不仅是无能，而且还会拖后腿了。

Chapter 16　吕岩 _258

“吕先生，事关你的隐私，知道的人越少越好，我也没有兴趣过问。”

Chapter 17　变故 _275

“赵和不需要跟我们解约，他自然有许多法子让周惜媛自动退出，到时候M&J跟周惜媛合作关系中止，受影响的是你，别忘了，这件case是你在负责。”

Chapter 18　意外风波 _293

任谁上一刻刚推开酒店洗手间的大门，下一刻就摔趴在街头，都没法不蒙圈。

Chapter 19　复合 _306

雍凛：“我只知道，属于我的，迟早都会回来。”
顾念甜甜一笑：“我就是我，不属于任何人。”
雍凛：“那我属于你。”

Chapter 1
交换人生

雍凛同样站在洗手间的镜台前，看着旁边柜子上放着的瓶瓶罐罐，从洁面乳到粉底液，面皮控制不住微微抽搐，内心几乎是崩溃的。

镜中的女人叫顾念，是他的前女友。

虽说是初夏，但南方已经湿热难耐，傍晚丝毫未能给人带来一丝凉爽。扑面而来的热风，令许多刚从写字楼匆匆走出的白领下意识露出难以消受的神情。

对一座国际化大都市而言，这个时间段往往是一天里最繁华的时候，尤其是在周五的CBD，写字楼霎时间空了一大半。人们或急着回家，目不斜视奔向地铁、公交车站，或因不用加班，三三两两相约去聚餐。

顾念瞄了一下腕表，眼看离约好的时间已经差不多，也没再去换衣服，直接就穿着上班时的西装制服往目的地赶。

从这里到她要去的地方，如果不塞车，大约半小时车程。但现在别说塞车，连车都未必能打到。

顾念从事的工作比较特殊，公司规定员工上下班要么自己开车，要么只能打车，打车费用可以报销，但不允许乘坐公交车或地铁。所以此时此刻，哪怕坐地铁还能更快一些，顾念也只能耐着性子等来车子，又一路以龟速前行。

车子在餐厅门口停下时，不多不少，正好八点，但距离她跟雍凛约好的时间，已经过去半小时。

顾念无奈地撇了一下嘴角，加快脚步走进餐厅。

餐厅在一家酒店旁边的私人园林深处，没有最低消费，是会员准入，条件苛刻，普通人未必找得到这里，即便找到了也进不来。

报上名字，侍应生很快将她领到一个包间。

落地窗外全是绿竹，繁茂郁葱，白天从里面望出去，有种置身竹海的错觉。但现在天已经黑了，外面沿着小径有灯笼亮起，星星点点，朦胧氤氲。

在这闹市之中，这样占地不算小的私人园林意味着无法想象的估值。

窗边已经坐了个人，正埋首看文件，连坐姿都像青松绿竹，赏心悦目，腰部往下被桌子挡住，但可以想象，那身剪裁得体、质地优良的西装，一定能勾勒出对方的好身材。

抬头看见顾念进来，雍凛脸上微微露出笑意。

“来了，坐。”

随意的话语显示出两人亲密的关系。

顾念走过去，将手包放在一旁，落座。

“路上塞车，你等很久了？”

雍凛：“也没有，正好看看文件。想吃什么？”

顾念想了想：“煎银鳕鱼吧，今天站了一天，快要饿死了！”

她的长相偏古典，白皙秀美，一双眼睛盈盈水润，笑起来更是含情带怯。

一副好相貌是上天恩赐，谁也羡慕不来，若说光靠心灵美就能跻身人生赢家，那完全是扯淡，起码长相不能太寒碜。

顾念的外表就属于加分项，如雍凛这样并不醉生梦死的富家子弟也不能免俗。当时偶然在M&J的门店看见顾念之后，心中就生了好感，几番接触下来，两人确定了恋爱关系，男俊女美，又是年纪相当，简直是天造地设的一对。

但刚说完这句话，顾念的表情就微微一敛。

习惯使然，跟雍凛独处的时候，她会不自觉带上有点撒娇的语气，但这跟她今天要说的事情并不相符，容易让人误会。

顾念暗暗警醒，重新调整了语气："你点餐了吗，一起？"

这家餐厅两人常来，基本不用再翻看菜单了，刚才进来时侍应生并未特别介绍，那就说明今日没有新菜。

雍凛合上文件，并没有注意到她的语气变化："跟你一样。"

他按了桌上的叫餐服务，很快有侍应生进来，记下点的餐，又悄无声息退了出去。

"本来还想趁周末带你去江边住两天，但看你很累的样子，晚上吃了饭就早点回去吧，明早再出发。"雍凛的嘴唇有些薄，但当这样的薄唇微微往上扬起，眼含暖意，专注看着某个人，说出温柔体贴的话时，任凭哪个女人都会忍不住心头一动。

顾念的手被轻轻握住，温暖和力量也因此传递过来。

换作往常，顾念已经毫不矫揉造作地依偎进男朋友的怀里，开玩笑撒娇耍赖了。但今天她没有这么做，略一迟疑，还将手往回抽。

雍凛终于注意到她的异样："怎么了？"

顾念下定决心，坐直了身体："我有件事要和你说。"

雍凛挑眉，笑了一下："正好，我也有事和你说，你先说吧。"

顾念："那你先说吧！"

雍凛没有继续和她玩推来让去的游戏，直接就道："下周周末，我想带你回家见见我爸妈。"

顾念一愣。

雍凛看她发呆，还以为这个消息对她而言太突然。

"我们交往快一年了，也差不多了，婚期可以定在明年年中，先订婚，一切由我来安排，你不用操心。至于工作，你现在这份工作，其实谈不上有什么大前程，过几天就辞了吧，结婚之后可以安心当我的太太，如果你还想做事，可以到雍家的慈善基金会里，主持慈善拍卖这一项。”

他说了很多，但语速并不令人反感，声音也低沉有磁性，不疾不徐，条理分明，一桩桩一件件，把顾念的未来都安排好了。

顾念心下一沉，原本到嘴边又再三犹豫的话再也藏不住，直截了当就道：“雍凛，我们分手吧。”

这回轮到雍凛一愣。

他智商不低，教养也不错，算是富家子弟里的佼佼者，但就算再优秀，他也猜不到顾念会对他说出这样一句话。

毫无征兆。

下一刻，雍凛微微拧眉：“你知不知道你在说什么？”

顾念深吸了口气，酝酿许久的话一旦说出来，反倒如释重负，她顿时觉得浑身上下松快许多。

“我知道，本来我想说‘我们暂时分开一段时间’的，但刚才你的那些话让我改变了主意。”

雍凛眉间的皱褶更深了：“你对那些话有什么不满？我对你不好？”

顾念摇头：“不是，你对我很好，雍凛，你家境好，又没有寻常富二代骄奢淫逸的坏毛病，对我也专一，如果将来我要找恋爱结婚的对象，未必找得到比你条件更好的人。”

雍凛：“所以你只是喜欢我的条件？”

顾念：“条件当然重要，如果我长得很丑，你一开始能看得上我？”

她理所当然地反驳，眼睛里有股灵气，跟刚才的严肃沉重不太一样。

雍凛无法否认自己一开始的确是被她古典美人般的外貌吸引，然后才渐渐喜欢对方性格里与自己截然不同的乐观活泼、勃勃生气。

顾念也留意到他的表情变化。她认真道："但光是外在条件，只能让人迷恋，或喜欢，还谈不上爱吧。我不相信你会不知道我对你的感觉，我也没有喜欢上别的人。"

雍凛面色一缓，但依旧没有笑容："小念，别任性。"

顾念："雍凛，刚才你说了很多，却没有问一句'你觉得呢''你认为呢'，我的意见对你来说无关紧要吗？"

雍凛："难道你不想和我结婚？"

看，又来了，就是这样！

顾念有点生气："我想不想和你结婚，跟你问我的意见并不冲突啊！结婚是两个人的事情，当然要两个人做决定，你事先没有征询过我，一上来就直接说结婚的事情，给过我考虑的时间吗？"

雍凛纠正她："是订婚。"

顾念："有什么不同？订婚你一个人决定就可以了？还有，结婚之后我也不会辞职的，我有我自己的职业规划，我并不愿意转行。"

雍凛抿了抿唇，正如顾念生气一样，他也像是在跟一个任性不懂事的孩子努力沟通："你现在那份工作，结婚之后并不适合继续干下去了。"

顾念："我不偷不抢，正正当当地上班赚钱，为什么不适合？"

雍凛扯了扯领带，眉心的褶痕更加明显："小念，别赌气。你自己想想，结婚前也就罢了，如果结婚后，雍家的儿媳妇被人知道还继续在奢侈品店当店员，那只会让人笑话，你让那些跟我家来往的亲朋世交、生意伙伴怎么看待雍家？谁都可以随随便便去门店里买个东西，然后让你低三下四赔笑脸吗？"

顾念："我现在是店员，不代表将来也是店员，如果你可以多给我一些时间，等公司有合适的内聘职位，我就会申请调岗。但实际上，你只是觉得你雍凛的女人不应该在外面抛头露面而已，就算我现在的工作不是店员，而是从事其他行业，你也会这样要求的吧？”

雍凛沉默，也就是不否认她的话。

顾念有点失望，这份失望伴随着他的态度逐渐加深。

“雍凛，我是一个人，就算我爱你，我也有自己的人生，你让我依附于你生活，那样我跟被人包养又有什么区别呢？”

雍凛：“我没有让你不工作，只是让你换个地方工作，有得必有失，许多女人都梦想着嫁入雍家，而你不费吹灰之力就得到了这些，难道你只想着得到，从来没有想过付出？”

他的语气很平淡，没有冷嘲热讽，但顾念的确从这句话里听出些微的讽刺。

顾念：“我承认，你的各方面都很好，跟你在一起，我沾了不少光，但这跟我自己的独立并不矛盾，你家里有钱有人脉，这是你与生俱来的，我也没有办法让你一夜间倾家荡产，以此来证明我的真心呀，是不是？你的外在条件吸引了我，但真正让我爱上你的，是你认真低调的性格，难不成像柴向阳那样的浪荡子，我就会因为他有钱而喜欢上了？”

顾念：“相爱和结婚都是两个人的事情，并不是谁得到了什么，就要付出什么，换作我，让你结婚之后按照我的要求来生活，你愿意吗？”

雍凛揉了揉眉心，似乎不愿意和她继续纠缠下去：“男人和女人本来就不一样。有很多女人愿意，你为什么不能学学她们，非要在这件事情上展现你的个性？”

顾念：“她们愿意，是她们的事情，各人有各人的选择，有人愿意为爱妥协，有人希望继续事业，我不会去评断别人，也希望你不要拿我去跟别人做比较。”

雍凛：“那你想怎么样？”

他的眼神里隐隐露出不耐烦。

雍凛不明白，外头多的是梦寐以求想要嫁入雍家的女人，让她们结婚之后放弃事业，全心全意当好雍太太，她们肯定没有二话。他母亲当年也是娱乐圈小有名气的明星，嫁给他父亲之后，立马就息影了，再也没有复出，数十年来都扮演着贤妻良母的角色。

怎么到了顾念这里，就行不通了？

雍凛觉得顾念实在是太任性了。

嫁入豪门，锦衣玉食，不用再像原来那样对着客人低三下四，做个饭来张口、衣来伸手的少奶奶，像他母亲那样每季去巴黎看时装秀，各大奢侈品牌主动上门供她挑选当季精品，衣着更是别人想买也买不到的限量版或高定，多少女人羡慕得眼珠子都要红了。

“你到底要怎样？”雍凛竭力压下心中的焦躁，又问了一遍。

他认为顾念只是在拿乔，以显示在他心目中有特殊地位，但雍凛不想这么惯着她，这样只会将女人惯出更骄纵的毛病。

虽然雍凛没有说出这些心声，但两人交往了快一年，顾念对他还是有所了解的。

恋爱的时候甜甜蜜蜜，有情饮水饱，怎样都好，一旦进入日常生活模式，矛盾就开始暴露出来。

的确有许多女人觉得放弃事业，依附家庭也无所谓，尤其是雍家这样的家境，更仿佛是一种荣耀。

但顾念不想这么做。

她觉得自己没有错，当然这也不能说是雍凛的错，没有谁天生有义务违背自己的意愿，向另外一个人妥协退让，只能说他们俩的价值取向不一样。

顾念：“我们分手吧，雍凛。”

伴随这句话，雍凛的面容彻底冷淡下来。

他深深注视坐在自己对面的顾念，半晌，终于说出一个字：“好。”

一场约会不欢而散。

在今晚之前，顾念早就在脑子里酝酿过无数遍今晚可能会发生的情形，现在的状况比她所预料过的最糟糕的情况好了许多，但她并没有因此感到半分高兴。

那毕竟是交往了近一年的对象，两人都没有玩弄感情的意图，但她和雍凛之间，存在无法调和的矛盾。

要么是雍凛扭转想法，要么是顾念放弃坚持。

但两人都不可能这么做。

其实这种矛盾不是今天才有，从前顾念就发现雍凛对女性若有似无的轻视，但他这种轻视并非表现在言语上的轻慢侮辱，而是认为男人天生就有保护女人的义务，当然女人也必须温顺听话才行。生儿育女，做贤妻良母才是每个女人最终的归宿。

那些在事业上奋斗不息的职业女性，在雍凛看来，都是瞎折腾和不务正业。

顾念本来以为自己会是雍凛心目中的例外，但现在看来，这个例外是不存在的。

如果顾念的内心和她外表一样柔弱，她现在说不定早已高高兴兴答应了雍凛的求婚，还对自己嫁入豪门之后的生活满怀憧憬。

可惜不是。

将擦了眼泪鼻涕的纸巾揉成一团丢进废纸篓，就像跟自己有缘无分的爱情说再见，顾念毫无形象地抱着枕头埋进沙发里，活像一只逃避暴风雨的鸵鸟，半天一动不动。

没等她用一整个周末的时间来哀悼伤心，一个电话就打了过来。

顾念一个同事家里临时有急事，经理让顾念跟对方调换一下，明天过去值班。

第二天顾念按时到了门店，像往常那样换好制服，站在自己平日站的位置上。

M&J的门店在本市市中心最大的购物广场一层，该品牌在欧洲有超过百年的历史，最开始以女包起家，后来延伸至服装与香水、手表等领域，服务对象不再局限于女性。不过因为走的是高端消费路线，注定专卖店不可能遍地开花，到处都是。国内只有寥寥几家，S市因经济发达，也只有两三家，顾念日常上班的这家就是其中之一。

门店少并不影响销量，事实上国内经济发展起来之后，许多人对名牌更有一种趋之若鹜的迷信心理。中产阶级以上，哪怕是稍微有点消费能力的小姑娘，都可以追求一个名牌手包，以至像M&J这样的品牌，也无法忽略国内这样庞大的散客消费市场。

品牌进入中国之后不久，M&J就将消费对象划分为两块儿，一块儿是社会名流、贵妇人等传统VIP消费对象；一块儿是广大普通消费者。

眼下是早上十点，购物中心刚刚开门，客人比较少，连顾念在内的三名boutique sales（精品销售顾问）站在离门口不远的位置，一边闲聊休息，一边留意门口。如果此时有顾客上门，她们能及时发现并上前招待。

李娇见顾念放松下来就神色倦怠，连淡妆也掩盖不住，不由得问："你昨晚没睡好？"

顾念随口道："是啊，本来以为今天不用上班，看电视晚了些。"

李娇调侃："不是看电视，是去约会吧？"

另外一个同事也意味深长地笑了一下。

很少自己逛商场的雍凛，那天偏偏临时起意，为了给母亲送礼物，没有让助理去买，或者动用雍家的关系直接让品牌上门服务，而是亲自过来进店挑选，正巧遇到为他服务的顾念。两相一见，彼此印象都不错，先是有了好感，接下来雍凛主动约见，几回下来，好感加深，上升为爱情，自然而然就在一起了。

可以说，顾念的同事，包括李娇在内，都见证了她这段恋情的诞生。

听起来似乎很浪漫，但雍凛家境非同一般，很快也被顾念的同事们知晓。有些人嘴上不说，心里难免羡慕嫉妒，觉得顾念捡到了金子，背地里说了好些酸话。

清楚归清楚，面上谁也不可能因此闹翻，几句似是而非的调侃，隐隐有恶意，让人不舒服又不能较真。

顾念看了李娇一眼，笑笑没说话。

她当然不可能主动去跟人家说他们分手了。

进入这一行的人很多，大家也都各有目的，有些人是天生就喜欢时尚，想要在这一行发展；有些人则希望干两三年，积攒大品牌经验，再跳槽或自己创业。但林子大了，什么鸟都有，难免也有人是冲着这份工作有可能接触到非富即贵的人脉，像顾念那样钓到一个金龟婿而来的。

李娇跟顾念都是通过同年的高校招聘进来的，由管培生分配到各家分店，从普通销售员当起，因为跟顾念条件相当，心里难免存了比较的想法。

见顾念没回应，李娇有心再问几句，这时门口来了位客人，很是眼生，但妆容精致，衣着得体。眼尖的李娇一下子注意到对方手腕上戴的是梵克雅宝的Folie des Prés手链。

李娇迎上去招待，顾念自然乐得轻松。另一个同事邹艳红也没有抢着上前，而是留在原地继续和顾念说话。

顾念他们的工资来源是基本工资和提成，提成分个人提成和团队提成，个人提成占的比例较少，团队提成则是以门店为单位，占大部分比例。

所以M&J旗下各个门店内部的氛围都还算和谐，不会出现大家为了抢单而争得面红耳赤的情况，因为这样的场面要是让客人看见了，对品牌形象也是一种损害。

但有人存在的地方就会有各种矛盾冲突，钩心斗角，再融洽的部门都不例外。顾念所从事的这个行业看着光鲜，内里各种暗潮汹涌也不少。

邹艳红小声跟顾念说："Sunny跟她男朋友分手了。"

Sunny就是昨天和顾念换班的同事。

公司总部在欧洲，到了门店这里，大家也有样学样，像外企那样，彼此以英文名称呼。

顾念有些惊讶："什么时候的事，你怎么知道的？"

邹艳红："就前两天啊，我下班路过香华美域那边，看见她和她男朋友在吵架。当时她男朋友旁边还有个女的，我就听见一句'王永安，你这王八蛋，脚踏两条船不得好死'，Sunny还想冲上去打那女的，被她男朋友拦住了，当时我没多看就走了，这两天也没见她下班和她男朋友通电话啊，应该是分了吧！"

顾念忍不住皱眉："Sunny挺漂亮的，平时看他们感情不错啊，她男朋友怎么这样！"

邹艳红撇嘴："男人还不都那副德行，吃着碗里的，想着锅里的。Sunny跟她男朋友是大学一路走过来的，当年Sunny是系花，为了追她，她男朋友没少费劲，Sunny也是看对方忠厚老实才答应交往的，谁知道长得帅的出轨，长得丑的也不甘寂寞。"

顾念："其实出不出轨跟美丑没关系，都是人品问题。"

邹艳红嫣然一笑，自然而然地将话题转到她身上来："是啊，你就好了，雍先生英俊潇洒，身家不菲，又对你一往情深，直接甩出Sunny好几十条街了！"

顾念佯装听不见。

这种话怎么接都不行，说不定她谦虚两句，回头传到Sunny耳朵里，就成了自己在炫耀了。

似乎察觉出顾念的谨慎，邹艳红有些无趣，正巧又有一个客人进门，她就迎上去招呼了。

临下班时，经理John将几个在班的同事聚在一起，开了个简短的小会，大意是从下周起，总部那边会陆续从第三方机构请“神秘访客”到亚太区各门店来访，让大家做好本职工作，不要影响团队与个人形象，这次表现良好分数高的，在下次考核或内聘职位上会起到很大的积极作用。

听见这话，大家都精神一振。

在这一行做销售员，几乎会碰见形形色色的客人，其中不乏蛮不讲理或刁钻古怪的，但有时候，这种客人可能是接受邀约，过来考察各分店服务态度的第三方机构的人，也就是传说中的“神秘访客”。如果被打了个低分，影响的不仅是团队提成，还会影响个人绩效和升迁。

经理没有忽略众人跃跃欲试的神情，故意又抛下一个鱼饵：“听说过两个月，H市和Y市会各开一家新门店，下个月公司内网肯定会有一批内聘职位上线，可别说我没提点你们，没上班的人我也会通知，到时候谁遇上了‘神访’，分数高低，就全看你们自己的表现了。”

李娇当先问道：“John，内聘的职位都有些什么啊，除了新店，有没有亚太区总部的呀？”

经理摊手：“以我的权限打听不到更多的细节了。”

没能问到满意的答案，大家心里那团火苗却反而越烧越旺，谁也不知道“神秘访客”是谁，但经理算是彻底将大家的积极性给调动起来了。

顾念还没从前一天的失恋阴影里走出来，反倒是所有人里反应最平静的，趁着大家还在讨论内聘的事情，她已经收拾好东西，准备走人了。

李娇朝她离开的方向看了一眼，忍不住泄露了心中的酸气：“嫁得好真比做得好重要，有的人就是天生好命，什么也不用干，就能轻而易举得到一切。”

其他人面面相觑，交换眼神，听见了也当没听见。

顾念没听见别人的闲话，她很快乘车回到家，打电话叫了外卖，草草吃完，就抱着小熊玩偶躺在沙发上玩手机。

往常这个时候，她一般都是跟雍凛在约会，雍凛喜欢工作，但并不是工作狂，该休息享受的时候他也不会埋头苦干。两人凑一块儿很会玩，除了情侣们必备的吃饭看电影之外，他们还会经常出远门，有时候到太平洋岛国上度假，有时候则去欧洲某国过圣诞，日子堪称充实精彩。

想到雍凛，顾念心里还是有些酸酸的，她的视线落在手机通迅录里的某个名字上，一时凝住了。

按捺不住思念打过去，雍凛很可能会答应跟她复合，但同样，也意味着她要妥协退让，答应雍凛提出的条件。

顾念最终移开手指，闭上眼睛。

事业和爱情，到底哪个重要？

此时的雍凛，正坐在昨天他和顾念见面的餐厅里，强自按捺下满心不耐烦。

坐在雍凛对面的，是一个年轻女孩子，甜美乖巧，一看就是出身教养良好的家庭。

对方微微低着头，看着杯子里冒出的热气，没说话。

她没说话，雍凛也没有开口的兴趣，两人就这么维持着古怪的沉默，氛围异常诡谲。

像是在比谁更有耐心，姚殊也终于有点坐不住了。

“不知道雍先生平日里喜欢做什么？”她绞尽脑汁想了个话题。

“工作。”雍凛不冷不热道，手里转着茶杯。

姚殊也被这句话噎了个半死，完全不知道说什么好。

昨天分手之后雍凛回了一趟家，父亲就向他提出与姚殊也见面的事。换作平日，雍凛不会答应这种无聊的约会，但昨日意兴阑珊，随口就应了，结果就是百无聊赖地坐在这里。

这种见面，等于变相地相亲，两人都心知肚明。

姚家从政，因长辈余泽，如今也算主政一方，但长辈早年因故被打压而亡，人走茶凉，如今也无法给姚家后辈更多的庇护，姚家再要往上，只能靠自己。姚殊也是家中幼女，该联姻的，在她前面的兄姐已经尽了义务，到了姚殊也这里，家中父母只希望她能富贵平安就好，不要求她为家里带来什么收益。

雍家祖上则是买办起家，从清末起就已经攒下庞大身家，后来兄弟姐妹四散，有的出国，有的选择留下来。留在国内的是雍凛祖父，原本他是家族长子，得到的份额也最多，但所有一切都在那场惊天动地的运动里消失殆尽。改革开放之后，雍凛父亲瞅准时机下海，用家里偷偷藏下来的几件古董作为启动资金，重新构建自己的商业帝国。

姚殊也嫁给雍凛，不说能给两家带来什么高回报，起码也可以令两家在彼此的领域里多一条稳固的人脉。

但问题是，雍凛对这种联姻没兴趣，对姚殊也也没兴趣。

姚殊也同样如此。

她犹豫了片刻，似下定决心：“雍先生，你对这次会面的安排并不满意，是吧？”

雍凛没说话，静待下文。

姚殊也的心思直白得让人一眼就能看出来。她语调轻柔，温文有礼，却缺乏足够的阅历和经验，用时下的话来说，就是傻白甜。

傻白甜不是不好，像姚家这样的家庭环境，自然能让姚殊也有傻白甜的本钱。她无须为了生活奔波，每天只要当个乖乖女，不给家里惹祸就可以了。

这种人畜无害、听话乖顺的女孩子，本来是雍凛最喜欢的类型，但他难以避免想起顾念，顿时意兴阑珊。

姚殊也继续道：“其实不瞒你说，我已经有一个正在稳定交往的男朋友了，只是……家里暂时还不知情。”

雍凛微微皱眉。

如果男朋友与她门当户对，她怎么会不敢第一时间告诉家里？

女人就是这样，做事不利落，拖泥带水，优柔寡断。假如自己今天真是抱着相亲的心态来的，对方这句话，就已经大大得罪他了。

这样不懂事，也就靠家里人宠着了。

雍凛漫不经心，随口敷衍："我也有女朋友了。"

姚殊也果然松一口气："太好了，那我们就当普通朋友相处吧，好不好？"

看到她的笑脸，雍凛眼前却浮现出顾念说分手的情景，心情更糟糕了。

夜深人静。

面目狰狞的怪物在身后狂追不舍，顾念不得不拼了老命使劲跑，顾着后面没看前面，结果脚下踩空，直接掉进一个大坑里。

大坑很深，顾念急剧下落却一直没能落到实地，直到她猛地睁开眼睛！

是梦。

心跳剧烈，惊悸未定，顾念感觉脖颈一阵凉意，伸手一摸，全是湿冷汗水。

她长长出了口气，想要起来洗个脸，忽然察觉不妥。

身体好像沉重了一些？

顾念睁大眼睛，飞快坐起身，环顾四周。

等等，这个房间……这个陈设……

她顾不上其他，赶紧掀开被子下床，又飞快跑到房间的盥洗室。

打开灯光的那一瞬间，顾念看着镜子里的人，彻底呆住了。

她怀疑自己还没从梦里醒过来，或者陷入了梦中梦的循环里，赶紧狠狠拧了自己的手背一把。

疼！

顾念差点连泪水都冒出来，但周围一切没有扭曲变形，自己也没有从梦中醒来。

镜中那个俊朗不凡的人，也同样一脸惊恐地看着自己。

顾念对这张脸很熟悉，但当自己变成这张脸的主人时，感觉就很惊悚了。

她低头看着不属于自己的睡袍，伸手一扯，阳刚矫健的身躯霎时间暴露出来，富有弹性的皮肤显示主人平日多运动多喝水的好习惯。顾念的视线所到之处，连带腹肌、人鱼线，再到下面的部位，都尽收眼底。

震惊过头，顾念反而有种几近麻木的镇定。她抬头，面无表情地盯着镜子里的人，张口说了自己的名字："顾念。"

声音并不低沉，恰到好处，令人舒服。

正是她前男友雍凛的声音。

这到底是怎么回事？！

如果不是做梦，那她就是借尸还了魂？！

不对，她明明还没死，雍凛也不是尸体！

但是假如，她的意识控制了雍凛的身体，那么她的身体现在……

仿佛为了响应顾念的话，手机响了。

这里是雍凛在外面独居的公寓，顾念来过很多回。此时她拿起手机，打开盥洗室的门，走了出去。

所有陈设都跟她之前来过时的一样，不花哨，但不乏贵重物品，墙上还挂着一幅画，据说是雍凛在佳士得以高价拍回来的。作为一个非艺术专业出身的人，顾念每看一回，都觉得这幅画倒贴给她，她也不一定要。

"喂？"用雍凛的声音说话异常别扭，顾念尝试暂时忘记这一点。

"顾念？"电话那头传来的声音令顾念毛骨悚然，浑身汗毛都竖了起来。

自己说话，跟在别的身体里听见自己说话的感觉是截然不同的。

“顾念，是不是你？！”女声不复往常轻柔，而是带了些急促。

顾念定了定神：“是我。”

雍凛：“我是雍凛。”

“哦。”顾念的反应有些迟钝，不知道该说什么。

但这种时候，每个正常人都会反应迟钝。

“我们见一面，马上。”

顾念正有此意：“行，在哪里见？”

雍凛：“你现在在我家？我过去吧。”

顾念刚想答应，忽然想起一件事：“不行不行，还是我过去！”

雍凛不悦：“这种时候就不要为了小事和我争了！”

哪怕换了女身，还是说一不二的语调。

顾念提醒他：“你现在用的是我的身体吧，一个女孩子三更半夜出门，又没有车，我不放心，还是我过去找你。”

电话那头的雍凛一下子沉默下来。

如果说刚刚他还没有意识到自己的灵魂已经被困在前女友的躯壳里的话，顾念的话给了他重重一记闷棍，让他彻底认清事实。

雍凛同样站在洗手间的镜台前，看着旁边柜子上放着的瓶瓶罐罐，从洁面乳到粉底液，面皮控制不住微微抽搐，内心几乎是崩溃的。

镜中的女人叫顾念，是他的前女友。

但现在他跟前女友互换了灵魂，两人各自被困在对方的身体内。

原因不明。

雍凛看着镜中人，一脸木然。

Chapter 2

生理期

十五分钟过去，满头大汗的雍凛直接把那一整包卫生棉条都丢进垃圾桶。

顾念来得很快，一个小时就到了。

当她急步走进自己原先租住的房子时，雍凛简直想要咆哮出声。

“别走得那么扭捏，还有，你不要下意识把脚尖往里收，跟娘娘腔似的！”

顾念停住脚步，无辜地看他：“那你也别走得像只猩猩。”

雍凛：“……”

两人大眼瞪小眼。

半晌，雍凛选择坐下，先提出疑问。

“这到底是怎么回事？！”

顾念摊手：“我也想知道。”

雍凛眉间的皱褶都快拧成一条东非大裂谷了，从前这个动作很有几分成熟性感，但现在，拧眉的动作出现在顾念的脸上，顾念就不觉得赏心悦目了。

盯着看了一会儿，她忍不住提醒：“别皱眉，容易留下皱纹。”

雍凛瞪了她一眼，像是奇怪她这种时候还能天马行空关心这种无关紧要的细节。

“昨天我们分别之后，你有没有碰到什么奇怪的事，或者做了什么？”

顾念仔细回想，然后摇头，完全没有，一切正常。

正因为一觉醒来就风云变色，所以她到现在还有种置身梦境的错觉。

“我接到通知今天去加班，下了班就回家，你呢？”

雍凛：“我今天见了……”

他忽然顿住。

顾念狐疑地看他。

雍凛有点尴尬，他本来是想说姚殊也，虽然两人就是很普通的见面，聊天时间全部加起来甚至还不超过十五分钟，但话到嘴边，他意识到直接说出来好像不太合适。

“今天下班之后见了一个客户，聊了一会儿，就回家睡觉了，什么也没发生。”

顾念没心思深究，她抱头哀叹：“那怎么办，要是明天天亮前还没换回来，我总不能顶着你的模样去上班吧，你工作上那些事情，我一窍不通！”

双手摸到脑袋上不再是顺滑柔软的长发，而是有些扎手的短发，顾念就更想哭了。

假如现在让她来到一副陌生的躯壳里，说不定她真会不知所措号啕大哭，但好在有一个同样倒霉的雍凛在，好像坏心情也被分去一半，看起来没那么惨了。

人在绝境时有个垫背的，就会觉得人生还是有希望的。

这种怪力乱神的事情，雍凛从前只会嗤之以鼻，但此刻发生在自己身上，又不是人力能够解决的，他只能强迫自己暂时忘记身体的别扭，将注意力都集中在解决办法上。

不幸中的大幸，他们彼此熟悉，换作一副身份来历全然陌生，甚至是吸过毒生重病的躯壳……雍凛简直不敢想象。

雍凛烦躁地捋了一把头发，结果却捋到一手光滑柔顺的长发，他立马浑身僵硬，活像虫子钻进了骨头里，很想抓狂。

假如这只是上天一个小小的恶作剧，几分钟，或者几个小时之后就能恢复正常，那还算是虚惊一场，假如天亮之后还没恢复，正如顾念说的，他们要怎么办？

雍凛忍不住看了顾念一眼，对方正期待地望着他，希望他出个主意，神情看上去倒没有太多惶恐。

连顾念都能如此镇定，他没理由真要跟个娘们似的崩溃尖叫吧？

雍凛缓缓吐出一口气："陈庄了解我的大部分工作，他会告诉你需要做什么，开会的时候你让陈庄出面主持，你尽量能不开口就不开口。"

陈庄是雍凛的工作助理，顾念也认识。

说到这里，雍凛还是觉得不放心："要不干脆我跟你去公司，到时候有什么事让我来处理，反正除了开会之外，其他时间我们都在办公室内，谁也看不见。"

顾念："不行，我也有工作，难不成我也要跟着你去店里？"

雍凛想也不想就道："我的工作比你的重要，你随时都可以辞职，大不了我养你！"

顾念简直想冷笑了："雍凛，在你眼里，你的工作就是工作，我的工作就是儿戏吗！"

雍凛皱眉，看顾念的眼神就像她在无理取闹："雍氏往来生意多少，你的工作又有多少？都这种时候了，你能不能别胡搅蛮缠，我答应你，等一切回归正轨，我再帮你找份不逊于现在的新工作，还不行吗？"

顾念真的生气了，她一字一顿道："没错，你的生意分分钟上亿，可那跟我有什么关系？如果我想沾你的光，又何必跟你分手？我喜欢现在这份工作，也没想过换，你能不能学着尊重我一下？你公司那边，我会照你说的去做，尽量不出意外，我希望你也是。”

她直视雍凛锐利的眼神，半点没有退缩。

雍凛还记得两人刚交往没多久的时候，顾念有些害羞，不只在某些场合，平时被亲一下就脸红半天，还躲着自己的视线，那时候雍凛还觉得她又温柔又软萌，可爱得不得了。

但现在看来，很显然，那只是顾念性格的一部分。

两人目光交会，沉寂了片刻，顾念也没有主动退缩的意思。

雍凛觉得自己以前可能眼瞎了，这个顾念分明又执拗又倔强，哪里软萌可爱了？

雍凛：“我也不懂要怎么当个售货员，你让我怎么代你去上班？”

他这样说，意味着另类的妥协。

顾念也缓下语气：“很简单，顾客顶多也就问那么几个问题，回头我给你稍微介绍一下，你再随机应变就行了，当店员主要就是反应快加嘴甜，没什么特别的诀窍。”

既然那么简单，换别的品牌不也能继续做，你干吗就非要我去？

雍凛还真想这么问，但他看了顾念一眼，明智地没有问出口。

好男不跟女斗，我忍。

他如是想道，缓缓吐出一口气。

雍凛让顾念打电话给陈庄，陈庄帮他们联系了几个本城小有名气的算命师傅。

但无一例外，那些所谓的大师根本无法看出发生在雍凛和顾念身上的离奇事件，两人白白折腾一天，最后失望而归。

雍凛坐在自己的公寓里，穿着睡衣，面无表情盯着原本属于顾念的那双白白嫩嫩的长腿。

假如这双腿现在不是长在他身上，也许他会更有欣赏的心情。

雍凛腾地起身，走到浴室门口，不耐烦地敲门："洗个澡还要在里面睡一觉吗？"

这所公寓的面积原本足够辟出三四个房间，但之前雍凛考虑到自己一个人住，顶多再加个偶尔过来的女朋友，就让人改成两个宽敞的房间，浴室也只剩下一间。

里面的歌声戛然而止，但水声还在哗哗响着。顾念明显没听见他说的话，在里头大声问："有事吗？"

雍凛怒道："你洗快点！"

顾念："这还没过十五分钟呢，我这是为你的身体负责，当然要好好洗。"

雍凛顿时更糟心了。

他不知道顾念为什么对这件事的反应远比自己要来得平淡镇定，明明她的处境也没好到哪里去。

浴室里的顾念，正一面涂抹沐浴露，一面对着镜子咋舌。

除了去做变性手术，这世上不是谁都有机会能够在一生中同时拥有不同性别的体验的。

在最初的震惊和无措过后，顾念很快冷静下来，既来之，则安之，既然悲痛欲绝没有用，那就先好好渡过眼前的难关。

雍凛常上健身房，身材保持得很不错，皮肤覆在薄薄的肌肉上，匀称有致，宽肩窄腰，以前毕竟是旁观者的角度，再脸红心跳也是因为爱情和激情。但现在，顾念看着镜子里的性感身材，觉得雍凛会养成有点自恋的性格也不是没有原因的。

不是无知少女，自然也就没必要扭捏害羞，借着这个机会，顾念大大方方欣赏了一回，顺便里里外外研究了一下男人的身体构造，仔细洗了个澡，然后才擦着头发走出来。

"我洗好啦！"

雍凛眼皮一跳，放下手机："你说话的语调能不能注意点，别把以前的习惯带出来，陈庄听见了会当你鬼上身。"

"好吧。"顾念耸肩，虚心受教，"我洗好了，该你了。"

雍凛起身往浴室走——这两天为了商量办法，两人都在雍凛的公寓里休息，当然，是分房。

顾念叫住雍凛："你洗的时候，请不用……太过仔细。"

雍凛以为她是出于尴尬，也没在意。

顾念看他不理解，只得将话说白了："刚才洗澡，我发现你下面的……呃，好像仔细修剪过了，虽然我知道你肯定是好意，不过真的不需要也帮我这么做的。"

其实从前两人没少亲热，但顾念不可能仔细盯着人家下面端详，刚刚洗澡的时候她才发现，雍凛原来真不是一般的闷骚。但好笑归好笑，她没兴趣让雍凛给她的身体也来个如法炮制。

雍凛："……"

他面无表情瞪了顾念三秒，转身进了浴室。

胸前多出的两团绵软让雍凛别扭得不行，作为男人去抚摩揉弄的时候是享受，但当这两团东西长在自己身上时，就并不那么美好了。

他草草洗完，一时忘了自己的处境，习惯性只在下半身围上浴巾，准备出去再穿浴袍。

顾念正在客厅抱着电脑熟悉雍凛的日常工作内容，见雍凛裸着上半身走出来，顿时如同千万只羊驼在脑海中奔腾而过。

"你就不能把衣服穿上吗，那是我的身体！"

雍凛看了她一眼："你自己的身体，还害羞什么？"

顾念没好气："容我提醒，你现在的身份是顾念，一个正常女性！"

雍凛不情不愿将浴袍套上，皱着眉头："胸前那么重的两团肉，你平时怎么不觉得累？"

顾念吐吐舌头，冲他扮了个鬼脸："习惯就好！"

她不知从哪儿摸出一个化妆包，打开来，一一拿出里面的瓶瓶罐罐，给雍凛展示。

"这是洁面乳，这是柔肤水，这是润肤霜，还有防晒霜、粉底液、腮红、眼影、眉笔、眼线笔，平时在家，每天洗完澡，那几瓶护肤品要按顺序擦一下，擦完之后最好再轻轻按摩，让它们能充分渗透进肌肤……"

雍凛最终没忍住，直接打断她："我不会抹这些东西的！"

顾念无辜道："我不是故意为难你，上班的时候必须化妆，哪怕是淡妆也好，否则会被视为失礼。"

她也感觉到了，现在的雍凛仿佛一只随时可能爹毛的猫咪，也许一夕间变成女性这件事让他无法接受，在他冷静得近乎淡漠的伪装下，其实已经到了随时都有可能爆发的边缘。

雍凛的心志比顾念想象的更加坚忍，他很快平静下来。

事情到了这一步，两个人都不乐意见到，雍凛很明白，假如自己不肯合作，那么顾念也可以给他捣乱，结果只会是两败俱伤。

但如果他们一直无法回归各自的身体……

这个可怕的念头在雍凛脑海里一闪而逝，他几乎不愿意去想象。

"你给我抹，我不学。"这是他能够接受的底线。

顾念笑逐颜开："没问题！那咱们先敷个面膜吧，这是清洁毛孔的，只要一周一次，这是补水的，还有……"

雍凛："……"

经过这么一件事，雍凛很怀疑自己以后会不会对女人不举。

第二天一大早，两人起床，经过一阵兵荒马乱的准备，在楼下吃了早餐。顾念开车将雍凛载到她工作的商场外面，不忘交代："我几个同事你应该大概都认得面孔的，邹艳红的英文名是Ada，她很八卦，话留三分，不用和她说太多，不认识的照名牌叫就好了。”

雍凛反问她：“我的工作你大概都熟悉了？”

顾念迟疑片刻：“装装样子应该没什么问题，不过陈庄那么聪明，我怕会被他看出端倪，你真的不准备向他坦白吗，以后有他帮忙掩饰也会更方便些。”

雍凛睨她一眼：“换了你，跟你说这种事，你会信吗？”

顾念语塞。

她只会把那人当成神经病。

商场是早上十点开门，现在才九点三十分，不过已经有人来得比雍凛还早，见雍凛进来，主动和他打招呼：“Hi，Nina，谢谢你周六帮我代班。”

雍凛对顾念的同事并没有多少印象，显然也叫不出这人的名字，就只是点点头。

对方半点不介意他的冷淡，又凑近一些，压低了声音：“听说新一轮内聘信息上很可能有你要的那个职位。”

雍凛根本就不知道顾念想要什么职位：“是吗？”

对方别上名牌，雍凛看了一眼，原来对方叫余千惠，英文名Sunny。

余千惠道：“我也是听人说的，不过应该是真的，你先别外泄。”

雍凛点点头，跟她一起进了工作间换衣服。

然后雍凛又发现了另外一个让他感觉别扭至极的地方——M&J的工作装是西装裙。

这两天虽然已经意识到两性身体的巨大差别，但当裙子穿在身上，内裤挡不住下面凉飕飕的感觉时，雍凛还是很郁闷。

“我穿的裤子也是黑色的，跟上装正好搭配，能不能不换裙子？”他忍不住问那个同事。

“这是统一着装。”对方无情地给予了否定的答案，还好心提醒他，“Nina，你忘了换鞋子。”

雍凛不能再故意装看不见了，只好从鞋柜里拿出顾念平时放在公司的高跟鞋换上。

顾念他们这一行需要长时间站立，所以鞋跟不可能太高，但完全平底也是不行的。雍凛踩着四五厘米的鞋子走出去的时候，必须将全部注意力都放在鞋子上，才不至于跌倒。

值班同事陆陆续续来了，所幸还有名牌可以认名字，雍凛不至于让人以为他失忆了。但他脸上表情淡淡的，跟顾念平时笑口常开的态度有很大区别，许多人看在眼里，心里难免有所揣度。

看见Sunny往门口的方向走，雍凛下意识想跟过去，被后面的同事扯住，差点向后摔个跟头。

被他面色不善看了一眼，邹艳红有些发怵，一边心说顾念这是中了什么邪，一边道：“你跟着她做什么，咱俩搭档的！”

雍凛想起顾念交代过的，没说什么，跟着邹艳红在楼梯口站着。

工作日上午没什么客人，又不能玩手机，只能闲聊来打发时间了。

邹艳红就问雍凛：“你今天脸色不好，是不是生病了，要不跟John说一声，提前先回去？”

雍凛：“我没事，谢谢。”

冷淡疏离的语气令邹艳红有些不快，随即又笑了：“别客气，都是同事，互相关心是应该的，昨天没轮到你值班，你可能不知道，有位女士到我们门店里来买东西，也提起你了。”

见雍凛没接话，邹艳红继续道：“那位女士姓张，应该是认识你男朋友的长辈，她原本是M&J的贵宾，不必亲自上门来选的，这次好像是听说你在这里上班，就顺带过来一趟。”

张？

雍凛微微皱眉，想起自己母亲好像的确有个姓张的牌友，也是那些富家太太团的一员。

邹艳红："我看她像是对你的模样很好奇。"

雍凛有点印象了，这位张太太有个女儿，年纪比他小两岁，前两年从国外回来，两家有意撮合两个小的。雍凛跟女方见过一面，并不感兴趣，后来女方约了两次，他也没搭理，就这么不了了之。

这个圈子没什么秘密可言，张太太显然从别处听说雍凛交了女朋友的事情，很好奇顾念一个家世普通的上班族，何以能勾搭上雍凛这么一个品位刁钻的金龟婿。

邹艳红拐弯抹角暗示，期待顾念的反应，可惜现在在顾念身体里的是雍凛。大男人不屑于去琢磨女人的心思，听了也没多想，只是点点头，"哦"了一声。

问不出想要的八卦，邹艳红很失望，看了雍凛缺少笑容的表情，暗自撇嘴。

不过就是攀上高枝，又不是自己有能耐，有什么好嘚瑟的？

雍凛没兴趣揣摩她的心思，注意力几乎都集中在自己踩着的那双高跟鞋上，只觉得脚跟阵阵发疼，心想当初发明高跟鞋的那个人到底脑子有什么毛病，怎么会想出这么折磨人的玩意儿，那种踮着脚走路的感觉甭提多难受了！

他浑然已经忘了自己曾经也很喜欢欣赏纤腰细腿的漂亮女人穿着高跟鞋走路的风景。

好不容易熬过半天，又熬到下班，在工作间弯腰换鞋的时候，雍凛简直有种签了上亿合同的舒爽感觉。

但他万万没有想到，这仅仅是开始。

下班出来，他第一时间给顾念打了个电话，那边没接，过了好一会儿才回拨过来。

电话那头，顾念道："你不是说周三才有会吗？怎么今天就有了，我开了快一天的会，脑袋都要炸开了……”

雍凛：“你现在在哪里？”

顾念：“在办公室，中途借口上洗手间偷溜出来的，会还没开完，我不在，他们没法进行，我还得回去，可他们说的很多我都听不明白，也不敢贸然开口，只能从头到尾装高深莫测……”

她一吐槽就是一大串。

看来大家都不好过。

雍凛忽然感觉脚趾和脚跟其实也没那么疼了：“陈庄呢，他有没有怀疑你？”

顾念：“好像没有，我装病，说这两天不太舒服。”

雍凛：“……”

这借口太烂了，精明如陈庄肯定是怀疑了。

但怀疑归怀疑，再聪明的人也想不到灵魂互换这种事情上来。

雍凛：“都开了什么会？”

顾念简单说了一下，雍凛把几件事的解决方案和决策方向告诉她，有些事情可以让陈庄拍板的，就可以适当装哑巴，到了她不得不开口的时候，也不至于不知所措，令下属跟着慌乱。

末了顾念告诉他：“这个会估计要开到九点了，我又不好走人，你自己先回去吧。”

“好吧。”雍凛本想去公司见她，但现在过去，他也不可能掺和到会议里去，反而会让别人觉得老板公私不分。

更重要的是，他现在身体很不舒服。

那头顾念搁下电话，重新回去开会，大家果然都在等她，百无聊赖交头接耳的小动作在她进来的那一刻消匿无踪，人人正襟危坐，打起精神迎接她。

这种众星拱月的微妙感觉从未有过，顾念在主位上重新坐下的那一刻，忽然有些明白为什么古往今来，大多数男人都要追求权力。雍凛如今的地位，不说能够决定别人的身家性命，但让一个人丢掉工作或升职加薪，对对方的生活施加影响，却也是轻而易举的。

所以在许多人看来，雍凛手下员工无数，是雍氏前途无量的未来CEO，她却只是一个普通的门店店员，如果要有一个人必须做出让步，那肯定是顾念。

顾念的思维有些信马由缰，但陈庄很快把缰绳拉了回来。

“雍总？”陈庄提醒她。

顾念回神，模仿雍凛平时故作高深的表情，颔首：“继续吧。”

陈庄看了她一眼，继续主持会议。

有了雍凛的指点，顾念底气多了不少，会议效率一下子提升上来，不过最后还是开到了十点半才结束。

等到散会的时候，她已经有点精神恍惚，脚步轻浮了。

隔行如隔山，比起坐在那里开一整天的会，她还是宁愿在门店里站一整天。

霸道总裁不好当啊！

她拿着文件回办公室整理，陈庄后脚就跟了进来。

“雍总，您没事吧？”

顾念心里咯噔一声，强打精神：“怎么了？”

陈庄：“您今天表现与平时不太一样，要不要我帮您约刘医生？”

这人的洞察力实在是太好了，完全对得起雍凛开给他的工资。

但自己再怎么模仿，肯定跟平时的雍凛还是不太一样。顾念犹豫片刻，道：“只是发生了一些事情。”

陈庄礼貌点头，没有追问，老板的私事不在他能够追问的范围内。

话都说到这一步了，顾念索性半真半假道：“我正在跟女朋友谈分手的事情，所以最近有些不顺心，许多工作你就多担当些。”

陈庄惊诧：“您要和顾小姐分手？我记得上周您还跟我提过，打算与顾小姐订婚的。”

顾念没想到雍凛会跟陈庄说这件事，怔了一下，心里忽然泛起又酸又涩的感觉。

雍凛是真的想要和她在一起，否则不会跟下属透露这种事情，顾念心里很清楚这一点。

这样看来，她是不是太任性了？

陈庄见她情绪忽然变得低落，也不敢再说什么，就悄无声息退了出去。

就在顾念正在反省自己对感情的态度时，雍凛那边却快崩溃了。

今天早上去上班前，他就觉得肚子隐隐作痛，人也有些倦怠，当时没在意，还以为是灵魂互换之后身体排斥。结果下班回家洗澡的时候，他就赫然发现自己的内裤上多了一团血渍，貌似传说中只有女人才会来的生理期。

没吃过猪肉也见过猪跑，雍凛盯着那团血渍发了将近三十秒的呆，竭力强迫自己冷静下来，然后发现自己好像应该去买点卫生巾。

他本想打电话让顾念回来顺便去买点，但当时顾念正在开会，手机放在办公室，又调了静音，一直无人接听。雍凛无可奈何，只好自力更生，硬着头皮下楼。

这家生活超市很大，卫生巾的品种也有很多，整整一个货架，各种牌子都有。雍凛满脸茫然，如置身异次元空间，随手抓起两包，一个写着“绵柔”，一个写着“超薄”，但都是日用，到底有什么区别？

“姐姐，你在找什么，需要帮忙吗？”也是他的表情太过茫然，终于引起了超市员工的注意，小姑娘主动过来询问。

雍凛尴尬道：“……这些东西，哪个牌子好用？”

小姑娘随手拿了几包：“这几个牌子都不错，前两天可以用夜用短款的，一般280mm就够了，但有些人睡觉不老实，容易侧漏，所以会买加长的，360mm这种，还有液体的，夏天会更舒服一些……”

她如数家珍，雍凛头昏脑涨。

小姑娘还在滔滔不绝：“除了卫生巾之外呢，还有卫生棉条，这个国外很流行，我们超市也新进了一些，不过用惯了卫生巾的人可能一开始会觉得不习惯……”

雍凛打断她：“每种都来一份好了。”

“好呀！”小姑娘笑逐颜开。

腹痛的感觉又隐隐传来，雍凛简直想要抓狂，他从未意识到当女人竟然这么麻烦，连卫生巾都有无数讲究。

带着小姑娘塞得满满一购物车的卫生巾去结账，雍凛收获了收银员目瞪口呆的表情。

收银员忍不住提醒：“这会不会太多了，你一个人提得动吗？”

雍凛破罐子破摔：“我家就在楼上。”

提着两大袋女性用品回到家的雍凛，迫不及待找出小姑娘口中“最方便好用”的卫生棉条进了洗手间，一边看着说明书，一边尝试将棉条塞进指定的地方。

但无论如何努力，那根棉条也塞不进去，每次进了不到三分之一，都会以毛骨悚然而告终。

雍凛忍不住想起自己在跟顾念亲热的时候，当棉条换成另一种东西，她是否也会这样浑身不自在?

十五分钟过去，满头大汗的雍凛直接把那一整包卫生棉条都丢进垃圾桶。

顾念回到家，就看见雍凛盯着桌上一堆卫生巾在发呆。

她“啊”了一声，马上反应过来：“是不是……那个来了？”

雍凛面色难看，顾念也有些尴尬。

两人面面相觑，顾念有些心虚，不由得放柔了语调：“其实这些都是身体难以避免的反应，只要习惯就好了。”

雍凛：“……”

他可能永远也习惯不了。

顾念：“……那要不要我教你用？”

雍凛面无表情：“我已经学会了。”

顾念干笑：“辛苦你了。”

其实她每天起来面对一副不属于自己的身体出现以前从来没有过的反应，也很尴尬啊。顾念一边说，一边想道。

雍凛皱眉：“这种生理期是不是会持续很久？”

顾念：“其实也没有，一般来说我五六天就结束了。”

雍凛木然：“……”

肚子还在疼，但不是那种吃坏东西的痛楚，而是好像有什么东西拖着肚子往下坠，酸软难耐，坐立不安。

雍凛：“你以前这样的时候，要怎么上班？”

顾念奇怪：“就这么上班呀！”

雍凛：“肚子疼也不请假？”

顾念无奈地笑：“虽然我们公司也有每月一天的生理期假，但一般没人会为了这个请假吧，宁可将假期留着感冒发烧的时候再请。其实我已经算是不错的了，有些女生疼得比我厉害多了，那简直是要在地上打滚，连床都下不了的，这种情况就只能请假了。”

雍凛想象了一下那种痛楚的程度，脸色越发难看。

“所以你到底在坚持什么，宁可带着病痛去上班，穿高跟鞋站一整天，跟那帮三姑六婆打交道，也不愿意辞职当雍太太？”

顾念想到陈庄的话，没有像之前那样与他争辩，只是默默起身去调了一杯红糖姜水。

“喝一点，肚子会舒服很多，明天开始应该就不那么难受了。”

亲身体验顾念每个月都要体验的麻烦，一面是隐隐的怜惜，一面又气她固执己见不肯低头，雍凛没好气地接过红糖姜水。

糖水一口口下肚，伴随着暖洋洋的感觉，肚子好像确实舒服了不少。

电话响起，是雍凛的手机，顾念看了一下号码，上面是“家里”，不由得迟疑。

雍凛道：“接。”

她这才接起电话。

另一边传来柔和的女声：“阿凛啊，你明天晚上有没有空，回来吃个饭吧，妈妈有事想和你说。”

顾念下意识望向雍凛。

雍凛朝她微微点头。

他平时回家的频率不高，前两天才回去过，母亲会忽然打电话过来特意让他回去，肯定是有事要说。

顾念只好道：“好的，那我明天晚上过去。”

挂了电话，顾念反应过来，瞪他：“你家里人我一个都没见过，万一露馅了怎么办？”

雍凛：“我是独子，家里只有我爸妈，怎么叫都不可能露馅。”

顾念：“可你爸妈要是问我问题呢？”

雍凛：“我和你一块儿去。”

顾念：“不行，那样的话他们肯定会误会我们的关系！”

雍凛：“就这么定了。”

顾念生气：“雍凛！”

雍凛不耐烦：“不然你想怎么样，我不知道我们多久才能换回去，我爸妈你是迟早都要面对的，见了之后你心里也有底，下回碰见，就算我不在，你自己也能应付。”

顾念沉默了一会儿：“那请你答应我一件事。”

“说。”生理期的状态让雍凛整个人都有些暴躁，浑身又酸软又疲倦，只想快点躺下睡觉。

顾念："如果我爸妈打电话给你，你不要接。"

这个要求很奇怪，但雍凛没工夫多想，一口就答应了。

"好。"

Chapter 3
回家

自己跑到别人的身体里，回家去见爹妈，却被爹妈嫌弃，这是一种什么样的感受?

估计世上百分之九十九点九的人一辈子也碰不上这种奇遇。

如果雍凛觉得头一天可以忍忍就过去的话，那么第二天，这种疼痛几乎将他整个人打败，他终于体会到顾念说的“连床都下不了”是什么样的滋味。

顾念起床洗漱之后，迟迟没看见他出房门，进来就看见雍凛抱着被子躺在床上，目光呆滞直视天花板，奄奄一息的模样。

顾念吃了一惊，赶紧过来：“你怎么了？”

“痛经”这个词，雍凛打死也吐不出口。

但他不说，顾念也明白了。她皱着眉头思考：“怎么回事，之前我都不会痛成这样的。”

她灵光一闪：“你昨天是不是吃了凉的东西了？”

雍凛也想起来了，他一直有夏天喝冰水的习惯，昨天的确是喝了好几杯加冰的柠檬水。

这副身体实在是太娇弱了。

顾念道：“这个样子肯定没法上班，先请个假吧。”

连顾念都能每个月强忍疼痛去上班，雍凛觉得自己没道理不能。所以他还是从床上坐起，打算去换衣服，结果刚一下床，脸色就是一白。

顾念赶紧扶他坐下："有人生理期吃雪糕也没事，但有的人不行，我去给你请假吧，你好好休息。"

换作从前，雍凛对因为生病而柔弱的女性，一方面是出于男人保护的心态而怜惜她们，另一方面却是对弱者高高在上的怜悯和观察，这本是世间大多数男人的正常态度。

之前两人交往期间，顾念曾生过几回病，生理期的时候两人一起吃饭，她也会告诉雍凛不要点冷的，那时候的雍凛虽然面上答应，心里却有些不当回事。

当痛苦不发生在自己身上的时候，很难设身处地去理解别人。男人对女人更是这样，哪怕女人说生孩子如何疼，绝大多数男人也不会感同身受，甚至还会觉得女人是为了博取同情和怜惜。

雍凛抱着被子顶住腹部，心里第一百零一次咒骂让他们俩互换身体的罪魁祸首。

顾念已经拨通经理的电话："John，我是顾念……咳，的朋友。"

说得太溜差点露馅，顾念赶紧圆过来："她今天生病了，没法上班，我想帮她请个假。"

电话那头的John有些意外，语气变得客气许多："好的，您是雍先生吧，麻烦您代我转告和问候一声，让Nina多休息，您如果有空，也欢迎常到我们门店来做客！"

雍夫人是M&J的大客户，雍凛的身份，John自然也是知道的。

顾念和他寒暄两句，挂了电话，又去煮糖水。她一个人在外地读书工作，这些日常琐事早就不在话下，很快就把热腾腾的红糖姜水盛出来放在雍凛床前。

"红糖姜水缓解痛经最管用，你记得趁热喝。"

雍凛有气无力地"嗯"了一声，呈挺尸状闭目养神，半句话都不想多说，也没注意到顾念的悄然离去。

经过第一天的手忙脚乱，当顾念再次来到公司时，已经能够掩饰住自己惴惴不安的心情了。

除了陈庄之外，雍凛还有一个叫林琳的秘书，负责打电话订机票，确定出差、酒店之类的琐事。林琳年轻貌美，精明能干，对公事和私事分得很清楚，也有感情稳定的男朋友，绝无跟老板玩办公室暧昧的念头。

林琳和陈庄两人分工明确，为顾念省了不少工夫。

顾念简直开会开出阴影了，林琳刚进来，她就问："今天有会议吗？"

林琳："没有，不过丽景新城那边的建设进展不太顺利，您上回说要找个时间去看看，今天正好比较空，可以今天过去。"

顾念含糊答应："好，我考虑一下，有需要就叫你。"

林琳出去之后，顾念就拨通了雍凛的电话，询问他这件事。

雍凛声音有些恹恹的："那边的进度拖一拖也无妨，过几天我再和你一起去。"

顾念："好，林琳和陈庄拿了不少文件进来，需要我签字，你的笔迹我模仿不来，回头再带回去给你签。"

雍凛原本还担心顾念对新身份会不能适应而频频出乱子，但现在看来，这种担心应该是多余的。虽然不能说顾念适应得很好，但起码她态度认真，也很谨慎，这让雍凛很满意。

他没法想象这场互换身体的意外会维持一辈子，所以顾念现在捅的娄子越多，他将来需要收拾的烂摊子也就越多。

不管两人分手时有没有不舍，还是不是想为这段感情再努力一下，在发生了这种不可思议的事情之后，彼此都暂时没了谈情说爱的心情。

现在他们相处起来更像一对不得不临时凑在一起共患难的同伴，而不是什么分手怨侣。

一个每天装成霸道总裁去上班开会，面对一堆工作无从下手；一个因为来了“大姨妈”，只能躺在床上挺尸。

此时此刻，两人身处异地，却不约而同叹了口气：无论如何，赶紧恢复正常吧！

上天明显没有听见他们的祷告，临近下班，顾念又接到雍夫人的电话，问她什么时候回去，家里可以开始准备晚餐。

顾念一个头两个大，心里暗怪雍凛让她答应下来，只好说了个时间，末了又道：“如果你们不介意的话，我想邀请一位朋友同行。”

“是女朋友？”雍夫人问。

“……算是吧。”不带雍凛去，她一个人肯定无法应付雍家父母，好歹有个人陪着，心里也不那么发虚。

“阿凛，其实……唉，算了，你想带就带上吧，回来再说。”

雍夫人的未尽之意让顾念仿佛察觉了什么。

先前两人已经到了谈婚论嫁的地步，雍凛父母自然也会知道顾念的存在，以顾念对雍凛的了解，他那种性格，并不会被父母随意牵着鼻子走的，所以哪怕父母不同意，他很可能也会坚持自己的意见。

不过雍凛父母对这桩婚事是否看好，显然不重要，重要的是，她不想去跟从没见过面的“爹妈”打交道啊！

只要想想见面时的情景，顾念就烦得头大，她只得再次拨通雍凛的电话。

电话那头，雍凛的声音平稳多了，表示自己已经好转，晚上可以如期和她回家吃饭。

顾念：“那下班后我开车去接你吧，你自己先换身衣服。”

说了两句，搁下电话，见手头暂时没什么需要自己处理的了，顾念从手提包里摸出一本《英法词汇对照大全》，一个词一个词地对照着学起来。

法语因其渊源，在欧洲，尤其是M&J这种品牌的总部很受看重，有些内聘职位上甚至写着法语优先，可见重要性。顾念不是英语专业出身，法语更是零基础，但她如果想要在这个行业中真正有所发展，就得不断学习。

对已经开始工作的人而言，重拾学习比读书时还要困难，之前上班，她都是利用晚上的时间看一会儿书，因为跟雍凛谈恋爱，本来就少的业余充电更被挤压得几乎没有，现在反倒阴错阳差，多出不少空闲来。

顾念一边用耳机听着法语发音，一边艰涩地念着单词，磕磕巴巴的读音连她自己听着都难受，幸好作为头号领导，办公室足够豪华，别人也不会乱闯，一天下来，居然还真学进去了一些。

平时午饭雍凛一般会跟陈庄一起解决，顺便跟助理聊一下工作，增进交流。换了顾念，对着陈庄也不知道要聊什么，索性让林琳帮自己叫了外卖在办公室里吃，陈庄估计是觉得老板还在跟女朋友闹分手的低潮期，也很识趣地没来打扰她。

快到下班时间，顾念生怕陈庄忽然又从哪里冒出来通知她去开会，二话不说赶紧闪人，开了车回去接雍凛。

回到公寓，雍凛正坐在沙发上一边看杂志，一边等她，怀里还抱着个抱枕，看上去有些乖——他自己毫无察觉——这个举动是为了让肚子有点东西压着，会舒服一点，顾念以前生理期也经常这么做。

“这些是要你签名的，你签好了明天我再带回去。”她将厚厚一摞文件放在桌子上，“快去换衣服吧，我跟你妈说了七点，现在已经六点出头了，路上肯定还塞车。”

雍凛：“我已经换好了，走吧。”

顾念：“……”

她看着对方这一身黑衣黑裤，嘴角微微抽动。

顾念：“你换身裙子吧。”

雍凛想也不想：“我不要穿裙子。”

下面凉飕飕的感觉太可怕了。

顾念："……那为什么要穿一身黑？"

雍凛脸色难看，半天才道："不穿黑色裤子的话，我怕会侧漏。"

顾念："……你用的是多长的卫生巾？"

雍凛："最长的那款。"

顾念无语："那你担心什么，而且就算漏，也不会漏到上衣上啊！"

雍凛一脸"我不想跟你讲道理"的表情。

顾念抚额投降。

这么一身黑穿过去，知道的说是去前男友家里吃饭，不知道的还以为是去参加葬礼。

雍凛他爹妈说不定会觉得女方是故意去给他们添堵的呢。

雍凛坚决不肯穿裙子，也不肯换浅色的裤子，没奈何，最后顾念选了一件米色上衣，给他配个浅黄色的手提包，又梳起两鬓头发，绾到后面，用发夹别住，将黑裤子的锐利柔化掉，顿时变得妩媚起来。

顾念显然对自己的成果满意极了，以前看着镜子不觉得，现在以旁观者的角度看自己，更有一种别样的新奇感觉。

她忍不住钩起雍凛的下巴，笑嘻嘻道："这么漂亮的女孩子上哪里找哟，简直是夺天地之造化，集日月之精华！"

雍凛："……"

还要点脸不？

哪怕雍凛再喜欢顾念，这么恶心的话他从前也说不出口，听见原本属于自己的声音说得如此真情实感，他简直快把身上的鸡皮疙瘩都掉光了。

晚上七点，两人准时抵达雍家。

S市最贵的房子在市中心，也就是雍凛公寓所在的那一片区域，但真正想要住得舒服，还得是离市区有些距离，位于江边的独栋洋房，起码空气清新，宽敞舒适。自然，造价也是不菲。

验证身份，大门打开，车子驶入车库，保镖上前招呼，那头雍家一楼迎客的门也开了，帮佣模样的女性站在门口朝这边望过来，显然是在等他们。

顾念忍不住开玩笑："这排场都能拍电视剧了。"

雍凛："这排场已经不算大了，更夸张的也有。"

他不是在炫耀，只是实话实说。

改革开放之后，国门打开，那些能够抓住潮流崛起的新贵，如今都一个劲地往上靠拢，跟差不多地位的人比，跟上面比，跟国外的豪门比，攀比之风日盛，攀比的内容也都千奇百怪。

顾念在M&J的时间不长，但工作缘故经常会接触这方面的人，也听了不少八卦。

据说有几位名媛特别喜欢拿M&J的包来炫耀攀比，而且还不能是摆在门店里出售的普通款，得是只有VIP客户才能买到的定制款。其中一个人因为经常能买到特殊定制款而备受追捧，成为名媛圈中的名人，她还经常将包PO（上传）在网上，久而久之，在网上也小有名气。

结果某天这位名媛的某个手包，被扒出亚洲区仅有一个，而且那一个已经在别人手里，也就是说，她手里那一个是高仿，当时这事闹得挺大，名媛死不承认，还说自己的确是在M&J门店买的，最后M&J官方不得不出来澄清事实，表示那一款包的确已经在另一位客户手中。该名媛沦为笑柄，被网友们嘲笑没钱还要强行炫富，从此在网络上销声匿迹。

但许多网友不知道的是，该名媛并不穷，她的家境其实不错，只不过还不足以支撑她这样庞大的开支，为了能够打入更高的圈子，不得不打肿脸充胖子，又因为太过高调被人看不顺眼，才会闹出这样的笑话。

顾念的心性和心志都不错，这让她能从一个并不富裕的普通家庭里脱颖而出，得到现在这份不错的工作，所以也能坚守住本心，不会被行业里的各种奢靡浮华迷花了眼，但并不是人人都和她一样。

正因为雍凛见多了这种想要通过捷径少奋斗许多年的人，所以才对顾念的选择特别不理解，哪怕现在两人换了身体，他也忍不住教训对方："社会的竞争只会越来越激烈，父母的起点决定了孩子的起点，你去跟那些家境普通的男人结婚，辛辛苦苦去挣一套学区房的钱，又或者让孩子上普通小学，将来去跟那些优秀学生竞争，这就是你要的生活？"

雍凛的话，不能说不对，但顾念觉得，他将一切都功利化了。

"只要孩子自己足够优秀，就能通过努力上进得到更好的未来。"

雍凛哂笑："人类这个群体，真正的天才很少，绝大部分人的智商都不会相差太远，在这种情况下，你认为后天的环境不重要吗？"

顾念没来得及回答这个问题，两人已经离客厅正门很近。等在门口的中年阿姨迎上来，笑容满面："小凛回来了？"

"于婶等很久了？"雍凛在半路上给顾念介绍过雍家几名帮佣，于婶在雍家时间很长，快十几二十年了，等于是看着雍凛长大的长辈，也管着雍家其他所有帮佣。

"没有没有，刚出来，饭菜都做好了，就等着你们……这位是……"

于婶的目光落在雍凛身上，带了些探究和好奇。

顾念："这位是我朋友，叫顾念。"

于婶："原来是顾小姐，快请进！"

她的视线从雍凛空空的两手上掠过，笑容微微淡了一些。

第一次到男朋友家里，连个礼物都不带，真是没礼貌！

雍凛潜意识里还将自己当成雍家的人，回家哪里需要带什么礼物，所以他根本没意识到于婶的态度为何一下子转变。

顾念在车上就想到了礼物的问题，但当时时间太仓促，她就没有多此一举地出言提醒。

反正如果不是发生了意外，他们本该分手，也不会有上门拜访的事情，雍家对她的印象好不好，顾念没有看得特别重。

两人跟着于婶入内，雍夫人正坐在沙发上看杂志，见状起身，笑盈盈拉过儿子，眼里既有欣喜，又有为人父母的抱怨。

“妈还以为你又要借口工作忙，不肯回来呢！”

被当成男人已经很尴尬了，还要被一个陌生人当成儿子，简直是尴尬翻倍。好在顾念从事服务业，专业素质很不错，面对的客户五花八门，讨好一位保养得宜、爱子心切的阿姨并不难。

在最初几秒的尴尬之后，她很快反应过来，顺势扶住雍夫人的手臂，带她一起坐下。

“我这不是真忙嘛，爸把那家公司交给我，我肯定不能辜负他的期望，只要有空，我立马就回来看你了，就是路上来得着急，没买什么礼物。”

儿子忽然变得贴心，雍夫人自然觉得熨帖。

“你肯回来我就很高兴了，一家人还要什么礼物？”

话刚说完她就想起旁边还坐着一个外人，“一家人”意有所指，怕被人家女孩子误会，又不好收回来，笑容微微凝滞了片刻。

顾念细心，立刻注意到了，心里有些好笑。

如果她还是原来的自己，说不定会受伤难过，但现在在顾念身体里的是雍凛。

顾念觉得这一幕实在有点好笑，但她非但不能笑，还要苦苦忍耐。

她为雍夫人介绍雍凛：“妈，你还没见过顾念吧，她是我朋友。”

是朋友，而不是女朋友。雍夫人发现其中的一字之差，心想儿子还没有糊涂到底，面上也露出客套和气的笑容，对雍凛道：“欢迎顾小姐上门来做客，我听说你们要来，特意让厨师多做了菜，等会儿不要客气，当成自己家就行了！”

这本来就是他的家。雍凛的心情复杂难言，淡淡道：“好的，谢谢。”

顾念：“妈，你不是说自己做菜吗，怎么又让厨师动手，有樱桃肉吗？”

雍夫人忙把放在雍凛身上的不多的注意力拉回来：“有，当然做了，就知道你喜欢吃这个，我亲自做的，你爸应该也快回来了……”

说曹操曹操到，雍凛的父亲，这栋房子的男主人从外面进来。

“来了。”他朝顾念和雍凛两人点点头，面部表情虽然稍稍柔和下来，但长久身居高位带来的气场不是那么容易收敛的，顾念面对他时，没法像面对雍夫人那么自在，只能开口叫一声爸，顺带介绍了一下雍凛。

“好，顾小姐，欢迎来做客。开饭吧。”雍子文说话很简短，几乎没什么寒暄客套。

一句话，厨房的人立刻动了起来，热气腾腾的菜陆续上桌，四人分别在长桌两边落座。

这顿饭吃的是中餐，雍家没有“食不言”之类的规矩，餐桌上还是可以交流一下感情的。雍子文问顾念最近做得如何，顾念含糊回答了两句，雍子文有些不满意，但想想儿子接管那家公司之后一直干得不错，他也就没有多说。

雍夫人因为儿子回来，心情很不错，笑眯眯问：“小凛，你和殊也有联系吗，我听说你们去吃饭了？”

顾念被问得一脸蒙圈，完全不知道“殊也”是谁，也不知道怎么回答，但她反应也算快，含糊答了一声。

雍夫人：“殊也那孩子从国外回来，对国内的人情世故不是很懂，你有空多带她到处走走吧。”

有别的女孩子在场，她也没有说出更直白的话，算是保持了最基本的礼数。

雍凛最烦他妈成天要给他介绍对象，克制了一下，还是忍不住插嘴道："雍凛不喜欢她！"

话一出口，饭桌上的氛围就僵了一下。

连雍子文也抬起头，看了雍凛一眼。

雍夫人微微皱眉，似笑非笑："我问的好像是小凛吧？"

顾念忙打圆场："顾念说得对，我的确不喜欢殊也。她性子比较急，把我要说的话提前说了。"

这已经不是性子急的问题，而是知不知礼数，有没有家教的问题了。雍夫人露出不快，脸上明明白白写着。

自己跑到别人的身体里，回家去见爹妈，却被爹妈嫌弃，这是一种什么样的感受？

估计世上百分之九十九点九的人一辈子也碰不上这种奇遇。

雍凛很心塞，再也不开口，埋头吃饭。

吃完饭，雍子文道："小凛，你跟我到楼上来，我有些事问问你。"

这十有八九是有工作上的事要谈，顾念虽然这两天已经恶补过一些资料，但还是怕自己会在雍父面前答不上话，赶紧拿雍凛当借口："顾念是我带来的，我总得当好陪客，有什么事下回再聊吧。"

这看在雍氏夫妇眼里，又成了儿子维护女朋友的行为。

经过饭桌上的那一幕，原本就对顾念不是很感冒的雍夫人，对顾念的印象就更不好了。但她总算知道给儿子面子，没有当场驳斥，依旧笑道："那这样，天色不早了，我先让司机送顾小姐回去吧，你晚上就在这里过夜好了。"

顾念想也不想就拒绝："不行，我明天还要上班，这里离市区太远！"

雍子文皱眉："我也在市区上班，早点起来不就行了，难得在家过夜还诸多推搪。"

顾念看了雍凛一眼，后者似乎没有感应到她的求助信号，看着茶几出神，不知道在想什么。

那头雍子文已经安排好客人的去处了："天晚了，这里很难打到车，于婶，你打电话让小唐开车送顾小姐回去吧。"

顾念总算知道雍凛时不时流露出来的专横独断是从哪里来的了。

眼看再说下去就要吵起来，顾念只好不出声，任由于婶把雍凛送出门。

雍凛本来不是一个对父母言听计从的乖宝宝，他在家里也有自己的主见，不至于被父亲牵着鼻子走，问题是他现在在顾念的身体里，说什么做什么都要考虑顾念的身份，根本放不开手脚，只能往顾念那里看了一眼。

顾念会意，忙道："于婶，你去休息吧，我送他出去就行。"

没理会雍凛父母那边的反应，她迅速带着雍凛出了门，一边往院子里走，一边小声说："今晚就不该来！"

雍凛不肯承认自己决策错误，只能给她出点主意："等会儿你早点睡，别给他们问你问题的机会，不然我爸一说起工作就没完没了。"

顾念很郁闷："这种日子什么时候才是个头啊！"

雍凛的心情也没比她好到哪里去。

那一瞬间，几乎同时，两人抛开了前男女朋友身份互换的尴尬，油然而生一股惺惺相惜、同病相怜的战友情。

留下来的顾念理所当然受到了雍子文的传召。

雍家以房地产起家，后来又涉足珠宝行业，跨度比较大，也许是继承了祖上的经商天分，雍子文硬是凭借自己对时代局势的把握和精准的眼光，经营出这份偌大的家业。雍凛现在手头做的，就是从雍子文手上分出去的一家房地产公司，单独负责几个项目。

隔行如隔山，顾念一点也不想去和雍凛的父亲讨论什么"房地产的政策调控和国内房地产行业的走势"，所以在依依不舍送走了雍凛之后，她立刻抚额装头晕，说要回房休息。

雍子文皱眉：“刚进来的时候不是好端端的？”

顾念呈虚弱状：“可能是这几天连着开会，太累了。”

雍夫人自然是护着儿子的，闻言就道：“那快回房休息，妈让人炖了虫草水鸭汤，回头给你送上去。”

得了雍夫人的话，顾念忙不迭起身：“爸、妈，那我先回房了。”

雍家是复式两层，于婶等人住楼下，主人和客人住楼上。顾念上了二楼，眼看楼上有好几个房间，她下意识要推离自己最近那一间房的门。

“小凛？”

顾念扭头，雍夫人正站在楼梯口，疑惑地看他。

雍夫人：“你进爸妈的房间有事吗？”

顾念：“……”

后背霎时间冒出冷汗，亏得她反应够快，几秒钟之内还真编出一个借口：“我刚才好像听见里面有声音，所以想进去看看。”

说罢顾念推开门往里面看了一眼，回头朝雍夫人笑了一下：“应该是我听错了。”

“……”雍夫人忽然对儿子的精神状态产生了某种担忧，她走过来，探向顾念的额头。

“你是不是太累了？我就让你爸爸不要那么早给你压担子的，哪怕在总公司再干两年都好。”

顾念顺势挽住她的手臂：“爸也是为了我好，早点出去，才能早点独当一面，我不可能永远都活在爸的羽翼下。”

“你这孩子，跟你爸一样要强！”雍夫人有点无奈，又隐含疼爱。

当年息影嫁入雍家的时候，演员和商界人士的典型结合，不知多少人羡慕她攀上高枝，又有多少人在背后不看好他们。一年年过去，娱乐圈不乏和雍夫人选择了一样归宿的演员，更多的是因丈夫出轨或移情别恋而导致婚姻破裂，还有苦苦维持着那一点面子而不肯离婚的，更有被男方那张“假富豪”的皮欺骗，结婚没多久就跟着丈夫一起破产的。

相比之下，雍夫人刘玉珊何其幸运，不仅婚姻和顺，丈夫事业有成，连生的儿子都优秀出色，羡杀无数旁人。

刘玉珊嘴上不说，心里未必不是这样觉得。

顾念：“妈，你白天在电话里是不是有话要跟我说？”

刘玉珊表情一顿，自然而然带着顾念走到雍凛的房间门口。

原来雍凛的房间是倒数第二间，顾念会意，推开房门，里面果然一应是雍凛式风格的布置陈设。

刘玉珊将门关上，一脸欲言又止。

顾念推了把椅子让她坐下：“怎么了？”

刘玉珊：“昨天，李导打了个电话过来，说想让我去演他新戏里的一个角色。”

顾念一愣：“哪个李导？”

刘玉珊：“李封导演。”

顾念恍然，捧场道：“妈，你也太厉害了，都息影那么多年了，还有名导来找你演戏，真人不露相啊！”

刘玉珊被儿子夸得心花怒放，但自家知道自家事，她还没有自大到无视事实，真以为自己演技傲视群雄了。

“其实事后我找人打听了一下，事情不是这么简单，因为李封导演名气大，事先跟投资方说好了，男一女一都留给他自己选，但其他人选就没有限制，所以男二男三那些，都是有些背景进去的，其中有一个女四号，演技特别差，戏份又在整部戏里起到比较重要的作用，所以李封就想将她换掉，如果换上别人，没背景没来历，投资方不一定肯，他就想起我来了。”

顾念开玩笑道：“那也得是你演技过关，人家才会想起你啊！”

听见这句话，刘玉珊有些感慨。

当年没嫁人时，她也曾拿过国内电影新人奖的，圈中许多人都觉得她演戏有股灵气，坚持下去未必就不能成大器。但一来当时跟雍子文已经谈婚论嫁，对方提出让她婚后息影；二来，说老实话，有雍子文那么优秀的结婚对象放在眼前，娱乐圈又是一个浮华之地，年轻的刘玉珊很难不心动不摇摆。

圈中从来就不缺乏有才华的人，即便刘玉珊被普遍看好，她也不敢笃定自己会一直红下去。左右权衡之下，她最终选择了息影嫁人，当个锦衣玉食的全职太太。

这些年雍子文的事业越做越大，雍家早年失散，后来在海外发展的亲戚也都陆续联系上，族人互通有无，资源共享，雍家的势力越来越庞大。刘玉珊妻凭夫贵，自然跟着受益匪浅，政商名流圈中，任谁都要客客气气称呼她一声雍夫人，谁还会记得她当年也只是一个出身平凡的演员而已？

但人总是缺啥想啥，在刘玉珊内心深处，未尝没有一丝对当日选择的遗憾，而李封这一通电话，将她这份遗憾重新激活。

刘玉珊见顾念没明白自己的意思，轻咳一声："阿凛，你说，我要不要答应李导？"

顾念："妈要真的很想去，就答应下来吧。"

刘玉珊面上一喜，随即又迟疑："可你爸那边，可能不会答应。"

顾念这才明白刘玉珊为什么要特地将雍凛叫回来，又关起门来说这番话。

雍家是雍子文当家，刘玉珊再风光，大事也轮不到她做主，且不说刘玉珊曾经答应过雍子文的话，时隔多年，雍家夫人重新出山演戏，搞不好会让人以为雍家快不行了，还得刘玉珊出来赚钱补贴家用。

刘玉珊迟迟不敢跟丈夫开口，就希望能先得到儿子的支持。

顾念沉吟片刻："妈，这件事，你还是得先和爸商量一下。"

刘玉珊叹了口气："我知道，说是肯定要说的，可不知道怎么说，他的性格，你也知道，我看十有八九不会答应。”

顾念：“你们都结婚这么多年了，你为这个家一直默默付出，没有功劳也有苦劳，以我们家的情况，根本不用去在意流言蜚语，演戏也是爱好，我当然支持你，这么一件小事，爸应该能理解你的。”

刘玉珊听得感动，儿子的性格跟老子很像，打从十几岁之后，就没和她说过这么贴心的话，为人父母能得到儿女的体谅，比大冬天里泡了温泉还要暖和。

“谢谢你，阿凛，我回头好好跟你爸说一下吧。”

把人开导好，再送出门口，顾念长长舒了口气，回想今晚种种，不由得露出一丝苦笑。

假如她和雍凛没有分手，假如没有发生这一桩意外，那么今晚坐在雍家遭到冷落的人应该是她。

雍夫人刘玉珊出身普通，但这么多年耳濡目染下来，气质和修养都提升上去了，哪怕再不满意顾念，也没有口出恶言，比起电视剧里演的那些恶婆婆，已经算是很好了。

顾念相信，以雍凛的性格为人，说要结婚并不是空话，哪怕家里人不满意，他也不会就此放弃她。但一桩得不到父母祝福的婚姻，能够继续走下去，并幸福美满吗？

从雍凛父母身上，顾念仿佛看见了自己和雍凛的未来。

同样是事业和爱情的抉择，刘玉珊选择了后者，放弃了前者，但她心里一直念念不忘，所以才会有今日的犹豫。

顾念只是外表柔弱，内心并不比雍夫人更加弱势能忍，雍夫人尚且会后悔，她更是不想让自己将来后悔。

所以她和雍凛两个人，有朝一日回归正轨，也注定是他们从此陌路，不再有交集之时。

但交往以来那些甜蜜的日日夜夜，怎么可能说忘就忘？

顾念还记得，有一回他们去野外露营，下山的时候遇到大雨，山路泥泞积水，车坏了，电话也打不通，最糟糕的是顾念的脚还崴了，是雍凛背着她一步步走到了山下，足足一个小时的路。

一辈子能遇上一个合适的人，产生一场合适的爱情，本来就是难能可贵的事情，然而这世上还有更多难题，单凭爱情是无法解决的。

譬如两人家境的悬殊，譬如他们对男女分工的不同看法。

顾念之前坚持婚后工作，其实内心也早已隐隐料到雍凛父母的反应，未必没有存着争一口气的想法。

家庭出身的，生来就有，这不是她能够选择或改变的，但后天的努力能证明一个人的价值。

假如她在事业上有所成就，起码能够向雍凛的父母证明雍凛的眼光没有错，雍凛选择和她在一起并没有错，更能在以后帮雍凛分担压力，共同面对风雨，这才是她所认为的婚姻和爱情。

不过现在想再多也无益。

顾念揉掉眼角的湿润，直接翻了个身，将枕头盖在脸上。

淡淡的香味飘入鼻子，那是枕头洗干净又被暴晒过后的味道，还熏了不知名的香料，不呛人，很舒服，顾念不知不觉就睡了过去。

好像过了没多久，她忽然被门外一道摔门声惊醒，紧接着是一句女声控诉。

“雍子文，我在你眼里，就是一株必须依附别人的菟丝草对吗？！”

声音不大，但也许是睡得不沉，顾念一下子就惊醒过来。

Chapter 4 立场

“其实还是不太一样，对你妈妈而言，演戏其实已经成为她的一个心愿，她年轻时未完成的一个梦，但对我来说，现在这份工作不是梦，而是能够被掌握在手中的未来。”

那句话之后，外头一下子显得更安静了。

顾念坐了一会儿，起身推门出去。

外面走廊灯光昏昏亮着。

顾念仿佛能听见自己脚下的棉拖鞋与木地板之间的摩擦声。

楼下的帮佣们可能也听见了刚才的动静，但没有一个人不识趣地出来张望。

雍夫人刘玉珊正站在自己房间门口，侧脸一大半隐没在阴影中，只有胸口的急剧起伏泄露了她的内心。

顾念的理智告诉她应该装看不见，毕竟她现在并不是真正的雍凛，不宜插手别人的家事。

但她犹豫了片刻，还是走上前，轻声叫了一声：“妈。”

刘玉珊微微侧头，无言地看着她。

顾念暗叹口气，扶着她来到自己房间，关上门。

“妈，你没事吧？”

这句话就像一个按钮，打开了刘玉珊的泪闸，她的眼睛瞬间湿润。

“我跟你爸提了去客串演戏的事了。”

顾念明了：“爸不同意？”

刘玉珊：“他让我别自降身价去抛头露面，说雍家又不是养不起我！”

没等顾念说话，她又道：“这些年嫁进这个家，我自问战战兢兢，没出过错，你爸让我息影我就息影；你爸让我打理那个慈善基金会，我明明不懂也不感兴趣，还是努力去学。你也不是不知道，你爸那边有些亲戚，眼睛长在头顶上，觉得我是演员出身，放在旧社会就是个戏子，谁都能踩一脚，觉得我能嫁入雍家，就是祖坟冒青烟了，可这些我都没跟你爸说过！他呢，他体恤过我吗？！”

语调越说越急促，顾念轻轻拍抚她的后背，刘玉珊喘了口气，继续说：“我从年轻时起就喜欢演戏，现在嫁给你爸这么多年，你也这么大了，难道我就不能重新捡起自己的爱好吗？什么叫自降身价，难不成我原来很低贱，嫁人之后才飞黄腾达的？”

顾念轻声道：“你们这么多年夫妻，爸这样说，的确是过分了。”

刘玉珊委屈：“何止过分！其实我知道，他从心底就从来没高看过我，自从和他结婚，我不说没有自己的事业，连去逛街吃饭，都不能挑自己喜欢的，生怕丢了他的人，丢了雍家的面子！他倒好，从来都不认为我为他牺牲了多少，反而觉得理所当然！

“现在我只不过是想去李导的戏里客串一把而已，那可是李导啊！他这种级别的导演，我年轻时想去演他的戏，都找不到门路，人家也看不上我，你爸却连圆我一个梦都不肯……”

她见顾念不吱声，不由得埋怨道：“你跟你爸一个样，半句话都不肯多说，难不成我上辈子欠了你们雍家的？”

顾念无奈，她不是真正的雍凛，又不能评断谁对谁错，只得道：“前几天我和顾念发生争执，原因与这件事也有些相似，我希望她辞职，她却想婚后还继续在M&J工作，所以……”

她本是随口说一件事来安慰对方，没想到刘玉珊一听，注意力竟全不在自己身上了，赶忙抓住关键词问："你要跟顾念结婚？"

顾念抽了抽嘴角："现在没有这种想法了。"

刘玉珊松了口气："小凛，顾念那孩子我晚上也见着了，的确是个好孩子，也很漂亮，就是有一点，可能家境普通了些，所以从小见识有限，但这也怪不得她……"

她绞尽脑汁措辞，避开那些可能会令儿子感到不悦的用词。

"说白了，你和她从小就是两个世界的人，看见的事情、学到的东西都不一样，不提家境出身，你在英国留学那么多年，她却是在国内长大的，别的不说，朋友圈就不一样，怎么谈得到一块儿去？你们现在甜甜蜜蜜，那是热恋期还没过，等到新鲜感没了，难保不会后悔。"

刘玉珊想必也是知道儿子个性强，决定好了的事情鲜少听劝，尤其是在大事上，连丈夫都未必说得动他，所以并没有陈述自己对顾念的种种不喜欢，而是从雍凛的立场上来给他讲道理，也算是苦口婆心了。

顾念苦笑："妈，你就不用操心了，我们理念不合，不会在一起的。"

她哪里知道自己随口拿来劝慰对方的例子，竟会引发雍夫人这么大的警惕。

刘玉珊拍拍儿子的胳膊："能嫁入雍家，是她八辈子修来的福气，她既然没有眼光，你也不用为她伤神。我听说她还是一个普通店员是吧？M&J听着光鲜，想要往上走，哪里是那么容易的，我每年也没少和他们那里的人打交道，知道里头水可深了，钩心斗角样样不少，小姑娘心气高，有志向很好，就是太天真了。"

难道您忘了您刚才还为了去拍戏的事，抨击丈夫不支持您拥有自己的爱好和事业？怎么现在碰上儿子的事情，立马又变了立场？

顾念啼笑皆非，一面觉得刘玉珊双重标准，一面又有些隐隐的羡慕。

不管如何，刘玉珊肯定是一位为儿子着想的好母亲。

将自己这么多年来的种种不满都吐槽出来，刘玉珊心情也好一些了。

“你休息吧，明天还要上班的，妈不该拉着你说这么久。”她起身往外走。

顾念：“那你跟爸好好说说，可别吵架了。”

刘玉珊：“知道了，这么多年夫妻，我还不知道他的脾气吗？”

顾念送她出门，这才折返回来。

可这么一通折腾，她也睡不着了，索性趴在床上打开手机，给雍凛发短信。

你睡了没？

雍凛本来就不舒服，经过晚上那顿食不知味的晚餐，更是心塞得胃疼，回到公寓以后就吃了止痛片，连衣服都懒得换，直接倒头便睡，自然也没看见顾念的短信。

止痛片的安神作用让雍凛这两天一直紧绷的神经稍稍松懈下来，这一觉睡得有点久，直到一个电话将他吵醒。

他迷迷瞪瞪接起电话，潜意识里还以为是陈庄过来请示公事，直接就说：“能拿主意的你自己先拿主意就行了，不用事事问我。”

那边静默了好一会儿，才有人道：“Nina，是我，John。”

顾念的门店经理？

雍凛的睡意一下子去了大半，随之清醒过来。

“有什么事吗？”他揉了揉眉心。

John呵呵一笑，也没计较他的失礼，语气依旧随和关切：“你身体怎么样了？”

雍凛一愣，猛地抬头看时钟。

早上十点整。

距离他本来应该到门店的时间，已经晚了半个小时。

雍凛："我睡过头了，现在马上就过去。"

John温声道："你要是不舒服，今天就继续休息吧，我让同事给你代班，只是以后提前跟我说一声就行了。"

言下之意，顾念没有请假，导致门店本来应该值班的人数少了。

雍凛有些不是滋味，却不得不道："不好意思，是我的疏忽，我今天不请假，现在就过去，半小时内应该能到。"

挂断John的电话，雍凛起身准备换下这身皱巴巴的衣服，却忽然感觉有点不对劲。

这种不祥的感觉来自他身上。

雍凛皱了皱眉，回头往床上看，整个人顿时连同表情一起僵住了。

只见浅蓝色的床单正中，多了一大摊深色血迹，乍一看像犯罪现场。

他定定盯着那团血迹看了三秒，忍不住摸向自己身后，脸色又往难看更进一步，称得上面如菜色了。

雍凛简直快要疯掉。

连380mm都阻止不了侧漏，难不成他下次要买成人纸尿裤吗！

下一刻，雍凛以百米冲刺的速度冲进洗手间。

微有洁癖的他一边清洗，一边抓狂地想：那些女人每个月都得来一回，她们到底是怎么忍受这一切的？

如果夏天在空调房里也就罢了，如果是在室外，不一会儿就浑身上下冒汗，再加上生理期出血……

想到这里，雍凛只觉得自己的未来一片黑暗，生不如死。

匆匆洗了个澡，连早饭都来不及吃，雍凛打车赶到门店，实则距离他与John说好的时间又晚了半小时有余。

他没理会落在自己身上的诸多目光，先进了工作间换衣服，然后再去找John道歉。

John倒还一如既往地好说话，没有批评他迟到，还关切道："你脸色看起来不太好，要是不舒服就早点回去休息吧。"

被他委婉提醒，雍凛赫然发现自己连妆都没化就过来了，但顾念不在，他一个人也不会化妆，只得装作听不出对方的弦外之音，淡定点头。

不一会儿就临近中午了，像他们这样的行业，看着光鲜，实际上与其他上班族无异，商场不可能专门为这些门店的员工开辟一个食堂，大家都是打电话叫外卖，相互轮班，替换着吃完。

雍凛考虑到自己今天迟到，可能会给团队其他人留下不好的印象，索性就打电话叫了附近最好的酒楼送一大桌菜过来。

又对其他同事道："今天我迟到，为表歉意，大家的午饭就由我来请吧。"

这番话落落大方，众人面面相觑，一时没有说话，还是经理John开口："既然Nina有心，大家等会儿就不要单独点外卖了。"

一位同事开玩笑道："Nina，是不是准备拿中午这顿，抵消掉你以后的那一顿啊？"

雍凛莫名其妙："以后哪一顿？"

那同事见他听不懂这个玩笑，也不好继续说下去，讪讪一笑。

顾念本身存款不多，雍凛也没有让前女友花费的习惯，两人互换身体之后，他就从自己原先的卡里划了一笔钱到顾念的卡里，然后再用顾念的卡去消费，所以这顿饭虽然花费不菲，对雍凛来说却只是小case（事情）。

酒楼很快把外卖送过来，众人看着满满一桌的鲍参翅肚，目瞪口呆。

雍凛道："今天值班的有九个人，我叫了十二份，肯定够，不要客气。"

一派领导风范。

但没有人动。

雍凛微微皱眉，正想说话。

John先拿了一份石斛鲍鱼汤，笑道："今天多亏Nina做东，不然回去又要被老婆说不节俭，那我就不客气了！"

见他动手，其他人这才纷纷拿起自己喜欢的。

"托Nina的福，晚上不用吃晚饭了。"余千惠玩笑道。

"Sunny，你最近不是减肥吗，千层酥热量太高，你那份我代劳了！"

"那可不行，怎能浪费Nina的一片心意！"

众人说说笑笑，雍凛虽然不太喜欢混在女人堆里说这些在他看来毫无营养浪费时间的玩笑话，却也不能不违心附和两句。

他心里一直惦记着尴尬的生理期问题，生怕在自己没留神的时候又发生悲剧，吃饱之后就匆匆赶往商场的洗手间。

就在雍凛一脚踩入洗手间门口的时候，身后有人叫住他："Nina！"

雍凛回头，余千惠正一脸尴尬地望着他。

有什么话直接说不行吗，为什么总要露出这种欲言又止的表情？

雍凛不耐烦："有事吗？"

余千惠："你进错厕所了。"

雍凛抬头，上面偌大的"male（男士）"映入眼帘："……"

余千惠倒没有嘲笑，而是一边拉着他往女厕的门口走，一边道："看你魂不守舍的，没事吧？"

雍凛摇摇头，什么都不想说了。

他关上洗手间隔间的门，先查看了一番，发现安全无虞，这才松了口气。

旋即，雍凛似是想起什么，脸色青白交加。

他何时沦落到要跑到洗手间来检查生理期姨妈巾有没有侧漏的问题了？

假如真的存在某个人，或某种力量，想要让他们互换身份，从而看他们手忙脚乱，出丑闹笑话，那么对方的目的无疑已经达到了！

从去国外留学起，雍凛就养成了将所有事情都安排得井井有条，提前做好准备的习惯，但现在这场突如其来的意外，把一切都打乱了，这让他感到深深的自我厌烦。

准确地说，是对女性身份的种种不方便感到厌烦。

他没有办法站在女性的角度去体谅这些不便，因为直到现在，雍凛也没有把自己当成女人。顾念的身体对他而言，仅仅是暂时寄住的“旅馆”。

以己度人，他觉得顾念的心情应该也和自己差不多。

深吸了口气，雍凛正准备推门出去，外面传来洗手说话的动静。

“我现在可越来越烦她了！”

声音有些熟悉，雍凛回忆了一下，想起是来自一名叫苏菁的同事。

另一个人讶异：“谁呀？”

这个声音雍凛早上也听过，对方好像叫李娇。

苏菁笑骂：“还有谁？明知故问！找了个有钱男朋友很了不起吗，眼睛长在头顶上了，迟到不说，连John都不敢对她发火！”

这是在说顾念？

雍凛停住动作，有些不高兴，心想顾念怎么得罪她了？

李娇：“你也不看看人家男朋友什么背景，他妈妈是M&J的高V（高级VIP），每年都被品牌邀请去看秀的，John当然不敢对她发火了，毕竟是未来的豪门少奶奶嘛。”

苏菁嗤笑：“这还没订婚呢，就开始摆架子，是不是太早了点？她男朋友的妈妈我知道，刘玉珊嘛，早年出道没多久就直接嫁入雍家了，这么多年来位置都稳稳当当的，你以为那是什么简单人物，怕就怕她一心攀高枝，人家却看不上她！”

李娇叹一口气：“那有什么办法，她运气的确好，说不定真能嫁进去。”

苏菁：“她嫁得好不好，跟我一毛钱关系也没有，我就看不惯John对她跟对我完全两个态度！”

雍凛不是受气包性格，哪怕对方骂的是顾念，他也没有必要忍气吞声，当下就直接推门走出去。

声响惊动了正在八卦的两人，李娇面露尴尬，苏菁则坦然自若。

雍凛：“看不惯John，就去跟他说，背后说人，跟个长舌妇一样，也难怪你一直得不到升迁。”

当惯了领导，他这番话也完全是站在领导的角度教训别人的。

苏菁哂笑，正面迎上他的眼神，气势丝毫不弱：“不好意思，让你失望了，我已经递了辞职申请。”

原来是早就有恃无恐，所以特地趁离职前赶过来发泄的？

雍凛一颗金刚总裁心怎么可能会因此受伤，他上下打量苏菁，冷冷道：“你找的什么工作，无非是同行业跳槽吧？聪明人不会觉得自己离职了就可以口无遮拦，你既然知道雍凛有钱有势，就应该知道他可以让你在这一行找不到饭碗！”

苏菁气得面色铁青：“你！”

雍总没有丝毫占了上风的快感，反而觉得跟女人吵架真是跌份。他再没看苏菁一眼，转身就往外走。

然而雍凛一时忘了自己还穿着高跟鞋，直接就想用高跟鞋的小细跟走出当霸道总裁时的豪迈自信步伐，结果脚下踩滑，纤细的脚腕承受不住身体突如其来的惯性，直接往前扑倒。

那一刻，雍凛整个人都有点蒙。

幸而旁边一只手及时伸出来搀扶住他，雍凛自己反应也还算快，一只手按住门板，最终以半跪在地上，膝盖生疼的代价免于更加狼狈的境况。

“你没事吧？”扶住他的是余千惠，对方想必也听见了几人的谈话，只是刚才不好意思露面。

雍凛：“没事。”

两个字说得有点咬牙切齿。

身后传来苏菁毫不客气的嘲笑。

余千惠也想笑，但好歹忍住了，赶紧扶着雍凛出了洗手间。

雍凛深觉丢脸，不过他心理素质不错，还能若无其事、面无表情地问余千惠：“这个叫苏菁的，平时背地里总和我过不去？”

他想问的是对方是不是平时没事总刁难顾念。

余千惠：“其实也不是，她这人心直口快，看不惯就说，所以常得罪人，这回应该是为了辞职的事跟John闹得不愉快，正好撞上你向John请假，就迁怒了。”

雍凛心想女人的心思真是海底针，又经常会无理取闹。苏菁跟John的恩怨，关他什么事，就不能学会看人看事理智一点吗？

余千惠吞吞吐吐：“其实中午那会儿，你没有必要叫那么贵的外卖。”

雍凛皱眉：“有什么不妥吗？”

余千惠一笑：“那倒没有，不过这一顿花费的钱，也抵得上你三分之一的工资了吧，连John请客都没有这么阔绰过。”

雍凛听出她的弦外之音：“你的意思是，我请他们吃饭，他们反而不高兴？”

余千惠：“不是不高兴，我明白你的好意，不过有的同事心思敏感，可能会觉得你在有意炫耀。我也是随便说说，你要是觉得没道理，就姑且当没听到好了。”

好意歹意，雍凛自然分辨得出。他点点头：“多谢你提醒。”

他事事站在雍凛的角度上，行事带着一股霸气，不出手则已，请客自然要请最好的。殊不知他现在用的是顾念的身体和身份，当顾念做出这些事情时，就令人难以接受了。大家不会觉得顾念狂跩酷霸，只会觉得她在仗着自己男朋友的身份，向别人炫耀。

雍凛若有所思：“我这几天是不是跟以前很不一样？”

余千惠：“是有点，不过也没什么，女人生理期来了，脾气都会急一些。”

雍凛愕然：“你怎么知道我生理期来了？”

余千惠：“你不是时不时往后摸，又往后看吗，是女人都能看出来。”

雍凛：“……”

见他脸色不佳，余千惠又道：“放心吧，不会染裙子上，就算漏一点，裙子是深色的，也看不出来。”

她不安慰还好，一安慰，雍凛心情更糟糕了。

这时手机响起，雍凛以为是自己的，拿起来一看，没动静。

“是我的！”余千惠恍然，掏出手机，没多留意就按下接听键，然后才后知后觉脸色一变。

电话那头急切的声音传来，余千惠没开扩音，雍凛也听了个七八成。

“亲爱的，你总算接电话了，你听我解释……”

余千惠一面毫不犹豫挂断，一面对雍凛露出苦笑：“不好意思，让你看笑话了。”

雍凛无意多管闲事，但对方刚刚才扶了自己一把，表现得太过冷漠好像也不对。

“有什么需要帮忙的吗？”

余千惠：“没事，前男友劈腿，被我当场在外头捉住，跟他分手，他还纠缠不休。”

原来是个吃着碗里看着锅里的，雍凛不屑：“分得挺好！”

余千惠苦笑："其实一开始他也不是这样的……算了，说多了也没用，就这样吧。"

她没有多说，雍凛也没有多问，两人回到门店。

在洗手间跟苏菁一道议论顾念的李娇也回来了，苏菁是要离职的无所谓，她却不是，虽然刚才没有说顾念的坏话，但总归有些煽风点火的味道，见了雍凛不由得尴尬一笑。

这时如果雍凛顺势打个招呼，大家明面上过得去，也就罢了，雍凛却懒得理她，视若无睹移开视线，李娇见状脸色微微一变，心里既难堪又有气。

雍凛自然不屑与李娇这样的人打交道，若她与苏菁一样有话直说，或许雍凛还会高看她一眼，但对方刚才任由苏菁出头，自己则躲在后头看热闹，分明心存不良。雍凛在商场上与人打交道，双方业务往来，也不乏钻法律空子，给对方进行"合法挖坑"的行为，但那都是出于利益需要，雍凛认为跟这种职场上的龃龉还是有区别的。

话说回来，他不明白顾念对这份工作还有什么好眷恋的，工作内容毫无技术性可言，唯一称得上费脑的就是几个女人动辄为了点鸡毛蒜皮的事就互相算计，她竟还为了这个跟自己分手，简直不可理喻。

想到这里，雍凛暗暗皱眉，一面又忍不住想起顾念那边，担心她应付不了他的父母。

这时，一个衣着入时的年轻女人从外面走进来。

雍凛原本没准备亲自上前招呼，但当对方朝自己走过来时，他才发现李娇不知何时已经不见踪影，离他最近的余千惠也在十步以外，按理来说，应该是轮到他招待客人的。

他只好上前："你好，请问有什么需要吗？"

对方道："我想看看你们的披肩。"

雍凛领着对方走到陈列披肩的玻璃柜台前。

对方见雍凛一声不吭，有点不满："你连介绍都不介绍一下吗？"

雍凛只好道："请问你是要搭配什么衣服吗，如果是现在身上这种浅粉色的，可以选择同色系的披肩或白色的。"

对方："要搭配黑色礼服的，秋冬款。"

雍凛："那就黑色的吧，或者白色也可以。"

对方皱眉："你也不问问我那套礼服是什么样子，随随便便就推荐吗？"

雍凛："……"

对方没再搭理雍凛，自顾自低头看了一会儿，指着两款颜色差不多的披肩问他："这两款看着款式差不多，怎么价格差别那么大？"

雍凛道："材质不同，厚薄不同，肯定会影响价格的。"

他原本就不是会对人低三下四的人，哪怕遇到商场上那些不见血的钩心斗角，大家也是彼此在笑容和不见血的言语之中解决。

为了生意，雍凛也许会选择退让。但此刻，面对这个客人，他觉得轻易退让有失颜面和自尊，因此犹豫了一下。

就是这片刻犹豫，让对方的声音更大了："我要见你们的经理！"

雍凛微微皱眉："这位女士，你有什么需求，我们都可以尽量满足你的。"

对方："那好，我现在就要找你们经理。"

身为头儿，John随时随地都在眼观四面，耳听八方。他一发现这边两人好似进行得不大顺利，也不等雍凛去叫，就主动过来了。

"这位女士有什么需要帮忙的吗？"

对方看了John的名牌一眼："我要向你投诉这位员工，态度消极怠慢，眼睛长在头顶上！怎么，见我看的是披肩而不是衣服、包，就觉得我是小客户，没有必要郑重以待了是吗？"

John笑容满面，却又不是谄媚的笑，而是令人如沐春风的热情："您言重了，敢问您贵姓？"

对方："我姓杨。"

John：“好的，杨女士，Nina是我们店里很优秀的员工，不过可能她的风格并不适合您，我向您道歉，请让我亲自来为您做介绍好吗？”

杨女士指着方才那两款披肩：“那你给我介绍一下它们的异同吧。”

John：“这款是羊绒加蚕丝，这款是纯羊毛。”

杨女士：“羊绒更好些？”

John：“也不能这么说，要看各自的需求，您看，这款摸上去就更细腻光滑一些，适合出席晚宴场合；这一款呢，图案有些不一样，可以出差或在户外用……”

他介绍得很详细，雍凛明明不感兴趣，却也不能离开，跟着在旁边听了一耳朵，觉得John服务态度不错，而且轻易就将客人的不满情绪安抚下来，可见的确有能力。

雍凛正想着以后要不要将John挖到自己公司的销售部门去任职，那头顾客决定买下一条羊毛披肩，临走前瞟了雍凛一眼，对John道：“M&J一个大品牌，这种素质有待提高的员工在里面，迟早会败光你们的声誉。”

雍凛很无语，他其实什么也没干，连话都没说两句，这女的分明是在找碴儿。

John笑容不变：“多谢您的批评指正，我们一定会检讨的。”

女子这才满意走人。

John对雍凛道：“这种小客一看就是很难缠的，以后如果不能应付，就趁早叫我过来，对方说什么你都受着一点，笑容多一些，她也就不好意思再刁难你了。”

雍凛：“怎么看得出她是小客？”

John：“她身上虽然是Chanel（香奈儿）全套，却是前年的成衣，而且衣角边缘有磨损，有可能是买的二手。”

雍凛诧异：“二手又是怎么看出来的？”

John："衣服的肩宽略长，不太合身。"

眼神锐利到这种程度，雍凛都有些佩服了，因为这种尺寸细节肯定是不明显的，否则他自己也能注意到了。

雍凛："不好意思，刚才给你添麻烦了。"

John还反过来安慰他："换了平时，这种客人对你而言只是小case，这两天你可能是太累了，多注意休息，需要请假就跟我说。"

苏菁之前在洗手间说过，John其实并不算一个脾气好的领导，但因为顾念交了个姓雍的男朋友，就对顾念格外照顾。

这种特别待遇，雍凛其实并不反感，他知道人人平等，也知道这个世上处处充满不平等，能让顾念上班得到优待，没理由要拒绝，至于别人如苏菁高不高兴，那是她的事情，雍凛懒得去理会无关人士的感受。

John离开后，邹艳红过来，小声道："那个人前几天才来过，当时我们也在场，是Rose去接待的，刚才她看见对方，立马避去洗手间了，就是知道那个人很难缠，爱发脾气作弄人。"

Rose就是李娇。

见他没接话，邹艳红又似自言自语："不知道那个人会不会就是'神访'？"

雍凛："什么'神访'？"

邹艳红："神秘访客啊，你忘了？那关系到我们个人评分，可能会影响内聘职位的。"

虽然John安慰了雍凛，但谁都能看到，他的表现并不算好，更别说专业了。

雍凛微微皱眉，抿了抿唇，有点烦躁。

快下班的时候，顾念打来电话，问他能不能准时下班，自己要不要过来接，雍凛答应了，下班时间一到，就换上鞋子往外走，顾念早就驱车前来，等在商场外头。

夕阳下，帅气冷峻的"男人"坐在驾驶座上，对雍凛露出四颗牙齿的灿烂笑容。

雍凛有点胃疼。

上了车，他提醒："别这么笑。"

顾念笑嘻嘻："开心也是一天，不开心也是一天，我帮你多笑笑不好吗？"

说着还伸出左右两根食指，抵住脸颊两旁，吐舌头："茄子！"

雍凛："……"

顾念捏着嗓子："这位美女，你那么漂亮，为什么要板着脸，让自己的美貌被埋没，你看，连路边的狗狗看到你，都会为你的美貌倾倒。"

又吐舌头，学了几声狗叫："汪汪汪汪汪！"

雍凛嘴角一抽，原想绷着的弧度也绷不住了，变得好气又好笑。

积累了一天的烦躁不知不觉消解了几分。

顾念笑吟吟道："这就对了嘛，笑口常开百岁老，我有两个好消息，和一个不好也不坏的消息要告诉你，你想先听哪一个？"

转换身份带来的低落在她身上仿佛只维持了很短的时间，在那之后，顾念烦归烦，却总是打起精神面对一切，就像现在，即使这副身体属于雍凛，但只要雍凛看见那双洋溢着盎然生机的眼神，就知道那是独属于顾念的灵魂。

雍凛清了清嗓子，下意识想要像从前那样分腿坐，但在受到裙子的阻碍之后面色一僵，不得不合拢双腿，脚微微往外侧，变成标准的淑女坐姿。

顾念余光瞥见，忍笑道："第一件事，是之前说过的那个有点问题的项目，现在顺利进行了，具体的报告文件上有写，我也带来了，晚上你自己看会清楚一点。"

这的确是个好消息。

雍凛点点头。

顾念："第二件事，就是你的得力手下之一——林琳小姐要订婚了。"

雍凛意外："这么快，那岂不是要请婚假？"

顾念无奈："大哥啊，你就关心人请不请婚假，好歹也关心一下要给多少礼金才能表达心意之类的吧？"

雍凛一笑："礼金是肯定要给的，在此基础上，我会再给她多发一笔奖金，具体的交给陈庄就好，她这两年跟着我，的确出了不少力，没了她或陈庄，公司也不可能这么快上轨道。"

顾念点头："好。"

雍凛："还有一件事呢？"

顾念面露迟疑，仍是将昨夜发生的事情告诉他，末了主动检讨："其实是我有失妥当，我不应该鼓励你妈妈，这等于间接助长了她的意愿，更何况她并不知道当时是我在说话，还以为你是站在她那一边的。"

雍凛蹙眉，果然不太高兴的样子。

顾念心中忐忑，自觉做得不好，也没再说话，转而专心开车。

车子驶入市区主干道，夜幕降临，喧嚣热闹，车内却一时寂静。

谁知过了一会儿，雍凛突然问道："你是不是因为这个不肯辞职的？"

顾念愣了一下。

雍凛："你是怕你像我妈这样，嫁给我爸之后，又想复出，却没有机会了？"

顾念不想随便敷衍他，想了片刻，才开口："其实还是不太一样，对你妈妈而言，演戏其实已经成为她的一个心愿，她年轻时未完成的一个梦，但对我来说，现在这份工作不是梦，而是能够被掌握在手中的未来。"

雍凛没有接这句话，他依旧认为自己的女人就应该待在家里让人宠着，不必和男人一样去外面承受风雨。但经过这几天的体验之后，他已经不会轻易将这种观点表达出来，因为雍凛知道，顾念的确对这份工作非常上心。

他忽然想起John说过的话，在工作上，顾念游刃有余，是门店里表现非常优秀的员工。

“你之前上班，是不是总会碰见蛮不讲理的客人？”

顾念目视前方，漫不经心：“也不是经常，怎么啦？”

不知不觉，她说话就会将自己平日的口音语气带出来，如果现在有旁人在场，看见装着雍凛灵魂的“顾念”，充其量只会觉得她性格有点冷，有点傲，不太好亲近，但看见装着顾念灵魂的“雍凛”，肯定会觉得这个男人一副凛不可犯的模样，却原来是个娘娘腔。

雍凛嘴角一抽，强迫自己装作看不见地移开视线。

“没什么，今天碰到一个女客，对我颐指气使，John说你以前都能轻易化解的。”

顾念含笑，并没有埋怨他：“也不是什么化解，这种人呀，一般都有一种优越又自卑的心理，就是看见比她更有钱的，忍不住想去攀比，想跟人家沾边，但看见比自己过得差的，又会瞧不起人家。”

雍凛接口：“羡人有，笑人无。”

顾念扑哧一笑：“虽然有点损，不过还挺精准的。对这样的客人，自然是要顺毛捋，不能起争执，有时候顺着她的话应和，放下身段，也就没什么了，不过你必然是做不惯的，也不需要这么做，你肯代我去上班，已经很委屈你了，只要不出太大的意外，有什么状况，等我回去再弥补就好。”

雍凛的确不可能对客人低三下四，摧眉折腰。他沉默片刻，转而又问：“我记得M&J以前都是只做大客户的，怎么现在这样的客户也放进来？”

顾念："你也知道是以前，虽然普通客户经常是单件单件买，也不一定固定在M&J消费，但抵不住总体数量多，有时候一二十个普通客户一年的消费量，就抵得上一个高V了。总部那边不可能放弃这一块儿市场的，再高端的牌子也没法靠吃空气生存，利润才是一切。听说以前中国市场还未做大的时候，像M&J这种店，普通客户进去，boutique sales都是眼睛长在头顶上，理都不理的，但现在中国市场被重视起来，你看就连法国、瑞士的M&J店，那些boutique sales还得学中文，为的就是给中文客户最好的购物体验。本土门店就更不必说了，现在只要顾客体验反馈这一关打分不高，个人在升迁上就会遇到很大阻碍。"

雍凛发现顾念说起她这一行来，头头是道，整张脸连带眼睛都像在发光，这种神态他再熟悉不过，因为雍凛自己沉浸在工作里时也是这样的。

雍凛隐隐觉得，自己从前将一些观念强加在顾念身上，也许的确有些武断。

顾念说完，发现雍凛没接话，一扭头，对方正专注地看着她，弄得顾念有点不好意思："看我做什么？"

这娇羞一瞥，让雍凛所有想法都在那一瞬间灰飞烟灭。

他艰难开口："你别用我那张脸，摆出那样的表情。"

趁着等红灯的间隙，顾念双手捧脸，嘟起嘴巴，脑袋还跟着左右摇晃两下："宝宝很委屈，但宝宝不说。"

做完鬼脸，她笑嘻嘻问脸色都已经变青了的雍凛："你是说这样的表情吗？"

雍凛什么都不想说了："你往左看。"

"哈？"顾念莫名地扭头往左，发现隔着玻璃窗，跟她并行停在另一边等红灯的司机正目瞪口呆地望着她，表情惊悚。

他的形象早已荡然无存。雍凛绝望地想道。

顾念本人倒没有什么尴尬之色，反倒笑得很开心："事已至此，不自我娱乐一下，怎么劝自己开心一点呀？你也可以用我的身体做男人平时习惯的那些动作啊，跷二郎腿，抠脚丫，我都不会阻止你的。”

“我才不会抠脚！”雍大公子忍无可忍地驳斥，然后忍不住催促顾念：“绿灯亮了，你快点开！”

顾念：“你饿了？”

雍凛面色不好，憋了半天才道：“我总感觉……好像又侧漏了。”

顾念大汗：“不会吧，都第二天了，应该没那么多的量。”

雍凛：“少废话！”

Chapter 5
现实

谈恋爱是两个人的事，结婚却关系到两个家庭，乃至两个人的朋友圈。豪门是如此，寒门也是如此，自古从不例外。

两人谈恋爱一年，别的不说，在食物口味上倒能够达成一致——都以清淡为主，有时来点小辣，偏爱泰国菜。

但这种时间段能找到的有空位的泰国餐厅很少，雍凛又急着回去，顾念想起自己昨天翻找冰箱，里头还有不少阿姨去打扫时顺便采买的食物，便直接驱车回了公寓。

一进门，雍凛就匆匆直奔洗手间，顾念则从冰箱里拿出一些蔬菜和肉，挽起袖子，系上围裙，开始做晚饭。

顾念做饭水平有限，一些简单的家常菜还是没问题的，但两人恋爱以来，不是在外面吃，就是雍凛请的阿姨过来做，不需要顾念动手，所以当雍凛从洗手间出来，看见对方在厨房忙碌的背影，竟有些惊异。

“你会做饭？”他问顾念。

顾念头也不抬：“会一点，但手艺稀松平常，你在英国留学的时候也得自个儿做饭吧？”

雍凛：“雍家在英国有房子，离学校不远，也有国内的阿姨过去负责做饭。”

大少就是大少，一般的留学生还不能比，顾念一时忘了这点，拍拍头苦笑：“我忘了。”

雍凛刚出生的时候，雍子文已经凭借祖上遗泽和自己的眼光魄力赚到了第一桶金，所以雍凛从小到大就没受过什么苦，现在仅仅是大男子主义，而没有一些富豪子弟的纨绔习气，从另一个角度来看，也已经很难得了。

顾念一时出神，忘了自己准备去掀锅盖，毫不意外被烫了一下，嘶了一声，差点跳起来。

雍凛皱眉，几步走过来：“怎么这么不小心？”

顾念忙拿起抹布盖在上面，然后才掀起来。

雍凛闻见味道，意外道：“不错，很香！”

顾念笑道：“是你家的锅的功劳，买锅的阿姨有眼光，这种珐琅锅能有效封住外泄水分，形成一个内循环，不至于让香味蒸发掉。”

没时间多做，顾念就炒了个青菜，外加一份玉米胡萝卜排骨汤，配着白米饭吃。

见雍凛端起饭碗夹菜送入口中，她忍不住期待：“怎么样？”

雍凛实话实说：“一般般。”

顾念有点失望，微微鼓起嘴巴，这本是她平时偶尔会有的一个下意识的动作，出现在柔美的脸上会令人感觉可爱，但如果出现在雍凛的脸上……

雍凛觉得辣眼睛。

但他已经懒得去斥责或纠正了，直接低头吃饭，装看不见。

看不见就是没发生过，他自我麻痹道。

顾念却忽然发现雍凛脸上的异样：“你今天没化妆就去上班了吧？”

这句话是多余的，没有顾念在，雍凛肯定不会自己化妆，但顾念发现一个更令人惊恐的事实。

“你没擦润肤霜，也没擦防晒霜？”

雍凛看了顾念的表情一眼，觉得自己回答肯定的答案，可能会让她崩溃，就说了个善意的谎言：“擦了。”

顾念凑近了端详：“不对，脸上的皮肤很干，毛孔也变大了，你肯定没擦。”

雍凛：“……你的眼睛装了显微镜？我怎么没感觉？”

顾念捧着他的脸哀叹：“惨了惨了，一天不防晒，等于整张脸衰老十天，这下不知道要补充多少胶原蛋白才能补回去！”

两人凑得太近，雍凛感觉到对方的热气喷在自己脸上——尽管那原本是他自己的脸，熟悉到不能再熟悉，但不知怎的，他竟有那么一瞬间的窘迫，这让他忽然觉得自己像个变态。

他忍不住将脖子往后仰，想把顾念的手掰下来，顾念却没有及时松手，这导致雍凛一个重心不稳往后翻倒，连带顾念也跟着往前压在他身上。

一瞬间，顾念的表情扭曲了。

雍凛只是整个人上半身往后仰，顾念却是下半身正好磕在椅子上。

雍凛看到她的表情不由得吓了一跳：“你没事吧？”

顾念痛苦道：“我现在知道自宫是什么感觉了！”

雍凛：“……”

可怜顾念自忖一个淑女，这种时候也疼得顾不上其他，弓着腰扶桌站正，手揉着痛处，一面嘤嘤嘤：“太疼了，真是疼死个人了！”

雍凛面容抽搐，这真正是痛在她身，伤在他心了。

但凡男人，哪怕再正经的男人，都不可能不看重自己的正常功能。此刻雍凛忍了又忍，还是没忍住：“伤得怎样了，我看看！”

顾念缩得更紧了，整个人都蜷在沙发上，摇头道：“不用了！”

她越是这样，雍凛越觉得伤得严重，上前想要自己动手：“让我看看。”

两人在沙发上纠缠起来，顾念现在力气比雍凛大，任凭雍凛抓着自己的裤头往下扯，就是死活不肯松手。

就在此时，咔嚓一声，门打开了，清洁阿姨进来。

“雍先生，刚才打您的电话您没接，我就先上来……”

她的声音戛然而止，张口结舌看着同时朝自己望过来的两人。

清洁阿姨结结巴巴：“不……不好意思，那个，雍先生，白天我打扫卫生的时候拿错钥匙了，所以给您送回来，你们继续，继续……”

她丢下钥匙，急急忙忙把门重新关上。

关门声魔咒一般惊醒两人，顾念推开雍凛，急急忙忙拉上裤子，又跑进洗手间。

雍凛一脸尴尬。

刚刚纠缠中他不小心摸到自己急于想要查看的部位，然后那个身体就自然而然起了反应。

等顾念从洗手间出来时，发现雍凛居然主动在收拾碗筷，虽然动作有些手忙脚乱，但起码没有让顾念帮忙。

顾念走过去：“我来吧。”

雍凛连在异国他乡都没自己做过饭，自然也不用奢望他洗过碗。但他能表示出帮忙的姿态，已经很难得了，顾念也没打算真让他收拾。

雍凛：“不用了，你去坐着吧。”

他似乎是为了表示刚刚的歉意，又不好意思说出口，摞了一摞碗，又去拿筷子，最上面的碗随着他的动作滑下来，直接就摔得粉碎。

雍凛：“……”

顾念抚额：“还是我来吧。”

她接过雍凛手上的碗筷，雍凛则蹲下身去收拾碎片。

互换身体给本来已经说好分手的两人带来许多尴尬，意外状况一桩接一桩，连雍凛自己也不得不承认，他以顾念的身份去生活工作，做得还远远不够好。

他生性骄傲，事事要求完美，这样的结果让他十分郁闷，却又无法表达出来。

如果他觉得顾念的工作不值得去做，那么应该是建立在自己有能力做好，但不屑去做的基础上，但现在他连做好都谈不上，不屑与否又从何谈起？

雍凛抬起头，顾念正背对着他在洗碗，动作有条不紊，虽是用着雍凛的双手，却透着一股温柔的味道。

“小念。”

“啊？”冷不防被喊了名字，顾念下意识应和一声。

“我跟John请了三天假，从你的年假里扣。”雍凛道。

顾念转过身，诧异地看他。

雍凛：“我对你的行业一无所知，现在也不知道我们多久才能换回来，这样下去总不是办法，我想利用这三天时间好好熟悉一下，有什么需要知道的，你也给我说一下，以免再出什么意外状况。”

顾念先是一怔，而后从眼神里慢慢溢出难以置信的光芒。

雍凛被那满满的惊喜与感激看得有些不自在。

顾念：“谢谢你，雍凛。”

她似乎觉得不够分量，重复一遍：“谢谢你。”

两声道谢，一声比一声重，其中的诚挚毋庸置疑。

哪怕当初雍凛送了一份贵重的生日礼物给顾念，顾念都没有过这么激动的表现。

雍凛轻咳一声，正想说点什么，手机响起。

顾念擦干手，拿起手机一看。

“是柴向阳。”她对雍凛道，按下接听键。

柴向阳大大咧咧的声音传来：“哥们，项目都顺利定下来了，你还在家孵蛋呢，出来庆功！兄弟请客！”

雍凛公司最近那个出问题的项目，柴向阳也有参与，算是雍凛带着朋友玩。今天顾念和雍凛说项目得以继续顺利进行，柴向阳那边想必也得到消息了。

顾念没马上答应："等会儿，我在吃饭，你把地址发来，去不去我再给你回复。"

柴向阳："可一定得来啊，你才是主角！"

挂了电话，顾念问雍凛："去吗？"

雍凛难得地迟疑起来。

柴向阳和雍凛除了私交不错之外，还有一些生意上的合作，一般这种邀约，雍凛都不会推拒。人在商场上，哪怕他并不需要求人，但多一个朋友就等于多一条路，雍凛不可能清高得认为单靠自己就能赤手空拳打天下。

不过现在情况有点不同，顾念不懂生意上的事情，去了也说不上话。雍凛想了想："算了，推掉吧，就说改日再聚。"

刚说完，柴向阳又打了个电话过来催："怎么回事啊，亲爱的，你到底来不来啊？"

他说话没个正经，男女关系上又向来风流随性得很，跟雍凛完全是两种性子，也不知道怎么的，竟能玩到一块儿去。

听见这句"亲爱的"，雍凛脸色一黑，顾念哭笑不得。

顾念："我今天不方便。"

柴向阳不依不饶："什么不方便啊，又不是女人，每个月还有那几天！就知道你雍大公子毛病多，我没定那些乱七八糟的场所，是郊外的飞羽山庄，你不也是他们家常客吗，咱都半个月没见了，屈泽他们也在，都没外人，项目顺利进行，你可是哥几个的大功臣，都说要好好谢你，你不能放我们的鸽子啊！"

顾念无法，只得拿自己来当挡箭牌："顾念也在，我总不能抛下她吧。"

那边沉默片刻，却道："带顾念一起过来嘛，我们都带了女伴，正好。”

话已至此，顾念找不到不去的借口，只好答应了柴向阳。

柴向阳和屈泽那些人，顾念不是头一回见了，倒不至于慌张，只是……

顾念迟疑：“等会儿见了他们，我要说什么好？”

雍凛：“我平时也没太多话，你不用特意说什么，不想做的事情直接拒绝就好了，向阳他们都是熟人，不会在意的。”

顾念耸肩：“那你的肚子还疼吗？”

雍凛不自在：“好多了，我先去洗个澡换身衣服。”

顾念补充道：“然后我再给你化个淡妆。”

会心一击，令雍凛起身朝洗手间走去的背影明显一僵。

顾念暗笑。

等两人上了车，雍凛看着身上的无袖长裙，还是很不习惯。

不是他不想穿裤子，而是在唯一的深色裤子还晾在外头的情况下，顾念告诉他，穿黑色的裙子，比浅色裤子更安全，无奈之下，雍凛只好接受她的着装建议。

顾念安慰他：“这裙子足够保守，还是黑色的，就算稍有侧漏，也不会有人看出来，再说今天是第二天，量应该不会那么多了，只是你自己的心理作用而已。”

雍凛似忽然想起什么，脸色不好：“我忘了带一片备换的了，回去拿吧。”

顾念哭笑不得：“没关系吧，你刚换了夜用的，怎么都不至于出事，我们又不在那儿过夜。”

雍凛现在就像头顶上时时悬着一把达摩克利斯之剑，每时每刻都有种潜藏的危机感。今天早上起床时，床单上那一片刺目鲜红给他带来的刺激感太强了，当时他就直接把床单揉成一团丢掉了，都没让顾念看见。

他不想再讨论这个令人不适的话题，便道："你用我的身份上班，还习惯吗？"

顾念："还好，我有许多不懂的，多亏了陈庄，你回去之后真得给他加工资，开会的时候我接不上话，往往都是他来圆场，我觉得他对我的工作能力肯定产生了怀疑，但又不能问，憋得难受极了。"

说这番话时，顾念一直笑吟吟的，语调轻快，仿佛没有什么困难不能解决。

这种外表柔弱、内心坚强的性格，曾经也是雍凛喜欢的一部分。

但就像他这几天手忙脚乱一样，雍凛一度觉得顾念也会跟自己一样，难以适应新的身份，状况频出，雍凛甚至已经做好事后为她收拾烂摊子的准备。

出乎意料的是，顾念的确什么都不懂，什么都不敢做主，但她总是在力所能及的范围内，尽量将事情做得更好。因为雍凛发现她每天带回来的，除了需要给他签名的文件之外，还有会议记录，以及当日行程，如果说这些还可以让秘书整理的话，那么会客对象与大致内容，就都是顾念事后根据记忆自己写出来的。

她知道隔行如隔山，自己对雍凛的行业了解不多，顾念所能做到的，仅仅是让对方在看不见的情况下多些了解和判断，以免耽误了对方的工作。

这也已经足够了。

雍凛并不是一个不知好歹的人，他只是一时间难以将自己放在从前他认为"弱势"的身份定位上。曾经他觉得无足轻重的工作，却让他有些手忙脚乱，也许在别人看来，雍凛可以用门店工作比掌舵一个公司更鸡零狗碎来说服自己，但高傲的他不会选择用借口来为自己开脱。

这让他现在的心情十分复杂。

顾念无法察知雍凛的心理活动，她感觉到对方突如其来的沉默，奇怪地看了一眼。

“你没事吧？”

雍凛定了定神：“没事。”

顾念：“你在门店还好吗，有没有人刁难你？”

雍凛：“没有，John对我还算照顾。”

顾念扑哧一笑：“那肯定是看在‘雍凛’的面子上。”

雍凛本来不愿意说人是非，但想了想，还是将苏菁和李娇在洗手间背后议论的事情简单说了下，为的是提醒她：“那个苏菁倒也罢了，那个李娇你反而需要留意一些。”

顾念听说他请鲍参翅肚，反而被人说爱炫耀的时候笑不可抑：“如果你以雍凛的身份来请客，他们只会对你感激不尽，因为你的身份远远凌驾于他们之上，他们不会生出嫉妒和不满；我则不然，他们了解我的经济能力，大家是同事，地位相当，冷不防请一顿鲍参翅肚，他们当然会觉得我在倚势凌人，像李娇那样心思有些敏感的，就会不开心。”

雍凛蹙眉疑惑：“你不是很看重这份工作？怎么好像不在意我弄砸了你的人际关系？”

顾念笑道：“我喜欢这个行业的原因之一，就是它相较别的传统服务行业而言，更考验个人能力，M&J的内聘升迁制度也很完善。换言之，只要能力足够，就不愁没有升迁的机会，人际关系当然重要，但它只能起到锦上添花的作用，最终决定前程的，还是个人能力。”

雍凛挑眉：“别高兴得太早，这一行同样也有玻璃天花板，M&J的总部在欧洲，公司还有皇室控股，股东和CEO都是英国人，你即使能力再强，奋斗一辈子，职业生涯顶多……”

顾念接下他的话：“顶多就是当个亚太区的头头儿。”

雍凛淡淡道：“M&J亚太区总裁的年薪，也就是雍夫人买几件珠宝的钱。”

再说起两人分歧的源头，顾念已经没有气愤的迹象，她甚至可以很平和地跟对方开着玩笑："没有钱万万不能，我也羡慕白富美那样全身名牌呀，无须努力就有大把钱花，下回投胎的时候，我会记得睁大眼睛，挑个有钱人家……啊，不对，光有钱还不够，得保证这一家日后不会因为各种变故破产，在通货膨胀下还得越来越有钱才行，要不怎么能满足我与时俱进的需求？"

这个人……

雍凛气闷，扭头看窗外，不想搭理她了。

就在这个时候，车已经到达了目的地。

两人下车，顾念将钥匙交给泊车员，门童躬身开门，恭迎两人进去。里面随即有女服务员迎上来，娉婷清秀，笑容亲切。

"雍先生，您好久没来了，柴先生他们都在，里边请。"

对方不着痕迹瞟了顾念一眼，见对方的注意力都在自己身旁的女伴上，不由得暗暗遗憾。

趁着往里走的工夫，顾念附在雍凛耳边，小声道："等会儿有什么事忍着点，他们可不知道是你。"

雍凛莫名其妙。

飞羽山庄是本市一家在圈中颇有名声的高档会所，名字有点俗气，却没有更俗气地以中套西，弄个英文名来装洋气。会所主题以品红酒赏珠宝为主，当然客人来了，若只想找个地方说话休息，什么都不干也是可以的。此地另设小型博物馆，间或还会举办一场拍卖会，虽然以男客居多，但他们常会带着女伴过来，珠宝博览和拍卖正好投合了不少女人的心思，使得这里逐渐声名鹊起。

名声一大，地方就少了清静，雍凛一路与顾念走进去，只觉客人比往常多了不少，成分也变得复杂起来，心道以后还是让柴向阳他们另约个地方算了。

房间还是老地方，柴向阳他们常年包下这里，专门有人打扫。

雍凛一进门，就发现里面还挺热闹的，基本上自己和柴向阳都认识的那几个朋友都来了，彼此也都带了女伴。女人们自成一圈，正小声说笑，看见雍凛和顾念他们，便都抬眼往这边投来视线，不掩好奇。

柴向阳夸张出声：“哎哟，我的娘，您比市长还难请，总算是来了，大家鼓掌欢迎雍大公子啊！”

屈泽等人都笑起来，没人理他，倒是他带来的女伴很捧场，居然真的鼓起掌来。

雍凛看了那女的一眼，心想柴向阳品位一如既往地糟糕，这次又弄来个网红脸，典型的尖下巴，眼睛大得吓死人，也不知他哪儿来那么大能耐，全中国的网红脸都快被他泡个遍了。

起初走进这里的时候，顾念心里还有点发虚，毕竟眼前这些人都是雍凛的朋友。但既然她连雍凛爸妈也见过了，没道理在这儿怯了场，于是一边走过去找了个空位落座，一边接过屈泽递来的酒杯：“那你把市长请来我看看。”

S市是直辖市，市长已经算省部级官员了，哪怕在场这些人跟上面有交情，那也是家族长辈的事，柴向阳当然不可能真把市长请过来。

他惊奇道：“你雍大公子也学会跟我斗嘴了，以前听见这种话，都是给我一个白眼了事的，今天是中了邪了？”

屈泽举起酒杯致意：“不是中了邪，是心情好，这次真得谢谢雍凛了，当初那项目我们都不看好，雍凛觉得有前景，我们也是看在雍凛的面上才投资，那时候还觉得朋友一场，能帮就帮，谁知道现在反过来倒是雍凛提携了我们。”

顾念早知道雍凛在生意上有天赋，却不知这个项目中的曲折内情，当下很意外，不由得看了他一眼。

那头雍凛自然而然，就在顾念旁边落座。

柴向阳几人见了都是一怔，说话声不约而同停了停，气氛顿时有点凝滞。

雍凛还不知发生了何事，见柴向阳等人都在看他，也莫名其妙地回看。

顾念却意识到问题：柴向阳他们带来的女伴都自成一圈，雍凛跟着自己坐在这边，等于打乱了游戏规则，也让柴向阳等人感到不快。

果不其然，屈泽委婉道："顾念在这边听我们聊这些话题会不会觉得无聊？要不然去Jane她们那边坐坐吧，她们都在聊珠宝，也许你更感兴趣。"

雍凛自然也听出来了，他淡淡道："那些人只是你们带来的女伴，我是雍凛的女朋友，坐在这里也没什么不妥。"

屈泽等人面面相觑，实在是想不到"顾念"会忽然如此强势起来。

雍凛却忽然想起一件事。

他与顾念确立男女朋友关系之后，有一回带她出来见柴向阳等人，算是正式将顾念介绍给自己的朋友。事后顾念就曾隐晦对他说过，柴向阳他们好像不喜欢她，当时雍凛不以为然，觉得顾念心思细腻，想太多了。

现在看来，却是自己当时并没有将顾念的话放在心上。

又或者说，在顾念和好朋友之间，他选择了相信后者的话。

柴向阳打了个哈哈："我说老雍，顾念今儿个是怎么了，我们这也是正正经经带来的女伴啊，怎么就不能跟她一块儿玩了？"

顾念笑了笑："她今天身体有些不舒服，来的路上与我拌了两句嘴，不要在意。"

说罢她朝雍凛递了个眼色。

雍凛面色一僵，起身往女伴的方向走，心道等他换回去，再找柴向阳他们的麻烦。

见人终于肯离开，柴向阳忍不住向顾念抱怨："你对她也宠得太过了，小心她骑在你头上作威作福。"

顾念忍不住笑："她不是这种人。"

柴向阳："唉，我知道你现在在热恋中，看她哪里都觉得顺眼，咱们当朋友的，我本来也不应该扫兴，但我早看出来了，顾念那性子外柔内刚，根本不是会乖乖听你安排的女人，你小心搬起石头砸自己的脚。"

顾念不动声色："有那么严重吗？"

柴向阳笑嘻嘻道："怎么没有，我知道你雍大公子有感情洁癖，跟我这种浪荡子不一样，不过你要找，也得找个色艺双绝的吧，顾念是挺漂亮，但演戏唱歌那帮人，比她漂亮的还不是大把大把，你若只要皮相，何必吊死在这一棵树上？她家境普通，又不过是个售货员，将来一不能给你事业上的帮助，二跟你又没共同语言，你俩过了热恋期，以后那么长的日子怎么办，别说兄弟我们没提醒你，你自己可得好好考虑一下，千万别头脑发热要跟人家步入婚姻殿堂什么的，到时候请神容易送神难，就算要结婚也先签个婚前协议。"

顾念看了屈泽、齐煊他们一眼。

那几人虽然没有开口掺和，但神态无疑也表明了态度。

她慢悠悠道："看来你们都不看好我这段感情，那你们说说，我应该找个什么样的才合适？"

柴向阳和屈泽等人面面相觑："你还真开窍肯听劝了？要是想玩玩呢，我们带来的那些女伴，你看上哪个想带走，说一声就成；要是想认真呢，你家里肯定也会给你介绍的，论条件，不比顾念强上百倍呢，以后带出去也不丢人不是？"

屈泽也道："顾念不是不好，但她身份有些尴尬，若是随便玩玩，她又玩不起，若是认真交往，老实说，我们都觉得她有点配不上你。当然，这件事主要还在你，你要是坚持，大伙儿肯定也没二话，都支持你。"

顾念没有半点意外和生气。

无论在哪里，都是奉行强者为尊的规则，在这个小圈子里，大家的家世不会差别太大，但雍凛能力最强，这些人就隐隐以雍凛为首。然而雍凛能力强，不代表他在感情上也是人生赢家，柴向阳自忖过尽千帆，自然怕朋友吃亏。作为雍凛的朋友，而不是顾念的朋友，柴向阳他们必然是站在雍凛的角度上为他考虑的。

以他们的身份地位，如果会处处为顾念设想考虑，那才是奇怪。何况他们跟顾念也没有深交，不了解她的品行，自然而然就会以最坏的情况来设想。

她早就料到了，不是吗？

顾念在提出分手之前，就知道两人从谈恋爱到结婚，还有很长一段距离，如今看来，只不过是预感变成了现实。

谈恋爱是两个人的事，结婚却关系到两个家庭，乃至两个人的朋友圈。豪门是如此，寒门也是如此，自古从不例外。

这话真应该让雍凛自己过来听一听，顾念心道，面上却笑："今晚这么高兴，就不要聊这种不开心的事了，等会儿有什么节目吗？"

屈泽摊手："有个珠宝拍卖会，Jane闹着想来开开眼界，就带她过来了。"

其他人没有柴向阳这么风流，但身边的女朋友也不会永远固定不变，相比起来，雍凛倒像是异类了。

坐在另外一边的雍凛，面无表情听着几个女人在讨论化妆品的问题，心里有说不出的郁闷。

"Hi，Nina，你叫Nina对吧？听说你在M&J工作，不知道能不能帮我弄到VIP资格？我让我经纪人给你送我的签名照和下部新电影的首映礼邀请函怎么样？"坐在他对面的年轻女人笑道。

雍凛看着她有点眼熟，却想不起名字："M&J的普通VIP在一年内累计消费满一百万就能获取，你连这个条件都达不到，就算通过内部关系拿到VIP，会有人信吗？"

那女人的脸色一下子就变了。

其他几个女人面面相觑，有看热闹的，也有幸灾乐祸的。

陶安童是个小有名气的演员，经常会在电视剧里扮演一些无足轻重的女配角，仅此而已。她并非科班出身，演技又不过关，哪怕背后有柴向阳这位金主，金主也不可能让她一夜间变成演技派。

不过娱乐圈每年那么多科班出身的人想出名，其中不乏演技厉害，长得更漂亮的，陶安童能脱颖而出，哪怕只是演个小配角，也足够引以为傲了。她新近在一部大制作的电影里头扮演一个边缘化角色，角色分量几乎可以忽略不计，台词只有一句，但因为跟大片影帝影后们沾边，陶安童的地位仿佛也跟着水涨船高，起码她自己认为是如此。

在金主朋友带来的几个女伴里头，其余要么是平面模特，要么是网络主播，只有她名气最大，咖位最大。至于顾念，那就更不被她放在眼里了，一个奢侈品店的小小店员，想来也只是凭那张脸得到男人的喜欢。

陶安童万万没有想到，自己竟是被这么个人堵得哑口无言。

气完人的雍大公子浑如没事人似的拿起手机开始上网，他没忘记自己说过要多了解顾念行业的话，与其跟几个不知所谓的女人聊天，他宁愿趁这个时间看点有用的东西。

陶安童遭遇过不少冷眼轻视，看见一个本该被她瞧不起的人也有资格这么瞧不起自己，当即就冷笑一声："做人这么嚣张不好吧？我也是M&J的常客，只不过暂时没空去申请VIP而已，我听说M&J的服务态度出了名地好，你对客户却这样倨傲，就不怕我去投诉你吗？"

这女人怎么这么烦？

雍凛微微皱眉，放下手机："这位小姐……"

他转头问旁边看热闹的屈泽女伴："她姓什么？"

Jane忍笑："姓陶。"

雍凛："陶小姐，光脚的不怕穿鞋的，你去投诉我，我是没有办法，不过你既然有经纪人有助理，大小也算有点名气了，就不怕我去网上发帖揭露你颠倒黑白，明明有金主包养，却还非要贪小便宜，让M&J的工作人员给你弄到VIP资格吗？你觉得到时候是我受到的伤害大，还是你？"

陶安童脸色微变。

跟这种人斗嘴斗赢了，雍凛半点成就感都没有，只淡淡收尾一句："柴向阳这个金主当得挺不尽职的，居然不知道你的喜好，还得让你来跟别人的女朋友索要，他的眼光怎么就越来越low（低）了？"

Jane暗暗咋舌，雍先生这位女朋友可真是厉害。

陶安童差点抄起身前那杯水就泼向雍凛，好歹忍住了，可也气得手微微发抖："你算什么东西，狗眼看人低，还敢自称雍先生的女朋友，雍先生承认了吗？"

雍凛冷下脸，但他不是针对陶安童，而是想起好友柴向阳。

陶安童这个态度，说明柴向阳来之前也没有跟她说过顾念的身份，所以才让她们觉得顾念好欺负。

顾念再怎么样，也轮不到你们来指手画脚，说三道四吧？

他腾地起身，本想走过去说柴向阳两句，忽然又意识到自己现在是"顾念"，而非"雍凛"，他说的话没有半点分量，反而会让人觉得"顾念"不识大体。

雍凛眉头一皱，停住动作。

陶安童看在眼里，自以为戳中对方软肋："什么地位就要有什么地位的自觉，满脑子不合时宜，随时随地都会被现实打脸的。"

雍凛没再与她打嘴仗，只冷冷看了对方一眼，转身朝外面走去。

顾念时时注意雍凛的动向，见他出门，忍不住追随对方的身影几秒，直到柴向阳发笑："人又不会长翅膀飞了，用得着这么黏糊吗？"

"人是我带来的，自然要负责到底。"顾念回身一笑，跷起腿，双手交叠放在膝上。她晚上穿着衬衫西裤，外套在进门时脱下，没打领带，既有股精英范儿，又显出几分随性。

这一笑几乎晃花了好几个人的眼，尤其是那一拨女伴里，不乏暗地里对雍凛上心的，这会儿更是嫉妒顾念的好运气。

屈泽等人也很稀奇："你今晚心情很好？"

顾念随口道："难不成要摆出一张别人欠我钱的脸？"

屈泽哈哈一笑："你平时可不就是那么张脸，现在脸上总带笑，你没看我那个女伴，都看你第三回了！"

他语气调侃，倒没有吃醋生气的意思，反倒是他的女伴Jane心头一惊，忙收回视线。

顾念当然知道她脸上的微表情跟雍凛平时不太像，但这种长年累月形成的习惯，本来就不可能因为换了个身体就改变过来。她本来就是个爱笑的人，总有端不住的时候，熟人朋友很容易看出不同。

她并没有掩盖的意思，大大方方道："项目能顺利进行，高兴的不只你们。"

屈泽："那倒是，这个项目要是能完成，你们家族里那些喜欢说三道四的亲戚，以后再也不能拿你的年轻来说事了。"

顾念笑了笑，她对雍家内部的事情不太了解，干脆不发言。

其实现在想想，雍凛提出的订婚不乏草率，他太自信，认为结婚仅仅是两个人的事情，认为以自己的强势，可以顶住一切外来的反对之声，殊不知这些反对之声就算影响不了他，也会影响顾念。

这个社会对女人从来就不算公平，尤其是在社会地位和财富悬殊的情况下，哪怕顾念自立自强，也会有许多人认为她嫁给雍凛是贪图他的物质条件，即使雍凛不这么认为，但他身边的父母、朋友，甚至家族里的人，都隐隐约约，间接或直接表达了这种意思。

顾念不是没有想过努力，不过这种努力因雍凛不同意她婚后继续在M&J工作而宣告无解。

也许分手，才是对两人最好的选择。

门不当户不对，他们从一开始就不应该彼此喜欢。

可如果人的感情真能控制自如，天底下也就没那么多求而不得的惆怅了。

Chapter 6
是非

他像是借顾念的眼睛看见了一个全新的世界，但这个世界并不让人愉悦。

耳边听着屈泽和柴向阳等人聊天，顾念竟然开始走神，思绪都不知道飘到哪里去了。

这时候门被推开，雍凛走了进来，高跟鞋踩得嗒嗒响。

女性身躯里占着一个男性灵魂，顾念那张原本颇具古典美的脸，竟生生多了几分佛挡杀佛的气势来。

这番动静令所有人注目。

但雍凛目不斜视，直接朝陶安童走过去，然后弯腰拿起桌上的玻璃水杯，手腕一动，泼向陶安童。

后者猝不及防，被泼了个正着，满头满脸瞬间湿淋淋。

陶安童尖叫一声，从座位上跳起来。

“贱人，你疯了吗？！”

所有人瞠目结舌，完全没来得及反应过来。

下一刻，陶安童向雍凛的头发抓了过去。

雍凛早有防备，绕往旁边沙发，陶安童刹不住身体，整个人也朝沙发里栽。

趁她挣扎着要站起来之际，雍凛又抓起她后背的衣料，把人从沙发扔到地上。

陶安童背后轻薄的料子瞬间被撕破，整个美背霎时间暴露在众人面前。

整个动作一气呵成，快狠准得让人措手不及。

屈泽他们带来的几个女伴彼此之间没什么交情，陶安童的性格又不讨人喜欢，刚才那短短半小时内，谁也没建立起深厚友情。眼看这一幕的发生，大家除了吃惊之外，就是暗暗好笑，倒也有会做人的，一边弯腰去扶陶安童，嘴里一边嚷嚷：“陶小姐，你没事吧？”

陶安童气急败坏爬起来，一把推开扶她的人，也没注意自己后背两条系带已经断了，身前的布料随着她起身的动作直接滑落下来，她再次尖叫一声，反应及时，紧紧捂住，避免了走光的危险。

她双眼通红，看雍凛的目光犹如看仇人，直接踢掉脚上的高跟鞋，就要扑上去跟雍凛来一场恶战。

这种时候顾念当然不能坐视不管，她几步上前，在对方扑上来之前直接挡在雍凛前面，一把将陶安童推开。

一面暗暗咋舌，一面回头问雍凛：“怎么突然这么狠？”

雍凛冷笑不语。

其他人也赶紧过来，纷纷问怎么了。

柴向阳看起来还是很喜欢自己这个新女伴的，赶忙让人拿来他的西装外套给她披上，心疼地将人搂在怀里小声安慰，转过头来看了雍凛一眼，脸色也很不好看。

“老雍，你的女人怎么回事，好端端的，突然就发疯，安童又没招她惹她，这怎么都说不过去吧？”

雍凛冷冷道：“刚才我出门上洗手间，回来的时候就被人撞上来，泼了一身的酒。”

顾念靠得近，的确也闻到他身上若有似无的酒味。

柴向阳皱眉：“那关安童什么事？”

雍凛：“那人泼了酒就跑了，我去找值班经理，以雍凛的名义让他查询那个人的身份，发现对方就是陶安童的助理，她不能进到包间里来，所以被安排在楼下的休息室休息。”

陶安童忍不住出声辩驳：“就算我助理不小心泼了你，她也肯定向你道歉了，你是泼妇吗，进来之后二话不说就往我身上招呼！”

雍凛：“她假装喝醉酒，身上却没有酒味，甚至不敢让我看到脸，跑得比兔子还快，如果我没有猜错，你的手机里现在一定有发给她的短信，要不要打个赌？”

在这种地方，陶安童能力有限，不可能做更多，顶多让自己的助理去干点泼酒的事情，恶心一下雍凛，衣服被泼了酒，这里又没有替换的，人就只有回去了，总不可能还继续留下来穿着一身湿淋淋的衣服四处晃荡。

陶安童缩回柴向阳怀里，小声痛苦呻吟：“Andrew，我胸口好疼，可能是刚才撞到了！”

顾念虽然是顾念，但她现在在雍凛的身体里，这种时候必须表态：“Andrew，我需要一个解释。”

柴向阳没有像往常那样笑着给女伴揉胸说情话，反而慢慢收敛笑容，低头看着陶安童。

“把你的手机拿出来。”

陶安童脸色一变，强笑道：“Andrew……”

柴向阳面无表情的样子看起来有些瘆人：“不要让我重复第二遍。”

陶安童白了脸色，慢慢从怀里摸出手机，柴向阳拿过来。

“密码。”

陶安童犹豫片刻：“……二三二三零零。”

柴向阳解锁，先找短信，没有，再找微信，点进去，果然一眼就看见她发给助理小周的信息。

他将手机递给顾念，让顾念也看到那条信息，柴向阳把陶安童从怀里推开，与方才的细心体贴完全判若两人。

顾念看了一眼，又转给雍凛。

雍凛轻轻摇头，反而直视柴向阳和屈泽等人："你们是雍凛的朋友，站在雍凛的角度为他考虑，无可厚非，从这一点来说，我也应该感谢你们，但不管分手还是交往，我和雍凛的关系，都轮不到别人来置喙。雍凛的性格，你们很清楚，他对顾……对我，并不是像Andrew和这位陶小姐这样的关系。"

他平时懒得跟女人计较，那是因为双方身份地位悬殊，雍凛不需要去做自降身份的事情，但现在不一样，他就是"顾念"，更何况今晚雍凛也憋了一肚子气。

陶安童狠狠瞪向他。

雍凛看也没看她一眼："雍凛能把我带来见你们，说明他把你们当朋友，你们有表达意愿的权利，但我不希望你们将自己的意愿凌驾于雍凛的意愿之上。"

柴向阳和屈泽等人面面相觑，谁也没想到"顾念"会突然发作，要知道之前几回跟顾念见面，对方都是温文低调，不会轻易表达自己的意见，更不会像现在这样发飙的。

雍凛冷着脸看柴向阳，等待对方的回应。

从前旁人对顾念的看法，因为身份视角的缘故，被他忽视了，但现在他在顾念的身体里，以顾念的身份所经历的一切，都让他突然意识到：他的父母朋友，其实分给顾念的善意并不多。

柴向阳也不是无限制地嚣张跋扈、瞧不起人，他只是无视自己认可范围外的人，像顾念和陶安童，其实都被他归在了同一类——可以随意看待，无须担心让她们不开心的后果。

发现这个事实的雍凛很不高兴，他像是借顾念的眼睛看见了一个全新的世界，但这个世界并不让人愉悦。

顾念心头五味杂陈，更有一丝感动。

因为她知道，雍凛刚才这番话，明着是说给柴向阳他们听，实际上是讲给她听的。

她现在的身份是“雍凛”，不能一直让“顾念”说，自己却不吭声。

“顾念的意思，也是我要表达的。”

柴向阳抹了把脸，有点尴尬，有点恼怒，更重要的是觉得面子被顾念削了，却又不好发火，因为的确是他这边理亏。

“Sorry（抱歉）。”

柴向阳说罢，转向陶安童：“我让司机送你回去。”

陶安童不敢置信：“Andrew！”

柴向阳没理她，直接拿起手机，让司机把车开到门口。

陶安童的眼泪在眼眶里打转，比起柴向阳的态度，更让她难堪的是在所有人，尤其是在刚刚自己才对着耀武扬威过的那些女人面前丢脸。

她站了好一会儿，发现柴向阳完全没有改变态度的意思，只能怨毒地看了雍凛一眼，抓起包，往外冲出去。

柴向阳双手举起，再次表示歉意：“Sorry，是我的问题，下回不会了。”

顾念看了雍凛一眼，后者的脸色依旧冷冷淡淡，没有好转的迹象。顾念轻轻拍了一下对方的腰，对柴向阳颔首，接受了他的道歉。

自然，柴向阳不可能因为这次的事情就改变自己对某些女性的态度，但起码他不会再把顾念和“那些女性”画上等号。

屈泽过来打圆场，给每人倒上半杯酒。

柴向阳晃了晃酒杯，仰头一饮而尽。

顾念见状有些犹豫，雍凛的身体酒量不错，但她并不喜欢喝酒，尤其是洋酒……

正思忖间，雍凛已经将她手上的酒杯拿过来，同样喝光，然后将酒杯倒过来，示意一滴都不剩。

豪气利落。

所有人看得目瞪口呆，包括顾念。

虽说这群公子哥大都有留学履历，但骨子里还是很难摆脱中国传统文化的影响，包括酒桌文化。雍凛的举动是对柴向阳的回应，表示他没把刚才的事情放在心上。

柴向阳一愣，随即哈哈笑了起来："有意思，老雍，以前我以为你这女朋友弱不禁风，没想到还是个巾帼英雄，失敬失敬！这回是我不对，不该把陶安童这种没眼色的带到你们面前来，我再自罚半杯，你们不用跟！"

他又给自己倒了半杯，仰头喝光。

屈泽笑道："行了行了，拍卖会快开始了，可别都喝得醉醺醺过去！"

顾念趁机揽过雍凛的腰，生怕他继续喝："走吧。"

拍卖会来了不少人，今晚以珠宝为主，其中有些是清朝中期至民国时期，外国设计师为中国人制作的珠宝首饰，后来因故被带到国外，如今再度回流，成为拍卖会古董类珠宝的一部分，兜兜转转，归于原点，真是奇妙的缘分。

雍凛没想到那半杯洋酒的后劲这么强，坐下来没多久就有些醉意，脑袋昏沉沉的，禁不住往旁边顾念身上靠。

顾念扭头一看他脸红耳热的模样，哭笑不得："大哥，你还以为是在你的身体里啊，我的身体可没什么酒量的！"

"没事……"雍凛轻轻道，直接把半个人的重量分给顾念，"过会儿就好。"

Jane在屈泽旁边，瞧见前头一男一女互相依偎，男人低头轻声细语和女人说悄悄话的情景，从心里头觉得羡慕。

当初只听说雍家大少不好相处，尤其瞧不起女人，却没想到真人居然是个这么温柔体贴的人，真是传言不可尽信啊！

第一批拍卖品就是清末由欧洲人制作的珠宝和艺术品，有镶满宝石的鼻烟壶，也有珐琅工艺的宝瓶，精致小巧，恐怕连花都插不了，专是为了放在女人梳妆台上，让她们将青丝上的金步摇搁在里头的。

每上来一件，都会三百六十度呈现，放大图片加介绍，让客人自个儿判断。

雍凛小憩片刻，睁开眼睛，抬头就见顾念饶有兴致翻着手上介绍的册子。

“喜欢就买。”他道。

旁边的Jane听得犯嘀咕，这话怎么搞得好像女方才是包养小白脸的千金大小姐似的？

就在这时，齐煊的女伴扯了扯他的袖子，指着台上正在展示的一个金嵌玉宝石圆花道：“煊，你看那个，好漂亮！”

顾念低头对照册子，上面介绍道，这枚圆花是清朝中期制作，用了掐金丝的工艺，后来流落海外，被人做成吊坠和胸针两用款。

圆花中心镶嵌的是翡翠，围绕翡翠周围两圈，分别镶了大小均匀的碧玺，最外面又嵌了珍珠，在灯光下熠熠生辉，引来不少女士的注目。

雍凛以为顾念也想要，只是不好意思开口，便拿过手上的牌子，在五万的底价上又加了两万的报价。

顾念忙制止他：“我只是看看而已，这种回流珠宝，不管从翡翠质地，还是从制作工艺上，其实都无法与现代媲美。”

Jane凑过来搭话：“雍先生也懂珠宝？”

顾念看了雍凛一眼，笑道：“谈不上懂，只是略微了解一二。”

Jane很感兴趣：“那雍先生能不能也给我们介绍一下，这枚圆花为什么不值得买？”

顾念："它中间那块翡翠，论种水只是冰糯种，周围那些碧玺，成色也算不上好，但从工艺和精致程度上来看，它应该的确是清代造办处辖下的'镶嵌作'所出品，也就是正宗的宫廷物件，如果不是为了收藏，仅仅想要佩戴的话，现在一些稍有规模的珠宝加工厂都能够做出这种水平的首饰。"

Jane惊讶："这么说，这些都不值得买了？"

顾念笑着摇摇头："也不是这么说，古董之所以是古董，正因为它见证历史的那一份价值，你想象一下，这枚圆花很可能是火烧圆明园，又或者八国联军侵华时被带出中国，流落海外，经历了一战二战，又在这个国家重新崛起的时候回来了，这么一想，买下它来收藏，是不是也挺值得的？有时候你看那些古董收藏的人傻，什么都买，他们看你也傻，觉得你不懂那些东西的无形价值。一件同样的东西，对不同的人而言，本来就有不同的含义。谈不上值不值得，只有喜不喜欢。千金难买心头好。"

Jane叹道："听雍先生这么一说，我顿时觉得自己对待那枚圆花的态度太庸俗了！"

这马屁也拍得太明显了吧！齐煊的女伴忍不住瞪了她一眼。

更惊讶的是雍凛。

他从来不知道顾念对这方面也如此了解。

"你怎么知道这些？"雍凛耳语。

"奢侈品和珠宝本来就息息相关，像Van Cleef & Arpels和Cartier这些品牌，既是珠宝，也是奢侈品，M&J自己不也有一些项链耳环之类的周边？多了解一些总没坏处，碰见顾客也说得上话，再说我这不算了解，顶多只能唬唬外行人。"顾念也小声回道。

她对雍凛道："如果你不介意，等会儿我想拍下一些价格比较适中的。"

雍凛嗯了一声："你做主，不用问我。"

在这方面，雍凛从不吝啬。

听顾念这么一说，其他人也对这批珠宝没了兴趣，齐煊的女伴不好再缠着齐煊要买，生怕买下来被Jane等人嘲笑，哪怕她再喜欢那枚圆花，也只好眼睁睁看着它最后被另一名女士买走。

Jane故意道："Lily，你不是很喜欢吗，怎么不买下来？雍先生说了，从历史意义上来说，它也是值那个价的。"

齐煊的女伴不吭声。

她今晚能跟过来，起码也要拿一件足够档次的珠宝回去才算不虚此行，如果把圆花拍下，以后参加宴会进行交际，别人又不是不识货，难不成她要逢人就说这东西是清朝的吗？

齐煊和柴向阳小声说笑，没搭理女人之间的小心机。

回流类珠宝告一段落，接下来是一些珠宝品牌的旧款，大多是被人买走之后，买家出于各种原因决定放到拍卖行进行出售。顾念拍下一套价格适中的祖母绿首饰，然后跟雍凛低声说了两句，起身朝外面走去。

在她已经渐渐习惯了雍凛的身体之后，更尴尬的事情都经历过，上洗手间已经算是小case了。顾念从洗手间出来，正准备回会场包间，就看见一个年轻女孩子扶着墙从女洗手间走出来。

对方衣着讲究，却低着头，脚步有些迟缓，看着像是多喝了几杯。

顾念迟疑片刻，还是上前询问："这位小姐，你没事吧？"

对方抬起头，表情有点茫然："雍先生？"

是熟人？顾念问："你是不是喝醉了，需要我叫这里的工作人员过来帮忙吗？"

那女孩子摇摇头："不用了，谢谢。"

她越过顾念要走，这说明她认识雍凛，但和雍凛可能不熟。

顾念眼看着她走出几步，后脚踩了前脚，整个人往前踉跄扑倒，忙把人扶住，哭笑不得："你在哪个包间，我送你回去吧。"

女孩子喃喃道："我想回家……"

顾念："你家在哪里，你开车来了吗？"

女孩子："有车。"

顾念："你现在喝醉了，不能酒驾，有没有家里人的电话，我帮你叫他们来接你。"

女孩子摇头，看着还不算醉得彻底："……不要叫他们，我自己打车回去就行，谢谢你。"

顾念皱眉："这里是郊外，车哪里是那么好打的，要不你跟我回包间，等会儿我顺便送你回去。"

女孩子摆手："不用麻烦你了，我也订了包间，我回自己包间就行。"

她镇定地说完，然后转身往女洗手间走去。

顾念啼笑皆非，忙将人拉住："那是洗手间，不是你的包间。"

女孩子愣愣地看她。

没办法，顾念只好将人带回去。

去的时候是一个人，回来的时候却多了一个，还是个年轻女孩子。众人有心调笑两句，碍于"顾念"刚刚把陶安童一顿抽的彪悍，话到嘴边还是没开口，反倒是雍凛看见对方，就叫出她的名字："姚殊也？"

姚殊也抬起头，她不认识顾念那张脸，所以依旧是目光呆滞，一脸茫然。

自己到了女友的身体里，却见到自己的相亲对象，这事怎么说都觉得离奇。雍凛轻咳一声，问顾念："怎么把她给带来了？"

顾念："她喝醉了，又说不清房间号，你既然认识，我们就顺路送她回去吧，大晚上的，一个女孩子还是挺危险的。"

别人说这番话不稀奇，尤其是柴向阳这种拈花惹草的，但雍凛说出这样温柔体贴，怜香惜玉的话来，直让屈泽等人露出不可思议的表情。

柴向阳跟看猩猩似的看着顾念："大少爷，你被鬼上身了？"

还真是被上身了，可惜不是鬼。顾念心道，摆出严肃的神色："那不然你们说怎么办，人我是认识的，丢在这里不管？”

屈泽忍笑：“这样吧，柴向阳的女伴反正已经走了，今晚就让他负责送人家回去吧。”

雍凛道：“姚殊也她姐姐你们也认识，姚欣也。”

言下之意，提醒柴向阳注意收敛，不要觉得姚殊也好欺负，对人家下手。

屈泽恍然：“原来是姚家那个刚从国外回来的小女儿啊，听说她不喜欢热闹，所以家里没给她办party（聚会）隆重介绍，难怪没见过。”

齐煊快人快语：“雍凛前阵子是不是还跟她相过亲来着？”

说完了他意识到顾念还在场，打了个哈哈掩饰过去：“一时嘴快，罪过，罪过！”

顾念没想到阴错阳差，自己竟把前男友的相亲对象给带回来了，当下似笑非笑，瞟了雍凛一眼。

雍凛有点不自在。

他也不知道自己为什么会不自在，明明自己跟姚殊也光明正大，别说发生点什么，连开始都没开始过。

雍凛发现他不自在的源头在于顾念那个意味深长的笑容。

咱俩不是分手了吗，你还露出那个捉奸的表情是什么意思？

他心下微微懊恼，干脆闭上眼，往旁边一歪。

顾念吓一跳：“你没事吧？”

雍凛冷冷道：“我喝醉了。”

顾念：“……”

刚刚不是还意识清醒对答如流吗，醉酒也有一阵一阵的？

姚殊也醉酒之后的表现很好，没有耍酒疯，只是安静地坐在顾念旁边，看上去也比较清醒。只是顾念刚刚见识过她把女厕所当成自己的包间，觉得这可能只是一个假象。

顾念叫了杯水，递给姚殊也。

她还很乖巧地道谢，问出来的话却让顾念啼笑皆非：“雍先生，你怎么会在这里？”

顾念：“……我刚才在洗手间门口碰见你，你忘记了？”

姚殊也面露疑惑，点点头。

顾念：“你如果希望家里人来接，我就帮你打个电话回去，不然我麻烦柴向阳送你回去也成。”

姚殊也哦了一声：“电话是多少？”

敢情从头到尾都没酒醒呢？顾念彻底服了，也不再和她多说，把雍凛给她的地址告知柴向阳。

拍卖会结束，拍卖方送来他们这个包间拍下的所有东西，顺便给客人们带来刷卡机，当场付清款项。

众人或多或少都买了东西，除了顾念的祖母绿首饰之外，屈泽给Jane买了一块宝石手表，柴向阳则拍下了一只二十世纪五十年代由Cartier为某位法国名媛量身定做的宝石手镯。

顾念合上盒子，将祖母绿首饰放到柴向阳面前：“很久没去探望阿姨了，帮我转达问候。”

柴向阳一愣：“咱们之间什么时候也得来这么一套了？”

顾念笑道：“这又不是给你的，是送给阿姨的，话你帮我传到就是。”

柴向阳失笑：“巧了，这只手镯，我也是准备送给顾念的。”

他将镯子递到“顾念”面前：“晚上的事情，别放心上。”

雍凛面不改色接过来，朝他点点头。

对柴向阳而言，这已经算是最大程度的低头了。雍凛现在是“顾念”的身份，如果表现得太高兴或诚惶诚恐，可能会令柴向阳心生轻视，现在雍凛淡定自如，反而让对方高看一眼。

顾念对柴向阳道："等会儿送姚殊也回去，还得麻烦你多走一趟路。"

柴向阳白了她一眼："自家兄弟，说什么废话！"

顾念笑而不语。

屈泽与齐煊相视一眼，不掩惊异。

在这之前，他们所认识的雍凛虽然也不乏手段，总体来说，即使是在朋友面前，也是一个比较骄傲的人。但对方今晚能在占理的情况下还主动退一步，照顾柴向阳的面子，借着送首饰这个小小的举动，将因陶安童生出的些许不满，悉数抹平消弭掉。

这份难得的细心，却是以前没有的。

当然，这种细心也没有任何坏处。

目送柴向阳他们离开，顾念与雍凛上了车——早有代泊的帮他们将车开到门口。

雍凛忽然问："你从拍下那套祖母绿首饰的时候，就已经想好要送给柴向阳了？"

他一开始还以为是顾念自己要的。

"是呀，你发飙没错，换作我，我也会给陶安童一点颜色看看。不过柴向阳是你的朋友，而且他已经道歉了，还是彼此各退一步，闹得太僵伤感情，反正我现在在你的身体里，花的也不是我的钱，毫无负担！"顾念半开玩笑说道。

雍凛微微露出一丝笑意："换作你，还会继续隐忍吧？以前我也带你见过柴向阳他们几回，可我从来没有留意过他们对你的态度，也从来没有见你生气过。"

顾念："我不是不生气，只是之前没有碰到过陶安童这种人，没机会发作。之前他们其实也没做什么，顶多是言语冷淡些罢了，多谢你今晚帮我出一口气。"

雍凛："如果你是雍夫人，我想他们不会是这种态度。"

顾念点头："到时候我就成了雍家人，肯定会得到他们的承认。"

雍凛冷冷道："但你并不喜欢这种方式。"

顾念笑了笑："要让别人正眼相看，首先得有实力。实力有很多种，自身家境是一种，通过后天努力而上升也算一种，婚姻就是后天努力中最方便快捷的路子。其实我不太赞同现在主流的说法，不能因为很多女性通过这条路子而跻身某个圈子，就说她们贪慕虚荣，因为人们都会下意识选择偷懒享受，像阅读一本专业类书籍，和看一部电视剧摆在面前，我肯定会选后者。既然社会存在某些潜规则，那么就会有人愿意去选择它。"

雍凛眯眼，透过车窗看向外面的万家灯火，酒意使得他的意识有些混沌，话也比平时多了不少："那你为什么不愿意，难道自尊心比爱情更重要？"

回答他的是沉默。

就在他以为对方不会回答这个问题的时候，才听见顾念轻声道："也许是因为，我没有安全感，太要强，心比天高，又固执不听劝吧。"

雍凛微微一怔。

顾念朝他眨眨眼："一个人舍易就难，明知山有虎，偏向虎山行，原因不外乎这几个，你猜我是哪一个？"

雍凛懒得和她说话了，直接闭目养神。

过了一会儿，他似想起什么，又睁眼，面色不好看："我记得……生理期来的时候，是不是不能喝酒？"

顾念安慰道："是有这么个说法，不过你喝都喝了，下回注意些就好。"

雍凛蹙眉，不知道是因为生理期的影响，还是换了身体连带酒量也不济起来，他的眩晕感一直没有消失，说话非但不能转移注意力，反倒让胸口的恶心感加重，到达目的地打开车门时，脚步仍旧虚浮踉跄，若不是及时扶住车门，估计就要软下去了。

顾念连忙过来扶他，担忧地探向他的额头。

“没发烧，可能是后劲太强，先回去，我给你煮点醒酒汤。”

雍凛整个人晕乎乎的：“家里没有醒酒汤……”

“没关系，我去买。”

从前顾念以为男女力量悬殊，女性的重量对男性来说应该算不上什么。但当雍凛整个人挂在她身上时，她发现自己身体的分量还是不轻的，索性弯下腰，直接让雍凛趴在自己背上，将他背起来——这比公主抱还要省力一些。

自己背自己的身体，这是个新鲜的体验，顾念忍不住一边笑，一边道：“你别动来动去，我可没有背人的经验，小心被我摔下来！”

雍凛趴在她背上，看她一步步往电梯方向走。

鬼使神差地，他说了一句：“顾念，我们重新开始吧。”

顾念的脚步顿了一下。

四周寂静。

不知怎的，她忽然感觉一股热意涌上眼眶。

低头眨去湿润，顾念掩饰一般地清了清嗓子，笑道：“怎么突然说这个？”

身后没有回应。

雍凛的脑袋歪在她身上，直接睡过去了。

顾念：“……”

Chapter 7
顾宁

“我说过，你成年了，拥有自己的隐私权，在你同意前，我不会告诉任何人。”

除了你姐。

雍凛睡得死沉，连醒酒汤都没喝，一觉到十点，才被一通电话叫起来。

原本还迷糊眩晕的脑袋被电话那头带着啜泣的求助给劈清醒了：“姐，我在医院，你过来陪我好吗？”

那声“姐”一入耳，雍凛差点以为是诈骗电话，直接就想给挂了。

还好挂之前他看了一眼来电显示，将快要移到挂断键的手指及时收了回来。

“你是……顾宁？”

雍凛没想到顾念这个身体的酒量那么差，半杯洋酒就放倒了，睡太长时间的后果反而是脑袋像被一根线牵引着，昏沉沉的。

电话那头显然觉得他的语气有些陌生，也停顿了好一会儿：“是我，姐，你现在有时间吗，要是没有的话，我就先不打扰了……”

听着不太像车祸，雍凛皱眉，难不成是交通肇事?

他记得顾念提过自己家里只有个亲弟弟，并没有妹妹，那么这个顾宁，应该就是堂妹之类的身份了。

“你说你在医院？要是急的话，我现在过去，哪个医院？”

对方报了个地址，末了沉默片刻，才道：“姐，你直接到妇产科来吧。”

雍凛：“……”

趁着在路上的工夫，他给顾念那边打了个电话。

电话没人接，这意味着顾念很可能在开会，手机设置了静音，或者放在办公室里。

活了三十来年，雍凛对当女人这种事着实没什么经验，尤其是去妇产科，那更是头一回。

等他问了一圈，终于找到妇产科，看着眼前走来走去的患者和家属而眼花缭乱的时候，忽然意识到他都不认得顾宁长什么样子。

在原地呆立了片刻，视线搜寻一圈，所有面孔好像都长得差不多，雍凛完全茫然了。

一名年轻女子坐在不远处，正好抬起头，目光落在雍凛身上，面露惊喜：“姐！”

声音不大，但足以让雍凛辨认。

雍凛走过去，顺便观察了一下顾宁的长相。

比起顾念，顾宁长相不算出色，但眉宇之间跟顾念也有三分相似，称得上清秀美人，没有化妆，扎着马尾，像个邻家女孩。

注意到雍凛上下打量的目光，顾宁有点尴尬。

“怎么回事？”旁边没有位置，雍凛站在她面前，居高临下，表情淡淡，完全不像平时的顾念，让顾宁有种说不出的压迫感。

她只好站起来，将雍凛拉到一边。雍凛注意到她的眼角有些发红，应该是刚刚哭过，现在已经平静下来。

顾宁：“对不起，姐，我没打扰到你的工作吧？”

她脸上现出几分不安：“刚刚我有些惊慌，来不及多想，就给你打电话了……”

毕竟是顾念的妹妹，雍凛有点心软了。

“没事，我今天请假了，你哪里不舒服？”

顾宁苦笑了一下：“我……我好像怀孕了。”

当她说出妇产科三个字，雍凛就已经有心理准备了。他凡事习惯做好各种最坏打算，连顾宁染上什么病的可能性都想到了，相比起来，怀孕还不算太坏。

雍凛自然会问：“你男朋友呢，他也来了吗？”

但不问还好，一问之下，顾宁的眼眶又迅速红了。

“对不起，姐，当初我没听你的劝告，才会变成现在这样……”

哭哭啼啼，什么时候才能将事情说明白？

雍凛心下不耐烦，忍不住将她与顾念做比较，得到的结果是，顾念外表比顾宁还要柔弱三分，可论起心志坚强，顾宁显然不如其姐。

“哭是不能解决问题的。”他很平淡地陈述一个事实。

雍凛毕竟不是顾宁，对她的遭遇少了感同身受，但因为顾念的缘故，他又不可能丢下对方不管。

他的冷淡似乎成了最好的镇定剂，反倒令顾宁很快平静下来，将来龙去脉说清楚。

顾宁今年大四，面临毕业找工作的关口，她和许多人一样，在大学谈了个男朋友，几年下来，彼此感情不错，可惜最后两人还是没法在同一座城市工作，男方去了南边的G市，而顾宁会继续留在S市，但就在这个时候，顾宁发现自己疑似怀孕了。

她又急又慌，赶紧到医院来检查，结果不出意料，顾宁毕竟还只是个二十出头的女孩子，除了谈恋爱的时候偷尝禁果之外，平时循规蹈矩，没有做过什么出格的事情，面对怀孕的事实，当下就六神无主了。她不敢跟父母说，头一个想到的，自然是同在S市，而且平时常有联系的堂姐顾念。

雍凛听完就皱起眉头：“那你男朋友呢？”

顾宁强忍着眼泪："前几天，我拿验孕棒试了之后，就给他打了电话，他说过两天会回来，结果后来我再打电话给他，都没人接，今天确认要来做检查之后，我又打过去，那边直接就关机了。"

雍凛没好气，不仅是对顾宁的男朋友，也是对顾宁。

大家都是成年人，一个巴掌拍不响，对方固然不负责任，但这种事情光怪对方也没用。

"你们上床的时候没做防护措施吗？"

雍凛问得直白，顾宁涨红了脸，她不知道堂姐的身体里换了个人，也就没有太多难堪。

"你上回提醒我之后，我也跟他说过，但他不想戴，说是那样不舒服……"顾宁越说越小声。

雍凛毫不客气："你也不是未成年少女了，想要体验生活没问题，但能不能学会保护自己？他说什么你就做什么，你没带脑子吗？女人跟男人本来就不一样，他当然不想戴，反正怀孕了痛苦的也不是他！"

这样犀利的话语直接戳中顾宁的隐痛，她再也忍不住，眼泪泉涌而出："那时候我是以为可以跟他继续走下去的啊！"

顾宁一开始是坚决抵制婚前性行为的，但后来男朋友说男人都有欲望，谁也不可能在有女朋友的情况下还苦苦忍耐，顾宁就心软了。后来男朋友又提出不想戴套，说那样根本没感觉，在他的软言软语之下，顾宁又一次心软了，谁知道心软换来的是擦枪走火和后续的一系列麻烦。

雍凛冷冷道："你做的每一件事，都要事先想好这件事可能会引发的后果，现在再来后悔有什么用？"

以雍凛同为男人的了解，顾宁她男朋友也未必一开始就心存欺骗，两个学生谈恋爱，对未来肯定是充满憧憬的，但一个刚毕业的学生，连工作都没法做主，又能有什么担当可言？听见顾宁肚子里还揣着个小生命，理所当然就打了退堂鼓，反正现在天各一方，顾宁也找不到人，最后只能不了了之。

顾宁也意识到这一点。

怀孕不是最令她震惊的，男朋友的反应，才是最让她绝望的。

有些心性比较脆弱的，估计这会儿都能生出轻生的念头了。

雍凛："那你现在打算怎么办？"

顾宁抬起头，双眼红肿，流露出茫然的神情。

雍凛讨厌跟拎不清的人交流，但看在顾念的分儿上，他依旧耐着性子道："你想做人流，还是生下来？"

顾宁微微一震，过了好一会儿，才哑声道："我现在可能还没有能力抚养一个孩子，而且如果被我爸妈知道……"

如果被家里知道她未婚先孕，那肯定要闹翻天的，尤其顾宁还是独生女。

雍凛："那就做人流吧。"

顾宁："我已经找好了一份工作，明天就要去报到，如果这样的话，明天就没法……"

"工作就暂时不用考虑了，你打电话过去，问对方愿不愿意等你一个月，如果不愿意，就做好重新找工作的打算。"雍凛哪怕再没有医学常识，也知道女人不可能第一天小产，第二天就去工作，就算有，对身体肯定也有损害的。

顾宁沉默下来，她苦笑着问雍凛："姐，我是不是很傻？这下前途全毁了。"

雍凛心道是比顾念傻，面上却淡淡的："傻子太多，骗子都不够用了，像你这种耳根软又好下手的女人，男人最喜欢了，反正可以吃干抹净又不用负责任。"

他显然没意识到一不留神把自己也给骂进去了。

顾宁的眼泪流干了，她对雍凛强笑道："姐，我知道你是为了我好，才会气我不争气，这次的事，能不能请你帮我保密，不要告诉家里。"

雍凛："我说过，你成年了，拥有自己的隐私权，在你同意前，我不会告诉任何人。”

除了你姐。

顾念完全不知道雍凛那边发生的事情，开完会回来，她发现手机有雍凛的未接来电，还没等打过去，又有一个电话打了进来。

是雍夫人刘玉珊。

顾念深吸了口气，接起电话：“妈。”

刘玉珊：“小凛，前两天你回家的时候精神不太好，这两天怎么样了？”

顾念都快忘了这茬儿，那会儿她刚跟雍凛交换身体，彼此都还不适应。“现在没事了。”

刘玉珊：“妈知道你现在工作忙，没时间去找刘医生体检，我约了他的助手下午去给你看看，怎么样？”

顾念哪里能说不好，她看看行程表，下午应该没什么事，就答应下来。

刘玉珊虽然没有工作，但平日里的交际一点也不比丈夫儿子少，今天关心完儿子的身体，她也没有忙着挂电话，这就有点异常了。

顾念主动询问：“妈，是不是还有什么事？”

刘玉珊这回倒有点扭捏起来：“我已经答应了李导的邀约，双方合同也定下来了，下午就去试镜，没问题的话顺便入组，据说有一组戏等着我去拍……”

“等等，”顾念不得不打断她，“妈，这事爸知道吗？”

刘玉珊轻咳一声：“上回我又提了一次，你爸没表示反对，这事回头你也帮我说两句，他总不可能为了这点小事就跟我闹离婚吧！”

说这句话的时候，她也有点不自在，这等于在儿子面前承认了自己在这段婚姻里的弱势地位。

但弱势就是弱势，不因承认与否而改变。

顾念无奈："爸没反对，可也没同意吧？你也知道爸的性格很强势，我说的话未必管用。"

刘玉珊："我知道，你爸现在也就你的话还听得进几句。"

顾念答应下来，又问几点试镜。

刘玉珊有点惊喜："你要过来吗，会不会打扰你的工作？"

顾念笑道："下午没有特别重要的事情，母亲大人重出江湖，当儿子的怎么能不捧场？"

刘玉珊发现儿子最近特别会说话，而且说出来的每句话都让人打心里感到熨帖。

"下午四点，就在恒丰大厦三楼，你正好见完Dr.刘的助手再过来。"

"不用去影视基地？"

"现代戏，恒丰有个内景要拍，试镜没问题就可以顺便拍，反正我台词早背好了……"

原来是早有准备，事后报备，顾念苦笑，挂了电话，转头打给雍凛。

电话那头，雍凛的声音几乎被周围的喧嚣声掩盖，直到雍凛快步走到楼梯间接听，才清晰许多。

"我现在在医院。"

他停顿了一下，听见顾念吃惊且担心的询问，禁不住嘴角微扬，这才将顾宁的事情说了一下。

"我建议她做人工流产，不过手术没法马上做，最快也得预约在后天。"

顾念还能说什么，只能叹息道："我没法过去，可能要麻烦你多费心了，哪怕是骂她两句，别让她以后重蹈覆辙！"

她又把刘玉珊打算去试镜的消息告诉雍凛，雍凛反倒没有太大意外。

“我爸一定会大发雷霆的，回头你能劝就劝两句，不能劝就别管了。”

两人简单交流几句，彼此都没有空多聊，雍凛还要陪顾宁去做其他检查，而顾念那边，陈庄已经过来催了几次，说是中午有个约好的工作饭局。

医院里的消毒水味让雍凛很不舒服，但更让他不舒服的是这里很多人脸上的表情。

因为怀孕而过来做产检，高高兴兴的人固然有之，像顾宁这样因为各种意外而怀孕，不能要或不想要的年轻女孩子也并不少。生命的诞生与消失在这里交会，说白了，这是一个负能量大于正能量的地方，即使承受力强大的人，也不会太喜欢这种氛围。

轮到顾宁面诊时，雍凛陪她进去。

中年女医生翻阅顾宁的检查结果，头也不抬道：“的确是怀孕了，一个多月。”

顾宁脸色白了白：“医生，我不想要这个孩子。”

医生显然早已司空见惯，抬起头，并不意外：“可以，不过你自己要考虑清楚，堕胎对身体的伤害程度，根据每个人体质都有所不同，有些人流产之后，可能以后都很难怀孕，这也是有可能发生的。”

虽然她仅仅是照本宣科的提醒，但顾宁依旧能从其中听出一丝责备的意味。

想起那个不负责任的男友，和肚子里的胎儿，顾宁心头一痛，也不知是为自己的愚蠢后悔，还是为那个未来得及睁眼看见这个世界的胎儿愧疚：“是，我决定了。”

医生：“你现在的情况可以选择药流，不过在那之前还得再做几个检查，确保不是宫外孕之类的情况……”

顾宁紧紧攥着拳头，指甲掐入掌心的疼痛，远远比不上她现在内心的痛苦。

尤其对一个还未正式踏出校园，没见过多少风雨的女孩子而言，这件事更是一次沉重的打击。

雍凛虽然陪坐在旁边，却没有出口安慰的意思，这不仅是因为他作为男人，不知道要说什么，更重要的是，他觉得这种事情，其实可以算是对顾宁的教训。

要么在教训中成长，要么在教训中折翼。

顾念觉得自己答应见刘医生的助手是个错误，因为谁也没有提醒她，Dr.刘的助手不是来给她做身体上的体检，而是来为她做心理上的疏导——刘玉珊担心儿子太忙压力太大，所以叫了心理医生上门。

顾念啼笑皆非，她的确有压力，但这种压力不能对除了雍凛以外的任何人说。

刘医生的助手很尽职，不因顾念的意兴阑珊就消极怠工："雍先生，请问您最近作息时间如何？"

顾念："早上七点左右起来，晚上十二点前睡觉。"

李医师："中午不休息吗？"

顾念："一般没有。"

李医师："按照您日常的工作强度而言，这个休息时间有些短了，建议中午有机会还是小睡片刻比较好。"

顾念虚心接受建议，看了看手表，她在出门前还要打个电话给雍凛的父亲的。

"其实我没有什么问题，就是母亲太担心我的身体，所以才劳烦你跑一趟。"

李医师笑了一下："您如果赶时间的话，再给我五分钟好吗，我问完最后两个问题就可以。"

顾念摊手，示意他继续。

李医师："您最近会不会经常感觉心情烦躁，对工作产生厌倦一类的负面情绪呢？”

顾念心说当然有，她现在看见雍凛公司那些文件就开始头痛，但这些都不能说，所以她只能道：“没有。”

李医师看了她一眼，也不知有没有看穿她内心的想法。

“好的，最后一个问题，您现在的个人生活协调吗？”

顾念愣了好一会儿，才听出对方的意思。

“还行……吧。”

最后一个“吧”字泄露出她的心虚。

李医师又问：“一天几次？”

顾念：“……”

两人大眼瞪小眼。

其实顾念也知道，作为一个成年人，身体上偶尔适当地纾解有助于缓解压力，所以对方才会问这个问题。两人之前稳定交往也算水乳交融，可她哪里晓得以前雍凛背着她每天动手几次啊。

顾念随口道：“七次吧？”

李医师：“……”

看着对方一脸“你在开玩笑”的表情，顾念意识到自己可能说错话了，忙道：“我记错了，没那么多！”

这也能记错？李医师也无语了：“您再好好回想一下？”

顾念轻咳一声，这种时候再说太少好像也不好：“应该是三次，我刚才记成两天了。”

李医师严肃道：“一天三次也太多了，过犹不及，雍先生还是多节制才好。”

顾念抽了抽嘴角：“好的。”

李医师低头记下几笔，顾念不用看也知道他大概写的是什么，无非是觉得自己肯定是压力过大了，连这种问题都记错，说不定已经到了精神恍惚的地步。

多说多错，顾念借口自己还要开会，赶紧将李医师打发走，然后又给雍子文打了个电话。

雍氏虽然名为雍氏，却早已是上市大集团，不是雍子文一个人的公司。他日理万机，能亲自接电话的时间更是少之又少，今天顾念运气不错，打过去的时候，雍子文没有关机。

顾念将刘玉珊下午试镜的事情略略说了一下，果不其然，雍子文的语气流露出浓浓的不悦："我知道了。"

以雍子文商界顶尖人士的修为，再怎么生气，也不会冲着儿子大发雷霆。顾念却担心他平静下隐藏的暴风雨，忙道："爸，妈就是怕你生气，才不敢直接和你说，我能理解你的心情，毕竟你也有你的考虑，不过妈现在纯粹就是玩票性质，雍家今时今日，也不会因为妈发展一点小爱好小兴趣，就名声受损。"

没听见雍凛父亲的回应，她只好又发挥口才，绞尽脑汁帮雍凛母亲说好话："妈自打嫁入雍家，就一直听你的话，做你需要她做的事情，帮你打理后方，没有她，慈善基金会也不可能发展得那么好，你们都结婚数十年了，她只不过是想在自己还走得动之时圆了年轻时的梦想而已，你平时很少在家，她跟那些夫人太太玩多了也无聊，你就当体谅体谅她。"

过了好一会儿，雍子文的声音才响起："我怎么从来不知道你这么能说会道？"

因为我不是你儿子，顾念心道，故作无奈："我只是不爱说，又不是不能说，妈来找我当说客，我不能不尽力吧，这都不是什么大事，你不肯答应，妈再来找我，我都没法专心工作了。"

雍子文："知道了。"

这就是默许了，顾念松一口气，说了两句注意身体的闲话，这才结束通话。

看看时间差不多了，顾念只来得及喝口水，就拎起西装外套和车钥匙往外走。

电影是都市悬疑题材，刘玉珊的戏份很简单，她扮演女主角的后母，出镜两场，四句台词，谁都可以上。唯一需要点技巧能耐的是，其中一场是她跟女主角的对手戏，戏中她与女主角关系不好，必须在对话中表现出既悲痛又愤怒的隐忍情绪。

导演挑挑拣拣，看中有后台有背景的刘玉珊，也是因为她早年没息影时的表现实在亮眼，这次如果加入剧组，也可以成为电影的卖点之一。

试镜之前，所有人都担心刘玉珊息影多年，早把演技落下，但试镜之后，连一力促请她出山的导演都没了顾虑——有些人科班出身都表现平平，有些人时隔多年却还能找回感觉，当然也不排除刘玉珊背后排练的可能性，但这一行，的确需要一些天赋。

进度比较赶，刘玉珊就顺便跟女主角对了一场戏。这部影片大腕云集，女主角也有影后光环，难得刘玉珊居然也没有被压下去，导演李封暗道这个角色找对人了。

导演第三次喊停，却不是“卡”，而是“过”，众人都松了口气，尤其是女主角和刘玉珊，旁边化装师忙上来补装，助理过来递水摇扇子，其实前两次也不错，但导演高要求，大家就得配合着。

女主角没再端着戏中苦大仇深的表情，笑盈盈对刘玉珊道：“刘姐演得真好，要不是你，我都没法那么快入戏！”

刘玉珊当然知道对方只是在示好罢了，一个颇有分量的影后，怎么可能连入戏都要别人带着，就演员身份而言，能够记得自己当年风光的人很少了，对方会这么说，冲的是自己雍夫人的身份。

但没有人会在听见奉承话的时候不喜反怒的，刘玉珊也笑道：“你就不要取笑我了，隔了那么多年没演戏，我感觉还是生疏了很多，有空你多教教我，之后还有一场戏，别让我拖了你的后腿才是。”

接过私人助理Mystere送来的饮品，刘玉珊递了一杯过去。

女主角钟圆接过来尝了一口："是冰糖雪梨燕窝，燕窝味很浓，外面买不到吧？"

刘玉珊笑道："让家里用人炖好送来的。"

不用她吩咐，Mystere已经另外叫来外卖饮料分发全场，这份能干丝毫不比大明星的助理差，风度气质还比明星助理更佳，钟圆不羡慕是假的。刘玉珊在圈子里是个传奇，不是没有人效仿，能和她一样好命的却寥寥无几。

刘玉珊矜持淡然的笑容在看见片场多了一个人时变得灿烂真心起来。

钟圆正考虑要怎么跟她拉近关系，一直在留意对方的反应，见状立刻循着刘玉珊的视线望去。

刘玉珊却已经起身往前，在一个英俊出色的年轻人面前停下来。

顾念左右看看："我没打扰到你们吧？"

刘玉珊之前只是随口说说，没想到儿子真会来探班，高兴极了："当然没有，这场戏已经拍完了，还有一场，今天来不及的话就明天，你怎么进来的？"

顾念："我刚刚在外头碰见Mystere了。"

不只是钟圆，很多人都注意到顾念的到来，更注意到刘玉珊对她的亲热态度。

虽然雍子文没少上报纸杂志，雍凛本人却很低调，几乎没有人在哪怕金融类杂志上看见过他。但从刘玉珊的态度来看，不难猜出这个年轻人的身份，连导演李封都亲自过来打了招呼。

顾念让Mystere将她刚才从外面买的点心分送下去，吃人嘴软，前有饮品，后有点心，大家不缺这么点吃的，但雍夫人和雍公子送的又不一样，个个都欢天喜地。

也许托了M&J这份工作的福，顾念在跟人打交道上很有一套，面对这些常在大屏幕和各类时尚杂志电影节上看到的名人也没有怯场，比雍凛本人更显得八面玲珑的应对，让她给别人留下了深刻的印象，也让大家更羡慕刘玉珊的福气——老公有钱有势也就罢了，儿子还这样出色，给不给别人活路了？

钟圆也走了过来：“这位就是小雍先生吧？”

刘玉珊不掩骄傲：“是啊，我让他别来的，他还不放心，特地从公司赶来。”

您什么时候让我别来了？顾念有点无语。看来不管贫富，父母都是一个样，明明心里美得很，还非要在外人面前假谦虚。

顾念笑道：“钟姐姐演技好，人也好，是我们这一代的偶像，今天可算是见到真人了，不知能不能帮我签个名？”

被一个英俊多金的年轻人彬彬有礼地夸奖，钟圆倍感愉悦：“当然可以！”

顾念早有准备，拿出自己在半路上买的几张卡片让钟圆签名。

跟旁人寒暄的间隙，余光扫过角落里一张略显尴尬慌张的脸，顾念只装作没看见。

陶安童好不容易在这部戏里博得一个零台词的小角色，万万没想到雍氏母子也在这里，别人都找机会示好，她却恨不得顾念没看见自己，忐忑不安缩了半天，等到顾念转身离开，刘玉珊没有对自己发难，这才长长松了口气。

旁边同是跑龙套的演员好奇地问她：“小雍先生很帅啊，大家都过去打招呼，你怎么不去？”

陶安童勉强笑一下，没有作答，心里早就后悔不迭，恨不得时光倒流了。

安顿好顾宁，眼看快要下班，雍凛直接打车去了公司。

这是他以顾念的身份头一回来到自己的公司，毫不意外在前台被拦下来，打了电话通知顾念，又让顾念知会秘书，秘书再给前台说，层层通报下来，雍凛已经有点腻烦，更让他感到腻烦的是周围若有似无落在他身上的那些目光。

谈不上恶意，但肯定也不是友善的，有好奇的、探究的，甚至还有隐隐的嘲笑。

这栋大楼不只有雍凛公司的员工，但所有人都穿着考究，个个是高层写字楼的精英白领。从电梯的镜子里，雍凛发现自己今天早上去了医院之后，回来就忘了换衣服，皱巴巴的休闲装，素面朝天的脸，全身上下都与这里格格不入。

雍凛微微皱眉，赫然发现自己没回去换身衣服，好像是给顾念这个身体丢了脸，让别人以为顾念就是这么个不修边幅的人。

秘书林琳休婚假去了，临时接替她的是林琳的助理，对方接到顾念的电话之后就亲自下来带他上去，一路上向他解释："我姓冯，老板下午出门了，还没回来，顾小姐您先在会客室里坐一会儿，有什么事找我就可以了。"

雍凛点点头："多谢。"

冯助理的专业素质不错，没有因为"顾念"的外表而露出异样眼光。

反倒是雍凛主动提出："我刚从医院过来，没来得及打理，请问你们有没有备换的职业套装，能否借一套给我？"

冯助理："我有一套，不是全新的可以吗？"

雍凛颔首："可以，谢谢，回头我再买一套全新的还给你。"

冯助理嫣然一笑，幽默道："顾小姐太客气了，回头让老板给我报销就可以了。"

也许是会客室太舒适的缘故，等着等着，雍凛连让冯助理送衣服过来的事情都给忘了，直接就睡了过去。

冯助理将衣服放在她旁边，轻手轻脚退了出去，继续自己的工作。

过了大约半个小时，顾念终于回来了。

冯助理忙迎上去：“老板，顾小姐来了，在里面休息。”

顾念笑道：“好，辛苦你了，快下班了吧，今天没什么事，早点回去吧，男朋友不还约了你去看电影吗？”

冯助理有点不好意思，自己早上跟男朋友打了一通电话恰好被老板听见，没想到对方每天事情那么多，居然还记得。

之前作为林琳的助理，她也没少直接与老板打交道，最直观的感受是：老板这几天应该心情不错，不仅平易近人，而且会跟下属开玩笑了。

也许是生意项目的顺利进行，又或者跟顾小姐的感情有了新进展，两人打算结婚？

冯助理天马行空地想着，就看见顾念开门探头看了一会儿，随即又悄然退出来，问她：“下午有什么事吗？”

哪怕隔着门，老板还是压低了声音，好像生怕吵醒正在里间休息的顾小姐。冯助理暗叹顾念好福气，老板对女朋友的表现，完全颠覆了她以往对富二代的印象。

“有个需要政府审批的文件，Kim去跟进了，应该没有问题，这是下午的会议议程，需要您签个字。”冯助理将文件递过来，无须顾念仔细看文件内容，她已经将会议内容和需要关注的结果说了个大概。

雍凛醒来的时候，发现外面的天色已经由明媚的蔚蓝变成了深蓝，会客室里亮起昏暗的灯火，那是顾念为了不打扰雍凛休息，只在沙发旁开了个小灯看书。

空调的温度适中，身上还有顾念特意为他盖上的毯子，小灯就像一份淡淡暖意，萦绕在雍凛心头。

互换身体以来，一路兵荒马乱，仿佛从未有过内心如此宁静的时刻。

“怎么不去旁边的办公室开大灯看？”他伸了个懒腰，声音添上一丝慵懒。

顾念抬头："醒啦？刚才想着就看一会儿，没想到入神了。"

雍凛注意到她手头拿着的是一本中英法三语对照的小说。

"你在学法语？"

顾念点点头："没事就看看，去吃饭吗？"

雍凛递了一只手过去。

顾念迟疑片刻，将他拉坐起来。

"这是冯助理给我的，说是需要你签名的文件，下午会议主要说了几点内容，她也都转告我了，论能干，我看她也不比陈庄差。"

雍凛嗯了一声，接过来看："她还欠缺一些经验，但假以时日，未尝不能是另一个林琳。"

顾念就笑："你手下的女员工也不少，若她们的男朋友都觉得她们结婚以后跟着你这么一个英俊老板工作太危险，要求她们辞职，你以后要上哪儿找那么精明能干的下属，难不成每次等到她们结婚就重新招人培训吗？"

换作从前，雍凛一定会毫不犹豫地作答，说出诸如"你是我雍凛的女朋友，我有能力让你过上比常人好百倍的生活，而她们的男朋友没那个能耐"这样充满雍凛式骄傲的回答。

但这次他仅仅是微怔了一下，没有直接回答，反而提起顾宁："她从医院拿了药，如果顺利的话，就不用做手术，她想让我明天过去陪她。"

想起这个堂妹的遭遇，顾念叹息一声，诚挚道："谢谢你，她不知道咱俩的事，你直接拒绝她吧，她应该有同学在本市，实在不行我就联系她妈妈过去。"

雍凛："她说过现在不想让家里人知道，我已经答应她了。"

顾念蹙眉："但这样的话就太麻烦你了。"

雍凛不悦："她又不知道你的身体里现在是我，一有事当然先想到同在本市的姐姐，你是觉得我会做不好，还是想早点与我划清界限，才需要这么一而再，再而三地道谢？”

顾宁现在那个状态，去陪伴肯定还要帮忙递水递毛巾之类，顾念的确觉得以雍凛的性子，不可能去干伺候人的活儿，更何况还是一个跟他没什么关系的对象。

不过这话万万不能说出口，顾念凝视对方，柔声道：“我只是怕你累着。”

作为一个经常跟难缠客户打交道的boutique sale，当顾念要表现出“诚恳”这种特质时，也许连美国总统都会被她打动，更何况是雍凛。

透过那张原本属于自己的脸，仿佛能够清晰看见顾念正在闪烁着光芒的灵魂。雍凛微微有点不自在，他没有忽略自己那一瞬间忽然跳动速度加快的心脏，却拒绝承认对方即使用着自己的身体，还能对他产生影响。

“那就这么定了。”

Chapter 8
无解

雍凛喜欢的是现在的顾念，而不是不断妥协退让，最后无所适从的顾念，所以这本来就是一个互相矛盾的命题。

顾宁半躺在床上，脸色苍白，元气大伤。

雍凛的面色也有点铁青。

“姐，你没事吧，要不回去休息，我自己能行的。”顾宁担心地看他。

未成形的血肉被封存起来，因为还要拿去给医生观察是否完整排出，所以雍凛也有幸看了一眼。

那个情形，不仅顾宁终生难忘，估计雍凛也会终生难忘。

雍凛：“你姐……咳，我买了一点排骨和玉米给你炖汤，你先等会儿，我去煮。”

顾宁绽开灿烂笑容：“嗯，好久没尝你的手艺了，怪想念的。”

略带娇憨的笑脸足以让任何人想起她只是一个刚刚毕业，对外面世界充满憧憬热血的社会新鲜人，可惜双颊瘦削，没有血色，少了许多活力，看着像重病未愈。

两居室的房子空间并不大，对雍凛这种住惯了大房子的人而言越发感觉腾挪不开，厨房更是小得让雍凛皱眉。

跟顾宁合租的姑娘已经找到工作，她与顾宁交情不错，要不然两人也不会一起租房子，她还不知道顾宁的事情，只以为对方生了病，找堂姐过来照顾，所以关心几句，也就上班去了。

雍凛开火烧上水，然后看着塑料袋里血淋淋的排骨发呆。

早上顾念是说要等水开了再放排骨，还是直接就可以放下去一起煮？

为了这种事专门打个电话询问也太丢人了，雍凛决定一起丢进去煮。

还有什么来着？哦，玉米和胡萝卜。

胡萝卜好弄，削皮切块儿，不一会儿就搞定，比较棘手的是玉米，生玉米实在是太硬了，菜刀切不断。雍凛现在的力气来自顾念本身的力气，狠狠挥刀下去，砰的一声，玉米飞到九霄云外，玉米粒四溅开来，砧板则直接摔在地上，砸上雍凛的脚面。

唯一庆幸的是刀还没飞，不然真要血溅当场了。

“姐，你没事吧，要不我来？”顾宁怯生生的声音传过来。

雍凛回头，对方应该是听见动静出来，正站在厨房门口，目瞪口呆看着这一切。

“不用了，你去休息吧。”雍凛就不信自己连这点小事都搞不定。

顾宁被打发回去，他想了想，还是打了个电话给顾念，问她玉米要怎么切。

顾念哭笑不得：“家里的钢刀一般很难切玉米的，太麻烦了，都是在市场买的时候先让切好，超市也有单独把汤料包装好出售的，你早说要给小宁炖汤，我就让阿姨给你准备好了。”

排骨玉米都是做饭阿姨帮忙买的，但当时雍凛并没有说明自己要炖汤，所以对方也没有考虑得那么周到。

事事要求完美的雍凛看了满地撒落的玉米粒，心里默默给自己打了个叉。

顾宁睡了一觉醒来，就闻到外面飘入的香味，隔着门都抵挡不住。

她起身下床，循着香气走到饭厅，情不自禁“哇”了一声：“姐，你的厨艺越来越厉害了！”

桌上四菜一汤，样样精致，连汤都热气袅袅，玉米和胡萝卜与排骨的猪油相遇，凝结为浮在汤面上的精华，肉香中夹杂着清甜，没有一个小时绝对不可能这样入味。

顾宁感觉自己的胃口一下子被调动起来，看雍凛的表情也充满感激：“谢谢你，姐，我让你费心了，还做这么多菜！”

雍凛：“这是叫的外卖。”

那些未能完工的排骨和玉米，出师未捷身先死，都被他扫进垃圾桶了。

“……”顾宁嘴角抽了抽，赶紧换上谄笑，“那也很厉害了，不过下回别叫这么多了，咱们两个又吃不完，太浪费了！”

雍凛：“我下午就走，吃不完的放起来，晚上热一热，可以当晚饭，你不用再折腾。”

“也好。”顾宁夹起一筷子鱼肉送入口中，满足的笑容看上去有点没心没肺。

雍凛看了她一眼，想起顾念的托付，顺口问道：“接下来你怎么打算？”

顾宁平静的面具一下子维持不住了，她的情绪以肉眼可见的速度飞快低落下来：“先找工作吧，昨天我打了电话过去问，那边公司不愿意等一个月，说没有这种先例，我可能要重新开始找了。”

雍凛：“你学的什么专业？准备找什么方向的？”

顾宁：“人力资源，之前我找到的广告公司，也是跟时尚圈搭边的。其实老实说，我挺羡慕姐你那份工作的，能够经常跟各种各样的人打交道，就算买不起，光是跟这些奢侈品接触，都能感觉自己紧跟时尚潮流，每天青春飞扬的，我记得你好像说过你那个行业，只要本科以上，一般不用硬性要求专业对口是吧？”

雍凛慢条斯理放下汤碗：“你想应聘奢侈品门店的销售员？那你做好准备了没有？”

顾宁一愣：“什么准备？”

雍凛这两天也看了些关于这一行的书，正好拿出来现学现卖：“不管你是应聘管培生还是普通店员，都要从boutique sale做起，短则几个月，长则几年，也就是说这段时间内，你都要待在门店，跟各式各样的人打交道，这其中固然有档次高素质高的客人，也不乏势利眼或刁钻古怪的客人，你应付得来吗？”

顾宁鼓起嘴巴：“不就是赔笑脸，无论如何都不能生气吗，姐你也太小看我了！”

雍凛微哂：“光是不生气赔笑脸，只会让别人觉得你好欺负好说话，碰见得寸进尺的客户或同事，不会把你的退让当成胸襟宽广。”

说到这里，想起那位见人说人话，见鬼说鬼话的门店经理John，想起顾念，以及顾念那些性格各异的同事，他也不得不承认，原本他以为毫无技术性的职业，其实对口才和眼力也很讲究。

前两天跟顾念谈起这个话题的时候，雍凛曾经问过顾念：“你觉得你在这一行能学到什么？”

顾念的回答是：“学到怎么跟别人打交道，如何将一件本来不令人愉快的事情变为皆大欢喜，让对方高高兴兴地接受。如何说话是一门艺术，在M&J最基层锻炼的不仅是情商，还有处理各种琐事的统筹能力，以及最重要的是，它给了我继续往上的动力，让我不能懈怠。”

而在顾宁身上，起码迄今为止，雍凛没有发现这种生气勃勃的动力，她对自己的未来还很茫然，向往堂姐的职业，纯粹也是出于一时的热情。

像这样的女孩子，其实安安稳稳结婚生子，对她们来说反而更合适，不过人家刚刚经历男朋友的背叛，饶是雍凛也知道这话说出来不合适。

顾宁的表情迟疑起来：“这一行真的很难往上升吗？”

雍凛淡淡道：“国外的奢侈品店，会喜欢聘用年长有年资的店员，这意味着他们富有跟客人打交道的经验，更能将客人的喜好品位揣摩好，但在国内，目前还没形成这个意识，这个行业更多是一碗青春饭，如果过了一定年纪你还升不上去，最后只会连店员都做不成，到时候你再转行也晚了。”

顾宁吃了一惊：“竞争也太残酷了吧，姐，你就没想过跳槽吗？”

雍凛心说你姐为了继续干下去，都跟我提出分手了，怎么可能跳槽。

见他没有答话，顾宁又自顾自笑道：“哦，不对，你还有准姐夫呢，以雍家的实力，反正你想不想做都无所谓，大不了到时候辞职直接当雍家少奶奶咯！”

这应该才是大多数女人的想法吧？雍凛若有所思：“你觉得我这份工作可有可无吗？”

顾宁笑道：“那当然了，准姐夫对你那么好，就算你想要工作，雍家随随便便都能提供一个更好的职位吧，不过我知道你不会接受的，上什么学校，读什么专业，你从来都有自己的主见，连大伯和伯母要你去考公务员你都不肯。”

说着说着，她流露出一丝苦涩：“其实我很羡慕你这样说做就做的性子，我就不行了，耳根子软，被人家说一两句就动摇，当初其实我想读考古或汉语言文学的，我爸妈非说那个没前途，出来找不到工作，我也没能坚持下去。”

雍凛心头一动，试探道：“我爸妈要我去考公务员吗，我怎么不记得了？”

顾念对自己家的事情说得很少，雍凛也没有主动问过，只知道对方出身普通家庭，因为他曾觉得以雍家的家世背景，顾念父母没理由不同意，准备等到顾念同意订婚，再去女方家进行正式拜访，所以之前并未特意去做深入了解。

顾宁奇怪："是呀，当时不是闹得很大吗，姐，这两年你都没有跟家里联系过吗？"

雍凛含糊应付过去："也不是没有……"

顾宁劝道："其实他们也是一时激动，才会说出那样的话，你别放在心上。"

雍凛根本不知道来龙去脉，这话没法接下去了，只好随便敷衍几句。

顾宁又关心起顾念的感情生活来："姐，话说雍家提过结婚的事吗，你自己是怎么打算的？"

一提这件事，雍凛就心情不爽："你觉得雍凛是个好对象吗？"

顾宁想也不想："当然了，上回我生日，你说要我们一起吃个饭，可我正好有课没法去，事后准姐夫不还给我送了蛋糕过来吗，爱一个人能把你周围的人也照顾到，这已经很难得了吧，我们学校那些男生，现在十有八九都自私得很，没要求女生倒贴就不错了，很少有人去关照别人的心思，更不要说女朋友的堂妹了。"

雍凛有点不自在，因为他压根儿已经忘了这件事了，当时很有可能是自己随口交代了一声，自有秘书林琳料理得妥妥当当，根本无须他费心。

顾宁还在继续道："我虽然没见过他的真人，但也见过照片，颜值就不说了，你看现在富二代花心爱玩的新闻满天飞，准姐夫跟你谈恋爱的时候多认真，工作又能干，像他这个年纪，继承父业的不少，可真能干出一番事业的有几个？上回我一个经管系师兄说到准姐夫，就说他是真正懂生意的，不是那些靠父荫过日子的纨绔子。"

任凭被夸得天花乱坠，雍凛也面不改色，事实上他觉得自己也当得起顾宁这些赞美之词。

只不过他不明白，自己都这么好了，顾念为什么还不要？

身在福中不知福。雍凛暗暗冷哼一声。

顾宁见他沉吟不语，却有些担心："姐，你怎么突然这么问？不会是有什么变故吧？准姐夫不想结婚，还是他出轨了？"

雍凛："没事，吃你的饭。"

顾宁正想再说什么，旁边手机收到信息，她打开一看，脸色唰地白了。

雍凛原本没准备多事，直到顾宁将手机递给他，气得嘴唇直哆嗦。

"他怎么能这么对我！"

雍凛接过来，一个叫赵玄的人转了五百块钱给她，附上一句"对不起，小宁，我们分手吧"。

毫无疑问，这个赵玄，就是顾宁的男友。

顾宁红了眼眶："姐，我实在想不明白，谈恋爱的时候他也是人模人样的，我们去坐公交车，有个老婆婆没位置，他还主动让座给人家，那时候我看在眼里，就觉得这男人人品不错，可以依靠，他怎么会变成这样？"

雍凛淡淡道："这跟人品没什么关系，说白了就是担当，他不是坏人，但碰到大事就不敢负责任，所以选择逃避而已。"

顾宁哽咽："可是我想不明白，明明那时候，他对我海誓山盟，说了以后很多计划……"

雍凛皱眉："你还是不是顾念的妹妹，顾念那么坚强，你却碰到这种事情就开始钻牛角尖，不就是没了个男人吗，现在看清楚好，还是等结婚之后再发生这种事情好，还需要我教你吗！"

顾宁被他严厉的语调吓住了，连眼泪也忘了流，只是呆呆望着他。

雍凛："当你一只脚被鳄鱼咬住，最好的方法就是牺牲这一只脚来及时止损，这就是鳄鱼法则。如果还执迷不悟，只会把性命都赔上，别哭哭啼啼的，你过得更好，他以后自然就会后悔，你再哭下去，他也不会回来找你。”

堂姐以前都是温温柔柔跟自己说话，什么时候这么凶过。顾宁结结巴巴：“那……那我还要不要拿这五百块钱？”

雍凛：“拿啊，怎么不拿，他给你就收下，以后他要是真回来找你，你知道该怎么做了？”

顾宁福至心灵，连连点头：“把五百块兑换成五百张一块的，砸他一脸！”

雍凛：“……”

雍凛到家的时候，出乎意料地发现顾念早早回来了，而且还在厨房忙活。

扭头看见他，顾念笑了一下：“你先等会儿，马上就可以吃了。”

说着先将热腾腾的冬瓜汤端上来。

雍凛把外套脱下：“阿姨呢？”

顾念：“她家里临时有事，我让她先走了，反正冰箱里都有食材。”

雍凛：“你特意先回来做饭的？”

顾念头也不回，掀开锅盖看火候：“今天小宁让你费心了，我煮一顿饭不算什么。”

敢情是为了妹妹？

雍凛略有飞扬的心情，因为这句话又跌了下去。

顾念将菜端上来，抬眼就看见他抿紧的嘴角，奇道：“怎么了，小宁又闯祸了？”

雍凛：“没有。”

语气很平淡，似乎方才只是顾念的错觉。

一顿饭在相对无言的氛围下进行，连顾念都觉得有点诡异，忍不住主动开口：“今天公司没什么事，不过姚殊也打电话过来跟我道谢了，还送了礼物过来，我让她不用那么客气。”

雍凛正在神游物外，听见个熟悉的名字，一时还没反应过来，诧异道：“谁？”

顾念：“姚殊也。”

雍凛：“不要和她走得太近，她已经有男朋友了。”

顾念惊讶：“那还跟你相亲？”

雍凛不是个喜欢八卦的人，不过现在毕竟是顾念在用自己的身体，有些话得跟她说明白：“她私底下交的男朋友，没让姚家知道，我不想掺和，很多人都喜欢把事情往复杂化的方向想，难保姚家知道以后，会认为跟我有关。”

顾念玲珑剔透，一点就通：“你是怕姚家觉得你不想跟姚殊也谈，就故意推波助澜，还帮忙隐瞒真相。”

雍凛嗯了一声：“我不怕事，但也不想招惹些莫名其妙的麻烦，姚殊也的麻烦，让她自己去解决，你最好不要和她见面。”

顾念点头应下，又问起顾宁。

雍凛：“她说明天合租的人休假，可以帮忙照顾，让我不用特意过去。”

说到这里，他顿了一下：“她还问我们什么时候结婚，怕我出轨反悔。”

顾念扑哧一笑：“你没反驳她，为自己多说点好话吗？”

雍凛：“其实，你之前说得倒也没错。”

顾念讶异地看着他。

雍凛：“我们的确不够了解彼此，起码我就不知道你父母对这段恋情是什么看法。”

顾念没了笑容，轻轻叹口气：“我的家庭很普通，我跟我父母的关系虽然不太好，但那并不构成我们的阻碍，他们要是知道对象是你，一定很乐意这段恋情开花结果，你知道的，问题从来都不在这里。”

雍凛的表情也冷淡下来："我承认，这几天以你的身份去上班生活，的确体会到你的不易，但既然可以选择一种更舒适安逸的生活，为什么你非得去受罪？连顾宁都无法理解你的选择。"

顾念认真道："雍凛，不说我们之间的观念差异，单说你父母，其实之前我也以为，我可以努力去改变他们的看法，但这些天，我以你的身份接触了你的母亲，发现她完全无法接受我这样一个儿媳妇，就算你坚持己见，最后我们结了婚，你觉得你母亲会开心吗，我们能够相处好吗？"

雍凛："我可以说服他们，那并不是问题。"

顾念眨眼："包括我继续在门店工作？"

雍凛不语。

顾念忍俊不禁："逗你玩的！这事根本没法得出一个结论，咱们求同存异好不好？"

雍凛觉得，以自己骄傲的个性，从小到大，都没向谁低过头，唯独对顾念，一而再，再而三地破例，但对方非但半点不领情，反而固执地一条道走到黑，他从未见过一个女人能心狠到这个地步！

说白了，她对自己的感情，其实根本没有想象中那么深，所以哪怕随手放弃，也并不惋惜？

假若两人不是因为这个小小的变故而被迫身处同一屋檐下，恐怕早就没有交集了吧。

他的表情渐渐冷漠下来，再不看顾念一眼，转身回房。

顾念坐在餐桌旁边出神。

其实这几天，让雍凛反复想起的问题，未尝没有在困扰着她。

她不是没有想过退一步，按照雍凛说的，放弃现在的工作，找一份雍家能够接受的体面工作，努力讨得雍家父母欢心，让他们接受自己，然而雍夫人的态度让她一下子清醒过来，打消了那个曾经有过犹豫摇摆的念头。

退了第一步，就会有第二步、第三步，现实总会让人一退再退。

别人也会想：既然你一开始都妥协了，为什么后面又不肯，是不是在拿乔？是不是在矫情？

而当退到面目全非的时候，她还是顾念吗，还是雍凛喜欢的那个人吗？

雍凛喜欢的是现在的顾念，而不是不断妥协退让，最后无所适从的顾念，所以这本来就是一个互相矛盾的命题。

无解。

顾念经轻叹了口气。

所以对不起，我不能退。

明月高悬，这是都市里难得云雾稀薄、能见度高的时候，不过除了天文工作者，整日忙碌的都市人，已经很少会特意去关注月亮的阴晴圆缺了。

顾念的睡眠质量一贯不错，但今晚又出乎意料做了噩梦，就像前几天那个晚上一样，在梦里心惊胆战如履薄冰，画面凌乱快速地切过，令人喘不过气，醒来之后犹如爬了一座几千米山峰，累得像条狗，浑身酸痛。

下意识伸手想摸闹钟，一摸却摸了个空，顾念朝床头看去，原本应该是床头柜的位置却空荡荡的。

好像有些不对……

顾念的脑子混沌了片刻，忽然醒过神，腾地坐起来，低头一看。

果然！

触感柔软细腻，有种熟悉而又陌生的感觉。

顾念下床拉开窗帘，大片阳光霎时间从外面照进来，她不由得眯起眼睛。

再扭头，旁边落地镜中的人，也正回望着她。

换回来了？

来不及多想，房门已经被敲响。

顾念去开门。

雍凛穿戴整齐站在外头，西装笔挺，五官如刀刻斧凿，英俊得令人一眼难忘。

东方男人穿西装，对身高身材更有讲究，顾念见过的帅哥不少，但雍凛仍旧是少数能将西装穿出自己风格的男人。

两相见面，彼此都有些失语。

这几天的经历委实太过离奇，离奇得两人像是做了一场不真实的梦。

雍凛先开口："你发现什么规律没有？"

顾念先是茫然，忽而想起什么："每次交换之前，我都做了噩梦，昨晚也是！"

雍凛拧眉思考："我没有做噩梦，但我昨晚梦见自己在海里游泳，被海浪带着一阵阵往外推，身不由己。"

这算是规律吗？两人都弄不明白。

总不能是以后一做梦就意味着交换身体的前奏吧？可那样根本防不胜防。

两人面面相觑，强势如雍凛难以接受自己当了三十年的男人，有朝一日上天竟然跟他开了这种玩笑。

哪怕是一年只有这么几天的经历，哪怕自己已经逐渐适应，但如果可以选择，雍凛绝对不想再重温一回。

还是顾念打破沉默："既然已经回归正轨，那我今天就搬回去吧。"

雍凛微微皱眉，有些话在心头转了一圈，到嘴边却变成："可以多等两天，确定没有问题之后再搬。"

顾念笑了笑："不了，正好今天还有一天假期，也没多少东西，明天要上班就没空过来了。”

雍凛冷冷道：“随你。”

而后直接转身出门，再没回头看顾念一眼。

顾念长长吐出一口气，开始收拾东西。

两人谈恋爱的时候，她也没有搬过来跟雍凛同居，依旧另外租着房子，所以这次拿过来的东西不多，把日用品和几件衣服装行李箱里带回去就可以了。

S市的房租不便宜，顾念跟别人合租了一套两居室的房子，当时运气不错，地段和环境都挺好，房租比市价稍贵，但也在她能够承受的合理范围内。同屋的姑娘是本地人，经常回家住，没能跟顾念培养出更多的感情，仅止于见面打招呼，不会过问对方私事的关系，但这也给了顾念很大的方便，这几天她暂时搬到雍凛那边，现在又搬回来，室友都没有过问半句。

同租的姑娘下午从家里回来，看见顾念也在，有些惊奇：“你回来了？”

顾念笑道：“是，这几天出门去了，屋子多亏你打扫，晚上有空吗，要不咱们一起去吃个饭？”

对方拒绝了，但并不坚决：“不用了吧，小事而已，哪里需要你破费？”

顾念：“没关系，我记得你喜欢吃烤鸡，春华路那边有一家很不错的，要不咱们去试试？”

“好啊，我收拾一下头发就可以，你等会儿！”对方没想到顾念居然还记得自己的喜好，有点意外又有点高兴。

顾念考虑到吃饭地方离家不远，就没有背包，只顺手拿了钱包，下楼时才发现忘了手机，但想着反正吃一顿饭就回来，就懒得特意上楼拿，她自然也就不知道在自己吃饭这段时间里，手机多了两个未接来电。

第二个电话只响了三声，就被雍凛挂断。

陈庄敲门进来，见雍凛手里拿着电话，以为自己打扰了老板："要不等会儿我再进来？"

雍凛摇摇头："不用了。"

陈庄："这是会议前的资料，您先看看。"

雍凛"嗯"了一声："走吧，直接去会议室看。"

他将手机调了静音，放在桌上。

吃完饭回来的顾念挂断拨过去却无人接听的电话，掩下心底一抹淡淡的失落。

这一夜，阴错阳差，电话最终也没能接通。

等到第二天早上，顾念已经完全没空去多想昨晚那个电话了，因为重新来到门店上班的她，发现许多同事虽然依旧和往常一样跟她打招呼，但笑容和目光里，都有一些意味深长的含意。

甚至还有人过来跟她说"恭喜，什么时候请喜酒"。

顾念抚额。

John倒还算正常，这是唯一值得庆幸的了。

当顾念重新穿上工作制服和高跟鞋站在门店里等待客人上门时，她发现自己居然感觉到亲切。

坐镇办公室指点江山，一批手下指哪儿打哪儿固然很爽，但她毕竟不是雍凛，每一份文件，每一个指令，都包含着过去她没有学到的专业知识，顾念既不能表现得太差，又实在对雍凛那一行没什么兴趣，不懂装懂实在辛苦，只有身处这里，才能感受到久违的畅快和自在。

哪怕现在穿着高跟鞋，她都有种想要转圈圈跳舞的冲动。

在这种情况下，其他的小小不愉快，其实都可以被忽略了。

脑海里那个小人儿正在跟随《匈牙利狂想曲》翩翩起舞，顾念面带笑容，耳听八方，一面接待客人，一面还能抽空开个小差，心想今天下班之后去打听打听关于内聘的事情。

午间休息，邹艳红等几个同事正在说团购樱桃的事情，大家都凑了单，还少一个名额。

顾念就道："Ada，也算我一个吧。"

没等对方回答，有一个声音插进来："Nina，你连两三千的午饭都请了，何必还跟我们这种小市民抢团购呢，这个名额就让给我好不好？"

顾念不用回头也知道是谁。

邹艳红谁也不想得罪："要不你俩石头剪刀布？"

顾念微微一笑："不用了，既然Rose要，就让给她好了，不过这中间可能有点误会，前几天我请饭请那么贵的，是因为前一天正好买了彩票，小中一笔，所以才散财给大家沾沾喜气，年初去算命的时候，师傅说我今年本命年，要多散财消灾，结果还真灵，那天不是刚请你们吃饭吗，第二天我向代购买的东西就到手了，本来以为还要清关查扣的。"

胡说八道，鬼才信！李娇暗暗冷笑。

但她不信，自然有人信，旁边同事都很惊奇："真这么灵？"

顾念："当然了，那师傅算命很灵的，特别是起四柱和看相。"

同事："可我听说算命不是越算越薄吗，不能经常算？"

顾念："我也是这么问师傅的，结果师傅说……"

话题很快跟原先偏了十万八千里，众人讨论得热火朝天，早上顾念过来上班时的无形隔阂，早就消失无踪。

虽然硌硬了顾念一下，又如愿抢了她的名额，但李娇一点都不感到高兴。

对顾念而言，李娇只是一个小小的插曲，工作中总免不了会有这样的情况，人不主动找事，事情也会主动找上人，她并不将这一切都当成磨难，毕竟人一生下来，就是为了解决各种各样的问题。

各行各业都有压力，boutique sales也不例外，外人看着奢侈品行业十分光鲜，一大堆海归高学历人才纷纷加入，仿佛日进斗金，连上班打车都由公司报销，实际上他们的压力也不小，如果这几年内没能有更进一步的发展，那么很多人就只能考虑转行。

将李娇吃瘪看在眼里，邹艳红找了个机会，对顾念说悄悄话："苏菁走了，她急了。"

没头没尾的话让顾念有点莫名其妙："急什么？"

邹艳红一脸"你是真傻还是假傻"："苏菁已经找到下家了，去A家当店长，她却还没着落，能不急吗？"

A家全称Aphrodite，取自希腊神话里爱与美的女神，也是一个品牌的名称，该品牌的定位不及M&J，算是轻奢。如果内心对品牌等级比较看重的人，在M&J干久了，自然瞧不上别家，但也有人觉得宁为鸡头不为凤尾，去A家当门店经理，也不失为一种更好的选择。

顾念点头笑道："那真是挺不错的，恭喜她了。"

两人前几天在洗手间吵架的事情不是秘密，其他同事很快就知道了，邹艳红一时还闹不清她这话是真心还是假意，只得跟着附和："是挺不错，李娇能力不及苏菁，离开M&J估计也找不到更好的，又羡慕你有小雍先生，所以你还是小心点吧，难保她不会在John面前说你什么坏话。"

她察言观色，见顾念没什么反应，又笑道："不过话说回来，反正有小雍先生在，我也不用替你担心，M&J的职位对你来说只是体验生活罢了。"

顾念本来不想多说，但她无意中抬眼，见前方反光玻璃里映出一个身影，心头微动，回道："我们做这份工作，肯定都有自己的职业规划，现在都什么时代了，Ada，我没想到你还会说出这种老古董的话，靠着别人养，哪里有自己赚钱来得痛快，想买什么就买什么，这不正是现代文明社会的体现吗？"

邹艳红不以为然："以雍家的家境，难道你要买什么，他们会不同意？Nina，我觉得你还是得好好考虑下，像雍家那种看重体面的人家，恐怕不会答应你婚后还出来抛头露面的，我听说雍夫人就是在家族基金会里挂个职而已，她那样才是正宗富贵太太的生活，你是不是还没跟小雍先生商量过呀？"

"顾念，你过来一下。"背后忽然传来John的声音。

邹艳红吓了一跳，赶紧回头，正好对上John意味深长的表情。

她面露讪讪的表情，想着自己应该解释点什么，但顾念已经跟着John过去了。

Chapter 9
杨女士

用一个小时的时间，让一个本来心情很不好、对人生绝望、可能轻生的人重新得到活下去的希望，值得吗？顾念觉得值得。

John带着顾念进办公室，示意她关上门。

两人分坐，John关切道：“本来前几天就想和你聊聊，但看你状态一直不是很好。怎么样，休假回来，精神是不是好多了？”

前两天是雍凛在“代班”，状态肯定不可能好的，顾念真心希望这种“奇遇”不要再发生了。

“是，现在好多了，不好意思，前几天表现不好，辛苦团队其他同事了。”

John摇摇头，双手交叉搁在桌上：“其实刚刚Ada的话，也是我想问的，Nina，你自己是怎么打算的？”

顾念疑惑：“John，我不是很明白，能不能给点提示？”

John：“我知道你在跟雍先生谈恋爱，而且你们的感情看起来很稳定，从个人角度来说，我肯定是会恭喜你，但坦白说，Nina，我在这一行也干了好几年了，见过不少女孩子，一旦结婚恋爱，就会把事业放在第二位，尤其是你现在又遇上雍先生条件这么好的一个对象，我能够理解你的选择，但作为teamleader（团队领导），我也希望能够得到一个准确的答案：你对自己的职业发展规划是怎样的？”

顾念的神情严肃起来，她思考了片刻：“John，其实有一件事，也许我应该跟你说一声，我跟雍先生，可以算是分手了。”

John看上去吃惊不小。

顾念：“分手的原因，我不便细说，不过大概正是源于我们两人在我未来职业上的规划分歧，而我决定在这一行继续做下去，所以……”

John是个聪明人，无须多言也能意会：“我明白了，不过我没想到你会做出这样一个决定，这与大多数女生都不一样。”

顾念无奈：“女人在事业和家庭上，好像很难兼顾。”

John：“雍先生会这么想，无可厚非，我能理解。但更让我佩服的是你的勇气，不是所有的人都能下定决心做出这样一个选择。”

顾念苦笑：“我也不知道这个选择是对还是错。”

John耸肩：“目前看来，应该是正确的。你在内聘上申请的职位，已经初步通过了，我作为你的直属上司，需要给出一份推荐和评估，这就是我今天找你过来谈话的原因，你的工作能力毋庸置疑，我认为在这家分店里，你的表现堪称优秀，如果你未来愿意继续专心从事这一行业，这个职位当然非你莫属，如果今天你给了我另一个回答，也许我就只能跟那边say sorry（说抱歉）了。”

这个惊喜来得太突然，顾念被砸得有点晕头转向。

John看见她的反应，不免好笑：“怎么，是不是有中彩票的感觉？”

饶是顾念平时觉得自己心理素质还蛮强的，此时也禁不住有点语无伦次：“谢谢，谢谢！毕竟应聘的人那么多，而且是在全国范围内遴选，又有空降的，我以为……”

John：“要对自己有点信心。Nina，M&J的晋升制度还是相对比较公平的，你也用心去申请了，为什么不会是你呢？不过我得提醒你，我这边推荐上去，最后还要那边的主管拍板接收，才算最终通过，这中间大约需要两周时间，事情没到最后一刻，难免会有变数，你得做好心理准备。”

顾念点头，满怀感激：“我明白，这次还是多谢你，John！”

John摇手指：“不用谢我，要谢就谢你自己，工作能力不错，为人处世也OK，唯一可惜的是，你走了，我就少了个得力助手！有些人喜欢打压下属，以此来凸显自己，在我看来这愚蠢极了，你若是有能力，去了哪里都能出人头地，何必给自己平白树敌？记住我这番话，以后去了新部门也不要忘记，持之以恒，persevere（不屈不挠）！”

顾念知道平时同事们没少在背后说John明明是个假洋鬼子，却比谁都擅长溜须拍马，见人说人话，见鬼说鬼话。像之前他知道顾念跟雍凛谈恋爱，对她的态度就要比其他人亲切很多，许多人为此愤愤不平，还有的拿他平日里的行为开玩笑，暗地里揣测John到底是不是个娘炮。

但就冲着他刚才这番话，顾念就知道这人是真正的门儿清，心里明白得很。

想到这里，她由衷道：“John，说真的，有你这么个上司，我感到很幸运，希望将来有机会，还能得到你的指点！”

John哈哈一笑：“你在暗示我还会升职吗？Fine（好），我接受你的祝福，不过你要是想得到我的指点，那容易得很，每天下班再过来义务帮忙几个小时就行！”

顾念哭笑不得。

从办公室出来，顾念的脚步与以往一样沉稳，虽然她内心很雀跃，但她必须控制住自己，不能表现得那么明显。

她这一点警醒，让别人什么也没能看出来。邹艳红忍不住好奇打听：“是不是内聘出结果了？”

顾念：“没有，只是我请了三天假，John叫我过去问问而已。”

邹艳红不免失望：“不知道结果什么时候才出来！”

两人正有一搭没一搭说着话，门外进来一名女客。

邹艳红倒抽了一口凉气，小声道："我的娘，怎么又是这瘟神？"

顾念望过去，依稀有点印象，再一想，想起来了，也不由得发怵。

"这位杨女士是第三回上门了吧？"

邹艳红："什么第三回，第四回了好不好！前天你不在，她又来过一次，我接待的，倒霉催的，跟你上回一样，也被训得狗血淋头，John说以后这个顾客让他亲自来，还是快去把John请出来吧！"

无须她说，已经有别的同事过去敲门。

过了一会儿，那同事又出来，无奈地对大家做了个手势，意思是John正在接电话。

领导没空，大家只有亲自上了。

邹艳红正考虑要不要借尿遁闪人，顾念已经迎了过去。

"您好，杨女士，下午好。"

杨女士看了她一眼，微微皱眉："你是上次连披肩什么料子都分不清的人吧，被我骂了一次还敢过来？"

顾念倒不是故意迎难而上锻炼自己，而是刚刚John才推荐了她，要是转头她就假装看不见，把麻烦推给别人，等会儿领导出来看见了，心里肯定会有想法，与其如此，倒不如主动点帮领导分忧解难。

"很抱歉，上回是我失职，您能不能再给我一个为您服务的机会呢？"顾念含笑道，神色温柔，不带半点不满和攻击性。

杨女士打量了她片刻，抿着唇，没说好，也没说不好。

顾念："看您午饭也没吃好，要不咱们先到那边坐一坐，我去给您拿点点心，您想买衣服的话，现在秋冬款也有成衣画册出来了，可以边坐边看。"

杨女士终于露出一点不满以外的神情："你怎么知道我午饭没吃好？"

顾念："现在午休还没过，一般人要么是在吃午饭，要么是在休息，您看起来有点累，可能是上午工作忙坏了。”

杨女士这回没有再抗拒，由她领着走到沙发边坐下，顾念端来点心茶水。

“我不买衣服，我要看包。”杨女士翻了几页，兴趣寥寥地丢在一边。

顾念：“您想要什么样的包呢？手提包、手包、单肩包，这边都有新款。”

杨女士指着柜台上展示的一个手提包道：“那个给我看看。”

顾念走过去拿下来。

“这一款还有一个亮黄色的。”

杨女士的眼神出现了波动，即使她没有过多的肢体动作，顾念也能看出她对这个手提包非常喜爱。

女人对包、衣服、化妆品的爱好，就像男人对烟酒、车子的爱好一样，同样难以简单诠释，甚至男女对彼此的爱好难以互相理解，奢侈品行业里也不乏有人是出于对这些东西的痴迷，才会希望能更近距离接近它们。

杨女士轻轻道：“这种皮质的手提包我也有一个。”

顾念：“也是M&J的吗？”

杨女士：“不，是Dior（迪奥）的。”

顾念恍然：“Dior家的确喜欢出这种皮质的包。”

Dior虽然也是奢侈品行列，但它最出名的是服装和香水，就女包的质量而言，并不能算是顶尖，不过他们家的女包设计时尚感很强，所以也有自己的一批拥趸，像英国前王妃戴安娜就很喜欢用Dior的女包。

顾念大致明白杨女士的爱好了，她笑道：“那您等等，我去找那只亮黄色的给您看看，也许您会更喜欢一些。”

杨女士没有反对，顾念往后台去，按照编号找到那个女包。

果不其然，杨女士看到剥开包装袋的包之后，眼睛一亮，拿过来左右翻看，爱不释手。

顾念笑道："这种颜色，M&J比较少见，这次整座S市，也只有我们这家分店才有这一个。"

杨女士："多少钱？"

顾念："两万九。"

杨女士的动作一顿，看包的眼神有些变化，过了好一会儿，才道："算了，我再看看别的。"

顾念面不改色地笑应一声，接过来重新包装好，状若无意地道："在HK（香港）买的话会稍稍便宜一些，人民币大概两万六就能拿下来，欧洲会更便宜的。"

杨女士看了她一眼，没有作声。

顾念："您还有什么想看的吗，我去拿给您。"

杨女士的态度忽然又冷漠起来："不用了。"

连谢谢也没说，她直接起身往外走，头也不回。

在她走后，旁边几个同事都过来八卦："她前天也是这样，最后什么都没买！"

余千惠叹道："真没见过这样的，明明不想买，还三番五次地上门折腾人！"

李娇："我发现她前两次买的东西都不超过一万，后面两次没买，你说她不会就是第三方找来的神秘访客吧？"

其他人咋舌："不至于吧，没见过这么敬业的'神访'，一次也就够了，还来四次？"

邹艳红撇撇嘴："也有些人，明明买不起，却非要进来充大款，装装有钱人的感觉，我看这女的就是这种。"

顾念道："我看着也不像'神访'，好像是真顾客。"

众人讨论几句，没什么结果，也就各自散了。

临近下班，交班的同事过来，顾念收拾东西闪人。她走出大门，朝商场出口走去，不经意间抬头，居然在视线正对着的商场五层栏杆前发现一个熟悉的身影。

因为离得远，看不清表情，但起码在顾念关注对方的一分钟内，那人一动不动，既没有在打电话，也并不是像其他顾客那样靠在栏杆上休息，如此一来，更显诡异。

顾念犹豫片刻，原本想要离开的脚步还是拐了个弯，朝楼上走去。

“杨女士？”她试探着喊道。

杨女士回过头，看见顾念手里端了两杯在四楼买的咖啡，正冲着她笑。

原本的冷漠稍稍缓解，杨女士发现自己紧绷的身躯一下子松懈下来，竟自然而然接过顾念递来的咖啡。

“您还记得我吧，刚刚在M&J的……”

“我记得。”咖啡的温热透过纸杯传递到掌心，杨女士道。

顾念：“这里空调冷，就算不喝，拿在手上也能舒服些。”

杨女士：“你为什么会在这里？”

顾念：“我本来是要下班了，看见您在这儿，想过来看看有没有什么需要我帮忙的？”

杨女士挑眉：“你们M&J的服务已经细致到了连客人离开店铺都要关心了？况且我今天并没有在你们那里买东西。”

淡淡的语气里隐含尖锐与嘲讽。

顾念笑道：“只要您进过M&J的大门，就永远都是M&J的客户。”

杨女士：“你可真会说话，跟上次的倨傲完全不一样，难道是被你们经理训过了？”

顾念苦笑：“抱歉，上回因为碰到一些事，我当时心情不太好，可能带入工作里了，还请您多见谅。”

杨女士的神情缓和下来：“其实我也应该说对不起，上次我自己的态度也并不好，你们干这一行的，经常会碰见像我这样蛮不讲理的客人吧？”

顾念乐了：“一般真正蛮不讲理的人，都不会觉得自己不讲理，反而认为自己才是天下最有理的。”

杨女士也笑了：“你真会说话，谢谢你，特意买了咖啡过来看我，我不是要自杀。”

顾念：“我……”

杨女士摆摆手：“你心地很好，换了别人，被我刁难一番，没落井下石就不错了，即使看见我，也会装看不见，你却还担心我出事，主动过来。”

顾念无奈：“您这么精明，把我要说的话都说了，还能让我说什么？其实我也没有您说的那么好，只不过万一您真有轻生的念头，而我明明可能说两句安慰的话就能挽回，却眼睁睁错过，估计一辈子都会良心不安。”

两人的交谈似乎令杨女士心情变得不错，对方的神情与之前相比，简直有着天壤之别。

杨女士：“我不是想自杀，但的确有过这个念头，现在也确实遇上了难以逆转的困境，暂时不知道要怎么样才能走出这个困境，从前经济允许的时候，我很喜欢逛奢侈品店的，看着这些东西，可以让我感到愉悦。”

顾念点头附和：“确实，面对自己喜爱的东西，心情会更好，也就更有动力去奋斗。”

杨女士似笑非笑：“你不用拐着弯安慰我，我现在不会有这个念头了，路是自己走的，选择了就不要后悔，哪怕过得不好，也要努力撑下去，是不是？”

顾念想了想，却摇摇头：“其实也不是，如果选择了一条路，就说明已经有所预期，之后遇到的困难，只能说是在预期之内，或超过预期，不要用‘撑’字，那会让自己觉得很辛苦，不如说是尝试，总会有第一次的，不是吗？”

杨女士微微一怔，失笑：“没想到你年纪轻轻，比我还乐观。”

顾念：“从您的言行，我看得出来，您必定受过高等教育，有着优渥的出身和良好的修养，人生的起点比起我这种小店员来，不知高出多少倍，即使半途受了挫折，想要重新爬起来，也应该比我容易许多。也许您会觉得跟我这样的小人物比，有些被冒犯了，但我并无任何恶意……”

杨女士笑着打断她：“我明白，你只是想安慰我，其实我也是普通人家的孩子，不是什么富豪出身，如果连好意和歹意都分不清，那我就白活这么多年了，无论如何，谢谢你，是你让我感觉这世间还是有温暖，有情意的，真的谢谢你。”

顾念开玩笑：“不用谢，您刚刚要是手里拿着把刀，那我估计只能报警了，怎么都不敢过来搭讪的。”

杨女士看着她，神情温柔下来的她宛如一个慈祥的长辈，不复下午在店里见到的那种冷漠疏离。

“我可以知道你的名字吗？”

“顾念，照顾的顾，思念的念。您叫我Nina也可以。”

杨女士点点头：“我记住了，希望下次到这里来，还能再见到你。”

她甚至没有询问顾念的电话，两人萍水相逢，交浅言深。在那之后互相道别，顾念从商场大门出来，再低头看看手表，时间仅仅过去了一个小时。

用一个小时的时间，让一个本来心情很不好、对人生绝望、可能轻生的人重新得到活下去的希望，值得吗？顾念觉得值得。

手机响起，顾念对着来电显示的名字迟疑了一下，还是接起来。

“雍凛？”

“你还有东西落在这边没带走。”

顾念：“我记得好像都拿走了。”

雍凛：“几本书，你说要借给我熟悉奢侈品行业的。”

顾念恍然，把这个给忘了：“那我现在过去拿吧，你在家吗？”

雍凛“嗯”了一声：“你吃饭了没？”

顾念：“还没有。”

雍凛：“那顺便过来吃吧，阿姨做了两人份的。”

顾念正想着答应还是婉拒，那头已经挂了电话。

雍凛看着被自己挂断的电话，心生不悦。

他都主动打电话过去了，怎么这女人还没有半点软化，陈庄说大部分女人都是感情动物，难不成顾念就是例外的那一小部分？

顾念看着被对方挂断的电话，有点无奈。

她都没说自己才刚出商场，现在是下班高峰期，从这里打车过去起码也要将近一个小时，等她到了，饭菜都凉了吧？

算了，像雍凛那么独断专行的人，自己就算再打过去，他也不会改变主意的。

虽是这样想，顾念还是略有些着急地抬头，希冀从来来往往的车辆中寻找出没有载客的出租车。

时间一分一秒过去。

雍凛放下手头看完的文件，有点不耐烦地看了看钟表，正准备打个电话过去催，门铃响了。

“怎么才来……”话到一半，声音戛然而止，雍凛讶然看着门外的人，“妈！”

他侧身让出通道，让母亲进来：“您怎么会过来的？”

刘玉珊：“路过，看你这里亮着灯，就买了份汤给你送上来。”

她看见桌上一堆未动的菜肴：“怎么，这么晚了还没吃饭？”

随即又注意到碗筷都是两副："在等人？"

雍凛不语。

从小习惯了儿子的言简意赅，刘玉珊已经能够自行从他的表情举动中猜出一些端倪："等谁？顾念？你不是说要跟她分手吗？"

雍凛微微皱眉："这件事您就别管了。"

刘玉珊不是那种会跟儿子高声争执的母亲，但她刚刚习惯了那个体贴温柔的儿子，见状就有点委屈："你这是怎么了，前几天还好好的！"

雍凛："工作有点忙而已。"

之前顾念在的那几天，很多事情无法直接参与做主，其实还是耽误了不少工作的。换回来之后，雍凛的工作量一下子多了不少，今天能准时回家，还是因为把不少工作带回来做的缘故。

也许还因为想找借口见顾念一面。心底有这么一个声音响起，随即被他忽略。

刘玉珊心疼："那你要多休息，别太累了，这次我去拍戏的事情多亏了你，你爸知道以后，非但没有发火，还主动给剧组送了个花篮过去，你不知道妈当时有多高兴，这表示你爸非但不反对我拍戏，而且愿意在剧组其他人面前给我面子。"

雍凛忍不住诧异。

虽然年纪不小，但刘玉珊笑起来依旧风情万千，也难怪导演会相中她："回来之后，我就找你爸谈了心，虽然他还是那个老顽固，不过态度也没有以前那么强硬了，要不是你在他面前说了好话，他肯定不可能这么快松动的，你到底跟他说了什么？"

面对母亲笑吟吟地好奇询问，雍凛却半句话也答不出来。

刘玉珊心情不错，见儿子没有作答，也不以为意，继续道："我现在才知道，其实你爸也还是关心我的，起码还听得进你的话，我还以为这辈子都说不通了！"

恰在此时，门铃声让雍凛不必再回答母亲的问题，他走过去开门。

毫不意外，外面是顾念。

顾念气喘吁吁：“对不起，等了很久才打到车，路上又塞……”

她看见屋子里的刘玉珊，表情浮现瞬间的空白，然后扬起笑容打招呼：“雍夫人，您好。”

刘玉珊没了刚刚在儿子面前的雀跃，瞬间又恢复成冷淡矜持的贵妇人。

“你好。”

看见母亲的变化，雍凛没来由地为顾念感到一阵委屈。

帮了母亲的人是顾念，母亲却不知道，就算知道，也未必会领情。

雍凛柔声道：“进来吧，我也还没吃，我妈带了炖汤过来。”

顾念对他突如其来的温柔感到莫名其妙，而刘玉珊也为儿子当面对顾念表现出来的温柔而不舒服。

刘玉珊：“顾小姐工作的地方离这里不近吧，怎么不先在外面吃了，还要特意跑过来，小凛，你也真是不体贴。”

顾念也道：“阿姨在这里，不如我改天再来拜访吧，那几本书你给我就好。”

雍凛不悦，先教训顾念：“说好了来吃饭，你晚了那么久，肠胃受得了吗？”

又对母亲道：“妈，您要是还没吃，就留下来跟我们一起吃吧，不然那就等我们俩先吃完再说。”

儿子向来强势，刘玉珊又不是个强势的母亲，她心里再不舒服，也只有责怪顾念的份，不会责怪自己的儿子。看在儿子的分儿上，她勉强扯出笑容：“那你们先吃吧，我明天再过来。”

出了门之后，她又禁不住暗暗生自己的气，觉得自己作为长辈，表现得也太过软弱了，怎么说也该是顾念离开才对。

但现在再回去，雍凛肯定更不高兴。

想到这里，刘玉珊只好带着一肚子郁闷离开，暗暗告诫自己以后万不可在顾念面前表现得太弱势了。

那头顾念被雍凛拉进去，雍凛这才发现她走路的姿势有点不太自然。

“你脚怎么了？”

顾念：“没事，在楼下的时候崴了一下。”

雍凛：“还能走吗？”

顾念：“能。”

这女人一贯会逞强的。雍凛看了她一眼，二话不说直接把人抱起来，往餐厅椅子上一放。

“先吃吧，吃完我再给你看看。”

顾念有些不好意思，又有些哭笑不得：“菜好像有点凉了，是不是先热一下？”

雍凛以冰冷的眼神制止她想要站起来的动作：“我来，你坐着，先喝汤。”

顾念简直想笑：“我只是崴了脚，不是脚断了。”

但反抗无效，她只好打开刘玉珊带来的汤，分成两碗。

“这汤好浓，里面还放了洋参吧？你妈妈为你准备的爱心，可要被我分走了。”

雍凛：“我妈复出演戏的事情，你是不是跟我爸说了什么？”

顾念一愣：“也没说什么，就是跟你爸说，你妈这些年也不容易，一直在背后默默支持你们，虽然看着什么也没做，但为这个家付出的心血，不比谁少，让你爸多体谅一下她，大概就这些……是不是给你惹什么麻烦了？”

“没有。”雍凛将饭菜放入微波炉，瞥见她被热汤蒸出微红的娇美脸庞，心中生出莫名其妙的滋味，说不清是柔软，还是怜爱，“我妈很高兴，但她并不知道是你，所以……”

顾念还反过来安慰他："这很正常，你不必介意，而且这并不关你妈妈的事，她根本不知道前两天发生了什么。"

"先吃饭吧。"雍凛将热好的饭菜放回原位，"顾宁怎么样了？"

顾念："我今天打电话问过，她还在休息，那个公司不肯等她，所以她可能要重新找工作了。"

雍凛："我可以帮她问问，雍氏有没有适合她的职位。"

顾念摇摇头："小宁的毕业院校只是二本，我知道进雍氏的基本条件都是要重点本科，就算靠了你的关系进去，对她来说也并不是什么好事，倒不如让她自己先找一找，实在找不到，我也会帮忙的，她是成年人了，应该有基本的担当。"

她如此拎得清，雍凛心头却隐隐不快。

一顿饭有些沉闷地吃完，两人都没再说话。

雍凛拿来药油，没等他发话，顾念已经自动在沙发上坐好，给他看伤势。

"你看，真的没事，没伤到骨头，就是有点发红。"

雍凛皱眉："明天就会肿起来，你明天请个假吧。"

顾念没吭声，心说才刚请过三天的假，怎么可能再请，还是在可能会升职的关键时期。

雍凛似乎看出她的想法，不满地斥责："脚肿了，你还想去上班？在那儿一站就是一天，到时候只会肿得更厉害，再有技术含量，也是个boutique sales的职位而已，你为了它连脚都不要了？！"

顾念想解释点什么，又觉得什么都没必要说，心头的委屈一阵甚过一阵，想起今天以来的种种遭遇，霎时间湿了眼眶。

雍凛并未留意，还在继续道："明知道穿高跟鞋就不要走那么快……"

托那几天的福，他也体验过穿高跟鞋的滋味，自然知道习惯并不等于享受。

顾念再也忍不住："我也是怕你久等，难道为别人着想也不对吗！"

雍凛的话被她陡然提高的声音打断，他微微皱眉抬眼，却愕然发现对方竟然在哭。

顾念哽咽："你以为我不想请假吗，可今天John刚刚跟我说，我的职位申请初步通过，还没最终定下来，如果我这个时候又请假，别人会怎么想？John又会怎么想？"

委屈一发不可收拾，压抑已久的难受发泄而出，顾念从来不知道自己也有这么爱哭的时候，但眼泪完全控制不住。

"我不是superman（超人），我也有正常人的情绪，刚刚你妈那么对我，难道我很开心吗，可我又能怎样？对你抱怨？对你发火？我知道，她不过是站在一个母亲的角度，对自己儿子的女性朋友做出评估而已，再正常不过！就算我听你的话辞了工作，难道她就会高看我一眼吗？假如她因此而妥协，那也是因为她爱你，而不是因为她喜欢我！雍凛，很多东西是与生俱来无法改变的，但只有这份工作，才是真真正正依靠我的努力得来的，我不能放弃它，你能明白吗？！"

雍凛一向冷静自持的脸上头一回出现近似无措和慌乱的情绪。

他将眉头拧得紧紧的，仿佛解不开的结。

客厅里只有顾念的啜泣声。

雍凛将药油涂抹在顾念的伤处，后者的脚下意识瑟缩了一下，却被他及时按住。

"对不起。"

从来没有对外人说过这三个字的雍凛，用轻得不能再轻的声调道。

不知道是为不小心下的重手，还是为自己刚刚那番话。

因为他这句对不起，顾念反而哭得更厉害。

她心里对自己说别哭了别哭了太丢人，实际上眼泪却如泉涌一般，怎么也控制不住。

雍凛面上的坚冰被她哭得一点点融化："别哭了。"

顾念吸了吸鼻子，过了好一会儿，渐渐止住眼泪："我就是疼哭的，没别的原因。"

她的脚的确红肿着，雍凛信以为真："疼得很厉害？要不去医院吧？"

顾念："不用。"

她往后蹭了几下，把身体蹭到沙发里头，以便伤脚可以搁在沙发上。

"今晚可能没法帮你洗碗了。"

雍凛原是想顺势搂住她的，没料到顾念的动作更快，一句话将他的柔情拉回来。他冷冷瞪了顾念一眼，伸出去的手硬生生转了回来，心里觉得这女人就是故意的。

故意跟自己划清界限，分手就是分手，不愿留半点暧昧的空间。

顾念自己是觉得挺不好意思的。

脚崴了，又不是雍凛推的，是自己走得太急；他妈妈这样的态度，也不是雍凛授意的，自己却因为种种委屈积压起来，忍不住朝着雍凛发了火。

"对不起，我刚刚迁怒了。"

她的心思，伴随着想法，明明白白出现在脸上，被雍凛尽收眼底。

一丝丝名为心疼的情绪在心底蔓延开来。

他喜欢顾念，这毫无疑问，最开始肯定是被顾念的容貌吸引，但爱情本来就是玄之又玄，有些人貌若天仙他也看不上，偏偏就是顾念入了心。

然后理所当然就是进一步接触，雍凛跟他那群朋友不太一样，他不喜欢流连花丛，谈恋爱就是谈恋爱，得有个认真的态度。于是再后来，他被顾念的性子吸引，喜欢一个人，就是喜欢她的笑容，喜欢听她说话，喜欢和她相处，看不见了会想念，看见了更觉得看不够。

但时至今日，雍凛不得不承认，他对顾念的了解并不够，从来没有设身处地去考虑过对方的处境和心情。也许当时的他太过自信了，觉得只要两人互相喜欢，以自己的能力，足以解决一切麻烦，哪怕是来自父母的非难，他甚至根本不会去考虑顾念父母会不会喜欢自己，同不同意他们的婚事。

雍凛知道，父亲固然也希望自己找一桩门当户对的婚事，但如果他坚持，父亲应该不会太反对，不过应该会要求顾念换一份更体面的工作，以免让雍家蒙羞，而母亲则更看重女方的家庭背景，同样，如果他坚持，母亲的反对最终也是无效的。

但这些考量里面，从头到尾都没有顾念。

他没有想过顾念的感受，没有把顾念可能遭遇的麻烦当回事，更独断专行地要求顾念辞了工作。

而顾念虽然愿意为他人着想，但在某些事情上，她同样固执得寸步不让，这在很多男人看来，不够女人，太要强。

雍凛的念头转过许多，面上依旧冷冷道：“自己动一下脚，看疼痛的程度如何。”

顾念依言做了：“也不是特别疼。”

雍凛：“晚上在这边睡。”

说完看见顾念微微蹙眉，意识到自己的语气似乎跟下属说话差不多，勉强又加了个尾音：“……吧。”

顾念哭笑不得，要不是刚刚才哭过，还真会忍不住笑出来：“不用了，我东西都搬走了，这边也没有换洗的衣物，我回去就行。”

没等雍凛反对，她忙又道：“不过可能要麻烦你顺道送我回去了，毕竟还有好几本书要带！”

雍凛看了她一眼，好歹没再说什么，起身去拿车钥匙。

这个时间段已经过了下班高峰期，又不是周末，车流量不算大，不到一个小时，车就进了顾念所在的小区，停在她家楼下。

“谢谢你，我自己上去就可以了。”顾念朝对方笑道。

“书也不要了？”雍凛嘲笑道。

顾念差点忘了这茬儿，只好迟疑道：“那麻烦你帮我提上去？”

雍凛根本懒得和她多说半句，直接开了车门就过来顾念这边，转过身：“上来。”

顾念迟疑了片刻，还是趴上雍凛的后背。

对方背着她往里走，没等顾念发问，就冷冷道：“送你上去再下来拿书。”

雍凛一步一步走得很稳，即使背上多了个人。

电梯里就他们俩，一层层往上升。

顾念忽然出声：“雍凛。”

雍凛看电梯楼层的数字在跳动：“嗯。”

顾念轻轻道：“你能找到比我更好的人。”

雍凛没有回答。

直到他重新下去将书拿上来给顾念，又一言不发地离开，再也没有说过半句话。

顾念看着关上的电梯，和空荡荡的楼道，一时说不清心里是什么滋味。

她不能把两人都同意的分手宣言当成不存在，说完之后还跟没事似的，继续以“前女友”的身份跟雍凛相处，一边沾沾自喜自己的独立，一边又和人家暧昧，那样不仅是对雍凛的不负责，也是对自己的不负责。

快刀斩乱麻吧，她心想，那样对两人都好。

顾念躺在床上做挺尸状，灯光有些耀眼，刺得眼眶又开始隐隐发疼。她直接将怀里的大乌龟往脸上一盖。

视线骤然黑暗，仿佛将全世界也隔绝了。

Chapter 10
姚殊也

有些人相交一辈子，都未必有交心的机会，白发如新，倾盖如故，说到底都是眼缘。

陈庄发现老板今天的情绪不高。

主要原因在于雍凛平时在工作上全情投入，哪怕像前几天那样忽然手忙脚乱，好像什么也不懂，让陈庄觉得很疑惑，差点还以为自家老板被鬼上身了，也没有像今天这样让人轻易看出不妥。

陈庄本来不是个多事的人，作为老板的得力助手，他也很尽职地恪守双方界限，没有因为老板身家背景雄厚，就想得寸进尺，通过老板去和雍氏接触，这同样是雍凛对他很满意的一点。

这世上聪明人不少，有自知之明的聪明人却很少。

就在雍凛第三回出神的时候，陈庄忍不住问："您是不是昨晚睡得不好，要不要回去休息？"

办公室里只有两个人，陈庄正在汇报一个项目进度，并不是太重要的内容。

但老板动不动就出神，也很不正常。

陈庄："过阵子我也想请个婚假，等林琳回来之后。"

这句话终于让雍凛回过神，微微皱眉：怎么一个两个都要结婚了？

雍凛："什么时候？日子定了？"

陈庄："一个月后吧，过阵子林琳应该也回来了，到时候我和她做个交接，免得工作出现真空。"

雍凛点点头："人生大事，是应该好好准备，到时候你提前告诉我，我再额外多给你一周的假期。"

工作狂老板居然也有如此通情达理的时候，陈庄喜出望外，禁不住笑意外露："多谢boss（老板），到时候婚宴上，还请您赏光莅临，喝杯喜酒。"

雍凛："你和林琳是我的左膀右臂，林琳国外旅行结婚也就罢了，你既然有婚宴，我肯定要到场的，新娘子还是原来那个？"

"是，雯雯您也见过的。"陈庄哭笑不得，难不成他就那么花心，还换了一个又一个？

雍凛依稀有点印象，那是个挺文静的女孩子，话不多，但陈庄同样不是个爱说话的人，真不知道两人私底下是怎么相处的，一言不发，大眼瞪小眼？

他想了想："我可以带朋友过去吧？"

陈庄："当然可以，您是要带顾小姐？"

雍凛不置可否，欲言又止。

陈庄鲜少看见他这种样子，不由得试探地问："您是不是跟顾小姐分手了？"

雍凛没有回答，但态度已经说明了一切，他的脸上甚至浮现出一丝少见的迷惘。

陈庄："抱歉，我没有冒犯的意思。"

雍凛摆手，表示自己明白："我有个问题想请教你，你和你女朋友之间，是怎么相处的？"

陈庄苦笑，这问题也太宽泛了，让他一下子怎么回答？

"我要上班，她也要上班，所以晚上我们回到家，尽量都不会说工作上的事情，就是以放松为主，要么在家上网，要么出门看看电影，到处走走。”

天下的情侣都差不多，区别只在于经济条件不同，决定了相处的方式不同罢了。

雍凛微微点头，又问：“那你们会吵架吗？”

陈庄想也不想：“当然会。”

雍凛：“吵到分手的地步？”

陈庄叹气：“也不是没有，那一次是我先提出来的，但冷静过后我发现自己错得更多，就回头去找她道歉。老实说，这段恋情里，其实雯雯付出得更多，她家境比我的好，又是本地的，还是独生女，家里父母一直不同意我们的事情，她在她父母面前没少扛下压力，可在我面前，她从来都没有表露过，我不能把这一切当作理所当然，虽然出身家境无法改变，但起码我可以努力工作，让她过上更好的日子。”

这番话从一个大男人口中说出来，竟与顾念的想法有异曲同工之处。

雍凛：“顾念也说过类似的话。”

他想起昨晚顾念的哭诉，忽然有些心烦意乱。

陈庄：“我倒可以理解顾小姐，我们俩家境差不多，都是普通家庭出来的孩子，肯定更看重后天的努力。”

雍凛皱眉：“但你是男人，她是女人。”

陈庄笑了笑：“我为给雯雯更好的生活而努力，顾小姐想与您并肩而立，其实都差不多。您应该觉得高兴才是，有些女孩子，要是能交上老板您这样的男朋友，恨不得立马辞了工作，每天有花不完的钱，买不完的奢侈品，稍有野心一点的，也会趁机蹭您的人脉，为自己以后做打算，顾小姐的想法，正说明她喜欢的是您这个人，而不是您的身家。”

雍凛：“但我并不喜欢她这样，什么都撇得太清，不肯占一点便宜，我愿意给，她却不要。”

陈庄："应该是她缺乏安全感吧，或者说，您没有让她觉得可以到对您予取予求的地步。我和雯雯曾经也经历过这样一个阶段，不过现在好多了，有什么事我们都能说开来，在最爱的人面前，自尊心并不重要。"

似乎有什么东西从心底破开，豁然开朗。

雍凛："看来我以后应该再支付你一份薪水，聘你为我的私人顾问。"

陈庄笑道："那就多谢老板了！激情易得，真情难求，祝您和顾小姐有情人终成眷属。"

雍凛扬眉："为你这句话，晚上应该去喝一杯。"

脚隐隐作痛，但没有到走不了路的地步，今天顾念特意跟John说明情况，换了一双平底鞋，一天下来也不是那么难以忍受。

下班之后她没有急着回去，一般这种时候都很难打到车，就算打得到，路上也得塞很久，其他同事也是如此，很多人会选择在附近吃完晚饭才回去。

在余千惠的提议下，两人找了一家餐厅坐下来。

余千惠对顾念道："我可能要辞职了。"

虽然没到无话不谈的地步，但两人在公司一干同事里，算是交情很不错的。自从顾念换回自己的身体之后，两人的友谊好像忽然上升了一个台阶，走得更近了些。

顾念很惊讶："怎么这么突然？"

余千惠苦笑："不突然，其实我考虑了很久，还是觉得自己不太适合这个行业。"

顾念："那要转哪一行，确定了吗？"

余千惠犹豫片刻："有个咖位不算大的明星招聘助理，我前阵子去应聘了一下，没想到通过了。"

顾念惊讶："明星助理是个吃力不讨好的辛苦活儿，你考虑好了吗？"

M&J名气大逼格高，又跟时尚圈搭边，不少明星拼了命想要跟M&J沾点关系，就算当不了代言，能当个品牌挚友也行，拜此所赐，顾念他们去培训开会，经常能听到不少娱乐圈的八卦。

余千惠："属于高级助理，不用事无巨细地伺候，我主要是跟经纪人对接，再帮明星打理一些服装上的事情，算是半个服装师，你也知道我读的是服装专业，正好对口，薪资比M&J少一些，但我想去试试。"

顾念莞尔："既然你决定了，那我就不劝你了，想做就去做！"

她喊服务生上了一瓶啤酒，给两人倒上，举杯道："祝你成功！"

余千惠苦笑："成不成功，我不敢想那么多，换了原来，我可能还没勇气迈出这一步，但上次跟男朋友分手，反而让我想通了一些事情，Nina，我口才应变能力没你好，你是天生适合这一行，我也祝你以后能步步高升，实现自己的理想！"

"共勉，加油！"

玻璃酒杯碰在一块儿，两人相视一笑。

就在这时，余千惠"咦"了一声，目光落在一窗之隔的外面。

循着她的视线望去，顾念就看见外面路边围了不少人在看热闹。

余千惠："出车祸了？"

顾念："好像是熟人，我出去瞧瞧。"

餐厅临着马路，又有商场在附近，是本市最繁华的商业区之一。当顾念走出去的时候，路边已经里里外外围了三层人，中间则是一辆车，一名年轻女子和两个带着小孩的家长正在理论。

而那名年轻女子，顾念恰好认识。

小孩四五岁，正在哇哇大哭，家长炮如连珠似的质问，年轻女子手足无措地应答，让现场更加混乱。

顾念听了好一会儿，才弄明白发生了何事。

大意是姚殊也在倒车的时候，那小孩正站在车后，被她剐倒了。因为那地方处于视觉盲点，她一时没注意，差点把小孩给轧车下去，幸好有路人发现，赶紧敲车窗提醒，她才停下来，正好孩子父母出来看见这一幕，立马向姚殊也发难。

姚殊也提出自己先垫一笔钱，让他们去医院检查，再留个电话给他们，到时候根据检查结果，如果不够，她会补上。那对父母自然不肯，拽着姚殊也不肯放手，生怕她跑了，那母亲更是彪悍，只差没动手了，姚殊也的袖子被拽得变形，满脸气愤却无可奈何。

就在这个时候，姚殊也深吸一口气："这样吧，既然你们怕我跑了，那我们报警好了，让警察过来处理。"

她拿起手机要拨打110，结果一不留神，那手机居然被孩子母亲给抢走了。

姚殊也又急又怒："你做什么，当街抢劫吗！"

孩子母亲理直气壮："免得让你跑了！"

姚殊也气道："快把手机还给我！"

孩子母亲："你要跟着我们去医院检查，医生要是说没事，我们才能放了你！"

一个声音中途加入："她手机被抢了，我手机还在，我帮你们报警好了。"

说话的是顾念。

姚殊也和那两个孩子家长，顿时都朝她望过来。

孩子母亲："你是什么东西，要你管什么闲事？撞了人还想一走了之，天下哪里有这样的道理！"

顾念："天下也没有当街抢人东西的道理，我看我们没必要吵了，多简单的一件事，让警察来处理就好。"

说完，她真就拿起手机要拨打。

孩子母亲居然还想来抢顾念的手机，旁边余千惠赶来，把顾念拉退一步，冲对方喝道："你想干什么！"

"刚刚你这车根本没碰到小孩，是他自己摔倒的！"路边有人道。

孩子母亲张牙舞爪："谁看见了，你跟她们是一伙的吗，撞了人还想推卸责任！"

路人道："就是他自己被井盖绊倒摔的，这女孩子的车没碰到他，我刚刚看见了，你们要是不信，就去医院验伤吧！"

他这么一说，旁边有两三个路人附和，说他们也看见了。

姚殊也面露感激，朝路人道谢。

孩子母亲则火冒三丈，挥舞双手破口大骂。

顾念对姚殊也道："报警吧。"

姚殊也点头："好。"

顾念打通电话，直接就对那头说明了情况。

两个家长面面相觑，万没想到她来真格的，当即把姚殊也的手机往地上一扔，撂下一句狠话，带着孩子就走了，脚步飞快，等别人反应过来，他们已经不见人影了。

姚殊也捡起手机，发现屏幕摔坏了，还可以用，不由得叹气："真是无耻！"

没了热闹看，路人纷纷散去。顾念让余千惠先回去，然后陪着姚殊也站在原地等交警过来。

姚殊也对顾念感激不尽："今晚要是没有你，还不知道怎么收场呢！"

顾念笑道："我也只是威胁一下，多亏那几个路人让他们害怕了，要不然真等警察叔叔过来，又是一番扯皮，说不定还得调监控来看，到时候就更浪费时间了！"

姚殊也抹了把汗："那也是因为你先站出来的缘故，不管怎么说，真是太谢谢了！"

顾念笑道："不用这么客气，本来就是他们无理取闹，你如果和家里说一声，想必也能很快解决的，有没有我都一样。"

姚殊也努力回想："你是不是认识我？"

顾念："那天在飞羽，你喝醉了，被我……被雍凛碰见了，后来让柴向阳送你回去。"

姚殊也恍然大悟，难怪她看顾念觉得眼熟："你就是雍凛的女朋友，对不对？"

顾念："叫我顾念好了。"

姚殊也不好意思："麻烦了你两次，太过意不去了。"

顾念："不要紧，出门在外，谁都有个不方便的时候，举手之劳而已。"

说话间，附近执勤的警察过来了。

对方早已逃之夭夭，用不着怎么处理，姚殊也把来龙去脉说了一遍，由警察记录完，便可以离开。

她问顾念："你去哪里？我送你。"

顾念也没客气，报了个地址。

清醒状态下的姚殊也没有那么迷糊，不过人也文雅平和，看得出教养很好，说话也细声细气。顾念仿佛看见一只温良无害的小白兔，想想她在醉酒时的表现，不由得好笑。

"那天柴向阳送你回去，一切还顺利吧？"

姚殊也唉声叹气："别提了，我妈听说是柴向阳，盘问了我半天，后来又知道了我已经有男朋友的事情……"

上回顾念曾听雍凛略略提过姚殊也的事情，闻言不由得问："然后呢？"

"男朋友是我在国外的时候谈的，他家境一般，全家供他出国，我家里知道之后就让我分手，说我俩不合适，我不肯听，谁知道他们背地里去找我男朋友，不知说了什么，我男朋友就主动来找我说分手了，他说他配不上我。”

顾念不知道该怎么安慰她，姚殊也反而对她一笑：“我没事。之前家里要我和雍先生见面，当时我就跟他说过我有男朋友，后来我们也没再见过面了，你这么好，雍先生肯定对你一往情深，不会再看得上其他女人的。”

“我没误会。”顾念忍俊不禁，这女孩子太有意思了，家境那么好，还不惜自贬来安慰她，“前面就是我家小区了，你送我到路边停下就行了，不用再开进去。”

姚殊也左看右看：“你家附近有酒店吗？”

顾念：“好像有几家。”

姚殊也赧然：“顾念，我想找一家酒店入住，不知我有没有荣幸邀请你与我一起？”

这种搭讪的台词是怎么回事？而且还是一夜风流的渣男路数。

顾念哭笑不得：“我家就在楼上啊！”

姚殊也扭捏：“我知道，我暂时不想回家，明天我载你去上班，就当陪我一晚，好不好？我怕鬼。”

顾念被她最后一句话打败了：“那好吧，我上去拿点换洗衣物。”

姚殊也欢天喜地：“谢谢！”

顾念调侃：“第二回见面就邀请我同住，你就不怕我别有所图吗？”

姚殊也狡黠道：“雍先生眼光那么高，能被他喜欢上的人，一定好得不得了，我相信自己的判断。”

拿了衣服和日常用品，顾念背个小书包下来，姚殊也直接载她去了附近的五星级酒店，开了一个总统套房。

顾念笑道：“托你的福，也算当了回高大上的有钱人。”

姚殊也：“你要是喜欢，我以后天天带你来住呀！”

她的语调带着一种天真的认真，毫无轻慢玩笑。

顾念忍不住又笑："你要是男的，现在肯定一堆风流债！"

姚殊也叹了口气："我要是男的，现在早就开飞机去环游世界了，也不用回国来，听从父母意愿，去学校干教职。"

爱孩子的父母总希望自己孩子过得更安稳一些，尤其是女孩子。

顾念："你喜欢开飞机？"

姚殊也吐了吐舌头："是，我有澳大利亚的PPL（私人飞行驾驶执照），希望有朝一日，我能开着自己的私人飞机去各个国家游览。其实我挺爱到处跑的，父母不了解，还以为我内心跟外表一样文静。"

顾念抽了抽嘴角，心道我也是这么以为的。

总统套房，一张足以在上面打滚N圈的大床，洗手间也有两个。姚殊也车上就放着洗漱用品和衣服，倒不需要特地去买，等顾念洗完澡出来，一边擦头发一边走进房间，就瞧见姚殊也抱了个枕头，拍着身下床单："宝贝，快来！"

顾念啼笑皆非，随手抄起旁边的抱枕往她那儿一丢："都是从哪儿学来的花花公子腔调！"

姚殊也哎哟一声，被砸个正着。

顾念："你总不能在这里一直住下去吧？"

姚殊也："过两天我就要去报到了，之前我和学校申请过，大学城里会提供教师宿舍。"

顾念："你教什么的？"

姚殊也："外国文学。"

顾念笑道："有空去听你的课，不知欢不欢迎？"

姚殊也："当然欢迎了，原本我是想去外语系教法语的，不过资格不够，就只能退而求其次了。"

顾念心头一动："我正在学法语，不知道能不能请教你？"

姚殊也："随时随地，随传随到。"

这女孩子可真有意思！

顾念发现自己刚刚笑的次数，比自己白天一天加起来还多。

有些人相交一辈子，都未必有交心的机会，白发如新，倾盖如故，说到底都是眼缘。

顾念就自己在语法上碰到的几个问题说了一下，姚殊也不仅解答了，还能举一反三，让顾念对原先没能弄明白的问题也都豁然开朗。顾念喜不自禁："照这样下去，日常交流应该指日可待！"

姚殊也："任何一门外语都一样，多听多读多模仿，你现在的要求也不用太高，只要掌握日常对话就可以了，不过在英语方面反而要多下些功夫，像M&J这种品牌往上走，只要是跟总部接洽的邮件往来，基本都是英文，如果阅读速度太慢，就会影响工作效率。"

顾念："你说得对，我的确得在语言上多下些功夫，多学点东西总会有好处的。"

姚殊也："我经常买M&J家的东西，回头要是有什么内部爆料，一定跟你汇报！"

顾念："那我应该怎么谢你？"

姚殊也："以身相许？算了，不夺人所爱，给我讲个睡前故事吧。"

你几岁了？顾念好笑："那好吧，我想想，嗯……今年三四月的时候，我半夜做噩梦醒来，感觉好像有人在床边看我，起来上洗手间，看了一下时间，当时是两点多，重新睡下之后，又做了同样一个噩梦。碰巧的是，第二天早上，室友说她昨夜做了噩梦，感觉有人朝她扑过去，她就惊醒了，我和她对了一下时间，正好都是一样的。"

姚殊也听得毛骨悚然："那后来呢？"

顾念摊手："后来我们去庙里拜了拜，就没事了。"

姚殊也："到底是怎么回事？"

顾念："可能是室友那段时间经常去医院探望病人的缘故吧，医院历来都是生与死的交界，如果时运比较差，也许就容易碰见一些难以解释的事情，不过照科学的说法，应该是我俩那段时间精神不太好，所以才会做噩梦，就看你怎么理解了。”

姚殊也摸着胳膊上冒出来的鸡皮疙瘩：“就算做噩梦，也不可能同一时间，分毫不差地醒过来呀！”

她见顾念面色寻常，猛地醒悟：“你在骗我！”

顾念笑道：“真没骗你，你不是让我讲故事吗，我一时想不到，就拿这个来说了。”

姚殊也抱着枕头滚了两圈：“你太坏了，明知道我怕鬼，还故意来吓我，我不管，今晚睡不着，你得赔我精神损失费！”

顾念被她挠痒痒挠得求饶，这才作罢。

结果当天晚上，姚殊也不知道是不是受了刺激，像八爪章鱼一样抱着顾念不放，搂得死紧，跟平时斯文有礼的千金形象大相径庭。

而顾念，自作孽不可活，她做了一晚上胸口碎大石的梦。

第二天去上班，顾念的脚已经好得差不多了，正当她以为今日也像往常一样平静无波度过时，两拨客人一前一后走了进来。

头一拨有两个人，珠光宝气的富太太打扮。

后一拨只有一个人，是精明干练的职业女性。

顾念没来由地眼皮一跳。

旁边邹艳红咦了一声，似自言自语道：“那不是前些天过来问起你的张太太吗？”

顾念不想接待那位张太太，但邹艳红有意无意抢先一步，迎向张太太她们背后的那位职业女性。

这也不能说邹艳红故意把难啃的骨头留给顾念，毕竟对方上回来过一次，而且问起了顾念，就算这次顾念接待了别人，对方也照样能找到机会跟她说话，该来的始终躲不过。

顾念默默给自己点了一根蜡烛，走过去，笑容可掬：“两位好，有什么我可以帮到你们的吗？”

张太太的目光在她胸前名牌停留了片刻才移开：“听说M&J有新款上市，我们过来看看。”

顾念笑道：“本店的确有几款新到货的，要不我领二位到展示柜台那里先看看？”

张太太旁边的女士略带不满：“我们是M&J的VIP。”

顾念恍然，忙道：“那还请两位到里面会客厅稍坐片刻！”

除了高V之外，M&J牌子大，架子也大，它实行的是分店VIP制，也就是说在某家分店里得到的VIP资格，一般只能在那家分店继续使用，除了那家店，其他分店一般是不认的，但越是如此，越有不少人趋之若鹜，M&J这种制度，似乎无形中也刺激了他们的自我定位。顾念在这边接待过不少VIP客户，几乎把所有名单都背下来了，这里头并没有这两位女士，这说明她们有可能是别家分店的VIP。

不过就算如此，客人上门，也不能将人往外赶，还是得好声好气招待，更何况这位张女士来者不善。

张太太两人前脚刚进了会客厅，后脚邹艳红也领着那位职业女性进来了，彼此打了个照面，职业女性冲对方笑一笑，张太太矜持地微微一颔首。

邹艳红与顾念对视一眼，两人往外走。邹艳红悄声道：“张太太旁边那位，上回来的时候没见过。”

顾念：“那张太太呢？”

邹艳红：“她是云生广场那边的VIP，上回过来买了个包，不过按理说间隔时间这么短，新款也看过了，没道理再来一回，所以很有可能是冲着你来的。宋女士要的是新款手包。”

两人迅速交换信息，顾念朝她道谢，邹艳红虽然有时多嘴多舌，又爱八卦了些，但人并不坏。

今天门店挺热闹，其他同事都各自有客人需要跟进，没人抽得出空来帮忙。顾念和邹艳红两人只好分工，一个负责倒茶上茶，一个则负责拿产品。

顾念效率很高，没等张太太等人喝上第二口茶，她就捧着个大托盘回到会客厅，一边是宋女士要的手包，一边是张太太她们要的手提包。

宋女士一边拿着手包翻看，一边询问搭配问题，邹艳红在旁边小声回答，对方一边听一边点头，看起来颇为满意。

但张太太这边就不太顺利了。

她看着托盘里的手提包皱了皱眉："我记得这一款还有一个亮黄色的。"

没头没脑的一句话，让顾念有点接不上。

张太太看见她的反应，似笑非笑："怎么，M&J的产品，连M&J自己的人都不认得？"

亏得顾念平时功课做得足够，这会儿在脑子里高速搜索一圈，已经得到答案。

"今年我们的确是有亮黄色的款式，但那是小公牛，baby calf的颈部皮，这几款都是年纪更大一点的牛的皮，颗粒大小有些区别，您要的那款亮黄色的包，上个月已经被人买走了，本店暂时没有。"

顾念带着笑容缓缓道，尽量不让客人觉得自己被冒犯了，哪怕这个客人并不是特意来买包的。

张太太有点不满意，可又挑不出别的毛病，眼睛在那几个手提包上扫了一圈，又道："我记得M&J现在的珍稀皮革已经开放限制，不再局限只有高V才能买了。"

顾念："的确是有这么回事，不过还是有数量上的限制，像我们这边，每月只开放一件的名额，所以一般会在到货前三个月，就被人给订走了。"

张太太："这么说，我也可以订三个月后的了？"

顾念笑道："如果您是本店的VIP客户，当然可以。"

张太太："M&J的高V并不限制分店吧。"

顾念含笑点头："的确是这样，如果您是高V的话，就不需要有三个月限制，可以立刻为您调货过来，送货上门的。"

张太太慢条斯理："我正在申请高V，三个月后肯定已经是高V了，这种情况，现在也不能提前预订三个月后的吗？"

这种时候，就连邹艳红正在招待的那位客人，也能看出张太太是有意在刁难顾念了，不由得停下手头动作，朝这边望过来，饶有兴致。

顾念笑容不变："很抱歉，虽然我很想满足您的要求，但目前公司的确没有这样的规定，不过您这个需求，我们会向上面反馈的，如果有消息，也会第一时间告知您，您方便留一下电话或邮箱吗？"

"留联系方式就不用了，我也只是提个建议。只不过规定是死的，人是活的，我以为M&J的人应该更懂得变通才是。"张太太淡淡道，目光由下而上打量顾念一番，再由上而下地重复一遍。

顾念微微一笑："很抱歉。"

张太太旁边的女士开口道："算啦，你跟个服务员较什么劲，你看她端着一脸假笑，让人看着也心累，走吧，回头再投诉就是了。"

服务行业吃力未必讨好，就像有时候明明不是当事人的错，但如果张太太这样的客人投诉上去，上面为了息事宁人，安抚客户，也会选择开除那个涉事的员工，毕竟孰轻孰重，一目了然。

饶是如此，顾念也不能退让，因为这根本不是她的权限能够做主的，破坏M&J的规矩，回头她也免不了会被John怪罪，两害相权取其轻，这是没有办法的办法。

何况对方本来就看她不顺眼，再不顾规矩地讨好，反倒会令人看轻。

张太太轻轻叹了口气："上回吧，我跟雍夫人打牌的时候，听说有个服务员正缠着小雍先生，小雍先生修养好，不会恶语相向，对方呢，就觉得自己有跳龙门的机会，抓住了就不肯松手，雍夫人有些苦恼，不知道该怎么办，你也知道，雍家是什么人家，干不出侮辱别人的事情，我就自告奋勇，说过来看一看，有机会呢，劝劝那位服务员，做人要脚踏实地，不要太不自量力，攀附不属于自己的富贵，但现在看来，她连本职工作都做得不好，也难怪好高骛远，我真是发愁要怎么回去对雍夫人交代了。”

从头到尾没指名道姓，但所有人都知道她在说谁。

邹艳红一脸尴尬，却又忍不住竖起耳朵。

她往顾念那里瞄了一眼，对方居然还能保持淡淡的笑容，像不知道在说自己似的，单就这份心理承受能力，也令邹艳红难得地佩服起来。

“这里这么热闹，看来我来错地方了？”讶异的声音由门口响起，打断一场好戏的发生。

姚殊也在John的陪伴下走过来。

John笑着朝她解释：“抱歉，我们楼上还有会客室，姚小姐请跟我来。”

姚殊也：“不用了，就在这儿吧。”

她又问顾念：“你叫什么名字？”

顾念抽了抽嘴角，不知她在玩什么花样：“您好，您可以叫我Nina。”

姚殊也：“Nina，我上周订了一个玫红色的手提包，指定送到你们店，能否麻烦你帮我查一下，这个手提包到货了没有？”

听见这句话，张太太面露讶异，原本因姚殊也打断说话而不快的脸色也多了一丝微妙的不同。

John忙道：“姚小姐，我来帮您查吧，马上就好！”

姚殊也没有反对，优雅坐下，看也不看张太太等人一眼，与昨夜的亲切软萌判若两人，明明也没有端着冷脸，可给人的感觉就如隔云端。

“来都来了，麻烦你们顺便将这一季的新款拿出来给我看看吧。”

顾念歉意一笑：“这几个，是张太太先要来看的，不知张太太这边……"

张太太变得非常通情达理："不要紧，让这位姚小姐先看吧！"

顾念简单介绍了一下几个包的材质，姚殊也眨着美目："那你觉得，我提哪个颜色比较好看？"

"您现在穿藕粉色的衣服，可以选择这个亮粉色的，不过黑白向来是经典款，比较百搭，您肤色白，无论怎么搭配都好看的。"

姚殊也笑道："就冲你这句话，那就都包下吧。"

人人侧目。

这种同一款每个颜色都要一个的土豪不是没有，雍夫人也经常这么干，但张太太并不属于这个行列，她和她的朋友虽然也属于富人，比起雍家还是差了一大截，她能跟雍夫人刘玉珊一起玩牌，还是通过别人的介绍，只因她无意间听说顾念这一桩事，便自告奋勇要来帮雍夫人解决麻烦。

雍夫人当时只是笑一笑，并未应允，也没有反对，张太太只当得了鼓励，这才会有两次上门来找顾念的插曲。

眼看姚殊也出手如此大方，容貌又有些眼生，张太太便起了结交的心思，笑道："姚小姐挺有眼光的。"

姚殊也微微一笑，并不接话。

John进来，手里捧着一个皮包，用微微惊喜的语气道："姚小姐，刚刚查了下，您订的包，昨天下午到了，正好我就顺便给您拿过来了。"

打开皮包外面的保护袋，一个混色手提包映入众人视线，张太太的朋友失声问道："鳄鱼皮的？"

John微笑补充："是雾面婆罗洲长吻鳄，国内这种颜色比较少见，还要多亏姚小姐选择在我们这边到货，否则我也没有荣幸亲眼欣赏到。"

顺便不着痕迹地捧了一下姚殊也。

会做这种皮革的工匠越来越少，加上品种稀少，价格高达七位数，但这并不是重点，重点是有钱也不一定能买到，除非是M&J的高V。

姚殊也笑了笑："很久以前我来你们这里逛过，当时穿得有些随便，记得就是这位Nina接待我的，我逛了半天都没有买，可她非但没有半点不耐烦，还很尽职地为我解说，正因如此，我才记住了你们这家分店，没想到她还在，真是太有缘分了。"

顾念哭笑不得，心里知道姚殊也完全是在胡诌，因为如果对方真来光顾过，还找自己接待，她是不可能不记得的。

但她也明白了，姚殊也是来帮她撑场子的。

John附和："Nina的确是我们这边很优秀的员工。"

姚殊也颔首，扫了张太太一眼："现在我更有体会了，面对客人的无端刁难，她也能保持礼貌和素质，比起见人下菜碟，这种品质才更为可贵，回头我一定会亲自写邮件表扬的，想必高V的正面评价，应该能抵消普通VIP的负——面——评——价吧？"

张太太的脸色一阵青一阵白。

Chapter 11
礼物

“谁这么有才，送你姨妈巾和红糖姜片？”

接下来顺理成章，姚殊也自然由顾念来招待，她买完东西，顾念一路将她送出店铺。

姚殊也没了刚才的矜傲：“我表现得好不好？”

顾念好笑：“多谢你了，不过你为了我跟张太太过不去，以后你们圈子里交际，她认出你来，岂不尴尬？”

姚殊也：“真正有教养的人，是不会做出那种事的，从一个女主人的言行，就可以看出男主人的眼光，就凭张家那种级别，姚家还看不上，你放心好了。其实吧，有件事，我也许应该向你坦白。”

顾念挑眉。

姚殊也：“那天醉酒碰见雍凛，其实我还蛮庆幸的，换了心怀不轨的人，可能就要换一个结局了，所以事后我挺感激雍凛，又从柴向阳那里得知你们的事情，知道雍家不支持的态度，就想先了解你一下，如果合胃口，看看自己能不能帮上你们，就当是感谢雍凛之前的出手相助，所以才会让M&J把手提包发到这家店里来，到时候当着你上司的面夸夸你，让你履历上更好看一些，没想到正好碰见张太太在刁难你。”

像姚殊也这样的人，衡量朋友都有自己的一套标准，一看眼缘，二看品行。一见面就贴上来的那种自然不行，顶多只能当跟班，也许还不够格；太清高的自然也不行，一副“不为五斗米折腰”的样子，有钱人家的孩子也不是受虐狂。

顾念的性格能够吸引雍凛，自然也能吸引姚殊也，交一个朋友不在时间长短，而在是否看对了眼。

“这么说昨晚的意外，也是你特意来找我的？”

姚殊也想也不想：“当然不是，只是我没想到这么巧，我的朋友基本都不在国内，当时也不想回家，所以才不得不住酒店，我也没想到你会答应来陪我，你没生我的气吧？Nina，我真的不是故意在算计试探你的！”

顾念点头笑道：“我明白，不管怎么说，今天还是你帮我解了围，我应该谢谢你才对。”

姚殊也这才绽开甜甜的笑容，挽着她的手臂道：“不用谢，我也很高兴能误打误撞，交到你这么个朋友，如果下次你还需要我到这里帮你撑场子，就打电话给我，高V的身份还是蛮好用的。”

顾念哭笑不得：“好。”

明天得去大学城报到，姚殊也不能久留，顾念要上班，也不可能在这里干耗，两人又说了两句，顾念转身折返回店里，邹艳红朝她竖起大拇指：“算你牛，还能找到个逼格更高的，来压张太太！”

顾念摇摇头：“也是我运气好。”

邹艳红也觉得顾念运气特别好，她怎么就没有被土豪顾客记得，特意上门指名道姓要她服务的？

说到底，还是运气好。

不只邹艳红，其他人难免也有这样的想法。

快下班的时候，顾念收到一束花和一个礼盒。

花上没标名字，礼盒上则有个小卡片，上面只写了两个英文字母：Y.L。

一看就知道是谁。

这里的女店员年轻漂亮，服务对象大都是中产阶级以上，送花送蛋糕，不唯独顾念一个，大家已经司空见惯，顶多调侃两句。

顾念想要退回去，快递员却没等她签字确认，就已经离开了。

她还以为是蛋糕，想着在这儿打开，索性大家分了，也好过回去之后吃不完浪费。

结果抽出丝带，打开盒子，整个人顿时就窘迫了。

雍——凛！

不只顾念目瞪口呆，其他人也都愣了一下。

顾念飞快地将盖子重新盖上，抬头看见众人忍笑的表情。

“谁这么有才，送你姨妈巾和红糖姜片？”

“对方是不是想别出心裁引起你的注意？”

还有人去翻花束上的卡片，想看看这个“奇葩”是谁。

还好，卡片刚刚已经被顾念眼明手快收起来了，不然别人看见“Y.L”，不难猜出是雍凛。

她好笑又好气，将花插在门店的花瓶里，背起包，抱起盒子一边往外走，一边给雍凛打电话。

那边很快接通，雍凛的声音一如既往，低沉富有磁性。

“是我，顾念，没打扰你吧？”接通电话的那一瞬间，顾念有点尴尬，早知道发短信了。

“没有，怎么了？”雍凛的语调有点生硬，似乎想软化下来，又拉不下身段，只好僵在半空。

顾念：“你是不是给我送了东西过来？一束花，还有个礼盒。”

雍凛：“喜欢吗？”

顾念一脸无奈：“哪儿有人送姨妈巾当礼物的？”

雍凛反倒很奇怪："送珠宝送别的，你肯定不会收，那两样不是挺实用的吗，我以为你会喜欢呢！"

顾念抽了抽嘴角："那真是谢谢你了！"

雍凛："不客气，上回我用了380mm的还会漏，所以给你买了420mm的，这次肯定安全了，听他们说用了这款去跑步都没问题。"

顾念："他们是谁？"

雍凛实话实说："我的秘书，还有陈庄。"

顾念抓狂："为什么这种事你还去问陈庄，陈庄又怎么会知道？"

雍凛："他经常帮他女朋友买啊！"

顾念彻底服气了："下次不准送了，再送我也不收的！"

雍凛："我明天不在S市了。"

这话题转得太突然了，一点技术含量都没有！顾念吐槽，还是忍不住问："为什么？"

雍凛："出差，可能几天，也可能半个月，要看情况，我不在的时候，你有什么需求，可以直接联系陈庄，我跟他交代好了。"

顾念忽然一阵难受："雍凛。"

那边"嗯"了一声："我在听。"

顾念狠狠心，再度说出那句让自己难受异常的话："我们已经分手了，你不要再给我送东西，我也不能一边继续享受着你给的好处，一边又表现自己的清高独立。世上比我更好的人很多，你再找个女朋友，好不好？"

雍凛竟还笑了："女朋友又不是大白菜，想要就能有？"

以你的条件，要找什么样的没有？顾念沉默。

雍凛："祝贺你。"

没头没脑的一句话，顾念微怔："什么？"

雍凛："升职。那天晚上我就想说了，你没给我机会。"

顾念哭笑不得："所以你就给我送姨妈巾当礼物？"

雍凛："我以为你会觉得实用。如果不喜欢，等我回来再送别的。"

没等顾念说出拒绝的话，他又道："我要出门了，你不说点什么吗？"

顾念无奈："一路平安。"

雍凛："早去早回？"

这是两人以前道别时的口头禅，每逢雍凛出门，顾念都会和他说"一路平安，早去早回"，如果是见面说的这番话，一个吻别也是少不了的。

顾念不吱声了。

雍凛："你上次给我的护身符，我一直戴着。"

顾念不知要怎么接下去，胡乱糊弄两句："车来了，我先上车！"

便匆匆挂断电话。

雍凛听着电话那头传来的忙音，并未生气，反而有些出神。

给他出主意送礼物的陈庄就坐在办公桌对面："怎么样？"

雍凛摇摇头，放下电话，面色淡淡："好像不为所动，算了。"

陈庄苦笑："我跟顾小姐没什么往来，不清楚她的为人，说不定弄巧成拙了。"

雍凛："她很体贴，不是委屈自己迁就别人的那种体贴，而是愿意站在对方的角度，为对方着想，也很爱玩，平时出门，高空跳伞，我尚且要犹豫一下，她会兴冲冲地拉着我去。"

陈庄试着帮忙分析："这说明她其实是一个内心很勇敢坚强的人。"

雍凛点头，一说到顾念，原本绷着的冷脸也柔和下来。陈庄看在眼里，心说这明明喜欢得很，还说"算了"？

陈庄："恕我直言，老板，你们俩的问题，一开始就不是出现在感情上，如果雍先生那边愿意接纳顾小姐的话，也许……"

“我知道。”雍凛沉声道，“我已经跟我父亲谈过，他那边问题不大，当年他娶我母亲进门的时候，我母亲也不是什么名门望族，己所不欲，勿施于人，这个道理他很清楚。”

重点是你母亲那边。陈庄心道，委婉提醒：“有时候女人与女人之间，才是最棘手的。”

雍凛没有说话。

陈庄见他了然，也就不再多言。

过了一周左右，顾念终于收到姗姗来迟的好消息。

顾念打开一看，面色由平淡转为显而易见的惊喜。

她抬头看John，后者面带笑意。

John：“Are you surprised（惊喜吗）？”

顾念实话实说：“又惊又喜，忐忑不安，不知如何表达了。”

John哈哈一笑：“这是你应得的，其实那边能给这么一个好消息，也是托了你自己的福。”

见顾念不明所以，他道：“那边对你的审核评分很好，后来我私下去打听，听说是‘神访’来店里的那天，正好看见你在招待客人，受到客人的刁难依旧能保持礼貌，加上后来又有一个高V对你做出高度评价，所以HR那边认为你可以通过，正好公关媒介部也传来接收你的消息，一切顺理成章。”

顾念想起那天由邹艳红负责的职业装女性：“难道是她？”

John摇头：“我不知道是谁，‘神访’的信息是不可能透露的，不过我早就说了，持之以恒，总有回报，Ada她们不是不够好，但相比起来，就少了你那份恒心毅力，这次职位申请，我们店的确也只有你一个人通过了。”

顾念讶异：“那你呢，John？”

John耸肩：“我申请的是咨询顾问，不过也没戏，据说今年这个空缺已经内定给副总裁看好的人选了，无所谓，反正我也只是试试，明年还有机会。”

他倒是看得开，又对顾念道：“下午买些点心请大家吃吧，欢送宴是来不及了，因为你明天一早就得去入职。”

顾念脱口而出：“这么快？”

John好笑：“M&J中国总部就在本市，如果你在外地分店，自然要给你几天休假，你嫌快，Ada她们还恨不得去呢！”

顾念自知说错话，也不好意思地笑了笑，忙答应下来。

职位确定下来，自然不需要再低调隐瞒，John将大家叫到一块儿，简单说了一下情况，众人自然是欣羡不已。顾念的新职位是公关媒介部助理，因为这个部门经常能与M&J各种客户打交道，所以这个职位很抢手，这家分店里也有两个人申请了，可最终只有顾念得到，不少人都暗暗怀疑对方是靠了男朋友的关系才摆平的。

但怀疑归怀疑，一来没有证据，二来顾念算是升职，跟她们不再有利益冲突，谁也不知道自己以后会不会有麻烦她帮忙的时候，所以傻子都不会将情绪表露出来，个个面露笑容说着恭喜，连平时最口无遮拦的邹艳红，都把好听话当不要钱似的往外倾倒。

顾念这份好心情，一直维持到晚上回家，才稍稍平静下来。

她捧着手机，犹豫着要不要给雍凛报个喜讯，左思右想，把打好的字又一一删除。

好巧不巧，那边正好也发了几条信息过来。

一共三条，全是图片。

满目青山，美则美矣，却也险峻，更奇怪的是，雍凛之前说自己要去出差。

顾念满肚子疑惑，忍了片刻，见对方没有任何文字说明，还是忍不住回了一条：这不是在国外吧？

很快，那边回复了：跟这边的乡政府合作开发一个旅游项目，项目合作里包括帮其中一个村修建一条公路。

顾念：老板还要亲自出面?

雍凛：要让别人看到诚意，最好的办法肯定是亲自来一趟，而且有些东西，图纸上画得再清晰，也比不上亲眼所见。

顾念一直知道雍凛对工作很上心，但一直以来她也有一种错觉，仿佛有了雍氏这棵大树，无论雍凛做什么，永远事半功倍，甚至哪怕他什么也不做，天上都会砸钱下来。

但现在看来，这种想法显然过于片面。

不一会儿，那边又发了一张图片过来，顾念一看之下就震惊了。

昏暗的灯泡，发黑的墙壁，连墙漆都没有，仅仅用砖头和水泥砌起来，还砌得歪歪斜斜，还有油腻发黄的桌子，色调暗沉，不知道多久没洗的被褥。

这种房屋不算奇怪，新闻里的贫困村经常出现，让顾念震惊的是雍凛居然会住在这种房子里。

顾念：你住的？！

标点符号足以表达她的心情。

雍凛：这是他们这里最好的房子，本来是村主任的，陪我过来的县乡干部住得更差。

好吧，顾念没话说了，她总算明白为什么对方要求雍凛帮他们修路了。

雍凛：这里有极其丰富的植物和水力资源，可惜交通不便。

顾念：住得还习惯吗?

好一会儿没回应，她几乎可以想象对方在手机那头斟酌着要怎么措辞的场景。

雍凛：还成，就是蚊子有点多。

一个含着金汤匙长大，连饭都没做过的大少爷，跑去一般人都不会去的穷乡僻壤，顾念好笑之余，又有点心酸。

顾念：带驱蚊水了吗？

雍凛：忘了，以前出门都有你帮我准备。

顾念没有被这句话感动，而是发了个鬼脸的表情，戳穿雍大公子的苦肉计：我们在一起才一年多好不好，在那之前你都白过了？

那边果然没有再回应。

等她洗完澡出来，才看见手机上多了一条信息：我要睡了。

这是二十分钟前发的，顾念没有再回，将手机设置为飞行模式，抱着毛茸茸的大乌龟安然进入梦乡。

然而雍凛并没有睡。

这里的蚊子太凶猛了，而且专门欺负外人，哪怕雍凛是来送钱的，它也照咬不误。

没有蚊帐，连艾草都不管用，他翻来覆去，总觉得能闻到淡淡的霉味，忍不住又坐起来，将身下的被子卷起来推到床尾，就着木板床将就。

床下传来吱吱声，那是老鼠在啃床脚的声音。

雍凛："……"

他忍不住将手机翻出来，还是没有顾念的信息。

雍凛觉得陈庄这个狗头军师，真是一点用处都没有，早知道还不如去问柴向阳，起码柴向阳交过那么多女朋友，总该更加了解女人的心思吧。

抱着这个念头，不知翻了多少次身，他才迷迷糊糊睡过去，临入睡之前，脚脖子处仿佛传来一阵微痒，也不知是被蚊虫咬了，还是老鼠跳上床跟他共眠，但雍凛已经没有精神再起身察看。

明天宁可在车里睡，他如此想道。

M&J的中国总部位于S市的市中心，位置正好与雍凛公司所在的大厦相邻。

顾念以前来过一次，当时是入职前过来培训，故地重游，心情截然不同。

向前台报备登记，然后坐着电梯直上十五楼。

办公室与办公室之间，全部以落地玻璃隔开，有些拉上窗帘，有些没有，但这不妨碍整个公关媒介部几乎都以毫无防备的姿态呈现在顾念面前，空间由此拓展开去，给人无限宽阔的错觉，时尚感将锐利与柔和交织在一起，男男女女迈着自信的步子于其间穿梭，哪怕七旬老翁来到这里，也能感觉到这里想要传递给别人的活力。

这就是M&J的公关媒介部，从此自己也要在这里工作了。

顾念深吸了口气，按捺下激动心情，根据前台刚才给出的指引，前往总监办公室报到。

总监是个三十多岁的男人，叫潘明，英文名Gary。他的开场白很简单，几乎半句废话也没有，先是欢迎顾念，然后叫自己的助理卫玛进来，带顾念出去熟悉环境。

卫玛的年纪比潘总监还要大一点，但她衣着得体，这种年龄差距就不太明显了。

“我们部门同事不少，但有些常年出差，满世界飞，有些只是在这边挂名，实际上在HK那边上班，你以后慢慢认识也不迟。”卫玛指着同样坐在办公室里的一男一女道：“这是吴嘉文，Marvin，HK人，媒介部专员。这是何丽，Kelly，比你早来两个月，同样是助理。这边本来还有几个，目前在B市，回来再给你介绍。”

两人抬起头，朝顾念点头笑了一下。

卫玛又道：“这是顾念，Nina，助理。Kelly，你多带带她。”

何丽忙道：“没问题！”

虽然同样是助理，但总监助理跟普通助理还是不一样的，何丽和顾念她们名为助理，其实就相当于打杂，分店那里人人挤破头的职位，到了总部这边却也同样是底层，不值一提。

卫玛对顾念道："很多人都是冲着公关媒介部的名头来的，以为我们经常出差，经常跟明星打交道，回扣很多，光鲜无比，实际上这一行特别锻炼人，事情也很多，有能力没能力，真金不怕火炼，不怕没地方发挥，就怕你没东西发挥。"

她如连珠炮，顾念只能小鸡啄米似的点头应是。

卫玛风风火火地交代完，给顾念安排了一张空办公桌，就又风风火火地走了，但到底需要顾念做什么具体工作，却一句都没交代。

但别人不交代，不等于顾念可以真的坐在那里发呆。就算没事做，她也得自己找点事做，尤其是在周围所有人都来去匆匆，显得特别忙碌的时候，她的清闲就越发突兀了。

于是她主动去找唯一还坐在电脑前的吴嘉文："Hello，Marvin，有什么需要我帮忙的吗？"

吴嘉文正在跟人打字说话，抽空看了她一眼："帮我回几封邮件吧！"

有事做，顾念求之不得："好的，没问题！"

吴嘉文："我转给你，你工作邮箱多少？"

不一会儿，好几封邮件唰唰唰发过来，顾念一看，傻眼了。

全是英文邮件。

顾念不得不去问吴嘉文："全是以英文回复吗？"

吴嘉文奇道："当然，难不成用中文？你要是不会，就放着吧，等会儿我自己来。"

顾念笑道："我尽量试试。"

吴嘉文皱眉："Sorry，我不想听见尽量这个词，我要的是肯定答复，如果你答应了却做不好，回头耽误的还是我的时间。除非跟国内媒体或明星经纪沟通，否则这边邮件十有八九都是以英文撰写或回复的，这占据了助理工作的大部分，要是觉得吃力，我建议最好还是回门店去，那里也许更适合你。”

不带半丝嘲讽的语气，却让顾念觉得连耳根子都在发热。

她隐隐听说过总部的人瞧不起从门店升上来的人，没想到上班第一天就遇见了。

M&J各门店的boutique sales分两种，一种是顾念这样的管培生，通过校园招聘入职；一种是社会招聘，譬如从别的品牌挖过来的熟手，或者在容貌上或口才上特别出色的，这种可以放宽学历限制，未必需要本科学历。

所以在这些人中，学历符合条件，业务也不错的顾念，算是佼佼者。

但人外有人，天外有天，总部这边履历比她光鲜亮丽的牛人多的是。相比之下，顾念既非英语专业，又是做惯了门店工作的，初来乍到的确格格不入。

话虽然刺耳，顾念仍是点点头：“好的，我会做好。”

中午的时候，同为新人的何丽主动来约饭，顾念也的确需要熟悉同事与环境，便答应下来。

两人选了一家人不多的西餐厅，厨子做饭水平的确有限，价格还不低，好在她们过来也不是为了享受美食，能填饱肚子才要紧。

“Nina，听说你是从本地门店升上来的？”何丽好奇道。

“是呀，你呢？”

何丽：“我也是从门店升上来的，不过不是S市的，是G市那边调过来的，我大学是在G市读的，两地方言相差太多，刚过来的时候真不习惯。”

顾念笑道：“饮食也不习惯吧？”

何丽苦了脸：“可不是，这边做菜都喜欢放糖，豆花却是咸的，要不是忙得脚不沾地，我也想去网上发帖进行咸甜大战了！”

顾念扑哧一笑："有那么夸张吗，S市饮食还是偏清淡的，要是去了吃辣的地区，岂不更麻烦？"

何丽叹道："饮食上忍忍就算了，反正都在国内，想吃什么也容易，主要是总部这边的人，眼睛都长在头顶上，当初得知自己调岗还高兴得不得了，结果来了之后才发现还是从底层到底层，所有人都能压你一头。"

顾念虚心请教："你比我早来两个月，肯定比我熟悉多了，不知道有什么需要我做的吗？"

何丽笑了笑："很多，譬如有时候帮总监订聚餐地点，又或者去接他的女儿放学。"

顾念惊讶："这些也要我们做？"

何丽耸肩："你以为呢？"

顾念："可Gary自己不是有助理吗？"

何丽："卫姐是工作助理，不是生活助理，不过你放心，这些事也不常有，Gary家有保姆，平时都是保姆接孩子，但总有不凑巧的时候，于是就轮到我们这些小喽啰上场了！"

顾念笑道："听起来跟我想象中的工作内容似乎有点差别。"

何丽："谁说不是呢？我之前满怀憧憬，以为能学到很多东西，谁知来到这里之后什么也没学到，光带孩子了！"

这当然是一句玩笑话，顾念忍不住笑了起来。

何丽："你别笑，其实早上你真不该去问Marvin的！"

顾念："为什么？"

何丽夸张地挑眉："为什么？难道你没发现他很毒舌吗，一出口必然让你下不了台，尤其你是新人，他更不会留情了。"

顾念苦笑："原来如此。"

何丽："如果是Gigi姐，她的态度要好很多，我之前就是跟她的，不过她现在在B市。"

言下之意，顾念倒霉，找错人了。

最后，何丽做了总结："在这边工作，忙的时候也要加班到很晚的，你做好心理准备。"

她的话好像一句无形的谶语，下午就实现了。

顾念跟何丽两人吃完饭回到公司，吴嘉文劈头就问："你邮件都回了没？"

"还没有。"

顾念是十一点十五分跟吴嘉文对话的，十一点半就跟何丽出去吃饭，十五分钟的时间，显然不够她做这件事。

吴嘉文看了一下手表："写好回复先给我过一遍，下午两点半就要，英国那封先回。"

顾念也看了下时间，一点五十分。

也就是说，她有四十分钟来做这件事。

他们两点才正式上下午班，但顾念完全不敢耽误，立马坐在电脑前开始斟酌措辞。

四十分钟看起来好像很充裕，但实际上完全不是那么回事，邮件内容与明年上半年中国区的产品销售有关——虽然现在还在夏季，但已经需要开始筹备明年的工作了。

顾念只是一个助理，之前则是门店销售员，从来没有站在宏观角度上研究过M&J的产品销售，更不要说中国区这么大的范围，顿时有点蒙，赶紧上网翻查资料，又去请教吴嘉文，哪怕又被冷嘲热讽一顿，总算问到想要的数据和内容，再一看时间，已经两点二十六分了，赶紧字斟句酌翻译成英文往上填，再用工作邮箱发给吴嘉文过目。

提心吊胆地等了半小时，吴嘉文那边有了动静，在内部通信软件上对她说：你过来一下。

顾念有种不祥的预感，过去之后，果然又被嘲讽了："我本来以为能被调来这边上班的人，英文水平应该不差吧，拜托，你这封邮件到时候是以我的名义发过去的，语法这么烂，被笑的是我好吗？”

这种时候争辩显然不是一个明智的选择，哪怕顾念心里有再多疑问，也只是道歉，然后说会重新检查。

吴嘉文：“这封邮件不需要你了，你回另外几封吧，晚上下班前我要看到。”

动静有点大，何丽那边也听见了，她抬起头，对顾念做了个鬼脸，顾念回以苦笑。

她也许应该庆幸现在部门里大多数人都去出差了，丢脸也没那么多人看见。

顾念回到位置上，开始检查自己刚刚拟好的那封邮件，看了半天，也没发现语法上有什么问题。

她只好给姚殊也发了个短信，又将自己写的内容传了邮件过去，让对方有空帮自己看一看。

这时候，手机有了动静。

顾念赶紧拿起来一看，是雍凛。

雍凛：新职位适应得如何？

顾念不想让他跟着担心，就回道：还成，你呢？

这时候又一个短信发进来，是顾宁，她说自己重新找到一份工作了，让顾念放心。

顾念回了几句，还惦记着手头的工作，便将手机放入抽屉，没有再看，开始专心回复邮件。

这一忙就忙了一下午，几封邮件的回复不仅仅是英文问题，还像第一封邮件那样，涉及了各个部门的工作内容，甚至包括跟欧洲设计部那边的沟通。顾念没想到入职第一天就会碰见这样的难题，她连哪个部分的内容要找谁对接都不清楚，何丽虽然比她早来两个月，实际上也是半个新手，两眼一抹黑。

顾念只能一遍又一遍顶着吴嘉文的白眼去请教他，好在对方不耐烦归不耐烦，总算每个问题都给了解答。顾念赔了一下午的笑脸，快下班的时候，觉得自己的脸都快笑僵了。

好不容易将邮件内容一封封都确认下来，顾念总算松一口气，想起手机，抽空又拿出来看了一眼，这才发现里面满满都是短信。

雍凛的内容最多，还发了几张当地的照片，再一次刷新了顾念对那个地方经济状况的认知。

还有几条是以前的老同事发的，姚殊也还没回，可能是在上课。

顾念连忙回复雍凛：不好意思，忙了一下午，差点忘了给你回复。

她上网查了一下雍凛所在的地区，将新闻重点设置为该地，又看了一下天气预报。

顾念：你那边好像进入洪汛期了，要有暴雨，注意安全。

正在千里之外的雍凛，嘴角微微扬起，回道：你刚入职，就有那么多事情要做？

顾念：要回几封英文邮件，还要跟各部门沟通，但我语法不太熟练，所以效率太低。

雍凛：你发过来我看看。

顾念：不会打扰你吗？

雍凛：不会，我在爬山。

顾念哭笑不得：要陪领导爬山吗？

实际上是领导正在陪着雍凛爬山。旅游项目的前期工作基本都规划好了，但雍凛想要亲自走一遍，这样才能有更深刻的印象，也避免到时候两眼一抹黑，沦为橡皮图章。

穷乡僻壤好不容易来了一位愿意投资的财神爷，省里又千叮万嘱，要不是雍凛不愿意太多人，连市领导都想过来陪着。原本准备了县里最好的招待所，谁知道雍凛非要在这里住，结果他就尝到了这里蚊子的厉害。

县干部其实也很忐忑，生怕被蚊子咬得满头包的雍凛一气之下搁置投资计划，硬着头皮在大太阳下陪着爬山，到了山顶上的时候，雍凛还没什么，甚至有余力发短信，对方已经累得直翻白眼了。

雍凛摇摇头："周县长其实不用陪着我上来的，我平时都会锻炼。"

周县长，其实是周副县长，气喘吁吁擦了把汗，自嘲笑道："上了年纪，不比当年了，当年我可是连夜走几十里路，挨家挨户去敲门，通宵没睡，都还精神奕奕的，现在才爬了个山，就受不住了！"

雍凛看了跟在他们后面的陪客一眼，其中不乏自己的手下，二十几三十岁的年轻人，也没比周副县长好多少："这里的山的确很陡峭，山重水复，地势所累，难怪这些年都没发展起来。"

周副县长叹了口气："谁说不是，这里的动植物资源非常丰富，但路修不起来，再好的东西都运不出去，一遇到汛期更糟糕，山洪暴发，外面的人进都进不来，这些年村里的年轻人，能出去的都出去了，老村主任干了几十年，也找不到接替的人，所以这条公路对当地人来说非常重要，雍先生，感谢您愿意为我们做的这一切。"

雍凛笑了一下："生意人讲究双赢，我也是为我自己，担不起周县长的赞誉。"

周副县长笑道："多少生意人只想着利己不利人，以前也没少有人看见这里的旅游资源而心动的，可算一算修路所需的成本，就全吓跑了，雍先生是第一个吃螃蟹的人，您需要什么，我们一定会全力配合。"

周副县长四十多岁，说话少了几分官腔，多了几分利索，雍凛跟他聊得不错，两人说说笑笑，走走停停，竟把大半座山都走遍了。

雍凛时不时低头看一眼手机，周副县长见他嘴角带笑，不由得打趣："是媳妇发来的吧？"

雍凛讶异：“您怎么猜的？”

周副县长哈哈一笑：“我年轻的时候也这样啊，一日不见如隔三秋嘛，理解理解，你媳妇要是知道你金枝玉叶一样的公子哥，昨晚在破房子里喂蚊子，估计要心疼了！”

“她知道。”雍凛微微一笑，“不过她应该会觉得这种体验，也未尝不是一件好事。”

周副县长笑道：“这个想法好，吃得苦中苦，方为人上人！”

其实雍凛这样出身的年轻人会选择亲自过来一趟，还从头到尾没有叫苦，周副县长也觉得很意外。这跟他认知里那些承蒙祖荫、无所事事的纨绔子弟不太一样，可见人与人之间还是有很大区别的。

眼看天色不早，一行人开始往山下走。雍凛一边走，一边还抽空回了封邮件。

Chapter 12
新的挑战

无能的人会把过错推到别人身上，能干的人知道时时反省自己。

办公室里，顾念看着手机，同样不自觉扬起嘴角，却被一阵敲办公桌的声响打断。

“男朋友啊？”吴嘉文戏谑道。

顾念有点尴尬地笑了笑，赶紧起身：“是不是我发过去的那几封邮件有问题？”

吴嘉文看了她一眼：“的确有问题，你用翻译软件翻译的？”

这都能被看出来？顾念一脸无奈，老老实实道：“不是，但有的单词想不起来，或者专业术语不懂，会去查一下翻译软件。”

吴嘉文嘲讽道：“难怪一股子翻译软件味！用软件翻译，谁都可以做你这份工作，何必要你来，你明白吧？”

顾念：“明白，实在很抱歉，下次我会做得更好。”

吴嘉文：“不是什么事情都有下次的。重要的是现在，而非未来！”

虽然不算顾念的上司，但他级别比顾念高，又是前辈，顾念肯定不能上班第一天跟人起冲突，无论吴嘉文说什么，她都一脸诚恳老实，绝不再犯的表情。

也许是看在这个分儿上，说到最后，吴嘉文终于说了句：“后边这几封邮件，虽然措辞还有问题，但内容还可以，证明你的确用心去找资料问人了。”

“但是……”还没等顾念松一口气，对方的但是就来了。

吴嘉文：“M&J的员工用这种水平回复邮件，完全是在丢M&J的脸，我们不是地摊货，不是什么烂大街的潮牌，是M&J，现在是M&J在成就你，而不是你在成就M&J，你明白我的意思吧？”

说得真狠，顾念暗暗苦笑，面上还是一派真诚：“我明白。”

吴嘉文挥挥手，终于大发慈悲放她一马：“我这边有一份演讲稿的初稿，你来负责润色吧，总监明天要用。”

要么没事做，要么事情多得吓死人，顾念答应下来，还得笑容满面态度积极地答应下来，不能让人家觉得自己有半点不乐意。

吴嘉文满意地走了，顾念回头一看，何丽人不见了，总监办公室也没人了，再看时间，距离下班已经过去一个小时。

顾念将演讲稿拷贝下来，背起包踏上回家之路。

外面难得地星空明亮，多年不遇，临近十五，月亮也变得更圆更亮。

白天的暑气悄悄散去，但人走出开着冷气的办公楼，迎面依旧一阵温热。

顾念习惯性拿出手机看时间，上面多了一封未收邮件的通知，顾念又打开邮箱，发现雍凛居然真的将她之前那封邮件从头到尾看了一遍，把其中的语法错误和措辞不当的地方一一指出来，有些小细节，顾念这种土生土长的中国人未必能发现，雍凛毕竟曾经在英语环境中留学多年，英语几乎相当于他的第二语言了。

这些错误如果没有人说，她肯定是发现不了的。

顾念有些感动，打了个电话过去："不好意思，我刚刚才从公司出来。"

那边信号有点不好，雍凛的声音里夹杂着沙沙声："这么晚？"

顾念："是呀，回去还要干活儿，你从山上下来了？"

雍凛"嗯"了一声，他从浴室出来，擦着头发，往床上一坐，底下粗糙刺肉的触感令他微微皱眉——即使是县里最好的招待所，条件也不可能跟大城市里的星级酒店相比——他终于对村里的蚊子投降，刚刚跟着县领导的车一起回来。

"邮件看了吗？"

顾念的语调一如既往地温柔，只是其中又多了几分疲惫："看了，帮助太大了，谢谢你，我大概知道毛病出在什么地方了，这样下次就可以避免了。"

雍凛微微皱眉："怎么累成这样？"

顾念："上班第一天，很正常的，等适应之后应该就好了，听说那边最近天气不好，你出门的时候小心点。"

雍凛："知道了，你还没吃饭？"

顾念："正准备去吃，等会儿还有活儿，我先挂了，你早点休息。"

听见那边的回应，顾念挂掉电话，感觉自己两条腿跟灌了铅似的沉甸甸的，小腹也隐隐作痛，像极了生理期即将到来的征兆。

过得真快，转眼又快一个月了。顾念深吸口气，下意识加快脚步。

第二天又是完全不同的工作内容，简直像每天都打开新世界的大门。

顾念将演讲稿交上去，吴嘉文倒是什么也没说，满意不满意，也没有回复。顾念忐忑不安地度过一个上午，只能用"没有消息就是好消息"来安慰自己。

何丽匆匆抱着一摞文件进来，问顾念："Nina，你现在有空吗？"

顾念正愁没事做，见状就道："有什么需要帮忙的吗？"

何丽道："有有，下午得去机场接个法国客户，本来应该是Marvin或Gigi姐去的，但他们现在都不在，我听卫姐说你会法语是不是，能不能代他们去接一下人？"

顾念迟疑："我的法语也不是很好……"

何丽将文件放下，双手合十："求求你啦，我这儿都忙得转不开了！"

顾念心软："好吧，几点？"

何丽大喜："航班两点到，你打车记得拿发票，回来报销，Nina，我爱死你了！"

顾念开玩笑："要不要以身相许？"

何丽比了个手势："没问题，等我处理完这批文件？"

两点距离现在也快了，加上这里去机场还有一段距离，顾念跟何丽要了航班号跟客户资料，又让她回头跟领导说一声，直接就打车去了机场。

到了机场才发现自己忘了带上大字牌，又赶紧临时随便做了一块，举在身前，跟所有接机的人一样在候机厅等待。

两点二十分，从巴黎中转伊斯坦布尔机场再到S市的航班已经准点抵达，乘客们拉着行李陆陆续续来到。顾念心里有点急了，正想着要不要给何丽打个电话，吴嘉文的电话就打过来了。

"你不在办公室，到哪儿去了，快点回来，有几个邮件要你去发！"

顾念忙道："Sorry，Marvin，我来机场接一个客户，你们早上去开会了，我让何丽跟你们说一声的！"

吴嘉文："何丽？何丽被Emma外派出去办事了！"

Emma就是卫玛，早上卫玛、吴嘉文和总监潘明都去开会了，整个部门就剩顾念跟何丽两人。

顾念："不好意思，我现在暂时回不去，要不你把要发的内容先给我，我回去马上做！"

"那行吧！"吴嘉文就要挂电话。

"等等！"顾念心下一动，"Marvin，麻烦你帮我个忙，能不能帮我查一下我们部门下午两点，有什么客户要接？"

"Wait a minute（等一下）."吴嘉文虽然有点不耐烦，却没有拒绝。

顾念将手机贴在耳边，按捺下焦躁的心情，度时如年。

过了好一会儿，她才听见吴嘉文的声音从另外一边传来："下午两点没有客户要接。"

那一瞬间，顾念的心停跳了一拍，整个人就像刚从火炉里出来，转眼又被一盆冰水当头浇下。

"等等，"吴嘉文应该是在翻行程表，"两点半有个日本客户要接，对方是日本那边的设计师山口穗子，这人我知道，她曾经在M&J干过，跟我们总监有私交，这次是接受总监邀请，过来参观M&J中国区门店。"

顾念缓缓吐出一口气。

不知怎的，在确定自己的判断之后，她的心反倒完全冷静下来，声音也镇定得完全不像自己发出来的。

"我知道了，谢谢你，Marvin，麻烦你把公司给客户订的酒店行程都发我，我将客户送到酒店之后，立刻就回去。"

吴嘉文似乎也明白了什么，他沉默片刻，跟顾念说了一个消息："之前总监曾经觉得HR那边一下子塞了两个人过来有点多余，所以等到你们俩的试用期结束，部门估计会视考核情况来做出决定，不过何丽比你早来两个月，所以按照三个月试用期的规定来看，可能一个月后，这个结果就会出来了。”

顾念的声音变得有点艰难：“也就是说，一个月后，我跟何丽，可能只有一个会被留下？”

吴嘉文没有回答。

但这已经相当于回答了。

顾念发现自己犯了一个错误。

上班第二天，她的脑袋就被工作塞满了，满脑子都在想如何熟悉部门的运作，如何做得更好，让上司满意。

而部门现在的人并不多，唯一一个何丽，比她早来两个月。

她们的工作并不重叠，公关部的事情太多，根本做不完，所以暂时来说，两人之间根本不可能有什么利益冲突。

本来顾念的判断是对的，但何丽比她早得知了一个消息：她们之间可能只会留下一个。

两人信息不对称，何丽知道，而顾念还被蒙在鼓里，一时忘了防备——毕竟两人在前一天才吃过饭，何丽用行动表达了善意，顾念也没想到自己完全看走了眼，这个看上去毫无心机的女孩，却暗地里摆了她一道。

但事情绝对不是这么简单，这么简单的小心机，回去之后两人当面一对质，何丽的做法马上就会暴露，对她自己似乎也没什么好处。

顾念想了想，又问吴嘉文：“Marvin，请问你们原本的开会时间是到什么时候结束？”

这又是一个信息不对称。

顾念初来乍到，没有人指望她能立刻帮上忙，所以她也无权知道开会内容，大家来去匆匆，顾念顶多知道他们去开会，至于什么时候回来，别人不会主动告知，但何丽负责安排行程，她肯定知道。

吴嘉文：“原定到四点半，但提前了，两点就回来了。”

顾念：“那么这几天应该也有一位法国客户要接？”

吴嘉文："对，但那是在你入职前一天就接过了。"

果然!

顾念的脑海将前因后果串联起来。

何丽手头上有客户接待行程表，她告诉顾念两点有个法国客户要接，顾念肯定会在两点前到达机场。而吴嘉文他们开会原定到四点半，也就是说：就算过了两点，顾念等不到人，打电话回公司，也只能问到何丽，何丽会告诉她没错，让她继续等。

顾念顶多等到三四点，气冲冲回公司找何丽算账，而何丽这个时候会说，自己让顾念去接的是日本客户，而不是法国客户，是顾念听错了。人没接到，还赖别人，而顾念根本没有证据，只能不了了之，还会挨训。

整件事情里面，何丽唯一失算的，是吴嘉文他们的会议提前结束。所以顾念打电话回去，正好就被吴嘉文告知真相。

这个小心机不算高明，但如果一切按照既定计划来，最后只会是顾念被责怪没弄清楚行程，事情没做好，上班第二天就让人印象不好，一个月后想留下来也难。

想到这里，顾念缓缓吐出一口气，既是庆幸，也是后怕。

"Marvin，我真不知道该怎么表达我的谢意，我接了人就马上回去!"

吴嘉文这回倒没有再说什么："办好了就回来。"

顾念挂了电话，再看时间，两点三十分，此时机场通知，从日本东京飞过来的航班延误，预计要二十分钟后才到。

还有时间，天助我也!

顾念一喜，扭头就往机场大厅的旅游咨询中心狂奔而去。

下午五点。

距离下班时间还有一个小时。

吴嘉文不耐烦地看了一下手表，心想顾念不会是搞不定日本客人，又惹出一堆乱子了吧？

先回来的是何丽。

她拿着一堆报表进来，经过吴嘉文的办公桌，见他抬头，就对他点头笑了一下。

吴嘉文面无表情看了她一眼，跟看见空气似的，扭过头去。

何丽的笑容僵了一下。

两人的交集仅止于此，何丽朝卫玛走去。

这个时候，顾念也回来了。

因为走得急，气息有些不匀，但并没有慌乱失措。

她的出现吸引了所有人的注意力，卫玛停下跟何丽的交谈，微微皱眉：“你一下午都去哪里了？”

顾念：“下午有个日本客户，Gary请来的，我去帮忙接了一下。”

何丽目光闪烁了一下。

卫玛有些意外：“不是Kelly去吗？你会日语？”

没等何丽开口，顾念又道：“我看Kelly太忙，就主动分担了一下。日语方面，我在机场的旅游咨询中心请到一位刚刚下班的工作人员，让她帮忙做一下兼职翻译，客人本身也会一点英语，所以大家交流并没有问题，目前山口女士已经在部门安排的酒店下榻了。”

她的做法毫无挑剔之处，卫玛点点头，难得赞许：“挺好的，你一路辛苦了，先去休息吧，发票都保留着，回头月底可以报销。”

顾念笑道：“谢谢Emma！”

一场危机消失于无形，顾念最感谢的就是吴嘉文。

办公室里不方便说太多，等到下班，卫玛离开了，何丽又去吃饭，她才走到吴嘉文那里：“Marvin，师父，今天真是太感谢你了！”

吴嘉文斜了她一眼：“我什么时候认你做徒弟了？”

顾念讨好地笑：“我可太想拜在你门下学习了！”

吴嘉文："我最讨厌那些不好好做事，反而成天存着歪心思的人。"

他敲敲桌面，指了指何丽的桌子："她过来入职的第一天，同样问我有什么事情要做，我同样给了她几封邮件，她也同样在第一封的时候，就被我指出语法不合格，但她没有接着将另外几封也做完，反而去抱Emma的大腿，做Emma交代的事情，等我去问她，她就跟我说，不好意思，Marvin，因为Emma交代的事情比较紧急，所以要优先处理她那边的。"

顾念哑然。

卫玛跟吴嘉文的级别差不多，但作为总监助理，卫玛肯定更得总监的信重，对何丽来说，抱卫玛的大腿，比抱吴嘉文的要有用得多。

吴嘉文哂笑一声，意味深长："别人看猴子捡了芝麻，丢了西瓜，好像很愚蠢，但猴子并不觉得自己愚蠢，因为它以为芝麻是金子做的。"

这段话含意太深，顾念不好接，只能继续笑。

吴嘉文："傻愣着干什么，给了你几封邮件，今天之内回完，不用给我看了，直接发过去就行。"

这等于间接认可她的能力了？

顾念一喜："好的，我马上去做！"

其实她也知道，自己一开始回的那几封邮件，虽然有些单词错误，但并没有到不能用的地步。昨天吴嘉文挑三拣四，顾念虽然嘴上不说，心里难免也觉得他在故意刁难。

今天的事情一出，她才发现吴嘉文只是一个完美主义者，要求严格而已，为人并不坏，否则今天就不会在电话里提醒她了。

人心固然有善恶，但总不会处处都是刀枪剑雨。

吴嘉文："还有，下个月的S市国际电影节，周惜媛的服装由我们赞助，大体已经敲定下来，但还有些细节，你就负责跟她的经纪人沟通吧，我回头把她的联系方式发你。”

顾念答应下来，吴嘉文拍拍屁股就走人了。

他前脚一走，后脚何丽也回来了。

虽然顾念跟何丽只是助理，但越是琐碎的事情就越是要她们来做。何丽其实算是最忙的人，在外面匆匆吃完饭，还得回来加班。

顾念本来也准备再回一封邮件，但看见何丽回来，她就改变了主意，收拾东西准备回家再做。

何丽叫住她：“Nina！”

见顾念回头，她笑道：“不好意思啊，今天我忙得昏头了，错把前两天的法国客户资料给你了！”

顾念一脸奇怪地反问：“没弄错啊，你本来就告诉我是日本来的，怎么变成法国客户了？”

何丽愣了一下。

顾念的表情太过真诚，以至何丽差点还真以为自己失忆了。

顾念朝她笑了笑，转身就走，毫不留恋。

把事情摊开又怎样，所有的一切都没有证据，闹到上司面前，何丽大可说是顾念听错了。

为了留下的名额算计顾念，固然是何丽的问题，但顾念没有亲自向上司确认，她自己当然也有责任。

归根结底，还是顾念太大意，不谨慎。

无能的人会把过错推到别人身上，能干的人知道时时反省自己。顾念不觉得自己很能干，但起码她懂得反省。吴嘉文虽然只说了何丽在写邮件上的表现，但也间接说明了顾念的表现并不是那么差。

顾念离开公司，上了回家的出租车，在车上给总监潘明打了个电话，询问他关于日本客人的安置问题。

潘明似乎忘了山口穗子今天要来，还愣了一下，说自己这两天都要开会。

顾念反应很快，立马说自己找好了兼职翻译，也安排好了游览行程，这两天白天可以先带客户在本市转一转。

因为对方的身份，顾念安排游览的地方，不是那些需要爬山的体力活儿，而是各种设计馆和博物馆，而且地点离公司都不远。

这样一来，在对方参观期间，顾念就可以让兼职翻译陪同，自己抽空在公司处理事情，等到对方快要参观完毕，再过去接人。

这件事本来不是她的工作范围，但既然顾念已经接下来，她就要做到最好。

潘明对顾念周到的安排很满意，让她明天去公司拿车钥匙，白天可以开自己的车去，公司的事情也可以暂时放下。

虽然领导这么说，但她也不可能真的把工作丢下不管，否则吴嘉文肯定会彻底失望，认为她跟何丽没什么区别。

挂了电话，顾念终于松了一口气。

她忽然觉得今天奔波一天，其实也不是毫无收获。

姚殊也发来信息，说自己这两天都忙着备课，手机也顾不上看，但她还是帮顾念修改了之前那封邮件，又提出几点注意事项，然后开始跟顾念吐槽自己在新工作中遭遇的种种麻烦。

雍凛没有消息，顾念查了一下他所在地区的天气，发现那边已经开始下雨，就发了条信息过去，让他注意安全。

接下来的几天，顾念一边处理邮件，一边陪着那位客户，还要抽空了解周惜媛的资料。

周惜媛是模特出身，一开始是在国外模特圈闯荡，小有名气，偶然机会下踏足国内的娱乐圈，开始演戏，演技谈不上很好，但总算不会被视为花瓶，比起陶安童这种有金主捧还红不起来的小明星，周惜媛显然更有前途。

这次国际电影节，M&J考虑到她在国外走过M&J的秀，个人事业正处于上升期，形象名声都不错，又是模特出身，比一些女明星更能穿出M&J的感觉，就主动提出赞助周惜媛的行头。

能跟M&J搭上关系，周惜媛自然一百个愿意，赶紧就答应下来了。

不过顾念跟周惜媛的经纪人程岚联系时，还是碰到了一点小麻烦。

因为程岚那边打听到，电影节上有另外两个女星，也准备穿M&J的衣服，当然，她们是自费。

但是M&J给周惜媛提供的衣服是今季的成衣，可以根据身材来修改具体尺寸，这样就有可能出现跟另外那两个女星撞衫的尴尬场面。

所以程岚提出，希望M&J能够为周惜媛提供定制，避免跟别人撞衫。

这显然是不可能的，因为周惜媛的咖位没有大到M&J能为她提供个人定制的地步，但潘明也不想因此破坏了跟周惜媛的关系，毕竟对方上升空间还很大，这件事也是M&J这边先提出来的。

所以顾念这个炮灰就要负责从中斡旋沟通了，能够说服周惜媛，那最好，皆大欢喜；不能的话，周惜媛不接受M&J的赞助，M&J无所谓，但等于顾念就得罪了人，也许还会影响她自己的考评。

不管吴嘉文是为了考验，还是为了刁难，顾念都不想弄砸了。

她做好准备，然后约见周惜媛的经纪人程岚。

程岚也有一肚子话想质问M&J的人，见了顾念，开门见山就道：“一直与我们联系的是Gigi，怎么换成顾小姐了？”

顾念笑道：“程小姐你好，第一回见面，自我介绍一下，我叫顾念，你可以叫我Nina。Gigi去B市出差了，所以这件事目前由我来负责。”

程岚脸色并不好看：“赞助衣服，是M&J主动提出来的，我们答应了，他们却临阵换将，也未通知我们，不是看我们家媛媛好欺负吧？”

顾念笑道：“你误会了，因为我之前有在门店工作的经历，所以对衣服款式会更了解一些，方便与你们沟通。你上回说，另外两位女星也会穿M&J的衣服出席，不知道她们要穿的是哪两件，如果提前知道的话，我们可以为周小姐提供不一样的，避免出现撞衫。”

她的话题成功转移了程岚的注意力，后者没再纠结换人的事：“没法打听到，只知道很有可能会穿M&J，因为她们都是M&J的忠实拥趸。媛媛这次有女配角的提名，这是她头一回在电影节上可能会有斩获，形象务必要求完美，如果被发现撞衫，别人说不定以为我们穿的是赝品，你应该明白这个后果会有多严重。”

顾念点点头，表示理解：“我明白，程小姐，我们也不希望看到这种情况发生，毕竟我们对周小姐很看好，觉得她能穿出M&J想要的气质，否则也不会主动提出邀请了，这在以往都是很少的，说明周小姐在各方面都很优秀。”

程岚的脸色好了不少：“谢谢你的理解，老实说，这次我们对M&J的邀请非常重视，并不希望合作终止。”

顾念笑道：“既然大家都很重视，那就没什么问题，我这边有几个方案，你不妨先听听，看哪个合适。

“第一个办法，你那边看能不能设法打听到那两位女星到底会穿什么衣服出席，经纪人打听不到，就助理，或服装师？如果不是M&J的，那最好，如果是，我们设法避开，但你刚才说了，完全没办法打听到，所以我们暂时先搁置。”

程岚点头：“不行，就算提前打听到，也可能临时出现变数。”

这个提案刚才就被否决了，顾念没有纠缠下去：“好，那么第二个办法，很多人穿衣服，都会挑当季的新品，但实际上各个品牌都有些往季的款式很不错，如果周小姐在本市找不到满意的款式，我可以联系欧洲那边空运过来，临时再改个尺寸，大概一周时间，还能赶上电影节的。”

程岚皱眉：“不行，别人穿当季，我们穿过季的，传出去会让人笑话，说我们买不起还打肿脸充胖子！”

顾念笑道：“这个办法我倒觉得不错，你们可以考虑下。”

她做了个手势，让程岚别急着反对，然后继续说道：“你知道，M&J不需要代言人，甚至在中国区的品牌挚友，也只有赵影帝一位，没有女性的品牌挚友。M&J与周小姐的这一次合作，如果顺利的话，对周小姐将来与M&J继续合作，也是有好处的。”

程岚脸色微微一变。

顾念：“还有，M&J与周小姐的合作，是官方合作，堂堂正正，哪怕周小姐穿M&J的过季衣服，到时候我们只要发一个声明，表示是周小姐自己选中的，就可以让那些说闲话的人无话可说。更重要的是，欲扬先抑，公关效果会更好。很多人可能一开始被误导，但事后因为我们的官方声明而反转，对周小姐的印象也会更深刻。”

此刻程岚已经没了一开始的不满，脸色也逐渐多云转晴。

“还有别的方法吗？”

顾念摇头：“还有一个，但其实我觉得这个是最好的。”

程岚思考了一下，果断做出决定：“谢谢你，Nina，如此为媛媛考虑，也谢谢M&J的诚意，回去之后我会跟媛媛商量一下的。”

她这样说，就是表明会尽力说服周惜媛答应的。

顾念也暗暗松了一口气，举起咖啡杯：“是我们应该谢谢你们的通情达理才是。”

程岚：“你说得对，我们是堂堂正正跟M&J合作的，没有必要跟别人比较，如果有人以此来说闲话，到时候一份官方声明，就可以让他们闭嘴。Nina，我本来以为M&J换你来谈，是有意怠慢，但现在看来反而是我小人之心了。”

顾念笑道：“周小姐的漂亮把我也给征服了，能不能到时候给我一张签名照啊，我好拿到社交网络上去炫耀炫耀！”

程岚乐了：“当然可以，几张都没问题！”

程岚果然很讲信用，第二天就给顾念发来信息，说周惜媛已经同意了顾念的提议，但希望供挑选的往季成衣能尽量多一些。

顾念答应下来，她查过资料，以往M&J为被赞助方提供的可供挑选的成衣一般是四件，现在多申请两件下来，并不是什么问题，毕竟都是往季的衣服。

这件差事完成得极其出色，连吴嘉文都挑不出毛病，甚至还用略带嘲讽的吴式风格表扬了她一下："本来我以为我要帮你收拾烂摊子的。"

顾念开玩笑："那都还是多亏吴师父的教导和指点啊！"

吴嘉文哼哼两声："别高兴得太早，还没到一个月！"

"Marvin，Nina，开例会了。"何丽走过来笑道。

"好，谢谢。"顾念点点头，拿起自己桌上的笔记本。

自从那天之后，她跟何丽没有再私下出去过，当然，两人也没有公开闹翻，抬头不见低头见，都是新人，撕得太难看对双方都没好处。

何丽觉得自己留下来应该没什么问题，因为她更早入职，论工作内容，比顾念熟悉；论工作能力，何丽觉得自己不会输给顾念；论人缘，除了吴嘉文之外，这个部门很多人都对她印象不错，而顾念甚至还未见过被外派出去的几名同事，人家更谈不上对她的印象了。

这种暗暗的优越感一直维持到开会的时候。

每个人都汇报了自己本周的工作内容和进度，顾念只说了一件事，那就是跟程岚确认周惜媛在电影节上的衣服问题。

而何丽说了好几件事——她手头上的事的确比顾念多，而且更为琐碎。

原本这些事情可以分一些给顾念，但她出于某些原因，并未放手，而顾念被坑过之后，自然也不会再主动帮忙。

总监却在总结的时候，点名表扬了顾念："Nina这次跟周惜媛那边的沟通，可以作为一次准公关危机的处理，值得我们借鉴，虽然周惜媛咖位不够，但老大身边的人对她评分很高，觉得她在圈中风评好，又是模特出身，以后也许可以长期合作。既然这次很顺利，那以后跟周惜媛那边的合作，就由你继续跟进吧。”

顾念忙答应下来。

总监：“山口穗子乘今早的飞机离开，她这次以私人名义前来，给我们部门提供了不少帮助，回头我再整理一份备忘录发给你们，不过她离开之前，向我高度评价了Nina，说Nina的招待令她宾至如归，非常满意。”

顾念受宠若惊，说不高兴激动是假的，谁不希望自己的努力付出得到肯定？

但她没有完全失去分寸，面上依旧温温柔柔地笑道：“其实我初来乍到，很多事情不明白，多亏Marvin指点迷津，否则光凭我一个，也没办法做得这么好。”

与此同时，有一道目光，从某处射过来，快要将顾念灼烧洞穿。

顾念不用抬头，也知道这道目光来自何人，但她还是抬起头，朝何丽微微点头，露出礼貌的微笑。

何丽射出刀子一般的眼光，随即转开视线，似乎不想在这种场合失态。

总监道：“过阵子，大概是月底的时候，总部那边的副总裁Santos会过来视察，希望大家做好自己的分内工作，不要出差错。还有，老大那边让我们开始物色M&J的女性品牌挚友，钟圆刚拿了个戛纳影后，他们觉得可以参考并跟对方接洽一下，有机会可以请她过来，月底顺便跟Santos见一面。”

卫玛的面色有些古怪：“咱们有这种先例吗，Santos愿意见钟圆？钟圆好像也不是那么好约的。”

总监笑道：“如果我得到的消息没错的话，Santos喜欢东方女性的风情，也看过钟圆那部得奖的电影，对她印象很好，说是半个粉丝也不为过。”

那就难怪了。卫玛恍然：“没问题，我先去接洽一下。”

总监颔首，又说了几件事，末了笑道：“从明天起就开始放中秋假了，祝大家中秋愉快。”

在M&J有个好处，因为是不折不扣的外企，所以洋鬼子放假的节日他们也跟着放假，国内法定假期又能再放一次，加上各种年假福利，一年要凑出一个长假并不困难，不过每个人手上的事情都很多，即便有假期，也未必抽得出空。

但对顾念来说，有事做是好事，现在她已经逐渐摆脱每天无所事事的空虚和恐慌，对自己手头上要做的事情有了一个大概的认识，该如何去做，也渐渐摸到了脉络。

吴嘉文一如既往地毒舌，毒舌下面却隐藏着公事公办和高要求，跟着他做事，顾念压力很大，但也能学到许多东西。

而在别人看来，言语刻薄的吴嘉文居然能够找到合拍的搭档，也是一件挺稀奇的事情。何丽甚至不无恶意地揣测过，吴嘉文是不是看中了顾念那张脸，又或者顾念付出什么代价，做了什么交易，才让吴嘉文如此另眼相看。

听见放假，众人脸上的神色都不由自主放松了一些，露出微微笑意，三天假期不多，但足够一天到晚绷着神经的他们好好休息了。不过因为部门的特殊性，即使在家休息，有些工作也没法放下，比如周惜媛那边，程岚时不时会跟顾念电话联系，顾念总不能将电话关机了事。

因为明天开始放假，有些人想提前回老家，公司索性放大家自由，可以提前回家办公，工作告一段落的也可以先走，偌大的办公楼瞬间空荡荡。

下午三点，即使已经中秋，南方的阳光依旧炽烈，顾念想起雍凛已经好几天没有消息，不由得打开手机，又发了一条问平安的消息过去，然后收拾东西走出办公楼，在街边拦下一辆车。

这个时间段是最容易让人昏昏欲睡的，顾念有点后悔上车前忘了买杯热茶或咖啡喝，连续几天高度紧张的神经一下子放松下来，眼皮似乎也失去支撑的力量，一直往下沉，脑袋跟着车子的行进摇摇晃晃，车厢内开着空调，这使得从车窗外面照射进来的阳光也好像不那么晒了，反倒有种温暖感。

她竭力想要清醒，但意识逐渐陷入混沌，不知不觉打起了小瞌睡。

砰——

忽然间，耳边传来一声巨响，仿佛重物撞击，更像云层中酝酿已久的响雷，一经爆发，惊天动地。

Chapter 13
意外交换

“要是我回不去了，你就代我好好活下去吧。”

顾念所有瞌睡虫都被吓飞了，她猛地睁开眼睛，然后发现了有生以来最为惊恐的一幕。

自己还是身处在车内，但车已经不是那辆车了，车窗外的情景，也不再是自己所熟悉的现代都市。

原本的车水马龙被一片打在车窗上的雨水取代，雨水里还夹杂着斗大的石头，前面车窗甚至被砸出一片细密的蜘蛛网。

太夸张了！

顾念的第一反应是她还在做梦。

身边传来一个陌生男人的怒吼：“小张，稳住！”

“不行啊，周县长，路太滑了！”

司机焦急中甚至带着哭腔，这一切让顾念意识到他们曾处于一个非常危险的环境中。

只有几秒的时间，她甚至来不及低头看一看自己的装扮，看看自己是否又跟雍凛交换了身体，身下的车子陡然一震，整辆车朝左边倾倒下陷。

“糟了！塌方了！”小张喊道。

他也只来得及叫出这一声，一块巨大的石头从天而降，在所有人反应过来之前，直接穿透风挡玻璃，砸在驾驶座上。石头跟驾驶座紧密贴合，血溅上了前座，也有一些溅到顾念的鞋面上，司机小张连求救声都没有发出。

凶多吉少。顾念脑海里冒出这句话。

周副县长手忙脚乱地解开安全带：“快，快下车！”

顾念迟疑了一下：“上面好像是泥石流，下车更危险！”

“没办法了，要是道路塌方，整辆车都会掉下去，现在栏杆已经……”

还没等周副县长打开车门，靠顾念那一边的情势又发生了变化，山石泥水倾泻而下，直接将整辆车又往山崖的方向推去，速度快得让人瞠目结舌。

顾念的脑子一片混乱，只能下意识跟着周副县长的动作，从对方那边爬出去。

车辆一直被推着往外走，速度越来越快。外面狂风暴雨，几乎要将人刮跑，明明是大白天，天色却黑得能拧出水来，就像电影里的世界末日。

周副县长爬了出去，回身抓住顾念的时候，一把将她扯出来。

“快，往那边走，那边还没塌方！”

顾念也跟着大喊：“还有司机呢！”

周副县长勉力稳住身形，往驾驶座的方向探头看了一眼，面容已经被雨水完全模糊：“不行，没救了，走！”

两人紧紧抓住公路边的栏杆，不让自己掉下去，因为风力太大，雨又一盆盆浇灌下来，两人根本睁不开眼，只能半跪在地上，几乎是爬着前进。但那些栏杆受塌方影响，每次抓上去都摇摇欲坠，随时有可能连人带栏杆一起被掀到山崖下面去。

穿在雍凛身体上的西装已经完全湿透了，但顾念完全没有感觉，她此刻只有一个念头，那就是：活下去!

她甚至庆幸两人在之前已经有过一次交换的经验了，否则现在估计会更惨。

就在顾念和周副县长刚刚爬出五米左右时，车辆所在的公路开始出现更加严重的塌方。短短几秒之间，整辆车直接就往山崖下面倾斜，随即整辆车都掉了下去，连带他们刚刚停留过的地方，已经完全塌陷了。

如果晚上几秒，那就是他们的命运。

但塌方还在继续，石头不断地从山上滚落下来，伴随着泥水，汇聚成江河，将公路变成一片流动的泥泞。大大小小的石头不时砸在他们身上，两人只能尽量保护着头部，不停挣扎前进，手中抓着的栏杆随时有可能不稳，身下的道路随时有可能塌陷，顾念几乎无法呼吸，一张开嘴巴，泥水又涌了进来。

满嘴的苦涩土腥味。

车辆前行的道路已经完全被封住，比他们更倒霉的是前面一辆车子，完全被压在巨大的石头下面，里头的人生死不知。

比他们稍微幸运点的是后面的车子，看见他们的情形之后就没敢再开。车上的人纷纷下来，有的想跑过来救援，但周副县长拼命做手势让他们不要过来，因为道路还在不断塌陷，也许根本无法承受多一个人的重量。

短短几步路，却像走完了一生。

周副县长的脸上、手臂上，已经全是伤痕，血流出来又被雨水冲走。

顾念也没有好到哪里去，但他们谁都没能顾上这些，一心只想逃出险境。

就在这个时候，她脚下一空，整个人蓦地往下掉!

越是危险的时候，脑子反而越清醒，她甚至听见不远处传来一声尖叫，不知是不是有人看见了这惊险的一幕。

顾念的脑海一片空白，只能凭着身体的本能，紧紧抓住那根已经快要支撑不住的栏杆。

她的整个下半身，几乎都悬空在外面！

雍凛突然睁开眼睛！

几天前，他就从村里出来，住在乡里。

因为当地乡领导说这边有不少特色物产，让雍凛起了兴趣，如果运用得当，将来未尝不能与旅游项目结合起来，锦上添花，所以他又在乡里多住了几天，但那地方山多，信号就不好，给顾念的信息常常没能发出去。

考虑到这个季节多雨，汛期将至，负责全程陪同的周副县长就建议大家先回县里。雍凛也觉得在这边逗留得差不多了，该看的、该知道的都了解了，准备打道回府，谁知道车开到半路上，就遭遇了大雨。

雍凛昨夜没睡好，听见雨声，就在车里睡了过去。周副县长却没有他的闲情逸致，一直在叮嘱小张开车小心点。

就在他醒来的前一刻，耳边忽然传来一声巨响。

除此之外还有周副县长的怒吼。

发生了什么事？！

雍凛被惊醒过来。

但他看见的是一片安宁。

高楼林立，马路宽敞，来往男女衣着光鲜，步履匆匆。

对雍凛而言，恍如隔世。

这是S市，不是在回苍兰县的路上！

雍凛意识到这一点，随即低头。

果不其然，真丝白衬衫，黑色长裤，胸前还挂着没来得及摘下来的工牌。

他又换到顾念的身体里了?

那么顾念……

车停了下来。

“小姐，到地方了。”司机往后视镜看了一眼，随即被雍凛狰狞的脸色吓到。

不会是没带钱吧?

雍凛像没听见似的，拿起手机拨打自己的电话，一向冷静沉稳的他，此时的手竟有些颤抖起来。

为什么偏偏是这个时候?!

“小姐，到地方了!”司机又提醒了一遍。

雍凛从钱夹里拿出一张大钞随意塞过去，完全没有心思要求对方找零，直接就下了车。

电话没人接。

雍凛知道那地方的信号有多不好。

他又强忍焦急拨了几遍，依旧无法接通。

顾念会不会有危险?

雍凛闭了闭眼，握紧手机，搜寻记忆中可以用上的电话，按下一串号码。

“喂?”

响了好几声之后，那边才有人接起来。

“伯父，我是顾念，雍凛可能出事了!”

“什么事?”雍子文没有问他怎么会知道自己的私人电话，想也知道肯定是儿子给的。

雍凛定了定神：“刚刚我跟他在通话，他说他们正从清凉乡回苍兰县，路上遭遇特大暴雨，可能还有泥石流，紧接着电话就没信号了，但是挂断之前，我听见那边传来很大的动静，好像是石头砸下来，还有惨叫声，我一直打他的电话，可是再也没能打通，他很可能出事了，我不放心！”

雍子文的语气也严肃起来：“知道了。”

他什么也没说，更不会告诉雍凛准备采取什么解决方案。雍凛明知这个结果，顾不得计较，抢在他挂电话前道：“我会继续尝试和他联系，如果他那边有什么消息，麻烦您也让人给我个电话！”

雍子文：“可以。”

挂断电话，雍凛的心剧烈地跳着。确切地说，是顾念的身体的心跳。

他一直自诩冷静，没有任何事情能够令自己惊慌失措。但此时此刻，他除了站在这里打电话之外，根本什么也做不了。

万一顾念代替他，出了什么事……

雍凛不敢再想下去，他开始痛恨上天这个恶作剧，但又不得不暗自祈祷。

纠结与焦急在心中缠绕成一团火焰，熊熊燃烧，几乎将他整个人都焚烧殆尽。

一阵风吹来，雍凛这才意识到自己正暴露在烈日下，木头人似的，满身汗水津津，但他刚才满心焦虑，竟毫无察觉。

路过的行人都好奇地朝这边投来一眼，也许以为这个失魂落魄的女人正经历感情上的挫折。

雍凛走进路边的咖啡厅，手里紧紧攥着手机，又开始接着拨打柴向阳的、屈泽的……

他不记得自己在咖啡厅里坐了多久，只知道他一遍又一遍打着自己那个号码，却一遍又一遍地显示忙音，直到姚殊也的电话打了过来。

雍凛不知道顾念是什么时候跟姚殊也交上朋友的，对方还不知道顾念出事了，亲亲热热约她明天出门去玩。雍凛把事情说了一下，姚殊也惊呼一声，立马表示自己也会尽力帮忙，然后匆匆结束通话。

当面前的咖啡杯从烫手变得毫无温度，雍凛终于意识到时间过了多久。

他缓缓眨了一下眼皮，就连眼睛也变得干涩。

抱着万分之一的希望，雍凛再一次拨打了自己的电话。

电话在响了三声之后，竟然通了！

雍凛简直激动得不行，差点连要说什么都忘了，将电话挨到耳边，生怕不小心碰到哪个键就又断了。

“顾念，是不是你，你在哪里？！”

那边传来沙沙声，嘈杂得很，不知是雨声还是信号不好。雍凛得不到回应，不由得加大了音量，其中焦灼无法掩饰。

“小念？是不是你？！小念，你答我一声！”

“是……我……”信号太糟糕，声音断断续续，一句话也被拉成两段。

雍凛从来没有像现在这样感激上天：“你没事吧？！”

顾念：“没事，我们在等待救援，就是雨太大……”

除了风声雨声，雍凛还听出一点别的意味，他执着地追问：“你人呢？也没受伤吧？”

顾念：“摔了一跤，手臂折了而已，人没事……”

她似乎希望传达一种乐观的情绪，但雍凛的心一直往下沉：“我已经让人去救你们了，你再坚持一会儿！”

那边沙沙作响，不知道顾念还说了什么，雍凛只听得清最后一句：“要是我回不去了，你就代我好好活下去吧。”

被死死压抑住的情绪霎时间汹涌而出，眼眶迅速发热。雍凛张了张嘴，却发现自己的喉咙像被什么东西哽住，嗓音变得非常奇怪：“我不想听见这种话！”

顾念没有回答，因为那头已经断线了。

一直到很久以后，雍凛也没法回忆起当时他内心到底在想什么，因为每次能回忆起来的，都只是一片空白。

但实际上，他当时想了很多。

包括自己为什么要跟顾念赌气，为什么她说分手自己就答应了，为什么要亲自跑去考察，如果是自己出了事，倒还能说一句自作自受，但现在明明是顾念在替他受过。

只要一想到顾念现在可能遭受着巨大的危险和痛苦，雍凛就觉得喘不过气来。

天色一点点变暗。

这个客人坐在咖啡厅一动不动的奇怪举动让侍应生犹豫再三，终于上前提醒："小姐，您要不要来一份简餐？"

雍凛看了他一眼，没说话。

那眼神让侍应生有点发怵，也不敢再问了。

就在这时，电话响起。

是雍子文的秘书。

他忙按下接听键，那头道："顾小姐，您好，雍先生让我通知您一声，小雍先生获救了，已经送往当地医院治疗，初步诊疗结果是身上有些外伤，手臂骨折，暂时没有大碍。"

雍凛长长舒了一口气，这才感觉到身体已经饿得快要前胸贴后背。

在几方力量的运作下，被换在雍凛身体里的顾念在当地医院初步诊断无碍之后，连夜就被私人专机送回S市，又到S市的医院做了一次全面检查。

顾念当时拼死拼活逃出生天，连手臂骨折都没什么感觉，等到一切尘埃落定，就连一丁点外伤的疼痛都被放大，但让她更受不了的是雍凛在她失踪期间不知道究竟联系了多少人，好好一个高级病房套间的门槛都快被踩烂了，先是雍父雍母，然后是柴向阳、屈泽、齐煊等人，连姚殊也也来了，还有连顾念也说不出名字，看起来很有身份的人。

最让人头痛的是雍夫人刘玉珊，对着儿子二话不说，眼眶就红了，拉着顾念的手，嘴唇轻轻颤抖，好像儿子下一秒就要断气似的。顾念头皮发麻，直接安慰了老半天，直到雍凛到来，才如获大赦。

雍凛一手抱着花，一手提着汤罐走进来。

顾念在回来之后第一时间就给他发了短信，而且还关照门外保镖见人放行，但不知道雍凛在磨蹭什么，过了大半天才出现。

刘玉珊看见雍凛进来，脸色就不太好看。

雍凛倒镇定，还能跟雍子文、刘玉珊打招呼：“伯父、伯母，你们好。”

雍子文微微点头，什么也没说，但脸色也没什么变化。

算上上次在雍家吃饭，这是第二回了，父母与儿子相见不相识，顾念有点好笑，还得出声打圆场：“顾念，你来了，辛苦了，下回不用带这么多东西过来的。”

刘玉珊淡淡一笑：“是啊，小凛什么都不缺，你别操心了。”

雍凛不以为意，当着雍家父母的面旋开盖子，倒出一碗汤，笑了笑：“你们喝吗？我亲手熬的。”

怎么有这么难缠的女人？刘玉珊禁不住蹙眉，雍子文却应道：“不喝了，我们是该走了，你们慢慢说话。”

丈夫对这个身份未得到他们承认的女孩子虽然冷淡却不失礼，刘玉珊有些意外，不由得看了他一眼。

雍子文对躺在床上的顾念道：“你已经大了，有自己的事业和生活，自然也应该去承担相应的后果，这次的事情，纯粹是意外，不用太过放在心上。”

父亲竟然会安慰人，雍凛有些意外。

他们走后，雍凛关上门，微微松了口气。

顾念笑道：“你爸很关心你的。”

雍凛：“他一直很严厉，不苟言笑，我在外面留学很多年，跟他们疏于沟通。”

他没有告诉顾念的是，自己创业的资金，其实是他自己上学时投资赚来的，而当初从父亲手上接过来的，也只是一个经营状况不太好，濒临亏损的公司。父亲也许想用这种方式来锻炼他，但父子两人都是严峻冷淡的人，这使得他们之间的互动少之又少。

也就是碰到顾念之后，他的性子才变得温和一些。

目光触及眼前的人，虽然那是他自己的身躯，但在克服最初的别扭之后，雍凛也能将其看作真正的顾念了。

“你觉得怎样，身体还有不舒服的地方吗？”

直到此刻，两人才有独处时光。

顾念无奈：“今天这话我已经听了十遍八遍了，真的没事，那么多检查数据不都出来了吗，也多亏你的身体素质好，平时没少锻炼，才能在关键时刻逃命。”

她苦中作乐：“手臂骨折也未尝不是好事，起码近期不用去公司，也不必担心穿帮了，有什么文件让陈庄拿到公寓让你处理就行。”

雍凛眼神一黯：“对不起……”

顾念摇头：“天灾谁也不想的。”

雍凛握住她的手，顾念挣了一下，没挣开。

此时此刻，雍凛才能完全放开自己被压抑已久的情绪。

他紧紧握住自己原先那副躯体的手，就像要透过皮肉骨血，握住顾念的灵魂。

顾念轻轻叹气，似乎能够理解他掩藏在冷静外表下的惶恐，所以终于放弃了挣扎的动作。

“跟我同行的那些人，周副县长他们，怎么样了？”雍凛问道。

顾念：“司机小张被石头砸中，当场人就不行了，我跟周副县长刚逃出去，车就掉下去，被河水冲走了，我离开的时候，他们正派人去下游打捞小张，周副县长没事，跟我一样，也受了些外伤；在我们前面还有一辆车，是县政府的工作人员，车被砸了，有两个人受了伤，但没生命危险；跟你一起去苍兰县的人没事，他们留在当地医院做检查，暂时还未回来，我让陈庄给他们放半个月的假休息一下。小张虽然是周副县长的司机，但我想，是不是回头让陈庄派人送一笔抚恤金过去？也算是尽一点心意。”

雍凛轻轻点头：“应该的，还好你没事。”

顾念：“你不用太内疚，谁也无法预料，不过当时我要真是不幸挂掉，以后你就得继续用我的身体白手起家了，说起来还是你吃亏点。”

她本意是想开个玩笑，让雍凛放松些，谁知说了这句话，对方的脸色反而更加难看，顾念只好赔笑一声，不敢再说下去。

雍凛将旁边的汤拿过来：“红枣鲫鱼汤，补血的。”

其实今天顾念已经喝了很多汤了，连什么猪蹄花生汤都冒出来了，就算每样只喝一口，她现在的肚子也已经饱了，不过雍凛亲手倒的，她不能不捧场，就低头又喝了一口。

然后她就听到雍凛道：“我放的盐好像少了点，如果太淡的话，我把盐罐也带来了。”

顾念鼓着双颊，一口汤吐也不是，咽下也不是。

雍凛奇怪：“怎么？”

顾念艰难地咽下去：“你煮的？”

雍凛居然有点不好意思：“嗯。不好喝吗？”

顾念打了个哈哈：“没有没有，太意外了，有点烫，我先放一会儿。”

雍凛看了她一眼：“这次交换之前，你有没有感觉到什么异样？”

顾念想了想，摇头：“事发前我坐车回家，因为太累了，就打了个瞌睡，你呢？”

雍凛：“我也是，在车上睡着了。”

顾念若有所思：“那么在双方都不清醒的情况下，发生了意识交换，应该是规律之一？毕竟清醒的时候也很难想象，只有入睡，才是意识最为薄弱的时候。”

雍凛的脸色有点难看：“你的生理期好像也来了。”

顾念尴尬：“总不会是跟这个有关吧？”

雍凛：“不，我查过，我们两次交换，好巧不巧，都是在农历十五前后几天，上个月是，这个月也是，其间间隔大概一个月。”

顾念反应很快：“十五？你的意思是与月圆有关？”

雍凛嗯了一声：“古今中外，月亮都有无数神秘故事，月圆更被视作拥有神奇力量，现在虽然不再神秘，但依旧有许多未解之谜。”

顾念骇笑：“那下一次月圆呢？难道要这么一直交换下去吗？”

雍凛没好气：“有我帮你承受生理期的不方便不好吗？”

顾念苦着脸：“当然不好，谁知道假期结束，咱们还能不能及时换回去，我现在每天都有许多工作，不是随便接待几个客户就可以的了。”

雍凛抿抿唇：“我会尽力。”

换作一个月前，他绝对不会对顾念的工作说出“我会尽力”这种话。

顾念惊讶之后，眉眼弯弯，把原本属于雍凛的冷峻破坏殆尽。

“多谢，不过我的上司很严厉的，你恐怕应付不来。”

雍凛挑眉：“有我严厉？”

顾念乐不可支：“你们俩碰一起，只怕会像火星撞地球，而他会以为我被鬼上身了！”

雍凛几不可闻地叹了口气：“那你现在的工作辛苦吗？”

顾念：“不算辛苦，只是上班时间，精力必须高度集中，脑子连轴转，不能出差错，但也很锻炼人，我很喜欢这样的生活，真的。”

好吧，那我会试着去理解。雍凛看着她的笑脸，心里想道。

顾念的手机响了，雍凛拿起来一看，接着递给顾念看：“你弟弟，接吗？”

她微微皱了一下眉头："接吧。"

雍凛按下扩音键。

顾念的弟弟叫顾恩，去年毕业之后在一家互联网公司上班，据说待遇还不错。

按照雍凛的作风，在发现自己疏忽了顾念家人之后，必然会第一时间找人将顾念家人的资料都调查得清清楚楚。但上次换回来之后，他犹豫再三，还是放弃了这个打算，因为他知道，假如顾念发现自己调查了她，一定会很不高兴。

雍凛想等顾念自己来告诉他。

顾恩的声音从那头传来，清亮的大男生嗓音并不令人讨厌："姐，你那边现在方便说话吗？"

顾念轻轻点头。

雍凛："方便，你说吧。"

顾恩吞吞吐吐："那个，你现在手头有闲钱吗，能不能借我点？"

顾念用没骨折的那只手在床单上画了个问号。

雍凛："你要拿去做什么？要多少？"

也许是他的声音太过清冷，顾恩直接退却了："要是不方便就算了，我去问问别人。"

雍凛："连拿去做什么都不能说？"

顾恩："不是不是，是我一个老同学，最近生病住院了嘛，需要手术费，找我帮忙。"

雍凛："要多少？"

顾恩："两万吧。"

顾念皱着眉头没说话。

雍凛就道："可以，你把账号给我，我划过去。"

顾恩喜出望外："谢谢姐！"

挂断电话，雍凛道："这笔钱我来出吧。"

顾念摇头："不用，我有积蓄的，只是我觉得他在说谎，能不能麻烦你再打个电话给顾宁，让顾宁去找顾恩打探？"

雍凛："你怎么不直接问？"

顾念："直接问是问不出来的，我妈对顾恩无条件宠溺，压根儿不会怀疑，顾恩也不可能向家里要钱，否则我妈该以为是顾恩出事了，所以直接去问，反而会……"

她用了一个很俏皮的词："打草惊蛇。"

雍凛啼笑皆非，没想到顾念跟家里人是这么个相处模式。

他拨通顾宁的电话，如是交代了一番。

果不其然，半个小时后，顾宁不辱使命地来电话汇报了。她假装去找顾恩聊天，顾恩没怎么设防，三句两句就被套出了实情。

原来是顾恩的女朋友应邀参加大学女同学的婚礼，因为上学的时候两人处处对着干，对方又嫁了个有钱人家，婚宴上肯定风光无限，顾恩的女朋友家境普通，却又不想丢脸，就要买一套价格高昂的行头去出席，连带顾恩也得重新置办一套西装，全部加起来不是个小数目，两人经济实力有限，为了不让女朋友失望，顾恩只好硬着头皮去借钱。不单是顾念，他还向自己的哥们也借了一些。

雍凛完全无法理解这种跟姐姐借钱满足女朋友虚荣心的行为，他对顾恩的印象立即打了个对折。

但毕竟是顾念的弟弟，雍凛也不会完全坐视不管。

"电话是我接的，这件事你别管了，钱我来给吧。"

顾念摇头："之前不知道也就罢了，现在既然知道，这钱，我是不会借的。"

雍凛听手下秘书林琳说过一个八卦，他的公司也有这么一位女员工，工作能力很强，在公司里也算中层管理人员了，完全是依靠自己的能力打拼到现在，却偏偏有个不争气的弟弟，好高骛远，这山望着那山高，一会儿想炒股，一会儿想做投资，自小深受父母溺爱，养成不知轻重的性子，偏偏姐姐也宠着，有求必应，她虽然结婚了，但每个月不少奖金都花在弟弟身上，以致家庭矛盾不断，夫妻一度闹到要离婚的地步。

顾念："顾恩品行不坏，只是被我妈妈惯坏了。如果他现在真的是要给同学治病，这钱我肯定得借，但给女朋友买行头充门面这种事，我是无论如何都不会答应的。他想宠女朋友，可以自己去赚，那叫男人气概，自己没有能力，还要强撑，那叫打肿脸充胖子。"

说罢，她自嘲道："也许你会觉得我很无情，连弟弟有困难都不肯帮……"

雍凛："昨天我在等你的消息时，收到好几条信息，反馈你的助学项目有进展，我好奇就点了链接进去看看，发现你工作的这几年里，每个月都会捐一笔钱给山区学生。"

顾念有点不好意思："每次只有几百块，根本不值一提。"

今天以来，雍凛难得笑了一下："真正无情，怎么会做这些事？"

顾念低下头："对不起，其实我一直不和你说起我家里人的事，也是因为，我觉得以你的家境，可能无法理解，反而觉得很麻烦，所以后来……"

雍凛："所以后来，你就索性放手，说不想和我在一起了。"

顾念的眼眶微微发红："其实最主要，我还是觉得我们很多理念格格不入，即使你因为喜欢我，而勉强自己迁就我，久而久之，肯定也会心生厌烦，本来就不是相似的成长环境，何必非要在一起不可？倒不如两人各退一步，给彼此一个海阔天空。"

雍凛冷冷道："我不这么觉得。顾念，你太自以为是了。直到现在，我还喜欢你，你说怎么办？"

顾念愕然，抬头看他。

雍凛："你看上去好相处，有时候却很固执，固执得令人生气。我本来也想，一个顾念而已，凭我的条件，要什么样的女人没有，但后来，我意识到我错了，有句话，我想和你说，碍于面子，一直开不了口，直到这次发生的事情，让我明白，有些话，如果不说出口，可能会后悔一辈子。”

他顿了顿：“世上可能有许多比你好的人，可我喜欢的，就只有顾念，谁也取代不了。”

顾念眼眶微红的范围迅速扩大加深。

她以调侃的口吻说道：“你很希望我用你的身体，抱着你痛哭失声吗？”

雍凛：“你可以留着等换回来，再抱着我哭？”

顾念白他一眼：“我又不是水龙头，说开就能开！”

她起身往洗手间走去。

雍凛蹙眉看着她不能动弹的右手：“我帮你？”

顾念断然拒绝：“不要！”

见洗手间的门关上，雍凛趁机尝了那碗红枣鲫鱼汤——顾念刚刚只喝了一口，就再也没有动过。

鱼汤跟舌头亲密接触，雍凛忍不住一口吐在垃圾桶里，一脸见了鬼似的表情。

这什么玩意儿！

他明明是照着菜谱做的！

等顾念从洗手间出来，一眼就看见雍凛把汤罐盖上了。

“鱼汤呢？”她奇道。

“我喝光了。”

“好喝吗？”顾念意味深长。

“挺好喝的。”雍凛面不改色。

顾念忍笑，她绝对不相信雍凛真把鱼汤都喝进去了，还不如等会儿去看看窗外有没有被倒掉的东西的痕迹。

“如果顾恩再打电话给你，或者让我妈妈打电话给你，提出什么过分的要求，你不要贸然答应，不接电话也可以。”她叮嘱道。

雍凛好笑：“顾小姐，我不是温室里任人欺负的花朵，既然我现在是顾念，这件事就交给我来处理，OK？”

顾念迟疑片刻，点点头。

雍凛看见她并不十分信任的表情，心里暗叹自己从前为顾念做得太少了。

幸好，现在还不迟。

Chapter 14
顾恩

“打个赌，一个月，不，半个月内，她一定会主动向你提出分手。”

说要帮顾念搞定弟弟并不是一句空话，雍凛当天就订了去顾恩所在城市的机票，然后发信息给顾恩，说自己过去出差，晚上就到，顺便探望一下顾恩，让顾恩带着女朋友出来吃饭。

顾恩等不到姐姐的转账，却等到姐姐亲自过来的消息，蒙归蒙，还是赶紧答应下来，左右是在本地，又是假期，没什么不方便的。

见面的餐厅也是雍凛特意挑选的，一家档次中等的西餐厅，消费水准不算高。

顾恩的女朋友关荟觉得以顾念的身份，头一回约见面，肯定会选一家高级餐厅，可当和顾恩打车来到约定地点时，她就不由得皱起眉头。

她对这家餐厅印象深刻，因为她以前也常来，但自从被身边一个家境不错的朋友嘲笑，说这里档次太低，充满山寨气息之后，就再也没有踏足过，连带对这里的印象也变得很差。

“亲爱的，M&J不是世界顶级奢侈品牌吗，怎么你姐姐出差，连报销都没有？”关荟委婉道。

顾恩有些实心眼，愣是没听出她的言外之意，还奇怪反问：“你怎么知道没报销？”

关荟白了他一眼：“要是有报销，你姐姐怎么会选在这么个地方请咱们吃饭？”

顾恩：“这个地方怎么了，挺好的啊，可能我姐想给咱们省钱吧，毕竟她来这里，咱们是东道主，肯定应该咱们请的。”

关荟抿了抿唇，不想多说了。

顾恩很是关注女朋友的喜怒，见状就知道她不高兴了：“荟荟，你怎么了，开心点，我姐好不容易来一趟，你之前不也说想见见的吗，上回我说要给你买衣服，她还说要赞助我们点呢！”

他没敢告诉女朋友自己跟姐姐借钱的事情。

关荟浅浅展露了一个笑容：“我听说在M&J工作的人，可以拿到内部打折的东西，要不这样，你让你姐姐帮咱们买两身衣服，我们给她钱，不白占便宜的，你觉得怎么样？”

顾恩讶异之后又有些为难：“穿M&J的？不要了吧，我们一开始不是说好了吗，衣服买有点名气的就行，你还得买包和珠宝那些呢！”

关荟软软道：“提个M&J的包包，戴着Cartier的宝石手镯，但衣服穿Maje的，你觉得人家不会笑你吗？在这个城市混的，哪一个不是火眼金睛呀，怎么可能看不出你外强中干，要打扮当然就得全套都穿起来。”

女朋友的撒娇对顾恩而言简直是撒手锏，他不忍让女朋友失望，又实在心虚，正想着要不要坦白自己跟姐姐和同学借钱的事情，就已经看见了姐姐的身影。

雍凛选了个卡座，这地方没包厢，靠窗的卡座已经算环境不错了，关荟的目光落在桌旁那个年轻女子身上。

白衬衫黑长裤，长发绾起来，典型的都市白领打扮，干净利落，无甚出奇。就算是同为女人，关荟也不能不承认顾恩的姐姐很漂亮，两姐弟都继承了好基因，得了一副好皮相。

但一眼吸引了关荟的，是放在对方身旁的那个M&J的单肩包。

“这就是顾恩常提起来的关小姐吗，请坐。”雍凛朝他们招手。

“姐，你要来，怎么不提前说一声，我好准备准备！”顾恩道。

雍凛：“我来出差的，你要准备什么？”

顾恩讷讷地道：“给你买点特产之类的，让你带回去。”

此话一出，雍凛对顾恩的印象稍稍改观：“不用了，我就是临时接到通知，过来这边出差，顺便喊你们出来聚聚，没有打乱你们原先的计划吧？”

顾恩忙道：“没关系，我们原本就没想去哪里的。”

饮料先送过来，关荟主动举起杯子：“第一回见姐姐，没有酒，就以饮料代酒，敬姐姐一杯。”

两个杯子叮的一下，碰在一起。

关荟甜甜笑道：“听顾恩说姐姐在M&J工作，M&J的工作是不是很有挑战性？我好羡慕姐姐啊，之前我去应聘LV的管培生，可是后来没应聘上，姐姐可真厉害！”

雍凛：“还好，你也在IT行业吗？跟顾恩一样是QC（品质控制员）？”

顾恩帮她答：“荟荟是运维，不是QC。”

隔行如隔山，雍凛对这些职位所负责的具体事务并不是特别了解，不过他今天来也不是为了询问这些，点点头，直接就进入主题：“是这样的，顾恩，昨天你不是跟我借钱吗，说要给关荟买衣服，后来我接了妈一个电话，这钱估计借不成了，正好今天出差，就亲口跟你说一声。”

此话一出，吃惊的不仅是顾恩，还有关荟。

关荟：“你跟姐姐借钱？不是家里给的钱吗？”

顾恩的脸色一阵青白交加，不知道是先安抚女朋友好，还是先质问姐姐好。

雍凛没理会他们，淡淡道："妈昨天去医院检查，医生说她心脏不太好，可能要做进一步检查，如果情况不好，就得手术，以防万一，肯定需要先准备一笔钱出来，所以原定借你的钱，现在借不成了，以后妈的身体得长期护理，少不了又要花钱。"

没等发愣的两人回过神来，他又对顾恩道："你的公司也不错，又在大城市，工资不会低到哪里去，只要别大手大脚，日子还是能过得很滋润的，不要好高骛远去追求不属于你的东西，疼女朋友固然是好事，但跟姐姐和同学借钱给女朋友买行头，是不是太过了？"

顾恩涨红了脸："姐，你说什么呢！"

关荟："顾恩！你还跟我说是家里给的钱，原来是去借的？！"

雍凛："关小姐，你也别怪他，顾恩太喜欢你了，宁可强撑着面子，也不想让你有半点失望，本来我也准备借了，只是家里突然出了这种事，没点钱备着不行，你们去赴宴而已，又不是非买不可的东西，何必一定要花那么多钱，你说呢？"

关荟固然爱慕虚荣了一点，脸皮却还没有厚到被雍凛这么说还能维持笑容，当即就变了脸色，羞愧与愤怒在脸上变幻不定，最后勉强扯出一丝笑容："姐姐，这件事我并不知道……"

雍凛："我知道，这不是你的错，而是顾恩的问题。"

顾恩腾地起身："姐，妈生病了，我怎么不知道！"

他拿出电话就要拨打。

雍凛冷冷道："你打了又有什么用？妈那么疼你，就算你问，她也只会跟你说没那回事，回头又怪我多嘴。"

顾恩怒道："那爸总会跟我说实话了吧！"

雍凛冷笑："爸也不知道你想借那么多钱买东西的事。"

言下之意，顾父知道了背后的实情，顾恩就等着挨骂吧。

顾恩愣在那里，半晌，颓然坐下，什么话也说不出来。

雍凛对关荟道："关小姐，今天本来是头一回见面，却可能会让你感觉不愉快，真是过意不去，但今天并不是针对你，顾恩很喜欢你，我也很喜欢你，正因如此，我才必须教训顾恩，因为他要借的不是一笔小数目，短期内不可能还上，就算刨开我这边的两万，还有他朋友那边的钱，总不可能欠债不还，将来你们结婚，还有可能影响你们的生活品质。”

关荟时不时听顾恩说起顾念，顾恩说他的姐姐有时候爱教训他，但很温柔，又漂亮，非常好相处。但现在，关荟从顾恩这个姐姐身上，的确感觉到了温柔，更感觉到温柔下面如刀锋一般的毫不留情。

对方的每句话都是轻飘飘的，可每一句话，无一不是在剥顾恩的脸皮。

关荟甚至感觉到自己的脸皮也火辣辣的。

不脚踏实地，爱慕虚荣，追求跟自己的收入不相符的东西，这就是顾恩姐姐的潜台词。

其实雍凛觉得自己已经嘴下留情了，否则他能说出更刻薄的话来。

感觉火候差不多了，他又给在风雨中摇摇欲坠的小船加了最后一根稻草。

“关小姐，初次见面，这是我一点心意，我对你本人没有任何意见，还请你不要见怪。”他从手包里拿出一个红包递过去，语气温和，“这是我们家乡的风俗，还请收下。”

关荟看了顾恩一眼，后者朝她点点头，表示的确有这个风俗，她这才收下：“谢谢姐姐。”

她现在有些弄不清顾恩姐姐今天来，究竟是恶意还是善意了。

雍凛：“不用客气，欢迎你跟顾恩随时去我们家做客。”

顾恩的脸色也稍稍缓和了些：“是啊，荟荟，我妈的手艺很好，你有机会跟我回去尝尝，保证不会失望，我爸妈肯定会很喜欢你的。”

雍凛微微一笑：“不过到时候我妈要是说什么生男孩的话，你可别放心上。”

伶牙俐齿的关荟头一次结结巴巴："什……什么生男孩？"

雍凛："我妈有些重男轻女，你们要是结婚，她肯定会希望你们能一举得男的。"

关荟脸色都变了，强笑道："姐姐多虑了，我们目前暂时还没有结婚的打算。"

雍凛挑眉，看了顾恩一眼，意味深长："一点打算都没有吗？"

顾恩脸色变幻，欲言又止。

就在这时，靠近门口的地方传来小小的骚动，连带顾恩三人，一时也都被吸引了注意力。

门口处，一男一女发生争执，男人伸手扯住年轻女子的手腕往外拖，女子一面尖叫，一面推拒。

女子好像饮了些酒，脚步不稳，只能抓着餐厅外面门上的装饰把手不放，怒道："你干什么，我又不认识你！"

男子另一只手则伸过来揽住女子的肩膀，一面将她半扶半抱往外拖，一面哄道："有什么话回家再说行不行，别在外面给人看笑话了！"

毕竟是在餐厅，围观者越来越多，但一听可能是夫妻矛盾，大家就都没出手，还有位大妈上前劝道："小两口有什么话好好说，别动手动脚的！"

男人闻言对大妈笑着点头说好，手里并不松开对那女子的钳制。他穿着体面，长相英俊，跟女子倒也般配，这是大家虽然心中疑虑，却没有想到其他地方去的主要原因。

事不关己，很多人只看了一眼就扭过头来，没有多想。

雍凛却突然起身朝门口走去。

"姐？"顾恩愕然，却叫不住他。

女子口齿不清，想要推开男人，又因力气不如人，不得不被他带着走，抓住门把手的手也被迫松开。

男人搂住她的腰，直接把人带往路边停靠的黑色车辆。

一个人拦在他们面前，顺带抓住女子的胳膊。

男人变色，将女子往怀中一扯："你干什么！"

雍凛现在用的是顾念的身体，力气毕竟有限，当即反被扯得往前一步，但他没有松手："你跟她是什么关系？"

男人："关你什么事？！"

雍凛冷冷道："要是没关系，当然关我事了，不如我报警让警察来问问好了！"

男人骂道："神经病！这是我女人！"

他伸手去推雍凛，后者早有预料，侧身避过，又一拳挥过去，直接冲着对方鼻梁而去。

雍凛用上了十分力气，男人当即吃痛放手，雍凛趁机将醉酒的女子拉到自己一边来。

男人大怒，扑过来要动手，这时顾恩赶了过来，将他拦下。

"我带自己的女人回家，还要你们同意吗，你想报警就报啊！"

顾恩脸色尴尬，显然也觉得自己姐姐管错了闲事："不好意思啊！"

雍凛冷冷道："你身上穿的衣服跟鞋子根本不搭，姑且算你没有品位好了，可你这鞋子根本不合脚，衣服也不合身，还不知道是从哪里偷来的，还有，我不觉得穿得起Brook's Brothers的人，会只开一辆十万的车来。"

又转头对顾恩道："愣着干什么，还不报警！"

顾恩回过神，哦哦两声，赶紧掏出手机。

围上来的人越来越多，男人见势不妙，面上终于流露出一丝慌乱，转身要走，却被人们拦住。

他有点慌了，手忙脚乱要拨开人群，可越是这样越暴露了他跟女子并没有关系。大家见一个弱女子都能挺身而出，也不好意思再冷眼旁观下去，当即就有三五个男人上来将对方按住。

被挟持的女子意识还算清醒，紧紧抓着雍凛不肯放手："我真的不认识他！"

警察很快赶到，将两人带走。

顾恩后来才从警方在网络上的通报得知，这男人的确有问题，却不是为了拐卖妇女，而是个惯偷，已经得手很多次，身上还背着命案，这次见那女子的打扮像是有钱人，喝醉了又落单，就起了歹心，谁知道被雍凛坏了好事。

这些都是后话了，当时关荟目睹整件事发生，有点目瞪口呆，禁不住小声对顾恩道："你姐可真厉害！"

这个厉害，显然是凶悍的代名词。

可惜顾恩没听出来。

面对"厉害"的顾恩姐姐，当三人重新坐下来，雍凛心平气和问他们"我们刚才聊到什么地方了？"的时候，关荟就有点绷不住了，强笑道："我想起晚上我还有点事，得先回去了，你们慢慢聊吧！"

说罢也不等顾恩回应，直接就起身离开。

"荟荟！荟荟！"顾恩愕然，下意识就想追出去，然而女友的脚步就像一阵风，伴随着高跟鞋在地上发出清脆的响声，对方头也不回，人影转眼就消失在门边。

"这一带很繁华，她可以打车回去，也可以坐地铁，不必追了，我有话和你说。"雍凛敲了敲桌面，面无表情。

顾恩犹豫半晌，终于坐下，脸色却不怎么好看："姐，刚才你怎么那么冲动，万一冤枉了人怎么办，说不定人家真是夫妻呢，你一个女人，管那种闲事干什么！"

雍凛曾经也是大男子主义的忠实拥护者，觉得男人天生应该如何如何，女人则不应该如何如何，但此时听见顾恩的话，却怎么都觉得刺耳，冷笑一声："夫妻就可以不顾他人意愿强行把别人带走？顾恩，别跟我说，你一个大男人，连什么叫见义勇为都不知道，女人又怎么样，你也是女人生的。”

顾恩有点烦躁地抓了一下头发：“姐，我是担心你好不好，刚才要不是我，那人就揍你了！你今天是怎么了？为什么那么对荟荟，钱是我要借的，你不想借就直说，她又没得罪你！”

雍凛冷冷道：“刚才没有你，他也揍不了我，因为我本来准备踢他下身的。”

顾恩觉得自己下身也跟着一凉。

雍凛：“关荟的确没有得罪我，但这种女朋友，你喜欢，我不喜欢。她固然没有让你跟我借钱，但她跟你在一起，不会不知道你的家境如何，本来就不是大富之家，非要强求不属于自己的东西，后果是什么，她不会不清楚，一个根本不肯为你着想的女朋友，你要来干什么？收了她为别的男人除害？”

顾恩听不下去：“荟荟不是这种人，她根本不知道我借钱的事情！”

雍凛哂笑：“就算不知道你跟别人借钱，总该知道你这钱是向家里要的吧？反过来说，一个男人，在还不会自己赚钱讨女朋友开心的时候，要向家里借钱，拿父母的钱去挥霍，买奢侈品，她竟也看得上眼，这不正可以说明她的为人吗？”

顾恩快要气死了：“你是在骂荟荟，还是在骂我？”

雍凛实话实说：“主要是在骂你，没你这样的人，就不会有这样的女朋友。”

他本来想说“没你这样的蠢货”，考虑到顾念，还是留了情。

在雍凛看来，顾念与这个弟弟，除了脸部轮廓有三分相似之外，两人从性格、做事方式，甚至是思维上，根本没有半点重合之处。顾念外柔内刚，极有主见，哪怕母亲看重弟弟，她也没有变成唯弟弟是从的姐姐。

相较之下，顾恩却差远了。

顾恩面色涨红，满脸失望愤怒："姐，我听说你来了，高高兴兴带着荟荟来见你，真没想到你会这么对我们！从今往后，我都不会再跟你借钱，行了吧！"

他一边说着，一边起身拂袖走人。

雍凛却反而身体往后靠，双手交握，呈现一种放松的姿态："我们来打个赌怎么样？"

顾恩的身形顿了一下。

雍凛："打个赌，一个月，不，半个月内，她一定会主动向你提出分手。"

顾恩的反应很激烈："我不信！"

雍凛扯了一下嘴角："所以说打赌。如果跟我预料的不一样，我向你道歉，并且那两万块，就算是赌注，输给你，你也不用还；如果跟我预料的一样，我希望你像个男人一点，痛快答应，别黏黏糊糊、哭哭啼啼。"

顾恩被雍凛刺激大发了，想也不想就应下："可以！"

末了又补充一句："我不相信荟荟会这样！"

雍凛："那我们可以拭目以待。"

这场聚会不欢而散，雍凛没多逗留，直接回了S市。

顾念甚至都不知道他去做什么了，看见雍凛风尘仆仆回来，开了个玩笑："你去拯救世界了？"

雍凛也难得幽默地回复："虽不中，亦不远矣。"

他自然不会瞒着顾念，直接将与顾恩、关荟见面的事情简单说了一下。顾念骇笑："雍先生，你的动作快得令我害怕！"

雍凛："夜长梦多，我喜欢速战速决。"

顿了顿，补充道："希望你不会怪我多管闲事。"

顾念抿唇一笑："当然不会，你愿意帮我教训弟弟，我求之不得，我说过，顾恩被宠坏了，他欠调教。"

雍凛："我很高兴，你跟他完全不一样。"

顾念歪着脑袋笑："你如果处在关荟的位置上，也不喜欢顾恩这样有求必应的男朋友吗？"

雍凛望进她的眼睛深处："我不可能成为关荟，你也不是顾恩。"

顾念笑吟吟："对啊，我不是顾恩，我现在是霸气威武的雍凛雍大总裁！"

雍凛微微蹙眉，又松开："好吧，雍总裁，经过这么多事之后，你还不准备重新考虑我之前说过的话吗？"

顾念心里隐隐有预感："什么话？"

雍凛："你爱我，这毋庸置疑。"

顾念挑眉。

雍凛："而我也爱你。"

顾念："所以呢？"

所以，为什么我们不重新开始？

雍凛握住顾念另一只完好的手，低下头，像正在进行某个庄严仪式那样，以最正宗的英式绅士礼仪，准备将这句话说出来。

也许上天注定美好的一刻总要被破坏。

他还没能说出来，病房外面就响起敲门声，没等里头的人应答，几乎是同时，柴向阳已经推门进来。

"亲爱的，你今天觉得……"

他的声音戛然而止。

柴向阳看着"顾念"半躺在床上，而"雍凛"站在床边，执着她的手，背微微弯下，似乎正打算亲吻。

"你们看见的都是幻觉，我从来没出现过，come on，baby！（加油，亲爱的！）"

他干笑一声，随即又把自己关在外头，心想雍凛这家伙眼光那么挑剔，闹了半天原来喜欢这种调调啊，人不可貌相，真没看出来，顾念温温柔柔的，内里居然还是个女王型的霸王花？不可思议，真是不可思议！

病房内，雍凛缓缓吐出一口气。

顾念扑哧一笑。

气氛全无。

顾念："我觉得我应该出院了。"

雍凛："我也如此认为。"

关荟的意志力远比雍凛想象中来得薄弱，就在假期的最后一天，顾恩打了电话过来："她跟我提出分手了。"

雍凛："Good，现在你信了？"

顾恩："她没有直接提分手，只说去国外旅游，说我们之间有很多问题，你对她也并不友善，最好分开一阵，彼此好好冷静一下。"

雍凛："所以你还要自欺欺人下去？"

顾恩有气无力："不，我能听出她的言外之意，我只是想不明白，之前明明还好好的，她只是一时糊涂，而借钱也是我心甘情愿的……"

雍凛："那么你现在有两个选择：一、继续当你的冤大头，去哀求她回来，不过我觉得她在知道我们家需要长期投入金钱给妈治病，以及妈重男轻女，想要孙子之后，无论你怎么哀求，她应该都不会回头的；二、彻底放手，好聚好散。"

顾恩："我去问过顾宁了，妈的身体根本没事，你在骗我！"

雍凛："那又怎样，你怪我帮你看明白她的真心？"

顾恩失魂落魄："我只是很难受……姐，我是不是太傻了？其实我明白，就是过不去心里那道坎。"

雍凛语气淡淡："你是挺傻，不过不算无药可救，如果你想不明白，我可以用另一种方式帮你想明白。"

顾恩傻傻地问："什么方式？"

雍凛以一种商人特有的冷酷道："把你全身上下的行头、个人财产，以及现在每个月工资，按照现在工作情况，将来个人职业能达到什么地步，生成一份报告发给关荟，我保证，三天之内，她一定跟你断绝所有联系，干干净净，人间蒸发，无须你纠结半分。"

电话那头，顾恩打了个寒战，微弱抗议："你这是侵犯我的隐私！"

雍凛冷笑："顾恩，你如果要的话，我也可以把这份报告给你，让你看看自己的真实境况，明白什么叫少壮不努力，老大徒伤悲，明白什么叫别人坐在宝马里哭，你在自行车上哭得更惨！"

顾恩："……"

顾恩被雍凛堵得哑口无言，他怎么也想不明白，自己温柔可亲的姐姐，怎么在一夕之间画风大变，变得如此霸道强势。

雍凛冷冷道："顾恩，你自己应该明白，如果你家境富有，也许会有女人，譬如关荟，或许愿意为了财富而勉强自己忍受男方家里的种种情况，但你连这个条件都没有，你觉得女人凭什么忍受你，既要跟你一起打拼生活，还要生个儿子让妈开心？"

他的语调略带嘲弄，话也一针见血，犀利得令顾恩有些受不了。

"姐！妈哪儿有你说得这么不堪！"

电话这头的顾念躺在沙发上，看着讲电话的雍凛无声发笑。

她觉得雍凛教训顾恩的场面挺有意思，既然答应把事情交给他来处理，自然就不要多加干涉。

而雍凛，他发现顾恩这件事，对他也不是全无助益的，最起码，顾恩有些地方，让他想起了自己，这当然不是指顾恩的个性、遭遇或家境与他有半点相似，而是从顾恩身上，他发现了顾念的难处。

那些从前隐藏在阴影下，不易为人察觉的为难与纠结。

雍凛："无论她是不是像我说的这样，她都是你妈，你不能不孝顺她，但作为一个男人，同样没有理由委屈自己的女人。关荟不适合你，你也拴不住关荟，所以你现在只有一条路走，分手，然后专心工作，让自己配得上更好的女人。如果你的新女友像你姐……"一时顺口差点说漏嘴，他看顾念在沙发上笑不可抑，顿了顿道："我这样好，别说两万，再多我也可以借给你。"

顾恩被雷得里嫩外焦："姐，你怎么这么自恋，我又不是恋姐狂，怎么可能找个跟你一样的！"

电话是用扩音打的，顾念听得清清楚楚，笑得浑身颤抖。

雍凛嘴角一抽："Fine（好），就这样吧，假设你还有一点上进心，我这些话就没有白说。"

挂了电话，他对顾念道："他比我想象中的要好一些。"

顾念勉强压下笑意："你想象中的顾恩是怎么样的？"

雍凛："对女朋友言听计从，越陷越深，不过现在看来，起码他还听得进不同的意见，对分手也没有太大反应，感情应该还不是很深。"

顾念："我母亲虽然偏爱顾恩，不过公平地说，顾恩并没有因为被宠坏而对我不尊敬。"

雍凛："如果他对你有任何的不尊敬，我不会浪费任何时间跟他说话。"

顾念笑道："抱歉，这些本来不是你的义务。"

雍凛的目光落在她被纱布缠绕的手臂上："我不想听见这些见外的话。"

顾念抿唇一笑："好，那说不见外的，明天去上班，如果我那位上级拍档吴嘉文Marvin，说了什么令你觉得不愉快的话，看在我的分儿上，你稍微忍耐一下。"

雍凛蹙眉：“听上去他好像对你不好？”

顾念忍笑：“没有，他人还不错，只是说话做事，偶尔有些不近人情罢了，如果非要描述，那就是……”

雍凛莫名：“什么？”

顾念终于忍不住笑出声：“你失散已久的兄弟。”

雍凛：“……”

Chapter 15
陷害

如果没有卫玛后面的弥补，那么赵和不来，顶多就是顾念请不动他，但有了卫玛那一番话，顾念就不仅是无能，而且还是拖后腿了。

说曹操，曹操到。没过多久，雍凛就接到他那个“失散已久的兄弟”的电话。

吴嘉文开门见山，绝无半点多余废话：“计划临时有变，总部那边的人准备提前过来视察，定在节后第三天，也就是大后天。这么短的时间，我估计钟圆那边应该搞不定，你马上联系你手头现有的人脉，以防万一。”

雍凛一知半解，反应稍稍慢了一点，立即就被对方察觉了：“你放假放傻了？”

雍凛：“……”

顾念一边笑一边递来字条，雍凛看了一眼，回道：“我明白了，不过Santos那边为什么临时改变主意要提前过来，是不是发生什么事了？”

吴嘉文：“不清楚，你记一下这个电话。”

说罢报了一串号码。

吴嘉文：“赵和的电话，你跟他联系一下，知道怎么说吧？”

雍凛哪里知道，但顾念给他比了个“OK”的手势，他便回道：“知道。”

吴嘉文：“行，那明天见。”

干脆利落，结束通话。

雍凛蹙眉：“谁是赵和？演戏那个？”

顾念：“对，他是M&J的品牌挚友，这次总部来视察，原定是月底的，没想到提前了，还那么赶，因为来的那个副总裁Santos挺喜欢影后钟圆，我们就打算请钟圆过来，不过现在时间这么仓促，人家未必有空当，Marvin的意思应该是让我去请赵影帝过来。”

雍凛：“我记得我妈上回跟钟圆一起拍过戏，可以让她跟钟圆说一声，对方不会不给面子。”

其实M&J的招牌已足够大，无须劳动到雍夫人，假如钟圆无法前来，那应该不是推托之词。但顾念不想拂了雍凛的好意，便点点头：“那我先问问雍夫人。”

雍凛对“雍夫人”这个称呼不太感冒，但他只是抿了抿唇，什么也没说。

刘玉珊知道儿子在帮M&J确认嘉宾的时候还诧异了一下：“顾念不是店员吗，这种事情跟她有关系？”

顾念：“她现在调到中国区这边的总部来了。”

刘玉珊：“升职了？”

顾念：“算是吧。”

刘玉珊有意无意道：“即便升职，顶多也不过是个小助理吧，否则都不用亲自确认这种事情了，小凛，以你的条件，何必如此委屈自己？”

她知道儿子固执，所以连劝告都尽可能委婉，以免雍凛生出逆反心理，反而要“一条路走到黑”。

顾念看了雍凛一眼，只是笑：“慢慢来吧。”

刘玉珊叹了口气："行吧，我帮你问问，不过不保证能问到。"

等顾念挂了电话，雍凛道："抱歉。"

顾念不明所以："嗯？"

雍凛："我早应该解决这件事的。"

顾念冰雪聪明，一听就知道他在指什么："其实我一点也不怪雍夫人，比起电视电影里那些趾高气扬的贵夫人，她已足够有修养有礼貌，哪怕上回你我一同去你家吃饭，她也没有当着我的面口出恶言，这很不容易。换作我是雍夫人，看见英俊能干，如高岭之花一般的儿子跟一个奢侈品店店员谈恋爱，我也得先怀疑怀疑对方的动机，再比较两人的差距。"

雍凛蹙眉："高岭之花，这是什么比喻？"

顾念眨眼："夸你呀，高岭之花都是高高在上，不能亵渎的。如果我说我特别喜欢你每回穿正装一丝不苟的禁欲感，你会不会感觉开心一点？"

雍凛："听上去好像有点奇怪，那我穿睡衣你就不喜欢了？"

他纠结的地方与众不同，顾念却觉得很可爱，还故意逗他："没有穿正装那么喜欢。"

说者无心，听者有意，雍凛居然把这句话给记在心里了。

刘玉珊的电话很快打回来，钟圆果然没空，因为她正在拍一部新戏，已经进组了，还是在深山老林，肯定不可能再临时赶回来。

顾念苦笑："看来只有去找赵和了。"

雍凛："不要担心，我会搞定。"

话虽这样说，但事情并不像他想象中的那么顺利。

假期结束，大家回到公司，积压几天的工作凑在一起，显得更加忙碌。回复邮件的工作不在话下，顾念休养在家，通信软件时时保持在线状态，只要将需要回复的内容告诉雍凛，以他的英文水平，反而做得比顾念还出色。

连吴嘉文看了都诧异："你放假这三天是去上英语培训班了？"

雍凛："没有，只是一些词拿不准，请教了朋友。"

他与顾念本就是截然不同的两个人，雍凛原来很少笑，换了顾念的身体之后笑容同样也少了，顾念给人的感觉如沐春风，雍凛则偏于冷峻，这种细节风格再怎么注意，也还是有很大差异。

今天上班一碰面，精明如吴嘉文就感觉到了这份差异。他怎么也不可能想到灵魂互换这种事情上去，只是忍不住仔细端详了顾念一眼："你没事吧？"

雍凛觉得莫名其妙："没事啊。"

吴嘉文："那就行，赵和那边找得如何了？"

雍凛："我昨天打电话联系了一下，他经纪人接的，虽然对方埋怨时间太仓促，但最后应该没什么问题，明天就能确认下来了。"

吴嘉文颔首："还有周惜媛那边，你自己记得跟进，别到时候捅出娄子还要我来收拾。"

雍凛："知道了。"

他自己工作时也是这种公事公办的态度，所以不觉得有什么问题，反而是吴嘉文忍不住又看了他一眼："你真的没事？"

雍凛也心生疑窦，顾念明明说过她这上司公事公办，最不喜欢废话的，如今一而再，再而三地关怀备至，不会是……

喜欢上顾念了吧？

"没事，Marvin，我有件事忘了和你说。"他道。

吴嘉文："……"

雍凛："我有男朋友了。"

吴嘉文面色古怪："So（所以呢）？要我说恭喜吗？"

不，我只是想给你提个醒，让你不要有非分之想。雍凛如是想道。"谢谢，我们感情很稳定，也许很快就可以请你喝喜酒。"

吴嘉文："Very good（很好），那先恭喜你，不过你现在还记得你手头有一大堆工作吗？现在，马上，完成它，而不是在这里跟我聊你的男朋友，OK？"

"等等，"就在雍凛转身要离开的时候，吴嘉文越想越觉得不对，"你刚刚跟我说你有男朋友了，到底是什么意思，你以为我喜欢上你了？"

雍凛绝不承认自己现在患得患失，害怕失去顾念。他尽量回以一脸无辜："没有，我只是在跟你分享一个好消息。"

"是吗？"吴嘉文一脸狐疑，"只要你不耽误工作，哪怕你男朋友是美国总统，我也没兴趣关心。"

雍凛轻咳一声："Sorry，是我太高兴了，一时失态，请你见谅。"

吴嘉文对这种"小女人"的心思表示哂笑："有那么值得高兴吗，不就是交了个男朋友？以你的条件，要找到合适的并不难吧。"

雍凛面不改色："在我心目中，没有比他更好的人了。"

公寓那头，顾念忽然打了个喷嚏。

吴嘉文同样一脸无语："告诉我，他是用什么手段将你折服的？"

雍凛想也不想："人品。"

吴嘉文："……"

雍凛不确定："还有能力、外貌？"

吴嘉文打断他："行了行了，我鸡皮疙瘩都要掉光了，我是在认真地问你，一个男人，要做什么事，才能让一个女人产生好感？"

雍凛反应过来："你想追人？"

吴嘉文有点不自在："也不算吧，就是先交个朋友，但我看见她就总是忍不住数落她，她见了我，掉头就走，不想跟我说话。"

雍凛诧异："这样你还喜欢？你有受虐倾向？"

吴嘉文怒道："可她跟别人不这样！"

雍凛一边沉吟，一边回想自己跟顾念相处的情景。

顾念完全不是这种小白兔类型，两人在一起的时候，总是顾念先一步体察他的用意，雍凛几乎不需要费脑筋去想如何跟对方沟通，直到发生了分手的变故。

“那就……先表现得和善一点？”

吴嘉文别扭道：“我已经很和善了。”

雍凛：“怎么个和善法？”

吴嘉文：“就跟你现在说话的样子啊。”

雍凛：“……”

吴嘉文不耐烦：“你别这表情，给我个建议！”

雍凛：“对方很胆小？”

吴嘉文：“也不是胆小，这么说吧，我们的初次见面并不愉快，虽然后来我想给她一个好印象，但她完全不领情。”

雍凛：“那就先让她改观，投其所好，又或者帮她做到她无法做到的事情。”

吴嘉文：“比如呢？”

雍凛：“比如，她家庭困难，那就帮她解决家里的问题，她工作不顺利，那就开导她，帮她解决工作上的问题。”

吴嘉文：“她不喜欢她的前男友。”

雍凛：“那派人去揍他一顿？”

吴嘉文面无表情：“对方在国外，我也不知道地址。”

雍凛：“有爱才有恨，她应该是旧情未忘，那带她去玩，让她忘了前男友，看见你的好。”

吴嘉文居然认真思考起这个建议的可行性。

一个用着女人躯壳的男人，在跟另一个男人一本正经地讨论着对方的追人方法。

雍凛觉得这份工作起码比顾念之前在门店好很多，至少不用穿着高跟鞋在那里一站就是几个小时，也少了女人之间的钩心斗角。

但墨菲定律无时无刻不在起作用，下午的时候，雍凛就收到了一个坏消息：赵和那边让人传来消息，说是他也来不了了。

电话是赵和其中一个助理打来的，而非之前跟雍凛联系的经纪人。

小助理年纪不大，声音嫩嫩的，措辞青涩，一听就是新人。按理说不该由她出面跟M&J回复，哪怕对方是影帝级别的人物，对上M&J这样的品牌，也显得太过怠慢了。

隔行如隔山，很多行业里头的东西，雍凛一时半会儿还弄不明白。但这种人事对接，不难让人察觉到蹊跷之处。

他问小助理："之前不是说好的吗，赵先生也答应了，怎么忽然间又改变主意了？"

小助理有点紧张："不好意思，因为赵先生临时接到剧组的通告，说拍摄行程提前了，所以……"

雍凛："我之前是跟赵先生的经纪人联系的，为什么不是她来跟我对接？"

小助理结结巴巴："抱歉……"

雍凛不想和对方废话，但挂了电话，他就没法知道实情，只能耐着性子继续问："赵先生的经纪人关机了，麻烦你转告她一声，让她给我回个电话吧。"

换作以往，这种琐碎的工作，都有底下的秘书和助理去完成，从来不需要他去操心。

小助理："顾小姐，康姐今天出国了，这会儿应该在飞机上，可能一时半会儿没法给您电话。"

敢情对方早就算计好了的？

但越是这样，雍凛就越想知道原因。

顾念告诉过他，赵和是M&J的品牌挚友，双方合作两年，一直关系良好，M&J足够给赵和面子，赵和也需要M&J来锦上添花，衬托自己的格调，像今天这种临时放M&J鸽子的情况，是从未有过的。赵和这种在娱乐圈摸爬滚打多年的老油条，应该不会为了摆架子而跟M&J交恶。

“等等。”雍凛叫住小助理想要挂电话的举动，“赵先生那边，是不是出了什么事？M&J跟他有长期合作关系，赵先生向来信誉良好，按理说不是出尔反尔的人，这其中是否有什么误会？”

小助理吞吞吐吐：“啊，这个……”

雍凛放缓了语调，恩威并施：“小刘，这件事关系到赵先生跟M&J未来的合作，如果我汇报上去，很可能会对双方合作产生不好的影响，你是赵先生的人，应该也不希望看见这种情况吧？如果赵先生那边真是出于不得已，我也会跟上头说明的。但，如果是康经纪人那边自作主张，被赵先生知道，到时候被连累的还是你。”

小助理有些顶不住压力，终于说了实话：“顾小姐，你们原本已经请了钟圆，她来不了，你们才想到赵先生，我们赵先生是M&J正儿八经的品牌挚友，又不是什么备胎，你们这样做实在是太过分了，就算这件事捅出去，也不是我们理亏！”

雍凛：“是谁跟你们散布这种谣言的？”

小助理苦笑：“顾小姐，我也是奉命行事，你就别让我难做了，有什么事，等康姐那边开机，你再亲自和她说好吗？”

挂了电话，雍凛跟吴嘉文说明情况。

吴嘉文眉头微皱：“一定是这边有人走漏了消息。”

雍凛：“我认为无意为之的可能性不大。”

吴嘉文摸下巴：“你觉得有人故意跟赵和那边透露风声？也不是不可能。同行相妒，想看M&J笑话的人很多，想看我们公关部笑话的人同样很多，公司内外，可疑对象太多。”

差事办砸了，整个部门都面上无光，但最倒霉的肯定是跟赵和那边对接的人，也就是“顾念”。

雍凛跟吴嘉文相视一眼。

彼此心中有数，不过没有证据。

吴嘉文："现在最要紧的不是追究责任，既然赵和不肯来，就暂且不管他，之前你不是跟周惜媛关系搞得不错吗，找她也行。"

之前顾念跟他说过大致情况，雍凛此时倒也不至于两眼一抹黑，什么都听不懂："周惜媛咖位不够吧？"

吴嘉文："那还有什么办法，现在只能采取补救措施，有总比没有好。"

雍凛："赵和那边，我觉得可以再联系看看，不到最后一刻，就还有机会。"

吴嘉文摇摇头："我倒是认为你不必再白费力气了。赵和不肯来，一定是从别的渠道得知我们本来打算请钟圆的确切消息，并拿到了证据，否则不会这样决绝。不管这个消息是谁透露给他的，他既然避开我们，就不会再反悔，不然他自己的面子往哪儿搁？先去联系周惜媛吧，别钻牛角尖了！"

他走后，雍凛打电话给顾念，询问她的想法。

顾念道："看来Marvin这次也计穷了，一开始之所以请钟圆，是因为那位副总裁是她的观众，后来换成赵和，也是因为赵和跟M&J的关系，咖位又跟钟圆差不多，如果换成周惜媛，效果就差远了，一个副总裁都不认识的嘉宾陪客，根本没什么作用，与其请她，还不如另辟蹊径。"

雍凛以为顾念会发愁或失措，谁知道她已经预料到可能会发生的情况："你有办法了？"

碰见这样的难题，顾念还有心情开玩笑："如果我有办法，小雍先生是不是愿意承认我的工作也并不是谁都能够胜任的？"

雍凛："如果你能够解决的话。"

顾念笑道："也许可以，不过需要你的帮忙。"

“哦？”雍凛还真被顾念挑起了好奇心。

一天时间转瞬即逝。

欧洲总部这次临时改行程，让很多人猝不及防，不仅是公关部，其他部门也都跟着手忙脚乱，大家本来以为能有一个月的准备时间，谁知道一下子压缩到两三天，又是节前才通知，放假回来连续加班，个个熬得眼圈发黑。

早上十点，雍凛刚到公司，就接到陪同接待的任务。

当然，不止他一个，还有公关部其他人，主角是Santos和中国区老大，总监潘明和卫玛他们跟在第二排，至于雍凛的排位就更靠后了，勉强占了个尾巴，跟在众人后面，与同为助理的何丽同行。

钟圆和赵和都来不了，嘉宾的事情自然就告吹，潘明肯定不会自讨没趣提起来，本来也没有雍凛什么事，他从头到尾只需要当个陪衬便可，所谓的办法也只是预防万一。

谁知道这“万一”还真就派上了用场。

参观完办公室，本该去会议室开会，这时候中国区老大顺口提了一句：“明天有欢迎酒会，正好Anne Lively在S市开全球巡回演唱会，又是M&J的贵宾，所以我们将她也邀请上了。”

“OK，美国人！”Santos摇头失笑，不置可否，“为什么不邀请钟圆呢？我很喜欢她的新电影。”

中国区老大看了潘明一眼，潘明忙解释道：“我们去邀请了，但对方已经进了剧组，距离太远，恐怕赶不回来。”

Santos一脸遗憾：“我记得M&J在中国还有一位品牌挚友？”

潘明：“您说的是赵和先生吧，很不巧，他因为临时有事，也来不了了。”

卫玛笑道：“抱歉，容我插一句嘴，赵先生已经答应出席明天的酒会，只是今天来不了而已。”

潘明微怔，那一瞬间，脸上有着难掩的诧异。

卫玛见众人都疑惑地看着她，便解释道："其实我们今天本来邀请了赵先生过来与您会面，不过负责联系的同事可能沟通时出了一点差错，导致赵先生那边产生误会，认为我们重视钟圆，而轻视他，不过我后来亲自去向赵先生解释过了，也取得了他的谅解，所以酒会那边，他还是会如期赴约的。"

潘明面露不悦。

他这个反应不是针对卫玛，而是对那位沟通出错以致赵和误会的同事，也就是顾念。

如果没有卫玛后面的弥补，那么赵和不来，顶多就是顾念请不动他，但有了卫玛那一番话，顾念就不仅是无能，而且还是拖后腿了。

虽然走在后面，但众人的耳朵无一不是竖了起来，脑筋紧随领导的每一句话而开动。

这番话一入耳，大家便各有思量，知道这件事是顾念负责的人，都有意无意往雍凛那里看，连带这些天负责指导顾念的吴嘉文，也都一并没有放过。

这些人心波动，不过都是利益相关者的各自算计，潘明也许还会因为顾念的表现而不悦，但Santos也好，中国区的高层也罢，他们则根本不必去关注这种小细节。

因为哪个环节失误，那个人自然要负责任，等到视察结束，该处罚就处罚，该开除就开除，根本用不着大动干戈。

何丽很明白这一点，她的眼角余光扫了顾念一下，见后者面色如常，不由得暗暗冷笑，心想看你能逞能到几时。

小小的插曲转眼就过去了，她与雍凛跟在大家后面，进了会议室，准备开会。

会议有两部分，Santos的助理向众人讲述总部对于M&J接下来的发展战略部署，然后是中国区这边各部门做汇报，何丽也负责了其中一小部分的PPT演讲——抱卫玛的大腿终究是有用的，这部分演讲原本应该由卫玛出面，但卫玛把这个机会让给了何丽，让她得以在总部的人面前露脸。

这个机会对卫玛而言无关紧要，但对何丽来说，却是试用期内履历上亮丽的一笔。

她也的确有两把刷子，在最初稍微的紧张之后，演讲越来越流利，基本都是脱稿进行，各种数据也都背得滚瓜烂熟，可见准备充足。

之后吴嘉文也上场做了一段汇报，内容精彩度明显比何丽高出不少，连同行业一些不为外人道的内部数据也被他拿到了，Santos甚至对吴嘉文竖起拇指，赞了一句“very nice（很好）”。

何丽还算不错的表现转眼被更耀眼的盖过，她有些不甘心，但又知道这是必然的，毕竟吴嘉文比她先进公司，论人脉也比她强了不知多少。

但这次过后，试用期留下谁，应该是没有悬念了。

想到这里，何丽的心情又好了起来，嘴角流露出一丝微笑。

最后由Santos亲自上去做了总结陈词，今天的视察总体顺利，他心情不错，见众人反应热烈，便让众人可以自由提问。

还没等何丽反应过来，坐在她旁边的雍凛就举起手。

与他同时举手的还有好几个人。

也许是英国人骨子里铭刻的女士优先原则，也许是顾念年轻漂亮的容貌令Santos最先注意到，他的手往雍凛的方向示意了一下：“这位女士请说。”

雍凛起身，微微点头一笑：“容我冒昧揣测，也许您听过Robert教授关于国际商法的一些见解？”

Santos诧异：“你也听过Robert教授的课？”

雍凛颔首：“我男友毕业于三一学院，但他经常会到林肯学院去旁听Robert教授的法律课，托他的福，我也曾去旁听过一段时间，受益匪浅，去年我陪我男友去英国出差，还特地去拜访过他。”

雍凛没有说谎，他的确是在去年拜访过Robert教授，但他现在是顾念的身份，所以这些话里难免掺了一点水分。

Santos意外且有些高兴：“不错，Robert教授是我本科论文的指导老师，原谅我这几年太忙，没能去探望他，亲爱的，告诉我，Robert教授还好吗？”

雍凛：“他很好，不过毕竟上了年纪，现在需要以轮椅代步，他告诉我，他太想念Cowleylu街的麦当劳了，可惜Jones女士看管很严，不准他碰这些垃圾食品。”

Santos大笑：“没错，他总是不听劝！”

说罢又有点伤感：“我应该找个时间去看看他。”

雍凛笑了笑：“也许您愿意顺便代我男友问候Robert教授一声？”

Santos：“当然，请问你男友是……”

雍凛：“Bruce，Bruce.Yong。”

Santos竟然一脸恍然大悟：“原来是他，我听过，Yong可是当年三一学院的风云人物，他现在回到中国来发展了吗？如果方便的话，我也可以去拜访一下他。”

如果雍凛只是一个普通的优秀毕业生，Santos不一定会说这句话，但他听过雍凛，自然也对雍凛的家世有所耳闻。

所谓人脉，其实就是通过各种各样的联系，这么一点点搭筑起来的。

雍凛笑道：“当然，欢迎之至，Bruce肯定很高兴，不过他最近摔伤了胳膊，恐怕要缠着绷带和您见面了。”

Santos：“噢，上帝，这是怎么回事？”

所有人几乎是目瞪口呆地看着一个名不见经传的部门助理，跟总部的副总裁一见如故，聊得火热。

中国区高层自然不会去打断，而最想打断的何丽却没有资格。

雍凛：“我们的聊天内容也许会干扰会议进程，不如会后继续聊？”

Santos笑道：“没问题！”

会议得以继续进行，各种各样的目光，伴随着雍凛重新坐下，都落在了他身上。

雍凛知道，经过刚才那一段小插曲，之前那个所谓的“失误”，肯定不会再被提起。

没有一个领导会去处置跟总部领导关系好的下属。

而他之所以会借着提问跟这位副总裁攀交情，则要追溯到一天前，雍凛与顾念两人的对话。

当时顾念道：“我研究过那位副总裁Santos的履历，发现他大学也是毕业于牛津，好巧不巧，跟你是同一届，只不过他是林肯学院法律系，而你是三一学院。”

雍凛挑眉：“你想让我去跟他套近乎？”

“这叫联络感情。你也知道，英国人看着绅士，实际上没有比他们更骄傲、更重视阶级的了，哪怕你是哈佛毕业，对Santos来说，也不如同样出身牛津来得亲切和高人一等。”顾念的语气不无俏皮，“扬长避短，既然有更好的办法，为什么要绕一大圈，去找不那么好的办法呢？”

雍凛似乎有意刁难：“那如果没有我呢？”

顾念笑吟吟：“姚殊也曾就读于切特豪斯公学，既是Santos的高中学妹，又是M&J的高V客户，想必Santos也很乐意与她交流一番，假如没有你，我会去请殊也帮忙。狡兔三窟，小雍先生，您还要考校我的第三个备选方案吗？”

雍凛意味深长：“顾小姐，不知你是否愿意成为我的其中一名秘书？出于公心，我诚挚向你发出邀请。”

顾念乐了：“这算是我的工作能力终于得到你的承认了吗？

不过很抱歉，小雍先生，我并没有兴趣展开一段办公室恋情，假如你想让我当你的秘书，那么之前你的复合要求，也可以视为作废了。”

雍凛抿抿唇：“那算了。”

Chapter 16
吕岩

“吕先生，事关你的隐私，知道的人越少越好，我也没有兴趣过问。”

毫无意外，会后Santos与雍凛相谈甚欢，甚至邀请他明晚酒会作为自己的女伴出席。

寒暄几句，高层老大们陪同Santos先行离开，总监潘明也一道去了，剩下本部门的小喽啰们，个个松了口气，如释重负。

何丽对雍凛展露笑容，主动伸出手：“恭喜你啊，Nina，能够作为Santos的女伴，明晚一定能大出风头！”

雍凛却没有去握她的手：“谢谢，不过对我们这个职位来说，这并不是在出风头，而是在履行本职工作。”

这个回答实在是太装×、太欠揍了，何丽的笑容没能维持住，嘴角一僵。

这时候卫玛代总监召开部门会议，雍凛与她擦身而过，没再多看一眼。

吴嘉文与雍凛一同步入会议室。

“你去调查Santos的履历了？你是不是本来就没打算邀请周惜媛过来？”吴嘉文问道。

雍凛："是，Santos不认识周惜媛，她来了也没什么用，不过明晚的酒会已经邀请她了。"

这都是顾念安排好的。

吴嘉文颔首："干得不错，继续保持。"

但直属上司嘴里难得的表扬，到了会议上，卫玛却并未多提及，仅仅将何丽与顾念并列说了一下，表示两人作为新人，表现都不错，尤其是何丽的PPT，一个新人能够做出这种水平，的确值得期许云云。

平心而论，卫玛的做法并没有任何问题。

因为顾念跟Santos攀交情，这属于两人的私交，不算工作范畴内的本职，严格论起来，还是算她失职了，因为原定可以请过来的赵和并未请过来，只因这份交情，才临时让顾念避过了责难。

而何丽汇报出色，则的的确确是他本职内的表现。

饶是如此，雍凛还是有那么一丝的不痛快。

以前作为公司一把手，他根本没有机会体验这种被同事挖坑，做了很多努力依旧没能得到肯定的经历。

人前的从容不迫、机智应变，却是人后种种努力和准备换来的，他甚至记得自己看见顾念拿出一本厚厚的，写了很多工作方案的笔记时，那种惊讶的心情。

然而世上很多事情，并不是付出了就一定能得到回报，就像这次，顾念费了那么多周折，也只是堪堪将赵和不来的失误抹过去。更重要的是，虽然雍凛怀疑泄密者就是何丽，但没有证据，这种事说出来也没什么用，还会显得愚蠢。

他终于有了一丝普通打工者的切身体会，并为顾念感到不平。

卫玛："这次我们公关部的汇报很出色，明晚酒会，M&J邀请了不少重量级明星，不仅赵和会去，林枫也会出席，还有Anne Lively。"

说到这里，她开了个小小的玩笑："虽然看得出Santos对她不感冒，不过英国人跟美国人从来不太对付，不能强求，以Anne Lively在世界流行歌坛的地位，这次一定会为酒会增添不少光彩，作为公关部，我们的首要任务就是将细节做到最好，不要出差错。大概就是这样，大家还有什么要补充的？”

吴嘉文忽然道：“Emma，赵和那边既然跟你关系不错，不如你顺便问问，是谁向他透露了我们原本准备邀请钟圆的消息？”

卫玛失笑：“这种事，对方是不可能说的吧。”

吴嘉文淡淡道：“对方可能不会说，但我们不能不问，当时从钟圆没空到改为邀请赵和，其间不过两三天，同行知道并使坏的可能性不大，更有可能是我们内部有人透露出去的，如果是这样，事情的严重性就要大得多，一个吃里爬外的M&J员工，就像一颗定时炸弹，有可能炸到我，也有可能炸到你。”

卫玛摊手：“OK，我可以问一问，但对方肯不肯说，就不是我能决定的了。”

吴嘉文颔首，往后靠向椅背，双手交叠：“一个无能的同事顶多只会拖累团队进度，但如果一个自诩精明过头，以坑队友为荣的同事，却会给团队带来极大的麻烦，我认为，后者的危害比前者大多了。”

卫玛微微一笑：“I agree with you（我同意你的说法）.”

轮到何丽发言的时候，她一脸诚挚：“作为新人，我还有很多需要向Emma学习的地方，而且，我觉得Marvin说得真好，一个团队不是光靠一个人出成绩，作为团队的一员，我更要时刻谨记，团结同事，共同进退，以大局为重。”

雍凛：“……”

顾念曾说过，能进M&J并得到升职的人，起码都是有相当能力的人，她说这话的时候，雍凛还不乏“因为顾念在这个行业，所以肯定有所抬高，但我体谅她，所以不戳穿她”的想法。

但现在，雍凛承认，顾念的话还是有一定道理的。

抛开人品不说，就这心理素质和脸皮，哪怕何丽去从事别的职业，估计也能三百六十行，行行出状元，闯出自己的一片天空来。

卫玛点头含笑："大家都能抱着这种想法就没问题，明晚有酒会，都打扮得漂亮点，没有小礼服的话可以私下跟我联系，这也是M&J的员工福利之一。"

吴嘉文面无表情，雍凛不动声色，唯有何丽一脸捧场。

分门别派，泾渭分明。

散了会，吴嘉文问雍凛："看出什么了吗？"

雍凛："我被分到你这一边，而何丽是Emma要捧的人？"

吴嘉文摊手："总监Gary，外界有传言，他很可能会升到亚太区总部，也就是HK那边，而Emma以总监助理自居，如果没有空降部队，Gary一走，Emma极有可能接任他的位置，成为公关部的新总监。她知道，以我的性格注定不可能成为她的马前卒，指哪儿打哪儿，至于其他人，现在在B市出差的Gigi等人，任何一个，资历都不比她低，等那些人回来，说不定还有一场恶战，所以她需要新人，譬如何丽，或你。"

雍凛："传言只是传言，行政命令一天没下达，Gary就一天还是总监，Emma私下拉拢人心，他未必会高兴。"

吴嘉文："理论上是这样没错，因为上面现在还没定下新任总监的人选，所以Gary必须在任，不过他的心早就飞到HK那边去了，你没看从你入职以来，都是我在管你，他基本不过问吗，现在你跟何丽之间过招，都是新人之间的小打小闹，影响不了大局，他一般不会管的。"

雍凛："那我被陷害的事情就不了了之了？"

吴嘉文皱眉："我说了这么多，你还没明白？就算赵和那边主动承认，是何丽给他们透露了消息，你又能怎么样？没有Emma，何丽能拿到赵和那边的人脉？凭你现在的能耐，还没法动她，还是你想让你男朋友出马，通过你男朋友的人脉，向M&J高层施压，让他们辞了

Emma？”

说到这里，他的语气已经带上了一点嘲讽：“拜托，凡事都要在游戏规则里玩好吗，就算真能让你辞了Emma，以后还会有第二个、第三个Emma，难道你要通过你男朋友，一个个都铲除掉？再说她也不是在针对你，你一个新人，不值得她浪费时间，她只不过是想敲山震虎，知道你跟着我做事，想让我跟着倒霉罢了，只是她没料到这次你有个好男朋友，所以有惊无险过了关。”

雍凛不满，忍不住帮顾念说话：“机会总是留给有准备的人，如果不是事先做足功课，我也不可能知道Santos跟我男朋友是半个校友，就算没有男朋友，我也能找到其他办法。”

吴嘉文挑眉：“Yes，这点我很赞赏，不过那又怎样？你以后还会面临很多难题，你的敌人不应该是何丽，或者Emma，而应该是你自己。”

这是很新鲜的体验，但也有点无奈。

毕竟雍凛以前接触的钩心斗角，都是生意场上尔虞我诈的较量和角力，而非这种“低层次”的职场斗争。

他不能接受之处在于：经过切身体会，本来觉得顾念的准备已经足够好了，但结果并不能完全如人所愿。

回家之后说给顾念听，顾念倒是意料之中的反应：“这很正常啊，我本来就是剑走偏锋，这场准备就只是以防万一，不会被追究失职罢了。”

一边说着，她一边从包装袋里拿出一片白色的东西递给雍凛。

雍凛：“这是什么？”

顾念：“暖宝宝呀，你不是生理期来了吗，到时候酒会要穿晚礼服，下面肯定凉飕飕的，你贴在内裤上面，可以保暖。”

雍凛：“……”

被提醒了自己不愿意去想的事情，他的脸色一阵青一阵白。

顾念赔笑：“还好骨折了，不然要陪你去见Santos，我还真怕露馅。”

雍凛抚额，他现在有点后悔了，想想顾念换上晚礼服之后艳光四射的情景，嘴上不说，心里未免有点小吃醋。

当然，更可怕的是生理期，雍凛至今无法习惯那种感觉，可偏偏交换期就在这几天，简直令人绝望。

做女人太不容易。他揉揉眉心，忍不住这样想道。

只因出席正式场合，高跟鞋、妆容、礼服都是对女人最基本的要求，除非你的身高已经傲视群雄，自然可以换成平底鞋，而男人再怎么讲究，总不会出现高跟鞋这种玩意儿。

但更艰难的不是这些，雍凛这些天在M&J，就听到别的部门有人因为怀孕而错失升职机会的小道消息。

顾念见他疲惫，不由得心疼：“不去也无所谓，我打电话跟Santos说一声，想必他可以谅解的，酒会不是工作时间，因身体不适而缺席，谁也不能说什么。”

雍凛却摇摇头：“既然答应了，就不要出尔反尔，我是老板，也不会喜欢这样的手下。”

顾念笑叹：“希望能快点回归正轨，否则你总要帮我承受各种麻烦。”

雍凛看了她缠绕纱布的手臂一眼：“这句话应该是我说，当日你困在车内……”

他没有再说下去，每每想起当日的情景，想起自己差一点就失去顾念，雍凛依旧心有余悸。

令人懊恼的是，这种状况偏偏不知要维持多久，他固然因此体会了顾念的不容易，可这样下去也不是法子，困在女性的躯壳内，他想亲亲抱抱这个女人都做不到，那个感觉就像对着镜子亲吻自己的变态似的。

"其实我并不吃亏，"顾念似乎察觉了他的心情，笑眯眯道，"我觉得当男人还挺方便的，还有宽厚的胸膛和结实的大腿，让我恨不得每天对着镜子自恋一番。"

雍凛没好气："以前怎么没见你对我这么着迷过？"

顾念无辜道："看别人和看自己的感觉是不一样的，譬如你现在，让你脱掉衣服对着镜子看，难道你会有欲望吗？"

雍凛意味深长："你怎么知道没有？"

这回轮到顾念窘迫了，她脸色微红，半张嘴巴，估计是不知道回答什么才好。

雍凛微微一笑。顾念原先是笑口常开的，但内里灵魂换成雍凛之后，他半天也难得笑上一回，可这样反倒有冷芳绽放、明艳动人之感，就像冰山女神走下神坛，其中又蕴含了本来属于雍凛的气场，看得顾念不由得眨了眨眼。

"如果换回来，你猜我第一件事要做什么？"

"做什么？"顾念口干舌燥，不敢相信自己竟然被"自己"的躯壳挑逗了。

可见"爱情是两个灵魂之间的彼此吸引"这种情话，其实也不完全是骗人或无病呻吟。

雍凛："不告诉你。"

顾念："……"

雍凛："你看看这个。"

他递过来一份文件。

顾念一看，标题居然无比正经。

"论月球与人体之关系？"

雍凛："先前我们求助过看相的看风水的，他们没有一个能看出我们身上的异常，既然玄学走不通，那就看科学，月球因为离地球最近，自古以来都是被人研究最多的一颗星球，许多人认为月球的运行牵引着地球上的潮汐，中国古代则认为，月亮为太阴，代表女性，以月配日，是女主之象。”

其实顾念之前也研究过一段时间，只是都没有结果：“对，你说的这些，我也看见过，但至今我依旧无法找出我们彼此灵魂交换的依据。”

雍凛：“交换的契机在月圆前后，而且两次都在意识不清的状态下进行，这是初步的规律，我翻看了世界上很多与此类似的案例，发现不少和我们一样的情况，有人做了一次手术醒来，忽然就有了与之前完全不同的记忆，甚至还精通原来根本不会的外语，而有的人车祸醒来之后就性情大变，跟原来判若两人。”

“这里，”他翻开其中一页，指给顾念，“这个案例最为有趣，发生在美国，原本是兄弟的两个人，因为同时遭遇车祸，苏醒之后都声称自己是对方，甚至认为兄弟的妻子才是自己的妻子，面对这种情况，他们各自的妻子不知所措，不知道究竟该把他们当成谁，而医生认为，这是一种意识混淆症状。假如这种事情没有发生在我自己身上，我也只会将其当成奇闻趣事来看，甚至不屑一顾，除了当事人，谁又会知道他们的灵魂其实已经彼此交换了？”

顾念接着看下去：“有位心理医生对他们的症状产生好奇，并对此进行跟踪性的长期研究，发现这种情况持续了整整十年，而他们的妻子最后似乎也真的相信了他们的话，彼此与对方的兄弟在一起生活，十年之后，兄弟俩的其中一人在飞机失事中去世，另外一个人自称两人的灵魂已经回归各自身体，死去的是他的兄弟，而不是他。”

她骇笑抬头：“难不成最终复原的契机是死亡，这种状态我们得一直持续到死亡？”

雍凛：“也不一定，我认为飞机失事只是方便灵魂与躯体分离，达成交换目的的契机，真正触发互换的，应该是磁场。”

顾念：“人体磁场？”

雍凛："对，人类现有的科学知识，对人体磁场的研究还很浅薄，有人认为，磁场与灵魂有关，并彼此形成共振，这个说法没什么依据，但如果用在这些案例里，再对比我们自己，也许可以得出月亮影响磁场，而磁场影响灵魂的结论。"

顾念疑惑："你的意思是，因为我们彼此之间的磁场产生某种共鸣，正好又碰上月圆之期，在双方意识不清的状态下，所以才发生了交换？照这么说，以前符合条件的情况也不少，为什么我们等到最近两次，才开始发生这种情况？"

雍凛："也许还有别的我们所不知道的条件，但还有一个很有意思的细节，我查过资料，上个月，也就是我们交换的那一天，正好是'超级月亮'造访地球的时间。"

顾念托着下巴："你的假设很有意思，要不我们尝试通过改变磁场，来试试下次还会不会发生这种情况？"

雍凛觉得莫名其妙："怎么改变？"

顾念异想天开："吃止痛药让生理期延期？"

雍凛："……那你还不如试试另外一种办法。"

顾念回以疑惑的眼神。

雍凛意味深长："怀孕。"

顾念瞪了他三秒，随即笑了："你确定吗？万一怀孕之前是现在这种状态，一直要维持到生下来才换回去，我没什么意见！"

雍凛嘴角抽了一下，哑口无言。

找个反应太快、口才太好的女朋友有时候真不是一件好事，可他偏偏又爱极了顾念这古灵精怪的性子。

如果没有这场意外，可能他们早就错过。

而他现在所思考的，也绝不会是如何早日回归正常轨道，并重新追回属于自己的爱情。

在某个圈子里，M&J的酒会等同于地位象征，许多人明里暗里争破脑袋想要拿到一张邀请函，无非是因为在酒会上能结识到平时可能接触不到的人，哪怕只是攀谈一句，能要到个联系方式，今晚就不算白来。

据说某位富豪阔少的女伴，知道自己跟着阔少不过是昙花一现的光景，不可能拿到太多资源，所以千方百计让阔少带她来参加酒会，又跑去找林枫、赵和等影帝级别的人物合影，然后PO到网上，引来网友对她身份的一阵不小争议，更因此获得一部小成本网络剧的主演资源，也算是另类的“自力更生”了。

为了表示尊重，Santos亲自开车到公寓楼下接雍凛，顾念送他下来，顺便挂着半残的手臂跟对方聊了片刻——她不敢聊太久，毕竟自己才是真正的顾念，她根本没有在三一学院读过书，聊多了容易露馅，赶紧将雍凛送上车，还微笑着目送挥手，祝他们玩得开心一点。

刚送走雍凛，电话就来了，顾念一看，是刘玉珊。

“妈？”

“小凛，晚上电影杀青宴，制片方那边请人的，不对外公开，所以也不用穿正装，总在家里闷着也不好，你要不要出来散散心？”

顾念想了想：“好啊，场地在哪里？”

刘玉珊：“我让司机过去接你。”

顾念：“不用了，我自己过去就行。”

刘玉珊：“那你自己小心点。”

她报了个地址，离这里并不远，一家淮扬菜饭店，顾念驱车过去的时候，人已经差不多齐了，但大家见了顾念，都起身面带笑容迎上来，主动伸手。

今天的杀青宴，导演和制片方、投资方都带了家眷过来，加上一位雍夫人，谁也不敢将圈中那些乱七八糟的玩法带到这里来，其他人也都“入乡随俗”，带了朋友，正正经经，更像一顿散伙饭。

安宜跟着男伴吕岩过来的时候还有些战战兢兢，毕竟今天在场这些人，平时难得能说上话，更不要说同在一个包间里吃饭了。吕岩这次在电影里扮演女主角的哥哥，算是男三，这是他从影以来得到的最具分量的一个角色。安宜作为同一个公司的艺人，跟吕岩同属一个经纪人，自然也沾了光。

这两人在圈中算是普罗大众的代表：容貌不算耀眼级别；没有碰见好的经纪人；没有遇上足够好，或者让他们大爆的剧本；虽然科班出身，演技过关，但不惊艳……各种因素结合在一起，是他们一直以来没有大红大紫的原因。

谈不上后悔或不后悔，安宜看见他们曾经的同班同学，个个功成名就，星光熠熠，心里不是不羡慕，不是不失落的，只是人的际遇就那么回事，做出其中一个选择，就要有放弃其他机会的准备。

“那个年轻人是谁，也是圈中人吗，我怎么没见过？”

顾念进来之后众星捧月的场景自然引起安宜的注意。对方穿着很休闲，手臂上还缠着绷带，站在她旁边的据说是商界大佬雍子文的夫人刘玉珊，后者却笑吟吟的，似乎一点也不介意沦为陪衬。

吕岩：“那是雍夫人的儿子，就是雍凛，你应该听过。”

安宜讶异：“小雍先生？那我们要不要过去打个招呼？”

吕岩迟疑：“再等会儿吧，现在那么多人围在他旁边，贸然过去会不会让人家以为我们急着拍马屁啊？”

安宜翻了个白眼，扯起他往前走：“大家都在拍，不唯独你一个，咱们坐在这里，反而让人觉得我们假清高呢！”

顾念到剧组探过班，导演副导演剧组人员她只见过一面，大家以为她肯定不记得了，谁知道她还能叫出在场大半人的名字，个个惊喜又意外，暗道天之骄子就是不一样，难怪人家出身优渥还能事业有成，羡慕也羡慕不来。

吕岩带着安宜上前的时候，站在人群外围，见雍凛和投资方老板寒暄，正犹豫不决，恰好顾念想脱身图个清净，看见吕岩过来，就朝他招手，主动打招呼："吕岩你好，还记得我吗，我很喜欢你在戏中的角色，如果待会儿方便的话，能不能给我签个名？"

吕岩受宠若惊："当然可以，现在也可以签！"

很快有人送上纸笔，吕岩几乎是微微颤抖着手签了名。他没有忽视旁人落在他身上又嫉妒又羡慕的眼光，他知道这意味着什么，也许对方并不真的喜欢他的角色，只是那么随口一说，但圈中从来就不缺联想力丰富的人，如果运气足够好，说不定隔天就会有新戏找上门。

吕岩完全没有想过自己也能有被命运女神眷顾的一天。

那头大家陆续入座，开始上菜，顾念也得了清净，一举两得，她拿过签名，道了谢，坐在刘玉珊旁边。钟圆没来，刘玉珊的位次比男主演还要靠前，但没人提出异议，大家都觉得这是理所当然，如果不是刘玉珊自己推辞，坐在主位也有资格，这次制片方能请来雍夫人客串，是他们最引以为傲的事情，宣传早已铺天盖地，都将雍夫人重出江湖作为卖点之一，造势不逊于男女主角。

外界对此不乏"雍氏境况不佳，刘玉珊不得不复出挣钱贴补家用"这样的流言，一开始谁也没管，只有电影即将杀青那会儿，流言越传越烈，雍氏的发言人才对外澄清一句，让传谣言的人自己去看雍氏公布的财报。

轻描淡写的回应反倒让谣言渐渐平息下来，雍氏父子该干吗还干吗，似乎根本没有受到流言干扰。反倒是雍凛先前因为这个缘故，被一些娱记跟踪，对方拍下他与顾念出入公寓的场景，但因离得太远，最终也没掀起什么风波。

电影眼看着有大红的卖相，杀青宴上更是和乐融融，聊的都是无关紧要的话题。雍氏虽然不涉及娱乐业，但投资方不可能将雍夫人母子撂在一旁，顾念却处处让着刘玉珊，不肯抢她的风头，言必称"我母亲如何如何"，刘玉珊笑得开心，显然也以儿子为荣。

安宜看在眼里，不由得感叹同人不同命，似刘玉珊这样嫁入豪门还能安稳度日的本来就不多，生个儿子都英俊能干，不嫖不赌不纨绔，简直是要将世间好运都集合在一身的节奏，还让不让别人活了？

酒过三巡，刘玉珊与投资方老板娘一见如故，聊得火热，顾念见没自己什么事，就起身去洗手间。

似这种饭店的洗手间，装潢之精致豪华堪比别墅，极尽宽敞舒适之能耐，似乎恨不得将客人留在这里睡一觉再走。顾念在镜台前洗手整理仪容，正想着要不要给雍凛那边打个电话，询问一声，一门之隔的外面传来异响。

“……你再不放手我就叫人了！”隐约有人这么说道，对方刻意压低了音量，不甚清晰。

顾念的动作一顿。

门外，吕岩挣扎不开，怒目以对。

对方轻佻地笑，一脸无所谓：“你叫啊，反正人来了，丢脸的也不是我！”

吕岩攥紧拳头，恨不得一拳砸过去，又没那个胆，迟疑之间，对方已经借着酒意低下头，酒气喷在他脸上，令吕岩不得不仰起脖子，却正好给了对方可乘之机，一口咬在他的喉结上。

“呜……”

“不好意思，请让让。”

这句话让吕岩一下子清醒过来，他猛地推开身上的人，扭头看见从洗手间出来的“雍凛”，脸色倏地煞白。

“雍先生……”

“你谁啊？”另一个人皱眉看着顾念，很是不爽。

顾念也很无奈，心说你们要干吗，好歹找个没人的地方，在洗手间门口是怎么回事？

吕岩见“雍凛”要走，想也不想就扯住他的衣角：“雍先生，您听我解释……”

男人抓着吕岩不放，嘲讽道：“怎么，又找上新的姘头了？”

吕岩推开男人，几步走到顾念另外一边，低声求救：“雍先生，求求你，我并非出于自愿，这人拉着我不放，请您帮我一把好吗？”

顾念迟疑之间，男人已经伸手来推顾念，语气带了三分醉意：“你小子别多管闲事啊，这事你还管不起！”

从前力气不济也就罢了，如今在雍凛的身体里，顾念怎么会被他碰着，当即就抓住对方的手，反向推了一把，对方往后踉跄几步，撞在洗手间的门上，差点整个人往里倒去，堪堪扶住门边。

男人大怒：“你娘的，敢动老子！”

挥拳就朝顾念砸过来。

她一只手不便，只能侧身一让，原想抓住对方，谁知道男人醉酒状态没能控制身体平衡，直接往前扑倒，正好又将顾念身后的吕岩也压倒在地上。

顾念：“……”

吕岩手忙脚乱将对方推开，起来之后又是拍灰尘又是摸头发，狼狈不堪地对顾念连连道：“实在对不住，连累您了！”

顾念：“不要紧，这人是谁？”

吕岩迟疑：“他是……”

男人正好也扶着墙站起来，对顾念放狠话：“知道我是谁不？！”

顾念虚心请教：“敢问高姓大名啊？”

男人仰起头：“程峰！孙子认识不？”

顾念茫然看向吕岩：“谁？”

吕岩尴尬地回答：“制片人，在圈中挺有名气的。”

程峰上下打量顾念，眯着眼冷笑：“我还以为你突然吃了豹子胆，原来是找到了新靠山，行啊，报上名来，回头老子能让你姘头在这个圈子里混不下去！”

顾念哭笑不得，早就听说贵圈很乱，原来不单男女关系错综复杂，男男关系也不遑多让。

吕岩看到顾念的眼神，忙解释道："雍先生，您别误会，我跟他没关系……"

程峰："没关系？拿到资源就说没关系？你的粉丝还以为你是低调勤恳的人呢，他们肯定不知道你……"

顾念打断他："程先生，我跟吕岩他们剧组今天一起吃饭，正好认识而已，你们之间有什么纠葛，我本来是管不着的，要不是你们在公共场所……"

她轻咳一声，欲言又止，吕岩却羞愤欲死。

顾念："所以建议程先生下回不要在公共场所做出有碍观瞻的事情，否则就算不是我，也会是别人撞见，再说这种事你情我愿，吕岩既然不愿意，勉强也没意思，对吧？"

程峰冷笑："老子就喜欢勉强，怎么了，你算哪根葱？"

顾念懒得跟醉鬼说话，看了吕岩一眼，转身就往外走。

吕岩自然赶紧跟上。

程峰还要再追，却追不上两人的步伐，只能在后面大喊大叫。

吕岩紧张道："雍先生，您听我说……"

顾念抬手制止他："你不用向我解释，我只是路过。"

她转头看见吕岩微红的双眼，微微一叹："我知道，人在江湖，身不由己，吕先生，事关你的隐私，知道的人越少越好，我也没有兴趣过问。"

吕岩苦笑："谢谢你，雍先生，我见过的世面也算不少，稍微有点权势财富的人，个个眼睛长在头顶上，就像程峰那样，觉得我们这种人，可以随便侮辱玩弄，像您这样有风度有修养的，真是打着灯笼都找不到。"

顾念摇头失笑："你过奖了，我只不过不喜欢多事罢了。我回包间，你也一起吗？”

吕岩：“我……我再在外面透一下气！”

他现在的状态，进去了的确引人注目，顾念也没有多劝，点点头转身先走。

进了包间地问，刘玉珊关切地问：“怎么去了这么久？”

顾念笑道，轻描淡写一语带过：“在外面碰见朋友，聊了一会儿。”

饭局结束之后，刘玉珊和制片方老板娘严友芳相谈甚欢，准备换个会所去做SPA。顾念送她们上车，又嘱咐司机开车小心点，目送两人离去。

车内，严友芳感慨又羡慕：“雍凛真是一表人才，又孝顺又有风度，现在这样的年轻人不多了，我女儿比他小不了多少，成天叛逆得不行，你说东，她就偏往西，非要跟父母对着干！”

刘玉珊好奇：“你女儿毕业了吗？”

严友芳：“毕业了，她从小学钢琴，本来还想让她从事音乐行业，结果没想到她偏偏跑去干别的，还领回一个男朋友，说不管我们同不同意，他们都要结婚。”

刘玉珊：“那就让他们结了？”

严友芳无奈：“要不还能怎么着？儿女都是父母的债，拗不过他们，去年结的，今年就抱上孙子了。”

瞧瞧人家这速度，又是结婚又是孩子，刘玉珊不愿承认自己羡慕了，再想想雍凛执意认定的顾念，简直是心塞。

刘玉珊：“那她现在在家带孩子吗？”

严友芳彻底无奈了：“没有，她当警察的，还是刑警，天天在一线上，前阵子才刚破获了一起什么特大毒品运输案，在枪战中负伤，差点就没命了，正在家里头休养呢。”

刘玉珊："……"

一个从小学钢琴的女孩子为什么会跑去干刑警？她哭笑不得，不由得同情起严友芳来，那股子微弱的羡慕之情也随即消散得无影无踪。

相比起来，雍凛起码还让人"省心"一点。

Chapter 17
变故

“赵和不需要跟我们解约，他自然有许多法子让周惜媛自动退出，到时候M&J跟周惜媛合作关系中止，受影响的是你，别忘了，这件case是你在负责。”

另外一边，“令人省心”的顾念自己开车回去，半路下起大雨，她降低车速，便看见路边屋檐下停着一辆车，还站着人。

对方显然也看见了她，朝她招手。

顾念停下来，摇下车窗：“你怎么在这里，你女伴呢？”

吕岩苦笑：“车半路熄火了，我让她先打车回去，本想找拖车的过来，谁知道手机也没电了，雍先生，实在不好意思，我能不能……”

顾念将手机递过去：“打吧。”

吕岩连连道谢，打电话叫了拖车过来。

好事做到底，顾念顺口道：“你家住哪里，要不要载你回去？”

吕岩迟疑：“不用了，已经很麻烦您了……”

顾念看他全身都湿了：“上来吧，这里很难打车的。”

吕岩上了车，湿淋淋的衣服难免将座位也弄湿了，他又是手忙脚乱地擦干，又是道歉，狼狈不堪。

顾念本是举手之劳，见他这样局促，就笑道：“不用太客气，顺路而已，要是太远，我也无能为力。”

吕岩：“您的手还方便吗，需不需要我来开？”

顾念：“不用了，方向盘操作没什么问题，开慢点就行。”

车内一时沉寂，吕岩从后视镜里悄悄观察，顾念专注开车，没往他这边看上一眼，下颌微微收紧，五官更添魅力，就这颜值，去混娱乐圈，只要演技别烂得没药救，同样有出头之日。

“雍先生，今晚的事……”

顾念闻弦歌而知雅意：“放心，我什么都没看见。”

吕岩尴尬：“不，我不是这个意思，只是想好好谢谢您，那个，程峰跟我真没什么关系！上回他想让我……屈从他，说给我加戏份，我不肯，所以后来只演了个龙套……”

顾念无奈：“你不用告诉我这些，我不是你们圈子里的人。”

吕岩更加尴尬：“我只是不想让您误会……”

顾念：“没有，放心吧，今晚的事我睡一觉就忘了，更不会说出去的。”

眼看越描越黑，吕岩想说点什么，又唾弃自己的口才，只好沉默下来。

一路无话，直到吕岩楼下。

顾念：“到了。”

吕岩如梦初醒：“谢谢！”

赶紧开门下车，然后又发现自己刚才屁股跟车座接触的一大团水印，怎么擦也不可能擦干。

“太抱歉了，雍先生，要不您回头把联系方式给我，我让人去给您的车做一次清洁？”

顾念：“没关系，小事而已，不用太在意。”

她抬手准备say goodnight（说晚安），手却被对方握住。

吕岩带了点不易察觉的羞涩：“雍先生，我……我一个人住，您要不要上去喝杯茶，坐一坐？”

顾念：“……”

她简直不敢想象自己作为“雍凛”，竟然是被一个男人挑逗了？

顾念风中凌乱，有种啼笑皆非的感觉。

鉴于雍凛对裙子的不适，顾念给他挑了一件十分保守的无袖黑色连衣裙，裙摆长至脚跟，上半身则是M&J的绣金丝线粉色羊绒披肩，足够典雅大方。不过唯一要付出的代价是穿长裙却不能搭配平跟鞋，因为还有一个身高近一米九的洋鬼子男伴，两人身高差距太大会显得很滑稽。

所以下车之后每走一步，雍凛都有种想把鞋子脱下来往Santos脸上砸的欲望。

不过洋鬼子并没有听见雍凛的心声，他还在尽职尽责地赞美自己的女伴：“亲爱的Nina，你今晚可真是艳光四射，要不是你有Bruce了，我还真想成为你的男朋友！”

雍凛皮笑肉不笑：“我听Bruce说，你在林肯学院时可是花花公子一般的人物，每周起码换一个女朋友，身为保守的东方女性，抱歉，我想你不是我喜欢的那款。”

Santos喊冤：“上帝做证，东方女性哪里保守了，我的女朋友里也有东方人呀！爱情是世上最奇妙的事物，需要永远保持新鲜的火花，如果没有火花，又怎么叫爱情呢！”

雍凛：“就跟你和Paula Kent之间那场轰动学院的七十二小时爱情一样吗？”

Santos愣了好一会儿才想起Paula Kent是谁：“Oh，my god，Bruce为什么连这种事都跟你说！我连那女孩的头发颜色都快忘了！”

雍凛意味深长：“我们之间没有秘密。”

Santos投降：“Fine，亲爱的，听我一句劝，你还是将自己的小秘密藏好一些，男人的话不可信，他说和你分享秘密，其实就是把他愿意说的事情告诉你而已，不愿意说的，你永远不会知道！”

雍凛嘴角一抽，心说还好今晚不是顾念在这里听你瞎扯鬼话，挑拨离间。“谢谢你的忠告，不过我相信Bruce的人品。”

Santos俨然把他当成思想保守的那种人了，耸肩自嘲：“OK，像你这么漂亮的女士，永远被一棵树绑着，而看不见整片森林，多么可惜呀！”

与他们一道进门的还有何丽，何丽没有男伴，酒会也没有规定一定得带伴侣，所以单身前来的不在少数。何丽没有想到顾念跟副总的交情竟好到这个程度，开会的时候叙旧不止，短短一天时间，两人竟跟多年不见的老友似的，言笑无忌，如此轻松随意。

不就是仗着有个男朋友当靠山吗？何丽抿了抿唇，加快几步追上他们，主动跟雍凛打招呼：“Hi，Nina，你们来得真早，Santos先生，晚上好！”

Santos自然不会记得她，停下脚步，微微疑惑地看雍凛，等着他介绍。

雍凛淡淡道：“这是我们部门的同事。”

又朝何丽点点头：“晚上好。”

随即挽着Santos离去，完全没有介绍的意思。

何丽站在原地看着他们远去的背影，得好一会儿才能压下怒火中烧的心情。

Santos调侃：“看来你很不喜欢那位女士，我看她有点眼熟，可能昨天开会我也见过？”

雍凛随口道：“是的，你太英俊夺目了，我怕你会被她抢走，这样我就得一个人参加酒会，那太丢人了。”

Santos哈哈一笑：“我真羡慕Bruce，能找到你这么一位幽默风趣的女朋友！”

酒会上名流不少，既有娱乐圈人士，如林枫、赵和这样级别的影帝，也有杂志、模特、摄影界的时尚达人，还有像姚殊也这样的白富美，因为是M&J的忠实客户，也受邀前来，满场的衣香鬓影、西装革履，不知有多少人想来也来不了。几个沾了男伴的光，跟着过来见世面的年轻小模特只觉得眼睛都要看花了，不知先去跟哪一个搭讪好。

作为Santos的女伴，好处显而易见，不用主动过去，听说是M&J总部的行政副总，别人都会先过来打招呼，Santos不可能不顺带介绍自己的女伴。别人还以为Santos的女伴有什么来头，听说是这边公关部的普通员工，个个都难掩惊讶，只当这个年轻漂亮的女孩子被Santos看入眼，飞上枝头变凤凰，哪怕只在Santos逗留S市的短短几天内当一回凤凰，也值了。

但雍凛今天的目的，却不仅仅是过来帮顾念刷脸。

作为M&J的员工，他与何丽一样，还有义务帮忙协调酒会的氛围，平衡各种人际关系。

见周惜媛进来，他跟Santos等人告了声罪，便朝对方走去。

周惜媛带来的男伴是她的化妆师，很多女艺人在不想炒作的情况下，宁可男伴人选安全一点，也不希望引人误会，出现产生负面绯闻的机会。

她是模特出身，身材高挑，气质又不错，一身红色小礼服吸引了不少人的注目。雍凛走过去："周小姐，感谢应邀前来。"

周惜媛很会做人，并未因为"顾念"现在只是一个普通员工就不假辞色，反而是主动跟雍凛握手，嫣然一笑："Nina，不用那么见外，叫我惜媛就好，多谢你的邀请，否则我也得不到这么好的机会。"

雍凛不混娱乐圈，所以没听过周惜媛，但来的时候顾念给他介绍过。他大概知道周惜媛的情况，一边引着她往里走，一边介绍道："我们总部的行政副总裁今晚也在场，等会儿我引见你们认识，还有林枫、赵和也来了。"

周惜媛含笑点头："好，麻烦你了，听说今天群星闪烁，要不是有你在，我一个新人还真有点忐忑尴尬。”

雍凛带着她去见Santos，即使Santos不认识周惜媛，也很给“顾念”面子，和颜悦色跟对方打招呼。周惜媛自己也争气，她在国外模特圈混过，英文过关，同样能聊得愉快。

论咖位，周惜媛名气不大，但M&J中国区高层喜欢她的气质，这使她得到了一个别人没有的机会，站在别人可能要奋斗许多年的起点上。所以在这一行打拼，实力固然重要，运气也绝不可缺。

雍凛不可能时时刻刻围着两人转，这边姚殊也则带着一个朋友过来找他。

“念念！”姚殊也亲热地跟雍凛打招呼，顺势挽住他的手臂。

雍凛无法习惯女生之间这种动不动就搂来搂去的亲昵，强忍住想抽出来的冲动，勉强朝她露出微笑。

“你快比美国总统还忙了，我好想你，要不是今天这场合，估计还见不到你吧？”姚殊也带了几分撒娇道。

雍凛跟姚殊也只见过两面，头一回见面，姚殊也表现得内向腼腆，他完全不知道对方在自己女朋友面前竟是如此放得开，讶异之余，不乏吃醋。

“这位是……”他看向姚殊也旁边的男人。

对方微微一笑：“顾念，好久不见，你不认得我了？”

姚殊也乐了：“唐霁，你说你认识念念，不是在骗我吧，她摆明了不认得你呀！”

唐霁自嘲道：“可能这几年我变丑了吧？”

姚殊也对顾念道：“你真不认得了？你们不是校友吗，他高你一届，出国留学的时候正巧跟我同一所大学，我一提起你，他就想起来了。”

雍凛哪里知道对方是谁，但此时此刻也只能点头打招呼：“唐先生，你好。”

唐霁更无奈了："念念，怎么几年不见，我就从师兄变成唐先生了？"

什么师兄，谁知道你是哪根葱，顾念可从来没提起过你，念念是谁都能叫的吗，你念念，我还不忘呢。

雍凛内心冷笑，面上则不动声色："不好意思，可能时间太久，真的不记得了。"

唐霁几不可闻地叹了口气，看雍凛的眼神略带了一点惆怅，仿佛两人真有什么不足为外人道的过往，令雍凛汗毛直竖。

但最意外的要数卫玛了，她本以为跟Santos认识，仅仅是顾念误打误撞，沾了男朋友的光。但现在看来，顾念的人际关系网并非像她想象的那样，有这样一个下属，吴嘉文的运气自然很好。

就在这个时候，雍凛的眼角余光无意间扫到一个小小变故。

赵和带过来的助理走到周惜媛那里，似乎跟她说了什么，后者微微变色，跟赵和助理争论几句，表情却变得越发难看，最终转身就走，匆匆往洗手间的方向而去。

雍凛看在眼里，心下皱眉。

"原来你们在这里。"没等他多加探究，吴嘉文的声音插了进来，"Nina，我找你很久了，姚小姐，晚上好。"

他对姚殊也颔首致意，姚殊也却不搭理他，两人显然是认识的，雍凛不由得想起上回吴嘉文说过的话。

反而是唐霁很有风度涵养地与吴嘉文握手："风云广告，唐霁，还未请教。"

吴嘉文恍然："原来是唐总，久仰，风云和M&J合作了几次，这次总算有缘得见真人，您与姚小姐认识？"

唐霁笑道："我和姚殊也在国外是同校校友，跟顾念在国内也是校友，你说巧不巧？"

吴嘉文也笑："果真很巧，Nina是我同事，而姚小姐是我朋友，这么说来，我们也算有缘千里来相会了！”

唐霁：“的确如此，恐怕我们以后很长一段时间都要打交道了。”

姚殊也差点吐出来，心想还“有缘千里”，咋不说你们情定三生呢？

似乎感应到她的心情，吴嘉文朝她微微一笑。

姚殊也很不淑女地翻了个白眼，扭开头。

吴嘉文朝他们笑笑：“不好意思，我有点事跟Nina说，失陪一下，你们先聊。”

他将雍凛带到一旁，表情没有刚才那么轻松：“有件事，我刚刚才听说，赵和跟周惜媛之间好像有点过节。”

雍凛：“赵和是M&J代言人，周惜媛跟M&J也有合作，怎么现在才爆出有过节？确定合作之前没有调查清楚吗？”

吴嘉文：“赵和那边之前不知道周惜媛跟我们合作，所以肯定不会说，而周惜媛以能搭上M&J为荣，你觉得她会主动说明吗？刚才赵和的经纪人跟我透了口风，说是赵和看见周惜媛也出现在这里，还有可能即将跟M&J合作，很不高兴。”

雍凛挑眉：“不高兴又如何？他可以主动跟M&J解约，多的是人想跟M&J续约，不说别人，林枫不是跟他咖位差不多吗，我们可以找林枫。”

这是他一贯的强势作风，不知不觉在顾念身上就流露出来了。

吴嘉文表情古怪地看了他一眼：“赵和不需要跟我们解约，他自然有许多法子让周惜媛自动退出，到时候M&J跟周惜媛合作关系中止，受影响的是你，别忘了，这件case是你在负责。”

想想顾念从中扮演的角色，雍凛不由得皱眉：“那他们之间到底有什么过节？”

吴嘉文：“我怎么知道，你去问周惜媛，也许她肯说，不过你别忘了，周惜媛跟M&J合作的事情，是你手头的成绩之一，如果合作停止，你试用期的分数也会受到影响，不要以为跟Santos关系好，就万事无忧了，他不可能越过中间层层人事，插手管到这边来，除非你想调职到欧洲去。”

说到这里，他索性跟雍凛交底：“如无意外，试用期结束，我会推荐你留下来，但Emma那边肯定也会推荐何丽，你跟Santos的私交自然是加分项，但如果其他地方表现平平，Gary一定不会让你继续留在公关部，被人说他拍Santos的马屁，而会推荐你去担任门店店长，明升暗贬，既能让你升职，又不让你留在公关部，但我想，你不会希望是这个结果。”

雍凛：“我知道了。”

正要去找周惜媛，吴嘉文叫住他：“那个唐霁跟姚殊也是什么关系？”

雍凛看了他一眼：“你上回说想追的人就是姚殊也？”

吴嘉文别扭：“我什么时候想追那女人了？我只是以前在酒吧碰见她，看她失恋了挺可怜的，大发慈悲安慰一下她而已。”

这么嘴硬，难怪没人要。

雍凛顿时有种情商上的优越感：“那我想她现在应该不需要你的安慰了。”

周惜媛在洗手间待了十五分钟，出来时被等在外面的雍凛拦住了：“你有时间吗，我们聊聊？”

她强笑道：“我身体有些不舒服，想先回去了。”

雍凛直视她的眼睛：“就五分钟。”

周惜媛：“不好意思，我真的……”

雍凛：“赵和的助理刚才跟你说过什么？”

周惜媛脸色微变。

雍凛：“你应该知道，与M&J的合作对你有百利而无一害，如果现在退出，等于将机会拱手让给别人，你甘心这样？”

周惜媛咬了咬唇。

雍凛：“如果有什么不得已的原因，我可以帮忙出面，让你跟赵和两人坐下来面对面谈和。”

周惜媛苦笑：“没那么容易，你不了解内情……”

雍凛打断她：“那就让我了解！我们现在是在同一条船上，我站在你这边，你没有必要对我隐瞒，什么都不知道，我没法帮你。”

周惜媛沉默很久，终于道：“先找个没人的地方。”

雍凛带着她来到二楼一个无人的小休息室。

“现在可以说了？”

周惜媛沉吟纠结，似下定决心：“其实，我跟赵和在美国交往过。”

雍凛：“什么时候的事情，为什么之前不说？”

他面无表情地质问，声音近乎冷酷。

周惜媛根本不必怕他，却不知为何忽然觉得有些压力，不敢对上对方的眼神，选择移开视线，借抽烟来排解心中烦闷。

却被雍凛提醒：“这里不是抽烟区，有烟雾报警器。”

周惜媛：“……”

她再次对上雍凛，对方正冷冷看着自己。周惜媛不由得烦躁：“当时他想进军好莱坞，在美国待了一段时间，正好那时我也过去受训，我们就认识了。”

雍凛：“秘密交往？没有被媒体拍到？”

周惜媛摇头：“没有，毕竟是在国外，而且在那之前，赵和很久没有新戏出来，媒体可能也厌倦了，就算有一两家，我想以他的能耐，想让对方不刊登出来，也不是什么难事吧！”

雍凛：“后来呢？”

周惜媛深吸了口气：“后来他要回国，不想维持这段感情，提出分手，我不肯，他就设计污蔑我劈腿，还拍到不雅照片，以此要挟我……”

雍凛：“他想分手，直接避而不见，来个失踪，让你找不到就行了，为什么还要绕一大圈，拍你的不雅照？你在说谎。”

“我没有！”周惜媛激动起来，双眼噙泪，“因为我爱他，不肯放弃这段感情，但那时候的我太傻，我对他说，如果他想抛下我一走了之，我就会向媒体曝光我们俩的恋情，将我们之前在一起的证据都摆出来，包括刻了我们俩名字的戒指，我没想到他会这样对我……”

说罢，她捂着脸，呜呜哭了起来。

雍凛：“那不雅照又是什么内容，他怎么设计你的？”

周惜媛：“他给我下药，让我跟别人……当时我迷迷糊糊，什么都不知道……”

也就是说，两人彼此都有把柄在对方手里，只不过赵和的把柄更加有力，所以周惜媛不敢跟他对着干。

这圈子怎么这么乱，雍凛有点无语，想起柴向阳那家伙，成天跟小明星小网红交往，也不怕哪天头顶连头发都变成绿色的了？

雍凛对这些乱七八糟的男女关系其实半点兴趣也没有，奈何他现在的身份是顾念，只能耐着性子继续问：“刚才赵和的经纪人跟你说什么了？”

周惜媛：“他的经纪人暗示我，不想在接下来与M&J的合作里看见我，否则不保证会做出什么事情。”

雍凛：“你们跟M&J的合作，并没有什么交集，也不需要见面。”

周惜媛：“也许是他太恨我吧，恨到不想看见我。”

雍凛：“那你准备怎么办？”

周惜媛苦笑：“我还能怎么办？无非是主动退出，赔付你们违约金罢了，顾小姐，难道你有别的办法吗？”

她用纸巾抹了抹脸，强笑道：“抱歉，让你见笑了，让我一个人待会儿好吗，我想补补妆。”

雍凛看了她一眼，起身离开。

缺席片刻，酒会依旧那么热闹，根本不因一两个人的心情而受到影响。

Santos跟花蝴蝶似的满场乱转，跟各种各样的美女聊天，不负林肯学院花花公子的美名。他身份摆在那里，大家也乐意捧着他，Santos玩得不亦乐乎，浑然忘了自己还有位女伴。

雍凛也没空理他，直接去找了吴嘉文，说明情况。

吴嘉文皱眉："怎么还有这种事？这他妈也太乱了吧！"

完全说出了雍凛的心声。

雍凛："我打算找赵和谈谈，看能不能让他改变主意。"

吴嘉文："可以，不过希望不大，如果不行，就终止跟周惜媛的合作吧，反正到时候也是她违约在先，直接另觅人选好了，老大他们那边我会去解释的。"

取得他的首肯，雍凛直接去找了赵和。

赵和年届不惑，但保养得很好，男人的事业线比女人来得长，这是先天优势，女人过了四十，难以避免，大多数会流露出疲倦或老态，而对许多男人来说，成熟的魅力才刚刚展露出来。赵和对外亲切温和，说话风趣，应变机智诙谐，不是现在那种通过容貌出名的"小鲜肉""小网红"可比的——能在这个圈子生存长久，自然都有几分本事。

但圈中会做人会来事的不在少数，难得的是，赵和的演技同样备受赞誉。雍凛其实对这些演员都不太记得住，他之所以对赵和还算熟悉，主要是雍夫人刘玉珊喜欢看对方的戏，总能听她说上一两句。

雍凛过去的时候，赵和正在跟某珠宝品牌的亚太区老总说话，对方跟M&J关系不错，同样也是赵和的合作品牌之一。

记得有一年雍氏年会，这位亚太区总裁还特意亲自前来，为雍子文捧场，对雍凛亦是吹捧有加。不过眼下雍凛在顾念的身体里，自然就没有这份待遇了。

“你们好，赵先生、许先生。”

赵和露出笑容，带了几分疑惑：“你好，你是……”

雍凛：“我是M&J的Nina，你可以叫我顾念，关于这次品牌宣传，有些细节想再跟你商量一下，不知你现在是否有时间？”

赵和失笑：“顾小姐，今晚是放松时间，咱们就别谈公事了吧，或者你可以等明天找我经纪人或助理约个时间？”

雍凛：“如果不是临时发生了一些变故，我也不需要如此着急，只要三分钟就可以。”

赵和：“抱歉……”

雍凛：“跟周小姐有关。”

听见对方提起这个人，赵和终于有了一丝反应。

“抱歉，我失陪一下。”他向许先生点点头，跟着“顾念”走到露台上。

“三分钟。”赵和道，退去了笑容，他显得有些冷淡。

雍凛也不在意：“赵先生，周惜媛说她曾经跟你交往过，因为你们曾经有过不愉快，你不希望她跟M&J合作，所以逼迫她主动退出，是这样吗？”

赵和：“顾小姐，你真的是M&J的工作人员，而不是狗仔队记者？”

雍凛：“赵先生，我对你们之间的恩怨情仇并没有兴趣过问，只是周惜媛跟M&J合作的事情，双方已经敲定，合同也已经签了，你这样，我们会很难做。她现在只是接受M&J的服装赞助，并拍摄一些杂志内页而已，跟你与M&J的合作并不冲突，也没有交集，根本不会对你造成任何影响。”

赵和：“她到底对你说了什么？”

雍凛："她说你要跟她分手，她不肯，所以你设计拍下她跟别人的艳照，威胁她退出合作，否则就要公开。"

赵和冷笑："错，那些艳照不是我拍的，是她劈腿的对象拍的，对方拍了之后还传给我，是我买下来，这才没有对外公开。顾小姐，那个女人的话，我劝你只信三分就好。"

两个人，两种截然不同的说法。

雍凛："赵先生，我不是侦探，也无意追究真相，我只是希望大家的合作能顺利进行，我可以承诺，但凡以后M&J邀请你出席的场合，我不会让周惜媛出现，怎么样？"

赵和挑眉："顾小姐，请问你在M&J是什么职位，你有权做这样的决定吗？"

雍凛："周惜媛的地位远逊于你，M&J不可能舍你而就她，不过真要是让周惜媛破罐子破摔，将一切都捅出去，对你的声誉也有影响，不是吗？装作什么事都没发生过，大家都好，希望赵先生能好好考虑一下。"

赵和轻笑一声："顾小姐，听你这句话，就可以知道你对圈中规则没有太多了解，你真的是M&J的员工吗？听起来反倒像是M&J的总裁，因为就连你们公关部的头儿，也不敢这么对我说话。"

习惯不是一朝一夕能够改变的，雍凛好不容易接受了顾念这个角色，并尝试以顾念的身份去做些事情，但有时候说话语气依旧会不经意流露出属于雍凛的个人色彩。

吴嘉文做事习惯不拖泥带水，雷厉风行，对雍凛突然转变的办事风格也许还乐见其成。但其他人就不这么认为了，赵和早已看惯了许多人对他放低身段，骤然看到雍凛这样公事公办，没有半分软和的态度，自然不可能感到愉悦。

雍凛暗暗皱眉，只能尽量放缓了声音："赵先生，你明白，我说的这些话，都是出于为你考虑的立场。"

赵和摇手指："她想借着跟M&J的合作提升身价，我知道，但我不想让她那么轻易得逞，这个女人很讨厌，我一点都不想看见她，你不用再说了，不过，顾小姐，以你的资质，要是换一种方式来说服我，也许我会好好考虑一下。"

迎着对方莫名其妙的眼神，赵和的笑容带上一丝说不清道不明的暧昧。

雍凛也是男人，瞬间就明白了。

他强忍着一拳砸上去的冲动，冷冷道："刚才的话，我都录音了。"

"So？"赵和摊手，毫不在意，"我说什么冒犯的话了吗？顾小姐，你的态度根本不像是有求于人，像你这种下属，如果我是boss，不管你多有能力，我都不会聘用你。我只想告诉你，不管时代多么进步，社会对女人终究是苛刻的。这件事如果曝光出去，别人顶多只会说我跟一个女人有过一段情，但他们肯定会说周惜媛不知自爱、滥交，甚至是破鞋这种字眼，也会出现在她身上，而我呢，我会损失什么？我本来是打算与她好好交往的，可她既然先出轨，就得承担相应的后果。"

雍凛皱眉："就算如你所说，她先出轨，但你们现在也分手了，与M&J的合作，她并不是依靠你得来的，你走到今天，功成名就，又何必针对一个女人不放？"

赵和失笑："顾小姐，你可真好心，还为她抱不平，我听说，你今天之所以能作为Santos的女伴出席，是因为你有个好男朋友，可是你男朋友的家世太好，他的父母不一定愿意接纳你，是不是因为这样，你才对她的遭遇感同身受，觉得她是另一个你？"

雍凛懒得再多废话一句，冷冷看了他一眼，转身就走。

身后传来赵和的声音："等等。"

雍凛脚步微顿。

赵和："我想起来了，上回《钟摆》杀青，雍夫人接受采访，曾经有人问起过小雍先生的感情归宿，你猜雍夫人是怎么回答的？”

雍凛回头看他。

赵和温和道：“顾小姐，我建议你去看看那个采访，看完之后也许你会对自己重新有个认识，别以为自己已经半只脚踏入雍家的大门，就天下无敌了，做人做事，还是谦和一点好，给自己留点后路，别跟周惜媛一样。”

吴嘉文正在挑食物，转头看见雍凛一脸阴沉地走过来，毫不意外：“触礁了？”

雍凛“嗯”了一声。

吴嘉文咬了一口蛋糕：“我早料到了，娱乐圈最忌讳两个有恩怨的男女在同一个品牌下合作，赵和不愿意，也情有可原，怪只怪这件事他们藏得太紧，我们事先不知情，现在换人还来得及。”

所谓换人，肯定就是换掉周惜媛，而非赵和。

吴嘉文见雍凛脸色，哂笑一声：“怎么，不满意？工作就是这样，哪儿有可能件件如你所愿？我之前留意了一下，翁婷这个艺人也还可以，演的都是文艺片，也拿过奖，如果将她跟周惜媛做对比……”

吴嘉文后边还说了许多，雍凛却没怎么留心。

其实他的脸色并不是因为这件事受挫，而是他还一直回想起赵和刚才说过的话。

曾经他以为跟顾念结婚，就是对这段感情最好的负责。

当初顾念提出分手，他心中有气，也答应了，后来听见别人奚落顾念攀高枝时，心里未尝没有“我想负责，但你不要，这不关我事”的想法。

但现在，这种想法已经荡然无存，他甚至觉得曾经的自己太可笑幼稚。假如不是发生了这样一件意外，他永远不可能以顾念的身份、顾念的角度去体会她的生活，也永远不可能确认自己的心意，不可能知道自己对这个女人的爱，胜过世上一切。

雍凛忽然很想念顾念的笑容，想念那个真正的顾念，对他露出甜甜的、俏皮的、温柔的笑容。

显然，照镜子没法解决这个问题。

顾念震惊了好一会儿，才回过神，赶紧抽回自己被吕岩握着的手。

苍天可鉴，她是喜欢男性没错，可她完全没有搞基的打算啊！

对上吕岩略显受伤的神色，顾念打了个哈哈："不早了，我就不上去了，晚安！"

"安"字还没说完，急刹车的刺耳响声从背后传来，吕岩吃惊至极的神情从视线中一掠而过，顾念感觉自己整个人连同车子都被后面一股猛力推得往前平移了两三米。

幸好安全带还系在身上，不然又得受伤，她一边这样想道，一边下了车，绕到后面，想看看车子损坏的程度。

后面的车子上很快下来三个人，却并不是来赔礼道歉的。

吕岩大惊失色迎上去，企图拦住为首那个人："程峰，别闹事……"

他话没说完，一把被人推倒在地。

顾念皱眉，她反应极快，看出对方三人是冲着自己来的，当即几步上前想要打开车门，却还是晚了半步，对方一把抓住她的肩膀往后扯，顾念一只手缠着绷带，对方就故意冲着那里下手，朝她受伤的手抓过来。

"我是雍凛，雍子文是我爸！"顾念不得已亮出雍凛的身份，"别动手，我跟他根本没关系！"

程峰本就有三分醉意，存心闹事，哪里还管她说什么："给我打，往死里打！有事我兜着！"

顾念一边躲闪，一边朝不知所措的吕岩大吼："还不报警！"

雍凛经常锻炼，还有跆拳道的段数，她可没有，除了身体素质好一点，连怎么打人都不知道，三个对一个，怎么看都是吃亏，顾念不再犹豫，转身就跑。

程峰气得破口大骂：“屎货，你还是不是男人！给我追！”

Chapter 18
意外风波

任谁上一刻刚推开酒店洗手间的大门，下一刻就摔趴在街头，都没法不蒙圈。

三个打一个，不跑才有鬼，顾念又不是男的，迈开腿就跑，实在毫无心理负担。

只是刚下过雨，地面湿滑，她手臂又受伤了，摆动起来不方便，一只手还得护着，没跑几步就觉得有点力不从心。

现在还不晚，路人不少，只是看见三个大男人在追一个男的，不知道究竟发生了什么事，能管的不敢管，管不了的更不敢管。顾念渐渐体力不支，身后脚步声越来越近，似乎还夹杂着程峰“看把你能的，今天不打死你，我就不姓程”的叫嚣，顾念知道不能靠吕岩报警了，等警察叔叔来了，自己估计早就丢掉半条命了。

前面是个十字路口，顾念毫不犹豫选了左拐，谁知迎面正好走来一个人。顾念心下咯噔一声，为了避开对方，身子一侧，重心失调，直接往前摔去，受伤那条手臂钻心地疼，疼得顾念眼前一黑，面容扭曲，眼泪都差点飚出来了。

那一刻，她心里想的是：究竟什么时候才能换回来，我搞不定这场面啊！

也许是这个愿望太过强烈，触动了命运中某个不为人知的机关，那种剧烈的疼痛感随即消失得无影无踪，顾念只觉得自己身体一轻，胸口排山倒海似的翻涌，像是坐了一辆在山路上颠簸的车子，天旋地转，烦闷欲呕，却又吐不出来。

她眨眨眼，又眨眨眼。

手里抓着东西，顾念定了定神，手指摩挲一下，发现居然是门框。

眼前一闪一闪，忽明忽暗，顾念发现她并没有摔倒在地上，而是站着的。

她正站在洗手间里。

头顶的灯应该是出故障了，所以感应的开关才会不时被触动。

眩晕的感觉渐渐缓解，顾念抚着胸口回想起刚刚一幕。

这是换过来了？

那雍凛呢？

她呼吸一滞，想也不想就掏出手机，拨了电话过去。

雍凛当然没空接她的电话，他也正处于蒙圈中。

任谁上一刻刚推开酒店洗手间的大门，下一刻就摔趴在街头，都没法不蒙圈。

“还想跑？”

一个声音从身后传来，对方两人大踏步上前，一左一右将雍凛挟持起来，丝毫不顾及他手臂的伤势，另一个人从后面绕过来，直接一拳就击在雍凛腹部。

疼痛令他瞬间做出了身体反应，一脚抬起，直接踹向对方下身，趁另外两人愣神的那零点几秒，他又往那个嗷嗷叫的人身上狠狠踹了一脚，借力挣开左右两人的钳制，整个人往后摔在地上。

隔着西装三件套，也能感觉到后背应该是被磨破了，但他顾不得这些，直接一跃而起，又踹向两个朝他挥拳过来的人。

还好雍凛学的是跆拳道而非泰拳，手臂伤了，起码还有脚能用，两个双腿连环踢漂亮至极，甚至可以上教科书成为实战典范了。他灵活地在两人的攻击下穿梭躲避，身上脸上难以避免也中了两三招，路边甚至有路人驻足围观鼓掌的。

程峰捂着裆部好不容易站起来，龇牙咧嘴，看来伤得不轻。

他仗着三分酒意寻衅滋事，没想到碰上个硬茬子，踢到了铁板。男人的面子尊严比天大，眼下也顾不得考虑后续那些麻烦了，把人收拾了是正经，所以他没有吩咐帮凶住手，反而是让他们继续打，一副不把人打服了不算的架势。

雍凛再厉害，在手臂只能发挥一半作用的情况下，以一敌二，渐渐还是落了下风。

幸好，吕岩还是有那么一点用的，就在对方趁机抓住他的伤臂想要反手一扭的时候，警察赶到了。

"干什么！住手，都别动！"

吕岩跟在警察后面跑得累成狗，连话都说不完整："警……警察来了，程峰你住手！"

程峰带来的两个人见状也有点发怵，就罢了手。但程峰眼看雍凛没伤筋动骨，心里不爽得很，趁着警察从马路对面过来之际，又在背后下黑手，朝雍凛腰际踹过去。

雍凛似有所觉，往旁边侧了一下，程峰的去势落空，用力过猛，直接整个人往前倾，双腿分开，在地上生生做出"一字马"的动作。

哀号声顿时响彻天际。

众人："……"

大家都觉得不忍目睹，他两个朋友赶紧将他扶起来，警察也赶到了，强忍着笑意："干什么呢，公共场合打群架，不将法律法规放在眼里是吧，通通跟我到所里走一趟！"

吕岩吓死了，今晚这件事跟他脱不开关系，反正程峰已经是非得罪不可的，但要是再得罪一个雍凛，哪怕对方并不在娱乐圈里混，以雍家的权势，跟圈中认识的人打声招呼再封杀他，那也是分分钟的事情。

他忙上前解释：“警察同志，你们误会了，这位雍先生是被追打的，他的车被追尾，这三个人上来，不由分说就动手，雍先生完全是正当防卫！”

警察看了雍凛一眼，对方手上还缠着绷带，脸颊带伤，头发散乱，但依旧能看出教养不错，伤了胳膊还去打群架，的确不太可能。

程峰冷笑：“吕岩，你个臭不要脸的婊子，觉得自己抱上更粗的大腿了是吧，我告诉你，老子一定会让你在圈子里彻底混不下去！”

雍凛反而淡定得多：“没关系，这人不仅故意对我做出人身伤害，还涉嫌酒驾、交通肇事，为了我的正当权益和广大市民的安全，我有义务配合警方的调查。”

雍凛很少在公众场合露面，警察不认识他，却认识程峰和吕岩：“那就都跟我们走一趟吧！”

唯独程峰老大不情愿，嘴里骂骂咧咧，直到被酒精测试仪测试超标，证据确凿，又被铐上手铐，这才彻底安静下来。

吕岩跟着上了警车，见雍凛一声不吭，面色冷峻，不由得忐忑，小心翼翼地问：“雍先生，您没事吧？”

雍凛根本就不认识他是谁，只扫了他一眼：“没事。”

这种前后截然不同的态度让吕岩更加不安，还以为是他把对程峰的火气都迁怒到自己身上，又无可奈何，只能哭丧着脸一直道歉：“实在对不住，我不知道会连累您被误会，您看这样行不行，待会儿录完口供，咱们先去医院，您的检查和治疗费用都由我来出……”

程峰冷笑：“还真是没了男人就不行啊，都倒贴上去了，不就是长了张小白脸吗？”

雍凛冷漠地看了他一眼，问吕岩：“他是谁？”

吕岩一愣：“您不记得了？他叫程峰，我跟您说过的，是圈中的制片人和导演。”

雍凛点点头，不置可否，忽然似想起什么，摸出手机，发现上面有十几个未接电话，毫无疑问，都是顾念打过来的。

他回拨了一个过去，电话甚至还没响完一下，就被接了起来。

“雍凛，是你吗，你怎么样了？！”

顾念的声音是急促的，甚至没有停顿片刻，隔着电话都能感觉到她焦灼的心情。

雍凛没有发现自己的声音不知不觉柔和下来：“我没事，警察来了，现在我们去派出所做个笔录。”

顾念：“哪个派出所？”

雍凛：“你就不用过来了……”

“雍凛！”她加重了语气。

雍凛终是不想她干着急，询问旁边警察，报了个地址，又让她过来的时候别着急，小心点，这才挂了电话。

坐他旁边的一个年轻警察还调侃：“女朋友啊？挺在乎你的啊！”

雍凛点点头，嘴角露出一丝笑意。

吕岩看在眼里，心底微微失落。

那头程峰也开始打电话找各种关系，一会儿控诉警察暴力执法，一会儿说他们包庇雍凛。

雍凛闭目养神，根本懒得理他。

年轻警察则冷笑一声：“你不还是知名制作人吗，咋不把媒体一起叫过来采访采访呢？”

“小赵！”旁边年纪大一点的警察轻喝道。

年轻警察瞪了程峰一眼，不甘不愿闭上嘴。

一路无话。

到了派出所，三拨人分别坐下，开始录口供。

雍凛半路才换回来，前边的事情记不清楚，只说自己根本不认识程峰，却莫名其妙被打。

程峰不知是不是酒醒了，说话正常许多，但话里话外依旧暗示他们快点放人，他的经纪人很快赶到，甚至跟所长搭上关系，程峰眼看占了上风，还不忘颠倒黑白，说雍凛先倒车撞了他们的车，而后又态度嚣张，拒不道歉，双方才会发生肢体冲突。

这种事情可大可小，只要其中一方不追究，打架斗殴就算不上什么大事，醉驾则是扣分拘留罚款，但拘留时间则灵活许多，十五天以下的拘留处罚，几小时算，十四天也算。

眼看大事化小，小事化了，程峰得意扬扬看着雍凛，还不忘撂下威胁的话："孙子，敢报警，出去再弄死你！"

雍凛也不理他，先挂断手头的电话，又很有礼貌地询问给自己做笔录的警察："你好，请问能不能借你们所里的电话用一下？"

小赵早就看程峰不顺眼，闻言将电话一推："当然可以！"

但接下来发生的一切颇具戏剧性，连小赵都措手不及。

雍凛拨了个电话："您好，宋局吗？我是雍凛，不好意思，这么晚打扰你了，是这样的，我现在在城南区明秀路的派出所，对……不要紧，您太客气了……好的，非常感谢，那我等您的消息。"

他的语气全程不卑不亢，挂了电话，又对小赵说谢谢。

还没等小赵想起"宋局"究竟是哪位，刚走进来听下属说明情况的李所长就接到一个电话，脸色立马变了。

"是，是！是这样的，我们这边也是刚刚接到案情，说是有两辆车主一共五个人发生了肢体冲突……对，其中一人确认酒驾，是的，好，好，是！"

李所长放下电话，挥挥手，示意下属将程峰带走。

程峰的经纪人急了："李所长，咱们不是说好的吗？"

李所长皱眉："谁跟你说好了，刚才我是说我们会酌情处理，他既酒驾又出手打人，自然要依法接受处罚，不过你放心，我们不会错抓任何一个人，程先生的笔录还没做完，先去抽血进行第二次酒精测试……”他顿了顿，意味深长道，“以免又被人冤枉我们警察做事粗暴，不讲证据！”

说罢，他也不再理会对方，直接走向雍凛，握手寒暄：“雍先生，你的伤势没事吧，要不现在去医院先检查一下？”

雍凛：“我没……”

“事”字还未说出口，就被另一个声音打断。

“雍凛？”顾念的身影出现在门口，鬓发有点凌乱，神色更是焦灼，目光在四周搜寻一圈，很快落在雍凛身上。

与她一起来的还有唐雯和姚殊也，但在雍凛眼里，此刻也只看得到顾念一个人。

他刚伸出手，顾念就已经疾步走过来，紧紧搂住他。

“你怎么样？对不起！”

只有雍凛知道她后面那句对不起是什么意思。

“不要紧。”雍凛轻轻回抱住她，眼神温柔。

仅仅是几天的光景，却像是过了一个世纪那么久。

比起拥抱，雍凛更希望现在就将人一把抱起带回家，在没有任何人打扰的屋子里，告诉顾念：他很想她。

一个穿着晚礼服、绾着精致发髻的美女从外面飞一般跑进来，对着浑身脏兮兮的雍凛投怀送抱，不能不说这画面反差有点大。小赵看得愣了好一会儿，又被强塞了一把狗粮，心里忽然有点说不出的羡慕嫉妒，想着自己是不是也该去找个女朋友。

所长搁下电话走过来，态度很客气：“雍先生，你在这份笔录上签个名就可以走了，不过如果下次有需要，可能还要麻烦你协助我们调查。”

雍凛颔首："没问题，多谢。"

所长笑道："我也要多谢你对我们基层工作的配合与支持。"

程峰大声抗议："看人下菜碟吧你！凭什么都打架，他没事，我就要被拘留！"

所长的笑容冷下来，冷冷道："如果你的酒精测试没问题，你也可以走。"

程峰张了张嘴，说不出半句话，他胯下刚才被雍凛踢到的地方还隐隐作痛，也不知道身为男人的功能会不会因此受损。

想到这里，他脸色一白，忙道："我接受检查，不但要血检，我还要做一个全身检查！"

所长："……可以，但费用你自己承担。"

方才经纪人进来的时候只顾着程峰，现在才发现真正不能得罪的是雍凛，他赶紧上前赔笑脸："雍先生，程峰喝醉了，他语无伦次，说话没经大脑，您别放心上，我代他道歉！"

程峰喝高了，耳朵却尖着，闻言就大声喊道："你说谁没经大脑！"

"……"经纪人恨不能扭过头让程峰闭嘴，"雍先生，您能不能留个联系方式，回头车子受损部分，我们照价全赔。"

雍凛淡淡道："不用了。"

经纪人急了，忙伸手拦住他："雍先生，我们什么都可以谈的！"

他原先看对方眼生，知道不是混娱乐圈的，就一时没放心上，谁知道所长接了个电话之后立马态度大变，要是对方从警方这里拿了资料回头爆给媒体，那程峰的名声无疑要大受影响。若程峰只是制片人，不靠观众粉丝吃饭也就罢了，偏偏他还有一重歌手的身份，这才是经纪人着急上火的原因。

雍凛牵着顾念的手，没搭理他，正欲往前走，冷不防经纪人上前，他受伤那条臂膀差点跟对方相撞，反而是顾念伸手一拦。

“这位先生，我朋友刚才的话已经说得够明白了吧，程峰撞人追尾在先，然后又挑事打人，以三对一，要不是警察及时赶到，我的朋友现在能不能站在这里跟你说话都还不知道，你与其拦着我们不让我们走，还不如好好想想怎么帮他做好危机公关吧！”

她一反常态，脸上没有笑容，冷冷道：“还有，我们不缺钱，也不怕事。”

没等对方反应过来，她直接拉了雍凛就往外走。

吕岩从里头追出来，局促不安：“雍……雍先生，真是不好意思！”

雍凛根本就不认得他，一脸冷漠。

反而是顾念对他道：“吕先生，今晚的事是程峰挑衅，跟你无关，不过我也希望你不要对媒体说太多，以免引起令人误会的解读。”

吕岩一愣，下意识望向雍凛。

雍凛：“她的意思就是我的意思。”

眼前这男人冷冷冰冰，看他的眼神完全不带半分感情，跟刚才那个温柔带笑、富有绅士风度的雍先生完全判若两人。

吕岩难掩失望，强笑道：“我知道了，那我先回去了，你们自己小心。”

雍凛压根儿没回答，还是顾念跟他道了一声晚安。

看着吕岩落寞离去的背影，雍凛微微皱眉，忍下疑问，打算回去再问顾念。

顾念逐渐从那种焦急的情绪中冷静下来，对唐霁和姚殊也歉然道：“谢谢你们刚才陪我过来。”

“没关系。”唐霁对顾念笑了笑，又向雍凛很有风度地主动伸手：“你好，唐霁，唐宋的唐，光风霁月的霁。”

雍凛：“雍凛，雍容的雍，凛然的凛。”

其实之前在酒会上他们就已经打过交道，只不过唐霁并不知道当时顾念的壳子里换了个人。

唐霁笑道："我知道，雍氏的公子爷，大名鼎鼎，早有耳闻，没想到如此一表人才。"

雍凛："我也没想到，唐家做实业的，却有后辈敢于吃螃蟹，去从事广告行业。"

唐霁惊讶不小："我刚刚回国，雍先生就听过我了？"

雍凛："我见过你爷爷唐祺德唐老先生，你跟你爷爷有三分相似，又都是姓唐，就冒昧猜测一下。"

唐霁似乎还挺高兴："谢谢，我就当是夸奖了。你的车现在也开不了了，不如我送你们回去？"

雍凛原是要拒绝，目光从顾念那里扫过，转念又答应下来："那就麻烦了。"

姚殊也将顾念的手从雍凛那边抽过来，握在手里捏了捏："你看起来没什么精神，没事吧？"

顾念："没事，只是有点累。"

身体刚换过来，灵魂好像一时难以适应，她不知道雍凛会不会，但她的确有种疲惫感。

姚殊也有点担心："那你回去之后好好休息，保持联系。"

顾念："好，谢谢你，殊也。"

姚殊也一脸"你太见外"的表情："谢什么，这也要谢？"

顾念笑道："我知道今晚的酒会，你是冲着我的面子才会来的，要不然你肯定不会喜欢这种场合。"

自己愿意付出是一回事，付出之后被朋友记在心里又是另一番感受，姚殊也心中一暖："没关系，不用在意，不过我不知道吴嘉文那讨厌鬼竟然是你上司，你在工作上没少受他刁难吧？"

顾念挑眉："正好相反，他在工作上对我指点良多，怎么，你们认识？"

姚殊也很怀疑："他的嘴巴那么刻薄，会在工作上指点你？"

顾念笑道："我承认，他说话是犀利了一点，不过人不坏，起码公事公办，他是不是得罪过你？"

姚殊也一脸晦气："别提了，之前在机场，我误会他占人家姑娘便宜，结果被他奚落得一无是处，谁知后来发现他还认识我哥，大家难免碰见，算是被他记恨上了，他那张嘴不去当律师真是可惜啊！"

顾念乐了："那你怎么不说当法医更好？"

姚殊也想想那情形，也乐不可支："也是，那警察也不用费心了，碰见棘手的案子就把他找过去，死人都能给他骂得活过来！"

都不用顾念多说，她就已经充分调动想象力进行脑补，自己把自己给乐得不行。

唐霁从后视镜看见顾念的笑容，嘴角也带上一抹笑意："师妹，你住哪里，我送完姚小姐，先送你回去。"

没等顾念回答，雍凛就道："我们是同一个地址。"

唐霁虽然早有心理准备，仍止不住微微有些讶异，他下意识往顾念那里看了一眼。

但他发现，顾念虽然有一点不自在，却没有反驳。

唐霁随即恢复了平常笑容，也没多问："那成。"

雍凛扫了唐霁一眼，虽然后背还火辣辣地疼，心情却一路上扬。

送完姚殊也，唐霁又将他们送到雍凛公寓楼下。

雍凛是典型的过河拆桥的人，下了车就跟人家说拜拜，完全没有请人家上楼去喝茶的意思。

顾念心里好笑，等唐霁的车开远，忍不住道："你欠了唐师兄多少钱没还？"

"为什么是我欠他钱，不是他欠我钱？"雍凛拉着她往里走。

顾念笑道："只有欠人钱的才会巴不得别看见债主，如果他欠你钱，你肯定恨不得把他拴在面前天天追着讨钱啊！"

“我只是，”电梯门一关，雍凛就将她压在电梯墙上，“不想看见电灯泡在眼前晃。”

近在咫尺的气息喷在她脸上，带着甜甜的鸡尾酒味道，还是顾念晚上喝的。

顾念伸手去推他，却推不动：“电梯里有监控。”

“那又怎样，他们也只能看看……”未完的声音消失在呢喃间。

顾念一直告诫自己要做一个有理想有追求的人，不要耽于美色。奈何雍凛那张脸实在太具有迷惑性，电梯里的昏黄灯光落在他的侧脸上，发丝根根分明，鬓角整齐雅致，连脸上的瘀青伤口，仿佛也别有魅力。

这个男人一向端谨得近乎古板，出门在外，除非休闲场合，否则绝对是西装不离身，而且还都是萨维尔街的高级定制，衣领一丝不苟将半截脖颈掩住，露出的那半截透着一股洁净感。

很多人说东方男人穿西装，很难穿出西方绅士的韵味来，那绝对是因为穿的人的身材问题。如果是像雍凛这样，一套为他量身定做的西装，哪怕脖颈以下不露出半点肌肤，也只会更添禁欲感与性感。

当顾念还在雍凛身体里的时候，也曾穿上西装照镜子，但那时候她总觉得自己比起真正的雍凛，还是少了点什么。

现在知道了，灵魂毕竟不同，她无法完全模拟出属于对方的独特感。

有了雍凛灵魂的雍凛，才是最性感的。

而这个性感的男人，现在眼里只有她，而且正准备亲她。

谁抵抗得了？

算了，其他事情等亲完再说吧。

顾念这样想道，思绪随即中断，接下来，鼻息间，脑海里，身体的每一寸，全部充溢着对方的古龙水味道。

两人的身体之间几乎没有缝隙，顾念的脑子浑浑噩噩，只能随着对方唇舌的节奏起舞。

雍凛一只手搂住她的腰，力道几乎想要将她的腰勒断。顾念有些喘不过气，不得不用上一些力气推他的肩膀，稍稍将两人分开一些。

被强行打断，雍凛有些不爽地抵住她的额头，平素冷静的眼睛里映着顾念，同样也映出欲求不满的信息。

顾念：“我们的楼层到了，还有，我穿着高跟鞋，脚疼。”

雍凛：“脱掉鞋子，或者我背你进去。”

顾念扑哧一笑：“你也可以抱我，公主抱。”

哪壶不开提哪壶，雍凛瞪了她一眼。

顾念轻轻敲了一下他的伤臂：“容我提醒，伤残人士是不是安分点，静养为好？”

雍凛淡淡道：“刚才是谁揽着我的脖子主动献吻的？”

顾念故作惊奇：“是我吗？刚才发生了什么，我已经忘记了。”

雍凛：“我不介意帮你回忆一下。”

反手关上门，他将人压在门上，奈何一只手不灵活，姿势怎么都显得有点别扭。

方才意乱情迷的时候不觉得，现在顾念看见了，就有点想笑。

“你不先问问我今晚是怎么回事吗？”

她不说还好，一说，雍凛就想起吕岩临走时那个幽怨的眼神：“晚上除了程峰那几个人之外，还有一个向我道歉的，是谁？”

顾念实话实说：“你的爱慕者。”

雍凛：“……”

Chapter 19

复合

雍凛："我只知道，属于我的，迟早都会回来。"

顾念甜甜一笑："我就是我，不属于任何人。"

雍凛："那我属于你。"

雍凛蹙眉看她："你干了什么？"

顾念很无辜："我什么也没干，只是陪你妈妈出席了杀青宴，正好顺路，就送他回来，谁知道他抓着我的手，问我要不要上去坐坐，接下来的事情你知道了，程峰跟他有过纠葛，可能误以为我也和吕岩有一腿了。"

雍凛有点头痛："那唐霁又是怎么回事？"

顾念："这应该是我问你才对吧，为什么他会去酒会？"

雍凛："他现在开了个广告公司。"

顾念恍然："难怪他说以后可能业务上会跟M&J常往来，看来他公司发展得不错，现在M&J除了四大之外，一般不跟小公司对接的。"

雍凛："他爷爷是唐祺德。"

顾念点点头："原来如此，他大学时的确跟别人有些不同，听说从大一起就没有住校。"

雍凛："他对你也跟别人不同。"

顾念讶异："不要告诉我雍先生是吃醋了？"

“难道我不能吃醋吗？”雍凛冷冷道，面无表情，手臂却用上力，将人揽入怀中，以免对方一言不合就用逃跑来拒绝沟通。

顾念乐了：“不好意思，还真不能，因为实际上我们现在并不是情侣，容我提醒，要不是发生这种意外，咱们早就应该分手了。”

雍凛：“可是我后悔了。”

顾念：“君子一言，驷马难追。”

雍凛：“我只知道，属于我的，迟早都会回来。”

顾念甜甜一笑：“我就是我，不属于任何人。”

雍凛：“那我属于你。”

他低下头，顾念用手指抵住对方嘴唇，雍凛却一口将手指含住，轻轻咬在嘴里，然后一寸一寸往里吞。

顾念：“……”

她的手指瞬间有种触电一般的酥麻感，想缩回已经来不及了，雍凛几乎将她半根食指都含在嘴里，眼皮微微往上翻，望住她。

顾念简直惊呆了，完全不知道做何反应，她现在终于知道什么叫美色误人，尤其是当一个平日里不苟言笑，很少放开自己的人突然做出这样的举动，效果几乎是翻倍的。

她禁不住伸出另一只手，盖住雍凛的眼睛：“不要这样看着我。”

雍凛咬住她的手指，又松开，一口咬在她的颈窝，顾念毫无防备，轻轻一颤。

“小念。”

“嗯？”

“我们重新开始吧。”发丝混杂着干净的味道和淡淡的栀子花清香，雍凛轻声道。

上一回喝醉了，顾念背着他回家，他就着酒意吐露心声。

这一次，却是在清醒状态下说出来的。

“我爱你，顾念。”

顾念眼眶发热，嘴角带笑，到了口边的话还没说出，手却已经下意识搭上对方的背脊，回以拥抱。

“我知道。”

“然后呢？”怎么就不按套路来！雍凛快要气死了，分开两人，面容微微扭曲。

顾念吓一跳：“你怎么了？”

她这才想起对方身上还带着伤：“你后背没事吧，我看看！”

雍凛没好气：“没事！”

顾念拉着他到沙发坐下，脱下他的衣服，一看后背，简直触目惊心。

青紫交加不说，还大面积擦伤，血珠点点，皮肤蹭破一些又沾在衣服上，顾念看得倒抽了一口凉气。

“只是看着严重而已。”雍凛回过头看见她的表情。

顾念蹙眉：“要不我们现在就去医院？”

雍凛：“不用，我自己有数，只是脸上和肩膀挨了几拳。”

顾念：“那手呢？”

雍凛：“手也没事，当时护着。”

顾念拿来双氧水和伤药，用棉花棒蘸了，先小心翼翼给他消毒。

刺痛感让雍凛的身体不自觉做出微微抽搐的反应，顾念的力道越发轻柔起来，主动说话转移他的注意力。

“唐霁是我大学时的师兄，高我一届，他对我表示过好感，但我们并没有谈恋爱。”

“他是唐家第三代里数一数二的。”雍凛实事求是道。

从这一点来看，唐霁的条件并不比他差。

顾念耸肩：“以前他可不是这样子的，当时的唐霁人很傲，说句不好听的，眼睛像是长在头顶上，连喜欢一个人，都好像是对方的荣幸一样，那时候我觉得我们不是一路人，就拒绝了。再后来他就出国了，不过他这次回来变得谦和许多，跟以前判若两人，应该是在外面经历多了，人也成熟稳重了吧。”

听出她语气里并没有特别的意思，雍凛嘴角微微一扬。

顾念瞄到，探头过来：“你笑什么？”

雍凛：“没什么。”

顾念古怪一笑，没有揭穿他：“酒会上好玩吗，有没有人夸你漂亮？”

说到这个，雍凛就想起不太愉快的经历，他将赵和跟周惜媛之间的过节简单说了一下，略去赵和跟他单独对话时的暧昧和不友好，只说赵和不肯跟周惜媛和解，非要逼得对方退出M&J的合作。

顾念毫不意外：“之前我就听人家说，赵和并没有表面上那么好相处，看来传闻是真的。”

雍凛：“这件事我会帮你解决。”

顾念好奇：“你要怎么解决？”

雍凛想了想：“让他以后的戏过不了审，只要多来几次，他就会服软了。”

顾念：“我记得雍氏的生意跟娱乐业并不挂钩？”

雍凛：“时至今日，各行各业之间都有千丝万缕的联系，绝没有真正毫无关系的两个产业，最浅显的例子，很多煤老板发达之后，会选择投资电影。如果只是想在政策上打压，就更不用说了，像赵和这样的人，背地里的污点绝对不会少，找人查一下，深挖出来，曝光在媒体面前，他就什么都完了。”

他淡淡下了一句结论：“若想人不知，除非己莫为。”

豪气冲天，气魄逼人，顾念竖起大拇指：“高！”

“不过，”她抿唇一笑，来了个转折，“现在既然换回来了，还是让我自己来解决吧。”

雍凛对赵和看轻顾念的那些话耿耿于怀，根本不想让顾念沾染到他，更觉得这样的人不配和顾念打交道。

顾念似乎能够察觉他的心情："我知道你为我着想，但这件事就是我的工作之一，我不是太要强，只是有些事，总得自己去面对，你总不能护我一辈子。"

"为什么不能？"雍凛不悦地反问，回身看着顾念，"只要你想，我就可以。"

顾念认真道："我很感动，真的，雍凛，我现在很感激这两次意外，因为这让我们经历了很多，也让你变得更理解我。我爱你，可是换作我是你，你肯定不会希望我越俎代庖，帮你处理你的公事，对不对？每个人都有他擅长的领域，你相信我，如果有需要，我会不吝于向你求助，但是我希望能自己尝试去解决，你的方法很霸气，但那样一来，兴师动众不说，也耗时耗力，我可以更直截了当一些的。"

雍凛："你刚才说了一句话。"

顾念一愣："哈？"

雍凛："我没听清楚，你再说一次。"

顾念："我希望能自己先尝试解决？"

雍凛："再往前。"

顾念："每个人都有他擅长的领域？"

雍凛："再往前。"

顾念："我很感激这两次灵魂交换的意外？"

雍凛："……"

顾念眨眼："你不希望我越俎代庖？"

雍凛抿抿唇，不高兴了："你故意的。"

顾念一脸纯真无邪："故意什么？"

雍凛直接把人拦腰搂住，断绝了她想要逃跑的后路。

"故意想让我吻你。"

顾念笑着推拒："少来，你药还没上完，快转过去！"

雍凛顺势往后仰，露出吃痛皱眉的表情。

顾念紧张起来，立即停止动作："怎么了，没事吧？"

雍凛顺势在她唇上亲了一口："你刚才说你爱我。"

顾念哭笑不得。

雍凛："从提出分手之后，你就再也没说过这句话。"

语气有种小孩子要不到糖的不高兴。

顾念凝视他："我一直爱你，雍凛，我只是觉得，之前的我们，并没有对未来做好足够的准备，轻易许下诺言，是对彼此的不负责任。"

雍凛挑眉："那么现在呢？"

顾念主动迎上去吻他："现在，谢谢你的包容和理解。"

雍凛："对我，不要说谢。"

顾念笑道："好。"

酒会之后，Santos离开，视察告一段落，大家都松了口气，但工作还是要继续。

公关部这次准备充足，表现出色，又有顾念的缘故，连高层都赞许有加，接连几天，总监潘明走路有风，面泛红光。

这也难怪，他一直想往上升，经过这次，原本不太牢靠的晋升传闻应该能敲定下来。

但随之而来的，是公关部由谁来接掌的问题。

从牌面上看，卫玛这个助理是最有希望的：一来她工作出色，又是公关部的老人，熟悉情况，用不着磨合；二来她跟公司高层关系一直都不错。

但其他人也并非就一点希望都没有，酒会后的第二天，去B市出差那几个人也回来了。潘明召集大家开会，顺便给顾念介绍："Nina，从你来公司起，还没见过这几位同事吧？他们的经验都很丰富，你可以多向他们请教。"

他又对麦琪琪等人道："Gigi，Sue，Tom，这是Nina，入职不久，还是新人，现在是Marvin在带，你们有空也多指点指点。"

出差回来的三个人中，英文名为Tom的童扬是男性，严格算起来也算新人，但他已经转正，所以跟何丽与顾念暂时没有什么竞争利害关系，闻言就友好地朝顾念含笑点头。

麦琪琪与苏影对视一眼，心下各有计量。

她们刚回来，还不知道顾念充任Santos酒会女伴的事情，只对潘明如此和颜悦色的态度感到惊奇。

"Marvin可是出了名地严格，但他带出来的人绝对不会差，恭喜你了Nina，严师出高徒，以后都是同事，有什么问题只管来问。"苏影朝吴嘉文的方向努努嘴，开玩笑道，"只要你师父不吃醋。"

麦琪琪也笑道："是啊，多一个人多一份力量，之前我们还老抱怨人手不够，现在好了，总算有人帮忙分担。"

前辈们都表现出友好姿态，顾念当然不能不领情，她坐直了身体，朝三人微微躬身表示谢意，笑道："我会努力的，大家别嫌弃我笨手笨脚就好。"

何丽看在眼里，心里微微泛起酸意。

她刚入职那会儿，可没有这种待遇。

散了会，吴嘉文又找顾念开了个两人小会。

顾念想到卫玛刚刚的脸色，问道："Gigi是不是也有可能当总监？刚刚Gigi欢迎我的时候，Emma好像有点不高兴？"

吴嘉文："之前只有我和她的时候，是双雄争霸，她成天想压我一头，我又不乐意听她的，她也奈何不了我，只能找Gary来压我，现在Gigi和Sue回来，三个女人一台戏，她们彼此之间也有矛盾，那就更热闹了。"

顾念饶有兴致："那算什么？三国演义？群雄逐鹿？"

吴嘉文："错！是狗咬狗，一嘴毛。"

噗！顾念喝了一半的水差点喷出来。

你这不连自己也骂进去了吗?

“那么我呢，我可以做些什么？”顾念问道。

吴嘉文摇摇头：“神仙打架，小鬼遭殃，你只需要做好你现在手头的事情。下周港岛那边有个培训，还有法国奢侈品管理的专业讲座，公关部也有两个名额，一个给了Sue，还有一个，我准备推荐你去，有你跟Santos的交情在，Gary不会不同意的。”

顾念一愣：“Marvin，多谢你给我这个机会，我很开心，不过我不在，剩下你孤军奋战，会不会忙不过来？”

吴嘉文乐了：“别把你自己想得太重要，你来这里之前，我一样游刃有余。”

顾念不好意思：“我不是这个意思……”

吴嘉文做了个手势，示意她听自己说：“我知道你的意思，Nina，你有潜力，也有能力，跟人打交道是你的长处，所以你注定要吃这一行的饭，但是你也有一个致命的缺点，做事不够果决，当断不断，必受其乱。就像这次赵和跟周惜媛的事情，既然周惜媛注定要被放弃，与其在她身上浪费更多时间，不如赶紧去找另外一个合作对象。我必须提醒你，何丽那边跟男模Nick的合作进展很顺利，M&J原定的赞助项目就是一男一女，现在Nick那边搞定了，只有你这边出现了变数。”

顾念点点头：“我明白了，我会尽快搞定，但是Marvin，我还想尝试争取一下周惜媛那边。”

吴嘉文皱眉：“怎么，你还没死心？现在问题根本不是出在周惜媛身上，而是你没法说服赵和同意。”

顾念叹气：“我知道，赵和那边比较棘手，但是我做了一些准备，其实也不是完全没有希望。M&J对合作对象要求很高，不能有任何负面绯闻，形象要健康，得有一定知名度，无论从身材还是家世，都要能与M&J匹配，又是要在电影节开幕式上确实能出场走红毯的，完全符合条件的人选很少，现在距离开幕式不到两周，走签约那些流程也需要时间的，主要是之前跟周惜媛已经说好，让她在M&J往季成衣里挑选，尺寸和细节我已经让欧洲那边在修改了，很快就能寄过来，如果重新物色人选，又要重新走流程，估计时间上会来不及。”

吴嘉文：“你说的这些我都知道，但赵和那个人很难搞定的，你想让你男朋友帮忙？”

顾念：“不，他的确说过要帮忙，但我觉得还是不要让他掺和比较好。”

吴嘉文颔首：“那你先试试吧，实在不行我去跟他谈谈，另外一个备选的对象资料我也给你准备好了，一旦赵和那边走不通，你就得立刻联系他人，不要浪费时间。”

顾念感激：“谢谢你，Marvin。”

吴嘉文：“不用谢我，是你的工作态度得到了我的认可，你要明白，在这种地方，人事斗争是必不可少的，但最终让你称王称霸的，还是你的能力，假如你的能力已经到了部门没你就不行的地步，自然可以不用去管是Gigi还是Sue当总监，因为不管谁当总监，都要拉拢你，你明白我的意思吧？”

顾念：“明白了，我会尽力做好这个case的。”

“晚上要加班？”电话那头，雍凛微微皱眉。

“对，Marvin让我下周去港岛参加培训，我得提前先把手头一些工作做完，你别等我了。”顾念歉然道。

雍凛皱眉不是因为她不能回来陪自己吃饭，而是她加班就得在公司叫外卖：“那你按时吃饭。”

顾念一笑，微有甜意：“知道了，你在家？”

雍凛：“在车上，我回去一趟。”

顾念知道，他说的回去，是指回去看父母。

“是不是有什么事？”

雍凛：“没事。”

安抚了她几句，雍凛挂掉电话。

其实这次回去，他的确是想跟父母说明顾念的事情，虽然哪怕父母不支持，他也会与顾念在一起，但如今的雍凛，已渐渐能够理解顾念的为难和处境，这些本该由他来解决的问题，他不想再让顾念操心。

家里的司机来接，雍凛不用自己开车，他打开了自己从网上下载的视频。

雍夫人嫁入豪门的经历无疑称得上传奇，她复出演戏的事情，对雍凛和顾念而言可能还算不上什么，对娱乐圈而言却掀起一场不小的八卦风波。

质疑雍家开始走下坡路的不在少数，更多媒体却希望能够拿到她的专访，而在电影杀青之后，国内名气颇大的一家媒体终于得到这个机会。

巨大的网络播放量和点赞数表明这段视频应该就是赵和提到的那一段。

雍凛戴上耳机，按下播放键。

端庄优雅的女主持人正在跟刘玉珊以对话的形式展开访谈，从刘玉珊出道伊始的回忆，到她后来急流勇退，突然息影嫁人的经历，三十几年来逐渐淡出众人视线，而后又突然以从天而降的姿态出现在所有人面前。

雍夫人在屏幕上侃侃而谈，不因多年没有接触镜头而生涩羞赧，依旧雍容大方。

她的很多过往经历，连雍凛也不知道，他本是为了顾念去看，却不知不觉被吸引，一路看下来。

有些人天生就该是吃这一碗饭的，雍凛毫不怀疑，假如他的母亲不是碰到他父亲，现在还在继续演戏的话，一定也会有所成就。

该媒体的采访风格向来偏正统严谨，聊着聊着，最后话题也难以避免会绕到雍凛身上，主持人开玩笑问道："像雍凛这样有才有貌的高富帅，正是很多年轻女孩子心目中的理想老公人选，我得替未婚女观众问一声，他现在是不是有女朋友了？"

镜头还特意切到现场年轻女观众的笑脸上，似乎所有人都很期待这个答案。

刘玉珊笑了笑，回答道："没有。"

雍凛的表情一动，微微蹙眉，随即又松开。

女主持人惊讶地笑道："我听说过，雍凛，外边人都叫小雍先生，他从国外留学归来之后，在个人事业上也做得有声有色，这样出色的男孩子，居然还没有女朋友，那是不是意味着大家都有机会了？"

刘玉珊微微一笑："如果他有心仪的对象，肯定会跟我说的，儿子在我心目中各方面都很优秀，所以我希望他的爱人也是一个各方面都很优秀的人。"

女主持人："您的意思是，门当户对？"

刘玉珊："不，不是，我和他父亲并没有要求女方一定得是经商的，只要在学识和修养上足够优秀就可以，老师、医生，或者是律师，这方面我们都不会干涉。"

女主持人："原来如此，那……"

雍凛关掉视频，闭上眼，头微微往后仰。

过了一会儿，司机的声音从前头传来："小雍先生，到了。"

雍凛睁开眼，沉声道："好，辛苦了。"

这是难得的一家三口齐聚的日子。

听说雍凛要回来吃饭，连往常忙得脚不沾地的雍子文，也特地提早回家。

刘玉珊看见雍凛还缠着绷带的手就止不住心疼："手怎么样了？"

雍凛："医生说恢复良好，很快就能拆除固定了。爸、妈，我想跟你们聊聊。"

刘玉珊禁不住看了丈夫一眼，她也有一肚子话想问雍凛，奈何丈夫在场，怕说了他要生气。

雍子文看了他一眼，点点头："到我书房说吧，我先去换身衣服。"

趁着丈夫上楼的间隙，刘玉珊问雍凛："那天晚上杀青宴之后，你是不是还受伤了？"

雍凛皱眉："您听谁说的？"

刘玉珊："报纸杂志都这么写，他们说你为了一个小艺人，跟一个知名制片人起冲突，还拍下了顾念跟你走出派出所的照片，幸亏你爸从来不看八卦娱乐版，不然得说你了。"

雍凛不用看也知道那些杂志会写什么："不是那么回事。"

刘玉珊追问："那是怎么回事，你真没受伤？"

雍凛不愿多说："没有，那艺人是你们剧组的，我顺道送他回去，别人乱写而已。"

刘玉珊欲言又止，似乎还想说点什么，但两人已经进了书房，有丈夫在，她不忍让儿子多受责备，便不再多言。

一家三口分别坐在书房沙发上，刘玉珊吩咐帮佣倒茶上来，又亲手给父子俩斟茶。

雍子文："你想说什么，最近公司还顺利吗？"

雍凛点点头："不是公司的事，是顾念的事。"

刘玉珊的动作一顿。

雍子文："顾念？上回过来吃饭的那个女孩子？"

雍凛："是，我跟她一直都在交往，是男女朋友的关系，上回跟她发生了点误会，所以才会当着你们的面否认，现在我们和好了，我想将她正式带回家来，介绍给你们，以结婚为前提的那种。"

他的语调很稳，并未因父亲的灼灼视线而退缩。

雍子文却皱眉：“一会儿是女朋友，一会儿又不是，你们怎么跟小孩子过家家一样？”

雍凛面色不变：“抱歉，是我的问题，我让她受委屈了。”

雍子文沉吟不语，刘玉珊则慢条斯理地开口道：“小凛，那位顾小姐，我派人查过，她的家境很普通，家里还有个弟弟，不过这不要紧，我们并不是嫌贫爱富的人家，主要是，据我了解到的，她的家境虽然普通，却还没有贫寒到供不起她上学的地步，但她从大学开始，学费就是自己挣的，后来跟家里也很少联系，这样的家庭，恐怕是有些重男轻女的。而在这种环境下养出来的女孩子，性格肯定有些倔强不服输，而不像寻常女孩子那样温柔平和。”

雍子文嗯了一声：“你妈说得有道理。”

得到丈夫的肯定，刘玉珊微微一笑，柔声道：“你的性子我知道，同样有些固执己见，你们俩现在谈恋爱，看对方自然千好万好，一旦有了矛盾，双方都不让步，还要怎么继续下去，你有没有考虑过？结婚不是头脑一热，是关乎一辈子的大事，哪怕我们这样的人家，并不在意你离婚再婚，可父母总归希望你能不要受到那么多的伤害。”

雍凛却摇摇头：“顾念不是您说的那样。她的确有些倔强，却并不是一味钻牛角尖，听不进别人的劝告，至于我，虽然也不服输，可为了她，我愿意退让。”

刘玉珊心下一沉：“那么，你们两个沟通过结婚以后的打算了吗？上回她来家里做客，我也看出来了，她很要强，那么要强的一个女孩子，她甘心结婚之后退隐在你背后，全力支持你，当贤良淑德的雍太太吗？”

雍凛：“我不会要求她辞职，她可以继续现在这份工作，除非她不想干下去。”

刘玉珊终于变了脸色：“那像什么样子！”

顾念的奇缘

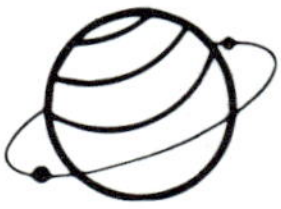

梦溪石

作品

下

湖南文艺出版社 博集天卷 CS-BOOKY

目 录

CONTENTS

Chapter 20 鸠占鹊巢 _319

“鸣鸠争夺鹊巢居，鸠占鹊巢呀，最近运势有阻，可能还会有个劫数，一切小心为上，谨慎行事。”

Chapter 21 漂亮的一笔 _333

虽说不违反公司规定，但也不符合规矩，但这是没办法的事，顾念只能舍小取大，面面俱到的完美是不存在的。

Chapter 22 顾家 _348

世间很多缘分都无法强求，爱情友情如此，亲情也是如此，有些人注定生来受尽父母宠爱，有些人则注定生来孤独。

Chapter 23 突发情况 _364

永远不要小看群众的力量，这世上之所以有秘密，是因为跟秘密有关的线被埋藏起来，一旦线头露出水面，则整个线团都有可能被人扯出来。

Chapter 24 舆论战 _378

真正的高贵，不会被任何外力击倒。

Chapter 25 意外惊喜 _390

她不是艺人，不需要台前的知名度，但今天之后，在场所有艺人都会知道M&J的公关部有一个叫顾念的人。

Chapter 26 变化 _406

不是“雍凛的女朋友”，而是“顾念的男朋友”，明眼人一听就能听出其中的差别。换作几个月前，大男子主义的雍凛绝对不可能说出这样的称谓，但几个月前的他如果穿越到现在，肯定不会承认这是几个月后的自己。

Chapter 27 飞机失联 _421

“我刚刚从机场得到消息，雍先生的航班，本该在两小时前抵达墨尔本机场的，但是现在地面跟飞机完全失去了联系。”

Chapter 28 试探 _437

“也许是想趁热打铁，撮合两家联姻呢？”

Chapter 29 绑架 _454

雍凛在昨晚离开别墅之后的路上遭遇了一场车祸。
确切地说，是人为有意制造的车祸。

Chapter 30 第二人格 _470

顾念看着镜中的自己：“……我怎么感觉自己像个人格分裂的神经病？”

Chapter 31 被架空 _486

“不如这样，平面媒体维护那一块儿，就不用你操心了，交给Kelly去负责吧，你现在专心做好手头的项目就OK。”

Chapter 32 股权代理人 _500

“是不是刘女士出了什么事，那个顾念趁机逼她授权的？她一个外人，来参加什么董事会议？”

Chapter 33 信任 _516

爱情是分享，不是独占。

Chapter 34 新生 _532

原来想法不是不能改变，只是还未遇上值得改变的人，与适合改变的时机。

Chapter 35　我为你骄傲 _547

仿佛冥冥之中早有牵引，这一生，注定会有一个人，与你相遇。假如错过，不是没有缘分，只是不够深爱。

番外一　文化主题展 _567

如今的顾念几乎成了M&J的一张名片。

番外二　结婚 _576

“咱们现在这种情况，万一生产的时候，是你在我的身体里，怎么办？”

番外三　沈南 _584

“做错了事情并不可怕，可怕的是不知道自己错在哪里，聪明人很多，但有自知之明的人很难找。”

番外四　真人秀 _592

时光永远向前，错过的人与事，绝无可能回头。

独家番外一　杨瑜 _604

这世间，终有一段爱恋，能令人即便倾尽所有，也不后悔。

独家番外二　心意 _608

他不是超人，不可能时时在顾念身边，为她挡住一切风雨，他也明白，顾念不是愿意躲在男人羽翼下的小白花，她拥有自己的天空。

Chapter 20 鸠占鹊巢

“鸣鸠争夺鹊巢居，鸠占鹊巢呀，最近运势有阻，可能还会有个劫数，一切小心为上，谨慎行事。”

刘玉珊也相信，人与人之间是要讲缘分的，但她和顾念，就是没有那个缘分。

也许顾念很好，是她不够了解，但她也不想去了解，因为打从知道顾念的履历起，她就认为对方不会是雍凛的良配，两人的成长环境、人生轨迹，乃至性格爱好，都没有表现出半点的默契。

见儿子定定地看着自己，面色如往常一般冷淡，没有因为自己这句话而发火，却也没有半点改变主意的意思，刘玉珊深吸了一口气，尽量缓和语调：“小凛，你平时喜欢骑马、射箭，水平都能跟业余选手媲美了，但顾小姐呢，她只怕连马都没有摸过吧，你们如果在一起，以后还要过几十年的，兴趣南辕北辙，如何能有共同话题？”

雍凛淡淡道：“爸妈，我记得，你们的兴趣也不一样吧，爸喜欢工作，喜欢网球，您则喜欢演戏，跟朋友购物喝茶，那你们是怎么一起生活几十年的？”

刘玉珊被噎住了，既生气又无奈：“我跟你爸爸结婚伊始，也有过磨合的时间，而且我肯为你爸爸放弃自己热爱的演艺事业，全心全意照顾好家庭，顾念行吗？她结婚后还要工作，哪里有空照顾你？”

雍凛：“生活琐事有阿姨，其他的，我自己能照顾自己，我跟她在一起，不是为了找个女人来照顾，那样的话，我跟阿姨结婚就行了。”

刘玉珊急了：“顾念哪里就入了你的眼？雍家的儿媳妇，结婚之后还要在M&J当一个小职员，别人看在你的面上对她照顾有加，这就是她想要的职业生涯？那跟靠着你有什么区别，嘴上说要独立自主，实际上不也背靠雍家好乘凉？”

雍凛：“说到底，您还是嫌弃她的条件达不到您所要求的体面。”

刘玉珊脱口而出：“我是觉得她配不上你！”

雍凛彻底冷下脸色。

在场面变得更加火爆之前，雍子文终于出声：“你喜欢她什么？”

雍凛很干脆地道：“说不上来。”

这叫什么喜欢？刘玉珊的脸色青了又白。

雍子文也皱了皱眉：“总有个原因吧？”

雍凛顿了顿，似乎在沉吟，片刻之后，才道：“在遇到她之前，我也认为我的原则不可能为了某个人改变，我喜欢她，也希望她能顺从我，婚后工作与否，曾经是我与她之间的矛盾所在，最后她选择了工作，向我提出分手。”

刘玉珊忍不住了：“所以这样的女人，到底有什么值得你喜欢的！”

雍凛不习惯将心声向别人袒露，哪怕对象是他的父母。尽管就算他们不喜欢顾念，他也有能力跟对方结婚，并照顾好对方的生活，不像许多富家公子哥，财政命脉都掌握在父母手里，需要他们的首肯。从当初雍凛接过父亲手中那个濒临破产的公司，到一步步站稳脚跟，就意味着他今日拥有绝对的独立和主动权。

但跟顾念在一起之后，顾念不可能一辈子都不跟他的父母见面，所以父母喜欢与否，很大程度上就决定了顾念与他们的见面是否开心，曾经他并不会去在意这些小细节，但现在，他愿意为了顾念，在这里一字一顿地解释。

雍凛："每个人都有自己不愿放弃的东西，对您而言，当初您觉得父亲比事业重要，所以舍弃了事业。但对我而言，如果顾念选择了事业，那我可以成就她，她是一个人，我也是一个人，我没有权利要求她为了我而放弃任何东西，同样她也没有要求我为了她，放弃事业。"

刘玉珊没想到自己儿子的内心还有如此柔软的一面，气极反笑："你跟她能一样吗？你姓雍，是雍氏未来的主人，她的事业是什么？M&J多她一个，少她一个，有什么区别？"

雍凛冷冷道："说到底，您还是觉得门不当户不对而已。顾念的资质并不差，如果她想从事您口中所说的更加高贵的职业，她也同样有机会，但每个人都有选择的权利，我不认为她有什么错误。而且，雍氏现在是上市公司，未来的主人，是不是我，还不一定。"

雍子文："既然你决定了，那我们尊重你的选择。"

"老公！"刘玉珊扭头看他，不敢置信丈夫竟轻而易举就同意了。

雍子文："时代不同，环境不同，观念也不同，如果你觉得可以，并可以为之承担之后的责任，我没有意见，但我不希望以后你们之间发生什么事情，需要我出面来为你收拾残局。"

雍凛："谢谢您的理解。"

刘玉珊腾地起身，气得脸都白了，她头一回觉得自己在这个家根本可有可无。

但雍子文的话还没有说完："但你母亲选择嫁给我，放弃了事业，并不是你可以看不起她的理由，她当年固然是出于种种考量，但归根结底，还是因为她爱我。这么多年，我没有跟她说过什么甜言蜜语，一心埋首工作，可那并不代表我不爱她，上一代人的相处模式，毕竟与你们不同。"

刘玉珊愣住了。

雍子文温声道："玉珊，我还有些话，想跟他单独聊聊。"

原是满腔怒火的刘玉珊被丈夫方才一席话说得晕头转向，连脚步都有些轻飘飘，来不及多思量，下意识就往外走。

等房门重新关上，雍子文才道："当初，有一个家庭条件更好的对象摆在我面前，我没有选择，而是娶了你的母亲，你知道是为什么吗？"

雍凛想了想："您很爱她？"

其实雍凛并不确定，毕竟雍子文这么多年来，在妻儿面前也是严肃少笑的样子，唯一能让他有激情的就是工作了。

雍子文点点头："我当初的确比较喜欢她，但还谈不上深爱，所以我才会要求她放弃事业，年轻时候的我意气风发，觉得自己不需要依靠妻族来成事，后来证明了我的幼稚可笑，也的确走了不少弯路，但时至今日，我并不后悔，现在的雍家已经不需要依靠联姻来增长自己的实力，你更需要的是一个聪明的妻子，懂进退，识大体，你觉得顾念能达到这一点吗？"

雍凛毫不犹豫："能。"

雍子文："你们打算什么时候结婚？"

雍凛："我们暂时还没有考虑，顾念想先做好工作上的事情。"

说到这里，雍凛面色一柔："她也知道世人眼光势利，大多会看重外在，所以希望能做得更好一些，起码也要在M&J站稳脚跟，免得旁人以为她只能依靠我，她想让别人知道，我的选择是正确的。"

雍子文摇摇头："她果然跟你母亲性格完全不同，难怪你母亲会不喜欢她。"

雍凛："爸……"

雍子文："我会和你母亲说的，但她听不听，就不在我了。结婚是你们俩的事，要怎么改变她的观念，也是你需要做的。"

以父亲公事公办的性格，父子俩一直以来，几乎不会有像今天这样坐下来长谈的场面，雍凛内心难掩意外，却也有一丝感激。

“我明白了。”

“下个月月初我要去马来西亚开会，那几天正好是商家小女儿成年宴，到时候你和你妈就代我出席吧，也可以带顾念去见见世面。”

雍凛：“好。”

雍子文特意交代最后一句是有用意的，商家也是雍氏的股东之一，这种场合，少不了会有这个圈子的交际往来，顾念如果准备跟雍凛结婚，就不可能不接触，早接触总比晚接触好。

雍凛正好也想让顾念有露脸的机会，为她正名，总好过别人胡乱猜测，有损顾念名声，便答应下来。

“爸，谢谢您。”他由衷道。

雍子文拍拍他的肩膀：“走吧，下楼吃饭。”

虽说跨越大半个中国，但坐飞机几个小时，比起出国动辄十几个小时的旅程，还是相对快很多的，只是算上出门去机场，在机场等待，下了飞机再去酒店的时间，就过了大半天。

等到人终于躺在港岛酒店的那张大床上时，顾念已经完全失去了任何力气，动也不想动。

但手机还在响。

“喂？”她懒洋洋地接起来。

“到了？”雍凛在那头问道。

“到了，好累！”顾念禁不住撒娇，“整个人都快散架了。”

“那我帮你捏捏？”

换作以前，雍凛绝不会说这种没营养的废话，但他碰上顾念，自然而然，这种话就往外冒。

顾念扑哧一笑：“你是不是还在加班？”

雍凛：“你怎么知道？”

顾念："声音不一样，一听就是心不在焉，没有集中注意力。"

电话那头，雍凛也面露笑意："还有些文件没看完。"

顾念："雍凛同志，我郑重警告你，身体是革命的本钱，别不当回事！"

雍凛："知道了，看完就回去。下个月月初，我爸朋友的女儿有个生日宴，等你回来，跟我一起过去。"

顿了顿，又加了一句后缀："好不好？"

一个根本就不习惯询问别人意见的人，要时时注意这个细节，殊为不易。

顾念好笑又感动："好，你前两天回家，我还没有问你，你爸妈没说什么吧？"

雍凛："没有，我爸支持我们交往。"

顾念讶异："真的？那你妈妈呢？"

雍凛不想说谎："不要担心，我会解决。"

顾念心中温暖："雍凛，你变得这么好，我有点害怕。"

雍凛啼笑皆非："怕什么？"

顾念老实道："怕这一切都不是真的，怕失去你。"

雍凛："那你可以狠狠捏一把自己的脸。"

顾念哈哈笑："那算了，等我回去了捏你吧！"

雍凛一心二用，眼睛在文件上浏览，语气带着笑意："我更希望换成亲。"

顾念："可以啊，你想亲哪里就亲哪里。"

明知她是故意逗自己，雍凛还是禁不住心中一荡，脑子一下子装不进公事了。

"顾念，我想你了。"他语调微沉。

"我也是。"顾念捧着脸笑，"奇怪，怎么又有种热恋的感觉？"

雍凛："你可以对着空气亲我。"

“老板。”陈庄正好敲门进来，就听见最后两个字。

亲我。

“……”他一脸抽搐。

眼前这个对着电话、笑得温柔甜蜜的人，还是我的老板吗？鬼上身了吧。

敲门声响起。

顾念匆匆跟雍凛道别，挂了电话，跑到门边看了一下门镜，然后开门。

“Sue，还没睡？”

苏影站在门外，手里还提着蛋糕。

“不欢迎我吗？”她笑吟吟道。

“怎么会，快请进！”顾念笑道，将人迎进来，“你刚回酒店吗？”

苏影将蛋糕放在桌上：“是啊，跟朋友出去吃饭，给你带了蛋糕，你吃了没？”

顾念：“吃了，叫的外卖，别这么客气，我从来没到总部受训过，有什么不明白的，还请你多多指教。”

苏影拉着她坐下：“也没什么，就是听两天课而已，不要有压力，总部培训只是一个机会，不是一段履历，好处是会有法国奢侈品行业的资深从业人员过来讲课，可以学到不少东西，但欧洲跟中国毕竟国情不同，不可能照搬，反正你心里有数就行。”

顾念听得很认真，点点头：“那我们需不需要找总部的人吃个饭，汇报工作之类的？”

苏影：“先不用，他们有需要，自然会找我们，这次我带着你，有什么活动，肯定不会落下你的，放心吧。”

顾念笑道：“我不是这个意思。”

苏影抿唇一笑："我明白，Marvin向来高要求，你能在他手下做事，能力毋庸置疑，现在欠缺的就是一点经验而已，经验都是经历累积的，时间一久，自然就有了。"

她对新人表现出来的友好态度，跟卫玛和麦琪琪截然不同，亲切又不至于太过火，恰到好处。如果顾念还是刚进公司那会儿，没跟着吴嘉文做事，可能就会选择跟着苏影。

顾念听吴嘉文说过，苏影在部门乃至整个公司的人缘都不错，但论工作能力，麦琪琪比她更出色，论谁与上司的关系好，则当数卫玛。所以新总监这个职位，看似所有人都有机会，实际上苏影的机会要比其他人少。

顾念从旁边拿过一张邀请函，递给她："赵和有部新电影上映，明晚首映礼，完了是酒会，正好也在这家酒店，我拿了两张邀请函，你要是有空的话，我们一起去？"

自从那天之后，顾念就联系不上赵和本人，每次打电话过去，都是对方的助理来接，助理也总会以赵和在拍戏等各种借口，不让顾念跟他本人交流。

总而言之，赵和铁了心不让周惜媛跟M&J合作，谁来说情也没用。

邀请函是早就准备好的，顾念打听到首映礼的消息之后，就通过吴嘉文的关系要到两张邀请函，准备明晚再亲自去跟赵和碰面，面对面地谈，对方总不可能避而不见。

苏影有点讶异，又有几分尴尬："我有朋友在LV，给了我几个内购的机会，本来还想给你的，这会儿倒拿不出手了，拿出来，反倒显得咱俩在交换似的。"

顾念："这有什么，只是一张邀请函而已，老实说，我自己也拿不到，还是靠了Marvin的关系和M&J的名头。"

苏影自嘲："在外人看来，M&J光鲜亮丽，人人都想进来，可进来之后才知道其中艰辛，我在M&J七年了，比公关部任何一个人时间都长，可比起能耐来，我连Emma都不如，更不要说Marvin了！”

顾念温温柔柔道：“对我来说，你们都是我需要学习的榜样，能够有你们一半能力，我就知足了。”

苏影：“你别误会，我不是在跟你抱怨什么，听说我们出差期间，Kelly为难了你几次？”

顾念轻描淡写一笔带过：“也不算为难吧，大家工作职责不同，有时候看别人忙不过来，互相帮一把，也是常有的事。”

苏影：“那就好，Marvin那么护短的人，如果你受了委屈，他肯定会帮你出头的，不过你要是有什么难题，也欢迎随时来找我，我虽然没什么能耐，好歹在公司待的时间足够长，还是能帮你挡一挡的。”

顾念：“谢谢你，Sue。”

苏影：“不客气，我妹妹英文名也是Nina，所以我一见你就投缘，你别怪我唐突就好，培训下午才开始，早上要不要陪我去黄大仙祠进香？”

顾念诧异：“黄大仙？供黄鼠狼的？”

苏影扑哧一笑：“不是，是道教的神仙黄初平，他在港岛有一座黄大仙祠，很灵的，每年新年为了抢头炷香，港岛人都会提前半天去排队，连港岛政府都会委派官员去帮整个港岛求来年的签。”

顾念忍不住哇了一声：“这么灵？”

苏影：“对呀，我每次来港岛出差，都要去拜一拜，求个签，每次问的事情，基本上都说得很准，你就算不信这个，也可以去逛一逛，那个道观在清朝末年就建了，要是在内地也算文物保护单位了。”

被她这么一说，顾念的确还挺有兴趣，便答应下来。

两人又天南地北聊了几句，见她面露疲色，苏影就起身告辞。

送走苏影，顾念强忍疲惫，给吴嘉文打了个电话，道出自己的疑问：“Sue对我是不是有些交浅言深了？”

吴嘉文听完来龙去脉，哂笑一声：“你现在是一朝被蛇咬，十年怕井绳啊！”

顾念苦着脸：“这不能怪我啊，防人之心不可无，在经历了何丽之后，我现在就怕不小心被人从背后给黑一把。黑了我也就算了，要是还把你给连累了，那我多过意不去！”

吴嘉文：“那你倒是不用担心这个，她只不过想拉拢你而已。”

顾念奇道：“拉拢我？一个还没过试用期的新人？”

吴嘉文：“你以为呢？”

顾念摸摸下巴：“我好像没什么值得她拉拢的吧？”

吴嘉文：“雍凛是你男朋友，雍凛跟Santos都是牛津出身，Santos钦点你当他的女伴，你觉得有了这一层关系，你在他们眼里，还是一个普通的新人吗？”

顾念哭笑不得：“但我记得你跟我说过，中国区天高皇帝远，Santos这一层关系只是摆着好看，实际并没有多大用处。至于雍凛，且不说我不可能公私不分，就算我想让他插手，雍家的产业跟M&J这种奢侈品行业八竿子打不着，他想帮也未必能帮上，拉拢我有什么用？”

吴嘉文：“你也知道我们这一行，人脉很重要，你背靠雍家，就等于站在不一样的起点，而且你的工作能力也还可以，起码不会拖后腿，她当然会想把你争取过去，难道你让她去拉拢何丽吗？”

在很多人眼里，吴嘉文就是“公私分明，人情味不够”的代名词，而且他说话很毒舌，除了总监Gary，部门里基本没有没被他奚落过的。当然，他也不是无的放矢，像有一回吴嘉文跟卫玛合作一个case，后者负责的那一部分因为拖延进度，导致吴嘉文负责的部分无法如期完成，吴嘉文没有忍气吞声，立马就在部门会议上发作出来，卫玛心里怄气得要死，还不能不捏着鼻子继续合作。久而久之，吴嘉文刻薄的名声就传出来，在公关部里，他是出了名难合作的人，但因为工作能力出色，上头对他也没啥意见。

顾念：“Sue当上总监的可能性不大吧？”

吴嘉文："公司高层也有欣赏她的，觉得她不像Gigi那么要强，比较能够协调部门之间的关系，Gary的前任，就是上一任总监在的时候，我们跟行政那边的关系就闹得比较僵。不到真正的offer（任职通知书）下来，一切都有可能，要不然你以为她们在争什么？"

顾念："那你呢，你不是也有一争之力吗？"

吴嘉文的回答很跩："我的能力摆在这里，去哪里又有什么区别？"

他的回答，正是顾念所向往的境界，她希望有朝一日，自己也能达到对方这样的能力，那么真的就是在哪里都没区别了，因为你去哪里，都会受到欢迎，脾气好不好不要紧，能为公司带来效益，才是最重要的。

吴嘉文又叮嘱道："这些事情现在暂时跟你没什么关系，我推荐你去培训，就是不想让你掺和这些，你现在要做的是先把赞助合作的事情搞定，而不是关心谁当总监。"

顾念："我明白了。"

挂了电话，一夜好眠，第二天一早，苏影就来敲门，顾念收拾妥当，与她一道前往黄大仙祠。

"这边经常塞车，打车还不如乘地铁来得方便。"苏影来过几回，熟门熟路，带着顾念先在外头买了香，然后才领她进去。

今天不是节假日，来上香的人也络绎不绝，香火之鼎盛，直令顾念咋舌。

看出她的想法，苏影笑道："今天人还不算多，我们先排队上香，然后去求签，这里面没有解签的，外面有一条街，专门帮人家解签的，也有算命的，到时候拿着签文过去就行。"

顾念啼笑皆非，敢情因为此地的市场需求旺盛，还发展出一条龙产业来了。

苏影："外面还有卖各种平安符和风水物品的，你要是有兴趣，待会儿咱们去逛逛。"

左右上午也无事，就当体验港岛的市井风情了，顾念饶有兴趣，轮到她求签的时候，旁边传来苏影的声音："心诚则灵，心要诚，才能被神仙感应到，想问什么就求什么，一签一事，想问可以再摇，但要心无杂念。"

听起来有些神神道道，但顾念想起自己和雍凛两次交换灵魂的事情，再抬头看那尊笑而不语的神像，似乎也多了那么一些说不清道不明的神秘感。

她收起心中的那一点轻忽，拿起签筒，闭上眼默念心中想要询问的事情。

待她拿着签筒还回去的时候，苏影已经站在那里等着她了，见她过来，便笑："都记得数字了？走吧，去解签。"

这里不提供解签，摇签者要自己记得竹签上的数字，然后自己回去翻阅签文内容也行，去找人解签也行。

苏影兴致勃勃，拉着顾念来到她上回来的摊子面前，报出两个数字，一问事业，二问婚姻。

顾念举目四望，这条街很是热闹，不是每个摊子前面都坐着顾客，有的风水先生托着下巴，百无聊赖地打哈欠，有的摊子前面却还要排起长队，正在聆听解签的人一脸虔诚认真，许多人生遭遇重大转折的顾客，无法以人力解决，只能寄希望于神灵的帮助，期盼能够得到指点，走出困境。

她正看得出神，冷不防被苏影轻轻拍了一下："到你了。"

顾念回过神，坐下来。

"第几签？"算命的老头儿一头白发，满脸皱纹，眼睛半睁不睁，看着像没睡醒，但仔细一看，又似眼睛有些毛病，知道她们是内地人，特意换了普通话，只是语调有些古怪。

顾念："四。"

老头儿微微点头，从旁边一沓纸里抽出一张，看也不看，就递给顾念："第四签，中吉。我眼神不好，靓女你自己看吧，想问什么？"

调雏紫燕在檐前，对语呢喃近午天。或往或来低复起，有时剪破绿杨烟。

单从签文上看，顾念完全看不出个子丑寅卯。

"我想问一件事，这件事有点奇怪，实在不好意思，我没法具体描述，但我想知道，这件事还会不会发生？"

来到这里的人，十有八九都是问婚姻或事业的，唯独顾念奇怪得很，竟问了个连说都说不出来的问题，算命先生竟也没生气，还真认真帮她推演起来。

过了一会儿，老头儿点点头，肯定道："会。"

顾念心里咯噔一声："您确定吗？"

老头儿有点不高兴了："当然。"

顾念："那什么时候才能结束呢？"

老头儿："问遗失得之难定日，问天时丰歉未可知。不能问，该结束的时候，自然会结束。"

这种神棍式的回答，连苏影都不满意，忍不住帮顾念问道："师父，我们好不容易来一趟，您再给看看吧，这件事对我朋友来说很重要的。"

老头儿翻了个白眼："签文上就这么写，有就有，没就没，你们是来解签，又不是来算命的。"

顾念："我还求了一签，问的是最近的运势，麻烦您给看看，第八签。"

其实这一签，她是为雍凛求的。

老头儿："鸣鸠争夺鹊巢居，宾主参差意不舒。满岭乔松萝茑附，且猜诗语是何如。"

顾念满脸蒙圈："什么意思？"

老头儿抽出签纸，点点上面的字："鸣鸠争夺鹊巢居，鸠占鹊巢呀，最近运势有阻，可能还会有个劫数，一切小心为上，谨慎行事。"

接连两签的结果都不太好，顾念不太想去相信这种怪力乱神的事情，但灵魂互换的经历，又令她半信半疑。

"师父，请问有没有改运的办法？"

老头儿："这样吧，有没有生辰八字，帮你起个四柱看看。不过两支签两百块先结哦，起四柱要五百的。"

顾念嘴角抽搐，拿出两百，也不想起什么四柱了，直接拉着苏影就走。

Chapter 21
漂亮的一笔

虽说不违反公司规定，但也不符合规矩，但这是没办法的事，顾念只能舍小取大，面面俱到的完美是不存在的。

走到黄大仙祠外头，两人买了几个平安符。苏影对顾念道："你要是不放心，要不再回去找他算一算？"

顾念摇头："算了，其实那一签我是帮朋友问的，我也不知道他的八字，这种事信则有不信则无，就当给自己一个警醒，我会提醒他最近小心一点的。"

话虽如此，她还是给雍凛打了个电话。

雍凛正在开会，手机调至静音，但屏幕在桌面上亮起。

一名高管正在PPT前演示，雍凛看了来电号码一眼，旋即起身出去接听，虽然他尽量放轻动作，没有惊动演讲者，但这番举动仍旧引起不少人的注意，因为以往开会，雍凛都会直接关机，或者把手机放在办公室。

雍凛接起电话："念念？"

顾念："我没事，就是跟你说一声，晚上有酒会，回去会比较晚，到时候未必能给你打电话。"

雍凛："好，我知道了，你现在在外头？"

他听见电话那边的喧嚣吵闹声。

顾念："我跟同事来黄大仙祠逛逛，你是不是在开会，我没打扰到你吧？"

雍凛低头无声一笑："没有，那你在外头注意安全。"

短短几句话，家常式的内容，却莫名其妙地让雍凛有了好心情，原本开会时的微微不快也随之烟消云散。当他再次推开会议室大门，会议室里所有目光齐刷刷往他这边看过来，也让他面上那一抹笑意没来得及收回去。

陈庄轻咳一声："Bill讲完了，您要不要说点什么？"

雍凛若无其事地点点头，走到自己座位前坐下，翻出记录，开始说。

众人看在眼里，难免各有想法。

雍凛接过公司的时候，公司规模并不大，因为经营状况不好，还濒临倒闭，现在的高管很多都是跟着他一路走过来的，自然知道这位老板并不像外界传闻的那样，坐拥金山银山，什么都不用愁。他的家世固然让他拥有比别人高的起点，但雍凛本身的努力也是公司的人都能看见的，年轻一点的女性职员不乏在私底下揣着能跟老板谈恋爱的梦想，毕竟富二代常见，事业有成又人品不错的富二代却不多。

梦想人人都可以拥有，但大多数人知道，这种平民姑娘与豪门结合的故事，在现实中发生的概率小之又小，直到八卦新闻里顾念的出现，跌破了许多人的眼镜：原来富家公子哥儿真会喜欢上一个小店员，童话里的故事，在现实中未必不会发生。

散会之后，雍凛跟陈庄一并先行离开，他的本子留在桌上，由秘书进行整理之后再送过去。

程璧拿着那个本子，却久久没有挪步。

林琳瞟了一眼："看什么呢？"

程璧抬头笑了一下："老板的字写得也不错啊！"

林琳随口漫应："是啊，他练过毛笔字的。"

程璧有点吃惊："老板还练过毛笔字？"

林琳："是啊，很奇怪吗？"

程璧："没有没有，我就是听说他去英国留学很多年，还以为他的生活方式比较欧洲化呢。"

林琳笑道："那没什么，以后我的孩子长大了，有条件，我也会让他中西兼备的，学学书画，再学学马术什么的，不过你别看老板很严肃，实际上人挺好的，只是对大家工作要求严格一点，公司福利比起国内同行业的大公司，都不逊色的。"

程璧："是啊，我闺密就在'司徒'上班，她那边的福利，的确跟我们差不多，我们的年假反倒还要更多一些。"

说罢她笑嘻嘻地问："琳琳姐，外头都说老板有女朋友了，是真的吗，你见过那个女孩没有，漂不漂亮？"

林琳白了她一眼："你怎么这么八卦？"

程璧嬉皮笑脸："可不单是我想问，小欢她们都在八卦，老板长得这么帅，很难让人没有念想啊。"

林琳："我知道得不多，也没见过真人，只听说对方在M&J上班，应该还蛮漂亮的吧。"

程璧"哇"了一声："那他们怎么认识的，对方家世应该也旗鼓相当吧？"

林琳："没有吧，听说那女孩子家境蛮普通的，就跟我们一样，之前是因为老板正好去M&J买东西，对方负责接待，两人就看对眼了。"

程璧面露惊叹："这简直比小说还要小说吧，两人差距这么大，真能在一起？"

林琳笑道："你没见过人家，怎么知道差距大不大？"

程璧半是羡慕，半是遗憾地叹了口气，没说什么。

林琳却似乎看透了她的心思，带了几分玩笑和提点："不管对方是什么样，这都不关我们的事，老板的女朋友，老板喜欢就行，咱们只是他的员工。”

程璧掩去心中的失落，撒娇道：“知道了，琳琳姐，你婚假去哪儿度蜜月了，怎么不给我们看照片？”

林琳笑了笑，没有戳穿她的小心思：“回头我发群里咯！”

程璧对老板有好感，这并不奇怪，雍凛这么优秀的人，没人喜欢才奇怪。不过喜欢归喜欢，大家没有傻到会去亲自表白的地步，顶多就是私底下八卦讨论，满足一下自己的少女心，直到顾念的出现，让她们觉得少女心也有可能实现的一天，这才有些跃跃欲试。

下午的培训风平浪静，对苏影而言不过是例行公事，对顾念而言却收获颇多。

她从底层升上来，一开始没有接触过这个行业的系统知识，自己在业余时间固然也看了不少书，但总比不过一个专业人士帮忙把知识点梳拢在一起来得清晰。

开完会，两人在酒店房间换身衣服，拾掇一下，准备去赴电影首映礼之后的酒会。

苏影掏出小镜子，再次确认发型没有乱，朝顾念吐吐舌头：“都怪会开得太晚了，我都还没来得及了解新电影讲什么，你知道不？”

她不是赵和的粉丝，也没留意过这部新电影，虽然大家去参加酒会，都是冲着拓展人脉和交情去的，但要是连电影内容都聊不上来，未免有点尴尬。

顾念：“是一部反腐和商业片，讲港岛一名富翁被绑架失踪之后牵扯出来的一宗惊天反腐案，赵和在里面扮演廉政公署调查主任，跟警方从对立到合作，最后联手破获案子，我看过预告片，还挺有意思的，可惜今天下午开会时间太长，白白浪费了两张首映的票。”

苏影：“这种片子要是故事情节不错，大家演技在线，一般都不会差到哪里去的。”

顾念笑道：“所以我们等会儿可以先恭贺人家票房大卖了。”

苏影：“你今天来参加酒会，是不是为了周惜媛那个合作项目？”

大家同在一个公司，苏影知道周惜媛忽然退出合作可能与赵和有关，甚至还主动提出照合同赔偿，具体因为什么，却不清楚。

顾念苦笑：“是，现在时间紧，找其他人就得重新走流程，我找机会跟赵影帝聊聊，看能不能说服他改变主意。”

苏影：“应该可以的，我没跟他合作过，但听Emma说，他还挺好说话的，私底下也没架子。”

顾念心想不见得吧，真要没架子，不至于连雍凛也搞不定。

说话间，两人已经将邀请函递给门口的侍应生，然后通过验证，进入酒会现场。

新电影宣传攻势颇大，请来了不少媒体助阵，门口也有偌大的海报与易拉宝宣传。苏影是负责平面媒体维护的，放眼望去就看到了不少老熟人。

“《新周之夜》的总编也在，我过去打个招呼。”她原想过来好好放松一下，谁知看见常年的合作方，下意识又开启了工作模式。

顾念笑道：“去吧。”

她自己则端了一杯香槟，低头喝了一口，不露声色地搜寻自己要找的人。

赵和正在跟《悬崖》的导演说话，警匪反腐题材的票房一向比不上那种大场面大特效的制作，但这部电影大家都很费心费力，当然希望能有个好结果，电影首映反响不错，算是给制作方吃了一颗定心丸，赵和作为主演之一，钱导必然要跟他多聊几句。

“你接下来有什么打算，下部戏定了吗，我听说老李给了你两个剧本，让你选一个，主角都是为你量身定做的，怎么样，考虑好没有？”

赵和摇头失笑，正欲回答，忽然看见一个人朝这边走来，笑容不由得淡了。

顾念上前，先朝钱导伸手：“钱导，您好，久闻大名。”

钱导看着眼生，还以为是哪个新生代女演员，迷迷糊糊跟对方握了手：“你好，你是……”

顾念：“M&J的公关部助理，Nina。”

只是一个小小助理，连试用期还没过，但隔行如隔山，M&J的名头摆出来，立马变得高大上，加上顾念又不靠他们吃饭，没什么利益交换，钱导的态度依然友好，没摆什么架子，还开了个玩笑：“M&J对进军电影行业也有兴趣吗？”

顾念含笑：“暂时没听到这方面的消息，不过赵先生是M&J的品牌挚友，我们是肯定要来捧场的。”

钱导恍然，拍了一下脑袋，哈哈笑道：“我差点忘了这茬儿！”

赵和却似笑非笑：“顾小姐真是神通广大，连这里都能找上门来！”

顾念摊手做了个无奈的姿势：“正好在港岛出差，听说这里有您的首映礼，立马就过来了，我可是您的粉丝！”

钱导不是傻子，自然也看出两人之间的针锋相对，不由得诧异，照理说，赵和不可能去为难自己的赞助商，但眼前这一幕着实有些古怪。

赵和挑眉：“是吗，刚刚首映好像没看见你。”

顾念脸不红心不跳：“可能人太多了，您没看见吧。”

赵和：“那顾小姐看了电影之后有什么感想？”

顾念笑道：“赵先生演技太好，全程我的目光都跟着你，差点移不开眼，不过剧情也很精彩，难得看到一部电影会重点表现港岛警察与ICAC（廉政公署）之间的对立与矛盾，要知道这一类题材以往都很少的，希望续集快点出来。”

钱导原想走开，此刻忍不住想听听普通观众的意见，就问顾念：“那你觉得警察和ICAC这条线有没有彻底表现出来，你能不能看明白？”

顾念：“我是可以，因为我之前特意为了这部电影，去了解过港岛的各项制度，发现ICAC的成立，其实就是为了应对警队的贪污，警队甚至因此发起过大游行，所以打从二十世纪七十年代起，双方的关系就很紧张，但这样的背景前提，内地观众并不知道，所以可能不会明白，为什么明明都是政府执法部门，彼此却互相看不顺眼。”

因为事先做足了准备，钱导根本不知道她居然真的连电影都没看过。

钱导皱眉：“但这些前情提要，本身就很难在电影里说清楚。”

顾念含笑：“是的，所以只能事后开个官方粉丝问答会，或者接受采访，解答观众的疑惑，这些想必钱导都会考虑到，就不需要我这种外行人来指手画脚了。”

似乎没想到对方居然真的关注过内容，甚至为此做过功课，赵和有些意外，抵制反感的心态略略少了一些。

碰到个明白用心的观众，钱导也挺高兴：“你这样用心的观众，正是电影首映需要的，我希望多来几个，你要是有兴趣，我的下部电影首映，再给你寄邀请函。”

赵和笑道：“您还不知道吧，Nina是雍凛雍先生的女朋友，说不定未来还是雍氏的儿媳妇，就算没有M&J的关系，她也能拿到邀请函的。”

钱导有些讶异，见顾念没有否认，对她的态度自然更加亲切。

顾念兵来将挡：“通过别人拿到的邀请函，怎么比得上钱导亲自给的，这可说定了，回头我一定叨扰您。”

钱导哈哈一笑：“当然，绝对不会忘，回头你把邮箱或电话给我就好！”

他见两人似乎有话要说，便没有再戳在这里：“你们聊，我先去那边跟老朋友打声招呼。”

说罢拍拍赵和的胳膊，转身离开。

赵和举杯微微示意了一下：“顾小姐，我很佩服你的毅力，不过如果你是为了周惜媛而来的，就可以不用再开口了。”

顾念面不改色：“我听说，赵先生的下一部电影，是现代都市题材的，您在电影里也有参股投资，是不是？”

赵和笑了笑：“不错，这不是什么秘密。”

顾念：“M&J可以为这部电影提供一定的赞助，比如说，男女主角的衣服鞋帽、手提包，等等，不知您有没有兴趣？”

赵和有点惊讶：“这好像不是你职权范围内能够决定的事情？还是说，雍先生帮了你的忙？”

顾念摇摇头，轻叹了一口气：“赵先生，我不太明白，是哪里令您对我的工作能力产生了误解，让您觉得我是一个需要处处依靠男朋友的人？您也知道，雍凛是一个很优秀的人，假如我没有优秀到足以与他匹配，您认为他是看上了我哪一点？我还以为，像您这样眼界开阔、事业有成的人，不会拘泥于这种陈腐之见的。”

赵和哼笑一声，面色依旧温文尔雅，语气却不怎么友善：“顾小姐今天是来给我上男女平等课的？”

顾念笑了笑，没有计较他的态度，自己今天是为工作而来，达到目的就算成功，反正又不跟人家交朋友，管他什么态度什么性格。

“赵先生误会了，我只是在跟您提一个双赢的建议。据我所知，您那部新电影的确需要不少服饰赞助，目前你们正在跟Valentino谈合作，但合作暂时还没能拿下来，从各方面来看，M&J并不比Valentino差，甚至还要更胜一筹，您是我们的品牌挚友，合作不是不可能的。”

赵和挑眉：“我的经纪人，之前一直是跟你们公关部的Emma联系，如果可以赞助，为什么我这边没有收到消息，而是你来跟我说这件事？”

顾念：“因为这件事并不是由Emma负责，而是我直接向欧洲总部那边提出的方案，他们接受并认可了，如果你这边也有意向的话，后续的合同条款自然由双方律师来跟进。”

她通过Santos的关系走了一个小小的“后门”，将这份方案提交，Santos将这份方案交给中国区的高层，使得这件事以出乎意料的效率进入审核状态。

但事实是，Santos是M&J的副总裁，他不可能单凭自己跟雍凛的校友关系，就徇私帮顾念，必然是顾念那份方案，的确能够打动他，也打动中国区这边的高层。前些年一些大牌为了提升宣传力度，纷纷与影视方进行合作，电影植入是一方面，还有的牌子直接拍摄自己的微电影，但M&J一直以来走的是传统高冷路线，而且M&J内部有一部分声音，那就是觉得广告植入会降低M&J的格调，他们没法想象电影里出现一个大广告牌上面印着M&J的logo(标志)，或者男女主人公干着一份跟M&J定位完全不符合的工作，却提着M&J的包，认为那样非常low。

所以当时看到赵和的新电影时，顾念就眼前一亮，因为赵和这部电影不同以往，讲的是中国人在美国当白领，从底层一路升职的经历。当主人公的职位升到一定高度，成为地区总裁时，穿着M&J的衣服，戴着M&J的袖扣，跟同样提着M&J皮包的女性角色在一起，不仅不突兀，反倒恰到好处。简而言之，这部电影，就像是一部奢侈品宣传片，更像是为M&J量身定做的一般。

观众看到的是剧中人物在职场上的钩心斗角，而M&J则提升了整部戏的格调，这就是顾念的方案能获得通过和青睐的原因。

制片方本来也有这个想法，才会跟Valentino谈合作的问题，但Valentino似乎对此并不感兴趣，也不认为一部中不中、西不西的电影能给品牌带来什么提升，所以谈判一直处于胶着状态。

赵和不是没考虑过M&J，但之前他让人跟卫玛联络过，卫玛给他的答复是：M&J对这样的合作，恐怕也不会太感冒。

然而现在峰回路转，顾念居然主动提出合作，就像馅饼从天而降，这个诱惑对赵和来说，也是很难抗拒的。

“你的条件呢？”赵和道。

顾念：“赵先生，做人留一线，日后好相见，周惜媛得罪了您，照圈里的规矩，您想封杀她或排挤她，这都是您的权利。但这件事跟M&J无关，而且我们原本就已经跟周惜媛签订合同了，她为了您一句话，宁愿付违约金，也不敢继续留下来，我希望您能看在未来与M&J继续合作的分儿上，网开一面，这样大家都好，何乐不为呢？”

赵和揶揄：“我没想到你会用这么大一块儿蛋糕，来换取周惜媛跟M&J的继续合作，她是不是你的救命恩人，值得你这样对她？”

顾念耸肩：“我这样做不是为了她，只是为了工作。方案通过，赵先生不用再头痛，而我自己的履历也能增加很漂亮的一笔，和气生财，退一步海阔天空，以后在别的事情上，您想打压她，M&J也管不着，您说是不是？”

平心而论，赵和承认她说的都是对的，但他不愿意就此对着一个女人低头。

“我需要考虑一下，不可能现在就答复你，回头我的经纪人会跟你联系。”他道。

顾念：“您可以慢慢考虑。不过据我所知，您与M&J的合同，还有几个月就到期了。”

赵和反问：“你在威胁我？”

顾念笑了笑：“不敢，只是提醒您一声，林老师，就是林枫，对成为M&J新的品牌挚友也很感兴趣，正在积极与Emma那边联系，所以您思考的速度，最好稍微快那么一点，如果有电影合作的项目在手，我想Emma那边也不好意思不争取继续跟您续约的，您说是吗？”

她的笑容很矜持淡雅，但在赵和看来十足讨厌，自他到了一定地位之后，顾念是少数敢这么当面跟他说话的人，尤其还是一个女人——表面彬彬有礼，却句句都暗含威胁，至少在赵和听来是这样。

这让他心里很窝火，却没有什么办法，毕竟人家不混娱乐圈，更不是他的助理手下。

两两对视，不知道的人还以为他们看对眼了，只有当事人能够感觉到彼此对阵的火花。

更让赵和不爽的是，这女人，仅仅是M&J一个助理，却迎着他的眼神，丝毫不怯场，没有半点退却的意思。

“我说过，我会考虑的。”赵和一字一顿地强调。

当他再次说出这句话的时候，顾念就知道对方已经妥协了，否则会更硬气地当场拒绝。

顾念举杯致意，在心里给自己比了个胜利的手势，面上则要努力控制住脸上的笑容不要太过灿烂，以免激怒对方：“谢谢您，赵先生。”

赵和轻哼一声，几乎听不见。

以他多年历练出来的控制力，本来连这声闷哼都不会有的，但今晚他句句被顾念压着打，心里实在不爽到极点。

赵和：“顾小姐这样厉害，准备这样充足，连钱导都对你刮目相看，的确令我很惊讶，不过我想给你一句忠告，女人可以聪明，但千万不要锋芒毕露，男人一般都不会喜欢锋芒毕露的女人，尤其是雍先生那种成功的商人，更喜欢一个小鸟依人、善解人意的女朋友。”

顾念微微一笑：“多谢您的提醒，我的手机号码上回给过您的助理了，如果您考虑好了，可以随时联系我。祝您有个愉快的夜晚，我就不打扰了。”

她没有跟对方打嘴仗，因为根本没有必要，对方不知道她跟雍凛之间经历的事情，自然也不了解他们的关系。

那头苏影正好跟人聊完，见顾念走过来，便问：“怎么样，赵和怎么说？”

顾念耸肩摊手：“不知道，我尽力了，不行就算了。”

除了吴嘉文，部门里谁也不知道电影合作的项目方案，顾念甚至连总监潘明都没汇报，因为潘明将卫玛视为接班人，难保他不会告诉对方，如果卫玛知情，说不定会从中截和，把项目抢过来自己做，毕竟是她一直在跟赵和联系。

所以这次的事情，顾念等于是在剑走偏锋，越级上报。虽说不违反公司规定，但也不符合规矩，但这是没办法的事，顾念只能舍小取大，面面俱到的完美是不存在的。

苏影没看出什么，只能安慰顾念："算了，这件事你本来就是中途接过来做，没有从头跟到尾，就算有些瑕疵，Gary也不会怪你的。"

目的达成，顾念就不想再在酒会闲逛了，赵和看见她本来就心烦，等会儿多看几眼，说不定怒火上涌，改变主意，所以顾念跑去跟钱导要了联系方式之后，就跟苏影说了声，先走一步，回酒店房间休息。

回到房间，她美美地洗了个澡，正拿着浴巾擦头发，赵和的助理就来电话了，对方言简意赅，说赵先生经过考虑之后，决定同意顾念的提议，问什么时候可以开始谈合同。

赵和远比自己想象中来得着急，顾念心中一喜，告诉对方，这两天她会让律师草拟合同，后天就把合同邮寄过去，细节条款可以慢慢商量修改。

搁下电话，她按捺不住兴奋，在床上翻了几个跟头，想想觉得不过瘾，又用手机放上音乐，在床上蹦来跳去，扭了一段不知什么内容的乱七八糟的舞。

不难推测，刚刚她离开之后，赵和肯定是去试探林枫或跟林枫有关系的人了，试探的结果表明，顾念说的话是对的，林枫的确有意跟M&J合作，赵和知道之后肯定就急了，立马让助理打电话过来，同意合作。

既然接受顾念的提议，那么之前对周惜媛的打压，自然也就取消了，大家心照不宣，无须多言。

顾念忍不住对着镜子，手捧大脸，自我陶醉："顾念，你好棒！你怎么就这么棒呢？”

这种独孤求败的心情实在是太寂寞了，她没忍住手痒，给雍凛拨了个电话过去，叽里呱啦说了一顿，才似想起什么：“你还在加班吗，我没打扰你吧？”

雍凛居然也很有耐心地听她说完：“没有，我今天回家早，刚准备去洗澡，你很棒。”

自己对着镜子夸毫不脸红，对方一句话，竟让顾念耳朵发热。

她有点害羞了：“你得适当打压一下，免得我得意忘形，乐极生悲。”

雍凛笑了一下：“有我在，忘形又有什么关系？”

这简直比“我爱你”的杀伤力还要强，顾念绝不承认自己的心因此漏跳一拍。

顾念：“我后天回去。”

雍凛“嗯”了一声：“那天我会早点下班。”

他现在才意识到，如果没有那场意外，自己真的跟顾念分了手，可能就再也看不到她这么活泼逗乐的一面。

雍凛现在也开始尝试去分享，将公司一些事情告诉顾念，两人聊了好一会儿才挂电话。

但没过十分钟，顾念的手机再度响起。

她以为是雍凛，看也没看就按下接听键。

谁知那头响起的却是一个熟悉的声音：“小念，你这两天抽空回家一趟吧，你爸生病了。”

听见这个声音，顾念微微一愣，再定睛看了看手机上显示的人名，才反应过来：“妈，爸生什么病了？”

毕业后这几年，顾念都会定期转账，寄生活费给家里，但跟家人的联系不是很多，即便是弟弟顾恩，顶多也就是半个月一次的联系频率。平时没事，父母很少打电话给她，说起来，这也是比较长的一段往事。

母亲黄海菡道：“你爸心脏有点问题，你要是有空就回家来看看。”

顾念微微蹙眉：“严重吗？”

黄海菡：“现在还不晓得，在等检查结果，顾恩已经请年假回来了。”

母女二人没有久未联系的惊喜亲密，有的只是平平淡淡的三言两语。

顾念想了想：“我现在在港岛出差，明天还有一天，我会坐明晚的班机回去。”

“这么快！”女儿如此果决，黄海菡反倒有些不习惯，她迟疑了片刻，“但你的房间还没收拾出来……”

顾念淡淡道：“没关系，那我在附近找个酒店好了。”

黄海菡没有再反对：“那你一路小心，航班起飞前给我发个短信，我先准备点吃的，等你回来。”

顾念答应下来，母女俩都没什么多余的话题，很快就结束通话。

轻轻叹了口气，顾念打电话给雍凛。

顾念明天结束出差之后，是可以有两天调休的，两人原本说好去度个假，但现在明显是去不成了。

雍凛默默听完，忽然问道：“你跟你家里的关系，是怎么回事？”

顾念调皮道：“雍先生可真行呀，忍了这么久，都没有自己去查？”

雍凛实话实说：“本来是想查的，但怕你不喜欢，就没有查了，等你愿意说的时候再说。”

顾念抿唇一笑：“其实也没什么不能说的，当年国内实行计划生育，但我爸妈想生二胎，就把我送到奶奶那儿，所以直到上小学前，我都是跟奶奶一起过的。不过我们也没什么矛盾，只是我从初中起就寄宿在学校，后来上了大学更是生活在外地，真正跟家人住在一起的时间就只有小学那几年，顾恩比较喜欢缠着我，所以我跟他还算亲近，但跟父母的感情难免就比较淡。”

雍凛：“上回我听顾宁说，你好像跟家里发生了一些不愉快？”

顾念：“大学毕业之后，我爸想让我考公务员，留在当地，我不愿意，他们听说我要去当boutique sale，就觉得很不可思议，你也知道，老一辈的思想很传统，他们无法接受超出自己认知的东西。”

雍凛闻弦歌而知雅意：“他们觉得你丢了家里的脸面？”

顾念耸肩：“但我并不想考公务员，我不喜欢那种按部就班、规规矩矩的日子，所以难免有些冲突，我爸一气之下，就放了狠话，让我以后别回去了。我爸那个人吧，性子比较偏执，说出的话轻易不会改变，我如果回去了，肯定得吵起来，所以我就每个月寄些生活费，人就不回去了，反正有我弟在，他会常常帮我回家尽孝的。”

因为她从小没有生活在父母身边，所以才养成这种外柔内刚的性子吗？

雍凛并不觉得缺憾，反而是有些心疼，可惜隔着电话，怎么也抱不到那副温软的躯体：“我跟你一起回去吧，正好见见他们。”

顾念笑道：“还是别了，下回吧，我爸心脏不太好，你突然出现，真把他给吓成心脏病就惨了。”

她还有心思开玩笑，说明其实自己也没有为父母是否宠爱的事情而感到非常难过，雍凛忍不住也跟着笑了。

Chapter 22
顾家

世间很多缘分都无法强求，爱情友情如此，亲情也是如此，有些人注定生来受尽父母宠爱，有些人则注定生来孤独。

第二天的培训是一整个白天，直到下午五点才结束，如果没有意外，接下来两天，顾念和苏影可以休完两天假期再回公司，苏影决定留在港岛继续度假，而顾念则在七点赶到机场，乘飞机回家。

R市离港岛不远，回到家的时候，是十点半左右，顾念先到订好的酒店入住，把行李放下，告诉家人自己已经到了，再换身衣服回家。

顾家的家境其实不差，顾安国早年辞掉公职之后下海经商，攒下一笔不小的财富，只是后来时势变化，生意变得惨淡，剩下两个铺面在经营，可比上不足，比下有余，也算是小康人家了。但也许是因为早年的经历，顾安国对自己辞职的事情耿耿于怀，更加希望自己的儿女能够当公职人员，可惜顾念和顾恩，最后谁也没有从事公职。

来开门的是顾恩，看见顾念，他很高兴："姐，你回来了！"

再低头看看顾念，手里除了一袋滋补品，什么也没有。

顾恩："你的行李呢？"

顾念走进去："我不住家里，反正后天就要回去了，就不用麻烦妈再特意收拾了。"

顾恩咕哝："收拾一套被褥而已，你回到家还住外头，太不像话了！"

"回来了？"母亲黄海菡端着一锅热腾腾的云吞过来，笑道，"赶飞机累了吧，快先吃点东西，鸡汤云吞，你最喜欢吃的。"

顾念笑道："谢谢妈，爸呢？"

黄海菡："他身体不舒服，在里头躺着，等会儿你吃完进去打声招呼就行。"

顾恩也跟着过来蹭夜宵："妈，家里还有两个房间，怎么不让姐在家里住啊？"

黄海菡："你姐临时决定回来，两个房间堆满杂物，来不及收拾了。"

顾恩口无遮拦："我刚刚去看了，就一个房间有杂物，另一个房间空着的呀！"

这熊孩子！要不是顾念在场，黄海菡都想上手揍了。

被母亲恶狠狠瞪了一眼，顾恩还摸不着头脑，一脸无辜。

再看顾念，埋头苦吃，仿佛没听见他们俩的对话。

顾恩哎呀一声："姐你可真贼，别把汤都喝了，留一口给我啊！"

顾念头也不抬："谁让你只顾着说话。"

黄海菡看着女儿，心情有些复杂。

她承认，十指有长短，自己的确更偏爱儿子一些，但那也是因为儿子自小生活在身边，又是年纪小的那个。她自问对顾念同样尽到了做母亲的责任，可不知怎的，母女之间就是少了那么点缘分，两人凑在一块儿，要是没有顾恩插科打诨，直接无话可说。

黄海菡："小念，你今年也不小了，有考虑过谈男朋友吗？"

顾念很自然地回应："我有男朋友了。"

黄海菡一愣："怎么没听你说过？"

顾念笑了笑："这不就说了吗。"

黄海菡："谈到什么程度了，有空带回来坐坐，吴老师你也认识的，他的儿子年纪跟你差不多，现在在海关部门已经升到副处了，挺好的一个小伙子，各方面条件都很优秀，你要不要见一见？"

顾念态度依旧平和，语气却不容改变："妈，我跟男朋友的感情很稳定，说不定很快就能结婚。"

"结什么婚？"插话的却是听见动静从房间里走出来的顾安国。

"你不是在屋里躺着吗？"黄海菡扶他坐下。

"睡不着就起来了。"顾安国的脸色还可以，没有电话里形容的那样严重。

顾念："爸，你身体怎样，医生怎么说？"

父女俩上一回闹得不欢而散，再次见面，都很默契地没有再度提起。

顾安国没好气："医生说死不了！"

黄海菡嗔怪："孩子好不容易回来一趟，你说这些气话做什么？"

顾安国："吴老师那个儿子，我也见过，一表人才，年纪比你大几岁，正好懂事体贴人，你跟顾恩两个人，谁也不肯去考公务员，那找个公职人员当男女朋友，总没问题了吧？"

父亲对公职人员的执念是有多深？顾恩苦着脸，帮姐姐说话，也是帮自己说话："爸，你就饶了我们吧，能不能谈得看缘分，谁能照着职业来找对象？"

顾安国皱眉："所以你妈不就给你姐找了个吗，合不合适，见了才知道。"

顾念温和道："爸，我有男朋友了，这样脚踏两条船，不合适。"

顾安国："什么叫脚踏两条船，你们又还没定下来，我只是让你去见见，没让你见了就要谈！"

顾念："那样也不好。"

女儿太固执，顾安国拿她没办法："你那个男朋友是做什么的？"

顾念："他是做生意的。"

顾安国想了想："那不错。"

正当顾念以为父亲转性了，就听见他道："做生意的，天南地北地跑，不需要一定待在S市吧，那你就可以回家来考公务员，然后让他也过来。"

顾念彻底无语了："……"

她觉得自家父亲就跟《范进中举》里的范进似的，范进视中举为毕生成就，而父亲则对公职念念不忘。

顾恩帮腔："爸，你不知道，未来姐夫是自己开公司的，不可能把公司搬到S市。"

顾安国和黄海菡都有点意外。

顾安国又问："公司很大？"

顾念谦虚："也不算大。"

顾安国："既然他是老板，把总部搬过来也没问题吧？"

顾念："……"

话不投机半句多，任凭顾念口齿再伶俐，能搞定再刁钻的人，面对父母，却总是无可奈何的，大家这么多年没在一起，彼此之间本来就没多少感情，非要凑在一块儿说些团圆亲情的话题，谁都觉得累。

顾安国见她不肯开口，也拿她没办法，训斥两句就起身回房休息了。顾念帮母亲将碗筷收拾到厨房，就拉着弟弟顾恩去阳台说话。

"爸的身体到底怎么样了？"她问。

顾恩："其实没什么事，医生说他早搏，要多注意休息，我听他们说，之所以让你赶回来，主要还是想让你见见他们说的那个吴老师的儿子。"

顾念不快："为了这个，就十万火急地把我叫回来？"

顾恩吞吞吐吐："其实他们主要还是想找借口见见你吧，你一直没回来，其实他们心里也怪想念你的，就是说不出口，你发现没有，这几年妈头上也多了一些白发。”

顾念自然发现了，想想母亲几回欲言又止的表情，她心头一软。

虽然彼此很难沟通，如鸡同鸭讲，但毕竟是父母子女，总有割不断的血缘。

顾恩：“其实你不在的时候，他们在我面前最常聊起来的就是你，这次也是因为你答应回来，才急急巴巴地把我也叫回来，就是怕我不在，你们仨又冷场。”

顾念拍拍他的肩膀：“我知道了，你最近怎么样，跟女朋友复合了吗？”

顾恩赧然：“早就分了，上回被你骂得那么惨，难道还不清醒吗？最近我都要努力工作，暂时不考虑儿女私情了。”

顾念白了他一眼：“那也不能吧，有合适的也别错过，你这叫矫枉过正！”

顾恩拍拍胸膛：“职位未升，何以家为？”

顾念被他逗笑：“我去找爸妈说两句。”

顾恩笑道：“我跟你一起，咱们偷偷地给他们一个惊喜。”

姐弟俩去厨房绕了一圈，找不到黄海菡，又去了父母的房间。

房门虚掩着，父母正在里头说话，声音不大，但能听见，他们也不可能料到顾念、顾恩会在外面。

“小念难得回来一趟，你还让她住酒店？”这是父亲的声音。

顾念暗暗一叹，回想刚刚自己对父亲的态度是不是太强硬了。

这时候母亲小声说：“还不是小恩，我以为他会带女朋友回来，稍微讲究一点，就算他们私下同居了，还没结婚，总不能当着我们的面住一个房间吧，我就想着留个房间给他女朋友。”

顾安国：“小恩哪里带女朋友回来了？”

黄海菡：“上回我听他说谈了女朋友，也没多想，电话是先打给小念的，谁知道后来一问，才知道小恩那边分手了，总不好又去跟小念说有房间了吧，这孩子还不得多想！”

顾恩看见顾念的表情，心里一急，忍不住推门进去：“爸、妈，你们怎么能这样！就算我带女朋友回来，也不能让我姐住酒店啊，我让女朋友去住酒店不行吗？”

两人没防备顾恩和顾念会突然出现，冷不防一愣，黄海菡脸上更是带着几分尴尬。

顾安国沉下脸色：“非礼勿听，书都白读了吗？”

顾恩快人快语：“那还己所不欲，勿施于人呢！您当年辞了公职下海，怎么现在反倒总要我们去考公务员，要么就是让我们找个公职对象，您自己都不愿意做的事情，怎么能强加在子女身上！”

顾安国怒道：“正因为我经历过，后悔当年的决定，所以才想让你们走更好的路，如果我当年没辞职，现在已经在省厅了，你们有能力考，家里又有这样的门路，为什么就不肯听话呢！”

顾恩：“爸，好不好，得自己试了才知道，我们都是成年人了，自己有判断，您别再强迫我们了成不？”

他又对黄海菡道：“妈，姐不在的时候，你们总念叨着她，怎么她一回来，反倒变成草了？”

黄海菡恼羞成怒：“我还不是为了你！”

一句话暴露了自己心中的天平。

顾念什么也没说，她的脸色平静得好像与己无关。

弟弟的心地是好的，不能将心中对父母的意见发泄到他身上。

顾念：“时间不早了，我先回酒店，明天再过来，爸是不是还得去做个复查之类的？”

顾安国有点不自然：“不用了，医生只说注意休息。”

顾念点点头，对顾恩道：“你陪我下楼吧。”

顾恩似乎意识到自己跟姐姐发现了什么了不得的真相，一路上战战兢兢，有些不敢开口。

顾念啼笑皆非，拍了他的脑袋一下："为什么跟做贼似的！"

顾恩垂头丧气："对不起啊，姐，我没想到我一回来，害你连住的地方都没有，要不你住我那个房间吧？"

顾念："我已经订了酒店，行李也都放好了，别来回折腾了。"

顾恩小心翼翼窥她一眼："你真不介意？"

顾念斜了他一眼："我要真介意，早在你出生那会儿就把你打死了，要是事事都放心上，计较谁对我好一点，谁对我不够好，那我不得累死呀？"

顾恩松了口气："那就好，你可别心里憋着，要是不痛快就打我吧。"

顾念面无表情："那行，你说的，跟我回酒店，让我揍一顿再说，从上回你交了那个女朋友开始，我就忍你很久了。"

顾恩震惊又害怕："你……你来真的？"

顾念看他跟受惊小鹿似的眼神，忍不住扑哧一笑。

其实只要摆正自己的心态，就不会觉得日子难过，跟父母相处也是这样。有时候期望越大，失望就越大，经过昨晚的小插曲之后，顾念反而感觉自己彻底放下了。

她以往太苛求，总觉得父亲专制，母亲更偏爱弟弟，加上小时候的经历，心中更加不平，容易衍生负面情绪，但其实换个角度看，他们并不是不关心自己，只是相对顾恩来说，自己被摆在不那么重要的位置上而已，世间很多缘分都无法强求，爱情友情如此，亲情也是如此，有些人注定生来受尽父母宠爱，有些人则注定生来孤独。

顾念觉得像自己这么聪明伶俐、乐观坚强的人，又拥有了雍凛，如果还不知足，要求更多，岂不天怒人怨？

到时候上天觉得她拥有太多，一个雷劈下来，不是让顾念和雍凛交换身体，而是把她劈到非洲土著的身体里，那就不是一个惨字能形容的了。

顾念向来是很能自娱自乐的，想想那幅情景，她就乐不可支，些许郁闷也就自我排解了。

反倒是离别的时候，黄海菡带着几分不自在，对顾念道："小念，你那个男朋友，有空也带回来看看。"

顾念笑道："好，下次吧。"

她提着行李上了出租车，准备前往机场，母亲站在车窗外殷切望着。

目光落在母亲鬓边的一点白发上，顾念暗暗叹了口气，扬起手，向她道别。

车徐徐开走，顾念回过头，黄海菡并未立即走开，还站在那里目送她离去。

顾念回身坐好，望向前方，顺带将心底那一抹惆怅轻轻抹去。

机场一如既往地热闹，顾念过了安检，看看时间还早，准备先去商场逛逛。

通知航班的广播在候机厅回荡：顾念旅客，请您听到消息之后前往××航空公司的VIP候机室。

顾念顿住脚步，茫然抬头，直到第二遍广播，才意识到是在叫自己。

她低头看一眼机票，自己订的明明不是那个航空公司的机票啊，难道是同名同姓？

顾念抓住一个路过的地勤人员，询问从这里到广播里说的候机室有多远，当对方回答说那个候机室在另一个航站楼时，懒惰的顾念决定装作听不见，万一去了发现真的是在找同名同姓的人，那自己还得再跑回来一趟，多不划算。

她哼着小曲，甩着小手，开始逛起商场。

雍凛却快要郁闷死了。

他好不容易浪漫一回，想着顾念跟家里关系不好，这会儿心情肯定低落，急需爱人的安慰，所以特意打听了她回去的时间，放下手头公务赶过来接她，想给她个惊喜。

谁知道广播几遍之后，依旧不见人影。

雍凛忍不住问候机室的工作人员："在厕所里听得见广播吗？"

对方哭笑不得："听得见的，您放心吧，会不会是您那位朋友还没来呢？"

不得已，他拨通电话想要确认，孰料那边却传来忙音。

雍凛："……"

顾念的确正在通话，对象是姚殊也。

姚殊也是来找她抱怨吴嘉文的，女孩子话题总是很多，不小心一说就是十五分钟。

顾念安慰了她一通，允诺给她带礼物，转头进了特产店挑选。

正在选择特产的口味，冷不防脑袋上方有人道："芋头味的好吃，我吃过。"

顾念抬头，笑了："人生何处不相逢，唐师兄，你怎么在这儿？"

唐霁一身休闲西装，高高瘦瘦，外加彰显斯文的黑框眼镜，全身上下透着一股"潮"味，帅气得让人移不开眼。

路过的年轻女子频频回首，有的还以为唐霁是哪里来的明星，拿出手机拍照。

唐霁笑道："看见我觉得惊喜吗？"

顾念老老实实道："一半惊，一半喜。"

唐霁故作哀怨："下回别说实话，伤人自尊了。"

顾念笑道："唐师兄怎么会在这里？"

唐霁："出差，在这儿中转，没想到会碰见你，你是回S市吗，四点的飞机？”

在顾念看来，唐霁的变化不可谓不大，当年在学校里，他见人爱搭不理，一出口则是高冷范儿，眼下见了店里过来招呼的售货员都能对人家笑一笑，简直称得上和蔼可亲了。

顾念：“对，你也是吗？”

唐霁笑道：“太巧了，一起吧。”

顾念：“我先买点东西带回去，刚才你说香芋味的好吃？”

唐霁：“对，我上回也来过，它还有个花生味的，也不错。”

他热情推荐，顾念也不好拂了他的好意，每样各挑几盒，就让店员打包。

唐霁：“我记得你家也在这边？”

顾念诧异：“我跟你说过吗？”

唐霁：“以前我们参加社团活动的时候，有一回出门采风，你提过你的家乡在这边。”

那么久以前，顾念当时肯定只是随口提了一句，唐霁居然还一直记得。

唐霁对顾念意外的表情笑了一下，摸出钱包，对店员道：“多少钱？”

顾念忙道：“不用不用，我自己来就行！”

正说话间，一只手按在唐霁的钱包上。

“我来。”

唐霁扭头，却见雍凛不知何时来到身后。

他一愣，随即笑起来：“雍先生？怎么这么巧，你也跟着顾念来出差？”

雍凛：“不是，我来接她。”

唐霁笑道：“那正好，我有些生意上的问题，可以向你请教了。”

“不好意思，我们坐的另外一个航班。”雍凛付了钱，拎过东西，又拉起顾念的手，动作一气呵成，还不忘跟唐霁点点头："快起飞了，我们先走一步，下回再聊。"

唐霁修养挺好的，也没半点不高兴，还朝他们挥挥手道别："那成，下回见！"

顾念全程都在状况外，任由雍凛拉着她走，愣愣地问："你怎么来了？"

雍凛："来接你。"

顾念灵光一闪："刚刚广播的寻人启事，是你发的？"

雍凛挑眉："你听见了还不过去？"

顾念哭笑不得："大哥，隔着一个航站楼呢，又不是同一个航空公司，我以为有人跟我同名！"

话虽如此，心里不是不感动，爱人千里迢迢，出乎意料地出现在自己面前，一个从天而降的惊喜，几乎没有哪个女人能够抗拒这样的浪漫，顾念也不例外。

"我今天没那么多工作，就过来接你。"雍凛性子内敛，即便面对顾念已经能放开许多，仍旧不太习惯赤裸裸地表白，说完这句话，还习惯性地抿抿唇，掩饰内心的不自在。

顾念抱着他的臂膀，冷不防踮起脚亲了他一下："我很感动，谢谢。"

雍凛下意识左右看看，有些不好意思，表情却更加严肃，顾念不由得笑倒。

"你早来一会儿，我就可以带你去见我爸妈了。"

雍凛挽着她的手："这次回去，他们没让你为难吧？"

"没有，挺好的。"

女人常常会控制不住倾诉的欲望，将自己的负面情绪倒给自己最亲近的人听，殊不知对方也是人，接收过多的负面情绪，并不是爱的表现，反倒会影响两人的感情——顾念已经想不起是在哪本书上看过这句话，但她的确不想将那些不愉快的事情说出来，因为说出来之后根本没什么作用，反倒会让雍凛跟着不愉快，她觉得自己可以调节好。

从前不懂风情的雍凛，现在愿意偶尔来一个惊喜的浪漫，那么顾念也愿意为了他，把开心的一面展现出来，让对方一起开心，他们都还无法娴熟而老到地学会怎样去爱一个人，只能根据自己的想法，跌跌撞撞前行。

幸好横亘在两人中间的最大障碍已经去除，顾念相信，即便前方再有困难，也无法将他们分开。

两人匆匆赶到另外一个航站楼时，航班正好是登机时间，乘客陆陆续续上得差不多了，剩下他们俩，在空姐的微笑欢迎下进了机舱。

国内线没有豪华头等舱，只有普通头等舱，但空客的头等舱，座位也已足够宽敞，雍凛的位置靠走道，顾念靠窗，两人循着座位号入座，空姐很快送来热毛巾和饮料，忽然间，有人道：“雍先生？”

雍凛下意识循声扭头。

走道的另外一边，同一横排，那位半红不紫的小明星吕岩，正惊喜地看着他。

旁边应该是吕岩的经纪人，正探头过来看他们，对方认不出雍凛，正绞尽脑汁搜寻记忆。

顾念注意到雍凛片刻的呆滞，心里忍笑，主动朝吕岩伸出手：“吕先生，你好，真巧。”

吕岩见雍凛明显不是高兴的样子，不由得黯然，心不在焉地跟顾念握手：“是啊。”

雍凛暗暗瞪了顾念一眼。

这都是你给我惹下的桃花债——他的眼神明明白白表达了这个意思。

顾念朝他笑笑，露出抱歉的表情。

飞机很快起飞，吕岩见雍凛和顾念行为亲密，又有经纪人在旁边虎视眈眈，只得歇了跟对方继续聊天的心思，将眼罩一拉，开始闭目养神。

一路平静无话，直到飞机降落，舱门再次打开，顾念随手将一盒点心递给吕岩："小小特产，吕先生拿着吃吧，不要嫌弃。"

吕岩接过来，也不好再摆出什么冷脸，便跟顾念聊了几句，这才知道顾念居然是M&J的员工，还是公关媒介部的。

旁边吕岩的经纪人听了一耳朵，对顾念的态度陡然热情起来，要不是雍凛横在中间，就要拉着她的手问长问短了。

"听说M&J现在在物色赞助对象，我们家吕岩形象好气质佳，又很少传出什么绯闻，不知道有没有这个机会呢？"

吕岩听见经纪人直白的话语，有点难堪："你别这样，顾小姐很为难……"

顾念笑道："没什么为难的，不过这一季人选基本已经定下来了，这件事也不是我说了算，但我会推荐吕先生作为人选，在会议上进行讨论的。"

吕岩的经纪人道："定下来的人选是周惜媛吗？"

合同已经签订了，天下没有不透风的墙，顾念微微一笑，算是默认。

吕岩的经纪人解释道："顾小姐，我不是对周惜媛有什么意见，不过现在负面新闻爆出来，对M&J的影响会不会不太好？"

顾念听出不对劲："你这么说是什么意思？"

吕岩的经纪人打开社交软件，给她看了一条热门推送。

八卦猛料：艳照门重现江湖，新晋小花竟有如此不堪过往！

顾念心下一沉。

打开标题，她发现作者是一个完全陌生的新账号，甚至只发表过这一条博文，里面的女主角自然是周惜媛。但富有爆炸性的，不只是用种种激发别人想象力的文字来描述周惜媛的私生活是多么混乱，甚至还有图有真相，附上了周惜媛的半裸和全裸照片。

当然，重点部位都打上了马赛克，但正面的脸已经足够让人认出主角来。

姿势妖娆，有沉睡的，也有意识迷乱的。

底下的评论已经过了五千，转发更是上万，不知道是原作者还是哪个缺德看热闹不嫌事大的，还给买了推广，眼下估计该知道的人都知道了。

M&J向来很注重被赞助者的形象，否则挑选对象也不至于这么苛刻，这件事爆出去，不仅对周惜媛的事业是一次沉重打击，对M&J同样也会造成很大麻烦，尤其是顾念。

明明已经搞定了赵和，眼看一切都顺利，居然又闹出这种事情来，顾念不仅感到挫败，还有恼火。

到底是谁跟她过不去?

艳照的事情，顾念是先从周惜媛那里听说的，她肯定不会傻得自己曝自己的照片，那么只会是跟她有仇，或者不想让她更进一步的人。

她的第一个念头是赵和。

但赵和刚刚才与她达成协议，他有可能放弃双赢的利益，只为了私人情绪，就去打压周惜媛吗?

没来得及多想，顾念手忙脚乱摸出手机，准备开机，却差点把手机摔到地上。

一只手很快地接住，雍凛帮她开了机，将手机放到她手里，握住她的手捏了捏："没事的，冷静一点。"

手心传来暖意，顾念抬头朝他笑了一下，深吸口气，心情的确平复了一点。

当一个人六神无主的时候，有人在旁边默默支持，给予力量，那种感觉，哪怕真正的战斗还是孤军奋战，也能凭空生出一股力量。

旁边的吕岩简直要被这两人闪瞎眼，在经纪人还想开口争取机会的时候，他跟两人打了声招呼，然后拉着经纪人默默走开。

经纪人恨其不争：“现在周惜媛是肯定要落空了，我听说这个合作就是这位顾小姐在负责，你不趁这个时候毛遂自荐，还要等到什么时候，过了这个村，就没这个店了！”

吕岩：“人家现在正忙着收拾烂摊子，肯定没空管你，你说得越多，她只会越烦躁，过阵子我有个真人秀，上回不是还找不到合适的嘉宾吗，你过几天问问她，看她愿不愿意上节目？”

经纪人眼睛一亮：“对啊，我怎么没想到，她形象好，肯定愿意上镜的，还是你想得周到！”

吕岩其实更想邀请的是雍凛，奈何他知道对方肯定不会应允，退而求其次，他就想到了顾念。

这也算是一种另类的爱屋及乌吧，他有些自怜地想道。

那头顾念刚开机，立马就有电话打了进来。

是赵和。

像赵和这种咖位，一般都是助理或经纪人代为出面，但这次，他竟然破天荒亲自给顾念打了电话。

顾念接起来，没等她说话，对方就道：“不是我。”

顾念定了定神：“赵先生的信誉，在圈子里还是有口皆碑的，我相信您不会出尔反尔。但是那些照片，对方是如何拿到手的？”

赵和沉声道：“那些照片，当年是我的前助理拍的，后来交给了我，我一直没有外泄过，但难保他不会自己存了备份，他的手机关机了，我现在正派人找他们。”

顾念：“对方第一步是曝光照片，第二步，可能会曝光你跟周惜媛交往过的事情，借此拖你下水。”

赵和也考虑到了这一点，他现在非常恼火，他自己拿照片威胁周惜媛是一回事，事情不在自己的掌控范围内又是另一回事，没有人喜欢被牵着鼻子走的感觉。

“顾小姐，你现在马上让姓周的报警，而且要让各大媒体闭嘴，我不方便出面，得有劳你转告她了。”

虽然之前赵和看顾念诸多不顺眼，但事情一出，他们必须站在同一战线，顾念的反应，就决定她是一位“猪队友”还是“神队友”了，这种时候，赵和终于意识到顾念聪明与否的重要性了。

当她的“诡计多端”是针对赵和的时候，赵和当然不痛快，但当这种“诡计多端”是一致对外时，赵和就恨不得顾念越聪明越好了。

顾念看上去跟这件事没什么关系，但事情发酵下去，M&J不可能还继续跟周惜媛合作，连赵和也要被连累。顾念刚刚跟他们俩都达成合作项目，自己未来的“成绩单”也大部分是围绕这两人来进行，当然不愿意看见这种事。

“明白了，我会尽快跟周惜媛联系的。”她干脆利落道，两人又沟通了几句，随即挂掉电话。

Chapter 23 突发情况

永远不要小看群众的力量，这世上之所以有秘密，是因为跟秘密有关的线被埋藏起来，一旦线头露出水面，则整个线团都有可能被人扯出来。

“很麻烦？”雍凛对娱乐圈的事情不太在行。

面对爱人，顾念不由得垮下脸：“是挺麻烦的，艳照对一个女艺人来说几乎是致命的打击。”

瞧瞧前几年那场举国上下几乎无人不知的艳照风波，几名当事人的事业直到现在还深受影响。时代在发展，但对这个传统力量依旧强大的国家来说，对女人的某些要求几乎是刻在骨子里的，少数开明的声音无法影响大多数。

雍凛忍不住捏捏她的脸颊：“振作一点，我家念念没什么克服不了的困难。”

顾念被他逗笑，愁容少了一些：“谢谢雍先生这么看得起我，我发现你现在越来越幽默会哄人了。”

雍凛挑眉：“这样不好吗？”

顾念挽着他的胳膊：“很好呀，只要只对着我说！”

雍凛：“下半辈子都可以只对着你说。”

谁说严肃的男人不会说情话的？事实是这种男人说起情话来更令人

经受不住。

他的语气认真得几乎要让顾念溺毙在里面，笼罩着乌云的心情瞬间被一缕阳光照射进来，暖得快要开花。

雍凛想了想，又补充一句：“但不要再给我招惹吕岩那种人了。”

顾念好笑又无辜：“对不住，但我真的没有故意招惹他，只是那天顺路送他回家，又碰到程峰的事情，所以他可能觉得‘雍先生’各方面条件都很好，就心生好感了吧？其实我看吕岩这个人还算可以，也不是不知轻重的，虽然对你的确有好感，但一看你有女朋友，就没说什么了。”

雍凛斜了她一眼。

顾念拉着他的手撒娇：“我知道你最洁身自爱了，以前连桃花运也没有的，都怪我好了吧？”

周惜媛关机了，经纪人的电话则是忙音，可以想象那边现在的焦头烂额了。

顾念换成周惜媛助理的电话，也打了三遍才打通。

“喂？”助理的声音焦躁得透过电话都能听出来了。

“是我，M&J的Nina，你们现在报警了没有，采取了什么措施？”顾念开门见山，言简意赅。

一听不是记者，助理松了口气，忙道：“周小姐现在待在家里没有出门，程姐正在忙着联系发博文的那个平台，让他们封了那个胡说八道的账号，还有就是跟各大媒体联系，让他们别胡乱报道。”

顾念：“所以说，没报警对吗？”

助理迟疑：“即使报警了暂时也没用吧，现在最要紧的是封住大家的口……”

简直本末倒置！顾念叹了口气。

相比起来，赵和就明白多了，头一句话就是报警，果然不愧是在圈子里多年屹立不倒的大咖。

顾念："你让程姐来听电话，我有很重要的事情跟她说。"

助理答应一声，电话那头传来杂乱的人声，雍凛一直牵着她的另一只手，让她别着急，顾念的心也就慢慢沉淀下来，耐心等了几分钟之后，程岚终于接起电话。

"不好意思，Nina，这次给你们添麻烦了，我们会很快处理，保证不会影响跟M&J的合作……"

顾念："程姐，舆论已经传开了，你封得住媒体，也封不住路人粉丝的嘴，对方已经侵犯了周小姐的隐私权和肖像权，现在最要紧的，是通过法律手段来维权。"

程岚皱眉："官司打起来不是一天两天能搞定的，但舆论传播会让惜媛一再受伤。"

顾念："我知道，但如果你不将这件事的严重性上升到公民隐私权的保护层面，是很难扭转舆论的，那样就算A媒体不说，B媒体也会说，你们永远只能疲于奔命，还不如挑一家重点媒体，重拳出击，发出自己的声音，周小姐没有第一时间出来解释，已经对她很不利了。"

程岚明白了，她感激道："谢谢你，Nina，出了这件事，很多人都落井下石，唯独你还帮着出主意，真不知道该怎么感谢，我和惜媛会记住这份情的！"

顾念笑道："别这么说，现在赶紧去处理吧！"

程岚："那M&J那边……"

顾念："我会尽力，但不能保证，毕竟也不是我说了算。"

程岚："谢谢，别勉强，我们知道你的难处，我先去跟律师联系，回头我们再聊！"

她匆匆忙忙结束通话，找律师找公司，又忙得不可开交。

周惜媛红着眼睛从房间里走出来，陪在她身边的是闺密肖宛雪，两人在刚出道的时候有过合作，从那以后交情一直都很好，哪怕周惜媛后来去了美国，也没断过联系。现在肖宛雪以主持节目为主业，偶尔客串电视剧角色，上升势头没有周惜媛那么猛，主要是她的脸虽然漂亮，却不知怎的，没法给人留下深刻印象，容易被淡忘。

不过这并不影响两人的友情，听说周惜媛出事，肖宛雪当即就赶了过来安慰好姐妹。

“怎么样？是不是赵和把照片爆出去的？”周惜媛问程岚。

程岚：“现在是与不是都不重要了，最重要的是先解决你那些照片外流的问题，还有一大堆的负面新闻。”

下唇被周惜媛咬得发白：“还是先把爆料的人找出来吧，万一他还有别的……”

“那些让警方去操心，我已经报警了。”程岚怒其不争，“除了那些照片，你还有没有别的事情不能公开的，有的话一并说出来，让我一次性解决吧！”

周惜媛连忙摇头：“没有了，我就是怕赵和再爆出我劈腿的事情……”

程岚没好气：“你放心吧，Nina刚刚打电话过来，说她本来已经跟赵和达成协议，赵和答应让你继续跟M&J合作的，照片事件应该跟他没关系，时隔这么多年，他如果到现在才爆出你劈腿的事，反倒会有跟着你炒作的嫌疑，他不会蠢得没事找事的！”

肖宛雪：“程姐，惜媛现在精神有些不稳定，我先陪她去屋里坐坐，这里就麻烦你了！”

程岚：“去吧，这回我们欠了Nina一个很大的人情，回头有机会一定要好好谢她！”

周惜媛心不在焉地点点头，显然艳照事件铺天盖地的报道已经占据了她全部的心神，让她腾不出空来想其他的了。

那头顾念和雍凛两人推着行李走出机场，司机早已等候在外头，接过两人行李，在前面带路。

顾念问雍凛：“站在男人的角度，当你恨一个女人的时候，会希望她身败名裂吗？”

雍凛何其聪明，一听就知道她在说谁：“你还是怀疑赵和？”

顾念摊手：“从理智上来说不太可能，但人毕竟是感情动物，你说我也没比我弟差多少，为什么我妈偏偏更喜欢我弟呢？可见这世上有很多事没法完全用理智来诠释的呀！”

雍凛：“那要看接下来赵和跟周惜媛交往过的事情会不会被爆出来，如果会，那他就可以排除嫌疑，因为就算他想要让周惜媛身败名裂，也绝对不会蠢得把自己扯上。”

顾念打了个响指：“好，下一个问题！作为一个事不关己的路人，又是一位男性，假如你对周惜媛有好感，知道这件事之后，你会怎么去看待她？”

雍凛：“……想象不出来，我连她长什么样子都没记住。”

顾念鼓起脸颊：“假如，假设！”

雍凛拧着眉头，以往他看见这种娱乐新闻，基本都是冷漠脸翻过去的，哪里会有什么感想？

“作为一个中国男性，我不喜欢这种新闻，那让我觉得娱乐圈很乱，对周惜媛的观感自然不会好。”

雍家司机在驾驶座上，一脸跃跃欲试，似乎也想加入话题讨论，奈何主人家没有开口，他不敢贸然出声。

顾念从后视镜中看到，便问：“小周，你也看到新闻了？”

小周：“是啊，刚看见了，热闹得很！”

顾念：“那你怎么看？”

小周：“我觉得周惜媛这次要栽，原本她的男粉丝挺多的，但这种事发生之后，肯定会有很多转黑的。”

雍家不止一个司机，小周年纪轻，经常接触网络，各种时髦用语也信手拈来。

顾念："觉得她不纯洁了？"

小周："这是一方面吧，还有另一方面，以后看见与她有关的画面，都会下意识想起那些艳照，感觉上会很不好，没法往正面的方向去联想了，就像是一种，一种……"

他说得很含蓄，但顾念和雍凛自然都听明白了。

顾念："既定印象，伴生词。"

小周笑了："对，就是这个意思，还是顾小姐有文化。"

顾念问雍凛："小凛，在外国，别人也会这么看待一个艺人吗？"

她顺口把雍夫人平时对雍凛的称呼喊出来了，雍凛斜睨她一眼，顾念随即换上讨好的笑容："老雍！"

雍凛抽了抽嘴角："要看什么情况，外国讲究政治正确，把男女平等看得很重，有人觉得自己被种族歧视或性别歧视，都可以抗议或起诉，往往能够以此获得胜利，但这并不意味着外国的男权思想就不严重，出了这种事，照样会有人辱骂当事人不自爱，婊子之类的词少不了，但当事人一般不会隐忍了事，她可以选择诉讼、公开抗议等方式来扭转局面。"

顾念若有所思："虽然是受害者，但未必就要弱势。"

她眉开眼笑朝雍凛飞了个吻："还是你聪明！"

顾念没有先回家，而是让司机将车先开到公司，找吴嘉文。

吴嘉文也正好找她，本来准备了一肚子话想责问，看见她风尘仆仆进来的模样，终究没说出什么重话。

"怎么会弄成这样？"

顾念将来龙去脉说了一下，吴嘉文听见她说服赵和同意合作，不再追究跟周惜媛的恩怨时，也不能不说一句："算了，你尽力了。"

吴嘉文有个优点，从来不会无的放矢，他觉得换成自己，也不可能做得更好，所以他就不会去胡乱指责顾念。

事实上，如果没有这突如其来的八卦爆料，这件事会就这么风平浪静、无声无息地过去。而顾念促成的两个项目，也将成为自己履历上的亮点，别说转正了，将来就算跳槽去别的公司，同样能令人眼前一亮。

顾念唉声叹气："我还是考虑得不周到，当初知道绯闻的时候就该采取点措施了。"

吴嘉文："能采取什么措施？当时就让赵和把照片销毁？别傻了，就算你说了他也不肯，何况这次不一定是他泄露出来的。娱乐圈总有层出不穷的意外，你是诸葛亮也不可能事事算准了，公关处理就是这样，如果没有随时随地的突发状况和人与人之间的各种交际应酬，我们的存在也就没有必要了。"

他拍拍顾念的肩膀："待会儿开会的时候，自己放机灵点，当断则断，别抱着周惜媛一起沉沦。"

趁着还没开会的间隙，顾念抽空看了看新闻，发现这件事果然开始发酵爆炸，各大媒体都进行了转载，网民开始分析照片是谁拍的，拍摄者又是出于什么目的，跟爆料者是不是同一个人，于是就牵扯到曾经跟周惜媛交往过的几名男艺人，以及她在圈子里有什么仇人。周惜媛的履历被一点一滴、事无巨细摆上了台面，那几个男艺人也都被扒了个底朝天，这其中就包括赵和。

永远不要小看群众的力量，这世上之所以有秘密，是因为跟秘密有关的线被埋藏起来，一旦线头露出水面，则整个线团都有可能被人扯出来。

虽然周惜媛的经纪人第一时间就出来怒斥，并声称会采取法律手段维权，但迄今为止，周惜媛本人并没有露面，而原文被勒令删除之后，又有许多复制粘贴的备份冒了出来，根本防不胜防。

现在大众的舆论倾向于周惜媛本人肯定不干净，才会心虚不敢露面，更有许多真假不知的流言传了出来，有的说她得罪了某位大佬，才会被报复，也有的说她其实是个很滥交的人，还有不知从哪里冒出来的各种路人，以亲眼所见或亲耳所闻的口吻，说周惜媛私底下如何耍脾气，人品如何不好，在读书的时候就如何令人头痛。

一个人掉进坑里，总有无数只脚伸过来想再踩他一下，也许自己能从中得利，也许损人不利己，总有人心如此。

原来是白的，也要让他染黑；已经变黑了，就要让他更黑。

“开会了，Nina。”有人拍拍顾念的肩膀，她一抬头，何丽指指电脑：“我在群里通知了的，你刚刚没注意看。”

“好的，谢谢，就来。”顾念随便拿了纸笔就往会议室走。

何丽关切道：“看你脸色不太好，是为了周惜媛的事吧？”

他们这个部门时时与时尚娱乐界接轨，大众不知道的新闻，他们可能提前得知消息，家喻户晓的消息，他们更不可能不知道。

何丽：“做不了就不要勉强了，你呀，就是胜负心太重了，要不找Santos问问，也许他有办法呢？”

顾念看向何丽，对方自打被她发现两面三刀之后，也没再不识趣地凑过来交好。现在她眼里明明白白写着嘲笑，嘲笑顾念找到Santos那么一个大靠山也没用，该栽跟头时照样栽跟头。

“谢谢，我会问问的。”顾念若无其事，调整了一下心情，越过她，径自走入会议室。

身后，何丽冷哼一声，也跟着进去了。

领导总是最后一个才到，等众人入座，总监潘明才姗姗来迟。

他脸上没有笑容，可见心情不是特别好，大家都看着他，谁也没有先说话。

“Nina，我听说你向高层提交了赞助赵和新电影的事情，我怎么不知道？”潘明没有像以往那样让人一个个汇报工作，而是先将矛头对准顾念。

顾念：“Gary，我有发邮件给你……”

潘明沉着脸打断她："那是在你向高层报告之后，才先斩后奏的，你现在是不是觉得你挺能耐的，都能绕过我，直接指挥公关部了，是吧？"

何丽无声冷笑。

吴嘉文却接过话头："Gary，这件事我要向你检讨，当时Nina跟我说过的，问我要不要跟你汇报，因为那会儿正好她在港岛参加首映礼，能碰上赵和，我就让她先跟赵和聊聊，如果对方也有这种意向，再生成项目报告也不迟，至于高层先知道了，是因为Nina曾经跟Santos提过，应该是Santos觉得不错，后来又跟咱们中国区高层提了。"

他将责任都揽过来，又抬出Santos，潘明不好再揪着顾念不放："这件事从头到尾都不符合流程，越级上报，你也不是新人了，应该比Nina更明白后果。"

吴嘉文点点头："我明白，很抱歉，下不为例。"

潘明："周惜媛的事情，想必你们都知道了，这桩新闻的影响太坏，M&J不可能再跟这样的人合作，现在我们宁可违约，也要保护M&J的形象，Nina，你负责去搞定解约的事情，然后新的赞助合作对象，就由Kelly和Sue来负责，大家都没问题吧？"

他环顾一周，根本没给所有人反应的时间："好，那就……"

"Gary，"说话的是顾念，"我知道现在周惜媛的事情传得沸沸扬扬，大家普遍都不看好，但从法律角度来说，私自上传别人的私密照，本身就是侵犯隐私和肖像权，还有，我国法律规定，公共场合是不允许上传有违公序良俗的图文的，网站非经本人同意，也没有通过合法渠道来取得照片，这根本就不是什么公关舆论战，而是触犯法律的行为，大多数人没有深究法律条文就跟着起哄，咱们M&J不能做这么没品的事吧？"

刚才跟周惜媛经纪人打电话的时候，顾念还未必想得到这么多、这么深，这些话都是在车上受了雍凛的启发，加上自己临时抱佛脚查了相关法律规定之后，才能在此刻的会议上发挥出来的。

卫玛淡淡道："你说得不错，不过现在她的形象已经毁了，M&J又不是没人可挑，何必去找这么一个人合作，就因为她有可能在电影节上获奖？拜托，以M&J的地位，多的是明星想要扑上来抱大腿！"

顾念："可是周惜媛那些衣服已经定好了……"

潘明："那就退掉，你既然负责解约，这些善后工作都要处理好。"

说罢他没再给顾念开口的机会："散会。"

吴嘉文给了顾念一个眼神，又轻轻摇头。

那意思很明白，是让她不要再坚持。

但顾念挺不甘心的，自己辛辛苦苦努力争取来的这一切，转眼就被一个意外破坏殆尽，难道真的一点挽回的余地都没有吗？

苏影走过来，一脸歉意："抱歉，我也不知道Gary会将这件事交代给我。"

何丽则投给顾念一个得意的眼神，紧跟卫玛，头也不回地离开会议室。

顾念忽然心头一亮，福至心灵：假设真有人在背后设计对付周惜媛，爆料的人手里不仅拥有照片，还知道如何恰到好处地抓住众人眼球，让媒体争相报道，时间点把握得恰到好处，还是在顾念的关机期间。所以说，这其中可能也有熟谙公关的人在起作用，比如说……她的同事？

再假设，她的推断是真的，那么会是谁？

何丽？卫玛？麦琪琪？苏影？甚至是潘明？

离开会议室，吴嘉文正在等她。

"你已经尽力了，别再在这件事上打转，把解约的事情解决完，然后集中精力做赵和的新电影赞助项目吧，毕竟那也是你自己争取来的。”

顾念犹豫了一下：“Marvin，我想在周惜媛这件事上再努力一把。”

吴嘉文皱眉：“会前我就跟你说过，我们这个职位，突发事件会很多，要学会取舍，拿得起放得下，在一件事上执着，最终只会失去所有。”

顾念：“我明白你的意思，但这件事，我觉得还是有转圜的余地。尽力而为，你说过的。”

吴嘉文：“你要知道，Gary已经一锤定音，把这件事决定下来，你非要反其道而行，到时候如果不能有出色的结果，最终只会便宜了何丽，你会成为被开的那一个。这样你还坚持吗？”

顾念：“是。”

她的回答很坚决，吴嘉文深深看她一眼：“跟我来。”

他带着顾念敲开潘明的办公室门。

见进来的是两个人，潘明挑眉：“有事？”

吴嘉文：“Gary，周惜媛那件事，我希望你能让Nina再试试。”

潘明沉下脸：“我以为我已经说得很清楚了，Marvin，你懂规矩，不应该跟着新人瞎胡闹。”

被称为“瞎胡闹的新人”正低着头装绵羊，乖巧地坐在吴嘉文旁边，一言不发。

吴嘉文摊手：“I see（我明白），我不是要抢Sue她们的差事，而是希望你能宽限几天，毕竟当初周惜媛这个人选，也是高层定下来，我们部门一致通过的，现在说放弃就放弃，跟我们部门一向拼搏的风格有点相违背，你觉得呢？”

潘明双手交握，身体往后一靠：“Marvin，我知道Nina是你徒弟，你很维护她，不过现在不是讲私人感情的时候，周惜媛也不是我们要放弃她，是她自己作死，又不是品牌挚友，更不是什么宣传大使，不过是一个小小的赞助合作而已，选谁不是选呢，为什么要在周惜媛这一棵树上吊死？Marvin，我认为你现在已经被私人情绪蒙蔽了双眼，变得不客观了，希望这不是Nina造成的。”

他看了顾念一眼，顾念依旧在装羊，一副乖乖样，绝不吱声。

这是进来前吴嘉文跟她说好的，不管潘明说了什么，顾念都不能回嘴，一切交给他来解决。

吴嘉文：“假如我们现在不仅仅是恢复合作，而且能在周惜媛身上获得更大的回报呢？”

潘明：“哦？”

吴嘉文：“现在周惜媛那边已经报警了，案子不复杂，警方很快就能查出发布者的信息，舆论运作得当的话，周惜媛完全可以打一场漂亮的翻身仗，顺带上一个台阶。M&J并没有在最困难的时候抛弃她，反倒力撑到底，同样也可以作为一个出色营销案例来宣传，风险越高，收益越大，Gary，我想这个道理你比我懂得多。更何况……”

顿了顿，他又道：“Nina进公司以来一直表现不错，这次跟赵和新电影合作的case，连总部那边都表示了肯定，我想我们应该给新人多一点机会，你说呢？”

潘明听出他的言外之意，吴嘉文在隐晦地提醒他，顾念和Santos的关系不错，她的男朋友又是商界新贵，风水轮流转，给别人一个机会，也是给自己一个机会。

他沉吟片刻：“我也要应付高层施加的压力，不可能无限期拖下去，三天，有没有问题？三天解决不了，Sue跟Kelly那边就会接上。”

顾念一喜：“没问题，谢谢你，Gary，我们一定会尽力的！”

短短几天，周惜媛事件就已经迅速发酵到全民参与的热度。

周惜媛本人知名度不算很高，但这件事本身的话题性就大，接下来的发展更是令人目不暇接。

在得到顾念的启示之后，程岚终于报了警，并第一时间以违反公序良俗的名义提请行政命令，删除各大社交网络上发布的艳照，鉴于此事的影响力巨大，警方反应也很迅速，许多网站不得不配合行动，但凡发现私人账号发布不雅照片的，一律做账号封停处理。

一大批账号被封停之后，照片的传播得到了很大程度上的遏制，即便许多人的电脑上也许已经存了图，但公共场合起码鲜少看见了。

发帖人的IP地址被迅速锁定，即使他很警觉地用了代理IP，又将地点选在网吧，但警方仍旧在监控中很快找到了这个人，并通过他在网吧登记的身份证信息，查明了他的身份，证实这个人，正是赵和的前助理袁建明。

袁建明被拘留之后，为了减免自己的责任，公开宣称这批照片是当初赵和让他拍的，又爆出赵和当初跟周惜媛交往的事实，赵和成功被拖下水，舆论一片哗然，当天的娱乐头条全都被这件事占据，周惜媛还没能在演戏事业上拿奖，就先借着八卦红了一把。

赵和自然不会承认，事发之后他就已经将底片删了个干净，并公开出来发声，怒斥袁建明因为被他解聘之后怀恨在心，才自导自演了这一出闹剧，又声明自己支持周惜媛维权到底的立场，以此撇清责任。

除此之外，与赵和关系不错的几名艺人也都纷纷出来发声支持赵和，暗示前助理被人利用，操纵事件的可能另有其人。

周惜媛同样出来公开发表声明，先是为这两天给大众造成的困扰道歉，又表示自己当初被拍下这些照片，并非出于自愿，所以她一定会追究到底，绝不容许这种事件再度发生，以免祸害圈中风气。

除此之外，她也说明此事与赵和无关，表示自己一直以来都很尊重赵和，视对方为前辈，对方将赵和也拖下水，显然目的不仅仅是污蔑她，还想掀起一场娱乐圈的大风波，借此从中得利。

眼看着好戏一波接一波，吃瓜群众更是激动难抑，天天追着新闻讨论，生怕自己错过什么好戏。

但直到事情发生的第二天为止，舆论大部分还停留在对周惜媛不利的层面上，许多人都认为周惜媛虽然表现得楚楚可怜，一副受害者形象，但苍蝇不叮无缝的蛋，娱乐圈向来真假难辨，那么多负面流言，总不会都是别人的错，周惜媛的私生活肯定糜乱云云，赵和肯定也不会干净到哪里去。

真正扭转局面的，是第三天出现在网络上的一篇文章，标题为“周惜媛事件到底伤害了谁？”，文章将事情从头到尾梳理了一遍，提出诸如“早在周惜媛出道伊始，赵和就完全有能力把她排挤出圈子，没有必要等到现在”“没有一个女人希望借由这种炒作来出名，从此背负半生阴影”“照片的发表本身就是违法，为什么公众不谴责违法者，反倒苛责受害者，我们还是法治社会吗？”之类的观点，引发了又一波讨论热潮。

与此同时，警方也循着赵和前助理这一条线，牵出指使他做这些事的幕后主使——肖宛雪的经纪人。

而肖宛雪还有另一层身份，那就是周惜媛的至交好友。

Chapter 24
舆论战

真正的高贵，不会被任何外力击倒。

事件因此从头到尾串联了起来。

肖宛雪从周惜媛口中得知，她当年曾经在醉酒的情况下，被拍过一组不雅照片，时隔多年，那些照片成了她的心头大石，就像一颗定时炸弹，不知什么时候会爆炸。周惜媛本来只是心情不好，把这件事作为发泄，讲给好友听，谁知说者无心，听者有意，肖宛雪记在心里，找了个机会从周惜媛那里套话，得知这组照片很可能跟如今的圈中一哥赵和有关。

此时正值周惜媛跟M&J合作，眼看好友跟自己差不多同时出道，对方的事业蒸蒸日上，连M&J都能搭上，反观自己，却要逊色很多。肖宛雪得知周惜媛跟M&J的合作几经周折，又从别的艺人口中听见只言片语，发现M&J内部出现不和谐的声音，有的人想终止跟周惜媛的合作，重新物色赞助人选，连M&J高层也已经动摇，是顾念一意孤行，坚持想要周惜媛。

所以肖宛雪让经纪人设法联系上负责媒体维护、在圈中人脉甚广的苏影，提出交换条件：自己让周惜媛名声扫地，而新的赞助合作对象必须优先考虑她。

潘明即将调职，谁都有当总监的可能，苏影不甘心落在卫玛和麦琪琪等人后面，就答应了肖宛雪的提议，她联系上了赵和的前助理，导演了这一出戏。

虽然官方声明仅仅发布了赵和前助理的那一部分，但这几天的报道和爆料已经够多了，单凭种种蛛丝马迹，即使没有警方，神通广大的网友们也能把事情的来龙去脉都连接起来。

苏影不是艺人，知名度不高，顶多被人拎出来骂一顿，肖宛雪和袁建明两个人却齐齐被推上风口浪尖，一个成为“中国插刀好闺密”，一个成为“见钱眼开好助理”。

至于赵和，因为周惜媛并不想将事情闹大，跟赵和撕破脸，对她自己没有任何好处，所以双方在私底下达成和解，周惜媛帮赵和澄清嫌疑，而赵和也要将照片销毁，从此不能再提起这件事。

事件发生之后的第四天，M&J公布了与周惜媛继续合作，不会换人的澄清新闻，并发布了一组照片，图上的周惜媛一袭白色M&J长裙，背后被P上流光溢彩的金色凤凰，主题则是凤凰涅槃，广告词是“真正的高贵，不会被任何外力击倒”。

照片大获好评，这不仅是因为M&J找的摄影师和美术编辑足够厉害，更重要的是，照片公布的时间很巧妙，正好就是在肖宛雪被爆出来之后，舆论大片大片地倒向周惜媛，之前声讨最厉害的那些媒体人，全都一时失声。

不少M&J常客，也就是那些贵太太，因此打电话过来，表扬M&J做出了一个正确的选择。

顾念的坚持得到了回报，她也用事实证明了自己的坚持是没错的。

会议上，潘明转达了高层对M&J在这次事件中的处理方法的肯定，并一反之前的阴沉，对顾念赞赏有加，当场宣布顾念通过试用期，正式成为公关媒介部的一员。从此之后，她的职位与吴嘉文、麦琪琪等人一样，都是“专员”，而不是在前面加上让人胆战心惊的“助理”二字。

何丽的脸色不太好看，但比她更糟心的应该是苏影。

苏影并没有列席会议，事实上，早在事情被曝光的当日，她就已经提交了辞呈，但后续M&J还会追责，这已经不关顾念他们的事了。

潘明轻咳一声，拉回心思各异的众人的注意力：“Sue一走，她所负责的工作，现在要分摊给大家，最近大家的工作也会多一些，要有心理准备，该加班就加班，务必将手头的case都做得漂漂亮亮，OK吧？”

众人点点头，没什么意见。

潘明：“原本上头说好的，这次两个新人，很可能只能留下一个，相信你们也早就听说了，但现在Sue不在，如果再少一个人，大家很可能会忙不过来，如果现在再从外面招聘一个，重新手把手地教，还不如我们原本就熟悉的搭档，所以Emma向我，也向上面推荐了Kelly，希望她能继续留下来帮忙，也就是说，Kelly会跟Nina一样转正，不过她的职位依旧是助理。”

何丽大大方方地站起来，朝众人鞠躬：“这些天多谢大家照顾了，以后的日子里，我还要继续麻烦大家，还请多多包涵。”

吴嘉文面无表情。

麦琪琪微笑着朝她颔首。

顾念倒没有什么特别意外的情绪，何丽是卫玛的人，对方肯定不会轻易让她出局的，苏影离职，正好腾出一个空位，何丽更有理由光明正大地留下来。

众人轮番汇报本周工作，潘明没什么要补充的，只对顾念道：“过两天就是电影节，周惜媛那边你一路跟过来的，就多照看一些。”

顾念点点头：“好的，电影节那天我会过去。”

潘明：“那散会吧。”

大家陆续离开会议室，何丽特意走在顾念前面，朝她伸出手：

“Nina，恭喜你，没想到我们以后还能一起共事，以前种种，如果我做了什么令你感到不愉快的话，我向你道歉，请你不要放在心上，好吗？”

顾念不用脑子思考都知道何丽在想什么。

无非是怕自己现在职位比她高，反过来报复她，所以主动提出和解。

顾念笑了笑：“不好意思啊，手扭到了，握不了。”

说罢她没管何丽的脸色，抱着本子走出会议室。

何丽那样重的心思，看见顾念的举动，肯定会觉得顾念怀恨在心，指不定正存着什么坏心思打算报复自己，说不定会辗转反侧几夜失眠。

就要吓死你！顾念心里的小人儿扮了个鬼脸，得意地哈哈大笑。

雍凛坐在沙发上，展开报纸，看得专心致志。

刘玉珊从楼上下来，衣着精致，正准备出门赴饭局，经过沙发处，自然而然扭头看了一眼，谁知看到的却不是她以为的政经新闻，而是八卦娱乐版。

“你什么时候也关心起娱乐圈的事情了？”她好奇道。

雍凛：“没有，就看看。”

刘玉珊“咦”了一声：“周惜媛？你也关心那件事？”

雍凛：“她跟M&J的合作，是念念在负责，我留意一下。”

刘玉珊不大相信：“M&J这次把周惜媛推出来的事情我也知道，圈子里的朋友都说M&J挑了个话题度足够，又能贴合M&J风格形象的，顾念不是刚入职没多久的新人吗，怎么可能挑起大梁？”

雍凛淡淡道：“您太瞧不起她了，她在工作上一向很出色的。”

刘玉珊不以为然：“再出色，不也是一个普通的职员，难道还能比当雍太太更光彩？”

雍凛放下报纸，认真道：“妈，时代不同了，我也没有觉得你当演员会给雍家丢脸，难道你觉得自己以前的职业没有你现在的高贵吗？”

刘玉珊被噎住，半晌才找回声音："我说顾念，你就说我，她跟我能一样吗？"

雍凛皱眉："你们都是女的，怎么不一样？"

刘玉珊气道："当年我可是拿过奖的，还放弃了大好前程，嫁给你爸的，她现在一无所有，哪一点跟你匹配呢？"

雍凛无所谓："我喜欢她，她也喜欢我。"

他点点手上的表："您该出门了。"

跟儿子争论，刘玉珊是永远争不过的，她选择放弃："你爸出差去了，今晚我少个伴，不如你陪我去。"

雍凛："我也有约会的。"

说罢他起身就往外走。

刘玉珊："你去哪儿？"

雍凛："接老婆。"

"……"刘玉珊气得直瞪眼。

顾念从办公大楼走出来，一眼就看见等在外头的雍凛。

后者站在车边，上半身微微靠在车门上，下半身腿长，不得不略略倾斜立在地上交叉稳住重心，剪裁得体的西装将身体裹出了一股禁欲范儿，引来不少年轻女孩的注目。

他似乎没有意识到自己的存在已经引起了关注，又或者他已经习惯了这种瞩目，手里拿着手机正在低头看着，与时下众多年轻人无异。

有两个年轻女生手挽手端详了他半天，鼓起勇气走过来问："您好，能不能帮我们签个名？"

雍凛："……"

他满脑子问号，摘下墨镜一脸不明所以。

两个小女生羞涩而期待地看着他。

雍凛："不好意思，我不是明星。"

对方明显不信：“我们明明在电视上看见过您的！”

雍凛无语：“……”

两个小女生还真不认识雍凛，只不过他长身玉立，整个人站在那里就像明星，她们想着反正签了名也不亏，就冒昧上前了，把纸笔递过来，殷殷期盼地看着雍凛。

“他叫雍凛，你们听过吗？”顾念好笑地过来解围。

其中一个小女生一脸茫然，努力搜寻脑海，也没找到一个叫“雍凛”的明星；另一个小女生则皱着眉头苦思，仿佛在哪里听过，却死活想不起来。

顾念笑道：“所以他不是什么明星，你们找错人了，快回家吧，祝你们期中考试有个好成绩。”

两个小女生震惊了，“不明觉厉”：“姐姐你怎么知道我们要期中考？”

顾念摊手：“刚刚你们把本子从书包里抽出来的时候，我看见一张期中考试卷的标题。”

两人很不好意思，双手合十表示抱歉，随即匆匆走人。

顾念得意地向雍凛伸出手：“雍大公主，本骑士又救了你一回，你要怎么报答我呀？”

雍凛握住她的手：“以身相许。”

顾念撇嘴：“那算了，我还是回去让她们来找你签名吧。”

刚迈出没几步，就被人拦腰抱起，顾念惊呼一声，头顶一黑，人已经被塞进车里了。

雍凛从另一边上车：“晚上想吃什么？”

顾念随口道：“法国菜？泰国菜？随便。雍先生，你最近心情好像不错呀？”

雍凛嘴角噙笑：“还成。”

顾念探头过来端详他的微表情：“是不是公司上市了？”

雍凛失笑："怎么可能？我那个公司跟雍氏早就脱离了，两者没有关系，现在算是独资企业，要上市也没那么快，你把我想得太厉害了。"

顾念说起甜言蜜语来完全是哄死人不偿命的级别："你在我心目中就是这么厉害呀！"

雍凛没绷着，终于忍不住笑出声。

顾念捏捏他的脸颊："这就对了，笑一笑，十年少嘛！伯父出差，我本来以为你会更忙，没想到反倒闲下来了。"

雍凛解释道："我爸那边，虽然名为'雍氏'，但实际上早就不是雍家的私人企业，我爸只是董事会主席，而且随着集团发展，'雍氏'这个名字太私人化，不符合商业定位，很快就会改名的。过几天公司股东的女儿成年，要办个宴会，你跟我一起去。"

顾念："这种场合一般你母亲也会出席的吧？"

雍凛："是我爸点名要你和我去的，你以后免不了得面对这些应酬，早点适应不好吗？"

顾念咯咯一笑，夸张地行了个绅士礼："当然，为了雍小姐的面子，本人乐意之至！"

雍凛斜睨她一眼。

顾念手里不得闲，抓过位子上一只毛绒熊玩偶就把玩起来："不过国内也有成年宴这种社交活动吗？我以为只有国外才有。"

雍凛："Debutante Ball（成人礼舞会），西方有社交季，以前法国最喜欢搞这一套，后来发生法国大革命，没皇室了，则是英国将其传承过来，借着舞会将自家已经成年的女孩正式介绍入社交圈，越是顶级的成人舞会，门第要求就越高，稍差一点的贵族，都不可能受邀。"

顾念也有所耳闻，但知道的没有雍凛多："我听说这些贵族女子的舞伴，也都得是身份相当，或者地位更高的男性贵族才行，国内也学了这一套？那舞伴找的谁？总理的儿子还是部长的儿子？"

顾念最后显然是在开玩笑，雍凛也觉得挺好笑的："那不可能，商家顶多只能邀请到副部级的人吧。”

顾念吐了吐舌头：“那也不错了，就让我这个小老百姓去长长见识吧！”

雍凛颔首：“你跟着我一起露面，别人就会明白你的身份，以后不会再有风言风语。”

两人以前交往的时候，顾念很少跟着雍凛出席宴会场合，一是雍凛本身喜静，他自己也不太喜欢觥筹交错互相吹捧的氛围；二是那会儿他觉得女朋友自己承认就好，无须别人说三道四，顾念也没有提出过这样的要求，所以他仅仅带着顾念见过柴向阳和齐煊等几个好友。

但现在一路走来，许多事情的发生，让雍凛不会再一味站在自己的角度去考虑问题。涉及顾念的事，他都会先想一想：顾念会不会开心？顾念会不会难受？

越是这样，越是发现自己从前的粗心大意，顾念不提出来，不意味着自己就不必去做。

随着他的母亲复出拍电影，很多八卦媒体都对刘玉珊所嫁的雍家起了兴趣，几乎将雍家挖了个底朝天，连雍家祖上曾任晚清两广总督的往事都给挖了出来。这些事迹甚至连雍凛都不知道，他对媒体的能力不得不说一声佩服。

但除了雍家的过往，媒体对雍家的现状也万分感兴趣，包括雍氏的经营状况、雍家的资产估值，当然也少不了雍凛的个人履历，他的照片加上未婚的婚姻状况，经由八卦娱乐媒体的发酵，引发了广大网友的热议，这也是刚才那两个小女生会觉得雍凛脸熟的原因。

不少人看了雍凛的履历之后，惊呼这又是一个“国民老公”，只不过雍凛没开任何社交账号，所以少了很多喊他“老公”的人。前阵子吕岩握住雍凛的手的照片被曝光，又有媒体拍到雍凛与顾念出双入对，虽说离得远，顾念的相貌没能清晰入镜，但雍凛因此也多了“性向成谜”的标签。

雍凛本人很少上社交网站，顾念却有账号，她看到之后差点笑岔气。

现在回想起来，顾念都有种忍不住笑的冲动："要是下回咱们再换的话，我保证会跟吕岩保持距离的。"

雍凛摸摸她的头，有种对女朋友无可奈何的宠溺："我看了报道，多亏了你，周惜媛的名声才会峰回路转。"

顾念没想到雍凛还会为了她去特别留意娱乐版，有些感动："其实周惜媛不是一尘不染的白莲花，但她也不是十恶不赦的罪人，在娱乐圈混，谁都有身不由己的苦衷，女性的名声更容易被人利用炒作，换作一个男的被爆出这种事情，绝对没有这样的话题度，顶多被人说一句风流，说不定还有许多人赞他身材好，因此增加不少女粉丝呢。"

雍凛点点头，表示赞同。

顾念："但你的话给了我很大的启发。成也萧何，败也萧何，肖宛雪只想到这种事会让周惜媛身败名裂，却没想到同样也可以给周惜媛树立自强自立、不易摧折的形象。"

雍凛："说者无心，我也只是提供一些思路，真正力挽狂澜的是你自己。"

顾念："其实我之前也犹豫过，这么坚持值不值得，但如果我不坚持，很可能会白白错失一个机会，为这件事准备了这么多，我实在不甘心，你给了我足够的信任，让我继续这份工作，我只能用努力来报答你，让别人知道，你跟我在一起，是你有眼光，雍凛的女朋友，没有他们想象中的那么差！"

她笑吟吟地揽住对方的脖子，凑上去冲着脸颊就是一口："亲爱的，谢谢你！"

雍凛目不斜视，好像在专心开车，嘴角却已悄悄扬起。

电影节终于在万众期待下盛大开幕，各大媒体铆足了劲，早早在红毯边上占据有利地形，准备拍下电影节上的重头戏之一——女星们的服装秀。

中国电影崛起得晚，以往欧美电影节上，许多中国女性为了上娱乐头条，纷纷跑过去蹭红毯，哪怕自己并没有作品参展或参评，久而久之，国内媒体一边嘲笑，一边又非要去追逐她们，拍下众人争奇斗艳的倩影，恶性循环，这种风气一度兴盛到名不见经传的小明星为了博个头版，也非要千里迢迢跑过去拍个照，引得外媒发笑的同时，也沦为国内媒体冷嘲热讽的对象。

近年来国家大力扶持电影业，S市国际电影节算是其中一枝独秀的佼佼者，在国际上影响力也不小，越发成为一块儿肥肉，引得众人虎视眈眈。

在国内上个红毯，可比国外容易多了，起码就没了语言障碍，在国内找关系也方便，像以前顾念和雍凛见过的柴向阳的那位女伴陶安童，就通过柴向阳的关系，预定到了走红毯露脸的机会。但这种机会并不是人人都有的，正因为入场限制条件定得比较高，这样的机会足够让陶安童回去炫耀好一阵了。

顾念是跟周惜媛一起坐车过来的，自从打了一场翻身仗之后，周惜媛就将顾念视为“生死之交”，连程岚也对顾念感激有加，特地邀请她参加这次的电影节。周惜媛还通过自己的关系，为顾念在剧组里争取到一个座席，也就是说，颁奖典礼上，顾念是坐在周惜媛旁边的，而不是坐在靠后的合作方或媒体那一区域。

周惜媛今天穿了一身火红色的M&J礼服，正是象征凤凰的浴火重生，这是M&J前年的款式，如果换了以前，周惜媛可能还会因为身上穿着过季的礼服而忐忑不安，但经历过那场风波之后，她赫然发现这些细节都不算什么了，更何况顾念早就为她安排好一切，能得到M&J的官方赞助，对一般艺人来说已经是一种荣耀。

顾念见她有点紧张，便笑道：“你演的那部电影我看了，拿奖希望好像很大，有没有得到什么风声？”

周惜媛摇头：“没有，评委捂得很严，这次好像是要往高规格办，根本不能像以前那样能提前得到什么风声。”

她有点丧气：“不过我可能是没什么希望了，五个最佳女配参演的电影里，我不是最出色的，加上又出了那档子事，我要是评委，也不会选我。”

程岚安慰道：“公众关注度是有一个周期的，过了周期，热度就会下去了，更何况在这件事里，你没什么错。”

周惜媛苦笑：“我当年年纪小，不知道轻重，要是别玩得那么疯，也许就不会跟赵和搅和到一块儿去……”

程岚瞪了她一眼：“你现在再想这些有什么用，一切要向前看，在圈子里混，谁没点黑历史，只不过你倒霉点罢了，否极泰来，很快就会转运了！”

顾念笑道：“岚姐说得是，平常心就好了，能不能拿奖不重要。”

她们不说还好，一说周惜媛反而更紧张，她用手绞着裙子：“我好像有点想上厕所。”

程岚喷了：“忍着！”

顾念忍住笑，试图转移她的注意力：“入围的最佳女配候选人都有谁啊？”

周惜媛掰着手指数：“我一个，还有白秋、甄曼曼、刘玉珊、南珍。”

顾念有点惊讶：“刘玉珊？”

周惜媛：“就是雍夫人。”

她似想起什么，小心翼翼地看顾念：“八卦新闻上说你跟雍凛……不是真的？怎么你不知道？”

顾念苦笑：“我没关注，最近忙你的这个项目，还有赵和那边的，都晕头转向了，没想起关注这个，雍凛也没跟我说过这件事。”

她没提过自己的私事，周惜媛和程岚也不好问，心里觉得果然是绯闻，也没认为雍凛真的在与顾念交往。

顾念长得漂亮，又在M&J工作，经常接触富豪精英层面的人，能认识雍凛并不让人奇怪，这种富家子弟的花边新闻实在是太多了，很多时候都是女方刻意炒作，又或者男方玩玩而已，如果要较真，反倒是观众傻了。

周惜媛和程岚互相看了一眼，没再多说，生怕刺伤了顾念的自尊心，又鉴于顾念雪中送炭的交情，程岚还一反自己“逢人只说三分话”的风格，提醒了顾念一句：“念念，你年轻漂亮，有的是好对象，双方差距太大反而不好。”

顾念一听就知道她们是误会了，也没有解释，只是含笑点头：“刘女士得奖的概率大吗？”

程岚：“其实五个入围的人里边，她反而是得奖概率最小的，因为她在电影里的戏份太少，这次能入围，可能也只是评委方对她多年来捐助电影事业的安慰和鼓励吧，不过也不排除爆冷门的情况，所以没到最后，就有悬念。”

说话间，车已经抵达目的地，前方不远处就是红毯，周惜媛被安排在倒数第二个出场。

倒数并不意味着不受重视，因为走在最后的就是影后钟圆，所以这次反倒可以看出评委方对周惜媛的照顾，这既是程岚公关的结果，也意味着周惜媛在这次风波中的获胜。

周惜媛拉着顾念一起下车：“来，你跟我去走红毯。”

“哈？”顾念愣了一下，“你的男伴呢？”

周惜媛露出恶作剧的笑容：“哪儿有男伴，有的话早就在车上了，我让你上车，就是为了给你一个惊喜，走。”

不由分说，她拉着有点蒙的顾念下了车，走向那片被无数镁光灯闪烁映亮的区域。

Chapter 25
意外惊喜

她不是艺人，不需要台前的知名度，但今天之后，在场所有艺人都会知道M&J的公关部有一个叫顾念的人。

顾念同样穿了M&J的礼服，但她没有想过自己会走红毯，所以礼服上的剪裁装饰并不隆重，更没有什么珍珠钻石的点缀，全身上下，简简单单，一身斜肩黑色长裙而已，外加一只M&J的白K金镶红宝手镯。

被拉出车门的那一刻，她还处于半茫然的状态：“可大会不都会搭配一男一女走红毯的吗，这样会不会违反规定？”她问周惜媛。

周惜媛狡黠一笑：“大会本来是让我一个人走的，也算是对之前那件事的回应，符合我现在的形象，但我想临时加一个人，他们现在反对也来不及了，放心吧，今天我为他们贡献了不少收视率，他们不会在意这点小小的变动！”

两人身高相仿，又穿了差不多高度的高跟鞋，看着倒像是一对姐妹。

这种大场合，模特出身的周惜媛显然比顾念有经验多了，她挽着顾念，一面朝地毯的尽头缓缓走去，一面款款向镁光灯挥手，偶尔需要停下来的时候，她会事先小声跟顾念说“停”，以免两人步伐不协调。

顾念不是明星，当然不太可能立刻适应这样的场面，哪怕她再镇定，在镜头面前依旧是有些局促的，不过这点局促被M&J的公关素养掩饰得很好，不仔细看，看不出来。

前面走过了不少女星，有些人没能拿到赞助，甚至不惜自费购置了当季的大牌高定，为的就是能在新闻中博得一席之位，而这种衣服往往只能穿一两次，在外人看来，这似乎意味着财力匮乏，透露了一个人的现状，所以明星也很怕这种情况的发生，很多人宁可打肿脸充胖子，也要每次都换上不同的衣服。外人看艺人风光无限，但他们赚得多，花得更多，最终能在圈中屹立不倒、盆满钵满的，也只有在金字塔顶端的那一小撮人。

对媒体而言，还未从风波里走出来的周惜媛，是他们本次关注的重点，哪怕她脸上有一点点的不情愿，也会立马被放大成为“周惜媛不堪艳照事件折磨，面容憔悴出现在电影节”之类的标题。

因此当周惜媛走上红毯的那一刻，她得到了比前面的艺人更多的瞩目，镁光灯几乎把顾念的双眼都给闪瞎了，她眨眼的次数不由得多了起来，眼睛差点被刺激得流出泪水，不得不伸手挡了一下。

众人本来以为只有周惜媛一个，面目陌生的顾念引起了他们的注意，大家绞尽脑汁，也没能从脑海里挖掘出顾念的名字。

“周小姐，你旁边这位，是你们公司的新人吗？你们公司是不是看你出名了，非要你关照后辈，让你们俩搭配出镜的？”

这问题太直接太尴尬，如果顾念是艺人，说不定此时都尴尬得脸皮烧起来了。

不过还好她不是，还能笑着若无其事地回看问出问题的那名娱记，像看猴子的新奇眼神，让娱记有点心塞和生气，决定不管这个艺人是不是周惜媛公司力捧的，自己回去都要黑一把。

现在不是提问时间，每个人在红毯停留的时间是有限制的，后边还有一位钟圆，大会不可能为了周惜媛破例。周惜媛想要回答那位娱记的问题，但照完相的短短几秒之后，她们两人很快就被主办方给请入会场了。

周惜媛扼腕："刚才我应该抢先回答那个问题的，本来想带你走一回红毯，反倒害你被误会了！"

顾念乐了，开玩笑道："那有什么，反正我也不是艺人，人家还以为我刚出道呢，太好玩了，谢谢你给我这种体验，回去我得好好炫耀炫耀！"

她一说到"回去"，周惜媛就想起新闻里关于雍凛绯闻对象的描述，迟疑了片刻，还是道："念念，不是我八卦，我觉得吧，你值得更好的人。"

顾念了然，笑着摇摇头："你们都误会了，我跟雍凛不是那样的。"

周惜媛好奇："这么说，雍先生对你是认真的？你们会结婚吗？"

顾念："还没发生的事情永远会有变数，我只能说我们现在都是认真的，没有谁心存玩弄。"

"那就好，你不怪我多嘴就好。娱乐圈里人情冷暖，锦上添花的多，雪中送炭的少，有时候表面和和气气，背地里不定怎么捅刀子，我也是经历得多了，才会对人性产生怀疑。"周惜媛自嘲一笑，"像肖宛雪，我就怎么都没想到她会是那样的人，我俩当年刚出道，穷得差点连泡面都吃不起，还高高兴兴互相安慰对方是在吃鲍鱼面，谁知道现在日子好过了，反而会是这样的结果。也怪我自己太傻，什么事都告诉她，现在倒成了她威胁我的把柄。"

顾念笑了："就算这次肖宛雪跟苏影能合作成，给她混到一次M&J的赞助，可你看看这次电影节，就我看见的，起码有三个人就穿着当季的M&J礼服，说不定还有撞衫的，肖宛雪可没有人为她事先准备什么往季的定制挑选，更没有时间去为她量身修改，到时候撞衫的可能性更大，所以我不太明白，为了眼前的小利，在朋友背后捅刀，值得吗？"

周惜媛："你不是圈子里的人，还不太明白这里头的事，你觉得只是小利，但这圈子竞争太激烈，能够出名的寥寥无几，很多人抓住一根稻草就不肯放手，不说别人，我自己不也很看重M&J的赞助吗？利欲熏心，肯定会有人晕了脑袋，要不人家怎么都说这圈子乱，其实说到底就是名利闹的，在镁光灯下，万众追捧的生活，哪里能比娱乐圈更容易给人带来成就感呢？要是没有这一出，我很可能也不会明白这些道理的。”

说话间，两人已经走到座位所在的横排，前后左右差不多已经坐满了人，有些面孔顾念就算喊不出来，也觉得眼熟，她跟着周惜媛一起，带着笑一一跟人家打招呼，逢人就叫老师，别人以为她也是艺人，还问顾念这次在周惜媛那个剧组里演什么，让顾念好一阵乐。

不管大家心里对周惜媛抱着什么样的看法，在如今舆论逐渐倒向周惜媛的情形下，面上肯定还要表现出支持她的态度。剧组也不例外，坐下来之后众人纷纷朝周惜媛打招呼，她一个女配角，阴错阳差居然得到了主角一般的待遇。

不过有迎合的，自然也就有逆反的，顾念右边坐着周惜媛，左边则是电影里另一位女配角佘意。对方看见顾念在自己身旁落座，不着痕迹皱了皱眉头，用开玩笑似的口吻道：“我们都是一人一个位置，怎么惜媛还能带助理？早知道这样，我也多要一个座位了。”

周惜媛正在跟另一头饰演女主角的演员说话，没留意这边。顾念笑笑：“不好意思，我不是周小姐的助理，我是M&J的工作人员，这次是以周小姐朋友的身份过来的，你们剧组正好有位副导生病没法来，就让我占了便宜了。”

佘意脸色微微一变，M&J这次跟周惜媛的合作尽人皆知，前段时间周惜媛被千夫所指的时候，M&J也没有与她解约，据说不是因为M&J对周惜媛矢志不渝，而是因为M&J内部有人力挺她，就算没听过顾念的名字，佘意也不难猜出顾念对周惜媛的帮助。

“你就是顾念顾小姐吧？”佘意的语气柔和了许多。

对这样的态度转变，顾念也习惯了，只笑道：“我好像没有名气大到每个人都认识我吧？”

佘意笑道：“我也有朋友在M&J，听说这次惜媛的事多亏了你，我代她谢谢你，顾小姐真厉害，这回M&J的内页广告一出来，我身边的人都赞不绝口呢！”

对方有意无意地亲近，顾念自然听得出来。

单凭顾念两个字，还不值得对方这样刮目相看。但背靠大树好乘凉，一个M&J的名头，足以让佘意这样的艺人正眼以对，甚至有些讨好。

其实不光娱乐圈，职场乃至社会，也有很多这样的事情，只不过娱乐圈诱惑更大，一切都被放大了而已。

顾念比谁都明白。

想通了这一点，人就通透许多，也不容易变得愤世嫉俗，人性趋利避害，本来就很正常，正因为迎难而上的人少，成功的人才更少。

人陆陆续续来齐，颁奖典礼开始。

顾念还是头一回坐在众多艺人中间，感觉倍加新鲜。

在她前面的前面是某位成名已久的演员，地位已经超越影帝，大抵是可以拿“终身成就奖”的那种，前排则是影帝赵和、林枫等人，而在她后面，也有一些经常在荧幕上看见的、熟悉的老面孔，其中不乏演技精湛的戏骨，和刚出道却已经红透半边天的新人小鲜肉。

星光熠熠，璀璨万分，换作他们中间任何一个的粉丝坐在这里，只怕都要幸福得晕倒，顾念不追星，也不妨碍幸福感油然而生。在场许多人都肩负得奖重任，个个笑脸下都藏着紧张，碰到摄像机扫过来时，还得端出一副“重在参与”的面孔，顾念却少了这种紧张感，大可优哉游哉地享受观看这场颁奖典礼。

主持人在上面讲开场白，顾念则四下望了一周，人太多，灯光又特意调暗了，她没能看见刘玉珊的身影。

不过典礼之后还有酒会，到时候肯定能遇上。

就在她开小差的时候，周惜媛凑过来小声道："听说这次最佳男主角奖很可能又是赵和拿，他的电影赢面很大，真让人不爽啊！"

顾念好笑："但赵和的演技的确很精湛。"

这东西跟人品没啥关系，一半是天赋，一半是后天努力，赵和恰巧两者都符合，作为演员他很合格，是业界公认的，周惜媛不能不服。

周惜媛叹了口气："我不是科班出身，天生短板，早知道当年拼死拼活也该考上电影学院的。"

顾念知道她在担心什么："今晚你还有机会的。"

周惜媛蹙眉："白秋出道很久了，这次候选的那部戏又有名导执导，评委肯定青睐她的。"

这种患得患失的心态，跟拿到成绩单前的考生一样。

两名主持人在上面说笑调侃，底下众人捧场发笑，伴随着这样的开场，各种奖项陆续揭晓，最佳摄影之后就是最佳女配，大屏幕上出现五个候选人的电影片段，按照姓氏的首字母进行播映。

周惜媛在被提名的影片里头扮演一个内心柔软的不良少女，在电影里大部分时间干尽一切坏事，到了最后受到主角水滴石穿的触动，终于做了一生中最重要的决定，但这个决定导致她失去了性命，临死前她甚至连一句遗言都没来得及说。

顾念不懂电影鉴赏角色分析，但她从普通观众的角度来看，觉得周惜媛的表演在五个候选人中虽然谈不上最精湛，但角色设定给她加分不少，最后反倒成了最令人印象深刻的。反观刘玉珊客串的角色，眼里有戏，但角色本身可以让人发挥的余地不大，反倒被限制了。

周惜媛紧张得抓着椅子扶手不放，偏偏摄像机正好往她这边扫过来，她还不得不挤出一个笑容，台上被请来颁奖的嘉宾拆开信封公布了最佳女配的名字，周惜媛的笑容一下子掺杂了惊愕、惊喜等成分，变得扭曲起来，同步在大屏幕上，顿时引起一阵善意的哄笑。

还是顾念和剧组里其他人拍拍她，周惜媛才醒过神来，一一跟身边的人拥抱，然后小跑上台，中间还踉跄了一下，自己踩着了自己的裙摆，差点往前扑倒，幸好旁边的人伸出手扶了她一把。

“我知道惜媛现在心里肯定很激动，但你也得克制一下，用不着五体投地行此大礼，我们都担不起！”主持人开玩笑道，跟她握手。

周惜媛局促道：“不好意思！”

嘉宾为她解开困窘：“没关系，我们都了解，我第一次上台领奖，也没比你好多少，当时因为太过紧张，还不停地想上洗手间！”

底下一阵笑声。

周惜媛接过奖杯，看着台下乌压压的一片脑袋，刚刚因为险些摔跤而暂时忘却的激动一下子又涌了上来。

“这次获奖，我首先要感谢的肯定是《寒风》的剧组，特别是王导，谢谢你给了我这个机会，如果没有你，今天也就没有台上的我，还有岚姐，从我出道以来，她一路带着我这个什么都不懂的新人走到今天，其中辛苦，只有我和她才知道。”

摄像机适时拍到在台下泪光闪闪的程岚。

“但我还想感谢一个人。”周惜媛话锋一转，“大家都知道，过去几天，我经历了一场前所未有的风波，它令我头一次怀疑起人生的意义，在最绝望的时候，我甚至一度想到了轻生。这绝对不是夸张，当时那种情况下，各方面的压力都朝我涌过来，已经接下的戏和综艺节目，制片方通知我无限期延迟，还未签意向合同的，甚至直接就解约，那个时候，只有四面楚歌能形容我的处境。”

所有人都没想到她会主动提起艳照事件，连主持人脸上都露出微微的惊讶。

周惜媛说到动情处，眼眶先是红了，声音也哽咽起来：“大家都是同行，肯定很明白这些对一个艺人来说意味着什么，说得难听一点，这个人的前程可以说已经完蛋了，就算还能在圈中继续混下去，以后等待她的，也绝对不是什么前途无量。当时我真的很害怕，害怕自己以后没有戏可以拍，没有活儿可以接，甚至连T台秀都走不了。”

正因为是同行，所以更加感同身受，台下一片寂静，众人都听得入神，一些感性点的，眼睛里也跟着有了泪光，他们不一定跟周惜媛交情好，却对她这段话产生了共鸣。

预留给她的讲话时间已经结束，但主持人看着现场情形，没有打断，而是让周惜媛继续说下去。

周惜媛：“但就在这样的绝境里，有一个人没有抛弃我，她就是顾念，她相信我能重新站起来，她的安慰和鼓励让我非常感动，可以说，是她和M&J，给了我今天能够站在这里的力量！感谢M&J，感谢顾念！谢谢你们！”

她深深地鞠躬。

台下安静片刻，鼓掌声雷鸣般响起。

顾念本以为拉着自己走红毯，就是周惜媛表达感谢的方式了，完全没想到对方会在领奖台上郑重其事地感谢自己。

这意味着什么，顾念当然知道，她不是艺人，不需要台前的知名度，但今天之后，在场所有艺人都会知道M&J的公关部有一个叫顾念的人。不仅艺人知道，在场的媒体与各大赞助商也会知道，事后他们自然会去打听，人的名，树的影，有这种杰出的公关履历，以后顾念哪怕是跳槽，都会有不少朝她递出橄榄枝的。

她帮周惜媛的时候并没有想那么多，但很多时候好的努力能够得到一个好的结果，无疑令人非常振奋。

摄像机镜头扫过来，顾念感动又意外的表情出现在大屏幕上，所有人都认得她的脸了。

更意外的是刘玉珊，她看了看大屏幕，忍不住抬头去看摄像机所对着的座席区。

旁边同剧组的人开玩笑道：“恭喜你啊，将来有个能干的儿媳妇了！”

刘玉珊勉强笑了一下，没出声。

周惜媛的发言引发一阵小小的高潮，接下来的颁奖平顺地度过，等到主持人宣布颁奖典礼落幕，却还不是众人离场的时候，接下来会有各自的记者提问时间，还有针对圈中的晚宴，后者则不会有媒体参加，仅仅是属于业内人士的交际。

娱记们早就准备了各种刁钻古怪的问题，挖好了坑等着明星们去跳，就等着典礼结束了。

在采访这件事上也会有明争暗斗的体现，譬如有的明星视簇拥在自己周围的媒体多寡，来作为咖位大小的表现，但也有的最近负面消息缠身，不愿意接受采访，却不被媒体放过，千方百计缠着问问题的。

周惜媛因为艳照事件，又刚拿了个最佳女配，新近自然是八卦媒体的至爱，刚到提问时间，她和程岚就已经被重重包围起来。

晚宴已经开始，顾念就先进了宴会厅去等她们，迎面碰上以往一个跟M&J也有合作关系的女星，双方聊了几句，对方俨然将顾念当成M&J的代表，很热情地暗示希望能有再与M&J合作的机会，顾念心里哭笑不得，面上还要很有诚意地回答人家的各种问题。

好不容易结束谈话，她余光一瞥，看见刘玉珊与钟圆走了进来。

既然看见了，就不好转身走人，顾念主动迎上去。

刘玉珊与钟圆正有说有笑，陡然看见顾念朝自己走过来，笑容立即便淡了。

她知道顾念今天可能会来，但没想到对方会跟周惜媛一起走红毯，被误认为是艺人，更没想到周惜媛会在台上重点感谢顾念，令后者大出风头。

心里知道自己得奖机会很小是一回事，看着儿子的女朋友被别的艺人郑重其事地感谢，又是另一回事。

刘玉珊不愿承认自己有些小小的介意，雍夫人的身份足以让她在这里挺直了腰杆，即使圈中大咖看见她，也得客气三分，这就足够了。

顾念："你们好，刘女士、钟小姐。"

刘玉珊和钟圆都与她握了手。

对方知情识趣，没有仗着雍凛，一上来就直接喊"伯母"或"阿姨"，没有在钟圆面前主动表明跟雍凛的关系，刘玉珊很满意。但转念一想，顾念这声"刘女士"委实也太生疏了，对钟圆和对她态度无二，根本听不出半分亲近。

思及此，刘玉珊又略微有些不快。

她丝毫没有意识到自己两种想法完全是前后矛盾的。

钟圆跟刘玉珊走得近，自然也知道雍凛正在跟顾念交往的绯闻，奢侈品与时尚息息相关，更与娱乐圈脱不开关系，哪怕顾念没有这层身份，冲着她出色的工作能力，将来的前程都差不了，钟圆自然很乐意跟顾念交好。

"你好，顾小姐，刚才惜媛的发言很精彩，我真为她拥有你这样一位公关感到嫉妒。"

顾念笑道："作为M&J的公关，努力是应该的，钟小姐太过奖了。"

钟圆有心跟顾念多聊几句，但看见刘玉珊优雅矜持的笑容，心知这位雍夫人恐怕不是太喜欢自己儿子的女朋友，也不好当着她的面对顾念太过热情。

她对这段绯闻好奇得很，原想开开玩笑调侃一下，现在玩笑肯定是开不成了。钟圆对刘玉珊和顾念笑道："你们聊，我过去跟李导打个招呼。"

刘玉珊对她笑了一下，眼看着钟圆离去，笑容也跟着淡了下来。

顾念见状，哪里还有不明白的，雍夫人很不喜欢自己，只不过碍于儿子，又是公众场合，不好发作罢了。

果不其然，刘玉珊开始发难："你跟小凛，谈论过结婚的事情了？"

顾念："暂时还没有，我们打算过两年再说。"

刘玉珊："为什么还要过两年？"

顾念笑了一下："雍凛觉得现在我们两人都还年轻，没必要那么急。"

更重要的是，两人互换身体的事情就像一颗定时炸弹，随时都会爆发，虽说彼此努力去适应，但总会带来许多不便，但这件事没法说，顾念只好搪塞过去。

刘玉珊不悦："你们哪里年轻了？现在还不急，要等到什么时候才急？"

她见顾念的表情停滞了一下，明显回答不上来，不由得轻轻叹了口气："顾小姐，咱们打开天窗说亮话吧，其实作为一个母亲来说，你并不是我心目中最理想的儿媳妇人选，奈何我的儿子喜欢，我拗不过他，当母亲的，总不忍心违背儿子的意愿，你能明白我的意思吧？"

顾念暗暗一叹："我明白您的意思，雍凛爱我，所以您希望我用同样的爱去回报他。"

跟聪明人说话就是省事，刘玉珊满意地点点头："爱不是口头上说说就可以的，付诸行动才更能让人信服。雍凛的工作很忙，他现在这家公司，是他自己一点一滴奋斗，才做到今天这个规模的，但他的事业肯定不会止步于此，将来他还会接过他爸爸的事业，你既然要当他的妻子，自然需要为他着想，而不应该反过来让他为你操心，你说对不对？"

刘玉珊不喜欢顾念，却不想为了一个顾念跟儿子反目成仇，更何况丈夫雍子文也并不站在她这一边。

所以刘玉珊内心深处其实已经做好了用这段婚姻为雍凛缴学费的心理准备，因为在她看来，雍凛内刚外也刚，顾念内刚外柔，两个人硬碰硬，是根本不可能长久的，雍凛现在也许听不进去，几年之后一定能够明白。

鉴于这种心思，她没有再强烈反对两人在一起，却想挫挫顾念的锐气和傲骨，让她知道嫁入雍家，不是那么容易的事情。

从旁人的角度来看，两人相谈甚欢，不时还会笑一下，关系看着像不错。

刘玉珊的心思并不难猜。

她很年轻的时候就跟雍子文结婚，此后几十年都被保护得很好，随着雍子文一步步往上走，更不会有什么钩心斗角的事情，她觉得自己把心思藏得很好，却轻易就被顾念看了出来。

换作一个内心柔弱的女孩子，可能真会因此委屈得不行，恨不能找个角落默默流泪，顾念虽然也不会高兴，但更多的是好笑和无奈。

对方是雍凛的母亲，她当然不能用工作里那些手段去对付，本想努力表现，加强点印象分，但看来既定印象是根深蒂固的，没什么效果。

她斟酌措辞，正在思考要如何开口，刘玉珊的目光对着她背后，脸色却微微一变。

“顾小姐？”

声音有些熟悉，顾念回头一看，居然是老熟人吕岩。

“你好。”顾念对他笑道。

吕岩惊喜道：“我找了你很久，还以为你先回去了。”

他一心盯着顾念，压根儿就没注意到她旁边的刘玉珊。

顾念主动为他介绍：“这位是刘女士，你们两位刚刚在电影里合作过的。”

吕岩转过头，如梦初醒地“啊”了一声，伸出手：“雍夫人，太抱歉了，刚才我没注意到您！”

向来在人前礼仪得体，对顾念都还维持着基本礼数的刘玉珊，头一回当着别人的面，连笑容都欠奉，仅仅“嗯”了一声，留下一句“我们有事要谈，失陪了”，拉起顾念就走。

留下吕岩一个人站在那里，满头雾水，外加满腹委屈。

顾念同样莫名其妙，要知道几秒钟之前，刘玉珊还对她不冷不热的，忽然间就发展到拉着她一起走的地步了，这变化实在太快，顾念都有点看不懂了。

“刘女士，刚刚吕岩……”

两人一路来到外面的草坪上，白色纱帘隔开里外两个世界，刘玉珊终于停下脚步，面色不豫：“不要跟那个人走得太近，那些八卦杂志刚刚写了他和小凛的绯闻，难道你没看吗？”

顾念哭笑不得：“我有耳闻，不过八卦报道向来都是捕风捉影的，十句话里可信度也没一句，不用太在意吧？”

刘玉珊很不满意她这种轻忽的态度：“虽然那些报道捕风捉影，但人们都宁可相信夸张的，也不愿相信真实的，如果刚刚被娱记拍到我和那个吕岩在一块儿，明天就又可以让他借着雍家炒一波了。”

凭着对吕岩寥寥几面的印象，顾念承认那人的确有些缺心眼，但说要有什么深不可测的心机，也不至于。这种人如果没遇见贵人，在圈子里就不太好混，尤其吕岩的外貌也不是极其出色，所以这么多年来他一直不上不下，现在还把那个程峰给得罪了，以后肯定更难走。

但她没有当面反驳刘玉珊，只是点点头：“好的，我明白了。”

刘玉珊：“你以后成了雍家人，也得这样，时时刻刻注意雍家和雍凛的形象，任性往往有可能付出沉重的代价。”

顾念其实还是可以继续点头装柔顺的，但不知怎的，那一刻她忽然不想敷衍下去，就应了一句：“不好意思，我不是故意想顶撞您，但现在男女平等，女方嫁入谁家就是谁家的人，这种传统，已经不合时宜了。”

虽然她的语气很温柔，但反驳之意也很明显。

刘玉珊蹙眉：“你们俩还没结婚呢，你就这么没礼貌，小凛知道吗？”

顾念：“对不起，伯母，我觉得刘女士这个称呼太生疏了，没经过您的同意，就喊您伯母，希望您不要介意。我是真心爱雍凛的，这一点，并不比他爱我少，我是觉得，拥有一份工作，并热爱自己的工作，跟结婚生子，并不会太冲突，您其实不用担心我婚后不能成为一个合格的妻子，我们俩会适当做出协调，适应彼此的节奏，更何况，在彻底适应好之前，我们暂时不会结婚，这也是对彼此的负责。”

说到这里，她忍不住恶作剧地想道，假如有一天自己真成了“翻版刘玉珊”，一个合格的富家太太，正好她和雍凛又彼此灵魂交换，到时候雍凛顶着她的身体去听一群富家太太聊珠宝聊八卦，不知会如何崩溃。

顾念诚挚道：“伯母，您和伯父，虽然不是我的亲生父母，但是我爱雍凛，我也会像对他那样去对待你们，只是我们毕竟是两代人，有时候沟通上会觉得不畅，希望您不要介意。”

这些话没能平复刘玉珊的不满，从一开始她就觉得顾念不好，这个“不好”的标签就一直伴随着对方，既定印象一旦形成，就很难扭转过来，无论对方说什么，都会被她解读成别的意思。

刘玉珊一双秀眉拧得更深：“你的意思是，我老了，跟你们年轻人没法沟通了？”

顾念：“……”

“我不是这个意思。”她觉得自己要不找个借口溜掉算了，这实在是没法沟通下去了。

“那是什么意思？”

接上这句话的人却不是刘玉珊，而是一个熟悉的男声。

顾念回头。

原本不可能出现在这个场合的雍凛竟跟李导一并走来，长腿迈开，一步顶李导两步。

“原来你们躲在这里，我一直找不到你，阿珊，剧组今天拿奖，要留念合影，就缺你一个了。”李导笑呵呵道，仿佛没察觉顾念和刘玉珊两人之间的暗潮。他年纪比刘玉珊还大了十几岁，影坛地位显赫，许多人在他面前都会尊敬三分。

刘玉珊笑了笑，仿佛刚刚的诘问和不满都烟消云散，不复存在：“我跟顾小姐在这儿聊得投机，给忘记时间了，实在不好意思，这就去！”

她转向雍凛：“你怎么来了，不是说工作忙吗？”

雍凛：“刚好开完会，见时间不晚，就过来了，您复出之后参演的第一部影片就得到提名了，能来的话我肯定要来捧场的。”

李导哎哟一声：“阿珊，你福气好啊，我儿子孙子要能这么哄我，我不知多开心！”

刘玉珊福气好，在圈子里是出了名的，她谦虚地笑了笑：“年轻人不禁夸，您别让他太骄傲了。”

她与李导往里走了几步，见雍凛没跟上，不由得回头：“小凛，你不进来吗？”

雍凛挽了顾念的手，大大方方地走过来：“来了。”

刘玉珊跟顾念的对话，因为雍凛的到来而被迫中止。刘玉珊不知道儿子有没有听见那番对话，但就算听见了也不要紧，刘玉珊并不觉得自己做错了什么，就算错，那也是顾念错了。顾念没有意识到自己与雍家之间的门第差距，依旧按照自己的那一套来做事说话，不管她在职场上有多厉害，刘玉珊就是不喜欢。

但接下来发生的一切，让刘玉珊觉得雍凛的到来是一个错误。

因为那厮牵着顾念的手走遍全场，每逢有人寒暄，询问他的身份，他就自我介绍一遍：“我是雍凛，顾念的男朋友。”

别人都会恍然大悟：“你就是刘玉珊的儿子？”

他就点点头：“对。”

然后还将自己的女朋友推出来，不管认识不认识："顾念承蒙你们照顾了，以后我们结婚一定要来喝杯喜酒。"

大家哪里会不给雍家面子，都纷纷献上祝福，又赞他们郎才女貌，天造地设。

刘玉珊在旁边听了一耳朵，恨不能捂上他的嘴巴。

偏偏她不能这么干，大庭广众之下，她丢不起那个脸。

刘玉珊很心塞，心塞得心脏病都要发作了。

雍凛来之前，她希望儿子能到场，雍凛来了之后，她却巴不得这货能赶紧带着女朋友滚。

老话怎么说来着，有了媳妇就不要娘！

至理名言！

Chapter 26
变化

不是“雍凛的女朋友”，而是“顾念的男朋友”，明眼人一听就能听出其中的差别。换作几个月前，大男子主义的雍凛绝对不可能说出这样的称谓，但几个月前的他如果穿越到现在，肯定不会承认这是几个月后的自己。

赶在刘玉珊被彻底气死之前，顾念拉着雍凛离开了会场。

顾念实事求是地提醒他：“你妈妈气得不轻。”

雍凛蹙眉：“我现在知道电视上演的都是真的了。”

顾念被他的话勾起好奇：“什么意思？”

雍凛一脸严肃认真：“婆媳矛盾，夹在中间的儿子最难做。”

顾念哈哈大笑：“没想到雍先生日理万机，竟然还有看婆媳剧的闲情逸致！”

雍凛：“现在铺天盖地都是婆媳题材，家里电视在放，我经过的时候难免会看到。”

但这不是重点，重点是……

雍凛：“其实我不是不能对我妈更强硬一些，但那样的话，她转过头又会把这笔账算在你身上。”

顾念踮起脚捧着他的脸亲了一口，甜甜道：“我都明白。”

所以雍凛会拉着她到处将身份昭告天下，不是“雍凛的女朋友”，而是“顾念的男朋友”，明眼人一听就能听出其中的差别。换作几个月前，大男子主义的雍凛绝对不可能说出这样的称谓，但几个月前的他如果穿越到现在，肯定不会承认这是几个月后的自己。

没有经历过失去，就不会懂得珍惜，两人在餐厅里赌气说下“分手”的时候，以为从此就是男婚女嫁各不相干，想着自己绝对不会拖泥带水吃回头草，谁知道兜兜转转，竟因此得到一颗比之前还真的真心。

雍凛回搂住她的腰：“我妈让你受委屈了，我们以后不会跟父母一起住的，一年到头也见不上几回。”

顾念就笑：“没关系，其实你妈心眼不坏，她只是从一开始接受不了我，之后就转不过弯而已。”

她有句话没说出口，她妈偏心偏成那样的，她都忍得了，相比起来，刘玉珊只是小巫见大巫了。

其实并不是一开始就不介意的，顾念也是人，小时候也会为了母亲偏爱弟弟而不满抗议，但久而久之，她就发现这种抗议是没有用的，父母不把小孩的不满当回事，压根儿就没有放在心上，依旧我行我素。顾念慢慢长大有了自己的想法，逐渐跟父母离了心，父母却还当她是那个必须言听计从的孩子，双方产生了不可调和的矛盾。顾念出去上学，独立自主，毕业离开学校进了职场，这几年在门店里接触各式各样的客人，也没少受到刁难，这些人和事慢慢将一个玲珑剔透的顾念历练出来。

即使没有亲眼看见，雍凛也能大概描绘出顾念成长的轮廓，他的母亲几十年来在小圈子里被人吹捧惯了，的确不会把顾念放在心上。

但这样的顾念，并不是嚣张跋扈、自视甚高的，她还有一颗柔软的少女心，喜欢毛茸茸的小动物，在没有能力将宠物照顾好的时候，她买了一堆毛茸茸的替代品，房间里几乎堆满小熊、小兔子等公仔。雍凛以前很少去她跟人合租的公寓，换了身体那段时间，每次进她房间，都有种被闪瞎眼的感觉，简直像误入了冒着泡泡的粉红世界。

他知道顾念的坚强，仅仅代表她坚强，并不代表她不需要别人的理解和认同。

任何一个人，在这世上，都不希望自己是孤独的。

起码应该有个知己。

又或者爱人。

抱着顾念，雍凛的心满满的，就像拥有了全世界。

以前他就不会有这样的感觉，精力全都花在工作上，付出总有收获，满满的成就感，就像立于巅峰的世界之王。男人是受野心和权力欲驱动的动物，起码大部分是这样，雍凛有这个能力、这个条件，想要做的当然比别人更多。

以前也不能说不喜欢顾念，但爱情之于他，更像是一种调剂。

现在他觉得爱情不能仅仅局限于爱情，顾念同样也有自己的工作、自己的世界，没有围着雍凛转，但心与心的贴近，让一切都变得不同起来，就连枯燥的工作会议有时也变得生动起来。

雍凛不是个喜欢伤春悲秋、多愁善感的人，但他觉得自己这辈子那点“无病呻吟”，估计都花在顾念身上了。

两人也不想回家，开着车一溜烟就去了海边。

雍凛在这儿的度假村有套别墅，常年空着，有人打扫，来了就可以住。

房子两层，各有一个宽敞的大阳台，真正是面朝大海，春暖花开。

可惜顾念拉开落地窗的纱帘，大晚上的乌漆墨黑，别说海了，连个鬼影都看不见。

她直接开了落地窗往海边走，这一带的海沙质量不错，细腻绵柔。如果白天来到这里，能看见一片蔚蓝海岸，虽然没有东南亚海岸那种碧绿清澈的明媚，但也是碧海蓝天，波涛万顷。

顾念一步步往海边走，雍凛就跟在后面，不紧不慢，也不拦着她。

在都市里生活久了，偶尔亲近一下大自然是很不错的，甭管工作上处处受气还是呼风唤雨，来到这里才能感觉到自身的渺小，遭遇挫折的时候想想世界上那么多天灾人祸，自己还幸运地活着，太过春风得意的时候也能提醒自己别那么忘形，这天地大着呢。

顾念张开双臂，深吸了一口带着海腥味的空气，耳边是澎湃不息的海浪声。她心血来潮，双手拢在嘴边，“啊”一声大吼出来，在空旷的海面上传出老远。

喊出那一声之后，心中许多烦闷似乎也跟着清了出去，整个人顿时爽利许多。

她扭头问雍凛：“你要不要也来一嗓子？”

雍凛指着地上横着爬行的小螃蟹道：“看，被你吓跑的。”

这句话其实没那么好笑，但他说的时候特别正经严肃，顾念绷不住就笑了，伸手去捶他：“你可真烦！”

雍凛反应敏捷地避了开去，顾念抬腿把沙子踢向他的脚，又被对方避开了，顾念玩心顿起，非要打到雍凛为止，两人一追一赶居然在沙滩上玩了起来。

其实要照雍凛的脚程，三个顾念也未必追得上，所以他根本没认真跑，只能说是在快走，平时多严谨的一个人，这会儿深更半夜的，居然陪着顾念在海边玩，可见每个人心里都住着一个小公主，不管男女。

顾念追着追着，发现有点不对味儿，随即醒过神来，想起网上那个著名的段子“来呀来呀，你来追我呀，追到我了就让你嘿嘿嘿”，实在控制不住自己了，她停下来弯腰扶着膝盖，笑得上气不接下气。

雍凛也停下来，奇怪地回头看，见她笑得快要抽过去了，还回来给她顺气：“被点笑穴了？”

顾念摆摆手，还是笑得说不出话，雍凛不是网瘾少年，她压根儿没打算把那个段子说出来，不然下半夜遭殃的是自己，明天还要上班，她可不想扶着腰去上。

雍凛：“念念，你有没有想过结婚的事？”

顾念抬头看他，眨眨眼：“怎么忽然提起这茬儿？”

雍凛："结了婚，别人就不会误会我跟你只是玩玩，对你不好。"

原来他也看了八卦的，顾念有点感动，挽住他的手臂："我不是没有想过，但谁也不知道我们还会不会互换，等过了这个月再看看如何？"

一提起这个雍凛就头痛，老天爷的心意谁也摸不准，直到现在他们都找不到互换的规律，只知道可能跟磁场有关。

总不能真用生孩子来试验能不能终结吧？

顾念也很头痛："我是真的不想再去你公司，对着一堆文件晕头转向了，看得懂也下不了手，外行指导内行，对着你那些手下，我心里都发虚！"

雍凛好笑，顾念用着他的身体时，完全是游刃有余的模样，除了他，谁也不知道她每天都在战战兢兢力求维持住雍凛的形象，别前一天还是严肃老板，后一天就成了温柔可亲的邻家哥哥。

在雍凛这种英俊多金的身体里自然是一种新奇的体验，每到一个地方，美女的眼神最先往这边瞟过来，顾念觉得还是挺好玩的。但人不可能靠玩过日子，她没有从小耳濡目染，也没有学习过系统化的商业知识，更没有这一行的经验，人生如戏，全靠演技，至今也没人发现他们俩交换过身体，顾念觉得凭自己的演技去混娱乐圈，说不定还真能拿奖。

海风袭来，吹起顾念的裙摆。两人手挽着手，在沙滩上慢慢走着，别墅群那边有几盏昏暗的灯火，但照不到这边来，海边黑漆漆的让人辨不清方向，他们只能凭着感觉往前走。

雍凛问她："你心中的婚礼是什么样的？"

他听陈庄说女孩子对自己的婚礼都特别憧憬，像顾念这样把毛绒公仔摆满房间的人，应该会更有想法才对。

谁知道顾念低头想了想，却道："婚礼怎么样都行吧，如果可以的话，从简更好，就我们两人，找个春暖花开的地方住下来，每天懒洋洋躺着，睡上一周，什么也不干。”

雍凛无语。

这心愿还真是与众不同。

不都说女人一辈子就盼个盛大的婚礼，风风光光把自己嫁出去，能在朋友家人面前长脸，成为一辈子的回忆吗？

这话谁说的来着？

雍凛：“那婚纱照呢？”

顾念笑嘻嘻：“要不让人拍好照片，把咱俩的头像P上去？”

雍凛：“……”

真有创意。

雍凛是真服了：“为什么不要婚礼和照片？”

顾念苦着脸：“太累了，其实说到底，仪式就是给别人看的，你们男人应该更不喜欢这种从头到尾受尽摆布的仪式吧？”

雍凛的确是这样，他讨厌受人摆布的束缚感，不管是言语上还是行动上，但如果对象是顾念，其实也不是没有期待的。

他忽然明白过来，顾念不是不喜欢这样的仪式，她只是在为自己着想。

无法形容心底的柔软，他握紧了身旁人的手。

“就算我同意，我爸妈也不会同意的，婚礼肯定还是要的，你要是嫌麻烦，到时候我们交换戒指的时候露面就行了，西式婚礼用不着敬酒那些程序。”

虽然天色太暗，但并不妨碍顾念语气里神采飞扬的顽皮：“雍先生，现在说这些会不会太早了？我还没有答应嫁给你。”

雍凛笑了一下，没有回答这个问题。

因为他觉得两人已经水到渠成，答案并不重要。

但后来回想起来，他有点后悔，觉得当初还是应该好好回答一下的。

顾念能够感觉到自己在公司的处境发生了微妙的变化。

这种变化并非随着她的转正而出现，而是在她接连拿下赵和与周惜媛两个项目之后，周围人看她的目光就和从前不一样了。

当然，是好的变化。

赵和跟周惜媛的恩怨虽然没公开，但他们跟M&J都有合作，M&J内部或多或少能听到一点风声，两个仇人在同一个品牌下和平相处本来就很不容易了，顾念居然还有办法同时负责他们的项目，而不令对方生出反感，不单周惜媛在颁奖典礼上公开感谢她，据说就连赵和在私底下，也比较肯定顾念的能力。

左右逢源是很难的事情，但顾念做到了，这就不能不说是一种本事了。

有雍凛这个男朋友，得到Santos的撑腰不算什么本事，无论男女，在奢侈品行业工作的人，不乏家境殷实、深藏不露的富二代，因为这些人更能接触到普通人接触不到的人脉。顾念有这么个男朋友，在门店也许会被很多人羡慕嫉妒，但到了总部，一下子就变得没那么惹眼了。

在以实力取胜的企业环境里，背景深厚，顶多被别人在背后议论几句，还可能不是什么好话，但如果能为公司或部门带来利益，才会令人正眼相看。

顾念刚来的时候，没有人将这个在M&J毫无根基的新人放在眼里，但现在，即使她不是卫玛的人，卫玛见了她，也能露出三分笑意，不至于像一开始那样充满了公事公办的难以亲近。

何丽也不敢再惹她，但顾念早已把她拉进黑名单，完全没有虚与委蛇的打算，工作上的交集就照工作章程来办，下班之后绝不跟何丽多接触。何丽对自己当初的愚蠢行为后悔不迭，早知道两个人都能留下，她又何必枉做小人，去得罪顾念呢，还平白给自己树了一个大敌。

周围一切仿佛变得友好可亲起来，当然，依旧毒舌的吴嘉文除外，他甚至有事没事就去撩拨姚姝也，取而代之的是姚姝也经常来找顾念吐槽，顾念觉得这男人没救了，他这辈子想追到姚姝也估计够呛。

阳光透过落地窗，洒入早晨的办公室，让充满时尚感的办公环境也显得生机勃勃。

顾念看着吴嘉文丢过来的一份邀请函："这样的美差你居然就给我了？师父，你对我可真好啊！"

私下相处的时候，顾念经常会开玩笑般喊吴嘉文为师父，吴嘉文也没有反驳。

吴嘉文翻了个白眼："他们主编太能作，我看他不顺眼，不想看见他，你去吧。"

邀请函是业内资深杂志《维度》的七周年自助餐会，年会上他们已经庆祝过了，到了正日这天反而没那么隆重，又不是整数周年，也没办什么宴会，就是在公司食堂里弄个自助餐会，把经常合作的几家企业都请过去坐坐，仅此而已。

但去了之后就能跟《维度》搭上线，意味着又是一条人脉的拓展，还能过去吃吃喝喝，不用说肯定是美差。

原先负责平面维护的是苏影，这本来应该是她去，她走后，卫玛和麦琪琪千方百计都想把她的那部分资源拿过来，吴嘉文当然不可能拱手相让，三人之间又是一番温文尔雅的龙争虎斗，顾念没想到吴嘉文会把他得来不易的这条线给了自己。

吴嘉文看她露出感动不已的表情，嫌弃道："收收你的眼神，我自己不想去，不然还能给谁？给Emma？别开玩笑了！"

顾念："你不想去，争来干什么？"

吴嘉文："我不想要，也不可能让Emma那女人白白嘚瑟啊，你还能不能有点混职场的自觉了？我还以为你已经上道了，这种幼稚的话也能问出口？"

顾念做投降状："我错了！我错了！"

她觉得吴嘉文最近特别容易暴躁，这种状态也的确不适合去参加活动，想问对方是不是更年期到了，但顾念觉得自己肯定会被揍，话到嘴边就换成："你跟殊也怎么了？她最近都放假跑澳大利亚开飞机去了。"

不提还好，一提起来，吴嘉文就有点烦躁："她说她还是习惯国外的生活节奏，希望能跟另一半移居国外，你说我是答应好，还是不答应好？"

顾念"哇"了一声："你们都进展到这一步了？殊也没告诉我，只说你们吵架了。"

吴嘉文扒拉了一下打理得很好的头发，一下子把发型给弄乱了，可见内心的烦躁程度。毕竟做他们这一行的，即便是男人也很注重外表。

"我的事业和家人都在国内，这个决定对我来说很艰难，但她认为我不够重视她。"

顾念理解地点点头，因为她跟雍凛曾经也是这么走过来的。

童话般浪漫的爱情比比皆是，但到了婚姻阶段，就会出现很多需要取舍的事情，让人必须做出抉择。

"不过以你的能力，我觉得你到了国外，想找到同样的职位并不困难。"顾念道。

临近中午，办公室里没有别人，大家都出去吃饭了，只有他们俩叫了外卖。吴嘉文叹了口气，向她透露了一个消息："其实高层也有人支持我接潘明的班。"

顾念："哇哦，新总监！"

吴嘉文："还没定，Emma也好，Gigi也罢，她们都不可能轻易放弃，而且大家胜算都差不多，你明白我的意思吧？"

顾念摊手："问你自己的心，Marvin，这事我爱莫能助。如果你更倾向事业，但你为了不让殊也失望，选择迁就她，将来也许会后悔，虽然我是殊也的好朋友，却不希望你们俩将来因为这种事而争吵分手。"

吴嘉文吐出一口气，面容微微露出焦躁和疲惫："我明白。"

自助餐会名副其实，没有衣香鬓影的场面，顾念还是到公司做完一个小case之后才过去的，大家都是上班时的装扮，东西品种倒是挺多，味道也不错。顾念尽职尽责地跟各式人等打招呼寒暄，聊聊接下来的合作，什么杂志内页、广告篇幅；谈谈明年的时尚圈流行趋势；说说年底法国时装周打算去几个人的事情。

这些话题她已可信手拈来，那个颁奖典礼到现在还在网络的热搜话题上，众人没少听说她的事，顾念自然不会受到冷落，连受邀而来的钟圆，都主动过来跟顾念说话。

顾念应付了若干人之后，感觉有点晕头转向，借着尿遁拿了杯饮料，就到外头去躲清净。

现在的产业园区为了吸引公司入驻，全都修得跟公园似的，一个赛过一个地漂亮，《维度》所在的楼层外面也不例外，一大片露台，林木错落，太阳伞配着木椅，上面还有软枕，整得跟度假区似的。

顾念忙里偷闲，拿着手机骚扰雍凛，给他发短信。

信息还没发出去，她就听见被树木遮挡的另外一头有人道："让你买个咖啡都做不好，说了不加奶，你还加奶，不知道钟姐对牛奶过敏吗？"

余千惠脸色有点难堪，连忙道歉："对不起，可是我之前明明看见钟姐喝过加奶的，你也没说……"

杨敏抱臂看着她，嗤笑道："我说过什么？Sunny，我还以为你在M&J做过，这种小事应该不在话下的，结果连小事都做不好，真让我怀疑你是不是被M&J辞退的！"

余千惠准备忍气吞声就算了，谁料却有人帮她回答："咖啡买错了，重新买就好了，不用这么咄咄逼人吧？"

余千惠看着从树丛另一头绕出来的顾念，又是惊讶又是难堪。

老同事重逢，一个混得风生水起，一个却在这里伏低做小，还被前者看在眼里。

余千惠心里说不出地难受。

杨敏皱皱眉头，对顾念这个不速之客表现出极度的不欢迎："这位小姐，我们在这里说话，你偷听就算了，还随便插嘴，难道不知道礼貌两个字怎么写吗？"

这话说得很好，假如没有刚刚欺负余千惠的那一幕，顾念完全没有意见："你是钟姐的助理吧，我见过你的，就在S市电影节的开幕式上。"

"开幕式我没参加。"杨敏越发觉得这人可疑，搞不好是来套近乎的。

顾念笑道："对呀，你没下车，当时在钟姐车上吧，我看见你了。"

她主动伸出手："我是M&J的Nina，跟你们钟姐也见过几回的。"

提到M&J，杨敏倒是有点印象，她迟疑地伸出手："你好。"

顾念没有提刚刚的事情，又跟余千惠打招呼，语气比对杨敏亲密很多："Hi，Sunny，你最近怎样，上回咱们说好一起去逛街的，后来见你忙，我都没敢联系你了！"

余千惠心里轻轻松了口气，也露出笑容："是啊，说好了的，我没忘，你哪天有空随时都可以联系我。"

她心里感谢顾念刚才帮她说话，却更希望对方没看见这一幕。

钟圆可能透过落地窗看见了动静，也走了出来。

"怎么回事？"她问杨敏。

又对顾念道："Nina，怎么不去里面吃点东西，你上回说要我的签名，我还没给你呢！"

前后截然不同的语气，让杨敏心里忐忑起来。

钟圆在人前和气，但混到这地位，谁没几分傲气，很少见她主动说要给谁签名的。

顾念从善如流："刚刚看钟姐在跟Wendy说话，没好意思上前打扰，我特意带了本子过来的，您可得给我签上三份，我的朋友里您的粉丝太多了，我怕三份都存不住。”

钟圆乐了：“给你签五份行不行？”

没了刘玉珊在场，两人又有意亲近几分，氛围自然愉悦。

杨敏暗自庆幸顾念的打岔，让钟圆没顾得上追究刚刚的事情，她当然不会蠢得去插嘴。

余千惠还算有眼色，见状便道：“不用Nina去拿，我随身带着纸笔！”

说罢从包里拿出来递给钟圆，后者唰唰签了好几份给顾念。

杨敏暗暗瞪了她一眼，就你机灵！

顾念有意无意道：“Sunny先前跟我说从M&J跳槽，给一位很有名望的演员当助理，我还没想到是钟姐您呢！”

钟姐笑睇了余千惠一眼：“Sunny挺好的，来我这边之后很快就适应了，不愧是M&J出来的。”

杨敏有点不自在，她刚刚才拿M&J奚落过余千惠，钟圆说这话好像在打她的脸。

但她不敢吱声，恨不得钟圆别问。

钟圆身边不止一个助理，杨敏算是头一号，余千惠则是第二助理，后者之前没有圈中的工作经验和人脉，来了这边等于从头开始，杨敏不乐意看见有人来跟自己竞争，肯定处处找机会排挤她。每一个人的工作，其实都是一部职场奋斗史，顾念如此，其他人亦如此。

顾念似乎知道余千惠矛盾的心情，并未多说，转而与钟圆聊起别的事情，钟圆对赵和新电影与M&J合作的项目赞不绝口，半真半假道：“Nina，下回我的新电影，不知有没有缘分和M&J合作？”

“钟姐要亲自执导了，还是当制片人？”顾念好奇道。

钟圆：“都不是，就是投资，也主演。”

顾念：“现代都市剧？”

钟圆："对，讲爱情，也讲人性。"

顾念笑道："其实赵先生这事不是我说了算，我只是提交了方案，还要上头拍板，钟姐要是不介意，回头可以先把影片资料发我邮箱，我看看有没有契合M&J的风格，回头再跟上边申请，您看怎么样？"

钟圆也知道这不在她的权限范围内，但顾念肯答应帮忙申请，就是仁至义尽了。

打从赵和跟M&J的合作项目公开伊始，圈中许多人都似嗅到一块儿香气四溢的肥肉，可惜不是谁想合作就能合作，别说M&J在奢侈品界的咖位，你拍个小成本都市剧，总不能觍着脸去跟M&J谈合作吧，有那心也没那门路，古装剧就更扯淡了。

钟圆虽然不是M&J的品牌挚友，但她跟M&J关系不错，M&J也赞助过她几次活动，彼此合作愉快，顾念不能当面回绝了人家，反正成不成也不是她说了算。

多聊了几句，顾念低头看一看手表，抬头歉然道："不好意思，我等会儿还有点事，可能得先失陪了。"

晚上商家小女儿成年宴，几天前雍凛就跟她说好了的。

钟圆没有觉得被怠慢了，反而还一脸理解："那你快去吧，现在这个点容易塞车，早点出发免得迟早。"

杨敏几乎怀疑钟圆被鬼上身了，以她的了解，这位根本不是这么好脾性的人。有一回，同样是品牌合作方，对方因为对钟圆稍微怠慢了一点，就直接被她拉进黑名单，已经签订的意向合同也直接取消，逼得对方不得不上门道歉，换了个对接的人，才平息钟圆的火气。

顾念告辞离去，钟圆没了笑意，目光在杨敏和余千惠身上来回走了一圈："你欺负Sunny了？"

杨敏心里一颤，忙道："没有没有，她去买咖啡，我让她单独打包一份牛奶，她直接让店员给加咖啡里了，我说了她两句。"

钟圆蹙眉："你们都是我的助理，工作就是帮我的忙，不是给我增添麻烦，小敏，你跟了我两年，应该明白这一点。”

杨敏低着头认错：“对不起，钟姐，给你添麻烦了，我跟Sunny会好好沟通的！”

余千惠也道：“都是小事，钟姐别放心上，要不我重新去买一份？”

钟圆：“不用了，我刚刚在里头喝了饮料，咖啡你们自己解决吧，下不为例。”

她转身回到室内，不一会儿便有杂志方的总编迎上来，钟圆与对方言笑晏晏，哪里看得出刚才半点冷然。

圈中人都有几副面孔，对待不同的人也有不同的态度。

有了刚才那一出，杨敏当然不敢再对余千惠发脾气了，但语气仍不免酸溜溜的，又带了一丝好奇：“你跟Nina以前是同事吗，我看她还蛮厉害的，钟姐对她态度好好。”

余千惠轻轻道：“Nina的确很出色。”

当初在门店，共事的同事那么多，其中也不乏海归，顾念还能杀出一条属于自己的路，当然算得上出色。

她跟顾念等几个人都是同一批进去的，两三年下来，跳槽的跳槽，升职的升职，余千惠不甘心原地打转，又对娱乐圈跃跃欲试，刚好通过朋友的渠道得知钟圆还想招个助理，就毅然舍弃M&J的工作跳过来。

绝大多数女人的野心不比男人大，就算在M&J工作，也不是人人都像顾念和卫玛等人一样，把工作当成生活的一部分，像男人一样追求工作上的成就感。不少人能力平平，眼看升职无望，干脆就结婚生子，等年纪大了，再跳槽到别的公司或企业，找一份简单的文职干着，可以兼顾家庭和孩子，一辈子就这么平平淡淡过去。

余千惠曾经把顾念当成学习的榜样，觉得顾念能做到的，她应该也可以。但现在想想顾念，再想想刚刚杨敏的态度，她忽然有点茫然，不知道自己这个选择是不是正确的。

也许人生总要面临不同的抉择，譬如一段爱情，譬如一个决定，选对了，自然顺风顺水，选错了，就得把苦果咽下去。

娱乐圈是个五颜六色的大染缸，利益驱使，人和事只会比M&J更复杂，不会更简单。想想顾念从前遇到的那些麻烦，余千惠暗暗叹了口气，仿佛又从心里生出一点动力，鞭策自己不要轻易气馁萎靡。

“咖啡凉了，你还喝吗？我去买。”她问杨敏。

杨敏愣了一下：“钟姐不是说不用买了吗？”

余千惠：“钟姐体贴，我不能自以为是，她每天下午都是要喝咖啡提神的，你喝什么口味的，我一起买回来。”

“……那就给我一杯冰美式吧。”杨敏有点不自在，毕竟刚刚才刁难过对方，但此刻的语气明显要好很多。

余千惠微微一笑：“好。”

Chapter 27 飞机失联

“我刚刚从机场得到消息，雍先生的航班，本该在两小时前抵达墨尔本机场的，但是现在地面跟飞机完全失去了联系。”

灯火璀璨通明，几乎照亮了宴会厅的每一个角落。

盛装打扮的女孩一手提着裙摆，踩着镶嵌水晶和宝石的定制高跟鞋，从回旋楼梯上一步步下来，面对众人的目光，露出甜甜的笑容。

她就是商家的小女儿商茹，今夜成年宴的主角。

一群年纪相仿、同样穿着各式晚礼服的女孩簇拥着她走向最中间的蛋糕，蜡烛已经点起。商茹的父亲商浚将绑着绸带的刀递给她，商茹接过来，象征性地碰了一下，侍应生随即将蛋糕推走，切好之后才会重新端上来给众人享用。

商茹是主角，却不是唯一的主角，今天雍氏集团的大股东基本都来了，雍子文因公不能出席，也有其子代劳，除此之外还有不少政商两界的知名人士，这些人顾念未必都叫得上名号，但一张张面孔都是电视上经常看见的，非常具备辨识度。

成年归成年，商茹的圈子跟她父亲的圈子绝不可能重叠，雍凛同样是第二代，却已经慢慢接手独立，甚至干出一番事业，商浚羡慕得不行，特地过来跟雍凛打招呼，询问了他的现状，与雍凛聊起经济。

雍凛随口问道："商叔，听说雍氏已经定好新名字了？"

商浚有点意外："是啊，你不知道吗？"

雍凛："雍氏的事情我很少干涉，毕竟我现在没在雍氏工作。"

商浚点头赞同："这样挺好，父子分工明确，彼此自由，互不干涉，新名字是股东们投票定的，就叫'明华'，易名手续已经办得差不多了。"

雍凛："这名字寓意挺好。"

商浚哈哈一笑："你父亲起的，你们父子俩眼光都一样！哎呀，我可真羡慕子文，虎父无犬子，小茹才刚成年，都不知什么时候才能接我的班！"

他的妻子于雪丹一直在旁边陪伴，闻言就嗔道："小茹过两年也大学毕业了，现在放假就可以让她去实习帮忙了，你自己宠女儿，还好意思说！"

商浚摸摸头发，笑了笑。

夫妻俩又跟雍凛和顾念寒暄了两句，这才转身去招呼其他人。

顾念有些好奇："这位商叔结婚晚？"

雍凛知道她在问什么："他是二婚，还有个前妻，生了两个女儿。"

顾念轻轻"啊"了一声："那怎么提都不提？"

雍凛："据说当年闹出不小的动静，我也不太清楚，得回去问问我妈，不过在他们面前就不要提他那两个女儿了，他这任妻子比较精明，不像我妈。"

这等于变相说自己的母亲傻白甜。

顾念哭笑不得："当着别人的面编派自己的母亲，有你这样的吗？"

雍凛看了她一眼："你又不是别人。"

作为主角之一，雍凛他们的出现同样引起了许多人的注意。

对顾念的身份，雍凛并未以“女朋友”来称呼，而是直接称为“未婚妻”，让所有人都知道绯闻不仅仅是绯闻，雍家独子是真的要娶这位奢侈品门店店员出身的顾小姐。

许多当面祝贺的人，内心指不定怎么想，但雍凛并不在意，因为上帝也管不了别人的想法，只要他们明白顾念的身份，给予足够的尊重就可以了。

宴会将过半，雍凛接了个电话。

电话是他父亲的助手岳泳打来的。

雍子文有三个工作上的助手，这次去开会，两个跟着他一起，剩下一个留在公司处理事情，岳泳就是留在公司的这个。

“小雍先生。”

岳泳似乎竭力想要镇定下来，声音却忍不住泄露了一丝颤抖。

“什么事？”雍凛听对方语气，还以为雍氏那边出了什么事，他朝顾念做了个手势，独自走到露台外面。

“您现在方便听电话吗？”对方深吸了一口气，声音却颤抖得更厉害。

雍凛慢慢升起一丝不妙的预感：“方便，说。”

岳泳：“是这样的，您听完之后要冷静一些，我刚刚从机场得到消息，雍先生的航班，本该在两小时前抵达墨尔本机场的，但是现在地面跟飞机完全失去了联系。”

“失去联系是什么意思？”雍凛的眼前似乎出现片刻的眩晕，但他的声音仍旧很稳。

岳泳：“就是……飞机可能偏离了航线，在别的地方着陆，但是这种可能性很小，最有可能的是，被劫持了，或者，已经遭遇不测。”

顾念正在跟几个过来主动找她搭讪的小姑娘说话。

说是小姑娘，因为她们的年纪跟商茹差不多，家境跟商茹也差不多，都是典型的白富美。

雍凛在他们这一辈里，算是远远抛开其他人的领跑者，雍凛打从中学起就在国外，过了很多年才回来，说是同一辈，其实商茹她们几个小姑娘对雍凛，还没有对柴向阳等人来得熟悉，年纪相差几岁，彼此就有些距离感，平时又总在父母那里听见雍凛如何如何能干之类的话，加上雍凛那张脸那个气场的确撑得起来，几个小姑娘隐隐约约把他当半个偶像了。

在一般人的理解里，条件这样好的雍凛，那肯定要找个门当户对的，哪怕雍家不需要什么强强联姻，门户稍微低一点的，见识经历局限在那里，雍凛也看不上，不能强求一个在国外贵族公学上学，回来又开公司的富家子弟，跟普通职业的女孩子聊今天超市什么水果折价出售，龙配龙，凤配凤，这不是势利的问题，而是很现实的差距问题。

但雍凛偏偏就谈了个普通人家的姑娘，跟他爹当年一样。

他爹当时的情况又跟他不太一样，雍子文那会儿，雍家已经没落，许多事情得从头开始，雍子文精明能干，正好赶上了改革开放那一波潮流，就顺势乘风而起了，娶刘玉珊，在当时那会儿也算不上什么轰动性的新闻，只不过这些年女星嫁入豪门的风气越发流行，大家忍不住一一盘点，回头看看，刘玉珊的确是好运气。

今时不同往日，所以雍凛还会找个普通门第的女朋友，才让人觉得很意外。

听说他的女朋友叫顾念，这人在M&J上班，正好接待了去买东西的雍凛，两人就看对眼了。

那不就是一出狗血的灰姑娘戏码吗？

这种戏码从多少年前就不流行了，十个人里面起码有一半以上觉得顾念这姑娘肯定是冲着人家有钱去的，偏生手段了得，居然还能拴住一个前途无量的金龟婿，比当年的刘玉珊还要厉害。

起码孙珩跟何梦都是这么认为的。

孙珩的父亲，跟何梦的母亲，都是雍氏董事会里的成员之一，他们不仅持股雍氏，同时也有其他生意，譬如孙珩的父亲就是做实木建筑的，跟雍氏的房地产行业正好搭边，而何梦的母亲则从事电商行业，父亲从政。

换而言之，孙珩与何梦都是成功家庭出身的小孩，本着对圈外人的排斥，不大瞧得上顾念这种“外来人士”，话里话外，都是若有似无的敌意。

刚刚在雍凛面前还好好的，雍凛一走开，立马火力全开，二对一，字字句句，似不经意，又足够令人难堪。

而且像她们这样的小姑娘，性格还不够老练成熟，眼光却已经很高，一眼就看出顾念身上小到手镯戒指的牌子。

一个惊奇道：“顾小姐，你身上穿的不是M&J去年的款式吗，雍哥连当季的高定都不给你买吗？”

另一个惋惜道：“雍哥以前跟Ysabel在一起的时候，可舍得了，什么好东西都给她买，不过Ysabel也很漂亮，金发雪肤，撑得起来。”

孙珩眨眨眼：“顾小姐，你该不会不知道Ysabel吧？”

她们可劲地刺激顾念，巴不得她恼羞成怒，又或者去跟雍凛告状，正好看她的笑话。

顾念心里一清二楚，她看惯了职场上的老狐狸，这两个小姑娘的道行简直称得上稚嫩。

“知道啊，”她笑了笑，露出软甜的酒窝，“Ysabel的确很漂亮，我们经常联系，你们也认识她吗，要不要跟她聊两句？不过最近她在准备论文，未必挂在网上。”

这情节怎么不按套路来，对方不应该是恼羞成怒、眼含热泪、忍气吞声吗？

孙珩跟何梦面面相觑，有点不知道怎么进行下去。

Ysabel是雍凛在国外上学时交的女朋友，后来雍凛回国，Ysabel

继续念书，交了新的男朋友，两人各自有了新的生活，因为同是大学校友，还保持着正常通信。不是每对分手的情侣都要死去活来反目成仇，谈感情的时候认真谈，谈不下去了大家一拍两散，你好我也好，国外离了婚的夫妇各自组建家庭之后，也不乏继续保持联系的。

对方现在博士在读，跟着男朋友在非洲研究动物，每天晒太阳晒得不亦乐乎。顾念偶然与她相识，两人一拍即合，倒是成了好朋友，经常会在网上联系，Ysabel读本科和硕士时也在法国的奢侈品店兼职过，有时还能给顾念提供一些灵感和建议。

两个小姑娘以为顾念受不了雍凛有前任，又或者肯定被蒙在鼓里，那才是真正幼稚。像雍凛这种条件的男人，那么长一段时间都在国外待着，如果一个女朋友都找不到，顾念反而要怀疑他是不是有别的问题了。

她一边漫不经心地应付着两个小姑娘，一边关注着露台的方向。

雍凛这个电话打的时间有点长，她直觉有些不对劲。

“不好意思，我去上个洗手间，你们先聊。”顾念找了个借口，打算去看看雍凛。

孙珩故意道：“你该不会是不放心雍哥在外头吧？”

何梦：“对呀，顾小姐，对男人不能盯得这么紧的，只会起到反效果。”

顾念眨眨眼：“可我就是想他了，没办法，谁让我俩就是这么黏糊呢？”

两个小姑娘被她的“不要脸”镇住，半晌说不出话。

顾念没再理会她们，直接就往外面走去。

隔着纱帘，雍凛的身影映入视线。

对方没等顾念靠近，就转过身，似乎带着一丝警醒。

“是我。”她轻声道。

几乎是瞬间，顾念能感觉到对方的紧绷略略放松了一点。

肯定是发生什么事了，顾念心想，走过去碰了一下他的手。

触感冰凉，她心下一惊。

“怎么了？”

“我爸的航班，到现在还联系不上。”雍凛的声音有点喑哑，“刚才我联系了些人，让他们时刻留意动向，我得先回去安抚我妈。”

顾念想也不想：“好，我与你一起！”

这么大一件事，肯定压不住，就算他们不说，新闻很快也会播报，雍凛不想留在这里被人围观。

两人手挽手跟主人家告别，雍凛只说有事，没说什么事，商浚有点惊讶，却没多问，反而是于雪丹有点不高兴。

雍凛他们走了之后，于雪丹就道：“这小孩仗着他爸，骨子里有股傲气，不把别人放在眼里。”

商浚笑了笑：“他有那个本钱，能干的年轻人嘛，总是傲一点的，咱们女儿倒是个无害的，可你看她以后能接我的班吗，我少不得还得找个经理人呢。”

于雪丹白了他一眼：“你怎么就知道不能！”

回江边大宅的路上，雍凛打了五六通电话，有些是打给有关部门的熟人，让他们帮忙留意的，有些是打给助理，让他们直接去距离飞机出事地最近的管辖国家打前站的。

雍子文去马来西亚是为了开一个国际商务会议，国内商界去了不少人，还是政府官员带队，当时是在国内包机出发的，但在马来西亚开了几天会之后，雍子文并没有跟随大部队回国，而是又从马来西亚出发飞往马尼拉，应邀出席市政厅的一个活动。因为雍子文早年曾跟马尼拉的华商有过生意往来，这次的活动又是老朋友在筹划，他自然要过去捧捧场。

就在后天，澳大利亚那边将会举办一个澳亚的经济论坛，雍子文早就接到邀请函，他本来是不打算去的，但后来在马尼拉，心想反正人也出来了，就顺道过去看看，于是让助理临时订了今天的航班，没想到好巧不巧，就出事了。

人有旦夕祸福，走在路上也有可能突然从上边砸下一个花盆然后呜呼哀哉，只是在意外发生之前，所有人都会抱着这个世界风平浪静，自己很安全的错觉。

实际上不是。

雍凛表面上还能定住，心里早就乱成一团，任谁毫无心理准备被砸上这么一个消息，都不可能若无其事。

两人都不怎么说话，这会儿说什么都不合适，“一定会没事的”这种话糊弄糊弄刘玉珊可以，对雍凛却一点效果都没有。

顾念知道，所以她只是紧紧握住对方的手，没松开。

手机上已经开始有突发新闻滚动播报了，无非是说飞机失踪，现在还没能联系上，飞机的机型，载客量多少，乘客的国籍分布，等等，官方媒体的速度很快，包括大使馆的电话在内，也都一一公布出来。

顾念看了一眼，又匆匆关掉，这些信息目前没什么用处。

她担心的是雍凛的母亲也能看见这些新闻。

果不其然，等两人回到雍家，就看见于婶一脸担忧地迎上来问：“新闻里说的那个航班，是不是先生乘坐的航班？太太担心得很。”

雍凛没有说话，但他的沉默已经说明了答案。于婶脸色煞白，不敢置信，喃喃念叨：“不会吧，怎么会这样，太太肯定受不住……”

刘玉珊正在客厅看新闻，见了儿子就立刻问：“你爸的电话我打不通，昨天听他说要飞澳大利亚，这会儿应该已经到了吧？”

这种事瞒也瞒不住，雍凛道：“妈，你先冷静点，听我慢慢说。”

刘玉珊大约料到他要说什么了，腿一软，眼前一黑，整个人直接就瘫在沙发上。

于婶扑过去，赶紧给她喂水喂速效救心丸，顾念反应也很快，帮着搀扶，掐人中。

“怎么会这样，怎么会这样……”刘玉珊抚着额头，整个人感觉天旋地转，根本没有心思计较顾念的存在了。

雍凛沉声道：“消息还在核实，现在只说失踪，没有更多的坏消息，您别瞎想了，先去休息吧。”

刘玉珊焦灼道：“你爸没消息，我怎么可能睡得着！”

年纪轻轻就嫁给雍子文，上面没有公婆，丈夫的兄弟姐妹更是分散在世界各地，外面的事业有雍子文去操心，她十指不沾阳春水，名义上是管家族慈善基金会，实际上基金会也有专门的人员在打理，除了一些出风头的慈善宴会，基本不需要她过问，刘玉珊的心思远比同龄人简单很多。

这样既有好处，也有坏处。坏处就是现在家里出了大事，她却手足无措，完全不知如何是好，只能将儿子当成救命的稻草。

但雍凛要考虑的更多，他必须做好最坏的打算，必须撑起这个家。

顾念柔声道：“伯母，现在没消息就是好消息，您得留点精力明天起来听更好的消息，雍凛还要忙着联系人帮忙，要是您也倒下了，他肯定撑不下去。”

刘玉珊抿着唇没说话，她的脑子乱哄哄的，什么话也听不进去，固执地坐在沙发上不肯动弹。

雍凛将于婶叫到一边：“你现在打电话给刘医生，让他的助手带点安神助眠的药过来，我妈本来身体就不好，不能这么熬下去。”

于婶担忧道：“这样会不会对太太的身体不好？”

雍凛：“不会，刘医生一直负责我们家的体检，他知道我妈的身体状况，会对症开药的。”

于婶答应一声，马上去打电话。

顾念则坐在刘玉珊旁边，有一搭没一搭地跟她说着话：“我刚看过资料，菲律宾的航空公司从成立以来，就出过两回事故，上一回还是一九九四年的事情了，最近十几二十年里没出过空难，伯父不可能有事的，飞机一时联系不上，这种情况也不是没有过，曾经也有过飞机失联几天的事情，几天后发现它偏离航线，降落在别的地方了。”

刘玉珊心头一动，听进去了，半信半疑：“你说的是真的？”

顾念肯定地点点头：“当然，我有个朋友在航空公司工作，她告诉我的，所以您别担心了，说不定明天一早醒来，飞机就联系上了呢。”

飞机失联几天又安全联系上的事情，的确是有，但顾念没有说的是，这种奇迹是发生在几十年前，雷达覆盖还不够完善的时候，到了科技发展日新月异的今日，失联超过两个小时，几乎就是凶多吉少了。

但刘玉珊不是一个能够承受晴天霹雳的人，现在最好的办法，就是让她相信雍子文不会出事，时间一久，悲痛也会随着慢慢减轻，到时候再接受事实，就不会反应那么大了。

顾念的安慰明显起了作用，刘玉珊的神情稍微安定下来，再加上于婶那杯放了一点安眠药的牛奶，她很快沉沉睡了过去，被家里用人扶到房间里去。

为了不打扰雍凛，于婶让几名用人都回房休息了，客厅里就剩顾念和雍凛两人，后者眉头深锁，脸色凝重。

顾念道：“你还有公司的事情要忙，我这几天请假在家陪你妈妈吧。”

雍凛几乎凝固了的神情微微一动，侧头看她：“那你的工作呢？”

没有人比雍凛更明白顾念对工作的热忱。

顾念笑道：“今时不同往日，我也是在总部上班的人了，不需要像以前在门店那样亲自去接待客人，可以申请在家办公的。”

雍凛将她拥入怀中，下巴抵住她的脑袋。

“让你跟着受累了。”

顾念：“我没关系，但你是不是要亲自去一趟菲律宾，还有雍氏那边……”

雍凛“嗯”了一声：“我已经做好最坏的打算了。”

这句话里包含了很多层意思。

顾念听了有点心疼。

但事情总要去面对，谁也无法逃避。

而暴风雨，即将来临。

翌日，毫不意外，雍子文在失联客机上的消息一经发布，雍氏的股价就开始下跌。

雍凛在准备前往菲律宾的同时，也接到了起码三通雍氏股东的电话，想与他约谈。

刘玉珊不知道自己这几天是怎么过的。

浑浑噩噩，饭也吃，觉也睡，可具体吃了什么、梦见什么，却怎么都想不起来。

丈夫失踪的事情深深刻入脑海，从最初的悲痛欲绝，到现在慢慢接受现实，几乎麻木，她的内心经历了一场巨大的痛苦，感觉像是天塌下来一般，完全失去了希望和依靠。

“太太，早上吃百合莲子粥好不好？莲子去心火的，百合也润肺。”于婶端了一杯人参茶进来，柔声道。

刘玉珊点点头，虽然一觉到天亮，但精神依旧不是很好，眼睛下面浮现出两抹青黑。

于婶有点担心：“要不找刘医生过来看看？”

刘玉珊却问：“小凛回来没有？”

于婶：“还没，应该是明天。”

刘玉珊早有预料，还是忍不住面露失望：“这么说飞机还是没有任何消息？”

于婶安慰道：“说不定很快就会有了。”

这种安慰，刘玉珊这几天已经听了很多，此刻的内容竟掀不起一丝波澜，只是在抬头看见床头旧照时，难免痛苦。

接过于婶手中的茶杯，她喝了几口就喝不下去了，起身推开房门往外走。

客厅一片明亮。

落地窗外，工人正在给几盆植物做移栽处理，顾念也在旁边帮忙。

刘玉珊走近一看，发现这些全是向日葵，之前在花房里没见过，应该是新买的。

“你买的向日葵？”她问于婶。

于婶笑道：“不是，是顾小姐买的。”

刘玉珊：“她这两天白天也在，不用去上班吗？”

于婶：“小雍先生不放心您一个人在家，托顾小姐过来陪您。”

刘玉珊嘀咕：“我有你陪着还不行吗？”

于婶笑道：“那我可想不到要给太太买向日葵。”

两人正说着话，顾念拉开玻璃门走进来，笑吟吟道：“伯母，您醒了？”

刘玉珊不喜欢顾念，可伸手不打笑脸人，对方这两天都在这里陪伴安慰，她也不能对人冷眼相待，尤其儿子还将人家当成心尖上的宝贝。

想到这里，她轻轻“嗯”了一声，谈不上多友善，但也没再像前几回见面那样抵触。

顾念：“这段时间是向日葵的花期，我就从网上订了几盆过来，放花房里，您没事出去给它们浇浇水吧。”

刘玉珊微微不快，脱口而出：“你在支使我？”

于婶心里咯噔一声，这几天刘玉珊受了大刺激，虽然不至于精神完全崩溃，但时不时蹦出一两句刺人的话实在太正常了，她在雍家那么久，被说一两句也没什么，顾念可不是来受气的，年轻女孩子脸皮薄，哪里受得了这个？

但顾念没有发火，反而笑道：“哪儿能呢，我是拜托您，我听雍凛说，您平时就爱摆弄盆栽，以前伯父还让人从国外给您带种子回来，我没这本事，只好买几盆向日葵来献献殷勤了。”

提起雍子文，刘玉珊怒火全消，取而代之的是浓浓的悲伤，她眼眶微微发红，没有再说话。

于婶朝顾念使了个眼色，转身去端粥，顾念会意，扶着刘玉珊在餐桌旁边坐下。

顾念：“伯母，您有没有想过到加拿大住一段时间？”

刘玉珊一怔。

顾念：“飞机上除了伯父之外，还有不少外国人，现在各国政府出面，都在寻找，阵仗很大，菲律宾不敢敷衍了事，现在网络发达，到哪儿都能立刻得到消息，雍凛的意思是，您继续在这儿住，难免会常常想起伯父，反而对身体不好，不如先过去那边休息一阵，如果这边有消息，他会马上告诉您的。”

刘玉珊不高兴：“他为什么不亲自和我说？”

顾念：“他早上刚来的电话，怕吵醒您，就直接打给我了。”

刘玉珊沉默不语。

她的父母已经去世，加拿大有个姐姐，姐妹俩感情不错，雍家在加拿大也有几栋房子，其中一栋正好跟她姐姐家靠得近，常年有人打扫，随时可以过去。

顾念暗暗一叹：“伯父出事之后，雍氏的股价受到震荡，许多股东都想找雍凛开会。”

刘玉珊对商业上的事情一窍不通：“让他出来主持大局？”

顾念摇摇头：“希望他出让手头的股份。”

刘玉珊异常惊诧：“为什么？”

这话问得太天真，但顾念很耐心地解释道：“按照法律，股东资格是可以继承的，伯父出事，您或雍凛理应可以作为代理，但雍凛一天都没管过雍氏，又年轻，肯定不能服众，而且伯父现在只能算失踪，却又占着董事会主席的名头，群龙无首，雍氏现在最需要一个名正言顺的人出来主事。”

刘玉珊皱眉：“那怎么办？”

顾念：“雍凛应该自有打算，但他不在，也许会有人来找您的。”

刘玉珊半信半疑：“我从来没有参与过雍氏的事务，对商业经济更是一窍不通，他们来找我也没用。”

顾念笑一笑：“也不一定是为了商业的事情而来。”

于婶正好将早餐端上桌，两人的谈话没再继续。

吃完饭，顾念跟吴嘉文有一个视频会议要开，她跟刘玉珊打声招呼，就进了雍凛的书房。

刘玉珊一边将早上的对话说给于婶听，一边吐槽：“小凛现在都快把顾念当成宝贝捧着了，有什么话也不直接和我说，还通过顾念转达，长此以往还得了，这个家都不知道谁做主了！”

于婶乐了：“小雍先生也是怕打扰您休息啊！”

刘玉珊撇嘴：“得了吧，他就是不想应付我，觉得烦。”

于婶叹了口气：“现在最为难的应该是小雍先生了，菲律宾那边一天没消息，他回来也不是，留下也不是，雍氏这边，顾小姐说得没错，先生下落不明，没了决策人，是挺难办的。”

刘玉珊：“偌大一个上市公司，总该有临时应变机制吧，没了子文，也有副手，以前子文在的时候，也不可能事事都过问的，小凛不是这么不负责任一走了之的人。”

于婶：“话虽如此，可总会有人心浮动吧。”

刘玉珊闲散了几十年，临到头来，碰到这种事情，除了干着急，完全是一点办法也没有，想到顾念，忍不住抱怨道：“我是有心无力，束手无策，可她还能继续工作呢，也算铁石心肠了！”

于婶哭笑不得：“太太，您别埋怨我帮顾小姐说话，其实她一开始登门，我和您一样，也对她印象不好，可现在呢，慢慢接触，倒觉得她还不错，别的不说，就一点，够沉得住气，当时小雍先生急着出门，您又伤心过度，家里就缺个能稳住的人，有顾小姐在这里，小雍先生出去办事也放心。站在顾小姐的角度，她也难办，毕竟还不是雍家人，不能名正言顺帮小雍先生主持大局，反正住在这里，用电脑也能办公，又能照看您，一举两得，挺好的。”

提到这个，刘玉珊就来气：“我现在也不反对他们结婚了，可前几天，你知道她和我说了什么吗？她说现在男女平等，就算她跟雍凛结婚，也还是姓顾，不算雍家人，你听听，这叫什么话，还没进门就这么嚣张，进了门还得了！”

话音刚落，顾念就下楼了。

于婶忙站起来：“顾小姐，是不是有什么事？”

顾念扬了扬手上的杯子：“喝完了，我去加点水。”

于婶：“我来，我来，你去坐着，要咖啡还是要茶，泡好之后我给你送过去！”

顾念笑道：“那麻烦您给我泡杯茶吧，什么茶都可以，不加糖。”

于婶含笑答应一声，拿着杯子去厨房了。

被听见在背后说人家坏话，刘玉珊难掩尴尬，只能低头看着杯子，做沉思状。

顾念心里好笑，忍不住想逗逗她：“伯母。”

“啊？”刘玉珊做贼心虚，反射性抬头。

顾念：“M&J与赵和新近合作了一个项目，您知道吗？”

刘玉珊轻咳一声：“略有耳闻。”

顾念：“电影里需要为女配角和男主角挑选一些衣服和包，这部分将由我来负责，但我现在挑花眼了，您是M&J的高V，在穿着上又很出色，能不能给我一些建议？”

刘玉珊其实还真有点兴趣，但嘴上忍不住嫌弃：“你把我当成你的助手了？还是免费的！”

顾念笑道：“您也不缺那点钱，要不回头送您点M&J的纪念周边？”

M&J每年大小活动都会给高V送邀请函和礼品，刘玉珊虽然是M&J的拥趸之一，但也根本不缺那点周边，她悻悻然起身，面露嫌弃，却还是跟着顾念上了楼。

当于婶端着茶上楼，轻轻推开书房的门，就瞧见刘玉珊戴着眼镜，正低头翻阅手上的M&J产品画册，旁边堆着厚厚的好几本，她看得非常专注，不时还拿着笔在旁边小本子上做个标记，连于婶进去都没察觉。

顾念在旁边对着电脑写文档，抬起头对于婶笑了一下，做了一个让她轻声的手势。

于婶会意点头，轻轻将茶水和水果放下，又悄然退了出去。

下楼时，她脸上还挂着好几天都没出现的笑意。

于婶不是心理医生，但她也明白，支撑刘玉珊的人生柱石轰然倒塌，却没有别的事情足够令她转移注意力，减轻悲伤，要是她一直沉浸在悲伤的情绪里不能自拔，迟早要得心理疾病，甚至影响身体。

但明白归明白，于婶毕竟只是在雍家帮忙干活儿的人，眼界有限，也不知道该怎样帮助刘玉珊走出困境，显然在这一点上，顾念比她有办法。

Chapter 28
试探

“也许是想趁热打铁，撮合两家联姻呢？”

不过好景不长，平静的时光没有维持太久，很快就有客人上门来拜访。

雍家出事之后，打电话或上门来安慰的人络绎不绝，雍凛不想让那么多人来打扰母亲，就让于婶都一一拦下婉拒了。但这次的客人，于婶做不了主，只能请刘玉珊亲自出来接待。

刘玉珊看见来人也有点惊讶：“林姐，你不是在巴黎看秀吗？”

林蕾握住刘玉珊的手，面露心疼：“我听见消息就立刻赶回来了，你瘦了好多。”

刘玉珊眼眶一红，强颜欢笑：“来，坐吧。小珩也来了，什么时候回美国？”

“伯母好。”孙珩双手放在膝盖上，乖巧的模样与那天晚上给顾念挑刺的态度截然不同。

林蕾：“她下个月再回去，最近在准备毕业论文，时间多一些。”

刘玉珊唏嘘：“当年还是小不点，一眨眼都长这么高了。”

孙珩吐吐舌头：“我记得第一回跟着妈妈过来拜访的时候，不懂事胡闹，跟凛哥吵架，吵不过就哭，还是伯父哄我的。”

顾念看了她一眼。

孙珩一派天真，似乎只是顺口而为。

刘玉珊接过顾念递来的纸巾，按了按眼角。

林蕾忙道：“小珩在美国待久了，习惯了直来直去，你别在意，子文肯定会没事的！”

孙珩捂住嘴巴，这才反应过来：“对不起，伯母，我不是故意惹您伤心的，我只是忽然想起以前在这里玩的情形了！”

刘玉珊感伤笑道：“没关系。”

孙珩坐过来，拉着她的手：“伯母，您这样一直在家待着也不好，要不我们陪您出去走走吧，正好一起去吃个饭！”

刘玉珊摇摇头：“我不想出门，你们年轻人去玩吧。”

她一时伤心，忘了介绍顾念，说到这话才想起自己的疏忽，忙道：“还没给你们介绍，这是顾念，雍凛的女朋友。”

又给顾念介绍：“这是你林阿姨，和她女儿孙珩，孙珩父亲跟你伯父是老朋友了。”

顾念含笑：“前几天在商茹的成年宴上，我们见过。”

孙珩却讶然：“顾小姐是凛哥的女朋友吗，为什么凛哥却说是未婚妻？”

林蕾嗔道：“小孩子懂什么，别乱说话！”

刘玉珊看顾念不顺眼，却不至于在这个节骨眼上让旁人看笑话：“他们还没举办订婚仪式，严格来说的确不能算未婚夫妻，但雍凛这孩子你也知道，跟他爸一样固执，他喜欢顾念，让他明天结婚他也愿意，雍凛出门，多亏了顾念过来陪我，她呀，又温柔又体贴又懂事，跟雍凛实在是天作之合。”

她一连用了三个“又”，快把顾念夸成一朵花了。

于婶瞪大了眼，几乎怀疑自家雇主鬼上身了。

顾念忍笑忍得眼角都快抽筋了，她知道刘玉珊不是鬼上身，只是被孙珩的话激起逆反心理罢了。

孙珩眨眨眼："我也觉得顾小姐好漂亮，你跟凛哥是在英国认识的吗？"

这完全是明知故问，但顾念并没有避讳，坦然道："在国内，他买东西，当时是我接待的，就认识了。"

孙珩故作讶异："顾小姐是售货员？"

顾念笑眯眯点头："对呀。"

孙珩："我还以为以凛哥的条件，起码会找个留洋归来的女孩呢，起码有共同话题呀！"

林蕾轻轻拍了一下女儿的手："两人看对了眼，哪儿有那么多讲究？"

刘玉珊语重心长地道："小珩，你这种职业歧视可不行，售货员怎么了，照你说，房地产公司、广告公司那些，一个卖房子，一个卖点子，不都一样是售货员？你爸做木材生意，不也是卖木头的售货员？"

顾念终于忍不住，扑哧一笑。

孙珩的脸色有点不好看了。

刘玉珊："你还小，没有社会阅历，才会把人和事看得那样简单，觉得非黑即白，人的出身不能由自己选择，门当户对当然完美，可像顾念这样自己努力的女孩子我更喜欢。"

于婶的眼睛瞪得更大了。

林蕾打圆场："现在年轻人谈恋爱，自己喜欢就行，长辈管得太多，只会平白惹他们厌烦，小凛眼光高，他喜欢的女孩子一定不差。"

刘玉珊含笑："林姐这话我爱听，赵和的新电影跟M&J有深度合作，那项目正是我家顾念负责的，回头新电影上映，你们可得去捧场呀！"

得，都成"我家顾念"了，于婶彻底服气了。

林蕾忽而叹道："雍氏现在乱作一团，股价一直在跌，股东们全慌了手脚，不知如何是好了。"

刘玉珊奇怪："可雍凛临出门前还跟我说，雍氏有小杨他们坐镇，不会出大乱子的。"

林蕾："小杨就是个挂名的副手，哪里比得上子文这根定海神针？老孙跟我说，雍凛要是再不回来，雍氏股价说不定就跌停了。"

刘玉珊骇笑："太夸张了吧，雍凛他一天都没有掌管过雍氏，去了也不熟悉啊！"

林蕾："他现在不也在做房地产行业，而且毕竟是子文的儿子，别人眼里雍氏的少东家。"

刘玉珊叹道："其实我是不太希望小凛去雍氏的。子文在的时候，每天早出晚归，忙得脚不沾地，那么大一个集团，费心劳力，天天要跟不同的人打交道，位置越高，虽说需要亲自动手的事情越少，想得却越多，他头上白头发一天天见长，反正雍凛现在也有自己的公司，雍氏那些股份，如果有人想要，卖出去一部分，他当个闲散股东，也不失为一件好事。"

林蕾陪着叹息："可不是，天灾人祸，想挡也挡不住，还不如留些空闲出来多陪陪家人呢，我也是这么劝老孙的。"

刘玉珊苦笑："是得多劝劝，我现在倒是后悔当初没有跟他一起去出差了，起码可以多些相处的时间。"

林蕾又是好一通安慰。

等到母女俩告辞离去，于婶好不容易忍住到嘴边的"太太，您没事吧"，转而问："太太，您要不要去休息一下？"

刘玉珊白了她一眼："你以为我突然帮顾念说话，昏头啦？"

于婶干笑。

刘玉珊："我是不喜欢她，可也不能让外人看笑话，现在子文出事，那些来拜访的人里，有真心的，当然也有很多幸灾乐祸，等着看好戏的，孙珩她爸爸跟子文是老朋友，但林蕾这个人我不太喜欢。”

于婶埋怨道：“可我看她们也不像是单单过来拜访安慰的，如果真是为您好，应该知道您现在最需要的是安静休息，而不是有人打扰。”

刘玉珊揉揉额头，她本来就不是脑子灵活的人，越想越糊涂，脑子一团糨糊。

顾念没继续待在书房。

她看见外面阳光好，就把电脑搬到花房旁边，有桌有椅有伞有茶，鼻间有花香，耳边有风声，工作效率噌噌往上提。

刘玉珊拢了拢披肩，在她旁边坐下。

视线里多了几盆金灿灿的向日葵，心情好像也没那么低落了。刘玉珊问：“你觉得，是不是孙珩她爸爸有什么话不好说，才会让林蕾母女过来的？”

顾念将电脑合上：“您怎么会这么想？”

刘玉珊：“因为你早上说，雍氏现在情况未明，可能会有人来找我。是不是孙珩她爸爸有什么话不好说，才派了林蕾母女上门来的？”

顾念：“孙珩爸爸跟伯父的交情怎样？”

刘玉珊：“还不错，几十年的老朋友了，雍氏刚起步的时候，他们俩还是合伙人，后来孙珩她爸爸独立出去做别的生意了，但他在雍氏里的股份一直保留着，从未出售。”

顾念：“那他应该不会选择这个时候上门来给您添堵，这次可能只是林阿姨自作主张而已。”

刘玉珊：“她想做什么？”

顾念半开玩笑半认真：“也许是想趁热打铁，撮合两家联姻呢？”

刘玉珊一愣。

从两家情况来看，的确可以算得上门当户对，当初在给雍凛物色女朋友的时候，她不是没考虑过孙珩，但那时候孙珩远在美国，还未毕业，后来又有了更合适的姚殊也，刘玉珊便将这件事搁下了。

顾念：“您心动啦？”

刘玉珊回过神，斜了她一眼：“我是这么肤浅的人吗？”

顾念抿唇一笑：“孙家只有孙珩一个女儿吗？”

刘玉珊：“对，孙珩是独生女。”

顾念：“那孙珩爸爸有没有可能有私生子？”

刘玉珊不悦：“你问这个做什么？”

顾念：“能帮我猜出答案。”

刘玉珊想了想：“应该不会，我有几个朋友，稍微有点风吹草动她们就知道，但老孙一直没听说闹出什么绯闻来。”

顾念：“如果孙珩跟雍凛结婚，那将来到底是雍凛继承孙家的产业呢，还是孙家吞并雍氏？”

她摊手：“不用想也知道肯定是前者的可能性更大吧？所以孙珩爸爸不会这么做的，他当年独立出去做生意，就说明他是有自己事业野心的人，不甘于在雍氏旗下默默无名，这样的人不会甘心把自己数十年经营出来的产业拱手让人。如果没有私生子，以孙珩的表现，将来继承她父亲事业的可能性不大，要么她父亲会招个女婿上门，管理公司，公司继续姓孙，要么会干脆将公司交给经理人打理，让孙珩每年等着分红就行。”

刘玉珊：“这么说，林蕾上门的事情，老孙是不知情的？”

顾念点头：“我猜她过来，主要是想试探一下您，看雍凛到底回不回雍氏，带孙珩只是顺便之举。”

刘玉珊听得一愣一愣：“不回又怎样？老孙难道也想要雍氏？”

顾念：“雍氏一直以来在业界口碑良好，股价虽然受到影响一时下跌，但也不会跌得太厉害，过一阵子风波平息了，自然能慢慢恢复。雍凛现在手头握有雍氏份额最大的股份，他虽然有自己的公司，却一天也没有在雍氏做过管理层，现在突然空降，很难压得住人，前期肯定会有不少麻烦，所以现在很多人都在观望，想看看雍凛到底会不会选择出让手头的股份，如果会，谁都希望成为受益者。”

见刘玉珊望着她，顾念笑道：“您别误会，这些都是雍凛说的，我负责转述，要是我自己，同样两眼一抹黑。”

刘玉珊皱眉：“难怪你们要我出国。”

顾念点点头：“这些人跟伯父有交情，又是雍氏的元老，您答应也不是，不答应也不是，雍凛不希望您左右为难，留在国内也是徒增烦恼。”

刘玉珊没有说话，但她终于下定决心。

一周后，雍凛归来，带着一身风尘。

雍凛空手而归，一无所获。

整架飞机在深海上空消失，不像在陆地上坠落，起码还能找到一点衣物作为念想，现在生不见人，死不见尸，所有家属千里迢迢去一趟，顶多只能听一听相关部门对事件调查的进展汇报。

但雍凛不能不去，因为他的父亲同样也是失踪者的一员。哪怕无功而返，他也不愿意放弃一点希望，可惜奇迹终究没有发生。

刘玉珊看着面容憔悴的儿子，禁不住又痛哭一场，对方无须开口，她已经知道结果。

雍凛：“爸还在的话，也不想看见您这样伤心。”

刘玉珊哽咽：“我知道，其实这几天已经好很多了，你别担心。我想过了，再过几天，我就去加拿大找你姨妈。”

雍凛：“您决定了？”

刘玉珊叹道：“公司的事情我一窍不通，帮不上忙，留在国内只会拖你后腿，前两天你不在，不少人来找我，话里话外，都想知道你对你爸的股份有什么想法，你自己到底是怎么想的？”

雍凛早就料到会有这样的事发生，所以这几天他在国外滞留不归，不仅仅是因为父亲的事情，也是为了能有几天清净，给自己留一个思考的缓冲时间。

这一周里，他想了许多。

“我想结束自己手头那个公司，然后回雍氏。”

刘玉珊微愣：“你决定了？”

雍凛点点头。

刘玉珊面露担忧：“在雍氏你没有根基，很容易被人排挤，而且那么累，现在你自己的公司发展得也不错，继续做下去不好吗？”

雍凛：“雍氏能有今天，爸花了很多心血，他肯定不乐意我就这样拱手送人，我也想试试。”

刘玉珊沉默片刻，忽然提起顾念：“顾念今天去公司了，可能要晚上才回来。”

提到顾念，雍凛紧绷的嘴角微微柔和一些：“我知道，她跟我说了，这几天我托她在这里陪您，没惹您生气吧？”

刘玉珊斜了他一眼：“如果我说有呢？”

雍凛笑了：“那就是我的错。”

刘玉珊气得推了他一把：“人家是女生外向，你一个男的，怎么成天也胳膊肘往外拐！”

雍凛认真道：“顾念真的很好，您跟她处久了就知道了。”

刘玉珊叹了口气：“今天顾念不在，有些话，我就坦白和你说吧。其实原先我以为你会选择放弃雍氏，出售你爸手头的一部分股份，重心还是继续放在自己的公司上，那样一来，你跟顾念结婚，倒也顺理成章，但是现在，你既然想去雍氏，情况又不一样了。”

雍凛：“怎么不一样？”

刘玉珊：“你在雍氏没根基，骤然拿着股份空降，人家也不会服气，要是联合起来反对你，你想做什么都不行。”

雍凛：“妈，你到底想说什么？”

刘玉珊："顾念虽然很好，但她人单力薄，帮不了你什么，你要不要考虑……"

雍凛打断她："我不需要用婚姻去换取什么支持。"

刘玉珊："你先好好想想，跟顾念在一起，什么都要自己来，你爸那些老朋友，个个都是老狐狸，也许有些人会因为他们跟你爸的交情而帮你，可还有更多人会被利益驱动，如果联姻，你以后的路可能会好走很多。"

雍凛冷笑："假如有些人是因为姻亲关系才支持我，那么这些人的目的也就无须多言了，有朝一日更大的利益摆在他们面前，他们同样会为了那些利益而背叛我，这样的联姻有什么意义？强强联合是锦上添花，那也得自己与对方的实力旗鼓相当，你想依靠别人来立足，也得想想别人是不是傻子，是不是愿意给你依靠。"

刘玉珊被他说得脸上有点挂不住，不由得微怒："我也是为了你好！"

雍凛淡淡地道："妈，这些事你不要多管了。"

刘玉珊气道："行，不管就不管，我去加拿大找你姨妈，你求我我也不回来！"

雍凛："好，有爸的消息我会第一时间告诉你的。"

刘玉珊见他要出门，顾不上生气，忙问："你才刚回来，又去哪儿？！"

雍凛："去找孙叔他们，他们一直在等我回来，该见个面谈谈了。"

刘玉珊对着他的背影生闷气，向于婶数落道："雍凛越来越像他爸了，你瞧瞧那德行，一言不合就不肯继续交流，连顾念都比他好相处呢！"

于婶劝道："小雍先生最讨厌别人干涉他跟顾小姐的事情，您又不是不知道。"

刘玉珊："我也没非要反对，可我得提醒他，干吗放着捷径不走，非要绕远路呢！”

于婶笑而不语。

刘玉珊皱眉：“你怎么也不说话了？！”

于婶：“我说了，您可别生气。”

刘玉珊没好气：“还不就是帮他说话，你一早就叛变了，我怎么不知道！”

于婶哭笑不得：“当年先生跟您结婚，不也是自己一路奋斗过来的，再好的姻亲，哪里有自己的实力可靠？找个自己喜欢的、知心的，有什么事，可以互相扶持，要是因为利益结合，谁知道对方会不会在背后捅一刀呢，您说是不是？”

刘玉珊神色一动，怒色消退少许，仍不大服气：“子文那时候的情况跟现在不一样，他是抓住了时代潮流，跟上大势，雍氏是他一手创立，他在的时候，自然人人都服他，但现在，雍凛突然要回去，根本没有被子文指定接班过渡的时期，雍家虽然是最大股东，可要是其他大股东联合起来，照样能够压过雍凛的。”

于婶：“我没读过什么书，大道理讲不来，您说的这些，我也听不太懂，但我知道，您既然想到这些，小雍先生肯定也想到了，他既然决定了，就一定有自己的想法。温哥华那边现在晚上挺冷了，我给您收拾了一些东西，您看看合不合适？”

刘玉珊成功被转移了注意力：“你照以前出门那样收拾就行了，要不你就跟我一起去吧……”

“你们觉得老板会不会去雍氏？”

东杨的福利不错，在这片寸土寸金的市中心区域，除了三层办公场地之外，还额外开辟了一层，作为员工的活动场所，其中就包括公司食堂，所以每天的中午休息时间，这里照例是公司员工聚集的八卦时间。

最近连着几天，各大媒体、网络平台，全都围绕着空难议论纷纷，那些乘客国籍众多，别的大家也不认识，雍子文却是公众人物，自然也以围绕他的话题为最多。

雍凛公司同样不例外，他几天没出现，各种小道消息甚嚣尘上，人心浮动，各种纷纷扰扰，一些原本已经定下来的合作项目也出现些许变动。然而有陈庄坐镇，一切还算平静，大家顶多私下议论，不至于影响了工作效率。

“可以两边兼顾的吧，当了雍氏的CEO，也不是就不能继续管这边。”这话一听就是出自不懂公司管理的人之口。

大多数人对这种商业层面的事情其实没什么兴趣，他们更感兴趣的是媒体成日报道的八卦。

“太惨了，飞机说失联就失联，到现在都还没消息，估计是凶多吉少了。老板都几天没来公司了，会不会打击过重病倒了？”许欢夹了一个肉丸子送入口中，“程璧，你整天跟着林琳姐，有没有听说什么消息？”

坐在一起的几个女孩闻言，都望向穿黄色衣裙的同事。

程璧摇摇头：“应该不是，林琳姐说老板去菲律宾了，差不多也该回来了。”

丁宛咬着筷子刷手机：“新闻说以前有一架飞机在海上坠落，结果几乎全部乘客都死了，却有一个两岁的女孩活着，说不定真有奇迹呢，老板虽然对我们总是冷冷的，但人其实还蛮不错，别的不说，咱们公司福利一点也不比大公司差，就冲这点，我也希望能有奇迹发生，不然要是影响了老板，进而影响公司，倒霉的还是我们。”

程璧低头去看手机里刚亮起的消息：“咦，下午三点开会，本来没这安排的。”

许欢凑过来看：“老板回来了？这种临时会议一般说什么，该不会要解散公司吧？”

程璧白了她一眼：“你以为老板跟你一样草率？”

许欢挤眉弄眼，做了个鬼脸：“行了行了，知道你是老板头号迷妹，不用成天表明立场。”

丁宛也开玩笑：“我们家小程璧长得这么漂亮，老板又未婚，你以前好歹也总跟着林琳姐，常跟老板近距离接触的，难道就没擦出一点火花来？”

程璧有点窘迫：“当然没有，你们是不是小说看多了，再说老板有女朋友的！”

许欢：“知道知道，女朋友嘛，又不是老婆，只要没结婚，就不算定下来。”

丁宛：“我知道一个老板家的八卦，你们听不听？”

许欢：“快说！”

丁宛：“上回雍夫人不是去客串角色吗，后来有个专访，在里头她说过老板还没有女朋友的，但那时候我们都知道老板已经有女朋友了，这两边明显矛盾了，要么是雍夫人不同意老板的女朋友进门，要么是老板根本没把这个女朋友当回事。”

许欢深以为然，拍拍程璧的肩膀：“有道理，那小程璧又有机会了，快加油，我们这帮鸡犬等着你带我们升天呢！”

几个人都知道程璧对老板有些暗恋的意思，也知道两人之间可能性不大，所以都嘻嘻哈哈开着玩笑。

程璧被她们说得脸红，直接埋头吃饭，不言语了。

吃完午餐，几个女孩回到办公室，就瞧见每人办公桌上都放了一小篮子樱桃，硕大深红，诱人食欲。

许欢问其他同事：“谁放的？公司福利？”

大家都不知道，纷纷摇头。

林琳走过来，解答了他们的疑惑：“是顾小姐送的。”

程璧惊讶：“老板的女朋友？”

林琳点头：“这几天老板不在，大家顶住压力工作，都辛苦了，老板说这个月会根据绩效酌情多发些奖金的，这些樱桃是顾小姐自己买来送大家的，算是一点小小的心意。”

许欢不解：“女朋友自作主张，出面送东西，老板能高兴呀？”

林琳白了她一眼：“刚刚老板听说女朋友来了，亲自下楼把人给带上来，一路手挽着手，还让我把樱桃分好，你说他高不高兴？”

那就相当于正面承认女朋友的地位了。

许欢咋舌，忍不住看向程璧。

程璧低着头，一时没能让人看清表情。

被公司员工议论的八卦人物，此刻正坐在雍老板的办公室里剥橘子。

雍凛从堆积如山等着他处理的文件里抽空抬头，就看见顾念正认认真真地把橘子一瓣一瓣围成圆圈再叠起来，不一会儿就堆成一个硕大的“橘子塔”。

“完成！”顾念拍掉手上的橘丝，成就感满满，“好看不？”

雍凛蹙眉：“你说提前下班过来看我，就是过来剥橘子的？”

顾念无辜道：“你刚才工作那么专心，我不敢让你分神呀！”

父亲出事，对雍凛而言是一个沉重的打击，但他不愿将这种悲伤表露出来，让身边的人更加悲伤，所以最痛苦最困难的时刻，他选择了远离国内，在事发地度过。

顾念知他甚深，更不会雪上加霜，同样想表现出开心的一面，让他能够减缓悲伤。

她走到雍凛身后给他揉肩：“老爷，我按得好不好？”

雍凛毫无预警地伸手，将人一把抱住，顾念下意识“啊”了一声，一阵天旋地转，人已经躺在对方怀里，见雍凛低下头，她忙伸手挡住：“这是在办公室！”

雍凛不语，动作近乎粗暴。

顾念在最初的抗拒之后，似乎也察觉了他的心情，转而揽上他的脖颈，主动迎合。

两人几天未见，情到浓时，法式深吻之后，差点就在办公室里擦枪走火。顾念盯着对方上下滚动的喉结，堪堪把持住意志力："不能继续下去了，深呼吸，冷静！"

雍凛本来就没真打算进行下去，看见她苦苦抵抗诱惑的样子觉得可爱又好笑，扶着她坐起来，又帮对方拢好衣襟，抹平褶皱。

"这些天陪着我妈，辛苦你了。谢谢你，念念。"

刚刚一时的情绪失控消失不见，他抱住顾念，平静道。

顾念故意用轻松的口吻转移他的注意力，笑道："不辛苦，其实伯母还挺好玩的。"

雍凛："……"

他从来没觉得他妈还能跟好玩这两个字挂钩。

顾念奇道："那在你心目中，伯母是什么样的？"

雍凛蹙眉想了想："耳根子软，容易听进谗言，安逸太久，缺乏危机感，不够沉稳，会被轻易撩拨。"

顾念不由得一乐："没想到你对你妈还有这么多意见！"

雍凛摇摇头："其实这些放在平时也没什么，反正天塌下来有我爸顶着，但现在我爸出事了，让她一个人面对那么多变数，她肯定应付不来。"

顾念："俗话说刚柔并济，正因为伯母在某些方面比较单纯柔弱，才能跟伯父感情如此融洽吧。"

换而言之，以雍子文那样精明强势的性格，如果妻子同样精明强势，两人必然不可能长久。

雍凛："她会去加拿大住一段时间。"

顾念："伯母决定了？"

雍凛微微点头："林蕾母女上门的事情让她下定决心的。"

顾念迟疑："那对雍氏你打算怎么办？"

雍凛："我会继承我爸的股东资格，但可能会暂时选择转让手中一小部分股份。"

顾念不解："为什么？"

雍凛："今天早上，我跟几个股东见了面，他们言下之意，并不支持我直接空降雍氏。"

顾念："觉得你没有上市公司的管理经验？"

雍凛："这是其中一个原因，另外一个原因，是他们自己也想要入主雍氏。"

顾念似懂非懂："如果你不转让，会怎么样？"

雍凛："我爸手中有百分之三十的股份，是雍氏最大股东，但其他绝大多数董事会成员加起来，还是可以超过百分之三十的份额。也就是说，如果我坚持己见，想要入主雍氏，就必须得到所有人的一致认可，他们如果联合起来反对，我就不可能任职，顶多只能当个大股东，去反对反对我的人，这样就只会是两败俱伤，受损的还是雍氏。"

顾念迷茫："我好像记得，持股在百分之五十以上，就能掌握公司的绝对话语权，既然雍氏是伯父一手创立的，当初他为什么不持股过半数呢？"

雍凛："因为权力辖制。一个人如果无论做什么事情都没有人反对，这不是一件好事情。"

顾念点点头："那么伯父以前管理公司，遇到重大事件，如果被其他大股东否决，他会怎么办呢？"

她正襟危坐认真听讲的样子有点乖，雍凛忍不住揉揉她的头发。

雍凛："一般会私下先跟其他几个重要股东商量好，达成一致意见，再直接在会上表决，孙康、何晴这些人，都是我爸的一致行动人，我爸一般都能说服他们，他们也愿意相信我爸，共同进退，这样既能听取他人意见，同样也能保持最大股东的权威性。"

顾念明白了："但他们觉得你太年轻，不肯成为你的一致行动人。"

雍凛"嗯"了一声："这样僵持下去没有结果，我可能会将股份分别出让一些给孙康、何晴他们，这些年雍氏一直是他们在参与决策，很多事情上会沿着既定的轨道前进。"

顾念："那现在东杨这边，你也不打算结束了吧？"

雍凛："不了，原先分身乏术，才需要做优先选择，这里有我的烙印，我不想轻易放弃它。"

顾念："陈庄会很高兴的，我想与其选择跟你去雍氏，他一定更想继续留在这里。"

说曹操，曹操到，外面敲门声响起，在雍凛许可之后，陈庄推门进来。

他的视线先是落在雍凛旁边的顾念身上，目光一顿，表情略有一点古怪，随后很快收敛，朝顾念点头致意。

"老板，关于上回那块儿地的招标会详情，有文件下来了，您有空先看看。"

雍凛微微颔首，示意他把文件放下。

陈庄很快离开，顾念奇怪道："陈庄刚才看我的表情好像有点奇怪，你知道为什么吗？"

雍凛轻咳一声："可能是因为你的头发有点乱吧。"

顾念下意识摸向头发，她今天扎了个马尾，但刚刚两人接吻的时候，不可避免在对方怀里弄乱了发型，顾念整理好衣服却忘了头发，不由得大窘："他一定看出什么来了！"

雍凛不以为意："陈庄不是多话的人，而且从你刚才满公司送樱桃起，谁还不知道你的存在？"

被对方戳破小心思，顾念吐了吐舌头。

她的确是有借着送东西向雍凛公司上下昭告自己身份的想法，因为顾念知道，以雍凛这样的条件，以前大男人性格特别明显的时候，都会有一大堆女孩子喜欢，更不用说脱胎换骨之后的雍凛，平常成熟冷峻的男人一旦温柔体贴起来，估计没有女人抵挡得住。

顾念相信雍凛，却也要做些事情，宣示自己的主权，主动挡掉潜在的麻烦。

“那你就没有一点表示呀？”她笑眯眯地问雍凛。

雍凛抬头看了她一眼，在文件结尾处龙飞凤舞签下自己的名字：“明天再让人订一批水果来发，说是你送的？”

顾念做了个鬼脸：“雍先生，你怎么就这么善解人意呢？”

雍凛气定神闲：“过奖过奖。”

Chapter 29
绑架

雍凛在昨晚离开别墅之后的路上遭遇了一场车祸。

确切地说，是人为有意制造的车祸。

飞机一直失联，人只能算意外失踪，一天没有官方确认全部遇难，就不能当死亡来办，除非满足法定意义上的两年期限。

有一线希望总比完全绝望好，时间总会治愈一切，包括伤痛，活着的人还要继续将日子过下去。刘玉珊带着于婶去了加拿大，那栋江边别墅彻底没了主人，雍凛让花房的园丁夫妇住在那里看房子，定期让人过去打扫，免得蒙尘，他自己则依旧住在原来的公寓里，暂时没有换房子的打算。

雍氏的兵荒马乱，并未给顾念的工作带来太大影响。赵和的新电影如期筹备起来，她准备了完善的合作方案，一方面是赞助电影角色的衣服和包，另一方面也是借电影为品牌打一次高端广告，合作很顺利，现在就等着电影杀青。

离年底越来越近，顾念他们却已经开始要为隔年上半年的计划操心。

由于国内的网络购物越来越发达，传统行业很难绕开这一个平台，许多大牌乃至奢侈品牌也纷纷开设属于自己的官方网络购物渠道，要么直接在自己的官方网站上开设，要么依托别的购物平台实现，M&J高层同样有这个想法，但内部意见不统一。

有人觉得M&J这种高端品牌去开网购，实在太low，也有人觉得现在是全民网购时期，M&J没理由放着钱不去赚，在持续开了无数会，做了无数市场调研之后，依旧无法得到通过，提议暂时被搁置下来。

最初提起这个方案的人是麦琪琪，为此她付出了不少努力，亲自做调研，各方协调，但最终结果并不美好，反而使得自己的个人分数在内部高层中有所降低，还被当成吴嘉文用来教育顾念的反面教材。

顾念对麦琪琪印象不错，忍不住帮她说了好话："其实我们的国情与国外不同，中国市场庞大，奢侈品网购这一块儿，迟早是要做起来的，当第一个吃螃蟹的人固然有风险，但吃得好了，同样可以带来巨大的收益。"

吴嘉文："M&J的定位在那里，网购并不能为品牌带来太大的效益，反倒会令品牌贬值，你知道很多人买奢侈品，他们其实未必是喜欢那件东西的款式或颜色，他们更享受的是去实体店，体验那种被人追捧的feel（感觉）。"

顾念咬着手指："虚荣感。"

吴嘉文："不错。网购市场庞大，一个原因是快捷方便，另外一个很重要的原因容易被人忽略，就是价格优势，很多人喜欢去实体店货比三家，而网购让他们省去这些烦恼，可以直接在网络上比较价格，奢侈品并不在这个范围内。"

顾念："但你不能否认，中产阶级正在兴起，许多人未必能成为M&J的高V客户，但他们可以偶尔买上一个M&J的包、一条M&J的披肩，当他们没有空去实体店的时候，网购不失为一个选择。"

顾念很尊敬吴嘉文，但并不代表事事唯命是从，他们私底下讨论时经常会有不同意见，再正常不过，吴嘉文也不需要一个唯唯诺诺的搭档。

吴嘉文："也许你的话是对的，但这个群体目前还很小，不值得M&J冒着品牌贬值的危险去做，Gigi太心急了，她提出方案的时间点不对，所以根本没有通过的可能，再迟两三年，也许可以。"

顾念："她也想竞争总监之位，你跟Emma的实力都很强，她不剑走偏锋，根本没有机会。"

吴嘉文耸肩："谋定而后动，自乱阵脚只会给人可乘之机，所以你看见了，会议上她被Emma问得无言以对，还不如一开始就不要开口，机会是自己把握的，怪不了别人。"

顾念挑眉："我听说Emma最近在牵头，要将本市第三家M&J的分店，开在一栋有百年历史的建筑里。"

吴嘉文点点头："上面已经点头了，都很看好她这次的方案。"

这种奢侈品与历史建筑的合作，并非M&J首创。

顾念坏笑："那你可要加油了。"

吴嘉文："不用担心我，你那边最近怎么样了？"

顾念不解："什么怎么样？"

吴嘉文："雍氏，我本来是不想问的，但上回你请了好几天的假，雍凛那边还好吗？"

顾念："还好，没什么事了，我不会影响工作的。"

吴嘉文："那就好，如果没有意外，最近可能会有职位调动。"

顾念一愣："公关部？谁的调动？"

看见对方意味深长的表情，她随即恍然："Gary的？他终于要调走了？那会是谁接任总监？"

吴嘉文："我也不知道，上面将消息藏得很严实，但如果没有意外，这几天应该就会找人去谈话了。"

顾念双手合十："上帝保佑你能当上总监，这样我就能鸡犬升天，跟着吴总监吃香喝辣了！"

吴嘉文摇头失笑。

快下班的时候，顾念给雍凛打了个电话。

顾念："亲爱的小凛同学，你在哪儿？"

听见对方轻快的语调，雍凛不由得笑了："我等会儿要回我爸妈那儿，去拿点东西，你晚上别等我了。"

顾念俏皮道："本来也没想等你，今晚部门聚餐，你自个儿搞定吧！"

雍凛笑了一下，将桌上的戒指盒放入衣袋里。

戒指是前几天他特意去买的，准备找个机会跟对方说订婚的事情。

仪式场地，随时都可以订到最好的，对雍凛而言根本不是问题，他母亲也随时可以从国外飞回来，万事俱备，只欠东风。

雍凛下了楼，司机小张早早地驱车过来，尽职尽责等在那儿。

"回老宅。"他道。

小张答应一声，发动车子，他从后视镜里看见雍凛的表情，开玩笑道："您今天心情不错啊！"

雍凛也笑："还成，今天周末，你等会儿要去跟女朋友约会了吧？"

小张露出不好意思的表情。

他退伍之后在雍家当了好几年的司机，雍凛不喜欢雇保镖，小张就兼任保镖职务，算是一举两得。

当然，薪金也不是普通的司机水平。

毫不意外，车子进入中心城区，就开始漫长的塞车模式。

小张摸了摸眼皮，忍不住抱怨一声："打从今儿早上起，我的眼皮就一直跳，您说左眼跳财还是右眼跳财啊？"

雍凛继续看文件，头也不抬："你这是睡眠不足。"

M&J的部门聚餐异常热闹，潘明面子大，还请了几个明星过来，明星又带了明星朋友，一桌坐不下，最后临时要了一个两桌的包厢。

如果有八卦媒体在这里，一定很开心，因为明天的娱乐头条就不用愁了，“众明星与M&J公关部私下聚餐，疑××抱上M&J大腿”之类的新闻标题直接出炉。

来的几个明星虽然没有赵和、钟圆那种咖位，但都是二线里的前列，过来陪吃陪喝绰绰有余。他们也想借此跟M&J的人打好关系，根本不存在摆架子和眼高于顶的问题，一整个晚上下来，宾主尽欢，红酒都开了好几瓶。

做这行有个好处，就是虽然不是娱乐圈中人，却能常常因为工作关系跟圈里的人近距离接触，对普通人而言很遥远的明星大腕，对潘明他们来说，却是常常能见着的。

吕岩不算今晚最大牌的，但因为经纪人跟潘明有点交情，他就顺带过来了。

何丽居然是吕岩的粉丝，不仅让吕岩签名合影，还一直找机会跟他聊天，提起吕岩参加的那档真人秀节目。

“石头，”何丽叫着粉丝给吕岩起的外号，“我看了安宜当嘉宾的那一期，她说你会拉小提琴，而且拉得很好，是真的吗？”

吕岩谦虚道：“就是学过两年，比不上专业的，能拉点简单的曲子，复杂的就不行了。”

何丽兴致勃勃：“那也很厉害了，回头我要把今晚的合影PO到网上，一定很多人羡慕，刚刚我的姿势没摆好，能不能再来一张？”

吕岩有求必应，又跟对方合影了两张。

何丽美滋滋将照片用滤镜美化了一下，拿给吕岩看：“怎么样？”

吕岩笑一笑：“挺好的。”

他见顾念正好跟另一个艺人说完话回来，不由得起身想迎上去，又听见何丽道：“石头，我听说你们那档节目在物色非艺人的嘉宾，不知道我有没有这个荣幸跟你一起参加节目呀？”

吕岩面露为难：“不好意思，这件事不是我能做主的。”

何丽甜甜一笑："你帮我问问嘛，好不好？"

吕岩原本只是一个名不见经传的小演员，多年沉浮混不出头，上回得罪了程峰之后，原本以为会更惨，谁知道程峰打了雍凛之后不久，就爆出吸毒被抓的新闻，现在自顾不暇，肯定没空再来找吕岩的麻烦了。

他不知道这件事跟雍家有没有关系，但自那之后自己好像就转了运，去参加电视台一档真人秀节目，当了常驻嘉宾，本来也没当回事，谁知道天时地利人和，却一炮而红。到了吕岩这年纪，已经不能算是小鲜肉了，但他长了一张娃娃脸，不显年纪，很占优势，大器晚成，开始焕发事业的第二春，还多了不少像何丽这样冲着脸去的新粉丝。

听见何丽的话，吕岩没再拒绝，点头笑道："我回头帮你问问，不一定能成。"

何丽心满意足地走开，吕岩终于找到跟顾念说话的机会："Nina，你最近还好吗？"

顾念："还好。"

吕岩叹道："雍先生的事情，我也听说了，世事无常，你们不要太难过。"

顾念："谢谢。"

吕岩："不客气，麻烦你帮我向雍先生问声好。"

顾念答应一声，想了想，又道："我们过阵子可能会订婚，原本打算请你参加订婚宴的，但后来出了这件事，就……"

她以为吕岩对她特别，只是因为雍凛。

那真是一个让人哭笑不得的误会，顾念根本不知道自己一时好心地"英雄救美"，竟然会让吕岩对"雍凛"生出好感。

所以她觉得自己应该趁机打消吕岩不该有的念头，免得这个误会像雪球一样越滚越大。

吕岩忙道："不要紧，那我先在这里祝你们百年好合！"

顾念见他表情真诚，不像还耿耿于怀的样子，也暗暗松了口气：

“多谢你的祝福。”

吕岩不好意思地解释：“其实我邀请你参加节目，并不是因为雍先生。可能一开始，的确是抱着回报他的心思，毕竟以我的身份地位，能做的也不多，但后来，不全是因为他。”

顾念好奇：“那是为什么？”

吕岩：“因为周惜媛。那天颁奖典礼，我也去了，她的发言让我很感动，不为别的，就觉得你这人特别仗义，雍先生也是，那天晚上明明不关他的事，他却还是出手帮忙了，所以我特别感谢你们，也很佩服你们，就是想有个机会，能跟你交个朋友，仅此而已。”

心里那点绮思，根本不用别人提醒，他自己也知道不切实际，对方有感情深厚的女朋友，自己剃头担子一头热，再这样下去只会让对方反感，吕岩痛痛快快醉了一场，事后想通了，也就放下了。

反倒是圈子里没秘密，从周惜媛那里得知顾念帮她做的那些事，吕岩对顾念就挺佩服的，觉得这样的人跟雍凛才相配，起了结交的心思，奈何那时候自己咖位不高，人家根本看不上他，直到真人秀的机会出现，吕岩才想到这么一个办法，邀请顾念当嘉宾，既可以回报当初欠下雍凛的人情，又可以提升顾念的专业形象。

顾念歉然：“最近事情比较多，先前答应过你当嘉宾的事，可能要延后了，或者你邀请别人也没有关系的。”

吕岩忙道：“没关系，节目组明年还会拍第二季，我永远给你留一个位置，如果你有兴趣的话。”

好巧不巧，何丽折返回来，这话正好让她给听见，新仇加旧恨，她脸色难看得很。吕岩也有点尴尬，对她解释道：“在这之前我跟Nina见过几回，已经邀请过她的。”

何丽深吸口气，压下怒火，还能露出笑容：“没关系，先来后到，我明白的，你们聊，我去找宁轩说话。”

宁轩在歌坛上有些知名度，成名比吕岩更早一些，今晚也来了。

换作以往，何丽早就找机会阴顾念一把了，但现在顾念的腰杆子明显比她硬，在卫玛争取总监职位的关键时刻，她不敢给顾念找什么麻烦。之前有卫玛撑腰，她才能有恃无恐，但现在如果顾念和吴嘉文反击，卫玛是绝对不会保她的。

当一个合格的手下，要懂得与上司共同进退，何丽很清楚这一点，所以硬是把这口气给忍了下去。

偌大一个包间，两桌人坐下了还空出很多，酒过三巡，大家都起身各自聊开了，热热闹闹，谁也没注意到这边的小插曲。

吕岩觉得对不住顾念："连累你了，是我说话不小心。"

顾念不在意："没关系，我跟她一直有些误会。"

原来是冤家对头，吕岩心领神会。

从餐厅出来，外面下起倾盆大雨。

众人都各自开车来，喝了酒的也有代驾，并不担心淋雨的问题。

雨势滂沱，令顾念不由得想起了上回跟雍凛交换时遭遇泥石流的情景，感觉不是很好。

她低头看了一下时间，晚上八点四十分，雍凛说过今天要回别墅那边拿东西，所以可能不会加班太晚。

顾念打了个电话过去。

手机响了两声，雍凛接起来，告知自己出来时遇上塞车，就跟小张在外面吃了饭，这会儿车已经快到别墅那边了。

顾念放心了，嘱咐他天晚路滑，让司机开车小心一点。

回到家，洗个澡，敷个面膜，时针慢慢滑向十点，窗外的雨声不见减弱。顾念抱着毛绒熊坐在沙发上，眼皮却渐渐沉重，电视屏幕里的人影一个幻化成两个，她脑海里还惦记着没回来的雍凛和明天的工作，不知不觉睡过去，连面膜都忘了取下来。

不知过了多久，顾念被一阵开柜子的动静吵醒。

睁开眼睛，发现自己正躺在卧室的大床上，脸上面膜也没了，她心想可能是雍凛回来了，把自己给抱回卧室睡的，便喊了两声：“雍凛？”

没有人回答。

但客厅的动静依旧持续。

顾念起身下床，揉着眼睛往外走：“雍凛？亲爱的？”

对方果然在，正背对着她，收拾行李。

顾念松了口气，又生疑惑：“这么晚了，收拾行李做什么？”

雍凛：“明天出差，早上六点的航班，先收拾。”

他的语气有点冷冰冰，顾念也没多想，整个人就往他身上趴，下巴与对方的后颈相触，不由得吓了一跳：“你身体怎么这么冰！”

雍凛：“可能是刚刚淋了雨。”

顾念看了一下时钟，上面显示半夜两点。

“现在离六点只有四个小时了，这趟差事很要紧吗，能不能交给别人？”

雍凛摇摇头：“不行，我爸要我跟他一起去，是很重要的一个会议。”

顾念感觉有些不对劲，却一时说不出来。

雍凛拂开她的手，拉着行李箱往外走：“我该出发了。”

顾念连忙拉住他：“现在才两点，你这么早过去做什么？”

雍凛淡淡道：“我爸在机场等我，我该走了。”

他轻易挣开顾念，朝门口走去。

顾念急得满头大汗，追上去想要拦住他，对方却已经离开。

她直接追出去，门外只有空荡荡的楼道，和始终停留在一层的电梯。

顾念心跳如擂鼓，脑海中乱纷纷的各种念头急欲挣脱出来，她急得快要哭了出来，不由得大喊：“雍凛！”

伴随着这一声，她直接睁开眼睛。

自己依旧在客厅，脸上有紧绷感，是面膜太久没有摘下来的后果，她怀里也依旧抱着毛绒熊。

是梦？

顾念下意识朝时钟望去。

半夜两点。

雍凛还没回来。

想到梦中情景，她惊出一身冷汗，低头胡乱找手机，二话不说拨打了雍凛的电话。

忙音。

顾念接连打了四五遍，全是忙音。

她再也坐不住了，恐慌一股股地从心底往外冒。

从她不小心睡着到现在，中间隔了四个小时的时间，就算雍凛因为下雨不方便，打算在别墅那边过夜，他也肯定会打电话或发信息过来，让顾念不要等，不可能半点音信都没有。

顾念努力从一团混乱的脑海中理出一条头绪来，她先拨打了陈嫂的电话。

陈嫂和她的丈夫是花房园丁，刘玉珊出国之后，他们俩就留守在那儿，帮忙照看房子和植物。

电话响了四声，陈嫂睡意蒙眬的声音在那头响起："顾小姐？"

顾念："陈嫂，雍凛晚上过去了吗？"

陈嫂："过来啦，小雍先生回来拿东西，但很快就走了。"

顾念一颗心又提了起来："他什么时候走的，有没有说去哪里？"

陈嫂疑惑："大概十点离开的吧，他没有说。"

顾念："那张哥呢，有没有和他一起？"

她问得如此仔细，陈嫂也察觉出不妥了："是，他跟着小雍先生一起走的，怎么了？"

顾念一时半会儿没法和她细说："没事，雍凛一直没回来，我很担心，我去联系其他人问问，麻烦你们先在房子周围找找好吗？"

陈嫂连声答应："好的好的，顾小姐你别急，小雍先生应该没事的！"

顾念没顾得上多说，又拨打了司机小张的电话。

果不其然，不是忙音，而是一直无人接听。

心一点一滴地沉下去，就像沉入了无底黑洞。

顾念整个人都乱了分寸，平时什么冷静自持这会儿完全抛诸脑后，她颤抖着手给陈庄打了电话。

陈庄听完来龙去脉，立刻道："我去报警，顾小姐，麻烦你先去别墅那边看看，要不要我过去接你？"

顾念深吸了口气："不用，我自己开车过去。"

说完又忍不住问："你觉得，雍凛应该不会有事吧？"

这句纯粹是废话，陈庄根本没在现场，又不是警察，放在平时，顾念根本不会问出这种毫无意义的话，但现在她已经完全不知所措了。

关心则乱。

陈庄顿了好一会儿，才道："别担心。"

挂断电话，顾念随便换了身衣服就冲向电梯。

看着电梯里的数字键一跳一跳发生变化，她始终按捺不住内心的焦躁与恐慌，毫无意识地握紧手中的钥匙。

雍凛，你千万不要有事。

顾念赶到江边别墅的时候，陈嫂夫妇已经把别墅区周围都找了一遍，但以他们两人的脚程，也不可能离开别墅太远，顾念加入后，三人又在别墅区外围寻找，直到陈庄带着警察前来，他们都一无所获。

警方结合陈嫂夫妇与顾念的口供，排除了雍凛在别墅失踪的可能性，将失踪地点和时间确定下来，调来监控录像一一查看，很快发现雍凛在昨晚离开别墅之后的路上遭遇了一场车祸。

确切地说，是人为有意制造的车祸。

从别墅区出来到进入市区有一段路程，晚上人少车少，两旁都是小树林，小张的车速不算慢，但当前面小树林横向开出一辆车挡在他们前面时，小张自然而然减速，这时候后面的车陡然加速追尾，前后夹击，逼得车子停下来，随后又有几人从前后车辆里蹿出，速度极快，手持枪械，挟持两人下了车。

几名劫匪随后将雍凛和小张捆住手脚，分别带往前后两辆车，其中一名匪徒又钻入雍凛的车，三辆车一并开走，往前转入小路，又开进树林里，彻底离开监控范围。

顾念看着监控录像，浑身发冷。

这明显是一起有预谋的劫持案。

陈庄同样想到了这个问题："内地不允许持枪，他们的枪械是从哪里来的？从录像上来看，他们明显是知道雍先生会经过那条路，特意守在那里的。"

雍凛的身份摆在那里，注定案子的影响小不了，所以打从陈庄报案伊始，警方就高度重视，负责案子的刘警官道："别着急，我们已经让人去查犯罪嫌疑人驾驶车辆的车牌号码了，监控录像的像素太低，他们又都蒙着脸，很难辨认他们的相貌，但他们手持枪械，之前十有八九是犯过案子的，我们也已经在内联网上搜寻最近本地和邻市持枪犯案的嫌疑人了。"

陈庄："那我们有什么能做的？"

刘警官："你们现在唯一要做的，就是保持电话畅通，对方大费周章将人带走，很可能是为了绑架索要赎金。一旦歹徒找到隐蔽的据点躲藏起来，也许就会打电话给你们。从现在起，警方会二十四小时与你们在一起，如果你们接到陌生来电，第一时间交给我来处理。"

见两人神情紧绷，僵着身体，刘警官又安慰道："我明白你们现在的心情，我们也希望能够尽快破案，现在很多嫌疑人的资料基本上都会联网登记，如果顺利的话，应该很快就有线索的。”

顾念无意识地看了一下手表，凌晨四点半。

她想起自己做的梦，身体一激灵，急急问道：“在六点前能有消息吗？”

刘警官哭笑不得，又不好打击对方，只能含糊道：“这没法保证的，我的同事已经在查了。”

陈庄忙道：“这件事非同小可，还请帮忙封锁消息，否则媒体要是报道出来，我怕歹徒那边……”

刘警官会意：“放心吧，这些警方都有既定程序的，在破案之前不会惊动媒体，但雍先生要管理公司，如果太长时间没出现在公司，是不是也不太好？”

陈庄拿起电话：“我马上去安排。”

刘警官又嘱咐了一句：“尽量不要惊动太多人，知道的人越多，走漏消息的风险就越高。”

陈庄点点头：“我明白的。”

前阵子，雍凛将自己手头百分之十的股份分别转售给三个股东，这样主动让权的举动受到了所有股东的欢迎，他成为雍氏董事会的一员。

主席之位由孙珩的父亲孙康当选，他以百分之二十二点八的份额成为第一大股东，雍凛依旧是大股东，也拥有表决权，但不参与雍氏的日常事务，除非遇到需要董事会表决的重大事项。

而雍氏，也正式改名为“明华”。

这似乎意味着属于雍子文的时代渐渐远去，报纸杂志大肆报道这一事件，并将其称为“后雍氏时代”，普遍认为雍子文当年没让雍凛进入雍氏，是他的重大失策，以致现在自己突然出事，儿子却无法继承雍氏，只能将权柄拱手让人。

但陈庄很清楚，雍凛的表现并不像外界揣测的那样糟糕，这一切都是他自己的选择。

假如雍凛愿意，他也可以选择继续跟其他大股东周旋，大战三百回合，将董事会主席的位置拿回来，也不是不可能的事情。但那样一来，无可避免会令雍氏元气大伤，所以最后，他还是选择了以大局为重的办法。

只不过现在媒体总喜欢将事情无限夸大，一个失去父亲又失去公司主席之位的人，似乎比一个懂得权衡利弊的人更具有八卦性，更值得大肆渲染，所以在许多不明真相的人眼里，雍凛竟隐隐成了一个悲情人物。

熟悉雍凛的人，包括陈庄在内，都不觉得雍凛的退让是无能，恰恰相反，他很佩服老板能够取大放小的决断力和魄力。

但他也知道，假如今夜的事走漏风声，那么肯定会有许多人乐意将消息放出去，激怒绑匪，令整个雍家彻底陷入泥沼。

陈庄走到一旁去打电话给林琳，交代公司事务，顾念看着手表怔怔不语，不知道在想什么。

刘警官见状暗暗叹了口气，受害人家属这种表现他见得多了，这还算平静的了，碰到那种哭天抢地、悲痛欲绝、要死要活的，他们才更头痛，一边查案，还得一边安抚受害人家属的情绪。

电话响起，刘警官接起来一听，是局长直接打来的。

雍凛身份非同寻常，案子层层上报，很快就惊动上边了，领导在那边指示，一定要不惜一切代价尽快破案，尽可能保证受害者的安全，刘警官连连答应，顿时感觉肩膀上的担子更重了。

顾念坐在那里，压根儿就没有感觉时光流逝，直到脸上冰凉，她伸手一摸，才发现自己流了满脸的泪而不自知。

一张纸巾递到眼前，顾念抬起头，是刘警官。

“谢谢。”顾念的嗓子有点哑，急火攻心，她觉得喉咙里有点血腥味往上涌。

刘警官："对方如果想对雍先生不利，当场就下手了，不会连人带车一起劫走，所以绑票索要赎金的可能性更大。"

这句安慰起不了作用，顾念擦了擦眼泪："其实我晚上应该跟他去的，最起码……"

"那现在我们就要多救一个人了。"刘警官接下她的话，心想都说那些富二代的婚姻都是权钱结合，现在看来也不全是如此，起码这两个人感情就挺真的。

顾念想起上回发生泥石流时两人交换身体的情景，现在同样是危急时刻，她却只能坐在这里干等，假如可以选择再次交换，她会愿意代替雍凛被绑匪劫走，将生的机会留给对方吗？

她是愿意的。顾念心想。

很久很久以前，她看古诗上写两个人的爱情，字里行间的生死与共，总觉得美则美矣，就是离自己太过遥远了。生活在现代都市里的人，为名为利，奔波劳碌，即便遇见一个萌生爱情、愿意和自己结婚生子的人，顶多也就是互相扶持着度过之后的岁岁年年。

但现在，她宁愿用自己置身危险，来换取对方的平安，即使天人永隔，即使将来雍凛跟别的女人相爱，她也愿意。

顾念从来不是如此无私的一个人，只因遇到了雍凛。

眼泪不知不觉又掉了下来，身边传来刘警官的叹息声，顾念恍然未觉。

然后她就听见耳边传来熟悉的声音。

［念念？］

顾念猛地抬头。

来不及收回的眼泪掉落在衣服上，她的表情却是惊愕的。

刘警官被她吓了一跳："怎么了？"

顾念左右张望，不确定地道："你刚刚有没有听见有人说话？"

“有啊！”刘警官指着周围投入工作的同事，“他们不都在说话吗？”

顾念：“我刚刚听见有人在叫我的名字，你听见了吗？”

刘警官一脸“你幻听了”的表情，委婉道：“顾小姐，要不你先去休息一会儿，有消息我们会通知你的。”

顾念摇摇头，她等了好一会儿，再也没听到那个声音，不由得焦虑起来，要不是以前遇见过比这更离奇的事情，她真要以为自己的确幻听了。

顾念起身上了二楼，打开雍凛房间的门，进入里面的洗手间，将门反锁之后，定了定神，轻轻道：“雍凛？”

“刚刚是你吗？”声音轻颤，抱着多大的希望，就有多害怕失望，“你要是真的在，就回我一声，好不好？”

顾念几乎可以听见自己的心跳声。

过了一会儿，她忍不住面露失望。

果然是幻听吗？

［念念，是我，你能听见吗？］

Chapter 30
第二人格

顾念看着镜中的自己："……我怎么感觉自己像个人格分裂的神经病？"

一秒钟从地狱到天堂是什么感觉？顾念约莫是感觉到了。

眼泪毫无预警地掉下来。

她紧紧攥着手："我能听见，你在哪里？"

[你不需要说话，我也能听见你的心声。]

顾念愣住了。

[你的意思是，你存在于我的脑海里？]她在心里尝试着问道。

果不其然，雍凛接收到了：[对。]

那么他们现在……算是共用一副身体？

雍凛果然知道她在想什么：[这里是我房间里的洗手间？我可以借由你的眼睛看见，也许你的猜测是正确的。]

顾念又想哭又想笑：[你现在到底怎么样了？！]

雍凛：[他们本来打算绑架我换取赎金，但半道上改变主意，觉得带着我们累赘，会容易暴露目标，想把我们杀了，我们觉得再不跑就来不及了，决定搏一把，结果为了帮我躲子弹，小张被推入水库，我去救小张，也跟着一起掉下去了。]

惊心动魄的一幕让顾念仿佛置身其中，也跟着惊心动魄：［那你们是不是都掉进水库了？附近哪里有水库？我马上让警察去搜寻！］

雍凛：［我不记得了，半途我后脑磕到石块晕了过去，忽然就听见你的声音，看见你坐在别墅里，再然后就是现在。］

顾念急着想将自己知道的一切线索告诉警方，就在这个时候，外面也响起急促的敲门声。

她赶紧跑过去开门。

刘警官就站在外头，带着一种既兴奋又紧张的语气告诉她："我们在别墅区十公里外找到了雍先生的车，目前尚未发现嫌犯的行踪，但警方正在扩大搜索范围，我们也已经得到嫌犯的资料，他们果然都有案底在身，上个月刚参与一宗金铺抢劫案，金额高达上千万，被通缉之后流窜到这里来，也许是看到这里的别墅区，就准备选一家下手，原因现在先不管，找到人是当务之急。"

顾念急道："我至今没有接到劫匪的电话，他们会不会发现警方出动之后，就准备撕票？"

她说的可能性不是没有，刘警官哑然片刻，安慰道："你放心吧，我们正在加快进度，现在已经通知了各公路关口，监控也一直在追踪，他们跑不了多远的。"

顾念咬着唇："现在外面一直下雨，他们的行踪也有可能被掩盖掉，增加搜寻的难度吧？如果撕票的话，会不会选择一个隐蔽的地点，比如说把人往水库或湖里丢？能不能多找找这些地方？"

刘警官奇道："水库？你为什么会想到水库？"

顾念胡乱应付："我记得这附近有个水库或人工湖，要不我也去找找！"

刘警官忙拉住她："顾小姐，我们警方办案有自己的方法，现在天黑路滑，你出去了我们还得派人保护你，反倒降低我们的效率，相信我们，我们不会放过任何一处可疑地点的！"

可顾念控制不住自己内心的慌乱，按照以往的情况，本来两人灵魂互换，可现在雍凛在她的身体里，她却没能去雍凛的身体里，这意味着什么?

顾念想都不敢想。

“照你刚才的描述，那些人穷凶极恶，我怕再拖下去，雍凛会……”

刘警官叹了口气，没有敷衍她：“我们会尽力的。”

与刘警官几乎同时的，是雍凛一声几不可闻的叹息。

［念念，生死有命。］

顾念鼻子一酸，死死攥住手心：［雍凛，我不能失去你。］

接下来能做的只有等待。

顾念很没安全感，不停地在脑海里跟雍凛说话，哪怕身体已经疲倦得不行，就怕雍凛在她不知道的时候悄然离开。

时间一分一秒过去，看似天长地久，但实际上也只过了一个小时多一些。

前方搜寻队传来消息，他们在水库附近找到了司机小张，又根据小张提供的线索，在水库边上找到了雍凛。

歹徒的行踪还在继续搜索，但能够找到受害人，就已经是莫大的成果了。

除去外伤之外，小张内出血，雍凛则是头部受了伤，两人一被找到，立马就被送往医院，推进手术室。

顾念和陈庄赶到的时候，手术室外面的灯还亮着。

［雍凛，你试试能回去吗？］她在心里道。

没有人回应她。

［雍凛，你还在吗？］

顾念心下一沉，抬头望向手术室紧闭的大门。

对方回到自己的身体了？

还是……

累到极点，坐着也能睡着。

顾念在手术室外做了一个很长的梦，醒来却不记得自己梦见过什么，只有满心的疲惫。

手术室的灯已经灭了，顾念一惊，腾地起身。

“顾小姐，”陈庄的声音及时响起，“手术很顺利，老板要转入ICU观察两天，刚才你睡着了，就没叫醒你。”

顾念松了口气：“现在我能去看看他吗？”

陈庄点点头：“医生说可以在外面看一眼。”

一层玻璃隔开内外两个世界。

雍凛躺在床上，紧闭双眼，为了方便手术，他的头发都被剃光了，旁边则是各种显示数值的仪器。

顾念定定看了好一会儿：“医生说什么时候能醒过来了吗？”

陈庄：“如果没有意外的话，这两天应该能醒，但人体大脑是一个复杂的组织，至今都没有人能研究透。”

言下之意，医生也不敢打包票。

顾念点点头：“小张的手术还顺利吗？”

陈庄：“挺顺利的，现在也在ICU，我已经通知他的家人了。”

顾念露出略带疲倦的笑容：“Carlo，这次真的多亏你了，全程还让你跟着跑，在雍凛醒来之前，东杨的事情，可能也需要多劳烦你操心了，雍凛他很信任你，你放手去做，不要有什么顾虑。”

陈庄微微叹了口气：“我会尽力的，顾小姐，你看这件事要不要通知雍夫人？”

刘玉珊回来了也无济于事，但她是雍凛的母亲，有知情权，如果被蒙在鼓里，于情于理都说不过去。

陈庄："还有明华那边，就是雍氏，老板出了这样的事，短期内就没法出席董事会了，按照规定，雍夫人有继承权，应该由她代为出席会议，除非老板另外指定了代理人。"

顾念也叹了口气："我会通知她的。"

陈庄看见她掩不住疲倦的神情，心里有些同情："监护室外需要有人守着，我已经让林琳赶过来了，顾小姐你先回去休息吧。"

顾念摇摇头："我想再待一会儿，你先回去吧。"

陈庄没有拒绝，他的确很累，白天还得去公司，他起码要回去换身衣服吃个饭。

警方那边还在继续追踪嫌犯团伙，对方到底是受人指使还是随意下手，要等抓到了人才能知晓。

顾念刚刚一直尝试与雍凛联系，她心里非常矛盾纠结。

既希望对方能回应，那样自己起码有点安慰。

但又希望对方不要回应，因为回应了就意味着雍凛依旧没能回到自己的身体里去。

[雍凛，你如果能听到，就答我一声，好不好？]

顾念的额头抵住玻璃，看着躺在床上的那个人，内心满是悬而未决的无力。

两天时间，足以让一桩新闻发酵，并迅速成为热议焦点。

天下没有不透风的墙，即便顾念和陈庄他们谁也没透露消息，但那天晚上警方大规模的行动，不可能不引起任何人注意，雍凛住院手术的事情也不是秘密，外界七拼八凑，不难得出真相。

前雍氏少东家惨遭绑架。这是社交网络上的热搜标题。

雍家父子接连出事，雍氏帝国何去何从？这是稍微正经严肃一点的财经版标题。

雍凛未婚无子，百亿资产由谁继承？毫无疑问，这是娱乐八卦版的标题。

甚至还有八卦狗仔，专门埋伏在医院门口，在雍凛公司外边，拍到顾念神色憔悴，就写“雍凛女友名分未定，嫁入豪门无望，神情萧索面露绝望”，拍到顾念穿着宽松点的衣服，就写“雍凛女友疑似有孕，巨额财产后继有人？”，极尽吸引眼球之能事，博得了不少关注度。

这桩新闻的轰动效应不比国民明星的老婆出轨小，因为它涵盖了悬疑侦探、金融地产、财产继承，乃至大众喜闻乐见的娱乐八卦等各个层面，内行人看门道，外行人看热闹，惋惜的固然有之，幸灾乐祸的更多，连顾念的过往履历都被扒了出来。

奢侈品店店员，跟高富帅一见钟情，正式交往，听说连家长也见了，只差临门一脚，没有恶婆婆刁难儿媳妇，未婚生子那些狗血戏码，却是高富帅家遭逢变故，现在连人都躺在医院昏迷不醒，一段美好姻缘眼看着就此了断，女方会做何选择？

媒体热衷报道，营销公众号也热衷跟进，不明真相的大众跟着起哄，短短几天，顾念的知名度几乎堪比公众人物，只是其中不乏阴谋论者，认为顾念进奢侈品行业，就是为了能够钓到金龟婿，结果功夫不负有心人，还真让她找到雍凛这么一个绩优股，可惜运气太差，别说结婚了，连个孩子都没有，等雍夫人从国外回来，女方估计就要地位不保，否则就算雍凛真的醒不过来，她也可以挟着孩子要一大笔赡养费，从此发家致富。

顾念有个社交账号，属于私人账号，平日里发些吃吃喝喝、四处玩的照片，她与雍凛的合照也有一两张，网友神通广大，愣是给找到了，结果短短几天内，粉丝量直接从几百上升到几万，底下有祝福的，有看热闹的，甚至还有发广告的。

唯一的好消息是，警方效率很高，同样利用这几天，将嫌犯团伙一网打尽。

伴随着嫌犯落网，雍凛被绑架的前因后果也浮出水面。

主犯十几年前曾因强奸和故意伤害罪入狱，出狱之后就纠集了一群服刑时认识的同伴，准备大干一笔，主犯设法弄来枪械，其他人则负责勘定地点对象，最终将目标锁定在邻市一家颇具规模的金行上。由于事先准备充分，那一次犯案的确很顺利，他们卷了东西就跑，一路逃窜到S市安顿下来，也没有被抓住。

几个人尝到甜头，又想再来一次。此时正好发生了飞机失事的事情，雍子文失联的新闻铺天盖地满是报道，主犯从新闻上得知了雍家的住处，见雍家人不常回去住，保镖不多，就起了去雍家盗窃的心思，但在别墅区外埋伏几天之后，他们又改变主意，觉得雍家现在没有主人在，里面的财物肯定也不多，未必有什么收获，正犹豫之际，他们看见雍凛进出别墅，就临时起了劫人的心思，觉得有雍凛在手，怎么也能拿个几亿赎金。

谁知那天雨势特别大，车中途熄火，要带两个大男人逃亡并不是一件容易的事，雍凛一直没放弃自救，虽然对方枪械在手，但他也利用一切机会，用言语挑唆嫌犯团伙之间的矛盾，钱的影子还没看见，几个嫌犯彼此之间就有了离心的迹象。

主犯当时很谨慎，他考虑到几个人当时手头已经有一笔价值几千万的财富在手，带着雍凛不好跑，又容易被发现，如果因此闹得团伙人心离散更不划算，所以当机立断，决定把雍凛他们就地灭口，以便逃亡。

但团伙里有人不同意主犯的做法，认为放走雍凛无异于放走一大笔钱，等赎金到手了再撕票也不迟。双方争执不下之际，小张和雍凛趁机逃跑，于是才有了后来的场景。

大雨倾盆之际，黑漆漆一片，到处都是碎石泥路，一不小心就会摔跤受伤，嫌犯团伙都是犯案经验丰富的人员，料到警方很快就会大规模出动，见雍凛掉进水库，也懒得费心去找，咬咬牙干脆就离开了。

这一次的临时行动，非但没有为他们带来巨大的收益，反倒暴露了行踪，让警方能够更快找到他们，一切都是阴错阳差，如果时光能够倒流，估计这伙亡命之徒压根儿就不会选择对雍凛下手。

刘玉珊回国之日，正好就是案情水落石出的时候，她在监护室外探望了雍凛，又听警方将来龙去脉给家属汇报一遍，不禁泪如雨下。

丈夫失踪的伤痛还未过，儿子又躺在医院，不知何时能醒过来，短短一个月，她仿佛将大半辈子的坎坷一次性经历完了。

“伯母，您别着急，医生说了，雍凛的恢复情况很好，只是醒来的时间不能确定，再多等两天就好了。”顾念安慰道。

看着比自己还憔悴的顾念，刘玉珊再有怨言，也说不出半句不满。

她知道顾念多么看重自己的工作，但这几天顾念根本没有去上班，一直都守在监护室外面，仿佛雍凛一天不醒，顾念就一天不走。

“你先回去休息吧，这里有于婶他们，我也会在这里守着的。”刘玉珊温言道。

顾念点点头，没有矫情坚持，她的确累得很，有些坚持不住了：“那我先回去，您有事就打我电话。”

回到公寓，她累得连澡都不想洗，就想直接躺下，奈何敌不过自己的洁癖，还是抓着衣服进了浴室。

［念念。］

顾念一脚踩滑，差点倒栽葱摔在浴室门口。

她扶住门框，整个人都呆住了。

“雍凛？”

雍凛：［是我。］

顾念站在浴室门口，又哭又笑，镜子里映出一张扭曲的面容。

“这几天你到底去哪里了？你知不知道我有多担心你，你妈妈都回国了！”

顾念激动得简直想抱住他亲一口，又恨不得将人抓出来捶一顿。

雍凛：［我知道，我一直在跟你说话，但你听不见，直到刚刚。］

顾念："到底是怎么回事？！"

雍凛：［我也不知道，当时忽然一下就跟你联系不上了，就像断电。］

顾念抽了抽嘴角："你怎么不说断网呢？"

虽然依旧忧心，但听见雍凛的声音，她的幽默感好像也随之找回来了。

雍凛的声音同样多了一丝笑意：［差不多吧，再次能够感知周围是在两天后，仿佛睡了很长一觉，我能看见自己躺在床上，也可以跟在你的身边，却没办法跟你说话。］

顾念蹙眉："灵魂出窍？"

雍凛：［我试图回到自己的身体，但并不成功，只能再次跟在你身边，我看见你跟陈庄说话，跟我妈说话，后来不知怎么回事，一下子又好像在你的身体里，能够通过你的身体感知外界，也感知你的想法。］

顾念灵光一闪，跑去查皇历："今天是农历十三日，距离十五日月圆只有两天，果然是跟月圆前后有关吗？那等月圆之后，你是不是就能回去了？"

雍凛：［也许吧。对不起，这几天让你担心了。］

顾念想象着他说这句话时的样子，忍不住嘴角上扬，眼睛却湿润了。

"你知不知道现在网络上都怎么说你的，把你评为'史上最倒霉的富二代'，还说你要是昏迷上十年才醒，到时候就会发现自己居然从一个身家几百亿的继承人，变成一无所有的穷光蛋。"

雍凛：［那他们是怎么说你的？］

顾念"哈"了一声："说我的就更好玩了，说我处心积虑，好不容易泡到一个高富帅，转眼间煮熟的鸭子飞了，说我那些眼泪，大半不是为你流的，而是为自己的以后流的。"

雍凛：［等我好了之后，一定会给你一个最盛大的婚礼。］

顾念："我之前就说过，只想去一个春暖花开，没有人打扰的地方，好好睡上一觉。"

雍凛：［好，你想做什么，我都陪着你。］

顾念又想哭了，忙岔开话题："柴向阳和齐煊他们都来看过你，你那几个朋友都挺够意思的，还让我不要将那些流言蜚语放在心上，说有什么需要帮忙的，就只管开口。"

雍凛"嗯"了一声：［他们性格跟我不一样，但都是可以深交的。］

顾念："可我什么都不需要，只想你快点醒来。"

雍凛：［念念……］

顾念鼻子一酸："干吗？"

雍凛：［我想抱抱你。］

顾念用双臂环住自己，破涕为笑："像这样？"

她听见雍凛在脑海笑了一声。

顾念看着镜中的自己："……我怎么感觉自己像个人格分裂的神经病？"

她忽然想起一个比较严重的问题："你现在跟我共用一副身体，是不是任何时候都在一起？那我上厕所，你也看着？"

这个问题有点尴尬。

再优雅完美的人，背地里也肯定有一些不怎么优雅的习惯举动，情侣之间亲密相爱，心有灵犀，也会有属于自己的隐私空间。之前两次交换身体，都正好是顾念的生理期，她每次只要想到雍凛用自己的身体如厕、换姨妈巾，就觉得又窘迫又好笑，但眼不见为净，那时候还能自我欺骗一下，现在可怎么办？

雍凛：［……应该能看见。］

顾念："那你能不能先离开一下？"

雍凛：［……好像不行。］

顾念："集中注意力试试？只要在洗手间外面就好，等我出去了，你再进来。"

雍凛无奈：[我要是能自由操控，不早就回自己的身体里去了？]

说得也是。

要只是脱衣服，顾念也就不矫情了，反正以前看也看过了，可她还想上厕所，肚子忍得隐隐作痛，想想待会儿拉肚子的情景，再想想雍凛就在旁边看着……那真不是一般地尴尬，顾念觉得自己攒了那么多年的淑女修养，简直都要被挥霍殆尽了。

顾念："你闭上眼睛吧，不许看。"

雍凛更无奈了：[念念，我现在的眼睛不就是你的眼睛吗？]

顾念福至心灵："那我要是把眼睛闭上，你是不是也看不见了？"

雍凛：[……你可以试试。]

顾念还真就闭上眼："现在呢，看见了吗？"

雍凛：[……没有。]

顾念放心了，闭着眼睛摸索到马桶处坐下。

雍凛：[其实……]

顾念："嗯？"

雍凛：[就算看不见，我也能听见。]

顾念捂上耳朵，怒道："雍凛，你怎么这么讨厌！"

雍凛差点笑抽了。

折腾一通，顾念终于从洗手间出来。

洗了个澡，感觉整个人都脱胎换骨，连带精神也焕发起来。

门铃响起，顾念去开门。

于婶带着一名年轻女帮佣站在外头，两人双手都提着东西，见了她就笑："顾小姐，太太让我给你送点汤和菜过来。"

顾念将她们迎进来："太麻烦您了！"

于婶连声道："不麻烦不麻烦！你这几天忙着照看小雍先生，肯定也没时间做饭，老吃外面的东西又没营养，除了热菜之外，我还带了一些东西过来，像这个冰糖燕窝，已经做好了的，直接放冰箱就行，可以即食；还有虫草，你在煮粥的时候丢两条进去，都很方便的。”

顾念笑道：“这怎么好意思，让您费心了！”

于婶也笑：“顾小姐别您啊您的，我就是在雍家干活儿的，只不过待的时间长了一点，先生太太给我面子，我可不敢以小雍先生的长辈自居，太太早将你当成一家人了，也特别感激你对小雍先生的爱护。这是刚炖好的鸡汤，还有些配料，你自己按喜好放，我去帮你倒出来？”

顾念忙道：“没事，我自己来就行！”

于婶：“那行，你快趁热喝，我去把其他东西放冰箱里，那上头都贴了标签，你不用打开来，一看就知道是什么了。”

顾念默默问雍凛：[伯母这算是接受我了？]

雍凛：[她早就接受你了，否则也不会去加拿大，之前我打电话跟她说过订婚的事情，她听说我们不想办婚宴，还不同意，说要让你风风光光才有面子，起码要跟她当年嫁给我爸时一样。]

顾念：[可偏偏遇上你出事，她没过几天平静日子，又要赶回来。]

然后她听见脑海里传出雍凛的微微一叹。

顾念将鸡汤倒入碗里，伸手去翻旁边的配料包。

“于婶还配了切好的香菜呢，要不要放点进去？”

雍凛：[不要。]

顾念：“鸡汤这么鲜，撒点香菜更能激发出香味。”

雍凛：[我不喜欢香菜的味道。]

顾念坏笑：“反正现在是我吃，又不是你吃！”

“顾小姐？”

顾念扭头。

于婶正站在她身后，疑惑道：“你刚刚在跟谁说话？”

顾念暗暗吐舌头，随口胡诌："没有，我就是想起雍凛不喜欢吃香菜，感觉好像他还在身边似的，所以……"

于婶看她的眼神里带上了同情，却什么也没说。

顾念对雍凛吐槽：［于婶好像觉得我是个神经病。］

雍凛实事求是道：［你刚才自言自语的样子的确挺像。］

顾念：［……］

雍凛：［不准放香菜。］

顾念：［我不！］

于婶离开之后，顾念抱着毛绒熊往床上一扑一滚。

"你在我的身体里，是什么样的感觉？"

雍凛：［很难描述，我好像就是你，你抱着毛绒玩具的时候，我能拥有这份触感，但就像隔着一层薄膜，不真实。］

顾念蹙眉："我在想什么，你也能知道吗？"

雍凛：［大部分时候，你就像在心里自言自语，我能感觉到，但那些一闪而过的念头，或者你潜意识里不想让别人知道的，我就无法感知。］

顾念："这么说，其实你就像存在于我脑海里的一个灵魂、一个波段。"

雍凛：［也许我只是你幻想出来的一个人格。］

他难得幽默感发作，却半晌听不见顾念的回应，不由得疑惑出声：［念念？］

雍凛停顿了几秒，感觉顾念的脸颊有些冰凉：［你哭了？］

顾念将脸埋进毛绒熊的肚子，闷闷道："从你失踪的消息传出来，我就一直很害怕，可我不能表现出来，你还没得救时，我告诉自己，我要冷静，你昏迷的时候，我也告诉自己，我不能倒下。可我真的害怕，怕哪天醒来，发现这只是我的一场梦，其实你早就在被劫持的途中遭遇了不幸，现在的你，也只是我臆测出来的一段记忆，根本就不存在什么灵魂，一切都是假的。”

雍凛的声音里多了一丝心疼：［念念……］

顾念越想越伤心，“哇”一声就哭了出来，拿着熊毛擦眼泪。

“为什么偏偏是你！那些杀千刀的劫匪，我要请最好的律师，让他们一个个都被判死刑，立即执行，不能缓刑！”

雍凛哭笑不得：［他们那种情况会有公诉人去处理，不需要你请律师。］

顾念又气愤又委屈，眼泪止不住往下掉，她原想将毛绒熊当成那些劫匪揍一拳，却不知怎么的，拳头落下去忽然变得软绵绵的，反倒像是在摸它。

雍凛：［我刚刚，好像可以控制你的身体。］

顾念蹙眉：“什么意思？”

雍凛：［你闭上眼，躺在床上，不要想任何事情，身体彻底放松。］

顾念依言照办，她的身体本来就很疲惫，这一放松下来，整个人昏昏沉沉，眼看就要睡过去，身下柔软的被褥云朵一般将身体托住，她恨不能就此沉睡到天荒地老。

“念念。”

然后顾念听见自己叫出了自己的名字，但其实又不是她自己叫的。

这种感觉十分玄妙，她的瞌睡虫一下子就跑了。

［怎么回事？］

顾念睁大眼睛，“看见”自己坐了起来，伸手拍拍旁边的毛绒熊。

她发现身体完全不是由自己在控制了。

［雍凛？］

“是我。”

她“听见”自己的身体这么回答。

顾念吃惊得都快结巴了：［你……你能控制我的身体？］

雍凛：［可以，但不熟练，我需要借你的身体做一件事，半小时就可以。］

顾念：［你想做什么，告诉我一声，我去做，不就好了？］

雍凛：［不行，这件事只有我才能做。］

说半小时还真就是半小时，顾念看着他写下的东西，不解道：［你为什么要这么做？］

雍凛：［我怕自己短时间内没法回到身体里，这件东西会发挥作用的。］

顾念开玩笑：［那我可以偷偷藏起来，等你醒来也拿我没办法了，到时候我就是雍家的继承人了。］

雍凛柔声道：［其实你早就是雍家的继承人了，早在上回泥石流的事情之后，我就已经找了律师，将我名下一共六套房产，包括我在瑞士银行的一个账户的财产，都转到了你的名下。我知道你不会要，所以一直没有和你说，如果我死了，律师会第一时间找到你，将这些东西转交给你的。你不会经商，东杨给了你也没用，还有雍氏那百分之二十的股份，其实是一份责任，我不想让你背负这些，之前就没有给你。］

顾念半晌才找回自己微颤的声音：［那伯母呢？你没给她留什么东西？］

雍凛：［我爸给她留了很多了，我给你的这些，都是我自己赚的，不是我爸给的。我的女人，我有能力给她最富足的生活，让她此生无忧无虑，做自己喜欢做的事情。］

顾念：［这么说，如果你不回来，我就成富婆了？］

雍凛：［对。］

顾念：［那你就别恢复了，让我去包养个比你更帅的小白脸。］

她本想开个玩笑让自己开心点，谁知刚说完，非但笑不出来，反而更想哭了。

［雍凛，我好想你，你快点恢复，好不好？］

［好。］

虚无的空气里，那人的轮廓仿佛显现出来，正朝她笑。

顾念擦掉眼泪。

［念念。］

［干吗？］

［坚强一点，我一直在你身边。］

顾念破涕为笑：［当然，让顾骑士来守护你吧，雍公主。］

Chapter 31 被架空

“不如这样，平面媒体维护那一块儿，就不用你操心了，交给Kelly去负责吧，你现在专心做好手头的项目就OK。”

顾念在床上翻了个身，微微睁开眼，迎接从窗帘缝隙透进来的清晨第一缕阳光。

雍凛：［早安。］

顾念揉揉眼睛：“早安，我的第二人格。”

雍凛哭笑不得：［昨天吴嘉文打电话给你，让你今天去公司的吧？］

顾念哀号一声：“你怎么变成我的备忘录了，不要提醒我这件事！”

雍凛：［现在已经八点了，从这里到你公司大约半小时的车程，现在是上班高峰期，肯定塞车，所以你必须预留一个小时出来，你们九点半开会，算上吃早餐和你停车之后冲进公司的时间，可能不够。］

顾念将枕头蒙在脑袋上：“闭嘴！”

雍凛真闭嘴了。

三十秒之后，顾念猛地坐了起来，顶着一头乌窝似的乱发，委屈道：“我真的很困！”

雍凛叹了口气：［昨晚一直让你睡觉的，结果你非熬到三点。］

顾念懊恼："我要是不提前准备一下，今天过去肯定会被找碴儿，我最近老请假，可不能再连累Marvin了！"

正如顾念对雍凛的工作还处于门外汉阶段，雍凛虽然顶着顾念的身体上过几天班，对她这一行同样谈不上了如指掌。

［你上次不是拿下跟赵和合作的项目了吗？］

顾念："潘明可能要高升，总监的职位空出来，Marvin和Emma都有机会，Emma你见过吧，就是卫玛。"

雍凛嗯了一声。

顾念继续道："如果Marvin当老大，我会很安全，虽然他很严厉，但我是他的人，又没出差错，他总还是会罩着我的，可昨天他那个电话，你也知道了，上面找他谈话，让他去欧洲培训一个月，公司高层的意思，可能会让卫玛来出任总监，这周我没去公司，错过了不少事情，不能再让人抓把柄了，否则新官上任，我就是要被烧的那头一把火。"

雍凛：［吴嘉文一走，你在公司是不是就孤立无援了？］

顾念："也不算吧，其实我们那个部门，本质上还是看重实力的。只不过之前吴嘉文和卫玛是职位竞争关系，卫玛也就把我给划拨到吴嘉文那边去了，看待我的眼光肯定不可能客观公正，有人的地方就有纷争，再公正的人，也会有自己的爱憎喜恶，挺正常的，所以我更得将自己的本职工作做好，不然被人挑刺儿也不是一件高兴的事情。"

她笑了一下："更重要的是，有些人肯定觉得，我失去你这座靠山，变成了没人疼没人爱的小可怜，可以好好欺负狠狠压榨了，要把以前生的气都讨回来，我怎么能让他们如愿呢？"

想到这里，顾念又觉得浑身充满能量了。

她从床上跳下来，一边蹦向洗手间，一边命令雍凛："不准听！不准看！不准说话！"

雍凛在她的脑海轻笑一声。

外界并不如公寓里的二人世界这样平静。

此时距离雍凛从手术室出来，已经过了五天，他依旧没有苏醒。

新闻的热议期已经快过了，旁观者事不关己，大多投身新的八卦，逐渐不再关注，但伴随着时间越来越长，外界普遍认为雍凛苏醒的可能性越来越小，就算醒来，也未必没有后遗症。万一变成个傻子，别说继续工作了，连生活能不能自理都成问题。

昔日风光无限的雍氏帝国就此易名，一夜间风云突变，雍凛从年轻有为、前途无量的富家子弟，变成躺在床上不知外事的病人，除了那些分外仇富的，任谁都要喟叹惋惜几句，道一声世事无常。

顾念一边刷牙，一边掰着手指数，差点把牙膏给吞进去："今天农历十六，如果按照以往的规律，你再过两天就应该能回去了。"

雍凛无奈：［你能不能好好刷牙？我不想吃牙膏。］

顾念："下班之后我去看看伯母吧，她最近精神不太好。"

雍凛：［别担心，有刘医生在，会为她做心理疏导的。］

顾念："刘医生再厉害，作用也有限，现在除非你醒过来，否则她的心情肯定好不了，我过去陪她说说话，起码还好点，真是屋漏偏逢连夜雨，要是你姨妈没生病，现在也能从加拿大回来陪她了，有亲人在身边，比我强一百倍。"

雍凛：［你也是她的亲人。］

顾念："还是不一样的，我现在对她而言，是熟悉的陌生人。我好歹还有你陪着说话，知道你没有离开我，所以没那么难过，相比起来，伯母什么都不知道，连你何时醒来都不知道，设身处地想一想，我可能也受不了……"

雍凛无奈：［顾小姐，你把牙膏吞下去了。］

无须他说，顾念已经剧烈咳嗽起来，牙膏堵在喉咙，吐又吐不出来，吞下去也不是，只能拼命漱口。

雍凛忍不住数落她：［刚才就跟你说刷牙时不要说话的。］

害他也跟着体验了一回生吞牙膏泡沫的滋味。

顾念灵光一闪：“我要是告诉伯母，说你就在我身体里，咱们现在共用一副身体，然后再让你出来跟她说说话，你觉得怎样？”

雍凛：［不怎么样，她只会以为你思念我过度然后精神分裂了。］

顾念：“……”

虽然距离上班时间已经很近了，但顾念宁可牺牲早餐时间，也要化一个美美的妆再出门。

雍凛表示无法理解，主要是他现在在顾念身体里，也能感受到饥饿：［你等会儿开会开到一半，饿晕了怎么办？］

顾念：“不会，我感觉现在浑身充满了力量，还能再战三百回合。”

雍凛：［……］

顾念：“亲爱的，难道你没听过一句话吗？一个美好的妆容，对女人而言，就相当于一副牢固的盔甲。”

雍凛：［……没听过。］

一路果然塞车，这也算是大都市的特色了，等顾念赶到公司，正好九点二十分，不多不少，还有十分钟开会，正好来得及冲上一杯咖啡。

吴嘉文端着咖啡杯在休息室里坐着，见她进来就奚落道：“你掐了表上来的吧？”

顾念歉然一笑：“路上塞车了，抱歉抱歉，你那边怎么样，行程真的确定下来了吗？”

吴嘉文脸上掠过一抹晦色：“确定了，后天就走。”

顾念：“那你回来还会在这里上班吗？”

吴嘉文：“我现在的职位还挂在这里，上面还没给一个准话，应该是要等培训后再说。”

顾念似乎能体会他的情绪，安慰道：“别这样，说不定是好事呢，等你培训完升职了，可别忘了分一条大腿让我抱一抱。”

吴嘉文没好气：“你还是先担心担心你自己吧，Gary走了，Emma代任总监，肯定免不了给你小鞋穿的。”

在顾念请假的这一周内，M&J中国区的公关部发生了不少事情，最大的一桩，莫过于总监潘明的调令正式下来。

之前的小道消息终于得到落实，他的确被调往港岛的亚太区总部那边，算是高升，整个人喜气洋洋，这一周是交接期，过两天会跟吴嘉文前后脚走，到时候公关部就剩下一个代理总监卫玛，一人独大，威风八面。

一人得道，鸡犬升天，顾念还没见着何丽，但她能够想象何丽现在肯定人逢喜事精神爽，连走路都带风。

顾念耸肩：“没办法咯，兵来将挡，水来土掩吧，谁让我是没了吴妈妈照顾的小野草呢？”

吴嘉文露出恶心的表情：“少给我来这一套！”

他顿了顿，又问：“雍凛怎么样了？”

顾念勉强笑笑：“还是那样，身体检查过了，没什么问题，就是还没醒，也不知道什么时候醒。”

吴嘉文的舌头可以很毒，却不知道如何温柔地安慰一个人，只能将话题转回工作上：“其实你现在也不算孤立无援，要在Emma手下讨生活，Gigi的日子同样不好过，还有童扬。而且一下子少了两个人，公关部肯定还要招新。”

顾念：“你的意思是让我找他们结盟？”

吴嘉文：“不，我的意思是，卫玛要刁难，也不会针对你一个人刁难，以前她跟Gigi也有过不愉快，所以会有难兄难弟跟你一起受罪，心里能有点安慰。”

顾念：“……”

她听见雍凛笑了一声。

顾念无语："Marvin，你这样是追不到女孩子的，别说殊也了，谁也受不住你的毒舌呀！"

吴嘉文看了她一眼："你不就跟我共事了那么久，还是说，你不是女的？"

顾念："我当然是女的，可我有一颗金刚心呀，再说了，我这样的女孩子可是千万年一遇，跟钻石一样珍贵，哪里是那么好遇见的呢，不过没办法，我早就心有所属了，咱俩不可能的。"

吴嘉文嘴角一抽："你就别恶心我了！赶紧收拾收拾，准备开会，我这边写了个方案，你先抽一分钟过一眼，等会儿要是有需要，你就把这个拿出去顶着，我也会帮你说话。"

顾念心中一暖："谢谢你。"

"不客气。"吴嘉文难得对她礼貌起来，沉默片刻，又道，"这是我走之前能为你做的最后一件事了。"

雍凛忽然对顾念说了一句：[他对你不错。]

顾念和吴嘉文经常互相奚落，在外人看来也许不可思议，但实际上这是他们相处的方式。

雍凛没有吃醋，他只是忽然想起了柴向阳。

这家伙平时也是三句话没个正经，但这次雍家出事，他跟齐煊几个，却跑前跑后，帮忙联系国外的权威专家过来会诊，给东杨拉来各种合作项目，搞得陈庄非但没能清闲一点，反而比以前更忙了。

人这一生，无论男女，能有几个交心过命的朋友，都是很难得的事情。

顾念在心中回答道：[是，Marvin很好，所以我更要努力，才不辜负他对我的一片栽培之心。]

吴嘉文起身："开会了，走吧。"

顾念跟在他后面，两人一前一后，仿佛即将去的不是会议室，而是战场。

其他人已经在会议室，吴嘉文和顾念是最后两个进去的。

公关部人不多，但个个拿出去，都是一员大将。

像顾念，其实她来到这里的时间还没一年，可接连做了几个出色的case，在时尚圈小有名气，现在哪怕跳槽到别的品牌，同样能干出一番成绩，这就是能力。但再好的能力，没有一个历练的战场也白搭，所以顾念喜欢这里，喜欢M&J，在带给自己烦恼的同时，M&J同样为她带来了无数收获。

又譬如何丽，顾念虽然不喜欢她的为人，却不能否认何丽的能力。苏影离职之后，何丽接收了她的一部分资源，同样做得有声有色。

再有童扬，这个年轻的男生在部门里没那么高调，是个很容易让人忽略的存在，但他的学历比吴嘉文还要高，而且是常春藤毕业的海归，负责维护M&J中国区与国外媒体的关系，与国外时尚圈也有联系，这部分资源是他在欧洲总部实习的时候积攒的，谁也羡慕不来。

拥有这样的履历，将来肯定不会局限在中国区，大家都很清楚，所以从来不会去招惹童扬，反而还要积极主动与他打好关系。童扬同样深谙职场规则，看似跟谁都好，实则跟谁都不沾边，卫玛上位或者吴嘉文上位，对他都没什么影响，他只需要做好本职工作。

麦琪琪前段时间提案没有通过，最近有些失意，在会议上显得特别沉默，见顾念进来，也只是抬头笑笑，除了工作汇报之外，一般不主动说话。

另外还有两个实习生，年轻小女孩，还未毕业，过来当个实习助理，三个月后就走，能不能留下来，要看表现和领导的意思，这样的场合，更轮不到她们开口。

顾念请假之前，她们还未入职，今日是头一回看见顾念，好奇的目光在她身上停留片刻，都露出笑容打招呼，顾念也向她们点头致意。

潘明已经不在，也许是处于调职前的休假，也许已经去港岛报到了，总之原本属于他的位置上，现在坐着卫玛，其他人都没有表示异议，可见代理总监一事已经众所周知，无须多言。

卫玛也对顾念露出笑容："Nina，你还好吗，看起来好像瘦了一点。"

顾念的确瘦了不少，但精神状态并不差，出门前被雍凛说"浪费吃饭时间去化妆"，其实还是有用的。她看上去精神又妩媚，与平日里的淡妆截然不同，着实令众人小小惊艳了一番。

雍凛忽然道：[皮笑肉不笑。]

他的声音平淡无波，顾念几乎可以想象出他面无表情吐槽的模样，差点笑出声，还好忍住了。

"谢谢你，这一周时常奔波，所以可能有点累，抱歉，耽误大家了。"

众人都知道顾念为什么请假，她也没有必要隐瞒，已经坐下了，还起身鞠了个躬。

卫玛很是大度地摆摆手："没关系，坐吧，今天这个会，除了例行汇报之外，我主要向大家说几件事。"

她环顾众人，见大家的注意力都在自己身上，满意道："第一件事，是Gary的调职，想必你们也都有所耳闻了，他不日将会调往港岛那边，担任总监，他让我转告，明晚请大家吃饭，算是感谢大家几年来与他的合作。"

潘明升职的事，众人早就知道了，闻言并不意外。

卫玛："第二件事，Marvin要去欧洲培训，为期一个月，也可能更久。这是上面对他的重视，我们应该为他高兴。"

她主动鼓掌，其他人自然也跟着。

吴嘉文没有露出高兴的表情，面色依旧淡定："谢谢。"

他一直都是这副态度，卫玛微微一笑，没有放在心上："第三件事，Marvin一走，我们部门又要少一位得力干将，算起来，今年我们部门已经走了不少人，所以HR那边跟我提起招新的事情，我就答应下来了。”

“Nina。”

顾念没吃早餐，正觉得有点饿，冷不防被点了名字，不由得一愣，下意识望向卫玛。

卫玛温和道：“招聘的事情由你来负责，两个专员的职位，OK？”

顾念迟疑片刻：“是要内聘还是外聘？”

卫玛：“外聘，招聘信息已经通过猎头发出去了，简历会经由第三方收集给HR，HR筛选之后再给你，你只要把好最后一关就OK，然后面试的时候，你也要去一下。”

两个新人助理是何丽去招的，照理说有招聘工作也应该继续交给她，但卫玛偏偏点了顾念的将。

虽然还没有正式任命下来，但卫玛这个“代理总监”就是实际意义上的总监，转正的可能性高达百分之八九十，谁都不会在这个节骨眼上跟她对着干。

雍凛：［她应该是想架空你。］

同样身为上位者，还是大boss，雍凛对这种招数再熟悉不过。

但顾念肯定不能说“我干不了，你找别人吧”或者“何丽不是更有经验吗，你怎么不交给何丽”。

她只能说：“好的，我明白了。”

果不其然，卫玛下一句话就是：“你现在下班要去看雍先生吧，手上工作太多的话，也会影响效率，不如这样，平面媒体维护那一块儿，就不用你操心了，交给Kelly去负责吧，你现在专心做好手头的项目就OK。”

吴嘉文皱眉道：“之前这些资源本来已经是Nina在维护了，她自己还拓展了一些新资源，现在果子成熟了，就让Kelly去摘，天底下没有这个道理吧？”

他反正是要去欧洲的人了，一个月后谁也不知道会怎样，吴嘉文有话就说，跟卫玛直接对上。

卫玛笑了笑："公关部是一个team（团队），有了成绩，是大家的功劳，出了事，大家一起扛，Nina不会小气得连这点资源都舍不得吧？"

吴嘉文冷冷道："那不如让Kelly也交些资源出来，这样才公平啊！"

卫玛不悦："这是工作，又不是玩过家家！Marvin，现在你是总监，还是我是总监？"

两人视线对上，无形的火花噼啪直响。

顾念不希望吴嘉文跟卫玛闹得太僵，如果一个月后他还是回到原部门，到时候肯定要被对方穿小鞋。

"Kelly，等会儿我把那些联系方式和合作进度整理成表格，再发你。"

何丽嫣然一笑："好，谢谢啦！"

吴嘉文瞪了顾念一眼，没再说话。

小小交锋暂时中止，场面恢复平静，两个小助理看得目不转睛，暗自胆寒，为自己未来的几个月感到担忧。

众人轮流汇报工作，何丽提出一部新电影植入赞助的想法，很有点借鉴顾念之前跟赵和合作方案的意思，不过她略略做了改动，希望能够拍摄一部完完全全由M&J主导，宣传M&J主题的网络大电影，连大纲和文案都想好了。

连顾念也觉得这个想法挺有亮点，卫玛自然更加满意，作为被她亲自提拔的人，如果何丽的表现不出色，那简直是在打她的脸。

也许是怕干扰顾念的思路，雍凛一直没说话，此时问道：［奢侈品拍网络电影，是不是太low了？］

顾念回道：［不会的，说是网络大电影，其实就是一部拉长的文化理念宣传片，像Dior，也曾拍过自己的网络大电影，这种方式主要不是

为了收视率或票房，而是让更多人了解品牌文化，反而可以稳固品牌的格调。譬如百达翡丽，它的广告词就是——］

雍凛：［没人能拥有百达翡丽，只不过为下一代保管而已。］

顾念：［对，嘿嘿，所以一句好的广告语，一个好的品牌文化，足以将品牌牢牢固定在神坛上。］

雍凛：［我以为你会因为被抢走资源生气的，还在想怎么安慰你。］

顾念傲娇道：［难道在你眼里，我连这点涵养都没有？］

［不是。］

雍凛的声音带上笑意，他现在很想抱抱顾念，亲亲她的鼻尖，揉揉她的脸，可他什么也做不了。

顾念：［眼前的胜利，未必是最终的胜利，来日方长，就让她再嘚瑟会儿吧！］

两人在内心世界对话之际，已经轮到麦琪琪汇报工作，对方说完手头上的case之后，提出自己正在筹划的新项目——她想要筹备一个M&J主题的历史展览，收集M&J创立一百多年来的经典产品进行展出，让旁观者可以更好地感受属于M&J的文化变迁。

这在欧洲并不是稀罕事，有些人喜欢收藏自己母亲或奶奶的手包或衣服，平时也拿出来用，别人不仅不会笑话，反而还很羡慕，因为这意味着这个家族具有传承性，但在国内，这样的习惯还比较少见。

顾念忍不住在心里对雍凛道：［她这个方案挺好的，我之前也想过展览的事，但后来你出事，就耽搁了，想得也没有她这么细。］

但顾念觉得好，卫玛不一定这么觉得，她听完麦琪琪的提案，没有像对何丽那样面露赞许，不过也没当面否决，只说最近部门事情太多，暂不考虑，要容后再议。

麦琪琪面露失望，终究是什么也没说。

连顾念都禁不住同情地看了她一眼。

散了会，众人陆陆续续离开会议室，顾念跟在吴嘉文后面准备出去，被何丽叫住。

何丽柔柔道：“Nina，抱歉啦！Emma下了命令，我得遵从，否则我还真不想拿你的资源，要知道我现在手头的事情已经够多了，传出去别人会以为我故意跟你过不去的。”

顾念耸肩：“没关系，反正那些资源也是Sue留下来的，你应该去谢谢她才对。”

何丽甜甜一笑：“可是刚才Emma说了，你自己拓展的新资源，也包括在里面哦！”

顾念也对她甜笑：“那些资源啊，不好意思，我之前就移交给Marvin了，我没留备份。”

何丽一愣，不由得看向吴嘉文。

吴嘉文：“你求我。”

何丽脸色一黑。

但吴嘉文还有下半句：“我也不给你。”

意识到自己被耍了，何丽狠狠瞪了他一眼，愤愤走人。

吴嘉文朝顾念摊手：“即将要去欧洲的人就是这么洒脱！”

顾念啼笑皆非。

几乎是同一时间，雍家的江边别墅迎来了一位客人。

刘玉珊抚着额头，对来客歉然一笑：“让你久等了。”

“有没有让医生过来看过？”孙康关切道。

刘玉珊：“刘医生每天都会来，说我只是伤心过度，需要静养，没什么大碍。”

孙康：“谁也不希望发生这种事情，你也要放宽心一些，不然等雍凛醒过来，看见你憔悴了，肯定是要心疼的。”

现在提起雍凛，刘玉珊难免还是心头一痛，只是不再动不动就落泪了：“多谢你，老孙，麻烦你过来看我，实在过意不去。”

孙康叹道："别说这些客气话，我跟子文是多少年的老朋友了，雍凛就像我的晚辈一样，刚刚我才去医院看望过他，不是说数值体征都正常了吗，怎么还没醒？"

刘玉珊勉强笑了一下："可能他平时工作忙，太久没休息，想一次睡个够吧。"

这明显是安慰自己的话，孙康面露同情，轻咳一声："要是有什么能帮上忙的，你就开口，不用有顾虑。"

刘玉珊似乎不想继续这个话题了："老孙，你今天特意来看我，应该是有什么事与我说吧？"

孙康："的确是有点事，不过是公事，若非万不得已，我也不会这个时候来打扰你。"

刘玉珊神色一动："怎么，明华出事了？"

明华是丈夫的半生心血，哪怕现在已经易名了，但对刘玉珊而言，依旧意义非凡。

孙康："那倒不是。只不过后天会有一个董事会会议，针对近期是否竞拍一块儿地的讨论，因为原先内部有些争议，之后决定开会表决，但雍凛的情况肯定也不适合出席，如果你方便的话，可以出席会议，投票表决。"

刘玉珊蹙眉："可我对商业上的事情一窍不通，那块儿地是什么情况，我也不知道，就这样去表决的话太草率了吧？"

孙康："不要紧，董事会不是股东会，你也可以选择缺席弃权，只不过现在雍凛出了事，于情于理，公司重大决策，我都要知会你一声的。"

刘玉珊微叹："老孙，不瞒你说，我现在挺后悔的，早知道有今日，子文在的时候，我就应该跟他多学学商业上的事情，现在也不至于两眼一抹黑。"

孙康温言道："天有不测风云，谁又能料到呢？不过股份的事情，你有空的时候不妨多考虑考虑，也可以咨询一下律师，不然回头遇到需要股东表决的事情，你作为第一大股东，是注定无法避开的。”

刘玉珊迟疑：“你有什么建议吗？”

孙康笑了笑：“我一个外人，又是股东之一，不好发表什么言论，传出去会被人误会的。”

刘玉珊蹙眉：“老孙，你跟子文那么多年的交情，我还不了解你吗？外人的闲言闲语，我不会放在心上，你有什么想法或意见，只管说吧，我现在正希望有人能帮我指条明路。”

孙康思忖片刻：“那我姑且一说，你姑且一听。”

刘玉珊点点头。

“现在有两个法子，一个是你将股份全部出售，”见刘玉珊皱眉，他不紧不慢接道，“我知道你对明华有感情，那是子文一手带大的孩子，所以你也可以选择留一小部分在手，就像那些小股东一样，就当是留个纪念，这样一来也不妨碍明华的决策与走向。”

刘玉珊：“第二个法子呢？”

孙康：“第二个法子，就是你为自己找个足够信任的代理人，授权给他，让他帮你表决。”

刘玉珊苦恼：“你觉得哪个好？”

孙康：“那就要看你自己的想法了，如果你一时不舍得变卖股份，暂时先找个代理人也未尝不可，不过那个人选必须熟悉明华的情况。”

刘玉珊：“……你让我想想吧。”

孙康：“你慢慢想，不过后天的董事会会议，你方便的话，尽量还是去一下吧，就当提前熟悉公司情况也好。”

Chapter 32
股权代理人

“是不是刘女士出了什么事，那个顾念趁机逼她授权的？她一个外人，来参加什么董事会议？”

从雍家大宅出来，孙家司机早就等在那里。

孙康上了车，车子驶出别墅区，在一家咖啡厅前面停下来。

不一会儿，一名风韵犹存的中年女子从里面款款走出，司机下车为她打开车门。

“太太。”

林蕾微微点头，刚坐上去，立刻就问：“怎么样？”

孙康对妻子的心急微微皱眉：“你怎么这么急，连回家再说都等不得了，还跑到这里来。”

林蕾嗔道：“我可不是特意来等你，是刚好跟朋友约了在这里见面！玉珊同意授权给你了？”

孙康淡淡道：“这种事情，谁会立刻答应？她起码也会征询一下律师的。”

林蕾：“那你觉得后天董事会议她会去吗？”

孙康摇摇头：“子文在的时候，她从来就不过问公司的事情，十指不沾阳春水，跟你不一样。”

林蕾横了他一眼："那我这样，是好还是不好？"

孙康失笑："没说你不好，要是我也像子文那样出了事，起码还有你在。可雍家现在，要是雍凛真的醒不过来，那就彻底栽了，刘玉珊根本不可能将雍家撑起来的，子文以前那么强势，喜欢妻子温柔可人，全心全意当雍家太太，不过问公事，结果现在变成这样，也算精明一世，却糊涂一时了。"

林蕾微微一笑："话说回来，幸好上回小珩跟雍凛的事没成，要是当时玉珊答应下来，两人真开始交往，那现在就尴尬了，雍凛也不知道能不能醒过来，万一醒来了，人却变成傻子……"

孙康："雍凛早就有女朋友了。"

林蕾唏嘘："所以我说那姑娘可怜啊，想要攀高枝，谁知树枝却断了，爬得越高，摔得越惨，人还是踏实一点好，什么层次就该找什么层次的，别好高骛远。"

上回见面时的情景历历在目，在林蕾眼里，顾念这样的女孩子，正因为从底层上来，能力越强，心计就越深，人也越精明，这从她在M&J的表现就能看出来了，要不是人精，根本不可能在M&J干得风生水起，刘玉珊找了这么一个儿媳妇，只会被她吃得死死的。

林蕾和刘玉珊年纪相仿，往常交情也不错，只不过女人之间，难免会有意无意进行攀比。刘玉珊演员出身，身材容貌保养甚好，儿子年轻有为，丈夫专一不花心，不唯独别人羡慕，林蕾有时也难免暗暗气馁，如今看着雍家这棵参天大树轰然倒下，她在人前没有异样，在丈夫孙康面前，难免会流露几分内心。

孙康沉声道："你这些话，在我面前说说也就罢了，别当着外人的面说，尤其是玉珊，她最后可能会授权我代为履行董事义务。"

林蕾一喜："真的吗？那你以后在明华，不就大权在握了？"

"什么大权在握，我也要对董事会负责的！"他略带斥责，不再多言，身体往后面一靠，闭目养神。

林蕾看着丈夫的手放在座位上打着节拍，转头望向车窗外，嘴角微微扬起。

顾念从公司出来，照例要先去医院一趟。

雍凛今天刚从重症监护室里搬出来，住在单人病房里，有专门的保姆和护工，还有刘玉珊派去的人二十四小时守着，一有情况就会立马通知家人。

顾念坐在床边的椅子上，握着雍凛的手，看着沉睡的他发呆，但如果有人现在拿着仪器套在她头上，就会发现她的大脑活动正异常活跃，跟神情截然相反。

［亲爱的，你这样躺着，很像一位需要骑士去吻醒的睡美人。］

雍凛不太喜欢这个称谓：［睡美人？］

顾念：［那么换成需要别人呵护的柔弱少爷？我发现你现在的气质还真的挺适合穿上长袍马褂，扮演民国大少爷的，要不等你醒过来，穿一次给我看看好不好？］

雍凛：［……］

他现在才发现顾念的大脑思维跳跃非常快，往往天马行空，上一秒还在正经思考问题，下一秒就野马脱缰，跑到西伯利亚去了。

雍凛甚至捕捉到她脑海里一掠而过的画面，忍不住问：［平时你和我在一起的时候，脑子里都在想这些乱七八糟的吗？］

顾念乐了：［什么叫乱七八糟的，你这张脸，不混娱乐圈实在是可惜了，我只不过想象了一下你穿女装的样子而已，多好玩呀！］

在旁人看来，这位顾小姐一坐就是半小时，动也不动，一心一意只望着自己昏迷的男朋友，实在是痴情而又专情。

护工与保姆等人相望一眼，不由得心生同情。

保姆忍不住拍拍顾念的肩膀：“顾小姐，医生说雍先生的情况没有大碍，就等着看什么时候能醒过来了。”

顾念回过神，对她露出笑容："谢谢，医生有没有说，这种情况的最长昏迷时间是多久？"

保姆摇摇头，护工则道："长短不一，要看病人本身的体质和意志力。"

顾念暗暗叹了口气，问雍凛：［你有没有感受到自己的灵魂正在被身体呼唤，很快就要回到体内了？］

雍凛：［……没有。］

顾念：［那你有什么感觉？］

雍凛想了一会儿：［饿了。］

顾念恼羞成怒：［那是我的感觉！］

雍凛轻笑一声：［所以快回去吃饭吧。］

顾念嘀咕道：［不知道为什么，每回生理期来的时候，我都特别容易饿。］

雍凛暗暗将这一点记下，心想等以后恢复正常了，要给生理期的顾念多准备点吃的。

［你今天量不多，怎么还用了350mm的？］他问道。

跟男朋友讨论这个话题，顾念还是有点不好意思的：［家里没日用的了，等会儿我顺道去买点。］

雍凛：［那你买那种液体的吧，有超轻薄零触感的，别买卫生棉条，我用不惯。］

顾念啼笑皆非：［为什么你现在比我还了解？］

雍凛沉默片刻：［我是被逼的。］

顾念没来得及回去，刘玉珊就过来了。

"小念，你怎么还在这里？"刘玉珊很讶异，"我还以为你今天加班，吃饭了吗？"

顾念："我过来看看雍凛，马上就回去。"

刘玉珊握住她明显消瘦的手腕，心中微微一叹。

她曾经对顾念诸般不满，但这份心情随着雍凛的昏迷不醒而逐渐消散。

不是没有人在她耳边闲言碎语，说顾念在雍凛身上经营了那么久，一朝雍凛出事，所有算盘都鸡飞蛋打，不甘心就此离开，所以肯定要变本加厉地讨好她。

但顾念现在图什么呢？她跟雍凛没有结婚，连正式的名分都没有，更不要提孩子了，在法律上跟雍家根本没有一毛钱关系，即便对方是在做戏，也应该让自己看见，才有效果。

可很多回，刘玉珊临时起意到医院探望雍凛的时候，站在门外就能看见顾念对着昏睡的雍凛自言自语，这样的感情，刘玉珊是过来人，又是个演员，她并不觉得顾念是在做戏，如果做戏能做到这种程度，那全世界都欠顾念一座小金人。

正如雍子文对妻子的评价，刘玉珊缺点不少，但心眼不坏，起码不会是一个阴谋论者，也不会成天疑神疑鬼，把人往坏里想，所以她跟顾念的关系没有继续恶化，反倒因为雍家的接连出事而出现转机。

刘玉珊吩咐保姆："你到楼下去给顾小姐买点吃的，我记得她爱吃炸酱面，正好医院斜对面有一家连锁的，味道还不错。"

顾念哭笑不得，在心里对雍凛道：［伯母这算不算彻底接受我了？］

雍凛：［没有人会不喜欢我的念念。］

顾念：［雍先生，你的情话技能现在快要接近满分了。］

雍先生无辜道：［你知道我从来不会说花言巧语。］

保姆很快将炸酱面买回来，顾念真是饿狠了，平日里只能吃半碗的分量，今天竟一扫而光，末了见刘玉珊盯着她看，不由得吐了吐舌头："让伯母见笑了。"

刘玉珊："这有什么，我刚出道的时候，还是个什么背景也没有的新人，那时候要在一部话剧里扮演女三号，当时排练非常辛苦，常常不到深夜不休息，那会儿我也和你一样，饿得狠了，什么形象都不顾了，饭来了就大口大口地吃，一沾床倒头便睡，比你还要狼狈。”

顾念好奇：“您不是刚出道就拍了电影得了奖吗？”

刘玉珊失笑：“那是之后的事情了，一开始在话剧团，还是跑过好几回连名字都没有的龙套的，又演了不少话剧，直到被吴导看中出演电影，雍凛他爸爸当时跟吴导认识，被邀请参加庆功宴，我才与他认识。”

顾念乐了：“原来是因戏结缘，还挺浪漫的！”

刘玉珊感慨：“可是我跟雍凛他爸爸结婚之后，过了几十年安逸的日子，反倒逐渐忘记了工作辛苦的感觉，小念，我从前对你颇有微词，也是因为不了解你，你别放在心上。”

顾念笑道：“您嫁给伯父的时候，伯父的事业规模还不像现在这么显赫，你们俩是一路相互扶持过来的，可以说是患难夫妻。而雍凛跟我认识的时候，他的条件已经相当优渥，别说您了，哪怕是一个外人，都会觉得我们之间的确有不小的差距，这很正常。”

刘玉珊伤感：“可惜他不在了，雍凛也出了事！”

顾念道：“雍凛一定会醒过来的。”

她斩钉截铁的语气在一定程度上安慰了对方，刘玉珊抬起头，不确定道：“你也觉得他会醒过来吗？”

顾念点点头：“他托梦给我了。”

雍凛：［……］

人到了这一刻，医学手段求助无门，难免就会更倾向神秘主义。刘玉珊闻言就连忙问道：“那他说什么了？”

顾念：“我梦见我们俩在走路，他却越走越快，越走越远，说是要去一个很远的地方，我连忙拉住他，让他不要走，还把他拖了回来，然后就醒了。”

雍凛：［顾小姐，你睁眼说瞎话的本事真是日渐长进了。］

顾念得意：［过奖过奖。］

刘玉珊果然信以为真，含泪道："是了，一定是他父亲想将他带走，你又把他带回来了，下回再要梦见这样的情景，记得要拉住他，不能让他走！"

顾念哭笑不得："好，我一定拉住他，您快别难过了！"

刘玉珊摇摇头："我难过的不仅是他的病情，还有自己的没用，我怕他再不醒过来，我就守不住他的事业了！"

顾念诧异："您说东杨？现在陈庄管着，柴向阳他们也会去帮忙看几眼，好像还过得去。"

刘玉珊："不是，我说雍氏，哦，就是现在的明华。明华那百分之二十的股份太烫手了，我不懂商业，那些会议，我就算次次都去旁听，也未必听得懂，就算要找个代理人，一时间，也不知道找谁好，像今天就有人来找我，让我出席后天的董事会。"

顾念忍不住在心里对雍凛讶异道：［你果然没料错！］

雍凛倒是挺淡然的：［我现在有近百分之二十的股份在手上，我不在，董事会就等于少了一票，股东会上的表决也没法进行，我母亲不懂商业，人人皆知，想要说服她并不困难。］

两人的议论，刘玉珊并没有听见，顾念便道："那您有没有咨询过私人律师？"

刘玉珊点点头："律师说雍凛无法出席会议时，我作为代理人，理当代为出席，但最好不要表态，或者弃权，可以拖到雍凛醒来为止，但我怕……"

她没有继续说下去，但顾念明白，刘玉珊这是怕雍凛再也醒不过来，又或者醒来之后有什么后遗症，无法正常工作。

顾念："今天来请您去出席会议的人是谁？"

刘玉珊："是孙康，你伯父生前的朋友和生意伙伴，也是现在明华的大股东，他夫人你也见过，就是上回带着女儿过来拜访的那位。他们要开会，讨论是否买下一块儿地，老孙来找我，请我出席。”

顾念：“哪块儿地？”

刘玉珊：“鼎福湾旁边那块儿地，近江，原来是化工集团所属，后来集团搬迁，那块儿地就空出来了，被拿出来准备竞拍，我看了资料，好像也没什么不妥，雍凛他父亲说过，近江的房子位置好，能看见江景，一般都是大热的楼盘，老孙他们想要那块儿地，应该也有他们的考虑，总不会对明华不利的。”

顾念：“这么说，您也觉得那块儿地可以要？”

刘玉珊苦笑：“我应该会听律师的建议，选择弃权吧。反正董事会按一人一票来表决，老孙说现在倾向买下来的票数居多，我赞成或反对，都对大局无碍。”

顾念沉吟片刻：“其实我有个想法。”

刘玉珊温言道：“你说。”

顾念微微一笑：“您相信我吗？”

刘玉珊一愣。

吴嘉文走了，走得悄无声息。

不像潘明那样，因为是高升，他临走前还请大家吃了一顿饭，花团锦簇，热热闹闹。吴嘉文去欧洲培训这件事，说好听一点就是上面重视他，但说得难听一点，既然那么重视，为什么不直接明确职权？还暧昧黏糊地给了个为期一个月的培训，等他培训完回来，早就江山易主，总监换人。

早上顾念因为合作项目的事情，去与赵和洽谈，没有去公司报到，等她下午过去的时候，吴嘉文那个位置已经被收拾一空，还放上了不少办公室用品。

顾念问两名新助理中的一个：“不是有专门的储物室吗，怎么把东西放这儿？”

助理怯生生道：“Kelly姐让放的，说这些东西都是随时要用到的，放在这里更方便点，不用总跑储物间。”

神仙打架，凡人遭殃，顾念当然不会去迁怒新人，她也没有去找何丽，毕竟人已经走了，桌子空出来，谁想放什么都可以，没有必要因为这个生事。何丽平时没少受吴嘉文讥讽挤对，这种时候趁机出出气也不奇怪。

吴嘉文的嘴巴很毒，但他在做事方面，有很多地方值得顾念学习。刚来公司的时候，如果没有他的帮助，顾念也不可能这么快就站稳脚跟，所以顾念从心底里将他当成半个师父、半个朋友，骤然看见这座位以往的主人不见了，心里还是难免空落落的。

何丽走过来，笑吟吟地问：“Nina，你早上没来吗？”

顾念：“有点事，出外勤了。”

何丽：“早上我们开了个会，Emma吩咐了一些事情，既然你没来，我就代为传达一下吧，主要是关于接下来的工作分配的。”

顾念挑眉：“上次不是已经分配好了吗，我负责招聘新人的事项。”

何丽笑道：“别着急，你听我说完，招聘那件事，当然还是归你负责，不过年底上面要派人巡视分店，顺便给分店员工做一个内部培训，让他们都到S市来，公关部派一个代表协助HR那边，Emma知道你能干，所以打算将这个任务交给你。”

顾念暗暗皱眉，这种差事费力不讨好，因为是HR牵头，出了成绩也与公关部无关，等于是纯粹去帮忙干活儿的。

“这是Emma亲自吩咐的？”

何丽：“当然，不信你可以去问她。”

她仔细端详了顾念一会儿，惊诧道：“Nina，你这几天好憔悴，是不是被外面的新闻影响了？依我说，还是不要太在意了，网上说得再难听，难道你还能一个个去跟他们计较吗？”

雍凛忽然出声：［她在故意激怒你。］

顾念：［我知道。］

知道归知道，顾念又不是木头人，总还是会有些郁闷的，但她没有表露出来，反而微微一笑：“好的，多谢，我会去找Emma确认的。”

男朋友昏迷不醒，嫁入豪门的梦想遥遥无期，工作上罩着她的同事又走了，顾念处处碰壁，处处不顺。在何丽看来，对方的处境无疑让她长出了心头一口恶气。

何丽已经忘了两人最初结怨，是因为她的欺瞒，现在何丽只记得顾念跟吴嘉文两人是如何给她使绊子的，过节越来越深，何丽发誓要将顾念彻底踩在脚下，如今看见她落魄憔悴，自然快意无比。

但刻意激怒顾念，何丽不是为了炫耀，而只是想让对方气冲冲去找卫玛质问，在卫玛面前失态而已。

谁知对方反应平静，何丽有点失望，又不免暗暗冷笑，心道你也就只能维持这点体面了。

顾念敲开卫玛办公室的门，在得到对方的允许之后入内。

卫玛抬眼一看，露出笑容：“来了，坐。”

顾念：“Emma，不好意思，早上开会的时候我不在。”

卫玛点点头：“我知道，收到你的邮件了，怎么样，赵和跟我们那个电影合作的项目进展还顺利吗？”

顾念：“挺顺利的，已经安排好档期和院线了，到时候可能需要我们在官网和微博上帮忙宣传一下就可以。”

卫玛笑道：“那就好，你办事，我是放心的，今天早上有些工作安排变动，你应该听Kelly说了吧？”

顾念：“是，关于协助人力资源进行内部培训的事情。”

卫玛温和道：“其实我选择了你，是有原因的。像培训这种事，肯定不可能找新人去，咱们部门现在缺人缺得很，Tom你知道的，就是过来镀金，我一般叫不动他；Gigi资历比你老，她以前也做过这种培训，这次不好再叫她；Marvin本来是最合适的人选，可惜他走了；Kelly呢，不可否认，我很信任她，但在口才和总结能力方面，她真的不如你，所以看来看去，你是最合适的人选。”

顾念：“我明白，多谢你的信任。”

卫玛：“以前Marvin在的时候，我们有些竞争关系，但那并不代表什么，我现在是代理总监，自然要对整个部门负责，不会因为私人情绪就影响了判断，所以也希望你不要有情绪。”

雍凛：[一根棒子再加颗糖，让你老老实实卖命。]

他现在整天跟顾念在一起，旁观顾念的工作，时不时就会冒出一两句吐槽，令人忍俊不禁。

顾念对雍凛感叹：[这就是领导视角啊，站在领导的位置上，胸襟好像一下子就变得宽广起来了，还知道人尽其才，物尽其用！]

雍凛不以为然：[还是吴嘉文更好，起码做事靠谱。]

顾念：[其实这样也好，我可以借由跟HR那边对接的事情，这段时间尽量少待在办公室，这样何丽也就没办法给我找事了！]

她话锋一转，语气带上调皮：[而且吧，人家怎么说也快成为霸道女总裁了，怎么会在意这小小的公关专员一职呢？]

雍凛会心一笑。

对方旋这样的前台小职员而言，公司名称叫雍氏或明华，并没有什么区别，公司的大老板是谁，其实也并不如何重要。她关心的是自己每个月的工资福利有没有少，够不够自己在日常开销之余买点喜欢的东西，直属上司会不会因为自己上周请假而对自己不满。

前阵子大老板雍子文出事，不仅外界传得纷纷扬扬，引发公司股价下跌等一系列连锁反应，在明华内部也引起了不小的震动。方旋他们一干人茶余饭后最热门的话题，几乎三句不离雍家父子的八卦，连带雍凛那位女朋友顾念，也都被他们讨论了好几天。

在方旋乃至许多人眼里，顾念是个极有本事的人，因为没有本事，就不可能让雍凛这样精明能干的富家子弟对她死心塌地，但同时他们觉得顾念又是一个运气不好的人，如果她跟雍凛结婚了，哪怕结婚只有一天，如今身份也大不相同。

方旋跟着同事八卦一阵，唏嘘几声，原本还有些担心大老板父子接连出事，会不会对集团造成影响，从而影响他们的工作，但后来大家发现，这些事情距离他们的生活实在是太遥远了，公司股价在几天的下跌之后也稳住了，班还得照上，日子还得照过，根本不用担心。那些豪门恩怨生离死别，于他们而言，仿佛仅仅是存在于小说故事中的情节。

这一天早晨，方旋像往常一样坐在大厅前台值班。这份工作说清闲也清闲，说琐碎也琐碎，各部门收发因公快递，她也要帮忙填单子，但平时没事的时候，方旋开个网页看看视频，也没人管她，只要别耽误正常工作，维护好公司形象，偶尔偷懒一下，上司也是可以理解的。

此刻并不忙，方旋一边整理访客资料，一边打开聊天软件，跟朋友说话。门口保安似乎迎入了一个人，方旋不经意抬眼，不由得微微一愣，下意识站起身，看着妆容精致、衣着得体的大美人朝自己走来。

这名年轻的女子，方旋并未亲眼见过，但前阵子网络八卦帖子看多了，有照片有文字，她也认识了对方。

“顾……顾小姐？”

大美人不是一个人来的，她身边一左一右，还跟着两个人，左边的中年男人，方旋有点印象，好像是前大老板雍子文的律师，右边穿西装、双手插兜的年轻帅哥，则是雍凛的好友柴向阳。再后面那两个穿西装戴墨镜的男人，看样子则是保镖的身份。

这阵仗，这排场……

方旋瞠目结舌，仿佛看见顾念周身自带的光芒，好半晌才找回自己的声音。

“请问您有预约吗？”

顾念停下来，朝方旋嫣然一笑。

笑容令方旋为之眩目，禁不住产生了微微的眩晕感。

她整天坐在这里，负责公司前台接待，本身容貌自然姣好，见过的美人更是不知凡几，但顾念一出场，依旧令她觉得惊艳。

当时她唯一的想法是：这位顾小姐真漂亮，难怪雍先生会那么喜欢。

但回答方旋的，却是顾念旁边的律师：“顾小姐是代表刘女士过来开董事会议的，这是刘女士的代理授权书。”

方旋闻言愣了一下，她一个小职员，哪里知道什么时候开董事会。

顾念对她温言道：“你若觉得为难，可以问问相关的负责人。”

方旋如梦初醒，赶紧抓起电话，拨了总裁办的号码。

孙康等人接到这个消息的时候，明华的董事会议正准备进行，所有人在长会议桌边分头坐下，旁听的秘书准备就绪，负责主持会议的孙康坐在首席，成为所有人注目的焦点。

这个时候，内线电话打了进来，孙康听见手下汇报这个消息，脸上表情古怪得近乎滑稽，心里甚至冒出一股大笑的冲动。

刘玉珊不肯授权给他，自己又不来出席会议，却将代理权交给了一个什么也不懂的年轻女孩？

看来这个顾念的手段实在太高超，不仅迷倒了雍凛，现在居然还能给刘玉珊灌迷魂汤，让她把这么重要的事情当成儿戏一般随便托付给别人。

孙康轻咳一声，将顾念的来意转告了一下，在场众人面面相觑，都露出跟他之前一模一样的表情。

其中一位董事毫不客气地道：“刘玉珊是不是得了失心风了？”

别人没有他这么直率，但也道：“是不是刘女士出了什么事，那个顾念趁机逼她授权的？她一个外人，来参加什么董事会议？”

孙康道：“与她一起来的，还有子文的律师，以及柴家的柴向阳，这两人想必就是料到了大家会有的反应，所以特地来为她撑腰的，我个人认为，见一见也无妨，她也许是得了刘女士的授意，前来代为传达消息的。”

他既然发了话，其他人自然没意见。

孙康让秘书去请人上来，就在等待的间隙，一名董事忍不住道：“明华什么时候沦落到谁都能来参加董事会议了，她还带了外人，这是想干什么，简直是瞎胡闹！”

另一个人对孙康道：“雍先生以前一手创立明华，并将其发展壮大，居功至伟，这不假。孙先生，我们也知道你与雍家交情不错，可交情归交情，生意归生意，这么高级别的董事会议，哪里轮到什么都不懂的外人来指手画脚，要是因此出了什么差错，谁来负责？”

其他人纷纷点头附和。

反倒是另一位董事何晴不疾不徐道：“刘女士手头毕竟有那百分之二十的股份，又是董事会一员，她想找谁来代理发声，谁都没法阻止，那位顾小姐也可能只是代表刘女士来旁听而已，没有必要这么排斥吧？”

商浚道：“话不是这么说，自从子文出事之后，刘女士的精神状态一直就不太好，我完全有理由怀疑她是在非正常状态下做出的决定。”

何晴暗暗冷笑，心说别以为我不知道你们在打什么算盘。“所以呢？你还要强迫刘女士去看心理医生，还是鉴定她的精神状态？”

商浚：“公是公，私是私，何晴，到了我们这位置，感情用事不太好吧？如果刘女士的精神状态导致她不能再履行公司董事的职务，董事会自然有权发起对她的罢免，她手头的股份，我们可以用高于市场均价的价格将其收购，这也算是为朋友尽一份心力了。”

说话间，顾念已经在秘书的引领下，带着人走了进来。

两名保镖被留在外面，陪她一起进来的是律师和柴向阳。

顾念面带微笑，朝众人点头致意，开门见山道："大家好，我是顾念，今日受刘女士委托，出席这个会议，还请多指教。"

说完却站着不动，孙康这才发现，座中席位满满当当，并没有留给顾念的位置，就让秘书再拿椅子过来，腾出三个位置。

律师拿出刘玉珊亲笔所写、亲笔签名的授权书，递给秘书，秘书再交由各个董事传阅。

一名董事却道："顾小姐代表刘女士，我们没有异议，但事关公司决策机密，律师跟柴先生并非董事会成员，所以不能留在这里旁听。"

柴向阳耸肩："我只不过陪朋友过来罢了，也不乐意听，你们自便。"

说罢拍拍顾念的肩膀，转身离开。

律师看了顾念一眼。

顾念微微颔首，律师便也跟在柴向阳后面出去。

椅子搬来三把，最后却只有顾念一人留下，而且她坐在秘书外围的旁听位置，看上去势单力薄，尤其尴尬。

但顾念本人似乎并不在意，她双手交握，往后靠上椅背，摆出一个悠然自得的惬意姿态。

她在心里对雍凛道：[他们看起来真的很不欢迎我。]

雍凛：[这是当然的，我母亲根本不懂经营，骤然来了你这个更外行的，他们自然觉得被冒犯了。更重要的是，你手上握着那百分之二十的股份的代理权，他们不放心。]

顾念：[其实我没有想到，伯母会这样信任我，让我过来代表她开会。当时拿出你写的那份授权书时，我本来以为她会质疑，而且不同意的。]

雍凛沉默片刻：[我也没有想到。]

他们两人交流的时候，秘书已经将会议内容的PPT展示了出来，这次主要是为了一块儿土地的表决，基本资料顾念已经在刘玉珊那里看过了，此时并不怎么用心在听，还能抽出点心神跟雍凛交流。

待秘书说完，孙康道："这块儿地，我个人觉得，是可以拿下的。从地理位置而言，它就在S市所规划的未来经济区域发展中心，更难得的是，原来周围的厂房都已经搬走，明华买下来之后，直接就可以做开发用途，无须多费功夫。但是我也知道，现在内部大家的意见不太统一，有的人觉得到时候竞拍的价格不会低，明华没有必要将一大笔钱投在这里，完全可以有更好的用途。所以呢，今天的会议，就是想听听大家的想法，最后做一次表决。"

这种事情，换作以往雍子文在的时候，根本不必召开董事会，大多数人对他自然而然产生信赖，就算有疑虑，也能私底下解决，但孙康刚刚上位不久，还无法达到这个程度。

众人在开会之前，或多或少已经了解到一些情况，此时就都纷纷说出自己的意见，有赞成的，有担忧的，也有反对的，总体来说，赞成的占了绝大多数。

孙康微微一笑，瞥见一旁不说话的顾念，冷不防问："顾小姐，你有什么意见，也尽管说。"

顾念环顾众人，怯生生道："什么都可以说吗？"

孙康语气温和，富有耐心："当然。"

顾念："哦，那我反对。"

Chapter 33
信任

爱情是分享，不是独占。

孙康一愣。

包括他在内的很多人，根本没有料到顾念会说出跟他们料想中不一样的答案，表情瞬间变得古怪起来。

顾念像是怕自己制造的意外还不够震撼，目光环视一周，忽然笑了，重复一遍："我是说，我反对明华拍下这块儿地。"

短短几秒，孙康回过神："顾小姐，这是你自己的意思，还是刘女士的意思？"

顾念无辜道："有什么不同吗，这一刻，我的意思，就是她的意思。"

孙康也笑了，很有长者风度："你了解过这块儿地的情况吗？为什么反对，总该有个理由吧？"

顾念："不瞒各位长辈，我受刘女士所托过来列席会议，知道自己是外行，不敢随随便便进这个门，所以来之前，做了一点小小的功课。据我所知，这块儿地，早在两年前，就已经有拍卖的风声，但那时候外界一度因为这块儿地曾经是化工集团原址，担心土壤里会有化学物质残留，传得沸沸扬扬，就搁置了下来，现在周边其他地都卖出去了，单单这一块儿还在，一拖就拖到现在。”

孙康点点头，毫不意外：“你说的情况的确是有，但土地方面，之前我们也让第三方环保监测机构出过一份检测报告，所有数据都是正常的，传言只是传言，普通大众喜欢以讹传讹，将事情夸张化，但时间会淡化一切，现在很多人已经忘了两年前的传闻了，现在来开发，时机是刚刚好的。”

商浚也道：“顾小姐，明华不是什么小作坊，而是一个大公司。买地开发这种事情，对明华来说是家常便饭，我们熟悉这里头的流程法规，不可能做毫无把握的事情，但是呢，做生意有时候也得有灵活一点的脑子，风险伴随着收益，你还年轻，不懂没关系，可以慢慢学，今天既然是代表刘女士前来，在场的都是你的前辈，有什么想要问的，可以等会后再说。”

顾念眨眨眼，无辜道：“商先生，你误会了，我不是在质疑你们的专业判断，对化工集团的问题，我也没有深入了解，既然你们都说没问题，那肯定是没问题的了。”

没问题你还专门提起来做什么？孙康微微皱眉，觉得刘玉珊让顾念来开会表决的行为实在是太不懂事了，自己什么都不会，还叫来一个什么都不会的代理人，就像是对他们不满，所以找了个人来帮她撒气似的。刘玉珊也不想想，如果不是念在跟雍子文的交情上，他们多的是手段逼她将股权主动交出来，又何必一直软言劝说，还给她时间考虑？

好好一个会议，加了个顾念，节奏顿时被打乱。

在场不少人显然与他也有同样的想法，望向顾念的眼神都变得不善，就像看待一个无理取闹、不受欢迎的擅闯者。

何晴道：“顾小姐，那你反对的原因是什么，可以和我们说一说吗？”

她没有别人脸上那些不耐烦的神色，似乎对顾念的理由饶有兴趣。

顾念在心里道：［我本来还以为他们会联合起来排挤你，但现在看来，他们内部的意见好像也不是很统一，反而还有点矛盾？］

雍凛：［孙康怕太晚下手，我母亲手上的股权就要被别人捷足先登，所以急不可耐；商浚还念着与我父亲的几分旧情，所以在犹豫；何晴也想成为董事会主席，所以跟孙康不太对付。］

顾念朝何晴点点头，露出友善的笑容："是这样的，我之前听说，华茂地产也有意买下那块儿地，但后来不知怎么的，没了动静，起初我以为是化工集团遗留下来的环境污染问题，但后来发现不是，其实是另有原因。"

孙康："你说的这件事，我们也知道，华茂不参与竞拍，是因为他们的资金周转不开，与那块儿地无关。"

顾念摇摇头："我不这样认为。因为那块儿地下面很可能有一个古墓，年代最早可以追溯到战国，规格很可能还不小，也许是王侯墓。"

众人闻言都愣住了。

一名董事问道："顾小姐，你这番话的依据是什么？"

顾念歉然道："很抱歉我不能公开，这属于我私人的消息渠道。"

她顿了顿，环顾众人："据我所知，这次报名竞拍的公司并不多，明华很有可能拿下那块儿地。如果等那块儿地到手之后，这件事才爆出来，而的的确确又有一个战国古墓的话，相关部门肯定会要求暂停房地产开发，进行考古发掘，这一耽误不知道要多久，就算是对明华这样的大集团而言，也算是很大一笔损失吧？"

商浚道："如果那块儿地下面真有古墓，为什么相关部门没有公布，而我们也没有得到风声？这不合理。"

顾念摊手："那是因为政府部门也还不知道？你们猜华茂会不会早就知道这件事，才故意隐瞒消息，不参与投竞拍，到时候谁买了地谁倒霉，又正好可以让明华栽个大跟头，何乐而不为？"

孙康："顾小姐，你不肯给出证明这个消息正确与否的证据，我们很难相信你的话。”

顾念淡淡道：“其实早在雍凛昏迷前，他就已经得到这个消息，并且将自己的决定告诉了我，今天我来到这里，代表的不仅仅是刘女士，更是雍凛。消息的具体来源我并不知晓，你们可以选择相信，也可以选择不相信，反正我和雍凛的态度已经表明，如果到时候明华因为这个决策而出现重大失误，我想要负责的人，也不会是我或雍凛。”

她给了几秒钟时间的停顿，让众人消化这段话，然后下了结论：“所以不管你们做什么决定，今天我肯定会投反对票。”

雍凛静默片刻，来了一句：［老婆，你很霸气。］

顾念乐了：［好说，沾你的光，今天我也成了霸道总裁。不过话说回来，你觉得他们会相信我的话吗？］

雍凛：［两票或两票以上反对，议题就没法通过。退一步说，他们不相信也无妨，买了那块儿地，动工的时候要打地基，到时候肯定会发现古墓，消息爆出来，孙康就要引咎让贤了。］

顾念好奇：［你怎么知道那块儿地下面可能会有古墓的？］

雍凛：［那块儿地条件很优越，之前我一直在盯着，只不过是让陈庄那边盯着，没有动用明华的关系，所以没人知道。华茂当时也想要这块儿地，做了不少功课，正好华茂一个高层，跟那个化工集团老总是亲戚，得知化工集团曾经在几年前发现一条很可能是墓道的地下通道，但当时为了不影响正常运作，就将消息压下来，直到最近搬迁，才打算向政府部门报备。］

顾念：［所以华茂就请化工集团暂时将这件事再压几天，等明华把土地拍下来再上报，好让明华吃个大亏？］

雍凛：［嗯，其实那块儿地的环境反而是没有问题的，许多人先入为主，都觉得是化工集团所在地会影响土壤，不宜居，注意力自然而然就会集中到这上面去，而忽略其他方面的因素，这算是一个障眼法，没有人希望自己的决策失误，孙康也是一时急于求成，才会落入圈套。］

因着顾念这一番话，会议果然出现了变数。

原先立场就不那么坚定的人纷纷动摇，要么弃权，要么反对，决议自然也出现了变数，让孙康精心准备、原本打算借以树立威望的会议变了味道。

他心里自然是很不痛快的，但面上还不能对顾念发火，不管怎样，作为掌舵人，顾念当众提出这种可能性，为了安抚众人的心，孙康就得去调查，而调查需要时间，眼看拍卖会将近，明华能不能赶上还是两说。

会议结束，顾念率先起身，准备离开。

何晴喊住她："顾小姐，你要是有时间，咱们中午一起吃个饭如何？"

其他人也想从顾念那里打听点消息，譬如刘玉珊有没有意向出售股份，顾念以后是否一直都会是她的代理人，何晴借着女性的身份捷足先登，让其他晚了一步的人叹息不已。

进去的时候，顾念一个人孤零零的，连律师和柴向阳都被挡在外头，颇有点羊入狼群的孤弱感。但出来的时候，她走在最前面，而且还被几个股东簇拥着，彼此还有说有笑，不单外面的职员们看傻了眼，连柴向阳都觉得不可思议。

拍卖会很快进行，不知孙康是否做了调查，又或者他最终决定不要冒险，明华并未在拍卖会上露面，这导致外界传闻沸沸扬扬，一度认为明华的资金链出了问题，与此同时，顾念作为雍家股权代理人的身份也浮出水面。

不少人都还记得之前媒体对顾念的描写，对她的印象还停留在"一个毫无家世背景的普通姑娘，被富家子弟喜欢上，可惜运气不太好，没能麻雀变凤凰"的阶段，结果顾念摇身一变，忽然变成刘玉珊的代理人，简直令所有人都始料不及，大跌眼镜。

但由此似乎也印证了之前有些媒体暗示顾念心机深沉的说法——要是心机不深沉，怎么能做到这个程度？都说婆媳是天敌，但顾念跟刘玉珊甚至还不是婆媳呢，从法律上讲，两人根本就是毫无关系的陌生人，顾念到底给刘玉珊灌了什么迷魂汤，居然让刘玉珊如此信任对方，还交出了这么重要的权力？

一瞬间，顾念在许多社交网站被提及的次数直线上升，她明明不是明星，更不是什么公众人物，但这并没有减少群众对她的八卦兴趣，与顾念有关的话题居然上了热搜榜的前列。

许多人都觉得这姑娘的心机实在太深，手段实在太厉害了，邓文迪上位，起码还要靠婚姻，顾念还没跟雍凛结婚，居然就能做到这个地步，也有一小部分人觉得这挺励志的，起码说明顾念并不单纯是靠美色上位的，否则怎么也不可能让未来婆婆信任至此。

在铺天盖地的热议中，顾念从小学到大学，乃至家庭背景，都被许多人熟知，从小到大平平凡凡，在普通人中称得上“还可以、比较优秀上进”的履历，似乎更加证明了她的心机手段。

这些议论中，绝大部分都不是正面的评价。不少男性网友认为，像顾念这种处处算计的女性，他们是绝对不会娶的，当初雍凛一定是瞎了眼。有一些女性认为顾念独立自强，没什么见不得人的，看见这种言论自然不大高兴，双方由此又引发了关于男女平等的大战，简直堪称热闹非凡。

直到一位叫“我实在看不下去了”的网友，在网络上发了一个标题为“被你们极尽诋毁的顾念，曾经在路边救过一个素不相识的女孩”的帖子，更将这场热闹大戏，推向高潮。

这位叫“我实在看不下去了”的网友，描述了他的亲身见闻：今年夏天的一个傍晚，B市某条路的餐厅外面，发帖人刚跟朋友从另一家餐厅吃完饭出来，正好在马路对面，看见一男一女纠缠不休，女的好像喝醉了，被一个男的拉着要走。

旁边很多人，包括发帖人在内，都以为他们是情侣或夫妻吵架，大家犹豫不决，不知道是否要上前劝阻，就在这个时候，一个年轻女孩子毅然上前，将那男人拦下，不让他带走喝醉的女子，双方发生冲突，那女孩子直接一拳挥向对方鼻梁，连旁观群众都看呆了。

发帖的楼主当时旁观全部经过，出于好奇心，不仅拍了照片，还录了一小段视频，然后写道：我本来根本就不认识这个女孩子，直到最近顾念的照片被曝光出来，才发现她就是视频里那个见义勇为的人。如果没有她的挺身而出，现在世界上很可能就已经多了一桩命案了。最近在网络上，关于她的谣言满天飞，我与她素不相识，也不知道那些传闻是不是真的，但是那些指责她诋毁她的人，在遇到同样的情况时，你们是不是也会有勇气做出跟她一样的选择?

这个帖子一经发布，立刻引起轩然大波。

有说顾念雇人上网为自己洗白名声的，也有人说这个帖子里有图片有视频，真实性很高，还有人认为照片和视频都不太清晰，未必就能证明是顾念，别到头来发现是乌龙，那顾念丢的脸就更大了。

但事情往往是这样：假如没有人扯出一个线头，这团毛线很可能永远隐藏在角落，一旦有人将线头拉出来，那么线头只会越扯越长，最后把所有东西一并都牵扯出来。

广大网友的兴趣被彻底调动起来。

好事者还真就去搜索那段时间的新闻与相关报道，发现当时事发之后，也有人拍了照片上传到网络，所描述的事实跟那位叫“我实在看不下去了”的网友差不多。

还有人去翻找了当时警方对这宗案件的通报新闻，证实那个意图带走醉酒女性的男人果然不是对方的男朋友或丈夫，而是一个有入室盗窃前科的杀人犯，当时在逃几年，见警方放松了警惕，竟还大摇大摆地在都市里出现，没想到阴错阳差，最后以这样的方式被逮回去。

事件的真实性已经毋庸置疑，现在很多人想知道的是，那名见义勇为的年轻女子，到底是不是顾念？

网络上的意见很快分成两派，一派认为顾念作为M&J的公关，比谁都要熟谙炒作之道，视频和照片的分辨率不高，根本让人难以辨认；另一派则渐渐倾向于相信顾念，觉得这姑娘连看见陌生人有危险，都能挺身而出，拔刀相助，这种人的人品不可能差到哪里去，那些所谓的心机深沉，谋夺雍家财产之类的谣言，完全是捕风捉影，对人家名誉造成了极大的损害。

帖子发表的第三天，网络上一片沸沸扬扬，各种意见交错复杂，与此相关的各种八卦纷纷出炉，其中不乏关于个人名誉权、财产分割和继承等法律问题的科普分析，大众在参与八卦的同时，还接受了一堂生动的法律课，各种媒体的官方认证账号也纷纷来凑热闹。

顾念绝对没想到，她当年没选择跟演戏有半点瓜葛的专业，现在却直接有了无数艺人大半生也难以企及的知名度。

当然，这种知名度可能并不那么让人愉悦。

刘玉珊偶尔会上网看看时事新闻，但几乎从来不会去上社交网站，更别说参与里面的讨论了，所以当林蕾告诉她，顾念在网络上被热议的时候，她表现得极为惊讶。

“他们怎么能这么说？”刘玉珊越往下看，眉头就皱得越紧，“太恶毒了！”

顾念从来不会跟她提起这种事，她身边的于婶，也不是会上网的人，所以八卦新闻发酵了好几天，她还是头一回看见。

林蕾轻轻叹了口气：“我也见过顾念，既然雍凛那么喜欢她，可见她肯定不是像外界传闻的那样城府极深，但是玉珊，顾念并没有任何管理公司的经验，你哪怕授权给律师呢，也比授权给这么一个什么都不懂的小姑娘好吧？”

刘玉珊合上手上的iPad：“前两天，那孩子在董事会上表现得如何，没给老孙添什么麻烦吧？”

林蕾：“这我倒没听老孙说过……”

刘玉珊微微一笑：“那就好，既然老孙没说，那么我觉得她应该表现还不错吧。”

今天感觉不太对。林蕾暗暗皱眉，往常与刘玉珊谈话，节奏基本上都是由自己来掌握的，但今天刚说没两句，她就觉得谈话的方向已经脱离自己的掌控。

“前两天，顾念在董事会上，公开否认董事们已经做出的决议，使得原本势在必行的一个买地项目暂停下来，这件事你知道吗？”

刘玉珊奇怪道：“有这件事？”

林蕾也很惊讶：“你不知道？”

刘玉珊：“她没有说，我也没有特意去打听，但她这么做，想必有她的道理吧。”

林蕾的下文被生生噎在胸口，被对方堵得上不来下不去。

她明明记得，就在不久之前，刘玉珊对顾念的态度，还称不上亲密无间的，这才过了多久，就有了翻天覆地的变化，总不会是顾念给她下降头了吧？

林蕾：“玉珊，我没有挑拨的意思，但你有没有想过，顾念毕竟不姓雍，更不姓刘，这些股权在她手上，万一她有了别的念头，到时候尽可钻法律的空子，将东西据为己有。”

刘玉珊摇摇头：“她根本没有必要这样做。”

林蕾一愣：“为什么？”

刘玉珊叹了口气：“我的确不懂经商，这是我现在最为后悔的一件事，但并不代表我不会看人。一个大街上素不相识的女孩子遇到危险，所有人都冷眼旁观，因为担心自己而不肯伸出援手，顾念却能为了她出头，这样的人，再坏会坏到哪里去？子文常说，一个人万事糊涂不要紧，最重要的是看人看事要明白，我糊涂了大半辈子，如今再没有子文为我撑着，我自然不能再糊涂下去。”

林蕾几乎以为坐在自己对面的并不是刘玉珊，但对方的确是。

原来被圈中贵妇私底下半羡慕半讥笑称作“半生好命，无须烦忧”的人，也有耳聪目明的时候。

刘玉珊让于婶拿来一份文件，摆在林蕾面前。

林蕾奇怪：“这是什么？”

刘玉珊：“你打开看看。”

林蕾翻开文件，一目几行，表情立即变了。

“这，怎么会……”

刘玉珊微微一叹：“雍凛这孩子，跟他爸一样，早就把什么都料到，什么都准备好了，早在出事前，他就已经签下这份文书，授权顾念作为他股权的代理人，所以顾念所做出的一切决定，就相当于他自己的决定。”

林蕾不由得多看了几眼，她不是笔迹鉴定专家，无法确认这份文书到底是不是真由雍凛亲笔书写，但上面的内容已经足够清楚。

她忍不住道：“雍凛写这份文书的时候，您也在场吗？”

刘玉珊摇头：“你担心这是顾念伪造的吗？雍家的律师已经找来笔迹专家鉴定过了，的确是雍凛的笔迹。”

林蕾苦笑：“原来你已经这样相信顾念，倒是我枉做小人了。”

刘玉珊温声道：“老孙是子文多年的朋友，明华同样也是他的心血，我相信他同样希望明华越来越好，所以当时子文出事，雍凛要出让一部分股权给你们，我并没有反对，因为我充分相信你们。”

林蕾心头渐渐冷下来。

她想对刘玉珊说，顾念心怀不轨，在图谋雍家的财产；她想对刘玉珊说，顾念连雍凛的亲笔文书都能伪造，下一步还有什么是做不出来的？

许多话还未出口，但已不必多说。

比起孙康他们，原来刘玉珊更愿意相信顾念，这个甚至还未嫁入雍家的外人。

顾念并不知道明华一些元老对她这个外人插足董事会感到十分不满，并通过林蕾去找刘玉珊告状的事，她正在M&J开会。

虽然在董事会上惊艳现身，并霸气镇场，但顾念并不因此认为自己的身份就有什么变化，她依旧是M&J的公关专员，这份工作充满挑战，也经常令她获得成就感，她乐在其中。

但今天的会议气氛有点诡异。

顾念刚进会议室的时候就发觉了，所有人几乎不敢与她进行目光上的交流，即使稍有接触，也很快就移开。

就连一向喜欢与她对着干的何丽，也仅仅是对她露出一个敷衍的笑容，没了平日里别有深意的问候和绵里藏针的说笑。

顾念不由得奇怪：［我怎么感觉他们好像都在避开我？］

雍凛好笑：［你忘了自己现在还有另一个身份，是明华的董事会成员。］

顾念无语：［可我只是你的代理人和执行者。］

雍凛：［别人不会这么看，在他们眼里，你是处心积虑夺取了股份的人，说不定哪天突然就成为雍氏财产的继承人，也不奇怪了。一个这么可怕的人，当然会令人忌惮和恐惧。这些人，包括何丽在内，肯定更想讨好你，跟你打好关系，只不过他们一时还未转过弯来。］

顾念“哈”的一声：［看来我成了新一代心机女的典范了。］

雍凛静默片刻：［对不起，念念。］

顾念奇道：［为什么忽然说对不起？］

雍凛：［如果不是为了我，你原本不必背负这些流言蜚语，本该是我为你遮挡风雨，让你安稳无忧。］

顾念笑了：［雍凛，你知道吗，其实我特别高兴，不是因为你现在

的状况，而是因为我可以为你分担，帮你一起承受，别人说什么，对我而言又有什么要紧的呢，只要你在，我就无所畏惧。］

雍凛轻轻“嗯”了一声，似有千言万语，又无从说起。

顾念俏皮道：［你一开始还想找个对你唯命是从的女朋友，要真是那样，可不就错过珍贵的我了？亲爱的，爱情是分享，不是独占。］

雍凛的语调带着笑意：［你现在逮着机会就教训我了？］

顾念没来得及回答他，因为卫玛走进来，会议开始了。

伴随着会议，一场令人措手不及的小型风暴也开始了。

按照惯例，各人轮流汇报工作，童扬之后，就轮到顾念。

顾念最近需要协助人力资源部为本部门招聘新人，还要帮忙准备卫玛分配下来的培训事宜，实际上并不轻松，但她做事效率很高，转眼就将培训资料准备好，顺便在出席明华董事会议那几天，忙里偷闲完成了第一场培训，连卫玛也不得不承认吴嘉文当初选助手和拍档的确比自己有眼光，一挑就挑了个能干的。

此一时彼一时，当总监助理的时候，卫玛要跟吴嘉文竞争，所以默许何丽跟顾念过不去，但现在她职位不一样了，思考问题也从领导者的角度出发，自然觉得顾念还不错。而且她觉得，对方既然有了明华董事的身份，眼光肯定不会再局限在区区一个M&J公关的职位上，这样的人不去交好，难道还得罪吗？

所以当顾念汇报完工作之后，卫玛就问：“Nina，我知道你最近有些私事需要处理，应该比较忙是吧？”

顾念点点头：“是，不过我不会影响工作的。”

卫玛含笑：“你别误会，我并不是在责备你，恰恰相反，你能兼顾工作和私事，很令人欣赏，我们虽然各有分工，但同时也是一个团队，本来就应该共同进退，彼此关照，如果你在工作上有什么忙不过来的，记得会后跟我说，我再另外安排人去做，别自己背负太大压力，OK？

我希望你能以健康的体魄来迎接工作。”

这番话说得极为漂亮熨帖，顾念忙道：“多谢，回头我先梳理一下手头的工作，如果需要帮忙，一定和你说！”

何丽心里有点酸酸的，但她什么也没说，只是在卫玛将目光投向她的时候，如数将自己手头上的工作汇报出来，末了道：“上回Gigi说过关于办品牌文化展的想法，我觉得很好，回去之后又细化了一份方案，主要列了以下几个要点，大家有兴趣的话，可以看看。”

她将手上复制好的文档分出几份，递给众人阅览。

麦琪琪脸上流露出显而易见的惊讶，随后拧起眉毛，强忍着看了几行，还是忍不住开口道：“Emma不是说过这个项目先搁置不做吗？”

何丽无辜道：“可是暂时搁置，不代表永远不做吧？”

麦琪琪盯着她看了好几秒，目光几乎化为刀子戳在何丽脸上。但何丽毫不示弱，也不回避，反而朝她微微一笑，四目相对，火花四溅。

抢功劳这种事，到了哪里都不能避免。顾念就曾听说，某品牌的部门空降一总监，该总监不喜欢原有员工的做事风格，还嫌弃他们学历不够高，直接从外面拉来一整个高学历团队，将原来老团队已经快完成了的项目交给新团队做，给自己嫡系部队的履历刷了亮丽的一笔。老团队的成员气得七窍生烟，虽然也有人因此离职，但更多的还是选择忍气吞声留下来，从此乖乖任由新领导调遣。

但这种行为因人而异，顾念是干不出来的，也觉得不太厚道。所以她忍不住望向卫玛，想知道这是不是出自卫玛的授意。

卫玛也有点诧异，很快平静下来，她看完策划案，微微颔首：“这份方案细化得不错。”

何丽得了鼓励，精神一振，脸上露出饱满的笑容：“建议毕竟是Gigi先提出来的，如果可以的话，我希望能与她合作，一起完成这个项目。”

卫玛望向麦琪琪："Gigi，你说呢？"

麦琪琪的表情很难看，一出口，竟是不顾情面，丝毫不肯示弱："我觉得我可以独立完成这个项目。"

卫玛沉吟片刻："这样吧，会后你和Kelly先商量协调一下，回头我再找你们俩谈话，你们都不是新人了，希望能够顾全大局，将事情做好。记住，我们是一个团队。"

麦琪琪紧抿嘴唇，一声不吭。

散会之后，童扬在顾念旁边一边收拾东西，一边看似自言自语地说了四个字："职位空缺。"

顾念恍然大悟，部门现在走了几个人，何丽升任公关媒介专员有望，正需要一个大项目来好好表现自己，所以不惜冒着跟麦琪琪交恶的风险，抢先写了个细化方案出来。

何丽很清楚：顾念现在是自己得罪不了的人了，童扬的工作她也没法干涉，两个新人手头上又没什么好抢的，唯有一个麦琪琪，以前跟卫玛过不去，现在又孤立无援，是个软柿子，尤其她手头上那个项目，如果做得好，无异于功劳一桩。

正如卫玛所说，大家是一个团队，何丽没有撇开麦琪琪单干，而是提出合作，也无可厚非，更没有违反规定，只是麦琪琪肯定咽不下这口气。

思及此，顾念不由得望向麦琪琪，后者果然坐着半天没动，看着像在隐忍怒火。

［看见她，我就好像看见刚来到这里的自己。］顾念对雍凛道。

［这件事到最后，卫玛肯定会选择让她们俩合作，项目不算小，光麦琪琪一个人，根本负责不了。］雍凛实事求是地点评道。

顾念：［我知道，我只是很能理解麦琪琪的心情。］

雍凛轻笑一下：［小念，你的工作能力很强，可是心太软了，动不动就同情别人，你看卫玛和吴嘉文，那样才是一个团队领导者的合格

言行。］

顾念在心里朝他扮了个鬼脸：［谁说心软就当不了领导的，我只是同情，又没有不自量力地去做超出自己能力范畴的事情！］

她一边快步走出会议室，一边跟雍凛拌嘴，冷不防脚尖蹭到地毯凸起，往前摔了一跤，膝盖重重撞在地上，传来一阵钻心的疼痛。

还好手臂及时被人从后面拽住，不然连上身都会习惯性扑倒。

顾念回头一看，是麦琪琪。

“你没事吧？”麦琪琪也吓了一跳。

“没事，是我走神了，谢谢！”顾念暗暗吐了吐舌头，心想自己的优雅白领气质这下全没了，全怪雍凛。

麦琪琪见她没事，也无心多说，松手就要离开。

顾念心头一动，叫住她：“Gigi！”

见对方回头看她，顾念道：“我有什么能帮上忙的吗？”

顾念，你又多管闲事了！话刚出口，她就在心里唾弃自己。

但她可以学会精明，学会以牙还牙，以眼还眼，却无法学会漠视。

麦琪琪勉强笑了笑：“谢谢你，Nina，不过不用了，也许Emma说得没错，我得学会分享。”

她匆匆离去，顾念揉着膝盖，对雍凛道：［如果这件事放在我身上，也许我不会妥协。］

等了好一会儿，没有等到雍凛的回答，顾念不由得奇怪，接连在心里叫了好几回。

雍凛的话一向不多，但顾念早就习惯了他的存在，偶尔得到一句回复，知道他还在，心情就能安定下来。

现在骤然失去了回应，顾念的心一下子就悬了起来。

她没有理会还在疼痛的膝盖，一瘸一拐走到窗边，拨通了照顾雍凛的保姆的电话。

“阿姨，您在病房里吗，在雍凛旁边吗？”

电话一接通，她就迫不及待地问，得到对方的肯定答复之后，又急切地问："那麻烦您看看，雍凛醒来了吗……什么，没醒？您看看仪器？或者叫医生过去看看仪器，也许他快醒了呢？手指和眼皮呢，有没有动？"

炮如连珠的一席话让电话那头的阿姨手忙脚乱，顾念将话筒紧紧贴在耳边，屏息等待了对她来说几乎比半辈子还长的一分钟，却等来一个失望的答案。

"那我现在去医院看看他吧……没有，不是出事，我就是梦见他醒了，所以才给您打电话。"顾念随口说了个借口，挂断电话，毫不犹豫打算亲自跑一趟医院，便急匆匆向卫玛告了假，就开了车往医院的方向而去。

Chapter 34
新生

原来想法不是不能改变，只是还未遇上值得改变的人，与适合改变的时机。

照顾雍凛的保姆正被顾念一通电话弄得一头雾水，心里难免觉得她有点大惊小怪，眼看顾小姐神色匆匆跑进来，膝盖上青紫交加，连脚步都有点不稳，顿时什么埋怨都烟消云散了。

“顾小姐，你别急，雍先生没醒，要是醒了，我会第一时间告诉你的。”

顾念喘了口气，高高提起的心，在看见雍凛的那一刻，又如从高空坠下，无处可落，跌入无底深渊。

雍凛没醒。

如果没醒，那他去了哪里？

原先他没有醒，起码灵魂还与顾念共存于一副身体里，令顾念不至于绝望。

但现在，如果连灵魂都不知去向，她还要上哪里去找她的雍凛？

顾念忽然怨恨起自己来。

她怨恨自己为什么好端端的要摔那一跤，明明知道这几天是关键期，任何外力对身体的影响，都足以发生不可测的变化，如果没有任何意外，可能雍凛的灵魂很快就能复位，他也很快就能清醒过来。

但现在，这一切都被自己给破坏了。

她咬住嘴唇，控制不住的泪水成串地掉下来。

身后有人按住她的肩膀。

刘玉珊轻轻拥住她，叹了口气："你不是在上班吗，怎么跑到这儿来了？他有人细心照顾着，你不用担心。"

看到这样的顾念，谁还能说她图谋不轨？谁都说不出这样的话，包括刘玉珊。

顾念回身抱住刘玉珊，号啕大哭。

刘玉珊轻轻拍着她的后背，像哄孩子一样地哄顾念，哄了许久，顾念才渐渐平息了哭声，冷静下来。

她不好意思地抹了一把脸："让您看笑话了。"

刘玉珊温声道："这些天你都憋在心里，我知道你也不好受，雍凛会醒过来的，你一直这么跟我说，自己也要相信才对，是不是？"

顾念点点头："我想再陪他待一会儿。"

刘玉珊心头一软："好，那你自己注意身体，不要待太晚了。"

她在经历了长久的失望之后，现在反倒比顾念平静许多了。

送走刘玉珊，顾念坐在床前，看着雍凛发呆。

只有顾念自己知道，她今天为什么突然这么激动，因为在顾念内心深处，她很害怕这一切都是自己做的一场梦。

梦境里雍凛的灵魂曾经来到她的脑海里，陪她说话，安慰她，鼓励她，但现实里，从来就没有什么灵魂，雍凛始终在昏睡，也许下一刻会醒，也许一个月后会醒，也许，一辈子都醒不了。

顾念紧紧握着他的手，仿佛只有这样，自己才能汲取一点力量。

月光透过轻薄纱帘，软软地披在窗台上，病房外风景绝佳，白天站在窗前往外看，入目便是一座江南园林，夜深了，远处也有潺潺溪流，灵动明澈。

但顾念全无欣赏的心情，她又疲倦又伤心，竟以坐着的姿势，不知不觉睡了过去。

直到手被轻轻一捏，她方才如被虫蜇般浑身一激灵，蓦地睁开眼。

月色下，雍凛竟已微微睁开眼，朝她展露一抹笑意。

顾念愣愣看着，下意识伸出手，捏上他的脸颊："疼吗？"

雍凛："……疼。"

是真疼，他甚至能感觉自己双颊的肉少了许多，顾念捏住的是他的脸皮。

"疼就对了，说明我不是在做梦，你也不是在做梦！"顾念抱住雍凛又哭又笑。

听见这里动静的保姆和护工走进来，登时惊喜交加："雍先生醒了？"

两人赶紧按下呼叫护士的响铃，又忙着去叫医生，准备热水食物，病房里一下子热闹起来，雍凛满肚子的话想对顾念说，见状有些不开心。

顾念还有点后怕："今天在公司里，我说话，你没回应的时候，我很害怕。"

雍凛的声音有些虚弱，是久睡初醒时的症状："我记得你摔了一跤。"

顾念点点头，她的膝盖到现在还疼着。

雍凛："在那之后，我就离开了你的身体，彻底失去意识，像是做了一场很长的梦，梦里兜兜转转，在黑暗中寻找出路，最后耳边就剩下你的声音。"

他看着顾念的目光，是自己都没有意识到的温软柔和："然后我就醒了。"

顾念将他的手贴在自己的脸颊上："那你现在有没有什么想对我说的？"

雍凛："有。"

顾念双眼亮晶晶地看着他。

雍凛好笑："你的妆都哭花了。"

顾念气得还想拧他的脸，医生带着护士来了，顾念不得不退到一边，看着他们对雍凛里里外外上上下下地检查。

雍凛不喜欢这种被摆布的感觉，整张脸上透着闷闷不乐。

"照理说，雍先生既然能醒过来，后面应该就没什么大碍了，最好再留院观察几天，做个全身检查，确定没有问题之后再出院。"折腾了好一会儿，医生看完各项数据，终于给出结论。

顾念激动得几乎又想落泪。

她忽然想起两人很久以前为了她婚后是否工作而闹分手的事情，那时候的他们，谁也不肯妥协，雍凛觉得她太不像个女人，她觉得雍凛太不尊重自己，可就在雍凛被劫持之后昏迷的日日夜夜里，她无数次希望那个被劫持的人是自己，昏迷的人也是自己。

可见很多时候，不是不爱，只是未至深爱。

医生似乎也知道这两人必然有许多话要说，交代一些注意事项之后，就带着护士离开了。

保姆护工也知情识趣地避开了，顾念重新洗了脸出来，没有再化妆，素面朝天，白莹莹的脸，让雍凛怎么看也看不够。

两人明明早上还在说话，却像分隔了一个世纪那么久。

雍凛："对不起，念念。"

顾念奇道："对不起什么？"

雍凛："这些天让你承受了太多，我好了，以后一切有我，不需要你再担心。"

虽然这些困难，顾念能够应付，而且做得比他想象中的还要好，但这并不妨碍雍凛为她心疼。

从前他以为女人太能干只会变得不讨男人喜欢，可现在，顾念再怎么能干，他心里也只有满满的温柔与爱意。

直至此时，方庆幸从前未曾错过，未曾放手。

顾念抿唇一笑："有些人看见你醒来，估计要伤脑筋了。"

雍凛冷笑："先不必去管他们，他们听见风声，自然会找上门来，你把手机给我。"

顾念不知道他要做什么，但仍是递过去："我已经通知伯母了，她刚离开没多久，应该很快就能赶回来。"

雍凛点点头，拿着她的手机登录社交网站，轻车熟路，卧床好些天，手指有点僵硬，但不妨碍操作，打了一串字，然后发出去。

顾念正在帮他将粥盛出来，没留意他的举动，等到自己手机接二连三响起被关注或被转发的提示音，才拿起来一看。

"你发了什么？"顾念循着信息点进去一看，不由得瞪大眼。

雍凛淡淡道："以你的名义发了一条声明而已。"

社交网站上，属于顾念的账号下，多了一条新的声明，大意是回应这些天传得沸沸扬扬的新闻，承认那个帮助了路人的人的确是自己，雍凛还以顾念的口吻，说那些救人的行为，只是她出于良知的下意识举动，当初并没有想那么多，也没想到事后会引起这么大的反响，对那位为自己仗义执言的网友表示感谢，也对给公众带来的困扰表示歉意，同时也会保留对恶意毁谤自己的人的起诉权利。

顾念哭笑不得："那些人想说，就让他们去说吧，我并不介意，更何况救人的是你。"

雍凛意味深长道："我和你，又有什么区别呢？而且，这只是第一步，我要把你受过的所有委屈都讨回来。"

他这句话并不只是说说而已。

以顾念名义发布的那个简短声明，果然立刻引起轩然大波，一小时内的转发量就超过了一万。

众人议论纷纷，大多倾向于顾念说的是真的，毕竟事情闹到这个地步，她再说谎，完全没有必要，万一那个真正见义勇为的人出现，把顾念揭穿，她只能是赔了面子又赔了里子。

与此同时，雍凛的账号上也晒出了他苏醒之后，两人脑袋相抵，在病床前微笑的合照。

拜雍家父子的身份和其后一连串的变故所赐，雍凛和顾念居然也拥有了明星般的知名度，这张合照与顾念的声明一起上了当天的热门话题，又一次将大众的娱乐精神调动起来。

许多人开始为顾念鸣不平，之前对她的种种诋毁与不怀好意的揣测，此时发生了一百八十度的大逆转，那些原本坚持己见，认为顾念心机深沉、爱慕虚荣的人，也都不敌舆论主流，渐渐销声匿迹。

顾念与雍凛之间的故事，也从女方心计无敌，男方识人不清的狗血戏码，变成了彼此相互扶持，同舟共济的感人至深。

舆论的逆转，看似天堑，难以逾越，却又如此轻易。

于顾念而言，外界的议论，只要不影响到她的生活和工作，其实她并不会放在心上。

但于雍凛而言，他只怕自己为顾念做得还不够多。

因为喜欢她，所以舍不得她受一丁点的委屈。

因为爱她，所以愿意站在她的立场，设身处地为她着想。

不久前，他还觉得喜欢一个人，就是按照自己的标准为她量身打造一个好的人生。

这种想法是什么时候消失的，雍凛已经不记得了，但现在回过头去看，他也忍不住想对过去的自己哂然一笑。

原来想法不是不能改变，只是还未遇上值得改变的人，与适合改变的时机。

雍凛为自己感到庆幸，又有深深的后怕。

在他心目中的顾念，是世间最好的珍宝，所以他希望世界上所有人，也都与他一样，能够看见顾念最美好的一面。

醒来之后的雍凛，一边忙着重新接手公司的事，应付四面八方的人，同时，为了给顾念洗白名声，他也一直没有停下。

很快，仿佛为了回应大众的质疑，警方在社交网站上的官方账号，也公布了年轻女子街头醉酒，差点被杀人犯带走的来龙去脉和监控录像，事后对罪犯身份的核定，包括顾念在那一次意外中所发挥的作用，所有证据摆上台面，终于让剩下那一小股不同的声音彻底消停。

那段录像里，顾念一拳击中了嫌犯的鼻梁，其彪悍程度简直令人大跌眼镜，她的形象也因此多了“女汉子”的标签，账号粉丝量激增，竟也变成一位名副其实的公众人物了。

令顾念啼笑皆非的是，还有不少娱乐节目看上她的知名度，因而找上门来，想邀请她作为嘉宾出席，甚至有一档明星夫妻真人秀节目，开出了高价，让她与雍凛一道出镜。

不过这些都是后话了，没过多久，S市的政府官方账号，也公布了今年获得“见义勇为市民”荣誉称号的几位市民入选者，顾念的名字赫然在列。

也许是预料到这种事情肯定会有人质疑，官方在每一个入选人后面，都罗列了详细的入选原因，包括顾念的。

“顾念做的事很小，她没有在帮人的过程中受伤，甚至献出生命，但她做的事情又很多，因为她不仅可能挽救了一条性命，而且还以身作则告诉别人，这个社会需要见义勇为。她的行为，很可能是使社会不再冷漠的表现……现在的颁奖词都喜欢走这种煽情风？我全身上下的鸡皮疙瘩都冒出来了。”

听着电话那头毫不留情的吐槽，顾念无奈又好笑：“Marvin，你给我打昂贵的越洋电话，就是为了给我念颁奖词？我以为你在欧洲的生活没有闲到这个地步的。”

吴嘉文轻哼一声：“当然没有，我打电话，只是为了和你说一件事。”

顾念笑道："吞吞吐吐，欲言又止，这不像你的作风。"

难得地，吴嘉文的声音居然有了一点不好意思："我跟殊也结婚了。"

"什么？！"顾念的语调提高了至少八度，引来办公室里人人侧目，她连忙做了个抱歉的手势，快步走出办公区域，然后才接连发问，"什么时候的事？我怎么不知道？殊也为什么也不告诉我？她不是在澳大利亚那边吗？"

吴嘉文皱眉："你一口气问这么多，我怎么回答你？"

顾念失笑："Sorry，sorry，我实在是太激动了，控制不住！"

吴嘉文："就这两天的事，我们也是临时决定，在罗马一个教堂里举行了婚礼，就我们两个，没有邀请任何人，殊也觉得对不住你，不敢和你说，让我来打电话，最多回去再请你吃饭好了。"

顾念调侃："哎哟，真不容易，终于修成正果了，你是怎么对这份爱情下定决心的？总不会是殊也旧情难忘，追你追到欧洲吧？"

吴嘉文在电话那头挑眉："追我又怎么了，难道我没有这个魅力吗？"

顾念在电话这头无声地做了个呕吐的表情，怪声道："太有魅力了！"

吴嘉文冷哼："还有一件事，我很快就要回去了。"

顾念一愣："回这里吗？还是去港岛那边？"

吴嘉文的嘴巴一如既往地毒辣："如果是回港岛，我还有必要跟你说吗？是不是雍凛醒过来，你的脑子也糊掉了，以往举一反三的敏锐呢？"

但电话那头很快传来姚殊也的抗议："那是我的好朋友，你说话能不能稍微客气一些，Marvin？"

她的声音温温柔柔，毫无威慑力可言，但奇怪的是，吴嘉文好像就吃这一套，气焰一下子被打压得无影无踪，过了片刻，才略带挫败地跟对方解释道："All right（好吧），你知道我说话一向是这个风格，并没有特别针对她的意思。"

真是一物降一物，顾念好笑，吴嘉文那么一个棱角尖锐的人，碰上姚殊也，居然毫无办法，几番挣扎，分分合合，还是选择了最终命定的那个人。

顾念调侃道："Marvin，你的满身毛刺呢，我怎么只看到光滑柔顺的皮毛？"

吴嘉文没好气："被拔光了！"

顾念终于忍不住大笑起来："虽然也许迟了，但还是要说一声恭喜，不过能跟我说说你们到底是怎么决定走到一起的吗？"

吴嘉文挑眉："因为她舍不得我，追到欧洲来求复合，我一时心软就答应了，这个答案你满意吗？"

电话那边，姚殊也再次抗议："Marvin，我还在呢！"

吴嘉文叹了口气，实话实说："好吧，是我放不下她。如果人一辈子一定会找到契合的另一半，那么我想殊也就是，在那之后，我不可能找到比她更好的人了，我不想因为错过，让自己后悔终身。在这样的前提下，面子与自尊其实不算什么。"

顾念抿唇一笑，她知道吴嘉文说这番话的对象并不是自己。

电话那头的姚殊也听见这番话，想必也是满心甜蜜的。

顾念诚挚道："不管怎样，有情人终成眷属，祝福你们，还省了我一个大红包。"

后面一句纯属开玩笑，吴嘉文冷哼一声："等我回去，红包还是要给的。"

顾念笑道："这么说，你还回公关部？"

吴嘉文的回答模棱两可："也许。"

顾念觉得吴嘉文那边应该是有什么不可细说的苦衷，又或者具体任命还未下来，他不好明说，她便也不再问，两人就工作上的事情聊了几句，吴嘉文倒是透露了一个重要的信息："按照惯例，年底会进行内部评级和职位申请，你别忘记了。"

顾念骇笑："我今年刚刚进本部门，又才转正没多久，就算申请了也不可能获批吧？会不会反而让上面觉得我太好高骛远了？"

吴嘉文毫不留情："不合时宜的谦虚就是自卑！公司从来没有规定从一个职位升到另一个职位，中间需要多少时间限制，别人批不批是别人的事，你申不申请，是你自己的选择！难道你觉得自己不够资格？"

顾念回想了一下，自己来到这个部门之后，从周惜媛的赞助项目开始，几次化险为夷，将别人视为不可能的难题一一解决，并且还有出色的表现，这份成绩，别说是在本部门，哪怕放在同行业内，也的确足够亮眼，而且自从赵和的新电影上映，陆续就有别的品牌通过猎头来联系顾念，对她表示出诚意。

每做一件事的时候，顾念都心无旁骛，只想着解决问题，但现在被吴嘉文提醒，回过头去看一看，自己好像果真表现不俗，登时有点飘飘然。

麦琪琪还是辞职了，就在顾念请假陪伴刚刚苏醒过来的雍凛的那几天里。

据童扬后来向顾念描述，光天化日之下的M&J中国区办公楼里上演了一出精彩大戏。

大戏的序幕是在各部门联合项目会议进行时拉开的，当时中国区总裁与副总等高层，正在聆听卫玛对本部门下一年的工作汇报，麦琪琪直接敲门进去，当众递出对卫玛的投诉信，指责她纵容亲信下属抢夺功劳，趁机铲除异己。

童扬因为身份特殊，当时也在场，按照他的形容，卫玛整张脸都绿了。

这种投诉当然是非常不合既定流程的，而且确切地说，卫玛的行为并没有太多值得诟病的地方。但麦琪琪已经下定决心要辞职，她不愿忍气吞声，走得悄无声息，索性将长久以来跟卫玛的积怨一股脑发泄出来，把对何丽的不满也一并算在卫玛头上。

不管公司高层会不会调查卫玛的失职行为，麦琪琪恶心卫玛的目的算是达到了，当众历数卫玛的“罪行”，再把投诉信一递，麦琪琪拍拍屁股就走人——在此之前她已经找到一份新工作，工作地点在港岛，卫玛鞭长莫及，杜绝了被卫玛打击报复的可能性。

这一招出其不意，果然收到了效果，麦琪琪出了一口恶气，卫玛则手忙脚乱收拾残局，事后高层什么也没说，卫玛却慌了手脚，生怕自己这个代理总监因此不能转正，连忙写解释信，又主动约HR谈话。

与此同时，何丽从麦琪琪手中抢来的项目进展得也并不顺利。

时值S市举办国际会议前夕，许多人意欲借着这股东风沾沾光，市内排得上号的大型展厅早就被订满了，何丽努力筹备展览，为此不惜通过各种渠道借来M&J的古董级手包和首饰，却苦于找不到合适的展厅，而迟迟无法定下时间和地点。

她这些天寝食难安，几乎愁白了头发，尤其是当看见顾念光彩照人地走进来时，这股怨念更是上升到了极点。

何丽还记得，顾念刚刚入职时，什么也不懂，自己主动表示善意，很快赢得了她的信任，鉴于当时两个人都在试用期，最后只有一个能留下来的情况，何丽选择对顾念用了小小的手段，令她给部门里所有人留下不好的印象。

后来顾念漂亮地打了个翻身仗，何丽不是没有后悔过自己出了个昏着儿，但当时想要再修复两人的关系，已经来不及了，顾念对她处处防备，甚至不惜让别人知道她们关系不好，何丽只能完全站在顾念的对立面，直到今天。

其实细究起来，她承认自己内心深处，始终对顾念怀着淡淡的嫉妒，嫉妒她比自己漂亮，嫉妒她有一个条件那么好的男朋友，甚至嫉妒她进部门比自己晚，起点比自己低，现在却走得比自己还要远，做得比自己还要好。

何丽觉得很不公平，自己的努力从来就不比顾念少半分，可幸运女神从未眷顾过自己。

强压下内心一切翻涌的负面情绪，她对走过来的顾念扯起一抹笑容："早，Nina。"

"早。"顾念微微颔首，面色淡淡。

她今天将长发编成一条麻花辫，发辫搁在肩膀上，露出乌发里星星点点闪着光的发饰，明明是颇具时代感的造型，在她身上却硬是多出一份时尚感，黑衣白裙婉约大方，将都市丽人与古典美结合得恰到好处，多一分则别扭，少一分则土气。

但更令何丽感到不舒服的，是对方饱满的精气神，和一看就知道沉浸在甜蜜爱情里的笑容。

两人几乎无话可说，何丽不想勉强自己看见顾念那张脸，很快就移开视线准备离开，谁知顾念却忽然开口道："你正在进行的那个项目如何了？"

何丽心中警铃大作，声音不自觉带上一丝警惕："还好，挺顺利的。"

顾念见状失笑："你别误会，刚才Emma喊我进去，对我谈起这个项目，说你还未搞定场地的事情，想让我帮忙出出主意。"

她见何丽不吭声，便道："既然你觉得自己可以搞定，那回头Emma问起，我就知道怎么回复了。"

眼看对方转身欲走，何丽咬咬牙，喊住她："等等！"

顾念停步，静候下文。

何丽："不好意思，刚才我误会了你，这个项目的确在场地上卡住了，现在市内的大型展厅，基本都排满了，稍微次一点的，又不符合M&J的定位，上面希望能够在年底之前办妥，正好迎新，但恐怕……"

她自忖能力不逊顾念，少的唯独是那一点运气，在这件事上她已经绞尽脑汁，束手无策，既然顾念提出来，她倒要看看对方能拿出什么好法子来。

顾念挑眉：“既然是M&J的文化主题展览，有没有尝试过向文物单位那边借建筑物来展出呢？”

何丽有点失望，又不免得意：“我试过了，借文物单位来展出需要得到相关部门审批，中间得走很久的流程，一来时间赶不及，二来也不一定能成。”

顾念点点头：“我暂时就想到这些，你既然也都考虑过，那我想我暂时应该帮不上忙。”

何丽笑道：“没关系，还是谢谢你，Nina。”

想起雍凛的身份，她深吸了口气，将刚才在心里转了许多遍的话吐出：“多谢你屏弃前嫌，为我出主意，过去种种，都是我不对，你可以给我一个机会吗？我知道你不想与我做朋友，但也许我们还可以是一对工作上合作无间的拍档。”

顾念道：“你知道一对默契的拍档需要什么吗？”

何丽觉得莫名其妙。

顾念微微一笑：“不要求生活上同步，但起码在对工作的态度上，应该一致。但我想，我们永远也达不到这一点，所以还是当普通同事就好。”

何丽的脸色变得很难看，过了好一会儿，才强笑道：“大家抬头不见低头见，你有必要把话说得这么绝吗？人非圣贤，孰能无过，我已经为我的行为道歉了，为什么你却耿耿于怀？”

她们的对话音调并不高，旁人听得不太真切，看起来就像进行寻常的工作交流，唯有离得近的新人助理听得清清楚楚，一面低头假装认真工作，一面又按捺不住八卦好奇之心偷偷朝这边望过来。

顾念摇摇头：“Kelly，咱们都知根知底，这些场面话，你就别对我说了，我不会主动去害人，但也不会在被害过一次之后，还将后背留给对方。Emma让我给你出主意，我同意了，这是出于团队荣誉的考虑，不是想要跟你和解。别以为我不知道，上次是谁趁着我名声被诋毁的时候，匿名在网站上，以我同事的名义留言，说我在公司仗着男朋友的后台飞扬跋扈，不把别的同事放在眼里，争抢功劳，落井下石。”

话音方落，卫玛风风火火从外头走进来，目光巡视一圈，朝顾念她们走过来：“Nina，Kelly，你们俩跟我来一趟！”

说罢奇怪地看何丽：“Kelly，你脸色这么难看，没事吧？”

何丽勉强一笑：“我没事。”

卫玛点点头，没有多问：“你们跟我来一下我的办公室，我有事要说。”

最近因为麦琪琪的离职和举报一事，卫玛被搞得有点焦头烂额，但她素来是个要强的女性，不肯示弱于人前，更不愿在代理总监的任上留下污点和差错，所以在人前什么也没有表露出来，反倒更加打起精神，露出精干模样。

平心而论，如果不是一开始因为何丽的事情，跟卫玛不亲近的话，卫玛这样的职业女性，恰恰是顾念所向往学习的目标，她没有傲人的学历，不像童扬那样一空降就是超越众人的职位，顾念听说当年卫玛刚进M&J的时候，甚至不是以管理培训生的身份入职的，而是真正从一个普通店员做起，一步步奋斗到如今，经历堪称励志。

两人跟随卫玛进了办公室，刚刚分头落座，就听见卫玛道：“Kelly，你现在手头的文化主题展览进度如何了？”

何丽微微一愣，忙道：“场地还在确认，其余都OK了，很快就能上。”

卫玛却没有轻描淡写跳过，反而是追问：“很快是多久？”

何丽有点窘迫：“应该是在一个月内，我尽快……”

“太慢了！”卫玛打断她，“我想让Nina与你一起负责这个case，你有没有问题？”

没等何丽说话，顾念就道："Emma，Kelly已经进行了大半，我突然插进来，恐怕不是很合适吧？"

卫玛："没有什么不合适的，我说过，我们是一个team，这个项目当初报上去的时候，就被上头普遍看好，现在上面起码已经过问两次了，副总希望在年前能够办成，但如果再这样拖下去，别说年前了，年后都未必能成。"

她又问了何丽一遍："Kelly，你那边有没有问题？"

事已至此，何丽还怎么能说有问题？她咬咬牙，迸出三个字："没问题！"

卫玛缓下口气："我知道，你们之前有些误会，但那些事情在我看来，都不是什么大事。不瞒你们说，我以前跟Gigi的确也发生了一些不愉快，但后来我将文化展览的事情交给Kelly你，并不是因为我与她有旧怨，而是因为她的方案只是设想阶段，而你的方案要比她的富有可行性，谁知道Gigi气性大，咽不下这口气，认为我厚此薄彼，这才闹出告状的事情来。"

何丽想开口解释，却被卫玛抬手制止。

后者喝了口水，继续道："她这种行为，伤敌一千，自损八百，我不想做评价，但我希望你们能够以她为鉴，以大局为重，放下私人感情，将这个case出色完成，让欧洲区那帮向来瞧不起我们的人，也看到我们的能力。评级和职位申请的日期也逐渐近了，我希望你们能明白我的苦心。"

顾念："我明白了，Emma，我会尽力协助Kelly的。"

卫玛纠正："不是协助，是合作，你们是合作者，没有高低之分。"

何丽有点不甘心，却不能不跟着表态："我们会全力以赴的。"

卫玛露出欣慰的笑容："Very good！"

Chapter 35
我为你骄傲

仿佛冥冥之中早有牵引，这一生，注定会有一个人，与你相遇。

假如错过，不是没有缘分，只是不够深爱。

虽然在卫玛面前立了军令状，但何丽并不愿意真将这个项目的所有详情分享给顾念，在她看来，这些事情都是自己辛辛苦苦完成的，不可能让顾念来摘现成的桃子，所以何丽只分了一些并不怎么要紧的部分给对方，还有那块最难啃的硬骨头——会展展厅的敲定。

实际上，在卫玛宣布让顾念加入之前，何丽已经相中了一个地方，那是一栋有百年历史的私人建筑，建筑风格是民国时期十分流行的小洋楼。

难得的是，这栋建筑在战火中保存良好，后人又格外用心，如今成了S市非常具有代表性的民国中西合璧的建筑，拥有建筑物所有权的后人虽然没有将其完全捐献出来，但也无偿出借给政府，开放供市民参观，许多人提起当地特色建筑，这栋楼必然名列其中。

何丽设法要到小洋楼主人的联系方式，约了好几回，对方终于答应见面。她按捺住喜色，在公司忍了一上午，努力不让顾念看出来，午休的时候，她拎上包，直接就去了约好的酒店。

小洋楼的最初主人出身清朝官宦世家，到了民国时期，他们家也是当地数一数二的名门，有人留洋，有人在政府任职，还有的从军，岁月流转，如今的持有者是一位中年女士，保养良好的脸上依稀可见年轻时的容光，从容的举止和优雅的穿着更说明她如今在经济上并不拮据，如果何丽纯粹用M&J的租金来打动她，估计是要碰壁的。

何丽庆幸自己出来之前曾经通过关系询问过这位女士的家庭情况，双方寒暄之后分头落座，她马上就找到话题："杨女士，我很喜欢令尊的画作，也是他的粉丝，没想到这次竟然能跟他的女儿见面，实在荣幸之至，不知以后有没有机会能拜见令尊？"

杨女士淡淡一笑："老爷子近年来身体不好，深居简出，很少见外人了。"

看上去是个不太好交流的人，何丽暗道。她从手包里拿出一个小小的盒子，系着绸带，精致玲珑。

"初次见面，这是一点小小的见面礼，不成敬意。"

杨女士挑眉，半开玩笑道："何小姐打算贿赂我？"

"当然不是。"何丽见对方没接，主动抽掉蝴蝶结，将盒子打开，里面是一枚小小的金属钥匙扣，中间嵌着一幅《喜鹊鸣春图》，是杨女士父亲的墨宝。

的确是小礼物，花费也不多，却很见心思。

杨女士的神情果然有点动容："让你费心了。"

何丽笑道："您喜欢就好，我说过，我真的是令尊的粉丝。"

虽然她再三强调，但杨女士心知肚明。因为这幅《喜鹊鸣春图》其实是画家本人最不满意的，而且是他早年处于低谷时的作品，意境还没到家，何丽不懂画，只是为了迎合杨女士，匆匆挑了一幅她觉得寓意好，色彩又绚丽的。

杨女士轻轻叹了口气："何小姐，我知道你今天约我见面的目的，小洋楼那边的工作人员已经转告我了。"

何丽神情期待："M&J是世界知名品牌，又是顶级奢侈品品牌，其实这一次，我们并非没有别的选择，只是方圆堂无论从历史地位，还是从建筑风格上来说，都是其中的佼佼者，也很符合我们举办文化主题展览的目的，所以我这才冒昧向您提出这个请求，租金方面，一切都好商量。”

“不是这个原因。”杨女士轻声慢语道，“如果在几个月前，我可能会答应你的提议，但是现在，恐怕不太可能了。”

何丽急了：“为什么？M&J并不是那些籍籍无名的品牌，我们只是租借场地，也并不会给建筑带来什么影响。”

杨女士摆摆手：“不是这个原因，其实早在我们将那栋楼无偿出借给国家之后，就已经没想过赚钱的问题，祖父生前也有交代，不能用这栋楼来赚取商业利润，假如今天为M&J破了例，明日就会有别的商业活动找上门来，我再想要拒绝，就难了。”

这算什么理由？

何丽根本不相信这世上会有坐在家里等着数钱都不愿意干的人，她只以为是自己开出的条件还不足以让对方动心，就道：“杨女士，如果这次您愿意出借场地，除了租金方面之外，我还可以向公司申请，将您提为高V客户，并额外赠送当季的手包。”

杨女士有点无奈：“正好，你们M&J还有一个人，也约了我今天见面，等她来了，我一并把话跟你们说清楚吧，也免得拒绝两次。”

难道是顾念？何丽有些狐疑，却觉得顾念的手脚不可能这么快。

正思忖间，一人走进酒店，向侍应生询问了几句，就朝她们所在的餐厅走来。

何丽看见杨女士露出惊讶的神色，甚至还站起身，不由得也跟着回头往后望。

这一望之下，心中猜想得到证实，脸色却难看起来。

但杨女士根本没顾得上去看何丽，她的目光直直落在前方的顾念身上，连声音都充满惊喜讶异：“是你？！”

顾念也很惊喜："原来是您！"

何丽暗自皱眉，也站了起来，调整表情，露出笑容："原来你们认识？"

杨女士难掩高兴之色，甚至上前两步，握住顾念的手："何止是认识，简直太有缘分！"

顾念笑道："好久不见，没想到在这里遇上您。"

杨女士："其实前阵子，我还特意去那家分店找过你，他们说你调走了。"

顾念抿唇一笑："是，我调走有一段时间了，您最近身体还好吗？"

杨女士："托你的福，现在渡过难关了，多谢你的惦记，我是真没想到，原来你就是何小姐的同事，无巧不成书，看来世界还真小。"

何丽压根儿不知道她们在打什么哑谜，她不喜欢这种被隔绝在外的感觉，见状便插嘴道："看来杨女士和Nina还是旧识，那真是太好了，您看，是不是可以重新考虑一下出借建筑的事情？"

杨女士失笑："冲着顾小姐的面子，看来我不答应也不成了。"

顾念笑道："其实我今天也是为此而来，难怪方才在电话里听见您的声音，还觉得很熟悉呢，看见您现在一切安好，容光焕发，我也就放心了，至于展厅的事，我哪儿有那么大的面子，如果您觉得为难，也不用勉强，我们都可以理解的。"

杨女士感叹："其实我原来不愿意，也是怕搞展览难免要触动里面的建筑材料和摆设，我不希望前人留下来的东西被破坏，那样我们就万死难赎其罪了，但如果是你的话，我相信你的人品，自然对你放一百个心，也相信你们能在举行商业活动的同时，顾及建筑原本的风貌特色，不会做出任何改动破坏。"

顾念温声道："当然不会，您放心吧，这个项目我既然参与进来，就会从头跟到尾的。"

何丽快要气死了。

她之前费尽口舌和心思也办不成的事，顾念一来，连话都没说几句，对方居然就轻轻松松答应了，搞得到头来，自己仿佛还是沾了她的光似的！

何丽越想越不忿。

这个项目，她作为主要负责人，从一开始就辛辛苦苦写策划案，报批，设计流程内容，跟欧洲那边联系，寻找场地，今天跟杨女士见面，也是她先约了的，结果顾念中途加入，三言两语就说服对方改变了主意，这不能不令她感到心气不平。

她很想起身扭头就走，但她知道自己不能这么做，否则功劳就真的完全被顾念抢走了。

在外人看来，何丽也很幸运，因为她刚进公关部的时候，就被卫玛看上并划拢到自己麾下，卫玛将她当成自己的嫡系来培养，虽然晋升速度比不上顾念，但跟其他人相比，何丽还是很出色的。但何丽自己不这么认为，她觉得卫玛看重的只是能力，而不是她这个人。

两人私底下的交情其实并没有外人以为的那么好，卫玛不是一个性格柔和、容易被讨好的人，何丽曾经几次试图从各个方面讨好她，包括投其所好买礼物送给卫玛，但结果都不太理想。所以她更害怕卫玛会因为这次的事情而抛弃自己，转而重点栽培顾念，毕竟人家有个背景雄厚的男朋友。

在这个金钱势力至上的社会，谁后台大，谁腰杆就更硬，能力根本无足轻重。

何丽如此想道，在告别了杨女士，回去的路上，她终于忍不住，以半是夸赞半是羡慕的语气道："Nina，杨女士是你们分店以前的常客吗，看起来跟你渊源不浅，之前无论我怎么说，她都不肯松口，你一来，她就立马答应了。"

也许是任务完成，心情不错，顾念语气轻松："你知道这位杨女士，曾经是我们分店最刁钻的客人之一吗？我以前的同事，几乎没有一个愿意为她服务，我也是被她投诉过的人之一。”

“怎么可能？”何丽完全不相信。

顾念笑了一下：“很难想象是吗？当时她在现实生活中遇到了很大的困境，差点迈不过去，心情很糟糕，我看见她在M&J的分店外徘徊，上前劝慰了她一番，就被她记住了，可见她本质并不是个爱刁难人的人，甚至比一般人都要更加恩怨分明。”

何丽根本不相信事实会是如此简单，但她面上仍是露出恍然大悟的神情：“原来是这样。”

顾念看了她一眼：“Kelly，你知道我为什么不喜欢跟你合作吗？”

何丽微微一愣，强笑道：“不就是因为你刚入职时候的那件事？”

顾念摇摇头：“我说过，咱俩不是一路人，你看你既然不相信我，为什么还非要问我，这不是虚伪是什么？”

何丽没想到自己被她耍了一把，怒道：“进了职场，谁不虚伪，别说得你好像出淤泥而不染的白莲花似的！你要是不虚伪，干吗来抢我的项目，还要在Emma面前表现出一副勉为其难的样子！”

顾念耸肩：“虚伪有很多种，我那种是不坑人的虚伪，叫礼貌。你以为要不是Emma开口，我很愿意来插一脚？你这种虚伪，是会坑死人的。”

何丽说不出话来，她差点忘了顾念平时温温柔柔不多话，火力全开的时候也是能气死人的。

顾念抬手看表，朝她嫣然一笑：“我有事先走了，明天见。”

说罢也不管何丽的脸色阴沉与否，顾念迈着轻快的步伐走了。

如果是刚进公关部的顾念，她还要担心一下自己的人际关系，生怕得罪这个、得罪那个，但时至今日，她完全无须对何丽假以辞色，无须担忧对方的存在会不会对自己造成威胁，而这一切靠的不是雍凛，而是自己一步步努力得来的底气。

跟杨女士谈完已经是傍晚，顾念没有再回公司，而是选择直接回她与雍凛同住的那栋公寓。

以雍凛的条件，完全有能力选择更好的房子，但两人都觉得那里环境不错，又很方便，加上住惯了，便继续住下去。

即便将来两人搬走，这栋公寓也会继续保留下去，因为它对顾念和雍凛而言，有着特殊的意义。

顾念以为自己回来得足够早了，没想到还有人比她更早一步。

厨房里有人在忙碌，顾念一开始以为是阿姨，定睛一看，才发现居然是雍凛。

她走到雍凛身后探头一看，差点笑翻。

只见雍大老板正一手拿着化学实验室那种小杆秤，一手翻着料理台上的烹饪书。

再看他严肃的神色，不知情的还以为他即将做出人生中最艰难的决定。

雍凛正全神贯注看着烹饪书上的内容，冷不防顾念甜甜问一声：“糖醋排骨？”

他的手一抖，杆秤上的糖撒进碗中的醋里。

完美主义者雍凛很不满意，皱着眉头道：“重做。”

顾念忙阻止他，哭笑不得：“反正是酸甜口感，多一些少一些也无所谓。”

雍凛不大高兴：“我买的这本书不够专业。”

顾念拿起来翻看：“挺专业的呀，正规出版社出版的。”

雍凛：“里面说盐少许、糖少许，少许究竟是多少毫升，说都说不清楚。国外烹饪书上，这些分量都会写得明明白白。”

顾念瞥见搁在台上的烧杯，不由得笑喷：“咱们中国人做菜，讲究的是经验和用心，很多菜肴必须在实践中掌握技巧，不然人人都能当大厨了，话说回来，雍老板，您平日里向来是十指不沾阳春水的，怎么今天忽然心血来潮，想起要下厨了？阿姨不在吗？可以叫外卖，或者出去吃的。”

雍凛自嘲道：“我已经从酒楼订餐了，就是想试试亲自为你烧一道菜，没想到太高估我自己了。”

顾念伸手将他搂住：“亲爱的，我很感动，不过糖醋排骨对一个入门者来说还是有点难度的。”

她忽然灵光一闪：“等等，你该不会是想等所有菜都摆上桌，让我猜猜哪一道是你亲自做的吧？”

雍凛的表情有点不自在，显然是被顾念猜对了。

一个性格严谨的大男人，居然还有这等小孩子似的想法，顾念觉得很好笑，又不敢笑出来，生怕戳伤了雍大老板的自尊心，以后再也不肯这样“幼稚”了。

雍凛见状叹了口气，回抱住她：“想笑就笑吧。”

顾念连忙摇头：“没有没有，一点都不好笑。”

雍凛：“那等会儿你把排骨吃光。”

顾念艰难道：“……好吧，我尽量。”

不知她这算不算是豁出命去，为博红颜一笑。

雍凛果然笑了，捏捏她的脸：“那你先出去等着，外卖也快来了。”

男人只脱了外套，身上还穿着西装长裤和衬衫马甲，外面系了一条围裙，看上去居然非但不减英俊，反倒平添了几分居家的魅力。

顾念趴在料理台上，托着腮看他认真做菜的侧面，心想即便等会儿再难下咽，自己拼着事后吃肠胃药，也要吃下去，也算是为了美色付出的合理代价了。

“你为什么突然想下厨？我记得你根本不喜欢做菜。是不是公司出了什么事？”

雍凛微微一笑：“能出什么事，东杨无须担心，而明华，自从我醒来之后，再也没有人提起要让我出让股权的事情了，多亏了你上回在董事会的表现，很多董事现在不会再以我的年纪和经验来说事，也许过不了多久，我就能收回父亲的江山了。”

这句话背后意味着绝对的自信，顾念喜欢看见这样的雍凛。

“我的表现也是来源于你的事先布局。”顾念摇摇手指，“雍先生，你还没回答我的上一个问题。”

雍凛：“你还记不记得，我说过我在外国读书的时候，连大厨都带过去，为的就是不必自己下厨，但现在我发现，很多事情一开始不喜欢，只不过是没有找到那个值得这样去做的目的。”

顾念笑眯眯道：“雍先生，有没有人说过，你说情话的技巧越来越高超了？”

雍凛回敬：“没有，你是第一个。”

顿了顿，他又加了一句：“也是最后一个。”

一切似乎水到渠成。

经历过生离死别，两人现在即便二十四小时对着彼此，也不感到腻烦。

顾念曾经想过，这辈子她不可能爱一个人超过自己，哪怕一无所有，必然也要保留一丝最后的尊严。但正如雍凛所说，很多事情，之所以觉得不可能，是因为自己还未遇上足以改变自己决心的转折点。

换作当初未提出分手时的雍凛，即便再喜欢顾念，如果让他为了顾念做出工作上的牺牲，做自己从前不喜欢做的事情，甚至是付出生命，他也觉得不可想象。

但是现在，他看着这个躺在自己怀里、甜美入梦的女人，甚至连呼吸都放轻了，生怕吵醒她。

他会在意对方开不开心，会为了她一个惊喜或开心的笑容，去做自己根本不喜欢的事情，就算再不喜欢，也因爱人的喜欢而变成喜欢。

他想自己这辈子再也不可能如此深爱一个人，顾念的存在仿佛填补了生命里的空缺，让所有变得圆满。

雍凛低下头，在对方的额头上轻轻一吻，也闭上眼睛。

愿你梦中有我。

当初M&J到A大进行校园招聘的时候，其盛况堪称空前，无数精心打扮的大四学生，尤其是女生，几乎踏破了面试官的门槛。

作为从几千人里脱颖而出的幸运儿，沈南得到了许多同学的羡慕，因为她不仅是少数几个过关斩将，最后被留下来的人之一，而且还没有被分配到分店实习，而是分到了总部来，与另外一名女生一起，成为公关部的一员。

如果她们在实习期间表现优秀的话，就能得到M&J的正式聘用，再不济，也会有一封推荐信，为她们的求职之路增添亮丽的一笔。

但沈南进来之后，她发现自己的职场生涯其实没有外人想象的那样光鲜亮丽，每天都像赶着上战场一样，永远有做不完的事，整理不完的资料，而且公关部人虽然少，但彼此之间似乎暗潮汹涌，说句话都要绵里藏针，好像置身于古代后宫之中，分分钟心惊胆战，就怕自己领会不到对方的意思，又或者不小心就被摆了一道，听同一届去实习又或者已经找到工作的同学说起他们的工作多么简单枯燥、毫无新意，沈南反倒有些羡慕起来，再听到别人说羡慕自己在M&J工作的话，她也唯有苦笑而已。

伴随着来到这里的时间逐渐推移，从一开始生活散漫自由的校园突然跳跃到职场精英荟萃的M&J，度过刚开始那段极其不适应和反感的阶段之后，沈南也逐渐摸索到在这里工作的乐趣，甚至有点爱上M&J的氛围了。

作为一名小助理，她摸清了部门里所有人的喜好和大概的行事风格。

最好相处的是顾念Nina，比较爱摆架子的是何丽Kelly，不苟言笑、风风火火的是卫玛Emma，还有很有绅士风度、长得挺帅的童扬Tom，这里看似人少，却几乎承担着M&J在中国的所有营销宣传工作，鉴于时尚圈与娱乐圈的重合度，如果有幸被上司带去出席活动，还能看见不少知名度很高的明星，而且那些明星还会对她笑容可掬态度亲切。

沈南知道，这一切都是M&J这个品牌带来的，假如她不是M&J的人，那些明星看都不会看她一眼，可以说，这份工作，让她付出心血的同时，也能让她有所收获，所以即便沈南再羡慕那些找到清闲工作的同学，她也知道，她要珍惜这个来之不易的机会，并争取在实习期满之后留下来，成为公关部的正式一员。

但最近的风向令她有点不安，部门新近从外面招聘了两名新人，他们并非像沈南一样毫无经验，而是从别的品牌跳槽过来的，一入职就是正式的公关专员，这样一来，本来就不需要那么多人的公关部，有可能彻底满员，那她们这两个实习生，就不一定能留下来。

现在已经过了面向应届毕业生的招聘季，重新开始寻找新工作的话，也不一定能找到心仪的公司和职位，这个认知使得沈南有点焦虑起来，晚上失眠不说，白天上班也有点没精打采，但她还是勉强振作精神，克服自己内心失落烦躁的情绪。

昨天她照例早早就来到公司，结果在楼下碰见一起在公关部实习的另一名女生赵思思。

赵思思是S大毕业的，能够战胜千军万马来到这里，能力外貌自然也比较出众，两人刚进公司那会儿，也许是同为新人，交情建立得很快，好得跟两姐妹似的，但后来不知怎么的，赵思思就渐渐跟沈南疏远了，两人再也没有一起出去吃饭逛街，顶多是在公司里聊两句。

沈南没有去问赵思思为什么会突然冷淡下来，因为她在从别人那里知道顾念和何丽交恶的原因之后，心里也多了一丝警惕，她能理解赵思思的做法，虽然难免有些失落。

时间还早，办公区没什么人，两人直接到休息室里吃早餐。

今天赵思思似乎有意和她多聊两句，神秘兮兮道：“你知道那个新来的Sara吧？”

Sara是刚入职不久的那两名专员之一。

沈南点点头。

赵思思："昨天Emma好像因为她做的一个策划案，对她不是很满意，把她叫进办公室去了，Sara出来的时候，脸色很不好看。"

"是吗？"沈南笑了笑，不是很在意。她们只是助理，还是实习生，而对方是专员，做得好不好，跟她们没什么关系。

赵思思似乎看出她的心思，解释道："他们现在也在试用期，要是没能留下，不就能腾出一个空位给我们？"

沈南一愣，脱口而出："我还以为Emma看不顺眼的是Nina呢！"

她们俩进来实习的时候，吴嘉文还没走，那会儿吴嘉文跟卫玛当众对着干的场面还历历在目，吴嘉文走后，顾念被架空排挤的事，她们也都亲眼看见了，要说卫玛最想开除的人是谁，沈南觉得肯定是顾念。

赵思思扑哧一笑："你别傻了，Nina的后台多硬啊，Emma看她再不顺眼，也不敢开她的。"

沈南吃惊道："Nina还有后台？"

赵思思："你是真不知道还是假不知道？她男朋友是雍凛啊！之前她男朋友昏迷那事闹得沸沸扬扬的，Nina'苦守寒窑十八载，终于守得云开见月明'，她男朋友肯定感动死了，据说男方母亲原来也不喜欢Nina的，觉得门不当户不对，现在都已经松口了，Nina有雍家当后台，Emma巴结都来不及呢！"

她绘声绘色地讲着八卦，好像自己目睹了豪门恩怨似的："之前M&J主题文化展的事，Emma还让Nina中途进来插了一脚，你没看见上次开会的时候，Kelly的脸色有多难看吗，只差当场掀桌了！"

沈南迟疑："可雍家的事业跟奢侈品没什么关系吧，Nina的个人能力也挺强的。"

赵思思不以为然："个人能力再强，在背景面前都被秒成了渣渣，我跟你说，等Nina结婚，肯定会辞职的，谁会放着豪门少奶奶不当，继续留在这里当低三下四的小职员？"

“我倒觉得在这里工作挺有意思的。”

说这话的当然不是沈南，而是端着杯子进来倒咖啡的顾念。

见赵思思脸色大变，顾念还体贴道：“没事，我刚来，就听见最后一句。”

不说还好，一说赵思思更加不自在了。

虽然不算在说坏话，但背后论人是非，被正主儿听见了，也是一件非常尴尬的事情。

她的脸皮还没厚到假装没发生过的地步，勉强笑了一下，寻个借口落荒而逃。

沈南也很不好意思，解释道：“刚刚我们也没说别的，更没有说你的不是，思思说你快结婚了，恭喜你，Nina！”

顾念笑道：“谢谢，等正式确定了日期，我会亲自给你们送邀请函的。我看你最近精神有点不好，是不是工作上碰到什么难处了？”

沈南忙道：“没什么，我就是晚上的睡眠质量不太好而已。”

顾念：“担心自己不能留下来吗？”

沈南有点吃惊，似是没想到顾念的感觉如此犀利，不得不承认：“是有点担心。”

顾念含笑：“你工作一直很用心，我知道，你所欠缺的也就是一点经验而已，要相信自己，我们部门里没有满员就不招人这一说的，只要有能力，就能留下来。”

沈南黯然：“可Emma批评过我两回了。”

顾念开玩笑道：“批评说明有进步的空间，要是你做得比我们还好，那还要我们做什么？”

沈南被逗笑了，心想自己哪年哪月才能修炼出这等说话的艺术，顿时对顾念生出佩服之情，忍不住道：“Nina，你结婚之后，不会真要辞职吧？”

顾念：“怎么了？”

沈南赧然：“没有，我就是觉得像你这样的人，天生就适合待在M&J，辞职了挺可惜的。”

顾念微微一笑：“我不会走的。”

雍家那样的家世背景，会希望儿媳妇婚后还在为别人打工吗？沈南有点疑惑，却没有问出来。

闲聊时间很快结束，其他同事陆续前来上班，顾念和沈南也回到办公区域，卫玛却忽然召集开会。

今天原本不是例行会议的时间，众人面面相觑，都觉得突然。

“不好意思，临时有事要宣布，将大家叫过来，顺便问问工作进度。”卫玛简短道，望向何丽：“Kelly，从你开始吧，文化主题展进行得如何了？”

何丽下意识微微直起背：“是，有个好消息，我们与小洋楼的主人杨女士接触了一下，对方答应将小洋楼租借给M&J作为展厅。”

卫玛有点意外：“Good！不过我记得之前别的品牌也去借过小洋楼，结果碰了壁，我还以为你们会选在市政文化厅那边，没想到你们居然说服了小洋楼的主人？”

何丽很不想提及顾念的功劳，但顾念就坐在自己对面，这是无论如何也不能抹杀的，她只得不情不愿道：“Nina认识杨女士。”

卫玛看向顾念。

顾念道：“我已经邀请杨女士作为嘉宾，出席展览，并且也联系了赵和与钟圆，他们都答应下来了。”

卫玛欣然道：“做得好，让你参与进来果然是正确的。”

她将何丽当成自己人，所以没有当众表扬何丽，殊不知何丽却因为这句话而内心翻江倒海，愤愤不平。

卫玛没有留意何丽的神情变化，她似乎急于让所有人将工作进度一一汇报，问完这个项目，立马就跳到童扬那边。

等最后一个沈南也说完，卫玛点点头：“看来大家手头都有事做，而且各有进展，这样很好，等新总监下午上任，我也算是有个交代了。”

这句话一出，犹如一个重磅炸弹，将所有人炸得晕头转向。

何丽更是满脸震惊。

卫玛现在的职位虽然是代理总监，但所有人都觉得她距离去掉前面的“代理”二字，只有半步之遥。

潘明已经调走了，如果上面没有让卫玛继任总监的意思，又何必让她代理？难不成再调一个空降的过来吗？

谁知道竟然还真就出了意外，真就来了个空降的。

这个消息令整个部门人心惶惶。

但卫玛显然不肯透露更多细节，将“炸弹”丢下之后，她就宣布散会，任由众人议论纷纷，何丽想去问卫玛，又觉得对方肯定不会告诉自己，而且卫玛本来快要到手的总监职位就像煮熟的鸭子飞了，她的心情肯定不会好到哪里去，这个时候上门，就等于主动撞枪口上去挨训。

沈南今天早上跟顾念聊了片刻，觉得彼此距离拉近了一些，此时跟对方一起走出会议室，忍不住小声问：“Nina，你听到什么风声了吗？”

顾念摇摇头，她也正有点奇怪。照理说，往常这种时候，特别是职位变动前夕，早就小道消息满天飞，但现在要不是卫玛说，她也还不知道下午就将有位新总监上任。

“何必在这里猜得费劲，下午不就知道了。”她对沈南说道。

对何丽而言，虽然早上到中午这段时间做了种种心理建设和内心挣扎，但当那位新总监在副总的引领下走入公关部的办公区时，她的内心依旧升起一股崩溃的感觉。

用文学一点的词汇来描绘，那就是：眼前一黑，如同天崩地裂，几乎支撑不住身体。

在副总简短介绍并离开之后，吴嘉文用他那张招牌嘲讽脸，对何丽道：“Kelly，你的脸色不是很好看，如果生病的话就请假回家休息，公司还没苛刻到不让你生病的地步。”

何丽勉强一笑：“没关系，我应该是中午吃撑了。”

吴嘉文挑了挑眉，没把太多注意力放在她身上，对卫玛伸出手：“Emma，多谢你，在这段时间，将部门管理得井井有条。”

比起何丽，卫玛反而更加淡定，别人很难从她脸上看出勉强或不快等情绪，也许是她提前知道这个消息，已经做好了足够的心理建设。

她回以得体的笑容：“过奖了，这是我应该做的，欢迎你回来，Marvin。早上我只说会有新总监正式上任，并没有说是你，所以他们才如此吃惊。”

“惊喜吗？我懂。”吴嘉文不以为意，目光在所有人身上扫过。

这里面有他熟悉的顾念、童扬、何丽，也有他不熟悉的新入职的两名同事，还有他走之前就已经过来实习，但跟他并没有太多接触的沈南和赵思思。

“Hi，各位同事，也许你们之中有人对我很熟悉，也有人是头一次见到我，但没关系，我跟Emma的作风相差无几，因为我们都有同样的要求，那就是快狠准，只要你对工作专心致志，高效完成，那么不管你私底下有什么爱好，我都不会干涉。”

“但有一点，”他伸出一根手指，“做事要凭自己的能力，我不喜欢背地里搞些小动作的人，这就是我的游戏规则，希望我们以后合作愉快。”

他果然是干脆利落的作风，连开会都不用，几句话讲完，就让众人继续干活儿，余下卫玛与他进了办公室。

“恭喜你了，Nina。”何丽忍不住道。

顾念诧异：“喜从何来？”

何丽心道你还装什么傻：“你跟Marvin交情那么好，这次职位申请，肯定又能更上一层楼了。”

顾念失笑：“我想你搞错了。Marvin是个什么样的人，你会不比我清楚？我当他拍档和助手那会儿，被他训过几回，我想你也亲眼瞧见过，他从来就不是一个会跟你讲交情不讲工作的人。还有，我职位申请能不能通过，跟我与Marvin的交情又有什么关系？你是在暗示我能力不足，还是Marvin识人不清？”

何丽诧异：“我不过是恭喜一句，你何必这样较真？”

顾念懒得与她多说，继续低头工作，目睹这一幕的赵思思对沈南扮了个鬼脸，那意思是“她们俩真是冤家”。

沈南却觉得顾念的反击并没有错，要是默不作声，难保会被人误会心虚，到时候就更说不清了，倒不如大方磊落说明白，她觉得自己有时候反应能力不够快，被人欺负了，往往也等到事后才想起应该怎么反击，所以特别羡慕顾念的机敏，默默让自己与对方看齐。

顾念并不知道自己成了别人学习的榜样，她还想着吴嘉文跟卫玛的谈话应该会很久，毕竟两人要进行工作交接，谁知不一会儿，卫玛就从吴嘉文的办公室里离开，而顾念的公司内部通信软件上则传来吴嘉文的召唤信息。

吴嘉文见她手里拿着本子，奇怪道：“你拿着纸笔进来做什么？”

顾念：“你不是要交代工作吗？”

吴嘉文翻了个白眼：“在你眼里，我就是这么丧心病狂的工作狂吗？”

顾念“哈哈”笑了起来：“你才知道吗？”

在部门里，现在也就顾念敢这么跟他开玩笑了。

顾念道：“你藏得可真深啊，事先一点风声都没透露。”

吴嘉文：“我也是前两天才正式得到邮件通知，在那之前，任何口头的承诺都不能作数。”

顾念：“你能回来，我当然很高兴，不过上头是一开始就属意你来接任，让Emma暂时代理吗？Emma也知道这件事？”

吴嘉文：“她知道自己当上总监的可能性不大，否则公司不会让她代理，早就直接任命了，让她代理，就是为了有个过渡期，潘明虽然很看重她，但潘明去了港岛，鞭长莫及，上回麦琪琪的投诉，也让她失了分数。”

说到这里，他从抽屉里拿出一个信封，放在桌上，推向顾念。

“这是什么？结婚请柬？你可真没创意，好歹用漂亮一点的信封装吧，殊也回来了吗？”顾念一边开玩笑，一边拿起来打开。

在看见信函上的内容之后，她面露惊讶，有些惊喜，又有些不敢置信，还再三确认了上头的名字。

“怎么这么快？”

吴嘉文鄙视：“行了，嘴角都快咧到天上去了，我又没不准你笑！”

顾念终于忍不住扑哧一笑：“谢谢你，Marvin！”

吴嘉文挑眉：“谢我做什么，这是你用能力换来的，我可不会为一个废物徇私，再说这是我上任前就定下来的。”

顾念现在高兴得整个人都快飞起来了，也不去管他那些刻薄言语：“一般这种申请，上面肯定会咨询直属上司的意见，说明你和潘明两人，都为我说了好话，不管怎么说，都要谢谢你，Marvin，你和殊也什么时候领证，我一定送上一份大礼！”

吴嘉文轻咳一声，面容忽然变得有点不自在：“回来之后就领了。”

顾念讶然：“那婚宴呢？”

吴嘉文道：“殊也说服了姚家那边，不准备办婚宴了，到时候我会请一个长假，陪她去几个国家走走，等我们走之前，再请你和雍凛吃饭。”

顾念笑吟吟道：“殊也之前也和我说了，婚宴只是一个形式，最重要的是两人开心，恭喜你们了。”

吴嘉文：“那你和雍凛呢？你不会是想等坐到我这个位置，再跟他结婚吧？”

提起男朋友，顾念忍不住一笑，随即又敛了笑容：“当然不是，虽然他父亲现在还没有官方确认的死亡证明，但我们过段时间再说，也算是对他老人家的尊重。”

吴嘉文点点头，不再多言。

顾念揣着那封信函，忍不住又低头看了一眼，心头难掩滚烫火热。

这就是她努力了许久的意义所在。

当努力和能力得到承认，再回过头看从前走过的路，哪怕再艰辛困苦，也会觉得一切是值得的。

顾念想起自己在分店工作之初，不知碰到过多少像从前的杨女士那样，甚至比杨女士还要刁钻古怪的客人，有时候那些客人一句尖酸刻薄的话，能说得她差点当场哭出来，可她还不能哭，得将眼泪默默往回收，面上还要露出职业笑容，继续工作。

看着同届毕业的同学，有的选择了清闲度日的工作，有的留学海外，走上另外的人生道路，还有的因为怀孕生子，索性辞职回归家庭，当起全职主妇，顾念不是没有想过放弃，不是没有想过改行，她甚至一度怀疑自己进入奢侈品行业是不是一个正确的选择。

在顾念刚进这一行的时候，她就知道，许多像她这样从普通店员做起的员工，其实大多有着不凡的学历背景，要么有海归履历，要么家境优渥，是不折不扣的白富美或高富帅，这些人本身就有许多人脉，从小接触的事物与普通家境的孩子不同，眼界胸襟、做事风格自然也有很大区别，相比起来，顾念的起点并不高，优势也不大。

与雍凛分手的那几天，其实是她人生中最灰暗的时候。

她可以咬牙面对外来的困境，可当连男朋友也不理解自己的坚持时，顾念几乎要被彻底击溃。

幸而没有。

走出公司大楼时，顾念一眼就看见等在马路对面的雍凛。

雍凛苏醒之后，工作效率似乎变得更高，又或者他终于意识到珍惜家人的重要性，刻意减少了工作量，不再将休息时间也用在工作上，反倒经常亲自来接顾念下班，然后两人手挽着手去逛超市，又一起回家吃饭，就像世间无数情侣那样。

看到雍凛，顾念的嘴角就无法控制地扬了起来。

她加快脚步，又很快变成一路小跑，直接将对方狠狠搂住。

雍凛回搂住她："发生什么好事了？"

顾念故意抬杠："你怎么知道是好事，也有可能是坏事呢？"

雍凛点点她的嘴角："你笑得都快藏不住了。"

顾念笑逐颜开，这才揭开谜底："我升职啦！"

雍凛有点意外："升总监？"

顾念白了他一眼："你当我坐火箭呢，是高级专员，位于部门总监之下，跟总监助理平级！"

她仰起头，响亮地亲了雍凛一口："亲爱的，我是不是很能干？"

雍凛噙笑："是很能干。"

他忽然用力搂住顾念的腰，将她腾空抱起，转了一圈，又在对方的惊呼中，低头吻下去，旁若无人，爱意浓烈。

"我为你骄傲。"

傍晚落日的余晖透过两人头顶的树叶间隙洒了下来，落叶飘萧，却如春日繁花，绚烂绮丽。

仿佛冥冥之中早有牵引，这一生，注定会有一个人，与你相遇。

假如错过，不是没有缘分，只是不够深爱。

——正文完——

番外一
文化主题展

如今的顾念几乎成了M&J的一张名片。

文化主题展如期举行。

这是一场面向大众的高端展览，旨在介绍M&J的历史变迁与各个历史时期的产品特色，所以展出的不仅仅有十年前甚至二十年前的M&J手包，还有从欧洲那边借来的，可以追溯到第一次世界大战前后的古董级手包与珠宝首饰。

买不起M&J的人，不意味着不向往M&J，虽说展览需要邀请函才能进入，但邀请函并不难拿，有心人在国内官方网站或官方微博上申请就能拿到，这也意味着最后拿到邀请函的人，大部分都是喜欢M&J，对M&J有一定了解的观众群体。

饶是如此，参观者依旧络绎不绝。

外行人看热闹，内行人看门道。这些展品从欧洲远渡重洋而来，无一不是价值千万甚至上亿级别的珍品，投保的金额恐怕也是天文数字，其中有的展品甚至以前被珍藏在M&J的藏品室内不见天日。

也就是中国近年来成为奢侈品市场大户，而M&J也有意继续深度拓展中国市场，才会不吝于将这些藏品出借到中国，换作其他任何一个亚洲国家，都不可能有这种待遇。

更妙的是，这次展览选择的场地，是一栋建造年头与M&J成立时间相仿的历史建筑，这使得展览无论从哪方面来看都是完美的，连欧洲总部那边也派人过来观摩，并给予高度的肯定。

作为这个项目的主要负责人，顾念和何丽也理所当然得到了各方面的赞誉。

但顾念在行业内的名气比何丽大，在公司的职位比何丽高，哪怕何丽是项目的发起人，最后的署名排序，顾念也肯定在何丽之前。

严格来说，这有些不公平，但游戏规则就是如此。

纵然有再多的不甘心，何丽也要咬着牙坚持下去。

剪彩首展那天，名流云集。

因着M&J的名气和地位，受邀请的人几乎都来了，其中不乏赫赫有名的名媛和明星，包括赵和与钟圆，而他们的到来又带动了一大批媒体，镁光灯几乎可以媲美阳光，展馆内外衣香鬓影，令人感觉仿佛误入电影节颁奖现场。

何丽输人不输阵，特意打扮得光彩照人，从朋友那里借来全套Cartier首饰，相比之下，只戴了腕表，穿着浅灰蓝色套装的顾念，就显得不那么出彩了，这使得何丽心里稍稍得到一些安慰。

许多人都认识顾念，不单因为她是雍家未来的儿媳妇、雍凛的未婚妻，更因为现在很多人提起M&J的公关，第一个想到的就是顾念，像吴嘉文和卫玛那些人，也许能力不逊于顾念，可因缘际会，经过上回沸沸扬扬的全民八卦事件，如今的顾念几乎成了M&J的一张名片。

即使打扮低调，顾念周围也没断过人。

准一线的明星们想与她交好，大腕明星也想与她打好关系，就连那些想尽办法弄到剪彩观礼资格的十八线艺人，也羡慕周惜媛之前的好运，希望同样的好运能降临在自己头上。

更有不少人，即使心里暗暗看低顾念，可因着雍家的缘故，也不得不跟顾念套近乎。

就连许多媒体，也拿着话筒往顾念身边凑，问的无非是与娱乐圈相关的话题，譬如M&J接下来的合作对象，新近风传某某艺人将成为M&J的品牌挚友是否属实云云，也有个别问起她与雍凛何时结婚，顾念一律以微笑作答。

钟圆跟赵和不吝于在媒体面前表现自己与顾念的良好私交，还主动拉着她给媒体合影，这在大众与粉丝眼里，也许是顾念的幸运，但在内行人眼里，将来钟圆、赵和两个人，未必没有仰仗顾念的地方。

何丽身边显得乏人问津，因为娱乐圈的人和媒体并不认识她，仅有几个同行与合作方过来打招呼。何丽满心怨气不能发泄，面上还得维持笑容，直到肩膀被拍了一下。

她回过头，脸上带着笑容的面具差点裂开。

麦琪琪冲她一笑："你好像很不想看见我？"

何丽扯起嘴角："怎么会呢，不过Gigi，听说你去了港岛，怎么又回来了？"

麦琪琪挑眉："我现在是总部派驻S市的专员。"

何丽："那恭喜你了，看来以后你又可以在S市常驻了。"

面对她，何丽总有一丝心虚，目光不由自主乱瞟，随便找了个借口："不好意思，看见个熟人，我去打个招呼。"

说罢就要走人。

麦琪琪也没拦着，只在她身后冷冷道："风水轮流转，看来你也尝到被抢走功劳的滋味了，不知这是不是叫善恶终有报？"

去你的善恶终有报！何丽忍不住在心里恶狠狠骂道，却不敢回头反驳，生怕麦琪琪又整出什么事，最后丢脸吃亏的还是自己。

她脚步匆匆地离开，看上去有几分落荒而逃的意味。

麦琪琪哂然一笑，转身离开。

刘玉珊也来了。

她的邀请函是顾念亲自给的，意义非凡。

作为M&J的拥趸，就算没有顾念，今天她也必然会到场。

与她一起的，还有国内知名的实业家周女士，周女士多年前因与雍子文有生意往来而彼此认识，又通过雍子文认识了他的太太刘玉珊，这些年来，两人交情一直不错，周女士事业有成，说话却慢声细语，也没看不起刘玉珊，两人今日结伴而来，在一旁观礼之后，便一同进入展馆，沿着展品一路看过去，小声聊天。

周女士远远看了被人围起来的顾念一眼，笑道："怎么不与你未来的儿媳妇打声招呼？"

刘玉珊没往那边看，正专心致志看着玻璃柜里一只宝石手镯，为它的精湛工艺所惊叹："她是来工作的，我是来玩的，怎么能一样，我过去打扰她，只会为她平添烦恼。"

周女士忍不住笑："再找不到你这样的好婆婆了！"

刘玉珊微叹："她是个好孩子，我做的还是太少。"

正说着话，便飘来一句议论："雍家的儿媳妇去干公关，抛头露面，太丢人，也不知道雍家怎么想的！"

两位女士背对着刘玉珊她们，正好从灯下走过，没注意到隐藏在灯光暗处的刘玉珊和周女士。

与说话者同行的另一人便回道："雍子文出事了，雍家毕竟大不如前，儿媳妇那么强势，当婆婆的管不住吧？"

周女士扭头看刘玉珊，后者果然面色不悦，轻轻拧眉。

"没有必要和她们计较，都是嘴碎的。"周女士轻声道。

她以女性的身份经商，这些年来听到的闲言闲语不知凡几，早就习惯了，这种程度的议论，简直跟毛毛雨一样，无关痛痒。

刘玉珊却道："不能任由她们乱说，传到顾念耳朵里，影响终究不好。"

说罢就朝那两人走去。

说长道短无非人性本质，平民也好，贵妇也罢，金钱多寡不会改变他们的本性。

张太太正与同行女伴说到顾念与雍家种种，冷不防身边传来刘玉珊的声音：“我倒不觉得儿媳妇能干是一桩坏事。”

寻常音量在张太太听来，不啻平地惊雷。

她惊诧回头，脸色瞬间浮现出尴尬：“刘太太，你也来了？”

刘玉珊微微一笑：“都是M&J的常客，自然要来捧场。张太太，我刚才好像听你提到了顾念？”

张太太干笑：“没有，你听错了。”

旁边的女伴似看不惯张太太这般“软弱”，接过话头道：“我们是在说，顾小姐能干得很，这样的儿媳妇，寻常人家，娶了当然是福气，可像我们这样的家境，男人在外面本来就能干，他们需要的是贤内助，而非跟男人争抢风头的女强人。”

她想反驳刘玉珊，殊不知却得罪了刘玉珊旁边的周女士。

周女士冷笑一声：“我的公司市值数百亿，在国内民企排行前十，我曾多次受到领导人接见，为国人创造无数就业机会，照你这么说，这些成果都成了与男人争抢风头？领导人若也与你一般眼光，恐怕现在中国经济根本无法崛起了吧？”

张太太的女伴脸色青一阵白一阵。

正巧顾念看见刘玉珊在这里，便走过来打招呼：“伯母、周女士，你们都来了。”

刘玉珊拉过她，对张太太她们笑道：“人啊，在一帆风顺的时候，总希望身边的人，样样听自己的，顺着自己，可当碰到困难，尤其是顶梁柱倒下的时候，却恨不得有个人能出来做主撑场面，我很幸运，有了顾念，这孩子人品好、心地好，要强一些又有什么关系呢？希望你们永远一帆风顺，不要遇上困境，否则竟连个像顾念这样的人都找不出来，那就糟糕了。”

顾念啼笑皆非，没想到刘玉珊会当着别人的面将她狠夸一顿，但她也不喜欢这位张太太，是以也没有出声表示谦虚，只是含笑站在那里，任由刘玉珊去说。

张太太从前有几分巴结刘玉珊的意思，可刘玉珊根本不买账。后来雍家出事，董事会主席的位置也让了出来，张太太觉得雍家这下要完了，又见刘玉珊束手无策，心里难免有些瞧不起，便渐渐疏远了。谁知后来顾念出面代理股权，雍凛又苏醒过来，眼看雍家竟渐渐有东山再起的意思，她的心思就活泛起来。

今天会被刘玉珊听见自己在讨论顾念，纯属意外，她原本有讨好刘玉珊的心思，在听见这席话之后也有点不痛快。

“刘太太，你怎么这样说呢？我们没说顾小姐不好，就是觉得她不适合当雍家的儿媳妇，要是结了婚，还像现在这样，成日里顾着工作，没个为人妻的模样，传出去，别人会说雍家连个女人都养不起的。”

刘玉珊撣撣袖子，慢条斯理道：“张太太，你想太多了，顾念决定婚后工作，这是她的自由，我们雍家是娶媳妇，不是找保姆，我还以为旧社会才这样呢，没想到你们现在还有这种想法。再说了，顾念想干什么，小凛愿意宠着她，我也尊重她的选择，轮不到外人来说三道四，她是吃你们家大米，还是用你们家天然气了？”

张太太被她说得又急又怒，忍不住想反驳，顾念却提醒道：“这里是M&J的文化主题展，今日还有不少政府相关部门和同行业品牌人员到场，不如我给各位准备一间休息室，你们再慢慢聊？”

不少人都因这里的动静，往这边看过来，张太太的女伴顶不住压力，拉了她便走。

顾念对刘玉珊竖起大拇指：“伯母，真没想到您的口才也这么好！”

刘玉珊得意：“我年轻的时候可是话剧团出身，那剧本厚厚一本，都要背下来的，练也练出来了。”

顾念：“其实上回在门店我也碰见这位张太太了，她这样的人，您不用浪费宝贵精力与她多说。”

刘玉珊吃了一惊：“怎么，她已经刁难过你一回了？”

顾念笑道：“正因为上次没刁难成，这回才怨气难平吧，假如她上回发泄过，那倒还好了。”

刘玉珊倒为她抱起不平来，心里觉得顾念肯定没少听见这样的闲言碎语，否则不会如此淡定：“下回你再碰见，只管来和我说，根本不用跟她客气，以咱们雍家的地位，还轮不到她来说三道四！”

顾念常年离家，与家人感情淡薄，父母不是不疼爱她，只是他们将更多的疼爱分给了弟弟顾恩。久而久之，顾念也学会不从家人身上索取过多的感情，骤然听见刘玉珊将她纳入“咱们雍家”的范畴，意味着对方真正将她当成了自己人，心里不是不感动的。

周女士笑道：“顾小姐，听说这次的场地是你争取过来的，小洋楼的主人杨女士，我与她也有过几面之缘，她有些固执难缠，不知你是怎么说动她的？”

顾念将从前跟杨女士结识的经过略略说了一下，刘玉珊跟周女士都为之惊叹。

周女士更是道：“顾小姐，我很欣赏你这样的人才，不知你有没有跳槽的兴趣，我的公关总监职位虚席以待，待遇绝对不会比M&J的总监级别差。”

刘玉珊忍俊不禁：“你在M&J的展览上挖M&J的墙脚吗？”

周女士笑道：“反正你也不是M&J的老板，有什么关系？像顾小姐这样的人才，肯定有不少人跟我想法一样，如果下手慢了，我怕就没机会了。”

刘玉珊很了解周女士，以她的为人，绝对不会因为跟自己的交情就用这种方式来夸顾念，可见她的确十分欣赏顾念。

这是她头一回明确了解到顾念在职场上的能力。

顾念毕竟代表主办方，不可能一直陪在刘玉珊她们这里，聊了几句之后，又有人过来打招呼，刘玉珊就与顾念说了一声，和周女士一道去别处参观了，不再妨碍顾念的工作。

“顾念。”

听见有人叫自己的名字，顾念回过头，面露惊喜：“师兄，不是说你正在国外出差吗，我还以为来的会是你的助理。”

唐霁与她握手，西装三件套穿在身上，潇洒挺拔，引来不少人注目。

“好歹我也是M&J的合作方之一，这么大的项目，怎么能不来捧场？更何况这项目是你负责的。”

顾念笑道：“其实不全是我，还有一位同事，只不过后期场地寻找与我有关，上面让我参与进来罢了。”

唐霁扫了四周一眼：“可你看，大家都只认得你，说明你已经有了相当好的成绩，你的名字也不单纯与M&J捆绑在一起了。”

顾念开玩笑：“多谢你的夸奖，我知道你在学校的时候要求特别高，能得到你这一句赞誉可真不容易！”

唐霁双手插兜，含笑看她：“老实说，你的优秀远远超越了我的想象，在学校的时候，我只觉得你特别可爱，没想到可爱之余，还有这么大的潜力。”

顾念：“师兄别太夸奖我了，我会不好意思的。其实我没什么天赋可言，刚出校门的时候，也经常吃亏跌倒，可人嘛，吃了亏总会受教训的，跌倒的次数多了，也会知道怎么走才能避开石头，天道酬勤，也就这么一点可取之处了。”

她说这番话的时候，柔声细语，若不是身上穿着职业套装，一副典型都市丽人的打扮，简直跟在校园的时候没什么两样。

唐霁忽然道：“其实我后悔了。”

顾念并不追问，只抿唇一笑。

唐霁见她不问，只好说得更直白一些：“当年如果我态度不那么骄傲，再执着一点，现在与你并肩而立的，也许就不是雍凛了。”

顾念：“塞翁失马，焉知非福？当年你没有执着，说明我没有值得让你执着的地方，这样对双方都好，如果当初你因为一点执念而不放手，我也与你在一起了，说不定现在我们早就相看两相厌，不可能站在这里聊天了。”

唐霁笑了起来，纵然心中还有那么一点惆怅，却拿她没有办法：“你将我想说的话都说尽了，让我说什么好？”

顾念从走过的侍应生手里拿起两杯酒，递给他一杯：“也许我们可以聊聊别的。”

唐霁看着对方递过来的高脚杯，以及那只白皙纤细的手，不知是心底那一股冲动驱使，还是不甘其始终萦绕，他脱口而出：“念念，不知道我有没有机会，再追求你一次？”

“没想到唐先生对我的未婚妻如此钟情。”回答他的却是从唐霁背后走来的雍凛。

他忙里偷闲，过来参展，为自家未婚妻捧场，没想到却撞上了唐霁向顾念表白。

雍凛揽上顾念的腰：“我很为我未婚妻的魅力自豪，这说明不止我很有眼光，不过我想，她这辈子都不会有换人的打算了。”

唐霁微笑，风度翩翩，说出来的话却针锋相对：“一辈子很长，雍先生这话说得太武断了，人心是会变的，你无法保证自己永远不变。”

雍凛：“人心的确善变。钱虽然不是万能，却是最能表达心意的一种东西。我已经通过律师立下单方面的遗嘱，或者说协议，假如我遭遇不测，又或者我变心出轨，我名下的所有产业，都将归顾念所有。唐先生，你愿意这样做吗？”

他迎向唐霁略显错愕的神情，淡淡道：“假如你也愿意这样做，我允许你在我们结婚前，拥有追求念念的资格。”

番外二
结婚

“咱们现在这种情况，万一生产的时候，是你在我的身体里，怎么办？”

在很多人看来，一个重男轻女的家庭，在听到顾念嫁给雍凛的消息时，那应该是欢欣鼓舞的，因为那意味着女儿不需要再从娘家拿钱补贴夫家，又或者如果娘家有困难，女儿就可以毫不犹豫拿钱补贴娘家，成为弟弟的后盾和助力。

但顾家并非如此。

不可否认，顾安国夫妇心中有着根深蒂固、挥之不去的情结，对儿子的看重总比女儿要高上那么一点，但他们也并未因此就打着顾念的主意，他们依旧希望女儿能够幸福。

只要对象不是雍凛。

雍家出事那会儿，八卦媒体上闹得沸沸扬扬，满城风雨，连带顾念的照片履历也被曝光，顾安国夫妇想不知道也难。

那时候他们担心那些闲言碎语会给顾念带来困扰，顾念的母亲黄海菡头一回反省起自己跟顾念的隔阂，主动打电话询问顾念是否有什么需要帮忙的，两人的关系的确得到一些改善。

后来雍凛苏醒，雍顾二人打算结婚，两家父母起码要见个面，吃顿饭，以免儿女结婚，亲家却还互不相识。

顾安国便显得有点不情不愿。

早在顾念跟雍凛的恋情经由媒体曝光，而非女儿亲口告诉他们时，他就在家里发了脾气，认为顾念没把他这个当父亲的放在眼里。后来顾念打电话来解释，顾安国依旧余怒未消，倒是顾恩为姐姐说了不少好话，又说了顾念既要照顾雍凛还要工作的为难之处，这才让顾安国略略消气。

雍凛苏醒之后，顾念苦尽甘来，即将嫁入豪门的消息传得遍地都是，顾家的亲朋好友、左邻右舍也有所耳闻，纷纷前来打听，要么羡慕顾念高嫁，要么觉得两家门不当户不对，顾念结婚之后未必就幸福，还有的觉得顾家不知烧了几辈子高香，从哪儿攀来这样的亲家，也想过来套套近乎，沾点好处。

顾安国何等自命清高的一个人，心心念念不忘让儿女考公务员，可惜顾念不理他，顾恩又考不上，雍家家境再好，在他看来还不如一个公务员家庭，更何况大家话里话外，都觉得顾家高攀，双方家庭地位不平等，顾安国心里就更不高兴，别说让顾念从雍家那里捞好处了，其实这桩婚事他都未必赞同。

思虑再三，他打电话给顾念，委婉表达了自己的想法，让她考虑清楚，男女家境悬殊，对女方来说未必是好事，又说顾家不求顾念嫁得多好，只要她过好自己的生活。

平心而论他这番话不是没有道理，顾念也能听出来自父亲的关心，心里有点感动，但顾安国并不知道顾念和雍凛两人之间经历了什么，现在哪怕是天灾人祸都不能再令他们分开，所以顾念表达了自己此生非雍凛不可的想法。

顾安国就更不高兴了。

雍凛知道顾念和家里关系冷淡，但血缘关系毕竟是无法磨灭的，顾念可以耍脾气，他却不能。非但不能，还得尽量调和两边的关系，别让矛盾激化。

很久以前，雍凛内心未尝没有瞧不上顾家的想法，贫富悬殊，家世悬殊，他喜欢顾念，却没有爱屋及乌，这就是为什么第一次向顾念提出结婚时，却甚至没有考虑到提前去顾家拜访的事情。现在他自然不会再如此想，不过顾安国的反应完全出乎他的意料，对方冷淡得仿佛女儿要嫁给一个乞丐，而不是年轻有为的企业家和金融家。

雍凛啼笑皆非。

黄海菡略好一些，这种时候她反倒更能理解顾念的心情，还跟顾恩一起，充当父女两人的调和剂，功夫不负有心人，顾安国的态度终于不再那么固执。

双方父母相约见面的时候，顾恩因为是晚辈，所以无须到场，虽然雍凛和顾念都有足够的权利决定自己的事情，但作为一种礼节，刘玉珊还是郑重其事，提前到场。

但等来等去，等了快一个小时，顾念接到母亲打来的电话，说是顾恩发生车祸，在医院，所以他们在过来的半路上又改道去医院了。

顾念心下牵挂，顾不上其他，连忙打了个电话给顾恩，顾恩接电话的声音却还算正常，说自己没什么大碍，就是过马路的时候没留意，被车剐了一下，正好母亲打电话给他，就顺口说了一下，谁知母亲紧张万分，当即就赶到医院去了。

顾恩又给姐姐道歉，说马上让父母去跟雍夫人见面。

顾念淡淡道："不用了，医院离这里也不近，你让爸妈不必来回奔波了，回头我跟伯母说一声就好。"

顾恩小心翼翼道："姐，你生气了？"

这种事，任谁都不可能高兴的。

顾恩也对父母的行为无语，但他毕竟是儿子，无法强迫他们去做什么。

顾念不欲多言："没有，你既然受伤了，就干脆做一遍全身检查，别急着出院，明天我去看你。"

她又给母亲打了个电话，电话那头，母亲有点心虚，告诉顾念，他们希望能陪顾恩做完检查再走，为免亲家久等，想另外约个时间，让顾念代为致歉。

她挂了电话，回到包厢里面，见刘玉珊和雍凛同时抬头看自己，顾念不由得苦笑。

说出去都没人信，她跟雍凛结婚，双方家人见面，爽约的却不是雍家，而是她的家人。

刘玉珊关切道："怎么了？是不是半道上塞车？"

顾念将缘由略说了一下。

"抱歉，伯母，这是我爸妈的过错，今天让您久等了。"

她行事八面玲珑，自忖在什么场面都能游刃有余，唯独摊上这样的家务事，只能一脸无奈和歉意。

雍凛握住她的手，什么也没说，却已表达了自己的态度。

刘玉珊没有责怪顾念，反而是有些心疼，她已经从雍凛那里得知顾念与家人的关系，先入为主，难免为顾念愤愤不平，觉得自己若是有这么一个懂事聪明的女儿，疼爱都来不及，又怎么舍得为了儿子而冷落女儿，更何况是一辈子的婚姻大事，可见人心一旦偏了，那是五匹马也拉不回来的。

"这不关你的事，我们先吃点东西吧，既然今天见不成了，改日再约也一样。"

"伯母，对不起……"顾念是知道刘玉珊的，她这辈子除了在演戏上跟丈夫闹过别扭之外，就没受过什么委屈，天生的富贵命，如今竟是在儿子的婚事上被亲家怠慢了。

自家失礼在先，顾念实在有些惭愧。

刘玉珊起身上前，给了她一个温柔的拥抱。

“我没有女儿，你跟雍凛结婚之后，就是我的女儿了，如果你妈妈比我疼你，那我这个婆婆还上哪里表现去呢？”

顾念鼻头一酸，抬头撞入雍凛温柔包容的目光，忽而觉得心头破开一条缝，被融融暖阳照入，那些微的遗憾，早已被填充弥补，再无不平之意。

人生起伏，如月有圆缺，无非如此。

雍家的地位摆在那里，两人想要环游世界甚至去月球结婚，都没有问题，但在地球上，起码在S市这个圈子里，许多人都盼望着这一场盛大的婚礼，其实并不单纯是为了祝福雍顾二人，他们都知道雍凛结婚，必然有许多政商两界的名流赴约，如此大家便又多了一个交际应酬的名头。

所以从雍凛跟顾念订婚之后，就不断有人旁敲侧击询问起婚期，还有许多人问到刘玉珊那里去，刘玉珊被说得心动，也催促两人赶紧来一场盛大的婚礼，雍凛烦不胜烦，终于决定如所有人的愿，办了一场轰动全城的婚礼。

别人看的是婚礼的盛大奢华，看的是顾念与雍凛的传奇故事，这段故事也许谈不上流传后世，但在近几年，肯定是公众茶余饭后离不开的热门话题。

但对顾念和雍凛而言，他们更关心一个问题：那就是结婚之后，两人还会时不时就换一下身体吗？

这种际遇固然奇妙，但对两个人来说，也会带来很多麻烦和不便，尤其他们已经足够深爱，再不必通过什么互相体验各自人生来增进了解和感情。

但天意无常多戏谑，当初他们接受这段奇遇的时候措手不及，现在想要结束，同样不是那么容易。

婚后第三个月，顾念毫无意外地发现自己怀孕了。

这个消息给雍家带来了许多欢乐，雍凛自然不必说，对刘玉珊的影响力也是巨大的。

时隔三年，那场空难的飞机碎片陆续被打捞出来，出事地政府正式宣告搜救失败，飞机上的人也已经得到了法律上的死亡认可，雍子文再也回不来的事实令刘玉珊很是神伤了一阵，若说以前还保有一丝希望，那这个消息无疑将她这点希望也彻底打碎。

就在这个时候，顾念怀孕，不能说让雍家起死回生，但新生命的降临，总能给人带来对未来的展望，对于刘玉珊，则宛若新生。

她欣喜若狂，小心翼翼护着顾念，将大宅里擅长烹饪药膳的厨子调到小两口身边，原还想专程从加拿大飞回来守在顾念左右，被雍凛制止了，可饶是这样，也天天打国际长途，对顾念比对亲生儿子还上心，雍凛的地位瞬间降了不是一点半点。

但这些都是细枝末节，最让人烦恼的是，就连顾念怀孕期间，两人每个月月圆前后的灵魂交换也依旧规律无比，并未因为顾念怀孕就停止。

顾念怀孕前三个月，妊娠反应本来不是很严重，谁知道轮到雍凛换到她身体里的那几天，不知道是骤然换了个灵魂，身体里的宝宝不适应，还是雍凛自己无法适应孕妇的身体，竟出现了严重的孕吐，吃什么吐什么，将顾念吓了一大跳，两人自然什么事也做不成，顾念守在他旁边，又是好笑又是心疼。

雍凛体验过车祸的生死一线，也体验过被杀人不眨眼的绑匪绑架的滋味，他本不是一个生长在温室里的富家公子，哪怕现在公司突然出现什么重大变故，别人估计也很难在他脸上找出什么惊慌失措来。

但眼下他是真有点顶不住了。

肚子的凸起还不明显，明知里面揣着一个小生命，可透过肚皮，什么灵魂的冲撞都感受不到，只能感觉到一阵阵恶心涌上胸口，别说吃点东西，连看见食物都觉得恶心，大鱼大肉是如此，蔬菜水果也是如此，只能瘫在床上做挺尸状。

顾念爱莫能助，只能坐在床边握着他的手，体贴询问：“要不要喝点橙汁或柠檬汁，也许能开胃？”

雍凛有气无力地摆摆手，什么话也不想说。

灵魂互换这种事也不是顾念能控制的，再说肚子里那个孩子还有自己的一份，只不过上天得看他多不顺眼，才会让一个大男人来体验孕吐的感觉。

经历过这一次，即使刘玉珊满脸憧憬地让他们生个一男一女，好事成双，雍凛也要坚决拒绝。

他从来不知道怀孕是一件如此痛苦的事情。

男人贡献一个精子，拍拍屁股什么也不用干，接下来那将近一年的时间里，所有身体上的痛苦，由此引发的精神折磨，再因此产生对工作状态的影响，待人处世的态度变化，通通由女人来承受。

难怪很多女人因为怀孕前后的处境差距而出现抑郁情绪，甚至演变成抑郁症。

再这样下去，雍凛觉得他不是要得抑郁症，而是要得抓狂症了。

顾念想笑不敢笑，又觉得心疼，将他抱住，心里柔软得很：“亲爱的，你再忍两天，很快就换回来了，这些本来应该我来承受。”

雍凛勉强一笑，回搂住她：“没有什么应不应该，孩子也是我的，别说得好像你一个人就能生出来。”

顾念想了半天，终于想到一个可以安慰雍凛的好处：“怀孕了就没有生理期了。”

“……”比起怀孕的痛苦，雍大总裁还是宁愿选择生理期。

当女人真是难啊！

他如是感慨。

顾念忽然道：“咱们现在这种情况，万一生产的时候，是你在我的身体里，怎么办？”

雍凛：“……”

他想起很久以前，自己在顾念身体里的时候，陪她堂妹顾宁去医院妇产科检查，听见别人在议论生孩子和流产手术多么痛苦的情形。

雍凛的脸色青了又白，白了又黑，终于彻底成锅底了。

“不——要——说——了。”他一字一顿道。

不过想象中的可怕情形并没有出现，当顾念怀孕到了七个月的时候，不小心从楼梯上摔下来，甚至见红了，被立马送往医院，雍凛听说消息之后差点魂飞魄散，幸好顾念最终没有大碍，并且顺利将孩子生下来，因为是早产儿，雍宝宝还住了一段时间的保温箱。

但也正是从那时候起，两人灵魂互换的情形再也没有出现过，孩子的诞生仿佛一个契机，改变了原先身体的磁场，顺便也终结了这场奇妙的际遇。

番外三

沈南

“做错了事情并不可怕，可怕的是不知道自己错在哪里，聪明人很多，但有自知之明的人很难找。”

在M&J工作，从来不必发愁见不到明星，没有最大牌，只有更大牌，而且不是你去奉承巴结他们，是他们主动来与你交好。

沈南算是彻底了解了这句话的真谛。

这场城中名流云集的晚宴，她本没资格出席，进入M&J之后，战战兢兢挨过一年的实习期，赵思思被淘汰，她得以留下来，成为M&J的正式一员。

虽然还是最普通的助理，但这层身份仿佛镀了金，为沈南打开一扇新世界的大门，从前未曾见过的纸醉金迷，鲜少能直面的大腕明星，全部朝沈南汹涌而来，饶是意志力再坚定的人，恐怕也会一下子立足不稳，更何况沈南自认意志并不坚定。

好一段时间里，她面对老同学羡慕的眼神，家里人为她骄傲的言语，难免也有些飘飘然起来，仿佛自己成了什么了不得的大人物，行事不可避免地染上一些轻浮，直到她将一件工作上的事情办砸，被顾念叫去单独谈话，面对对方了然的眼神，她忽然打了个激灵，才从那种鬼迷心窍般的感觉里挣扎清醒过来。

“做错了事情并不可怕，可怕的是不知道自己错在哪里，聪明人很多，但有自知之明的人很难找。”顾念的语气很平和，没有责备或嘲讽的意思，但若她会像卫玛那样语气苛刻指责一通，也许沈南还不至于那么心虚。

沈南嗫嚅半天，忍不住问：“Nina，恕我冒昧，这个圈子里诱惑很多，你是如何抵抗得住的呢？”

顾念笑道：“要论诱惑，娱乐圈不是更多吗？”

沈南：“所以我很少在娱乐圈里看见能够抵抗住诱惑的人。”

顾念耸肩：“那不就是了，许多人，你看他们光鲜靓丽，难免会被这一层面目迷惑，等到了解多了、认识深了，发现他们私底下其实另有真实的一面，不就清醒了吗？”

沈南唏嘘：“可是说起来容易做起来难，我现在知道之所以娱乐圈会有那么多人显得浮躁，是因为它能将名利的诱惑无限放大，在这种考验面前，很少有人能够真正稳住，毕竟都是凡人，就算不为金钱所动，也可能为名利所动，在社会上打拼生存，又有谁不希望出人头地呢？”

顾念：“其实干我们这一行的挺好，既能走在时尚娱乐的最前沿，看见那么多诱惑，又能当个旁观者，不必像他们一样在各种名利的旋涡中打转，久而久之，能够稳住的，自然就脱颖而出了。”

沈南若有所思。

顾念：“我听说，你最近正在跟宋家二公子交往？”

沈南微微脸热：“还没到交往的地步。”

顾念双手交叉，靠向椅背，换了个比较舒适的姿势。

在沈南看来，顾念无疑是个美人，去混娱乐圈都绰绰有余了，就算不能大红大紫，当个为人熟知的艺人总是没问题的，更何况这美人还很能干。

顾念不说话的时候，谁都以为美人的性情一定知性温婉、温柔多情，但当她处理职场上的难题时，大家才发现，美人也可以是神采飞扬、口若悬河的。

虽说跟雍凛结了婚，但以雍家的家世财力，婚后顾念没有辞职，也没有换一份更“高大上”的工作，而雍家居然也“纵容”着她，据说雍凛的母亲在公众场合从来不吝于夸奖自己的儿媳妇，态度鲜明，表示无论顾念做什么，只要她开心就好。

哪怕外界再多的闲言碎语，也无法阻挡顾念在职场上的脚步，由她经手的项目，个个都完成得极为漂亮，于是渐渐地也有了这样的传言：顾念是M&J公关部的活招牌。

当然这样的传言纯粹是外行话，因为以M&J的品牌地位，连明星代言人都不需要，当然就更不需要什么活招牌，是M&J成就了顾念，而非顾念成就了M&J。但不可否认，顾念的能力得到了认可，甚至有明星想挖顾念过去当经纪人，别的奢侈品品牌也通过猎头多次投递橄榄枝。

不知不觉，顾念竟也成了别人眼中的“人生赢家”，婚姻美满，工作顺利，人脉宽广，那点捕风捉影的闲言碎语，倒像是羡慕嫉妒的点缀，越发衬托出她人生的圆满。

也许有人又会猜测顾念与男方门不当户不对，背地里辛辛苦苦维持婚姻，不知有过多少鲜为人知的心酸，但沈南很清楚，雍凛是真爱顾念，许多回她亲眼看见雍凛亲自来接顾念下班，也不开车，保镖远远跟着，两人就手挽着手去吃饭买东西，像寻常夫妻那样，结婚数载，感情并未减少半分，反倒更显亲密了。

这种人生，可遇不可求，羡慕也羡慕不来。

但在沈南心底，她隐隐是将顾念当成学习的目标的。

原因无他，两人同样出身普通家庭，内心深处，沈南觉得自己未尝不能成为第二个顾念。

沈南什么也没说，但顾念似乎已经看出她的心思。

顾念提醒道：“宋二少以前的女友不少，性格也比较放荡不羁，这样的男人，是很难为了一个女人收心的，一个吃惯了山珍海味的人，偶尔吃吃家常菜，也许会有惊艳感，但如果让他吃一辈子的家常菜，他是做不到的。Nana，我无意冒犯，但你这么聪明，应该明白我的意思。”

沈南勉强一笑：“我明白。”

其实她又何尝不明白这些道理，只是明白不等于做得到，感情从来由不得人控制，否则世上哪儿来那么多的爱恨情仇？

顾念忽然道：“其实，我跟雍凛是闹过分手的。”

沈南一愣，抬头看她。

顾念：“是我先提出来的。”

怎么可能？沈南脸上明明白白写着这四个字。

顾念笑了：“很难想象对吗？许多人都觉得雍凛是个多么难得的对象，多金专情，稳重可靠，跟一般富豪子弟还不一样，这样的人我都不要，得多矫情。”

沈南有点不好意思：“我倒没这么想，只是你们感情这么好，觉得难以想象。”

顾念：“我不是在开玩笑，很久以前，雍凛也不是现在这样的性格，当时我还只是M&J门店的一名店员，他希望我结婚之后能够放弃M&J的工作，就算要工作，也要顺着他的心意来，找一份体面的、符合雍家身份的工作，我觉得这样的要求已经触及我的底线，所以思量再三，提出了分手。”

沈南：“当时你们的感情，还没有现在这么深吧？”

顾念笑了笑：“也许吧，但说到底，是我们还学不会互相尊重和包容，也还没有做好足够的心理准备。所以你对宋二少，做好足够的心理准备了吗？假如他花心，我是说假如，你可以包容他到何种程度？假如他真心待你，想和你走到最后，却不希望你继续留在M&J，你又会做出什么样的抉择？”

她的话彻底将沈南说愣了。

顾念柔声道："Nana，我们的英文名很相似，我在你身上也看见了我曾经的影子，这也许是我们的缘分，所以我多嘴了，这些事情，本来就算是上司也不应该干涉的，希望你不要介意。"

沈南忙道："不会不会，Nina，你肯和我说这些事，我高兴还来不及！"

她露出一丝苦笑："不瞒你说，我的确有些彷徨，这两年在M&J，见多了有钱人的奢华世界，我好像也跟着迷失了，虽然内心总是告诫自己要把持住，但你说得对，其实我跟宋二少交往，其中也有他外在条件的因素，假如宋修诚不是宋家子弟，只是个普普通通的上班族，我也未必会和他交往。"

顾念摇摇头："你误会我的意思了。看重外在条件并没有错，外在条件也是一个人魅力的加成，我并没有比你更加超凡脱俗。我的意思是，你自己能够为他退让到什么地步，你想好了吗？"

沈南陷入了深思。

片刻之后，她重新抬起头："Nina，谢谢你。"

顾念含笑："不用谢，我很欣赏你的工作能力，同样也希望你走得更远，但你的未来，始终掌握在你自己手里，谁也无法替你做主。"

沈南与宋修诚还在热恋期，顾念这番话如晨钟暮鼓，顿时将她从迷醉的感觉中震醒几分，回想最近在工作上的表现，她不由得更加羞愧。

对顾念而言，跟沈南的交谈不过是她众多工作中琐碎细小的一环，说的人有心，也得听的人有心才行，否则她费尽口舌也是枉然。

过了半个月，就在顾念快要忘记那天的事情时，沈南忽然来找她，诚恳反省了自己前阵子在工作上的纰漏，又交上自己对下一个项目的策划方案和预期目标，内容详尽，宛若脱胎换骨。

顾念很惊讶，问她是不是发生了什么事情。

沈南微微苦笑："Nina，我很感谢你那天的一番劝告，你果然没有说错。”

顾念蹙眉：“我听说……宋二少好像要结婚了？”

沈南点点头，神情不掩苦涩。

顾念随即了然。

宋修诚要结婚，新娘不是沈南。

果然，下一刻，沈南道：“他想在结婚后跟我继续保持关系，要我当他见不得光的地下情人。”

看着顾念惊愕的表情，沈南自嘲一笑：“不对，不是见不得光，他要我当他的情妇，光明正大，就是不可能跟我结婚。”

顾念：“那你……”

沈南：“我给了他一巴掌，让他滚，然后我们就分手了。”

她的反应分外冷静，所有的伤心、难过、愤怒全都留在家里，并未带来公司。

顾念：“虽然我很想说你做得好，不过你要不要请个假休息两天？”

沈南摇头：“不用了，Nina，我发现你曾经对我说过的话都是对的，也许我不够爱他，否则我肯定会答应他的要求。”

顾念温柔地看她：“傻姑娘，你有尊严，又自爱，何错之有？他若是真心爱你，就不会提出那样的要求。”

沈南：“我以后会好好将心思都放在工作上，再不会犯上次那种错误了。”

宋修诚的新娘是个门当户对的白富美，家境优渥，偏偏还去混娱乐圈，被捧着拍了好几部大制作，也有一定的知名度。

两人这一结婚，之前宋修诚与沈南交往的那些事，也被狗仔爆了出来，沈南一下子被推到风口浪尖，有的说她被富少玩腻了，有的说她费尽心机想嫁入豪门，复制顾念的经历，结果失败了，同情的少，嘲讽的多。

沈南从别人口中，多多少少听说了这些负面八卦，背后可能有宋修诚妻子的手笔，但她又能怎么样呢？交往是事实，分手也是事实，出来说话只会被歪曲解读，被黑得更惨。

她总算体会到身不由己的感受，索性将一腔精力都用在工作上，慢慢地，沈南变得越来越精干，部门里的人都说，她是顾念培养的心腹，行事作风跟顾念如出一辙，简直是第二个顾念。

“一条手机短信值得你看半天？”

雍凛从书房出来，见顾念抱着手机在那儿发呆，便在她身边坐下，将人抱个满怀。

顾念仰头对他笑了一下。

雍凛顺势吻住她，缠绵了好一会儿，两人才分开。

顾念道：“吴嘉文要升职了。”

雍凛诧异：“那他的职位由你来接替？”

顾念乐了：“你就关心这个，怎么不关心他去哪里？”

雍凛：“他又不是我老婆，你才是我老婆。”

顾念：“不出意外的话，他会调往港岛那边，至于他职位的接班人嘛，从他的暗示来看，应该是我，但凡事最后没定下来，总会有变数的。”

雍凛亲了她的脸颊一口：“我家念念就是厉害。”

顾念：“如果这次我能升职，我打算把沈南提为总监助理。”

雍凛对这个名字毫无印象，顾念提醒道：“宋修诚原来的女朋友，他带她出席过宴会的，你也见过。”

她将沈南的经历略略一提：“我觉得这姑娘身上，依稀有我曾经的影子，所以我想帮帮她，当然她本身的工作能力也担得起我的看重。”

雍凛挑眉：“她跟你一点都不像。”

顾念笑道："她与富少交往，我也与富少交往，你当然不是宋修诚，宋修诚没有你这么好，但她能当机立断结束一段不怎么美好的感情，也算清醒了吧。"

雍凛不以为然："如果她真像你，一开始就不会挑上宋修诚，你的眼光要比她好一百倍。"

顾念笑不可抑："雍先生，间接夸自己，你也太自恋了！"

雍凛："这不叫自恋，叫自信，我不好，你怎么可能喜欢我？喜欢我的你，当然也是很优秀的。"

顾念直接绝倒："不要脸，太不要脸了！"

番外四 真人秀

时光永远向前，错过的人与事，绝无可能回头。

吕岩一直觉得，顾念如果去混娱乐圈，说不定能比钟圆还红——美人不稀奇，一个情商高的美人，在那个圈子自然是很吃香的。

多年来，为了配合公司的捆绑营销策略，他也奉命跟同公司的女艺人炒过情侣设定，不过那是为了工作。

吕岩喜欢顾念，却不是男女之间那种喜欢，这种喜欢里夹杂了欣赏和佩服，他邀请顾念参加真人秀节目，一开始是为了还人情，给顾念增加知名度，后来却是希望能与顾念有一次合作，因为他觉得像顾念这样的聪明人，与之合作一定是非常愉快的。

在圈中沉浮多年知名度平平的吕岩却因为真人秀节目走红，这是他始料未及的，但能红总是好事，很多人奋斗一辈子，连名字都未必能被观众记住，吕岩已经算是幸运的了。

如今的圈子，各种真人秀充斥其间，良莠不齐，收视率不好的节目，吕岩也没脸邀请顾念，好不容易碰上一档很可能会大火的真人秀，由旅游局和电视台牵头，为了宣传中国许多还未被开发，鲜为人知的风景秀丽的地区。

这档节目的经费是不缺的，内容也很正面向上，参加节目的嘉宾，也很容易塑造形象，缺点是需要去一些偏远山区，要完成的任务也都是挑战体能和胆量的极限，吃住条件都比较艰苦。

顾念一直与吕岩保持不错的来往和交情，之前因为工作和结婚的关系，已经推了好几次真人秀的邀约，当这一次吕岩再找上门来的时候，她就不好意思再推了。

节目嘉宾共分六组，每组两个人，以组为单位，六组人会在每期节目里参加节目组安排的各种挑战，胜出者晋级，失败者则要在下一期里接受惩罚。

顾念不是艺人，原本不在受邀之列，但自从上回八卦事件之后，她也算是成了知名人物，后来跟雍凛结婚，话题度更是不降反升，更何况奢侈品行业与娱乐圈向来保持着不可分割的亲密关系，顾念的职业也使得她经常会出现在各种走秀和颁奖典礼上。

以前大家不会去关注各种活动中非艺人的人员，但现在顾念既然出了名，顺应公众喜好，媒体在拍摄艺人的时候，也不忘给顾念几个镜头，介绍一下她的着装，久而久之，顾念竟也成了半个娱乐圈知名人士，知名度绝不会比大腕明星的经纪人低。

无心插柳柳成荫，顾念也是哭笑不得。

这档综艺节目的嘉宾并不全是艺人，除了顾念之外，节目组还邀请了两名国家级运动员，连如今地位不同凡响的赵和与钟圆，居然也被说动加盟，阵容豪华，从一开始就吸引了无数关注度。

节目组原本打算安排顾念与林瀚一组，后者在去年的奥运会上刚刚拿下五十米自由泳的冠军，载誉而归，正是名声大噪的国民英雄，外表英气俊朗，跟顾念搭档非常合适。

但雍凛不大高兴，倒不是不放心顾念，而是看见她与别人搭档，心里有点不是滋味，吕岩知道之后，灵机一动，便劝说雍凛与顾念一道参加节目，又道：“这档节目是跟政府合作，虽然肯定会有营销公关，但不会毫无底线地乱炒作，总体基调还是健康向上的，平时你们两人职业不同，本来就很少能有一起工作的机会，现在就当是一边合作一边度假了，也算是一种全新的体验。”

雍凛还真被他说动了，于是顾念跟林瀚的“知性与运动”搭档变成了“豪门夫妻组”，因着明华CEO的身份，节目的看点更上一层楼，还未正式播出，就已经拥有压倒国内其他综艺节目的热度。

录节目的前一天，众人从大城市坐飞机到小城市，又一路火车转汽车折腾十几个小时，到三足山下的时候已经是夜里十点多，山下小镇没什么星级酒店，有个干净的宾馆就不错了，但一走进宾馆，大家的心就凉了半截。

“这比我们在影视城拍戏时住的最差的宾馆还差啊！”

最近因为影视剧大火而跟着人气急速上升的小花旦翟笙心直口快说了出来，引来同为艺人的其他几人的苦笑。

斑驳的墙壁，泛着油光的桌面，四处透着一股老旧的气息，宾馆大堂那些沙发，也跟放了十几年似的，连皮都脱落了。

众人的表情都有点蒙，他们知道条件不好，但没想到会不好成这样。

小鲜肉欧永春心直口快：“这种条件吸引不了游客啊，起码也得有个快捷酒店才行吧！”

几个年轻艺人花容失色，钟圆和赵和倒还镇定，不愧是影后影帝级别，各自去拿房间钥匙。两人一间房，和赵和同组的是个年轻女演员，叫苗兮兮，但两人肯定不能住一起，节目组就安排了赵和跟欧永春同住，苗兮兮则跟翟笙一个房间。

其他几组的成员陆续进来，跟林瀚一样是运动员的还有赵雅惠，同样是去年的奥运冠军，参加的项目是女子二十五米运动手枪，两人的表情还算镇定，但也不掩惊奇，四处打量。

吕岩和宣栋两个人作为节目里的“主持”身份，要起到不能让节目冷场的作用，一进来就开始惊叹吐槽，宣栋向导演竖起大拇指：“你们可真行啊，还能找到这种地方，下次是不是要让我们到深山老庙里去住了？”

吕岩跟他唱双簧：“起码没让我们睡大街，你就知足吧！”

林瀚开玩笑：“我觉得我知足了，再怎么也不会比在奥运村差，去年我们可是要自己装浴帘修马桶的，这里应该不用了吧？”

宣栋：“那肯定不用，因为这里根本就没马桶，说不定就是给你个桶！”

众人笑岔气，赵和边笑边摇头：“被拉上贼船了，我现在回去还来得及吗？”

最后进来的是顾念和雍凛，后者出身富豪之家，从小到大基本就是锦衣玉食，据说连去英国留学都自带厨师，这些早在雍氏出事的时候就被小报媒体八卦得尽人皆知，镜头给了他们俩进来时的表情一个大特写。

但雍凛表现得很镇定，愣是连眼角都没抽搐一下，倒是顾念满脸兴致勃勃，跟小学生郊游似的。

吕岩也发现了，回头招呼他们：“念念姐，我们都在哀号，你咋这么兴奋呢？在外面捡钱了？”

顾念笑嘻嘻：“听说明天就要爬山，我最喜欢爬山了！”

谁也没信她这句话，那头雍凛去拿房间钥匙——这宾馆也不用指望有什么电子门卡可以刷，直接一人一把钥匙。

他们的房间在二楼，宾馆没电梯，大家都要自己提着行李箱上楼，男嘉宾还好，几个女嘉宾都气喘吁吁，尤其是苗兮兮，人本来就瘦，还带着个26寸拉杆箱，走一步就歇一下，雍凛看不下去，直接帮她提到二楼。

苗兮兮面露感激，原本就漂亮的脸更是惹人怜爱：“谢谢雍哥，谢谢雍哥！”

这种条件的宾馆，吃的当然也不用指望，菜倒是山里的野菜，绿色无污染，但炒菜的厨师技术不咋的，一盘平平常常的菜也能炒出黑暗料理的味道，众人个个吃得面有菜色，连钟圆、赵和这种影后影帝级别的都要绷不住了，吕岩强烈要求导演不准录制，又是鸡飞狗跳好一阵热闹。

吃完晚饭大家不约而同离开宾馆去镇上逛，想找点吃的垫垫肚子，雍凛也没吃饱，见顾念先回房间，担心她水土不服，就后脚也跟着回房。

顾念正从行李箱里往外掏东西。

收拾行李的时候，雍凛没管，里面装的什么也没留意，直接带着就过来了。

方便面这种必备物品就不用说了，还有即食粥，真空包装的各种小菜、卤味，鸭舌、豆干、鸭翅、鸭肫、牛肉、牛筋，各种耐放耐摔的水果，橙子、橘子、柚子，一应俱全，在这种经济不发达的小镇，很多东西有钱也买不到，就算买得到，他们也没空去集市采买，顾念准备的东西简直就是及时雨，这些东西平时未必喜欢吃，但在这种地方，完全称得上世界级美食。

难怪雍凛觉得行李箱提起来特别重，敢情里面还放了柚子。

他又是无语又是好笑，竖起大拇指：“我老婆就是能干！”

“那还用说？”顾念做了个鬼脸，把柚子丢给他，“拿去给他们分了吧，我猜他们出去一趟回来肯定两手空空。”

她没有料错，夜晚小镇的人早早就休息，仅有的几个小超市都关门了，更别说什么水果零食，众人满脸绿光地出门，又垂头丧气地回来。女汉子陈岚看见雍凛拿了个柚子下楼，眼睛都绿了：“给我们的？你们打哪儿弄来的？”

雍凛："顾念带的，她怕你们吃不饱，让我给你们拿过来。"

宣栋服气了："出来录节目还带柚子？！"

雍凛也有点无奈："顾念带的，我不知道。"

吕岩趁机问："雍哥，你怎么什么都不知道啊，你在家是不是袖子一甩，什么都不管的类型？"

雍凛认真道："那倒不是，我也会做饭的。"

能请到雍凛上节目属于意外之喜，明华这位CEO平时连金融类节目都不上的，会在屏幕前露脸基本也都是国际或国家级别的金融论坛，外界根本难以想象这样一个从小十指不沾阳春水的富豪子弟会自己做饭，但大家一路同坐一辆车来到这里之后，在短短接触的时间里，也知道雍凛没有外表看上去那么难以接近。

吕岩和宣栋很明白观众的好奇心会落在哪里，对雍凛的话，他们都做出惊奇的表情："雍哥你居然会做饭？！难道你们家不是十几二十个厨师每天轮着不同菜系做，基本一个月不重复的吗？"

宣栋也道："是啊雍哥，我以为你们家吃饭都是一长桌摆满，什么餐前汤、正餐、饭后甜点啥的，顿顿都是法国料理、淮扬菜系！"

雍凛笑了："哪儿有那么夸张，厨师倒是有，但我跟顾念有空的时候喜欢自己动手，下厨也是一种放松，你们平时不做饭吗，你们吃什么，我们就吃什么。"

林瀚一边凑过来吃柚子，一边道："我看念念姐就像会做饭的，你可不像，在厨房里肯定是打下手的那个！"

欧永春唉声叹气："你们可别说吃的了！再过三天，我保准听见红烧肉三个字都能流口水。"

钟圆也跟着吐槽："什么时候能让我们自己下厨做顿饭，我宁愿吃自己做的'猪食'。"

赵和也跟人抢起柚子来："放心吧，一定有机会的，丧心病狂的摄制组不会放过这个折磨我们的机会。"

大家笑得东倒西歪，圈子里原本有的地位身份之别，这一刻好像也随之消失，当然这本来就是观众喜闻乐见的，摄制组尽职尽责地拍下来，后期加点旁白花絮，又是一段活泼生动的画面。

第二天一大早，天还没亮，宣栋跟吕岩两个人就拿着手持摄像机冒出来，挨个房间去敲门，拍摄嘉宾们刚起床的那一刻。

赵和跟欧永春都还在睡觉，两人将被子裹得紧紧的，只冒出一个头，见一大票人进来也不惊慌失措。

欧永春直接把枕头盖在脑袋上继续睡，直到被吕岩和宣栋闹得不行，才慢吞吞睁眼，睡眼惺忪，半点也没白天在镜头前光鲜靓丽的范儿，他知道真人秀节目就爱这一口，也没拦着，还对凑过来的摄像头恶作剧：“我没刷牙，有口气的，不信你闻闻。”

赵和的地位摆在那儿，吕岩他们都不太敢闹他，他主动起床穿衣服，对镜头笑骂：“你们有本事叫钟圆去，能进她的房间我就服了你们！”

吕岩和宣栋嘻嘻哈哈：“我们可不进女士的房间，雍哥倒可以去骚扰一下！”

宣栋还调侃：“别了，还是先去找林瀚他们吧，万一雍哥和念念姐在做什么好事，节目一播，全国观众都看见了！”

吕岩白了他一眼，先敲门。

里头很快传来顾念的声音：“谁呀？”

听着挺精神，不像还在睡，宣栋咋舌：“不是吧，才五点多，这就起了？”

顾念来开门，果然穿着整齐。

宣栋往里探头：“念念姐，雍哥呢？”

顾念：“他去后厨了，想看看早饭吃什么。”

吕岩：“你们怎么起这么早？我们刚一个屋一个屋敲过来，全都还在睡！”

顾念奇怪反问：“不是六点集合吗？现在都五点半了。”

宣栋：“念念姐，你们平时也这么早起啊？”

顾念顺手把被子叠了：“也没有，平时都是七八点才起来，我们是上班族，跟你们要日夜颠倒拍戏的不一样。”

吕岩：“那倒是，对我这种晚睡星人来说，早上七八点跟凌晨三四点没什么区别。”

宣栋开玩笑：“念念姐，你们家到底谁说了算啊？之前我们都以为是雍哥，可他昨晚居然说他会做饭，我心目中的霸道总裁可不是这样的！”

顾念毫不留情地揭穿：“他就会做香肠煎蛋、蛋炒饭、煎蛋吐司、水蒸蛋。”

宣栋喷了：“怎么就跟蛋干上了？”

顾念摊手：“自从会做这四样之后，他经常在人前说他会做饭。”

录制节目之前，宣栋还担心雍凛会不会因为条件太差撂挑子，要说身份地位，他比赵和、钟圆更有资格摆架子给脸色，但几十个小时相处下来，他发现这对夫妻生活化的一面也很接地气。

就像现在，顾念和雍凛之间私下的相处模式，显然不是外人以为的“顾念温柔小意，对老公言听计从，而雍凛霸道专横，沉默寡言”。

可以说，看多了那些女明星或普通人嫁入富豪之家后战战兢兢的模样，顾念显然颠覆了别人眼里“豪门儿媳”的固有印象，她照样工作，依旧独立，在职场上精彩恣意，不必依附于任何人，只要近距离接触，任谁都能看出她和雍凛之间相处的自然和不经意流露的恩爱不是作伪。

要是演戏能演到这种程度，奥斯卡欠他们俩一座小金人。

等到众人一一起床收拾完毕，吃罢早饭，终于开始进入正式的录制。

第一天录节目，节目组就把所有人拉到贵州那十万大山里的不知名角落，指着头顶高险峻绝的山顶要他们开始爬，哪一组最先到达山顶，哪一组就可以先在山顶吃午饭。

这座山也是景区，但当地的经济水平有限，不可能做大规模宣传，景区评不上级，加上地处偏远，交通不便，平时少有人至，风景倒是绝佳，可没人来看，风景再好又有什么用？

第一天的第一个任务，谁也不愿意落后，背了个背包精神抖擞，就从山下出发。林瀚不用说，运动员出身，身体素质远比这里面所有人都好，但他不是一个人在爬，跟他同组的还有一个翟笙，如果他第一个到达山顶，翟笙却在最后，他也不能获准吃饭，分组的目的就在于团结协作，所以林瀚不能走太快，还得拉着翟笙，照顾她的脚程，给她加油。

其他各组里头，基本都是一男一女的搭配，平均下来，反倒是欧永春和赵雅惠这一组实力最强，一个年轻，一个是奥运冠军，虽说项目是运动手枪，但练枪的人，手臂要稳，心要定，这些都离不开平时的体能锻炼。

走在最后的是顾念和雍凛这一组，两人不紧不慢，成为所有人里垫底的。

宣栋回头取笑："念念姐、雍哥，你们还行不行了，早上那么早起来，我还以为你们有备而来呢，快吓死我了！"

苗兮兮也停下来等他们，提醒道："听说最晚上去的午餐是最差的。"

顾念笑道："我们后发制人，你们走你们的就是了。"

山路很长，一开始大家还互相开着玩笑，到了半途，开始累了，走走停停，再往后，谁也没心思开口，一个个累得像狗，也顾不上什么形象了，钟圆看见镜头扫过来，直接面无表情、目光呆滞地挥挥手。

这个时候，雍凛和顾念赶上来了，两人也看得出累，但起码比大多数人好一些，脚步也稳，一步一步就上去了。林瀚还要顾及队友，雍顾二人却很有默契，一前一后，谁也没有给谁拖后腿，到最后居然超越了欧永春和赵雅惠那一组，成为第一组到山顶的。

等吕岩等人到了山顶时，就看见顾念笑嘻嘻地对他们说：“我都说过我很喜欢爬山了，现在服气了没有？”

宣栋苦着脸：“我听说你日常也是坐办公室的，平时哪儿来的时间去爬山啊？”

顾念跟雍凛相视一笑：“周末没事的时候我们就会去爬山，我一开始有点恐高，后来被他带得攀岩也没问题了。”

山顶风景绝佳，尤其当他们俯瞰群峰时，的确有种“一览众山小”的感觉。

赵和忍不住感叹：“这里不比黄山和衡山那些地方差，就是地方太偏，没几个人知道！”

旁边的赵雅惠听见了，顺势接口：“所以这就是咱们做这档节目的目的吧，让人发掘祖国山川的美好。”

赵和忍不住笑：“不愧是国家级运动员，说出来的话都根正苗红！”

赵雅惠也笑：“你要是不根正苗红，怎么会接这档节目？”

旁边没有摄像机，两人说话都比较随意。

赵和开玩笑：“这么强大豪华的阵容，我怎么拒绝得了，连雍先生和雍太太也都来了。”

赵雅惠听出他话语里若有似无的言外之意，不由得一愣，索性不吱声了，娱乐圈水太深，她又不是圈子里的人，还是不掺和的好。

赵和的确对顾念有点芥蒂，却不是感情纠纷，而是起源于早年合作时两人之间发生的那一点不愉快。他对顾念帮周惜媛这件事很不爽，后来大家虽然公私分明进行合作，但私交一直不咋的，他知道顾念也未必对他有什么好感，彼此合作愉快，私底下却相看两相厌。

这次录制节目，赵和原本被节目组找上，问他能不能跟顾念一组，赵和婉拒了，后来就给他分了一个苗兮兮，赵和就后悔了，心想那还不如顾念呢。

苗兮兮很会利用美女身份牟取方便，对这种女人，赵和原本是不反感的，但有一回他无意中看到苗兮兮整容前的照片，自那之后每回看见苗兮兮的脸，都忍不住想起她整容前的样子，立时大倒胃口，更别说什么怜香惜玉之心了。

不过上了节目，再跟顾念不对付，大家也不能不说话，赵和不想得罪雍凛，索性若有似无跟那对夫妻保持距离。

吃了早饭，根据上山次序不同，大家各自领了不同难度的任务，还要先沿着原路下山。

上山容易下山难，不知道是吃太饱还是太累，赵和在下山的时候一个踉跄，人差点往前栽倒，惊险地被后面的人扯住领子，他自己也赶紧扶住旁边山壁稳住身形。

山路崎岖，虽然有台阶，但狭窄无比，仅容一人通过，一边是山壁，一边是铁链，这要栽下去可不是闹着玩的。摄制组吓出一身冷汗，赵和自己也有点后怕，忍不住回头，看到及时拉住自己的那个人，却愣了一下，才说了一声谢谢。

顾念却笑：“得亏你不重，你要是再重一点，我估计就拉不住了。”

赵和拍拍胸口，对着镜头开玩笑：“看来健身还是有作用的。”

他又握住顾念的手，郑重其事地道：“啥都不说了，谢谢！”

顾念何其聪明的一个人，肯定听出了他的弦外之音。

赵和不仅是道谢，更是道歉。

顾念刚刚在他后边，完全可以不伸手，赵和这一摔，就算没啥危险，头破血流是肯定的。

赵和头一回感到有点惭愧，自己对一点陈年恩怨耿耿于怀，人家根本不当回事，还大度地救了自己。

在他内心深处，起初是有点瞧不起顾念的，觉得她虚伪又虚荣，跟周惜媛是同一类人，但现在他知道了，自己是在以小人之心度君子之腹。

顾念开玩笑：“可别以身相许啊！”

相逢一笑泯恩仇。

雍凛在她后面走，时不时扶一下她，生怕她摔倒。

他没听清两人说了什么，只是皱眉抱怨顾念：“别老说话，注意看路。”

平平常常一句话里，蕴含着浓厚的关切之意。

节目播出后，官方宣传账号下面一溜的全是“虐狗啊”“我要被顾雍CP（夫妻）的秀恩爱闪瞎眼了”“其实我就是冲着顾雍CP才会去追这节目”之类的留言。

可见全国观众都跟节目组的所有嘉宾同一个感受。

赵和当时看着他们俩互动，原本坚定的不婚玩乐主义开始动摇了。

可又上哪儿去找合适的那个人呢？

他忽然想到了多年前跟周惜媛的那一段，后者现在也已经有了稳定的男朋友，即将嫁为人妇。

赵和在心底微微叹了口气，说不清是什么感觉。

时光永远向前，错过的人与事，绝无可能回头。

独家番外一

杨瑜

这世间，终有一段爱恋，能令人即便倾尽所有，也不后悔。

杨瑜出身书香门第，又是本城名门之后，一生下来，不说含着金汤匙，起码也是衣食无忧的，又因是家中独女，父母宠爱，她养成了事事要强、骄矜得近乎傲慢的性子。

三十岁以前，杨瑜几乎是在众星捧月、一帆风顺的氛围中度过，从小到大学业优秀，名校毕业，毕业之后进了政府部门，认识了同样出色的男朋友，恋情顺理成章，婚姻也水到渠成。

婚后丈夫对她娇宠有加，杨瑜不想那么快生孩子，丈夫就说："那等几年，我们玩够了再生，再不成，代孕也行，用不着你受那份苦，反正都是我们的孩子，我有你就够了。"

杨瑜感动得一塌糊涂，她也的确还想在事业上有所发展，又觉得在政府部门个人发展空间太小，就干脆辞职进了丈夫的公司，帮他打理事业。

在两人的努力下，丈夫的事业蒸蒸日上，公司也越做越大，杨瑜内心满满都是成就感，这时候她也三十五岁了，觉得是该要个孩子了，就跟丈夫商量，谁知道丈夫却一点都不急，反过来还劝她两人世界就好，有孩子反而添麻烦。

毕竟一开始是自己想晚点生的，杨瑜也没好意思出尔反尔，只以为丈夫是考虑她的心情，一边感动一边想着慢慢说服丈夫。

谁知道这个时候，公司在经营资金上出了点问题，杨瑜在调查过程中发现资金链出现一个重大缺口，她再循着这条线追踪下去，最终发现一个晴天霹雳般的事实。

原来这些年，她的丈夫一直都在暗地里转移资金，这个公司已经在她毫无所觉之时，就变成一个空壳公司。

杨瑜不想相信这个事实，又让人暗地里去调查丈夫，结果还发现，她的丈夫早就在外头有了一个情人，情人还为他生了一对漂亮可爱的双胞胎，所以他一点都不担心后继无人的问题，不仅没有催促杨瑜，还反过来劝说她不要生。

如遭雷殛的事实令她感觉人生的世界观完全崩塌了，她不想让父母担心，更不知道自己要怎么做，一时浑浑噩噩，做了许多自己平时根本不屑去做的事情，包括跑到奢侈品店里去刁难店员。

然后她就遇到了顾念。

那个很漂亮的店员，曾经被她狠狠刁难过，甚至差点和她吵起来，最后，却是素昧平生的这个人，端着一杯热咖啡走过来，问她为什么会站在这里。

彼时杨瑜看着商场下面光洁的地板，是真的生出一股想要跳下去的恶念，这股念头反复折磨着她，只差一个微妙的契机。

但顾念反而抛出一根绳子，将她及时拉上来，让她远离河岸。

“万一您真有轻生的念头，而我明明可能说两句安慰的话就能挽回，却眼睁睁错过，估计一辈子都会良心不安。”这个女孩如是说道。

无可否认，杨瑜原本冰冷的心，被这一句熨帖的话稍稍焐热了。

她忽然想起对她宠爱有加的父母，如果她就这么去了，两个老人会怎么样呢？他们肯定会伤心欲绝，一病不起，说不定后脚就跟着自己走了。

顾念笑得眉眼弯弯：“如果选择了一条路，就说明已经有所预期，之后遇到的困难，只能说是在预期之内，或超过预期，不要用‘撑’字，那会让自己觉得很辛苦，不如说是尝试，总会有第一次的，不是吗？”

杨瑜有点出神。

是啊，既然当初选择了这段婚姻，就该料到婚姻也可能会有维持不下去的一天，爱情也可能会有消失殆尽的时候。

她恨丈夫的欺瞒，可反过来说，她被欺瞒了这么久，难道她就一点责任都没有吗？

婚姻是两个人的，丈夫固然可恨，但她为了父母，为了她自己前半生没有白活，无论如何也不能一死了之。

那太自私了。

“谢谢你。”她真心诚意地感谢眼前这个女孩。

杨瑜想，这世上终究还是有一些温暖的，有冷眼旁观的陌生人，就会有愿意施以援手的陌生人，有翻脸无情的丈夫，自然也会有矢志不渝的有情人。

这个女孩，本该能遇见一辈子一心一意待她的人。

杨瑜低头看着手中的咖啡杯，一缕温暖从掌心往上传递，又丝丝缕缕，送入心间。

前半生那三十多年，就当是花钱缴了学费，这后半生，还是从头好好来过吧。

再晚，都不算晚。

杨瑜没想到世界这么小，她还能有再次见到顾念的一天。

彼时她已经从伤痛中恢复过来，离了婚，在父亲的母校进修，又遇到一位外籍教授，两人一见钟情，开始新的生活。

而顾念身边，也站着堪称人杰的护花使者，两人无须说话，便是手牵着手站在那里，也耀眼得能够吸引所有人的目光。

真好。

杨瑜望着他们，微微一笑。

这世间，终有一段爱恋，能令人即便倾尽所有，也不后悔。

独家番外二

心意

他不是超人，不可能时时在顾念身边，为她挡住一切风雨，他也明白，顾念不是愿意躲在男人羽翼下的小白花，她拥有自己的天空。

雍凛站在公交车内，手里抓着公交车把手，浑身上下觉得不舒服。

不舒服的来源主要是他脚下这双低跟女鞋。

他与顾念又一次交换了身体，而今日顾念的行程上，临时多了一个会议。不巧得很，家里司机请假了，早上是顾念亲自开车送他来上班的，眼看会议所在地正好就有公交车站，顾念公司楼下也有一个公交车站，他索性就带上助理来坐公交车了。

助理小姑娘有点局促不安，觉得自己没安排好，起码应该提前叫一辆车，结果因为她准备不足，以致交通高峰期不仅叫不上车，即便叫上了，也可能堵在路上。

“Nina，实在对不起，是我工作没有做好……”

雍凛在顾念身体里的时候，自然而然带上了自己习惯性的某些表情和威严，小姑娘只以为他今天心情不好，越发不敢捋虎须。

“没事，很快就到了。”雍凛淡淡道。

眼下是高峰期，车内挤得满满当当，有限的座位都让给老人和孕妇了，助理有心为领导寻个位置出来，正在左顾右盼。

雍凛略有点洁癖，也不太习惯公交车内的环境，正想着回去的时候让助理提前叫好车，便感觉一道视线落在自己身上。

那是一种不怎么舒服的、被窥视的感觉。

他抬头望去，就看见一个三十出头的男子，目光正对着他上下打量，从小腿往上，最后停留在胸部的位置，直勾勾的眼神，让同为男人的雍凛一下子明白了。

对方知道雍凛发现了他，不仅不畏惧，反倒更加肆无忌惮，甚至还对雍凛露出意味深长的笑容。

两人中间还隔了一个老太太，雍凛也不方便在车上揍人，他冷笑一声，回望过去。

那人被雍凛冷硬的目光看得微微一怔，兴许觉得对方不好欺负，又很快移开视线。

雍凛早就听说女性有时候会在公共场合被骚扰，但这还是他头一回以“受害者”的身份体验到这一点。

这让他感觉到很不舒服，因为他想起了顾念，从前的顾念，还未与他认识的顾念，是不是曾经也在某一个场合，被这样无礼而粗鲁的人骚扰过。

人心很奇妙，爱屋及乌，真正喜欢一个人，会忍不住设身处地为他去考虑，将自己放在对方的位置上去处世，决不肯让对方有半点为难。

所谓假爱之名而行的占有行为，其实只不过是将对方当成自己的所有物，那完全称不上爱。

雍凛从前根本不会去纠结爱与不爱的问题，太在意女性的想法，在他看来是妇人之仁，然而现在潜移默化，他不仅愿意为顾念着想，而且偶尔也会顾及其他人的感受，虽然平时在公司还端着一张冷脸，但不少女性员工背地里都说，自打结婚之后，雍总越发有人情味了，都将功劳归于顾念。

从前的雍凛如高岭之花，令人望之却步，不敢亲近，如今外冷内热的老板，让不少未婚女性都为之动心，也不乏心气高又胆子大的，自忖美貌智慧丝毫不逊于顾念，明里暗里付诸行动，希望成为下一个“灰姑娘”。

可惜大老板的注意力全然不在她们身上，除了工作之外，少得可怜的那份温情，也被他放在了老婆身上。上个月秘书处新来了一位小姑娘，可能是平日里看多了甜蜜蜜的小说和电视剧，看见这么一个符合女性幻想的老板就起了亲近的念头，亲手做了便当，趁午休的时候送到老板桌子上，结果雍凛毫不意外大发雷霆，将人训斥一番，还在高层会议上点名批评，那小姑娘臊得无地自容，没过两天就辞职了，自那之后，“歪风邪气”为之一清。

再回到公交车里，雍凛本以为那人退却之后就死心了，谁知他又盯上刚上车的一个小姑娘，那小姑娘学生打扮，看似胆子不大，察觉对方的眼神之后，只默默将书包抱在胸前，企图挡住对方视线，但男人看见这个举动之后，反倒得寸进尺，借着到站一拨乘客上下车的工夫，他又进一步凑近小姑娘，手已经伸到对方身后。

周围乘客太多，要么低头看手机没发现，要么发现了也不想多管闲事，小姑娘泫然欲泣，忍无可忍，终于大喊一声：“你干什么！”

男人面色如常：“什么干什么？”

小姑娘满脸通红：“你刚才为什么摸我！”

男人有恃无恐：“谁摸你了？谁看见了？你当你是天仙呢……”

一大串不堪入耳的话从他嘴里冒出，小姑娘没想到对方非但没有羞愧害怕，还反咬一口，顿时目瞪口呆，失去言语能力。

“我看见了。”雍凛冷冷道，“这里的监控也看见了。”

男人恼羞成怒：“你看见什么？你这种货色，让老子摸，老子都不摸，穿上衣服也不像个正经女人！有本事你调监控出来啊！”

眼看周围的人都没多管闲事的意图，他直接将手伸到雍凛这里来，孰料雍凛出手比他更快，抓住他的手腕直接往上一扭。

旁边人只听见骨头“咔”的一声，男人随即发出惨叫：“你敢打人！我要报警！”

他一边骂骂咧咧，一边推开旁边的乘客，想来抓雍凛，旁边一名乘客却忍不住爆发：“别给脸不要脸，对小姑娘下手，还敢这么嚣张！”说罢一拳朝男人打去，有了这一出，其他乘客的义愤也都被激发出来，纷纷出手，将那男人围在中间狠揍一顿。

还有人将小姑娘护在一边低声安慰。

司机干脆将车开到派出所门口，当男人被扭送下车的那 一刻，全车爆发出热烈掌声，不只是在为雍凛的挺身而出鼓掌，还是在为他们自己的热血未泯而喝彩。

小助理目睹这一切，目瞪口呆之余，不由得对雍凛佩服得五体投地，感情直接由敬畏上升至崇拜。

“Nina，你可真厉害，刚才我看得一愣一愣的，那男的那么凶，换了是我，可能也不敢吱声了。”

雍凛：“很多人可能都和你一样这么想，但只要有一个人带头，其他人就有了帮忙和出头的勇气，从众效应未必只有负面。”

助理想想，还真是这样：“但不是人人都有你这样的勇气。”

雍凛笑了笑，没作声。

他不是超人，不可能时时在顾念身边，为她挡住一切风雨，他也明白，顾念不是愿意躲在男人羽翼下的小白花，她拥有自己的天空。

世事无常，经历过泥石流和父亲空难事件之后，雍凛更加清楚，世上许多事情，非人力所能预料挽救，而他愿意多做一些事情，为顾念积福，也为了将来顾念万一遇上不愉快的事情，也有人像今天这样，出手帮忙。

而这份心意，世上也唯独那个人能够体察。

晚上顾念得知此事，一面哭笑不得，一面将他抱住。

“谢谢你，亲爱的，你对我这样好，我想我这辈子都无法习惯没有你在身边的日子了。”

雍凛的脸色却不太好看：“我觉得可以等到我们换回各自的身体之后，你再说这句话。”

因为此时的他，正“小鸟依人”一般被顾念拥在怀中，毫无英雄气概可言。

顾念扑哧一笑。

她才不会说她是故意的。

图书在版编目（CIP）数据

顾念的奇缘：全二册 / 梦溪石著. —长沙：湖南文艺出版社，2017.6
ISBN 978-7-5404-8051-6

Ⅰ. ①顾… Ⅱ. ①梦… Ⅲ. ①长篇小说—中国—当代 Ⅳ. ①I247.5

中国版本图书馆CIP数据核字（2017）第076071号

上架建议：畅销·青春言情

GU NIAN DE QIYUAN
顾念的奇缘：全二册

作　　者：梦溪石
出 版 人：曾赛丰
责任编辑：薛　健　刘诗哲
监　　制：毛闽峰　李　娜　与　其
策划编辑：钟慧峥　张园园
文案编辑：王苏苏
营销编辑：贾竹婷　雷清清
封面设计：Violet
版式设计：潘雪琴
封面插画：Lost7
出版发行：湖南文艺出版社
（长沙市雨花区东二环一段508号　邮编：410014）
网　　址：www.hnwy.net
印　　刷：北京鹏润伟业印刷有限公司
经　　销：新华书店
开　　本：640mm × 915mm　1/16
字　　数：529千字
印　　张：39.5
版　　次：2017年6月第1版
印　　次：2021年7月第2次印刷
书　　号：ISBN 978-7-5404-8051-6
定　　价：58.00元（全二册）

质量监督电话：010-59096394
团购电话：010-59320018